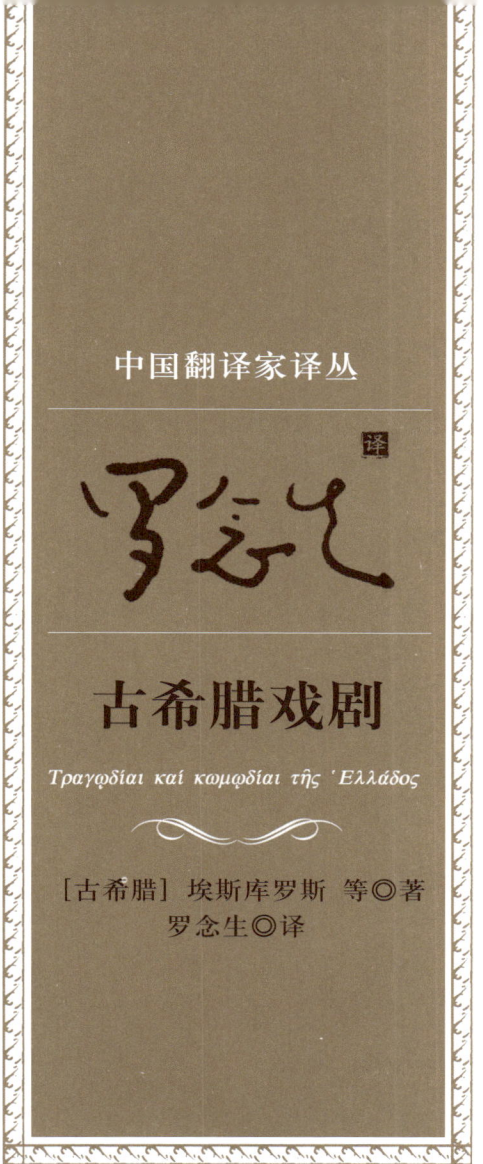

中国翻译家译丛

罗念生 译

古希腊戏剧
Τραγῳδίαι καί κωμῳδίαι τῆς Ἑλλάδος

［古希腊］埃斯库罗斯 等◎著
罗念生◎译

人民文学出版社

ΤΡΑΓΩΙΔΙΑΙ ΚΑΙ ΚΩΜΩΙΔΙΑΙ
ΤΗΣ ΕΛΛΑΔΟΣ

图书在版编目（CIP）数据

罗念生译古希腊戏剧/（古希腊）埃斯库罗斯等著；罗念生译 —北京：人民文学出版社，2013（2021.3重印）
（中国翻译家译丛）
ISBN 978-7-02-009906-1

Ⅰ.①罗… Ⅱ.①埃… ②罗… Ⅲ.①戏剧—剧本—作品集—古希腊 Ⅳ.①I545.32

中国版本图书馆 CIP 数据核字（2013）第 110535 号

选题策划	欧阳韬	
责任编辑	张欣宜	
责任印制	任 祎	

出版发行　人民文学出版社
社　　址　北京市朝内大街 166 号
邮政编码　100705
网　　址　http://www.rw-cn.com

印　　刷　北京盛通印刷股份有限公司
经　　销　全国新华书店等

字　　数　354 千字
开　　本　710 毫米×1000 毫米　1/16
印　　张　25.25　插页 3
印　　数　10001—12000
版　　次　2015 年 4 月北京第 1 版
印　　次　2021 年 3 月第 3 次印刷

书　　号　978-7-02-009906-1
定　　价　65.00 元

如有印装质量问题，请与本社图书销售中心调换。电话：010-65233595

出 版 说 明

人民文学出版社自一九五一年建社以来，出版了很多著名翻译家的优秀译作。这些翻译家学贯中西，才气纵横。他们苦心孤诣，以不倦的译笔为几代读者提供了丰厚的精神食粮，堪当后学楷模。然时下，译界译者、译作之多虽前所未有，却难觅精品、大家。为缅怀名家们对中华文化所做出的巨大贡献，展示他们的严谨学风和卓越成就，更为激浊扬清，在文学翻译领域树一面正色之旗，人民文学出版社决定携手中国翻译协会出版"中国翻译家译丛"，精选杰出文学翻译家的代表译作，每人一种，分辑出版。

人民文学出版社编辑部
二〇一四年十月

"中国翻译家译丛"顾问委员会

主 任

李肇星

顾 问

（按姓氏笔画排序）

于友先　卢永福　孙绳武　任吉生　刘习良
李肇星　陈众议　肖丽媛　桂晓风　黄友义

目　录

前言 ··· 1

埃斯库罗斯 ··· 1
被缚的普罗米修斯 ································· 1
阿伽门农 ··· 31

索福克勒斯 ··· 79
安提戈涅 ··· 79
奥狄浦斯王 ······································· 115

欧里庇得斯 ··· 157
美狄亚 ··· 157
特洛亚妇女 ······································· 195

阿里斯托芬 ··· 233
阿卡奈人 ··· 233
骑士 ··· 281
马蜂 ··· 333

前　言

　　罗念生是我国著名翻译家,从事古希腊文学研究、翻译数十年,笔耕不辍,把一半多的古希腊戏剧作品翻译介绍给中国读者,受到普遍的赞誉。鉴于他对古希腊文学研究和翻译的奉献精神和突出贡献,1988年10月被希腊帕恩特奥斯大学授予荣誉博士称号。

　　罗念生1904年生,初受传统的国学启蒙教育,后来选学文学,主要学英语和英国文学。1929年二十五岁时公派赴美国留学后,其间开始进修古希腊文和考古学,开始接触古希腊历史和文化。1933年翻译的第一部古希腊悲剧是欧里庇得斯的《伊菲革涅亚在陶洛人里》。同年他由美国赴欧洲,入雅典美国古典学院,成为我国第一位直接赴希腊留学欧洲古典学院的学者。后回国,从事本土考古发掘,但他仍坚持继续翻译古希腊戏剧作品,先后翻译了索福克勒斯的《奥狄浦斯王》、埃斯库罗斯的《波斯人》、欧里庇得斯的《伊菲革涅亚》等。

　　罗念生在希腊学习期间曾就自己游历希腊的感受,写就随笔集《希腊漫话》,于1941年秋在故乡四川出版。当时正是抗日战争时期,他联系时事谈为什么要研究古希腊历史和文化时写道:"就说是为了挽救这个时代吧,我们还需要一点历史上的借鉴和一种艺术推动力。试看古希腊的兴亡史,试看这古代民族由外患而兴盛,由内战而衰落,试看他们在马拉松和温泉关抵抗波斯人的大无畏精神;试看他们在文学里所表现的国家观念,埃斯库罗斯的《波斯人》和《七将攻特拜》里所表现的战争与爱国的观念,又如荷马史诗里所表现的英雄主义思想;这一切都能对我们这目前的时代发生一种兴奋的情绪。"

　　他翻译出欧里庇得斯的《特洛亚妇女》后,1941年8月于成都为译本写的《序言》中说:"眼前的景象这样悲壮,这样轰烈,只是写一些希腊抗战史话未免有愧于心。"他忆起四年前在北平时一位老人盼咐他快把"特洛亚妇女"译出来时说的话:"这悲惨的诗歌可以引起我们的警惕心,引起我们的向上心。"

他在1940年3月出版的欧里庇得斯的《美狄亚》"序"中谈自己翻译该剧的过程时说:"译者于去年春间在北平开始翻译本剧,那知仅剩一半便赶上了这个国难时期。每当丰台一带的轰炸声越响越剧烈时,译者的笔尖也越来越活泼。等到8月,译者因事赴天津,不忍放下这个译事,因而把这几部美狄亚本子和一些字典参考书放在那小小的行李箱内,幸亏没有被人家检查出来;要不然,这部书便永远没有成就的希望。这后半部分是在天津逃难室内、香港旅途中、长沙圣经学校内和锦江边上译就的。"

从以上的介绍不难看出,罗念生当年从事古希腊戏剧翻译是怎样的艰辛,他在那样困难的条件下满怀忧国之情地献身于古希腊戏剧翻译是何等用心良苦。

1949年后,罗念生调入北京大学文学所工作,1958年转入现中国科学院文学研究所,1964年转入现中国社会科学院外国文学研究所,直至谢世。在此期间,他主要从事古希腊文学研究工作,参加过中国新诗问题的讨论,翻译新作,校改旧译,他的埃斯库罗斯的《悲剧二种》(《普罗米修斯》和《阿伽门农》)、索福克勒斯的《悲剧二种》(《奥狄浦斯王》和《安提戈涅》)、欧里庇得斯的《悲剧二种》(《美狄亚》和《特洛亚妇女》)、亚里士多德的《诗学》等,就是在这一时期被收入当时的我国外文学著作出版重点工程《外国文学名著丛书》出版的,此外他还与他人合译了阿里斯托芬的喜剧集。1981年出版了他新翻译的阿里斯托芬的两部喜剧《马蜂》和《地母节妇女》。1985年出版了《论古希腊戏剧》。也是在那个时期,罗念生选编《古希腊罗马文学作品选》,稍后又应约翻译古希腊抒情诗,正是这两件工作促使他开始翻译荷马史诗,但疾病使他未能实现译完《伊利亚特》的夙愿。

古代希腊作为世界文明古国之一,给后世留下了丰富的文化遗产,戏剧是其中的一个重要方面。古希腊戏剧的萌芽和发展与古代希腊人对他们的酒神狄奥尼索斯的崇拜有密切的关系。狄奥尼索斯崇拜可能是由西亚传入希腊,起初流行于希腊乡间,后来传入城市,祭祀庆典带有狂欢性质。古希腊文艺理论家亚里士多德说:古希腊悲剧"是从酒神颂的临时口占发展出来的"。[①] 酒神节期间,人们驾着大车进行游行表演,演唱赞颂酒神事迹的歌曲。演唱者身

---

① 亚里士多德:《诗学》第四章,罗念生译,人民文学出版社,1982年,第14页。

披羊皮,扮成酒神的伴随、传说中的一种羊人萨提洛斯形象。公元前七世纪末,雷斯波斯岛诗人阿里昂在表演酒神颂时,即兴回答歌队的提问,讲述酒神漫游时的故事。特别是在公元前534年,雅典第一次举行大酒神节期间,诗人特斯皮斯首先采用第一个演员与歌队一起表演。一般认为,这便是古希腊悲剧的发轫。"悲剧"一词的古希腊文为tragoidia,意思是"羊人之歌",也表明了古希腊悲剧的来源。

亚里士多德又说,喜剧"是从低级表演的临时口占发展出来的"。[①] 在有的《诗学》古代抄本里,"低级表演"作"法洛斯歌"。法洛斯歌是酒神节期间举行化装游行时演唱的崇拜生殖的歌曲,赞颂自然的繁衍能力,带有戏谑性质。古希腊文"喜剧"一词意即"狂欢游行者之歌",这同样说明了它的渊源。

总之,古希腊戏剧源自狄奥尼索斯祭祀,悲剧和喜剧各自发展了这种祭祀的不同方面,而娱乐性和道德感召性则赋予了它们强大生命力。

此外,古代希腊还有一种介于悲剧和喜剧之间的剧种萨提洛斯剧,产生时期在悲剧之后。这是一种轻松型笑剧,因剧中的歌队由萨提洛斯组成而得名,通常作为严肃悲剧演出后的余兴上演。

应该说,所谓的"古希腊戏剧"实际上主要是雅典戏剧,人们对古希腊戏剧的了解主要就是根据雅典剧作家的传世作品和有关材料。其他城邦也举行过戏剧演出,但远不及雅典繁盛,传世材料也不多。由于古希腊戏剧源自狄奥尼索斯崇拜,因此雅典的戏剧演出也只在狄奥尼索斯节庆期间进行。戏剧演出作为宗教祭祀活动的一部分,被视为是神圣的事业而受到重视和保护。此外,当时的戏剧演出以竞赛的方式进行。戏剧节之前,剧作家提供剧本参加比赛,通常是三部悲剧和一部萨提洛斯剧,喜剧诗人参加比赛只需交一部喜剧剧本,勒奈亚节通常主要演出喜剧,最后确定三名诗人参赛,在竞赛中获得优胜是一种很高的社会荣誉。上述这些因素成为一种强大的社会动力,有力地促进了古希腊戏剧的发展和繁荣。

经过从特斯皮斯起一代代戏剧诗人的努力和实践,古希腊戏剧的内容和形式不断得到扩展和完善。在悲剧方面,悲剧题材已不再局限于演绎狄奥尼索斯事迹,而是逐渐扩大到其他各种神话传说,乃至现实生活领域。悲剧形式也逐渐摆脱原先的祭祀传统的影响,歌队的作用逐渐减弱,戏剧冲突和戏剧动

---

① 上引著作第四章,译本第14页。

作逐渐增强，演员的表演逐渐成为主导因素。埃斯库罗斯、索福克勒斯和欧里庇得斯被称为古希腊三大悲剧家，他们的戏剧创作既反映了古希腊悲剧发展和繁荣的过程，也代表了古希腊悲剧成就的顶峰。古希腊喜剧的发展稍晚于悲剧。早期喜剧主要着眼于社会讽刺，在形式方面吸收了悲剧的一些成功因素，阿里斯托芬是古希腊的杰出代表。此后的希腊喜剧从内容到形式都有较大改变。流行于公元前四世纪的"中期喜剧"是过渡性的，主要进行神话讽刺和文学、哲学讽刺，作品失传。"新喜剧"是世态喜剧，一般不议论政治，也不讽刺个人，而是通过揭示青年男女间的爱情和家庭生活矛盾，探讨社会伦理道德问题。作品严重佚失。公元前120年，雅典举行最后一次大酒神节，古希腊戏剧的发展历史宣告结束。本选集选收的就是上述四位剧作家的代表作。

埃斯库罗斯（约公元前525—前456）是阿提卡西部埃琉西斯人，出身于贵族家庭，生活在雅典由氏族贵族专制向奴隶主民主制转变时期。他曾积极参加抗击波斯侵犯的斗争，参加过著名的马拉松战役和萨拉弥斯战役等，他的民主倾向和爱国精神在他的悲剧创作中得到充分的表现。埃斯库罗斯是古希腊悲剧早期发展阶段的诗人，对悲剧作过不少创新，其中最重要的创新是引进第二个演员（指舞台上说话的演员），使得戏剧人物之间的冲突由此得以在舞台上真正展现，他也因而被誉为"悲剧之父"。他的悲剧主要以神话为题材，触及当时各种重大的社会问题。他的悲剧的总的特点是思想深刻，气势宏大，人物雄伟，风格崇高，富有抒情色彩，而较为简单的结构和歌队仍在剧中发挥突出作用则是早期悲剧的普遍现象。他一生总共上演过七十多部悲剧和许多萨提洛斯剧，现存他的七部悲剧，它们是：《乞援人》、《波斯人》、《七将攻特拜》、《被缚的普罗米修斯》、《阿伽门农》、《奠酒人》和《报仇神》。

《被缚的普罗米修斯》是以普罗米修斯盗火给人类的传说故事为题材创作的"普罗米修斯三联剧"的第一部，按照古希腊神话谱系，普罗米修斯是老一辈提坦神，在宙斯与提坦神的斗争中曾经帮助过宙斯，宙斯获胜得势后却因普罗米修斯帮助人类而加害于普罗米修斯，剧中突出表现作为专制暴君化身的宙斯与作为人类救助者的普罗米修斯之间的冲突，塑造了一个不畏强暴、勇于为正义而斗争的高大形象。剧本结构简单，但气势非常雄辉、感人。三联剧的另外两部分别写普罗米修斯与宙斯和解被释和受崇拜，均已失传。《阿伽门农》是以奥瑞斯特斯杀母为父报仇为题材的三联剧的第一部，后两部是《奠酒人》和《报仇神》，上演于公元前458年。该三联剧通过最后宣判奥瑞斯特斯无罪;表现了父权制对母权制的胜利,文明对野蛮的胜利,歌颂了雅典的民主制度。《阿伽门农》作为三联剧的第一部,为全剧制造悲剧气氛,悲壮动人,被视为古希腊悲剧中的一绝。

索福克勒斯(约公元前496—前406)是雅典西北郊科洛诺斯人,生活在雅典奴隶主民主制的盛世,曾经积极参加社会政治活动,不过他主要以悲剧家扬名于世。亚里士多德在《诗学》中说,索福克勒斯在悲剧中按照"人应当有的样子"的原则来塑造人物[①]。索福克勒斯利用神话传说,塑造了一系列理想的人物形象,用以体现时代精神。他的悲剧布局复杂、严密,对疑难的"解"写得细致入微,令人信服。他把舞台说话演员增加到三个,使戏剧冲突更加复杂化,对话成分也明显增加。古希腊悲剧的结构程式在索福克勒斯的创作中基本达到完善的程度,以至于后来再无太大的变化。他一生创作了约一百三十部悲剧和萨提洛斯剧,现存他的七部悲剧,分别是:《埃阿斯》、《安提戈涅》、《奥狄浦斯王》、《埃勒克特拉》、《特拉克斯少女》、《菲洛克特特斯》、《奥狄浦斯在科罗诺斯》。《安提戈涅》上演于公元前441年,剧中通过女主人公不顾当权者的禁令,按照习惯埋葬死者的剧情,抨击个人专制的强横残暴。《奥狄浦斯王》是一部命运悲剧,取材于奥狄浦斯杀父娶母的传说故事。奥狄浦斯知道自己的命运后,竭力逃避命运给自己的残酷安排,但始终未能摆脱命运的束缚。剧本主题是人的意志与命运的冲突,诗人承认命运的存在,同时谴责命运的邪恶,赞颂人的不屈不挠的积极斗争精神。

欧里庇得斯(约公元前485—前406)出身于萨拉弥斯岛一个土地贵族家庭,爱好哲学,接触过各种新的思想,好在悲剧中发表哲学议论,因而有"舞台上的哲学家"的美称。欧里庇得斯的悲剧也取材于神话传说,大部分以家族生活为题材,讨论战争、民主、贫富、宗教、妇女的地位等问题,对神持怀疑念度,反映了雅典奴隶主民主制衰落时期的社会思想。诗人反对内战,反对雅典对盟邦的暴政,他的这些思想为当时的雅典当局所不容,所以晚年不得不前往马其顿,最后客死在那里。欧里庇得斯的悲剧创作强调写实,按照人本来的样子去写,从而使悲剧由神界降到人间,使他的悲剧中的人物近似于同时代的普通人。他的悲剧风格华丽,语言流畅,善于描写人物心理,特别是妇女的心理。他很早便开始创作悲剧,一生共写过九十多部剧本,现存其中的十八部,是传

---

① 上引著作第25章,译本第94页。

世作品最多的古希腊悲剧家,如《阿尔克提斯》、《美狄亚》、《希波吕托斯》、《安德罗马克》、《特洛亚妇女》、《伊菲革涅亚在陶洛人里》、《埃勒克特拉》等。《美狄亚》上演于公元前431年。美狄亚的传说当时流传非常广泛,其中包含的戏剧冲突和深刻思想成为剧作家们普遍喜欢的题材。欧里庇得斯的悲剧中塑造了一个被遗弃,遭迫害,但性格倔强,不惜采用一切手段地进行报复的妇女形象,她最后杀死自己的两个儿子实在是出于爱和无奈,作者表现出对受害者的深刻同情。《特洛亚妇女》上演于公元前415年,通过对特洛亚亡国后的苦难的描写,表达诗人反对侵略战争的思想,可能同时影射公元前416年雅典攻陷米洛斯岛后的残酷屠杀。《伊菲革涅亚在陶洛人里》(公元前420至412年间上演)是译者的早期译本,出版于1936年。剧情源于阿伽门农把自己的女儿祭献女神阿尔特弥斯的故事,剧本描写阿伽门农被妻子杀死后儿子奥瑞斯特斯在异域与姐姐伊菲革涅亚患难相认的动人场面,很受后代评论家的称赞。

　　古希腊喜剧的发展是同雅典奴隶主民主政治相联系的,随着社会生活的变化而变化。古希腊早期喜剧一称"旧喜剧",盛行于公元前五世纪,以进行社会政治讽刺为主。在雅典奴隶主民主政治条件下,作家享有相当的言论自由,可以直接议论时事政治和各种重大社会问题,批评当权者和社会名流,这为喜剧家进行社会政治讽刺提供了广阔的空间。早期喜剧的杰出代表是阿里斯托芬(约公元前446—前385)。他在青少年时期经历了雅典伯里克利斯时期的政治、经济繁荣时期,后来又经历了内战和雅典在内战中失败后雅典奴隶主民主制的衰落。他主要站在自耕农和城市中产阶级的立场,反对内战,反对政治蛊惑家愚弄人民,揭露雅典政治生活的腐败,批判社会生活中的各种不良倾向,希望复兴雅典旧日的民主与繁荣。他的喜剧题材是真实的,但情节是虚构的,有时近于荒诞。剧中人物的名字都是象征性的,歌队富有寓意色彩,语言辛辣。他的喜剧结构比较简单,歌队在剧中起重要作用,参加戏剧行动,推动剧情发展。阿里斯托芬一共上演过四十四部喜剧,现存他的十一部作品,包括《阿卡奈人》、《骑士》、《云》、《马蜂》、《和平》、《鸟》、《蛙》等。《阿卡奈人》上演于公元前425年,主题是现实的:反对内战,主张和平,但场面近于荒诞。《骑士》是剧作家最尖锐、最激烈的政治讽刺剧,反对政治蛊惑,提倡恢复雅典往日的民主自由精神。《马蜂》也是一部政治讽刺剧,矛头指向当时当政的克勒翁,表现了诗人的政治胆量。译本出版于1981年,是译者的后期译作。

古希腊戏剧直接影响了古罗马戏剧的发展,并进而影响了后代欧洲戏剧的发展,成为古典范本。古希腊戏剧是世界古代文化的瑰宝,虽已历时数千载,但其动人的情节、深刻的思想和精湛的技巧,至今仍然能强烈地震撼人们的心灵,令人赞叹不已。

王焕生

2013年5月

被缚的普罗米修斯

埃斯库罗斯

此剧本根据哈里(Joseph Edward Harry)校订的《埃斯库罗斯的普罗米修斯》(Aeschylus: Prometheus, American Book Company, 1905)古希腊文译出,并参考了赛克斯(E. E. Sikes)与威尔逊(G. B. W. Willson)校订的《埃斯库罗斯的被缚的普罗米修斯》(The Prometheus Vinctus of Aeschylus, MacMillan, 1912)一书的注解和洛布(Loeb)古典丛书的版本。

场　次

一　开场(原诗第 1 至 127 行) ………………………… 5
二　进场歌(原诗第 128 至 192 行) …………………… 8
三　第一场(原诗第 193 至 396 行) …………………… 9
四　第一合唱歌(原诗第 397 至 435 行) ……………… 14
五　第二场(原诗第 436 至 525 行) …………………… 15
六　第二合唱歌(原诗第 526 至 560 行) ……………… 17
七　第三场(原诗第 561 至 886 行) …………………… 18
八　第三合唱歌(原诗第 887 至 906 行) ……………… 26
九　退场(原诗第 907 至 1093 行) ……………………… 26

人　物

（以上场先后为序）

威力神——帕拉斯①和斯提克斯②的儿子。

暴力神——帕拉斯和斯提克斯的女儿。

赫菲斯托斯——宙斯和赫拉的儿子，为火神。

普罗米修斯——伊阿佩托斯和特弥斯的儿子。

歌队——由奥克阿诺斯③的十二个女儿组成。

奥克阿诺斯——天（乌拉诺斯）和地（盖亚）的儿子，普罗米修斯的岳父，为河神。

伊奥——伊那科斯④的女儿。

赫尔墨斯——宙斯和迈亚的儿子，为众神的使者。

布　景

高加索山悬崖。

时　代

神话时代。

---

① 帕拉斯，乌拉诺斯（天）和盖亚（地）的儿子，提坦神之一，后被雅典娜所杀。
② 斯提克斯，河神奥克阿诺斯的女儿。
③ 奥克阿诺斯，环绕大地（古希腊人相信大地是圆饼状）的河的主神，提坦神。
④ 伊那科斯，据阿波洛多罗斯的《神话集》是奥克阿诺斯之子，也是河神，有一条河由他而得名。

一　开　场

> 普罗米修斯由威力神与暴力神自观众左方上场,赫菲斯托斯拿着铁锤随上。

威力神　我们总算到了大地边缘,斯库提亚①这没有人烟的荒凉地带。啊,赫菲斯托斯,你要遵照你父亲给你的命令,拿牢靠的钢镣铐把这个坏东西锁起来,绑在悬岩上;因为他把你的值得夸耀的东西,助长一切技艺的火焰,偷了来送给人类②;他有罪,应当受众神惩罚,接受教训,从此服从宙斯统治,不再爱护人类。

赫菲斯托斯　啊,威力神,暴力神,宙斯的命令你们是执行完了,没有事儿了;我却不忍心把同族的神强行绑在寒风凛冽的峡谷边上。可是我又不得不打起精神做这件事;因为漠视父亲的命令是要受惩罚的。

　　(向普罗米修斯)谨慎的特弥斯的高傲的儿子啊,尽管你和我不情愿,我也得拿这条解不开的铜链把你捆起来,钉在这荒凉的悬岩上。在这里你将听不见人声,看不见人影;太阳的闪烁的火焰会把你烤焦,使你的皮肤失掉颜色;直到满天星斗的夜遮住了阳光,或太阳出来化去了晨霜,你才松快。这眼前的苦难将永远折磨你;没有人救得了你③。

　　这就是你爱护人类所获得的报酬。你自己是一位神,不怕众神发怒,竟把那宝贵的东西送给了人类,那不是他们应得之物。由于这缘故,你将站在这凄凉的石头上守望④,睡不能睡,坐不能坐;你将发出无数的悲叹,无益的呻吟;因为宙斯的心是冷酷无情的;每一位新

---

① 斯库提亚,指黑海北边和东北边一带。
② 指普罗米修斯从火神赫菲斯托斯的熔炉里盗火;一说这火是他取自太阳。
③ 许多注释者把这句话解作:"你的救命恩人尚未降生。"但赫菲斯托斯不知普罗米修斯日后会得救。
④ 一说他站了三万年;一说五百年,因解救他的赫拉克勒斯是伊奥的第十三代子孙,每一代按古希腊人算法为四十年。

得势的神①都是很严厉的。

威力神　得了！你为什么拖延时间,白费你的同情？这个众神憎恨的神——他曾把你的特权出卖给人类——你为什么不恨他？

赫菲斯托斯　血亲关系和友谊力量大得很。

威力神　我同意;可是父亲的命令你能违抗吗？你不害怕吗？

赫菲斯托斯　你永远是冷酷无情,傲慢不逊。

威力神　你为他难过也没用;不必在无益的事情上浪费工夫了。

赫菲斯托斯　我真恨我这行手艺！

威力神　为什么恨呢？说实话,这眼前的麻烦怪不着你的技艺。

赫菲斯托斯　但愿这技艺落到别人手上②。

威力神　除了在天上为王而外,做什么事都有困难;除了宙斯而外,任何人都不自由。

赫菲斯托斯　眼前的事使我明白这道理;我不能反驳。

威力神　那么还不快把镣铐给他上好,免得父亲发觉你耽误时间！

赫菲斯托斯　你看,手铐已经准备好了。

威力神　快套在他腕子上;使劲捶,把他钉在石头上。

　　　　威力神与暴力神抓住普罗米修斯的手脚,赫菲斯托斯把他钉在石头上。

赫菲斯托斯　我正在钉,没有耽误时间。

威力神　捶重点儿,使劲把他钉得紧紧的,什么地方也不要放松;因为他很狡猾,逢到绝路,也能脱逃。

赫菲斯托斯　这只腕子已经钉紧了,谁也解不开了。

威力神　把这只也钉得牢牢的,好叫他知道,不管他多么聪明,与宙斯相比总是个笨伯。

赫菲斯托斯　除了他,谁也没有理由埋怨我了。

威力神　现在使劲把这无情的钢楔的尖子一直钉进他的胸口。

赫菲斯托斯　哎呀,普罗米修斯,我为你的痛苦而悲叹。

威力神　你又不想钉了,为宙斯的仇敌而悲叹吗？你怕会自己哭自

---

① 指刚推翻其父克罗诺斯成为主神的宙斯。
② 指他不愿干锁住普罗米修斯这份差事。

己了①！

赫菲斯托斯　你看，一幅多么悲惨的景象！

威力神　我看他活该受罪。快把这些带子拴在他腰上！

赫菲斯托斯　我拴；不必尽催我。

威力神　我要命令你，我要大声叫你把他拴紧。快下来，使劲把他的腿箍起来！

赫菲斯托斯　箍好了，没有费多少工夫。

威力神　现在把脚镣上伤人的钉子使劲捶捶；这工作的检查者②是很严厉的。

赫菲斯托斯　你的话跟你的脸一样③。

威力神　你要心软就心软吧；不必骂我心肠硬，冷酷无情。

赫菲斯托斯　我们走吧；他的手脚都已绑好了。

　　　　赫菲斯托斯自观众左方下。

威力神　现在，你在这里骄横吧，把众神特有的东西偷来送给朝生暮死的人吧！人类能不能减轻你的痛苦呢？众神叫你"普罗米修斯"是叫错了；你倒是需要"先见之明"，才能看出怎样摆脱这些精致的镣铐。

　　　　威力神与暴力神自观众左方下。

普罗米修斯　啊，晴明的天空，快翅膀的风，江河的流水，万顷海波的欢笑，养育万物的大地和普照的太阳的光轮，我向你们呼吁；请看我这个神怎样受了众神迫害。请看我忍受什么痛苦，要经过万年的挣扎。这就是众神的新王想出来的对付我的有伤我的体面的束缚。唉，唉，我为这眼前和未来的灾难而悲叹！我这苦难的救星会在什么地方出现啊？

　　　这是什么话呀④？一切未来的事我预先看得清清楚楚；决不会有什么意外的灾难落到我头上。我既知道定数的力量不可抵抗，就得尽可能忍受这注定的命运。这些灾难说起来痛苦，闷在心里也痛苦！只因为我把众神特有的东西送给了人类，哎呀，才受这样的罪！

---

① 指赫菲斯托斯会受宙斯惩罚。
② 指宙斯。
③ 古希腊的演员戴面具；威力神面貌凶恶。
④ 普罗米修斯责备自己刚才不该说那些软弱的话。

我把火种偷来,藏在茴香秆①里,使它成为人们各种技艺的教师,绝大的资力。因为这点过错,我受罚受辱,在这露天之下戴上脚镣手铐。

啊,这是什么声音?什么香气飘到了我这里?这没有现形的人物是天神,是凡人,还是半神②?是谁到这大地边缘的悬岩上来探视我的痛苦,或是另有用意呢?你们看见我这不幸的神戴上脚镣手铐;只因为我太爱护人类,成了宙斯的仇敌,成了那些出入于宙斯的宫廷的众神所憎恨的神。

啊,我又听见身边有沙沙的声音,这是什么呀?是飞鸟鼓翅的声音吗?空气随着翅膀的轻快的扇动而嘘嘘作响。不管是什么来了,我都害怕啊!

二 进场歌

歌队乘飞车自观众右方进场。

歌队 （第一曲首节③）不要害怕;我们这一队姐妹是你的朋友,我们好容易才得到父亲的许可,比赛着谁的翅膀快,飞到这悬崖前面来。是疾驰的风把我吹来的;铁锤丁丁当当的声音传进了石穴深处,惊走了我的娇羞,我来不及穿鞋,就乘着飞车赶来了。（本节完）

普罗米修斯 啊,啊,原来是多子女的特提斯的女儿们④,是那用滔滔的河水环绕着大地的奥克阿诺斯的女儿们;请看我,看我戴着什么样的镣铐,被钉在这峡谷的万丈悬崖上,眼睁睁地在这里守望啊!

歌队 （第一曲次节）我看见了,普罗米修斯;我看见你的身体受伤害,戴着钢镣铐在这崖石上衰弱下去,我眼前便升起了一片充满了眼泪的朦胧的雾。奥林波斯⑤现在归新的舵手们领导;旧日的巨神们已经

---

① 这种茴香秆有四五尺高,表皮坚硬,晒干后很容易着火。
② 半神,指神与人结合而生的人。
③ 古希腊的合唱歌分若干曲,每曲又分首节、次节与末节(有的合唱歌缺少末节)。每曲首次两节的节奏和拍子相同,但各曲的节奏和拍子彼此不同。末节的节奏和拍子与首次两节的不同,但全歌中各曲末节的节奏和拍子相同。
④ 特提斯,天和地的女儿。她嫁给奥克阿诺斯,生了四十一个女儿。
⑤ 奥林波斯,希腊北部的高山,为众神的住处。

　　　　　　无影无踪；宙斯滥用新的法令，专制横行。（本节完）

普罗米修斯　但愿他把我扔到地底下，扔到那接待死者的冥府底下，塔尔塔罗斯深坑①里，拿解不开的镣铐残忍地把我锁住，免得叫天神或者凡人看见我受苦。可是，现在啊，我这不幸的神任凭天风吹弄；我受苦，我的仇人却幸灾乐祸。

歌队　（第二曲首节）哪一位神会这样心狠，拿你的痛苦来取乐？除了宙斯，哪一位神不气愤，不对你的苦难表同情？宙斯性情暴戾心又狠，他压制乌拉诺斯的儿女们②；他决不会松手的，除非等到他心满意足，或者有一位神用诡计夺去了他那难以夺取的权力。（本节完）

普罗米修斯　别看那众神的王现在侮辱我，给我戴上结实的镣铐，他终究会需要我来告诉他，一个什么新的企图会使他失去王杖和权力③。我不会被他的甜言蜜语所欺骗，不会因为害怕他的凶恶的恫吓而泄漏那秘密，除非他先解了这残忍的镣铐，愿意赔偿我所受的侮辱。

歌队　（第二曲次节）你真有胆量，在这样大的痛苦面前也不肯屈服，说起话来这样放肆。一种强烈的恐惧扰乱了我的心；我担心你的命运，不知你要航到哪一个海港，才能看见你的痛苦的终点？克罗诺斯的儿子性情顽固，他的心是劝不动的。（本节完）

普罗米修斯　我知道他是很严厉的，而且法律又操在他手中；可是等他受到那样的打击，我相信他的性情是会变温和的；等他的强烈的怒气平息之后，他会同我联盟，同我友好，他热心欢迎我，我也热心欢迎他。

三　第一场

歌队长　请把整个故事讲给我们听，告诉我们，为了什么过失，宙斯把你捉起来，这样不尊重你，狠狠地侮辱你？如果说起来不使你苦恼，就请告诉我们。

普罗米修斯　这故事说起来痛苦，闷在心里也痛苦，总是难受啊！

---

① 塔尔塔罗斯，一个深坑，在冥土下面，到冥土的距离相当于从冥土到地面的距离。
② 指宙斯把不服从他的提坦神打入塔尔塔罗斯。
③ 指宙斯欲娶海洋神女忒提斯，所生之子将推翻他。后来宙斯得知此女子名字，让她嫁给佩琉斯，生下儿子阿基琉斯，成为特洛亚战争中最伟大的希腊英雄。

9

当初众神动怒,起了内讧:有的想把克罗诺斯推下宝座,让宙斯为王;有的竭力反对,不让宙斯统治众神。我当时曾向提坦们,天和地的儿女,提出最好的意见,但是劝不动他们;良谋巧计他们不听;他们仗恃自己强大,以为可以靠武力轻易取胜。我母亲特弥斯——又叫盖亚①,一身兼有许多名称——时常把未来的事预先告诉我,她说这次不是靠膂力或者暴力就可以取胜,而是靠阴谋诡计。我曾把这话向他们详细解释,他们却认为全然不值得一顾。我当时最好的办法,似乎只好和我母亲联合起来,一同帮助宙斯,我自己愿意,也受欢迎。由于我的策略,老克罗诺斯和他的战友们全都被囚在塔尔塔罗斯的幽深的牢里。天上这个暴君曾经从我手里得到这样大的帮助,却拿这样重的惩罚来报答我。不相信朋友是暴君的通病②。

　　你问起他为什么侮辱我,我可以这样解答。他一登上他父亲的宝座,立即把各种权利送给了众神,把权力也分配了;但是对于可怜的人类他不但不关心,反而想把他们的种族完全毁灭,另行创造新的。除了我,谁也不挺身出来反对;只有我有胆量拯救人类,使他们不至于完全被毁灭,被打进冥府。为此,我屈服在这样大的苦难之下,忍受痛苦,看起来可怜!我怜悯人类,自己却得不到怜悯;我在这里受惩罚,没有谁怜悯,这景象真使宙斯丢脸啊!

歌队长　普罗米修斯,谁对你的苦难不感觉气愤,谁的心就是铁打的,石头做的;我不愿意看见你遭受苦难;我一看见心里就悲伤。

普罗米修斯　在朋友们看来,我真是可怜啊!

歌队长　此外,你没有犯别的过错吧?

普罗米修斯　我使人类不再预料着死亡。

歌队长　你找到了什么药来治这个病呢?

普罗米修斯　我把盲目的希望放在他们心里。

歌队长　你给了人类多么大的恩惠啊!

普罗米修斯　此外,我把火也给了他们。

歌队长　怎么?朝生暮死的人类也有了熊熊的火了吗?

---

① 特弥斯,司法律、秩序、正义、誓言的女神。她是地神盖亚的女儿;但作者把特弥斯与地神化为一体。
② 此处斥责希腊各城邦借人民力量夺得政权的僭主。

普罗米修斯　是啊；他们可以用火学会许多技艺。

歌队长　是不是为了这样的罪，宙斯才——

普罗米修斯　才迫害我，不让我摆脱苦难。

歌队长　你的苦难没有止境吗？

普罗米修斯　没有；除非到了他高兴的时候。

歌队长　什么时候他才高兴？你有什么希望？你看不出你有罪吗？可是说你有罪，我说起来没趣味，你听起来也痛苦。还是不提这件事；快想办法摆脱这苦难吧。

普罗米修斯　站在痛苦之外规劝受苦的人，是件很容易的事。我有罪，我完全知道；我是自愿的，自愿犯罪的；我并不同你争辩。我帮助人类，自己却遭受痛苦。想不到我会受到这样的惩罚：在这凌空的石头上消耗我的精力，这荒凉的悬岩就是我受罪的地方。

　　现在，请不要为我眼前的灾难而悲叹，快下地来听我讲我今后的命运，你们好从头到尾知道得清清楚楚。答应我，答应我，同情一个正在受难的神吧！苦难飘来飘去，会轮流落到大家身上。

歌队长　普罗米修斯，你的呼吁我们并不是不愿意听。我现在脚步轻轻，离开那疾驰的车子和洁净的天空——飞鸟的道路——来到这不平的地上；我愿意听你的苦难的整个故事。

　　　　歌队下了飞车，进入场中。
　　　　奥克阿诺斯乘飞马自观众右方上。

奥克阿诺斯　普罗米修斯，我骑着这飞得快的鸟儿——没有用缰辔控制，它就随着我的意思奔驰——到达了这长途的终点，来到了你这里；因为我，你要相信，很同情你的不幸。我认为是血族关系使我同情你；即使没有亲属关系，我也特别尊重你。你会知道这是真心话；我从来不假意奉承。告诉我怎样帮助你；你决不会说，你有一个比奥克阿诺斯更忠实的朋友。

普罗米修斯　啊，怎么回事？你也来探视我的苦难吗？你怎么有胆量离开那由你而得到名字的河流，离开那石顶棚的天然洞穴，来到这铁的母亲①的地方？你是不是来看我的不幸的遭遇，对我的苦难表示同

---

① "铁的母亲"，大地的诨号。斯库提亚在荷马时代就产铁。

情和气愤？请看这景象，请看我，宙斯的朋友，曾经拥护他为王，如今却遭受苦难，被他压服了。

奥克阿诺斯　我看见了，普罗米修斯；你虽然很精明，我还是要给你最好的忠告。

你要有自知之明，采取新的态度；因为天上已经立了一个新的君王。如果你说出这样尖酸刻薄的话，宙斯也许会听见，尽管他高坐在天上；那样一来，你现在为这些苦难而生的气就如同儿戏了。啊，受苦的神，快平息你现在的愤怒，想法摆脱这灾难吧！我这个忠告也许太陈腐了；但是，普罗米修斯，你的遭遇就是太夸口的报应。你现在还不谦逊，还不向灾难屈服，还想加重这眼前的灾难。你既看见一位严厉的、不受审查的①君王当了权，你就得奉我为师，不要伸腿踢刺棍②。

我现在去试试，看能否解除你的苦难。你要安静，不要太夸口。你聪明绝顶，难道不知道放肆的唇舌会招致惩罚么？

普罗米修斯　你有胆量同情我的苦难，又没有受罪之忧③，我真羡慕你。现在算了吧，不必麻烦你了；因为他不容易说服，你绝对劝不动他。当心你这一去会给自己惹祸啊！

奥克阿诺斯　你最善于规劝别人，却不善于规劝自己，这是我根据事实，不是根据传闻而得出的结论。我要去，请不必阻拦。我敢说，我敢说宙斯会送我一份人情，解除你的苦难。

普罗米修斯　你这样热心，我真是感激，永远感激。但请你不必劳神；即使你愿意，也是白费工夫，对我全没好处。你要安静，免得招惹祸事。我自己不幸，却不愿意大家受苦。不，决不；我的弟兄阿特拉斯④的命运已经够我伤心了，他向着西方站着，肩膀顶着天地之间的柱子⑤，重得很，不容易顶啊。当我看见那住在基利基亚⑥洞里的可怕

---

① 古雅典执政官任期满时，须把账目等交付审查。
② 意即"不要反抗，自找苦吃"。"刺棍"为刺马赶牛的双尖头棍。
③ 指奥克阿诺斯不会受宙斯惩罚。许多校订者把"同情我的苦难"解作"与我同谋"，但在第234行中普罗米修斯说他没有同谋者。
④ 阿特拉斯，伊阿佩托斯和克吕墨涅之子。作者据赫西奥多斯说他和普罗米修斯是亲兄弟。他曾反抗宙斯。
⑤ 作者据荷马说宙斯罚阿特拉斯去顶使天地分离的柱子，而不据赫西奥多斯说他被罚顶天。
⑥ 基利基亚，在小亚细亚东南部。

的百头怪物,凶猛的提福斯①,地神的儿子,被暴力摧毁了的时候,我真是可怜他。他和众神对抗,可怕的嘴里发出恐怖的声音,眼里射出凶恶的光芒,就像要猛力打倒宙斯的统治权;可是宙斯的不眨眼的霹雳向着他射来,那猛扑的闪电冒出火焰,在他夸口的时候,使他大吃一惊;他的心受了伤,骨肉化成灰,他的力量被电火摧毁了。到如今他那无用的直挺的残尸还躺在海峡旁边,被压在埃特纳山②脚底下,赫菲斯托斯坐在那山顶上锻炼熔化了的铁;总有一天,那里会流出火焰的江河,那凶恶的火舌会吞没出产好果子的西西里的宽阔田地:那就是提福斯喷出的怒气化成的可怕的冒火的热浪,虽然他已经被宙斯的电火烧焦了。

你并不是没有阅历,用不着我来教训你。快保全你自己吧,你知道怎么办;我却要把这眼前的命运忍受到底,直到宙斯心中息怒的时候为止。

奥克阿诺斯　难道你不知道,普罗米修斯,语言是医治恶劣心情的良药吗?

普罗米修斯　如果话说得很合时宜,不是用来强消臃肿的愤怒的,倒可以使心情平和下来。

奥克阿诺斯　我这样热心,这样勇敢,你看有什么害处? 告诉我吧。

普罗米修斯　那是徒劳,是天真的愚蠢。

奥克阿诺斯　就让我害愚蠢的病吧;最好是大智若愚③啊。

普罗米修斯　我派你去,就像是我愚蠢。

奥克阿诺斯　你这话分明是打发我回家。

普罗米修斯　是的;免得你为我而悲叹,招人仇恨。

奥克阿诺斯　是不是招那刚坐上全能的宝座的神仇恨?

普罗米修斯　你要当心,别使他恼怒。

奥克阿诺斯　普罗米修斯,你的灾难是个教训。

普罗米修斯　快走吧,回家去吧,好好保持着你现在的意见。

---

① 提福斯,这个名字意为"火山口冒出的烟火",后指"尘土风",最后成为有好几个脑袋的怪物名。"百头"系夸张之辞。
② 埃特纳山,西西里东北部的火山。这里也许指公元前四七五年那一次爆发。
③ "大智若愚",古希腊谚语。

奥克阿诺斯　你这样说,我就走了;我这只四脚鸟①用它的翅膀拍着天空中平滑的道路;它喜欢在家中的厩舍里弯着膝头休息。　　396

奥克阿诺斯乘飞马自观众右方退出。

四　第一合唱歌

歌队　（第一曲首节）普罗米修斯,我为你这不幸的命运而悲叹,泪珠从我眼里大量滴出来,一行行泪水打湿了我的细嫩的②双颊。真是可怕啊,宙斯凭自己的法律统治,向前朝的神显出一副傲慢的神情③。　　405

　　（第一曲次节）现在整个世界都为你大声痛哭,那些住在西方的人④悲叹你的宗族⑤曾经享受的伟大而又古老的权力;那些住在神圣的亚细亚的人也对你的悲惨的苦难表同情。　　414

　　（第二曲首节）那些住在科尔基斯⑥土地上的勇于作战的女子⑦和那些住在大地边缘、迈奥提斯湖畔的斯库提亚人也为你痛哭。⑧　　419

　　（第二曲次节）那驻在高加索附近山城上的敌军,阿拉伯武士之花,在尖锐的戈矛的林中呐喊,也对你表示同情。⑨（本节完）　　424

　　〔我先前只见过一位别的提坦神戴着铁镣铐,忍受着同样的痛苦和侮辱,那就是阿特拉斯,他的强大的体力不寻常,他背着天的穹隆在那里呻吟。〕⑩　　430

　　（末节）海潮下落,发出悲声,海底在鸣咽,下界黑暗的地牢在号啕,澄清的河流也为你的不幸的苦难而悲叹。　　435

---

① 指飞马。
② 译文据洛布本。"细嫩的"哈里本作"柔和的",为"泪水"的形容词。
③ 或解作"傲慢地炫耀他的长矛"。
④ 此处抄本残缺。"那些住在西方的人"是校订家填补的,大概指意大利人。
⑤ 指提坦神。
⑥ 科尔基斯,在黑海东岸,高加索山旁。
⑦ "女子"指阿玛宗人。阿玛宗人的意思是"无乳的女人";据说这些女子割去右乳,以便开弓射箭。她们曾攻打阿提卡,并曾参加特洛亚战争。
⑧ 迈奥提斯,即亚速海。斯库提亚人是一支善战的游牧民族。"也为你痛哭"是补充的。
⑨ "阿拉伯"洛布本作"阿里亚",那是波斯王国的一个省份。"也对你表示同情"是补充的。
⑩ 方括号里的一节诗大概是后人由埃斯库罗斯的别的剧本里移来的。抄本有误。"天的穹隆"据赛克斯本译出,哈里本作"天地之间的穹隆"。

14

五 第二场

普罗米修斯　我默默无言,不要认为我傲慢顽固。我眼看自己受这样的迫害,愤怒咬伤了我的心!

　　是谁把特权完全给了这些新的神?不是我,是谁?这件事不说了;因为我要说的,你们早已知道。且听人类所受的苦难,且听他们先前多么愚蠢,我怎样使他们变聪明,使他们有理智。我说这话,并不是责备人类忘恩负义,只不过表明一下我厚赐他们的那番好意。　　　　　　　　　　　　　　　　　　　446

　　他们先前视而不见,听而不闻;好像梦中的形影,一生做事七颠八倒;不知道建筑向阳的砖屋,不知道用木材盖屋顶,①而是像一群小蚂蚁,住在地底下不见阳光的洞里。他们不知道凭可靠的征象来认识冬日、开花的春季和结果的夏天;做事全没个准则;后来,我才教他们观察那不易辨认的星象的升沉。　　　　　　　　　　458

　　我为他们发明了数学,最高的科学;还创造了字母的组合来记载一切事情,②那是工艺的主妇,文艺的母亲。我最先把野兽驾在轭下,给它们搭上护肩和驮鞍,使它们替凡人担任最重的劳动;我更把马儿驾在车前,使它们服从缰绳,成为富贵豪华的排场。那为水手们制造有麻布翅膀的车来航海的也正是我,不是别的神。　　468

　　我为人类发明了这样的技艺,我自己,唉,反而没有巧计摆脱这眼前的苦难。　　　　　　　　　　　　　　　　　　　471

歌队长　你忍受着屈辱和灾难;你失去了智慧,想不出办法,像一个庸碌的医生害了病,想不出药来医治自己,精神很颓丧。　　　　　　475

普罗米修斯　等你听见了其余的话,知道我发明了一些什么技艺和方术,你会更称赞我呢。人一害病就没有救,没有药吃,没有药喝,也没有膏子敷,因为没有药医治,就渐渐衰弱了。后来,我教他们配制解痛的药,驱除百病。我还安排了许多占卜的方法,最先为他们圆梦,告

---

① 据罗马作家老普林尼说,雅典的第一个砖屋是欧律阿洛斯和许佩尔比奥斯造的,木屋顶是代达洛斯发明的。"砖"指太阳晒成的砖。
② 传说许多科学发明,如数学、灯塔、尺子、复子音等都是帕拉墨得斯发明的。

诉他们哪一些梦会应验；还有，那些偶尔听见的难以理解的话和路上碰见的预兆①，我也向他们解释了；爪子弯曲的鸟②的飞行，哪一种天然表示吉兆，哪一种表示凶兆③，各种鸟的生活方式，彼此间的爱憎以及起落栖止，我也给他们分别得清清楚楚；它们心肝的大小，肝脏的斑点均匀不均匀，胆囊要是什么颜色才能讨神们喜欢，这些我都告诉了他们；罩上网油的大腿骨和细长的脊椎我都焚烧了④，这样把秘密的方术传给了人类；我还使他们看清了火焰的信号，这在从前是朦胧的⑤。这些事说得够详细了。至于地下埋藏的对人类有益的宝藏，金银铜铁，谁能说是他在我之前发现的？谁也不能说——我知道得很清楚——除非他信口胡说。请听我一句话总结：人类的一切技艺都是普罗米修斯传授的。 506

歌队长　不要太爱护人类而不管自身受苦；我相信你摆脱了镣铐之后会和宙斯一样强大。

普罗米修斯　可是全能的命运并没有注定这件事这样实现，要等我忍受了许多苦难之后，才能摆脱镣铐；因为技艺总是胜不过定数。 514

歌队长　那么谁是定数的舵手呢？

普罗米修斯　三位命运女神⑥和记仇的报复女神们⑦。

歌队长　难道宙斯没有她们强大吗？

普罗米修斯　他也逃不了注定的命运。

歌队长　宙斯不是命中注定永远为王吗？

普罗米修斯　这个你不能打听；不要再追问了。

歌队长　你一定是保守着什么重大秘密。

普罗米修斯　谈谈别的事吧；这还不是道破的时机，我得好好保守秘密；

---

① 指出行的人所遇见的鸟兽或其他物体所表示的预兆。
② 指食肉鸟。
③ "吉兆"原文作"右方"。解释预兆的人面北而立，从右方得来的预兆是吉祥的，从左方得来的预兆便是不祥的。"凶兆"原文作"吉兆"，古希腊人有所忌讳，不敢说不祥的词，因而转借这个词来代表"凶兆"。
④ 据赫西奥多斯说，普罗米修斯曾教凡人把网油裹在骨头上面，欺骗宙斯，使他挑选骨头，不挑选旁边的肉。宙斯看穿了这诡计，但他还是挑选了骨头，借此惩罚普罗米修斯。
⑤ 指普罗米修斯曾把凡人眼中翳障清除，使他们重见光明，看清楚献祭的火焰所表示的预兆。
⑥ 命运女神，摩伊拉，是三姐妹：克洛托（纺命运线）、拉克西斯（分配命运）、阿特罗波斯（扯断命运线）。
⑦ 报复女神们，命运女神的女仆，其职司是惩罚反抗命运女神者。

因为只有这样,才能摆脱这些有伤我的体面的镣铐和苦难。

六　第二合唱歌

歌队　(第一曲首节)愿宙斯,最高的主宰,不要用暴力打击我的愿望;愿我永远能在我父亲奥克阿诺斯的滔滔的河流旁边杀牛祭神,献上洁净的肉;愿我不在言语上犯罪:这条规则我要铭刻在心,不要熔化了①。

(第一曲次节)假如这一生能常在可靠的希望中度过,这颗心能在欢乐中得到补养,这将是多么甜蜜啊!但是,看见你忍受这许多痛苦,我浑身战栗……②普罗米修斯,你不怕宙斯,意志坚强,但是你未免太重视人类了。

(第二曲首节)啊,朋友,你看,你的恩惠没有人感激;告诉我,谁来救你?哪一个朝生暮死的人救得了你?难道你看不出他们像梦中的形影那样软弱,盲目的人类是没有力量的吗?宙斯的安排凡人是无法突破的。

(第二曲次节)普罗米修斯,我看见你这可怕的命运,懂得了那条规则③。我现在听见的是不同的声调④啊,和那次我给你贺喜,绕着浴室和新床所唱的调子⑤多么不同啊!那时节你带着聘礼求婚,把我的姐妹赫西奥涅⑥接去做同衾的妻子。

---

① 借喻。古希腊人在蜡板上刻字,蜡板易熔化,所刻的字不能持久。
② 此处残缺四个缀音。
③ 指第一曲首节所说的规则。
④ 指普罗米修斯的呻吟。
⑤ 古希腊男女结婚的时候要在女家用特别的泉水沐浴,在雅典他们用的是卡利罗埃泉水。唱婚歌的习惯是很古老的,这种歌队由青年男女组成,他们一共唱三次,第一次是在新郎新妇沐浴的时候,第二次是在迎亲的路上,第三次是在洞房外面。
⑥ 赫西奥涅,奥克阿诺斯的女儿。

七　第三场①

　　　　伊奥②自观众左方上。

伊奥　这是什么地方？什么民族？我眼前绑在石头上遭受风暴的是谁呀？你③犯了什么罪遭受惩罚，这样被毁灭？请你告诉我，我这可怜的人飘到了大地上什么地点了？哎呀，那牛虻又来叮我这不幸的人了，地神④呀，把它赶走吧！我看见了地生的阿尔戈斯的鬼影，千眼的牧人⑤！他又追来了，眼睛多么狡猾；甚至他死后大地都不能把他掩藏，他竟从死人那里来追赶我这不幸的人，使我在这海边的沙滩上忍饥受饿。 574

　　　　（抒情歌首节）他用蜡粘合的、声音响亮的排箫吹出催眠曲调⑥。哎呀呀，这漂泊，这艰难的漂泊要把我带到哪里去？克罗诺斯的儿子⑦呀，你发现我犯了什么罪，把我驾在苦难的轭下，唉，使我这不幸的女子由于害怕牛虻的追赶而发狂？快把我烧死，或是埋在地下，或是给海里妖怪吃了吧，主上呀，不要拒绝我的请求！这长途的漂泊我已经受够了，不知怎样才能摆脱这灾难。（向普罗米修斯）你听见这长着牛角的女子的声音没有？ 588

普罗米修斯　我怎会没有听见这被牛虻追赶的少女，伊那科斯的女儿的声音？她用爱情引燃了宙斯心里的火焰，如今招赫拉嫉妒，被迫作长途的漂泊。

伊奥　（次节）你怎么会知道我父亲的名字？告诉我这可怜的人吧，啊，不幸的神，你是谁？你怎么能正确地称呼我这不幸的女子？怎么会知道这天降的灾祸，这使我苦恼，哎呀，使我发疯的毒刺？我一跳一

---

① 这一场一方面使普罗米修斯见了不平的事更加气愤，另一方面使本剧和《普罗米修斯被释》衔接起来。这一场所提及的故事可以冲淡剧中的忧郁气氛，使观众暂时忘记剧中的痛苦的景象。公元前五世纪的希腊人不明白地理的形势，他们听见了这些远方的奇迹一定是很神往的。
② 伊奥出场时头上插两只牛角。
③ 或作"他"。
④ 抄本有误。或改作"宙斯"。
⑤ 看管伊奥的牧人阿尔戈斯有许多只眼睛。"千眼"是夸张。
⑥ 伊奥误把牛虻鼓翅声当作阿尔戈斯吹的排箫声。
⑦ 指宙斯。

跳，饿得心慌，这样疯狂地跑到这里来，中了赫拉的毒计。唉，哪一个不幸的人像我这样受苦？请你明白告诉我，我还要受些什么苦难，有没有救，有没有医治的药？如果你知道，请你指出来！快说呀，快告诉我这不幸的漂泊的女子！

普罗米修斯　你想知道的这一切我都明白告诉你，我并不叫你猜谜，而是清清楚楚地讲出来，像朋友对朋友说话一样。你看，我就是把火送给人类的普罗米修斯。

伊奥　啊，不幸的普罗米修斯，人类共同的施主，你怎么会受这样的苦难呢？

普罗米修斯　我已经停止悲叹我的苦难了。

伊奥　你不给我这恩惠吗？

普罗米修斯　你说吧，你有什么要求；你可以从我这里打听一切。

伊奥　告诉我，是谁把你绑在这峡谷边上的？

普罗米修斯　宙斯的意志，赫菲斯托斯的手。

伊奥　你犯了什么罪，遭受惩罚？

普罗米修斯　我刚才给你的那点解释已经够了。

伊奥　还请告诉我，我要漂泊到哪里为止，我这不幸的人还要受多久的罪呢？

普罗米修斯　你还是不知道为好。

伊奥　请不要把我要受的苦难隐瞒起来。

普罗米修斯　我不是不愿意给你这恩惠。

伊奥　那么你为什么拖延时间，不从头到尾告诉我呢？

普罗米修斯　我没有什么不愿意，只怕搅乱了你的心。

伊奥　请不要太怜恤我，那不是我所希望的。

普罗米修斯　你急于要知道，我就告诉你；请听啊！

歌队长　（向普罗米修斯）等一等；让我听个痛快吧。我们先打听她的苦难，听她讲述她长途漂泊的经过；再让她从你那里知道未来的痛苦。

普罗米修斯　伊奥，给她们这恩惠吧，这是你的事；特别因为她们是你父亲的姐妹。只要能得到听众的眼泪，费一点时间悲叹我们的不幸，也值得啊。

伊奥　我不知怎么拒绝你们；凡是你们想知道的事，你们都可以听我明白

19

讲出来;可是提起这天降的灾难的风暴,我模样的改变,以及这祸事为什么突然落到我这不幸的人身上,我不免悲伤。

从前我闺房里时常有夜间的幻影出现,用甜言蜜语引诱我说:"啊,十分幸福的女郎,当你能缔结最美好的姻缘的时候,你为什么还要长期过处女生活?宙斯中了你的爱情的箭,受伤发热,想同你在恋爱上结合。啊,孩子,不要嫌弃宙斯的床榻,快到茂盛的勒尔涅草地①上,你父亲的牛栏和牛群中去吧,那么宙斯眼中的欲望就可以满足了。"

我这不幸的人夜夜被这样的梦纠缠;后来我鼓着勇气,把夜间出现的可怕的梦告诉了我父亲。他因此派遣了许多使者到皮托②和多多那③去问神,应当做些什么事,说些什么话,才能讨众神欢喜。可是他们带回来的是些晦涩难解、模棱两可的神谕。最后,伊那科斯得到了一个明白的神示,那神示清清楚楚告诉他,叫他把我赶出家门,赶出祖国,任凭我到天涯地角漂泊;如果他不愿意,那火似的霹雳就会从宙斯那里飞来,毁灭他的全家。

我父亲遵照洛克西阿斯④的神谕,把我赶出了家门,彼此都不情愿;但是宙斯的嚼铁逼着他这样做。我的模样和心情立即起了变化,头上长了角,像你看见的;我被那嘴很锋利的牛虻⑤刺伤了,疯狂地跳跃,跑到克尔克涅亚的甜蜜的河水旁边和勒尔涅泉旁;⑥可是那地神生的牧人,性情粗暴的阿尔戈斯,却紧紧追赶我,张着无数的眼睛盯着我的脚迹;幸亏一个意外的命运突然结果了他的性命。⑦可是我依然被牛虻叮刺,在女神的折磨下,从一个地方被赶到另一个地方。

你已经听见了这些过去的事;如果你能道破未来的苦难,请你告

---

① 勒尔涅草地,在伯罗奔尼撒平原东北阿尔戈利斯境内阿尔戈斯城附近。
② 皮托,得尔斐旧名,法律女神特弥斯颁布神示地,也是阿波罗神庙所在地。在科任托斯海湾北岸福基斯境内。
③ 多多那,在埃皮罗斯,宙斯神庙所在地。祭司借此地橡树间的风声来推测宙斯的意思。
④ 洛克西阿斯,阿波罗别名,他是宙斯和勒托之子,音乐、诗歌、预言、拯救之神,他的神庙在得尔斐。
⑤ 伊奥以为牛虻的刺长在嘴里。
⑥ 克尔克涅亚城和勒尔涅泉,在阿尔戈斯通往特革亚的路旁,附近有勒尔涅草地,草地中间有勒尔涅河。
⑦ 指赫尔墨斯吹排箫催他入睡后,砍下了他的头。

诉我。不要怜恤我,不要用假话安慰我;掩饰的话,在我看来,是最有害的东西。

歌队长　哎呀呀,愿天神消灾弭难! 我从来没有,从来没有想到我会听见这样奇怪的故事,这难看和难忍的苦难,侮辱和恐怖会像双尖头的刺棍刺得我心痛啊! 哎呀,命运呀命运,看见伊奥的遭遇,我浑身战栗。

普罗米修斯　你悲叹得太早了,怕得太厉害了;等你听见了其余的苦难再说吧。

歌队长　你说吧,从头到尾告诉我吧! 病人预先清清楚楚知道未来的痛苦,心就安了。

普罗米修斯　我很容易就满足了你们先前的要求;因为你们是想先听她叙述她遭遇的苦难。现在请听后一部分,这女子还要在赫拉手中忍受的痛苦。伊那科斯的女儿啊,你把我的话记在心里,就可以知道你的漂泊的终点。

　　首先,从这里折向日出的方向,走过那没有开垦的草原;然后去到斯库提亚的游牧民族那里,他们高高地住在平稳的车上的柳条屋里,背上背着远射的弓;不要挨近他们,顺着那波浪冲击的海岸穿过他们的土地。

　　左边住着制造铁器的人,叫做卡吕柏斯人①,你要防备他们;因为他们是野蛮人,不让外人接近。然后你去到那名不虚传的暴河②旁边,切不要过河;因为那是不容易泅过的,等你爬上高加索山③再说,那是最高的山,那条河④从那悬崖上猛冲下来。你翻过那接近星宿的山顶,继续往南,走到憎恨男子的阿玛宗人⑤那里,她们日后要搬到特尔摩冬河⑥畔的特弥斯库拉城居住,萨尔米得索斯⑦在那里对着海张开锯齿般的嘴,那是水手的险恶停留地,海船的后母;好在那

---

① 卡吕柏斯人,住在黑海南边。但从文中看,则在黑海北边。这一段所述伊奥的漂泊路线不很清楚。
② 暴河,古代注释者说是阿拉克塞斯河(今阿拉斯河,在亚美尼亚境内),现代注释者说是波律斯特涅斯河(今第聂伯河),也许是想象的河。
③ 指黑海北边的高加索山。
④ 指暴河。
⑤ 阿玛宗人住在黑海东北,作者却说在黑海北边。
⑥ 特尔摩冬河,在黑海东南。
⑦ 萨尔米得索斯,在黑海西岸,作者却说在北岸。

    些女子会高高兴兴给你带路。 728

    然后你走到湖泊①的窄门旁边的基墨里科斯地峡②,壮着胆子离开那里,再泅过迈奥提斯海峡;你从那里泅过去,会永远被人称道,那海峡将由你而得到名字,叫作牛津③。然后你离开欧罗巴,到达亚细亚大陆。

    (向歌队)你们不认为神中间的君王对谁都很残暴吗?这位天神想同这个凡人结合,竟逼着她到处漂泊。

    (向伊奥)啊,女郎,你碰上了一个多么残忍的求婚者啊!你现在听见的话,你要知道,还算不得一个引子呢。 741

伊奥　哎呀,哎呀!

普罗米修斯　你又在痛哭,又在呻吟;等你知道了其余的苦难,又将怎样呢?

歌队长　还有别的苦难要告诉她吗?

普罗米修斯　还有致命的苦难,像狂暴的大海一样。

伊奥　我活着有什么好?为什么不快从这悬崖上跳下去,和地面一撞,就此摆脱这一切苦难?一下子死了,比一生受苦好啊!

普罗米修斯　你难忍受我这样的痛苦;因为我命中注定是不死的;死了倒解脱了苦难。宙斯的王权不打倒,我的苦难就没有止境。 756

伊奥　宙斯的权力是打得倒的吗?

普罗米修斯　看见他倒霉,我想,你一定高兴。

伊奥　既然受了宙斯的害,我看见他倒霉,怎么不高兴呢?

普罗米修斯　你要相信,事情就是如此。

伊奥　是谁来夺去他的王权呢?

普罗米修斯　他自己和他的愚蠢的企图。

伊奥　怎么回事?如果不妨事,请你告诉我。

普罗米修斯　他要结婚,那会使他懊悔的。

伊奥　同神女,还是同凡人结婚?如果说得,请你告诉我。 765

普罗米修斯　为什么问同谁结婚?这件事是说不得的。

伊奥　他会被他的妻子推下宝座吗?

---

① 指迈奥提斯湖(亚速海)。
② 基墨里科斯地峡,陶里克半岛(今克里米亚)和陆地相连处的地峡。
③ 牛津,音译"博斯波罗斯"。黑海西南还有一个海峡叫牛津,在《乞援人》中,伊奥又从这里下海。

22

普罗米修斯　他会被她推下宝座；因为她会生一个儿子，儿子比父亲强大。

伊奥　他逃不过这厄运吗？

普罗米修斯　逃不过；除非他使我摆脱了镣铐。

伊奥　谁来违反宙斯的意思把你放了呢？

普罗米修斯　你的后代子孙。

伊奥　你说什么？我的孩子能解除你的苦难吗？

普罗米修斯　他能解除；他是你的十代以后第三代的人。

伊奥　你这个预言不好懂。

普罗米修斯　那就不必打听你的苦难了。

伊奥　你给了我这恩惠，不要又收回。

普罗米修斯　这两件事，我只能告诉你一件。

伊奥　哪两件？请你摊出来，让我挑选。

普罗米修斯　我答应；你要我把你未来的灾难，还是把我的释放者告诉你？

歌队长　这两件恩惠，你给她一件，给我一件，请不要拒绝；把她的未来的漂泊告诉她，把你的释放者告诉我，我很想知道呢。

普罗米修斯　既然你们的愿望是这样殷切，我就不拒绝你们，把你们想知道的事统统告诉你们。

　　我先告诉你，伊奥，你将怎样被牛虻追赶，到处漂泊，你把这些话刻在你的记事的心板上吧。

　　你泅过那两大陆分界的海峡①之后，朝着太阳升起的火光熊熊的东方走去，……②你泅过那澎湃的大海③之后，到达戈尔戈④的基斯特涅平原，那里住着福尔库斯的女儿们⑤，三个老姑娘，样子像天

---

① 指迈奥提斯海峡。
② 此行无动词，"走去"系后人所加。后面缺数行，有人把一段残诗移到此处，大意是："直到你进入博瑞阿斯（北风神）的女儿们的土地，当心暴风把你从地上抢走，用狂烈的旋风把你载走。"
③ 指黑海。
④ 戈尔戈，三姐妹：斯特诺、欧律阿勒、墨杜萨，蛇发，有翼和脚爪。谁见到墨杜萨，就会化作石头。她们住在利彼亚（即非洲），但作者说她们住在基斯特涅，在大地边缘，即东方。
⑤ 福尔库斯，海神。他的三个女儿是格赖埃，意即白发女人。她们是佩佛瑞多、埃倪奥和得诺。三姐妹轮流使用一颗牙齿和一只眼睛。戈尔戈三姐妹也是福尔库斯的女儿。但"福尔库斯的女儿们"一般指格赖埃。

鹅,三人共有一颗牙齿一只眼睛;太阳不放光亮照她们,月亮夜里也不照她们①。她们还有三个有翅膀的姐妹住在她们旁边,就是蛇头发的戈尔戈,人类所憎恨的怪物②,人一看见她们就活不成;我吩咐你当心这危险。

  请听另一种可怕的景象。你要防备宙斯的不叫唤的尖嘴狗格律普斯③,防备那些独眼人,骑马的阿里马斯波斯人④,他们住在普路同⑤的冲出沙金的河流旁边;不要挨近他们。然后你去到黑种人的遥远的土地上,他们居住在太阳的水泉⑥旁边,埃提奥普斯河⑦就在那里。你沿着河岸下行,走到瀑布⑧旁边,尼罗在那里从彼布利涅山⑨下放出甜蜜的神水。它会引导你到尼罗提斯三角洲⑩;伊奥,命运注定你和你的儿孙在那里建立一个遥远的家⑪。

  (向歌队长)如果我的话有不清楚不好懂的地方,你再问个明白;我现在有的是闲暇,比我所想望的多得多。

歌队长 关于她的长途的漂泊,若是你有剩余的或者漏掉的话要讲,请你快讲;若是你已经讲完了,请给我们一件恩惠,那是我们所要求的,你该还记得。

普罗米修斯 她已经听我讲完了她的整个路程;我现在追述她到达这里之前所受的苦难,证明我的话可靠,使她知道她从我这里听见的不是假话。

  (向伊奥)大部分故事放下不讲,只追述你的漂泊的最后一程。

  你曾去到摩洛西亚平原⑫,去到群山环绕的多多那,那里有特斯

---

① 格赖埃三姐妹住在黑暗无光的西方,作者说她们在东方,但同样不见天日。
② 或解作"憎恨人类的怪物"。
③ 格律普斯,狮身、鹰嘴、有翼,看守印度的黄金,后看守北欧的黄金,作者则说它们在东南方。
④ 阿里马斯波斯人,住在斯库提亚北部,作者说他们住在东南方。据希罗多德说,他们曾骑马去盗取格律普斯看守的黄金。
⑤ 普路同,财神。作为河神已不可考。可能系作者虚构。
⑥ 大概指北非沙漠中安蒙庙旁的太阳泉。
⑦ 埃提奥普斯河,大概指尼罗河的支流。
⑧ 瀑布,原文是"倾斜处"。尼罗河有十处倾斜处。这一处在下游,菲勒附近,现名舍拉尔。
⑨ 彼布利涅山,已不可考。
⑩ 古代尼罗河分七条入海,水道间的三角洲叫尼罗提斯。
⑪ "家"指卡诺波斯,是伊奥漂泊的终点。
⑫ 摩洛西亚平原,在希腊西北部埃皮罗斯境内阿拉克托斯河西岸。

普罗提亚①的宙斯的神托所和难以使人相信的奇树,会说话的橡树,它曾清清楚楚——一点不含糊——称呼你作宙斯未来的有名的妻子,这件事你还记得吗?② 835

你受了牛虻叮刺,从那里由海边小路到达瑞亚的大海湾③,你在那里遇着风暴又折了回来④;你要相信,日后那海湾将改称伊奥尼亚,全世界的人会这样纪念你的旅行。

这段话是我的智力的标记,表示它比肉眼看得深。

(向歌队)其余的话我讲给你们和她一块儿听,我要回头接着前面的故事讲下去。 845

(向伊奥)在陆地边缘,尼罗河口的沙洲上,有一座城,叫作卡诺波斯⑤;宙斯将在那里用他的温柔的手触你摸你,使你恢复本性⑥。你将生黑皮肤的埃帕福斯,由宙斯那样生他而得到名字⑦;他将收获尼罗河洪水灌溉的土地上结的果实⑧。到了第五代,将有五十个少女被迫回到阿尔戈斯,避免和她们的堂兄弟结婚;他们满怀情欲,将像鹞鹰紧紧追赶鸽子一样,前来追求那不该追求的婚姻⑨;可是天神不让他们占有她们的身体。佩拉斯癸亚⑩将接待她们,在夜里,她们将鼓起女子的杀人勇气把他们杀死。每一个新娘将把双刃剑刺进她丈夫的喉头,结果他的性命——但愿库普里斯⑪这样对付我的仇敌!可是其中一个女子将被爱情迷住,她的决心的锋芒将变钝,不杀她的丈夫⑫;她将选择两种恶名之一,被人叫作怯懦的女人,而不被叫作

---

① 特斯普罗提亚,在埃皮罗斯境内。
② 译文据古注。或解作:"这件事使你高兴吧!"
③ 瑞亚的海湾,即伊奥尼亚海湾(今亚得里亚海湾)。瑞亚,天和地的女儿,提坦神,宙斯的母亲。
④ 伊奥折向北,去斯库提亚。
⑤ 卡诺波斯,在亚历山大里亚城东约三公里,传说系荷马时代希腊英雄墨涅拉奥斯所建。
⑥ 可能指伊奥由疯狂恢复本性,但未说她恢复人形。
⑦ "埃帕福斯"这个名字意为"触摸而生"。
⑧ 指埃帕福斯将成为埃及国王。
⑨ 埃帕福斯的曾孙达那奥斯害怕他的孪生兄弟埃古普托斯及其五十个儿子,带着自己的五十个女儿逃到了伊奥的故乡戈尔戈斯。作者的《乞援人》写这个故事。
⑩ 佩拉斯癸亚,狭义指阿尔戈斯,广义指伯罗奔尼撒。
⑪ 库普里斯,司爱与美的女神阿佛罗狄忒的别名。
⑫ 达那奥斯叫他的五十个女儿杀他的五十个侄儿(也是她们的丈夫),只有他的长女许佩尔涅斯特拉不忍杀她的丈夫林叩斯。后来林叩斯杀死达那奥斯。

凶手；她将在阿尔戈斯生一支王族。这件事要说清楚话很长。从她的种族里，将出生一个英雄，著名的弓箭手①，他将救我脱离苦难。这就是我的古老的母亲，提坦神特弥斯，告诉我的预言；至于详细情形说来话长，你听了也没有好处。 876

伊奥　哎呀，哎呀！这痉挛，这疯狂又发作了！那牛虻的不是铁打的箭头刺伤了我；我的心由于恐惧，向着我的胸膛乱撞，我的眼珠不住地旋转。疯狂的风暴把我吹出了航道②，我的舌头控制不住了。这些浑浊的话向着那可怕的疯狂的波浪乱冲乱撞。 886

　　　伊奥自观众左方急下。

八　第三合唱歌

歌队　（首节）那首先在心里探索到这个真理，把它讲出来的人真是聪明，真是聪明！他叫我们最好和门当户对的人结亲，一个穷苦的人不要去高攀奢侈的暴发户或骄傲的贵族世家。 893

　　　（次节）……③啊，命运女神们，愿你们不至于看见我成为宙斯的同床的妻子，愿我不至于嫁给天上的新郎；因为我看见伊奥，那憎恨丈夫的女子，受尽苦难，被赫拉逼迫，到处漂泊，我心里很害怕。 900

　　　（末节）我重视门当户对的婚姻，那没有什么可怕；但愿那些谈情说爱的强大的神不要向着我射出那无法躲避的目光。那是一种绝望的挣扎，一件无法应付的事；也不知将来的结果怎么样，我没有办法逃避宙斯的诡计。 906

九　退场

普罗米修斯　可是宙斯是会屈服的，不管他的意志多么倔强；因为他打算结一个姻缘，那姻缘会把他从王权和宝座上推下来，把他毁灭；他父亲克罗诺斯被推下那古老的宝座时发出的诅咒，立刻就会完全应验。

---

① 指赫拉克勒斯，他射死那只鹰，释放普罗米修斯。
② 伊奥把自己比作一辆车子，这车子却像一只船被风吹翻了。伊奥在说疯话，所以把比喻用乱了。
③ 此处残缺三个级音。

除了我,没有一位神能给他明白地指出一个办法,使他避免这灾难。这件事将怎样发生,这诅咒将怎样应验,只有我知道。且让他安心坐在那里,手里挥舞着喷火的霹雳,信赖那高空的雷声吧。可是这些东西都不能使他避免那可耻的不堪忍受的失败。他现在要找一个对手,一个无敌的怪物来和他自己作对;这对手会发现一种比闪电更强的火焰和一种比霹雳更大的声音;他还会把海神①的武器,那排山倒海的三叉打得粉碎。等宙斯碰上了这场灾祸,他就会明白做君王和做奴隶有很大的不同。 927

歌队长　你这样咒骂宙斯,这不过是你的愿望罢了。

普罗米修斯　我说的是事实,也是我的愿望。

歌队长　怎么?我们能指望一位神来控制宙斯吗?

普罗米修斯　他脖子上承受的痛苦②将比这些更难受。

歌队长　你说这样的话,不害怕吗?

普罗米修斯　我命中注定死不了,怕什么呢?

歌队长　可是他会给你更大的苦受。

普罗米修斯　随他去吧;一切事我都心中有数。

歌队长　那些向惩戒之神③告饶的人才是聪明的! 936

普罗米修斯　那么你就向你的主子致敬、祈祷,永远奉承他吧!我却一点也不把宙斯放在眼里!他打算怎么样就怎么样吧,让他统治这短促的时辰吧;因为他在神中为王的日子不会长久。

　　我看见了宙斯的走狗,新王的小厮,他一定是来宣布什么新的命令的。 943

　　　　赫尔墨斯自空中下降。

赫尔墨斯　你这个十分狡猾、满肚子怨气的家伙,我是在说你——你得罪了众神,把他们的权利送给了朝生暮死的人,你是个偷火的贼;父亲叫你把你常说的会使他丧失权力的婚姻指出来;告诉你,不要含糊其

---

① 海神,波塞冬,宙斯的哥哥。
② 以牛马戴轭为喻。
③ 惩戒之神,涅墨西斯,她折磨过于幸福的人,惩罚犯罪的人,那些言行不检的高傲的人也遭受她的惩罚。她又名阿德拉斯特亚,古希腊人说了什么傲慢的话之后,总要说"向阿德拉斯特亚告饶",以免遭受这位女神的惩罚。歌队长听见普罗米修斯说了傲慢的话,因此这样说。

27

词,要详详细细讲出来;普罗米修斯,不要使我再跑一趟;你知道,含含糊糊的话平不了宙斯的愤怒。

普罗米修斯　你说话多么漂亮,多么傲慢,不愧为众神的小厮。你们还很年轻,才得势不久,就以为你们可以住在那安乐的卫城上吗?难道我没有看见两个君王从那上面被推翻①吗?我还要看见第三个君王,当今的主子,很快就会不体面地被推翻。你以为我会惧怕这些新得势的神,会向他们屈服吗?我才不怕呢,绝对不怕。快顺着原路滚回去吧;因为你问也问不出什么来。

赫尔墨斯　你先前也是由于这样顽固,才进入了这苦难的港口。

普罗米修斯　你要相信,我不肯拿我这不幸的命运来换你的贱役。

赫尔墨斯　我认为你伺候这块石头,比做父亲宙斯的亲信使者强得多。

普罗米修斯　傲慢的使者自然可以说傲慢的话。

赫尔墨斯　你在目前的境况下好像还很得意。

普罗米修斯　我得意吗?愿我看我的仇敌这样得意,我把你也计算在内。

赫尔墨斯　怎么?你受苦,怪得着我吗?

普罗米修斯　一句话告诉你,我憎恨所有受了我的恩惠,恩将仇报,迫害我的神。

赫尔墨斯　听了你这话,知道你的疯病不轻。

普罗米修斯　如果憎恨仇敌也算疯病,我倒是疯了。

赫尔墨斯　你要是逢时得势,别人还受得了!

普罗米修斯　唉!

赫尔墨斯　宙斯从来不认识这个"唉"字。

普罗米修斯　但是越来越久的时间会教他认识。

赫尔墨斯　但是它没有教会你自制。

普罗米修斯　它没有教会我;否则,我就不会同你这小厮搭话。

赫尔墨斯　你好像不回答父亲所问的事。

普罗米修斯　我欠了他的情,应当报答!②

赫尔墨斯　你把我当孩子讥笑。

---

① 指乌拉诺斯与克罗诺斯,前者被后者推翻,后者被宙斯推翻。
② 这是一句反话。

普罗米修斯　如果你想从我这里打听什么,你岂不是个孩子,岂不比孩子更傻吗?宙斯无法用苦刑或诡计强迫我道破这个秘密,除非他解开这侮辱我的镣铐。

　　让他扔出燃烧的电火吧,让他用白羽似的雪片和地下响出的雷霆使宇宙紊乱吧;可是这一切都不能强迫我告诉他,谁来推翻他的王权。 996

赫尔墨斯　你要考虑这样对你是不是有利。

普罗米修斯　我早就考虑过了,而且下了决心。

赫尔墨斯　傻子,面对着眼前的苦难,你尽可能,尽可能放明白一点吧。

普罗米修斯　你白同我纠缠,好像劝说那无情的波浪一样。别以为我会由于害怕宙斯的意志而成为妇人女子,伸出柔弱的手,手心向上,求我最痛恨的仇敌解开我的镣铐;我决不那样做。 1006

赫尔墨斯　这许多话都像是白说了;因为我的请求没有使你的心变温和或软下来。你像一匹新上轭的马驹嚼着嚼铁,桀骜不驯,和缰绳挣扎。你太相信你那不中用的诡计了。一个傻子单靠顽固成不了事。

　　如果你不听我的话,你要注意,什么样的风暴和灾难的第三重浪①会落到你身上,逃也逃不掉:首先,父亲将用雷电把这峥嵘的峡谷劈开,把你的身体埋葬,这岩石的手臂依然会拥抱着你。你在那里住满了很长的时间,才能回到阳光里来;那时候宙斯的有翅膀的狗,那凶猛的鹰,会贪婪地把你的肉撕成一长条一长条的,它是个不速之客,整天吃,会把你的肝啄得血淋淋的。 1025

　　不要盼望这种痛苦是有期限的,除非有一位神来替你受苦,自愿进入那幽暗的冥土和漆黑的塔尔塔罗斯深坑。

　　所以,你还是考虑考虑吧;这不是虚假的夸口,而是真实的话;因为宙斯的嘴是不会说假话的;他所说的话都是会实现的。你仔细思考,好生想想吧,不要以为顽固比谨慎好。 1035

歌队长　在我们看来,赫尔墨斯这番话并不是不合时宜;他劝你改掉顽固,采取明哲的谨慎。你听从吧;聪明的神犯了错误,是一件可耻的事。

---

① 即最大的浪。

普罗米修斯　这家伙所说的消息我早已知道。仇敌忍受仇敌的迫害算不得耻辱。让电火的分叉鬈须射到我身上吧,让雷霆和狂风的震动扰乱天空吧;让飓风吹得大地根基动摇,吹得海上的波浪向上猛冲,搅乱了天上星辰的轨道吧,让宙斯用严厉的定数的旋风把我的身体吹起来,使我落进幽暗的塔尔塔罗斯吧;总之,他弄不死我。 1053

赫尔墨斯　只有从疯子那里才能听见这样的语言和意志。他这样祈祷不就是神经错乱吗?这疯病怎样才能减轻呢?

　　你们这些同情他的苦难的女子啊,赶快离开这里吧,免得那无情的霹雳震得你们神志昏迷。 1062

歌队长　请你说别的话,劝我做你能劝我做的事吧;你插进这句话,使我受不了!为什么叫我做这卑鄙的事呢?我愿意和他一起忍受任何注定的苦难;我学会了憎恨叛徒,①再也没有什么恶行比出卖朋友更使我恶心。

赫尔墨斯　可是你们记住我发出的警告吧;当你们陷入灾难的罗网的时候,不要抱怨你们的命运,不要怪宙斯把你们打进事先不知道的苦难;不,你们要抱怨自己;因为你们早就知道了,你们不是不知不觉,而是由于你们的愚蠢才被缠在灾难的解不开的罗网里的。 1079

　　赫尔墨斯自空中退出。

普罗米修斯　看呀,话已成真:大地在动摇,雷声在地底下作响,闪电的火红的鬈须在闪烁,旋风卷起了尘土,各处的狂风在奔腾,彼此冲突,互相斗殴;天和海已经混淆了!这风暴分明是从宙斯那里吹来吓唬我的。我的神圣的母亲啊,推动那普照的阳光的天空啊,你们看见我遭受什么样的迫害啊!② 1093

　　普罗米修斯在雷电中消失,歌队也跟着不见了。③

---

① 有些注释者认为这句话大概影射当时的特弥斯托克勒斯,他本是萨拉弥斯之役的英雄,后来叛离希腊,去了波斯。但这只是揣测。
② 希腊悲剧结尾的诗通常不是由主要人物诵出的,以免扰乱宁静的收场。本剧结尾的诗却由普罗米修斯诵出,因为歌队大概要随着他消失,没有机会诵最后一段诗。
③ 普罗米修斯大概落到剧场中的地道里去了,这地道原是供下界鬼神出入之用的。至于歌队的命运,剧中没有点明白。这些少女愿意同普罗米修斯一起受苦,她们可能随着他落进塔尔塔罗斯。但是作者也许不至于叫那些无辜的女子遭受这样大的苦难;她们大概围绕着普罗米修斯,直到崖石下落的时候,她们才从两旁分散。

阿伽门农

埃斯库罗斯

此剧本根据弗伦克尔（Edward Fraenkel）校订的《埃斯库罗斯的阿伽门农》（Aeschylus：Agamemnon，Oxford，1950）古希腊文译出，并参考了黑德勒姆（Walter Headlam）校订的《埃斯库罗斯的阿伽门农》（Agamemnon of Aeschylus，Cambridge，1952）和丹尼斯顿（J. D. Denniston）与佩治（D. Page）校订的《埃斯库罗斯的阿伽门农》（Aeschylus：Agamemnon，Oxford，1957）两书的注解，以及洛布（Loeb）古典丛书的版本。

场　次

一　开场(原诗第1至39行) …………………………… 35
二　进场歌(原诗第40至257行) ……………………… 36
三　第一场(原诗第258至354行) ……………………… 41
四　第一合唱歌(原诗第355至488行) ………………… 44
五　第二场(原诗第489至680行) ……………………… 47
六　第二合唱歌(原诗第681至782行) ………………… 51
七　第三场(原诗第783至974行) ……………………… 53
八　第三合唱歌(原诗第975至1034行) ………………… 58
九　第四场(原诗第1035至1330行) …………………… 59
一〇　抒情歌(原诗第1331至1342行) ………………… 68
一一　第五场(原诗第1343至1576行) ………………… 68
一二　退场(原诗第1577至1673行) …………………… 74

人　物

（以上场先后为序）

守望人——阿尔戈斯兵士。
歌队——由十二个阿尔戈斯长老组成。
仆人数人——阿尔戈斯王宫的仆人。
克吕泰墨斯特拉①——阿伽门农的妻子，埃癸斯托斯的情妇。
传令官——阿伽门农的传令官。
阿伽门农——阿尔戈斯和密克奈②的国王。
侍女数人——克吕泰墨斯特拉的侍女。
卡珊德拉——阿伽门农的侍妾，特洛亚女俘虏。
埃癸斯托斯——阿伽门农的堂弟兄。
卫兵若干人——埃癸斯托斯的卫兵。

布　景

阿尔戈斯王宫前院，宫前有神像和祭坛。

时　代

英雄时代③。

---

① 克吕泰墨斯特拉，斯巴达国王廷达瑞奥斯和勒达之女，海伦的异父同母姐妹。
② 密克奈，在伯罗奔尼撒东北阿尔戈利斯境阿尔戈斯城北不远。
③ 特洛亚失陷据说在公元前一一八四年。此指公元前十二世纪初。

一　开场

　　　　守望人在王宫屋顶上出现①。

守望人　我祈求众神解除我长年守望的辛苦,一年来我像一头狗似的,支着两肘趴在阿特柔斯的儿子们②的屋顶上;这样,我认识了夜里聚会的群星,认识了那些闪烁的君王③,他们在天空很显眼,给人们带来夏季和冬天。今夜里,我照常观望信号火炬——那火光将从特洛亚带来消息,报告那都城的陷落④——因为一个有男人气魄、盼望胜利的女人的心⑤是这样命令我的。当我躺在夜里不让我入睡的、给露水打湿了的这只榻上的时候——连梦也不来拜望,因为恐惧代替睡眠站在旁边,使我不能紧闭着眼睛睡一睡——当我想唱唱歌,哼哼调子,挤一点歌汁来医治我的瞌睡病⑥的时候,我就为这个家的不幸而悲叹,这个家料理得不像从前那样好了。但愿此刻有火光在黑暗中出现,报告好消息,使我侥幸地摆脱这辛苦!

　　　　片刻后,远处有火光出现。

　　欢迎啊,火光,你在黑夜里放出白天的光亮,⑦作为发动许多阿尔戈斯歌舞队的信号,庆祝这幸运!

　　哦嗬,哦嗬!

　　我给阿伽门农的妻子一个明白的信号,叫她快快从榻上起来,在宫里欢呼,迎接火炬;因为伊利昂⑧的都城已经被攻陷了,正像那信

---

① 古希腊剧场的表演处是个圆场,观众坐处是个斜坡,与观众坐处相对的是个很高的换装处建筑(旧称"舞台建筑")。守望人自换装处建筑的阳台上出现(这阳台代表屋顶)。
② 指阿伽门农和他的弟弟墨涅拉奥斯。阿尔戈斯和密克奈是他俩共有的都城。
③ "群星"与"君王"相对。古希腊人认为星有生命,用其生存表示四季交替并把四季带到人间。第7行系伪作,删去,大意是:"星星,当他们下沉,和他们的上升。"
④ 因希腊先知卡尔卡斯(特斯托耳之子)曾预言特洛亚将在第十年陷落。"信号火炬"指为报信而燃起的火堆,远看像火炬。
⑤ "女人的心"指克吕泰墨斯特拉,阿伽门农出征后由她摄政。
⑥ 以女巫挤植物的汁配药为喻。
⑦ 或解作"黑夜的火光,你闪出白昼的光亮"。
⑧ 伊利昂,特洛亚的别名。

号火光所报道的;我自己先舞起来①;因为我的主人这一掷运气好,该我走棋子了;这信号火光给我掷出了三个六②。 33

愿这家的主人回来,我要用这只手握着他的可爱的胳臂。其余的事我就不说了,所谓一头巨牛压住了我的舌头③;这宫殿,只要它能言语,会清清楚楚讲出来;我愿意讲给知情的人听;对不知情的人④,我就说已经忘记了。 39

守望人自屋顶退下。

二 进场歌

众仆人自宫中上,他们把宫前祭坛上的火点燃⑤,然后进宫。歌队自观众右方进场⑥。

歌队 (序曲)如今是第十年了,自从普里阿摩斯的强大的原告,墨涅拉奥斯王和阿伽门农王,阿特柔斯的两个强有力的儿子——他们光荣地保持着宙斯赐给他们的两个宝座,两根王杖——从这地方率领着一千船阿尔戈斯军队⑦,战斗中的辩护人⑧出征以来,他们当时愤怒地叫嚷着要进行大战,好像兀鹰因为丢了小雏儿伤心到极点,拿翅膀

---

① 守望人在屋顶上跳舞,随即停止。本剧校订者弗伦克尔却以为是守望人将在庆祝会上,趁克吕泰墨斯特拉还没有发出信号叫大家跳舞,他就舞起来。
② 以下棋为喻。哥本哈根现存一个古希腊棋盘,上面有九条线,每条线两端有棋子,共十八个;棋手掷骰子走棋,掷出三个六点,大概就算胜利。此处"主人"指阿伽农。"该我走棋子了"指守望人到克吕泰墨斯特拉那里去报信,希望得到奖赏。
③ 不是指被金钱(印着牛像的钱币)收买,而是指他有所畏惧,舌头像被一个极重的东西压住了,不能说话。
④ "知情的人"与"不知情的人"指守望人想象中听他讲话的人。
⑤ 克吕泰墨斯特拉得到消息后,即下令全城举行祭祀,并叫长老们(歌队)前来听消息。
⑥ 古雅典剧场里人物的上下场要遵守一定的习惯,一个从市场里(亦即城里)或海上来的人物应自观众右方上。一个从乡下来的人物应自观众左方上,一个到市场里或海上去的人物应自观众右方下,一个到乡下去的人物应自观众左方下。自第40至103行是短短长格,歌队踏着这节奏进场,并在场中绕行。
⑦ 荷马的《伊利亚特》说,共有一千一百八十六艘船。修昔底德斯说是一千二百艘。
⑧ "辩护人"是法律名词,歌队把希腊和特洛亚比作诉讼的两造,把阿尔戈斯(即希腊)战士比作法庭上的原告的辩护人。

当桨划,在窝①的上空盘旋;因为它们为小鸟抱窝的辛苦算是白费了;多亏那高处的神——阿波罗,或是潘②,或是宙斯——听见了鸟儿的尖锐的悲鸣,可怜这些侨居者③,派遣了那迟早要报复的埃里倪斯④来惩罚这罪行。那强大的宙斯,宾主之神⑤,就是这样派遣了阿特柔斯的儿子们去惩罚阿勒克珊德罗斯⑥;他为了一个一嫁再嫁的女人的缘故,将要给达那奥斯人⑦和特洛亚人带来许多累人的搏斗,一开始就叫他们的膝头跪在尘沙里⑧,戈矛折成两截。

事情现在还是那样子,但是将按照注定的结果而结束;任凭那罪人⑨焚献牺牲,或是奠酒,或是献上不焚烧的祭品⑩,也不能平息那强烈的愤怒。 71

我们因为身体衰弱,不能服兵役,被那前去作辩护人的远征军扔在家里,我们这点孩子力气要靠拐棍才能支持。因为孩子胸中流动的嫩骨髓和老年人的一样,里面没有战斗精神;而一个非常老的人,他的叶子已经凋谢了,靠三条腿来走路,并不比一个孩子强,他像白天出现的梦中的形象一样,飘来飘去。 81

啊,廷达瑞奥斯的女儿,克吕泰墨斯特拉王后,有什么事,什么新闻?你打听到什么,相信什么消息,竟派人传令,举行祭祀?所有保护这都城的神——上界和下界的神,屋前⑪和市场里的神——他们的祭坛上都燃起了火焰,供上了祭品。到处是火炬,举到天一样高,

---

① "窝"原文也作"床"解,意思双关,暗指墨涅拉奥斯的空床。
② 潘,赫尔墨斯的儿子,为牧神、山林之神、保护禽兽的神。
③ "可怜"是后人补订的,原诗大概有残缺。阿波罗和宙斯住在奥林波斯高山上,潘住在阿尔卡狄亚的高山上,兀鹰也住在高山上,故此处称兀鹰为"侨居者",有如寄居在雅典的侨民。
④ 埃里倪斯,报仇女神,地或夜的女儿,头缠毒蛇,眼滴鲜血。据说是三姐妹(一说不只三人),她们惩罚一切罪行,特别是杀人罪。
⑤ 宙斯保护宾客及主人的权利,故称他为"宾主之神"。
⑥ 阿勒克珊德罗斯,帕里斯的别名。帕里斯到阿尔戈斯,阿伽门农和墨涅拉奥斯曾尽地主之谊款待他,他却拐走墨涅拉奥斯的妻子海伦,犯了不尊重主人罪及诱奸罪。
⑦ 达那奥斯人,狭义指阿尔戈斯人,广义指希腊人。
⑧ 即倒地之意。
⑨ 指帕斯。
⑩ 古希腊人把牺牲的骨头裹在油脂里焚烧来祭天上的神。"奠酒"指把酒奠在正在焚烧的骨头上。以上两种是火祭。还有一种不用火的祭祀,如用果品或把蜜和乳的水奠到地下祭神。"不焚烧的祭品"原文作"多泪的不焚烧的祭品","多泪的"一词大概是抄错了的,已无法订正。
⑪ "屋前"据黑德勒姆的改订译出,弗伦克尔本作"天上"。

那是用神圣的脂膏的纯粹而柔和的药物,也就是用王家内库的油①涂抹过的。 96

关于这件事,请你尽你所能说、所宜说的告诉我们,好解除我们的忧虑;我们时而预料有祸患,时而又由于你叫举行祭祀而怀抱着希望,这希望扫除了无限的焦愁和使人心碎的悲哀。 103

(第一曲首节)我要提起那两个率领军队出征的幸运的统帅,那两个当权的统帅——我虽然上了年纪,但是受了神的灵感也还能唱出动听的歌词——我要提起阿开奥斯人的两个宝座上的统帅,率领希腊青年的和睦的统帅,他们手里拿着报复的戈矛,正要被两只猛禽带到透克罗斯②的土地上去,鸟之王③飞到船之王面前,其中一只是黑色的,另一只的翎子却是白色的,它们出现在王宫旁边,在执矛的手那边④,栖息在显著地位上,啄食一只怀胎的兔子,不让它跑完最后一程。唱的是哀歌,唱的是哀歌,但愿吉祥如意。 121

(第一曲次节)那军中聪明的先知⑤回头望见那两个性情不同的阿特柔斯的儿子们,就知道那两只吃兔子的好战的鸟象征那两个率领军队的将领,因此他这样解释这预兆:"这远征军终于会攻陷普里阿摩斯的都城,城外所有的牛羊、人民的丰富财产,将被抢劫一空;但愿嫉妒不要从神那里下降,使特洛亚即将戴上的结实的嚼铁,这远征的军旅,暗淡无光! 因为那贞洁的阿尔特弥斯⑥由于怜悯,怨恨她父亲那只有翅膀的猎狗⑦把那可怜的兔子,在它生育之前,连胎儿一起杀了来祭献;那两只鹰的飨宴使她恶心。"唱的是哀歌,唱的是哀歌,但愿吉祥如意。 139

(第一曲末节)"啊,美丽的女神,尽管你对那些猛狮的弱小的崽子这样爱护,为那些野兽的乳儿所喜欢,你也应当让这件事的预兆应

---

① 油价格很贵,老百姓点不起,故由王家供给。
② 透克罗斯,特洛亚境内斯卡曼德罗斯河的主神克珊托斯和神女伊代亚的儿子,特洛亚第一位国王。
③ 指鹰。
④ 指右手边。出现在右方的兆头都是吉祥的。
⑤ 指卡尔卡斯他看到两只鹰羽色不同,象征阿伽门农与墨涅拉奥斯性情不同,前者火气大。
⑥ 阿尔特弥斯,宙斯和勒托之女,阿波罗的孪生姐姐,狩猎女神和保护动物的神。她永保童贞,故说"贞洁的"。
⑦ 指鹰。

验,这异象虽然也有不祥之处,总是个好兆头①。我祈求派安②别让他姐姐对达那奥斯人发出逆风,使船只受阻,长期不能开动,由于她想要另一次祭献,那是不合法的祭献,吃不得的牺牲③,会引起家庭间的争吵,使妻子不惧怕丈夫;因为那里面住着一位可怕的、回过头来打击的诡诈的看家者,一位记仇的、为孩子们④报仇的愤怒之神。"这就是卡尔卡斯对着王宫大声说的,从路上遇见的鸟儿那里看出来的命运,里面掺和着莫大的幸运,与此相和谐的是,唱的是哀歌,唱的是哀歌,但愿吉祥如意。   159

(第二曲首节)宙斯,不管他是谁——只要叫他这名字向他呼吁,很使他喜欢,我就这样呼唤他。经过多方面思索,我认为除了宙斯自己,再也没有别的神可以和他相比,如果我应当把那个无益的重压⑤从我的深沉的思想里挖掉的话。   160

(第二曲次节)那位从前号称伟大的神⑥,在每次战斗中傲慢自夸,但如今再也没有人提起他了,他的时代已经过去;那位后来的神⑦也因为碰上一个把对方摔倒三次者⑧而失败了。谁热烈地为宙斯高唱凯歌,谁就是聪明人。   175

(第三曲首节)是宙斯引导凡人走上智慧的道路,因为他立了这条有效的法则:智慧自苦难中得来。回想起从前的灾难,痛苦会在梦寐中⑨,一滴滴滴在心上,甚至一个顽固的人也会从此小心谨慎。这就是坐在那庄严的艄公凳⑩上的神强行赠送的恩惠。   183

---

① 此处尚有一字,意为"麻雀的"或"鸵鸟的",系伪作。自"啊,美丽的女神"起这六句,据黑德勒姆本译出。弗伦克尔本作:"尽管这美丽的女神这样爱护那些猛狮的弱小崽子,为那些在原野上奔跑的野兽的乳儿所喜爱,但她竟让这事情的预兆实现,这异象虽然吉利,但也有不祥之处。"与下文相矛盾。若是她让预兆实现,为何她又让海上起逆风来阻止希腊人?
② 派安,拯救者,指阿波罗。
③ 神吃的是牺牲火化时发出的烟子。
④ "孩子们"指提埃斯特斯的被阿特柔斯所杀的儿子们。
⑤ "重压"指一种愚蠢的想法,即认为宙斯是最伟大的神。
⑥ 指乌拉诺斯。
⑦ 指克罗诺斯。他推翻乌拉诺斯。
⑧ 指宙斯。他同克罗诺斯角力取胜。古希腊角力,把对方摔倒三次即取胜。
⑨ "在梦寐中"据黑德勒姆本译出,弗伦克尔本作"代替睡眠"。
⑩ "艄公凳"喻宙斯的宝座。"强行"据丹尼斯顿本译出。弗伦克尔本作"威风凛凛地坐在……"。

（第三曲次节）阿开奥斯舰队①的年长的领袖不怪先知，而向这突如其来的厄运低头，那时候阿开奥斯人驻在卡尔基斯对面，奥利斯岸旁——那里有潮汐来回的奔流②——他们正困处在海湾里，忍饥挨饿。　　　　　　　　　　　　　　　　　　　　　　　　　191

　　（第四曲首节）从斯特律蒙③吹来的暴风引起了饥饿，有害的闲暇、危险的停泊，使兵士游荡，船只和缆索受亏损，时间拖得太久，阿尔戈斯的花朵便从此凋谢枯萎；先知最后向两位领袖大声说出另一个比猛烈的风暴更难忍受的挽救方法，并且提起阿尔特弥斯的名字④，急得阿特柔斯的儿子们用王杖击地，禁不住流泪。　　204

　　（第四曲次节）那年长的国王说道："若要不服从，命运自然是苦；但是，若要杀了我的女儿，我家里可爱的孩子，在祭坛旁边使父亲的手沾染杀献闺女流出来的血，那也是苦啊！哪一种办法没有痛苦呢？我又怎能辜负联军，抛弃舰队呢？这不行；因为急切地要求杀献，流闺女的血来平息风暴，也是合情合理的啊！但愿一切如意。"　217

　　（第五曲首节）他受了强迫戴上轭，他的心就改变了，不洁净、不虔诚、不畏神明，他从此转了念头，胆大妄为。凡人往往受"迷惑"那坏东西怂恿，她出坏主意，是祸害的根源。因此他忍心作他女儿的杀献者，为了援助那场为一个女人的缘故而进行报复的战争，为舰队而举行祭祀。　　　　　　　　　　　　　　　　　　　　　　　　　227

　　（第五曲次节）她的祈求，她呼唤"父亲"的声音，她的处女时代的生命，都不曾被那些好战的将领所重视。她父亲做完祷告，叫执事人趁她诚心诚意跪在他袍子前面的时候，把她当一只小羊举起来按在祭坛上，并且管住她的美丽的嘴，不让她诅咒他的家。　　237

　　（第六曲首节）那要靠暴力和辔头的禁止发声的力量⑤。她的紫色袍子垂向地面，眼睛向着每个献祭的人射出乞怜的目光，像图画里的人物那样显眼，她想呼唤他们的名字——她曾经多少次在她父亲

---

① 指希腊舰队。
② 卡尔基斯，在希腊东部欧波亚岛中部海角上。奥利斯在卡尔基斯对面，中间隔着欧里波斯海峡。传说峡内每天有七次潮汐。
③ 斯特律蒙，马其顿河流。由此刮来的是东北风，正好阻止希腊舰队朝东北方向行驶。
④ 指把阿伽门农之女伊菲革涅亚当牺牲祭阿尔特弥斯。
⑤ 指用布带缠住伊菲革涅亚的嘴。

宴客的厅堂里唱过歌,那闺女用她的贞洁的声音,在第三次奠酒的时候,很亲热地回敬她父亲的快乐的祷告声。①

(第六曲次节)此后的事②我没有亲眼看见,也就不说了;但是卡尔卡斯的预言不会不灵验啊!惩戒之神自会把智慧分配给受苦难的人。未来的事到时便知,现在且随它去吧——预知等于还没有受伤就叫痛——它自会随着黎明清清楚楚地出现。

愿今后事事顺利,正合乎阿皮亚③土地仅有的保卫者,我们这些和主上最亲近的人的心愿。

三 第一场

克吕泰墨斯特拉自宫中上。

歌队长 克吕泰墨斯特拉,我尊重你的权力,应命而来;因为我们应当尊敬我们主上的妻子,在王位空虚的时候。是不是你听见了好消息,或者没有听见,只是希望有好消息,就举行祭祀,这个我想听听;但是,如果你不说,我也没有什么不满意。

克吕泰墨斯特拉 愿黎明带来好消息,像俗话所说,黎明是从它母亲——黑夜——那里来的。你将听见一件出乎意料的可喜的事——阿尔戈斯人已经攻陷了普里阿摩斯的都城了!

歌队长 你说什么?这句话从我耳边掠过了,因为我不相信。

克吕泰墨斯特拉 特洛亚落到阿开奥斯人手里了;我说清楚了吗?

歌队长 快乐钻进了我的心,使我流泪。

克吕泰墨斯特拉 你的眼睛表示你忠心耿耿。

歌队长 这件事你有没有可靠的证据?

---

① 古希腊人于餐后斟上纯酒敬神,第一次奠酒敬奥林波斯山上的众神,第二次奠酒敬众英雄,第三次奠酒敬保护神宙斯。主人于奠毕时做祷告,结束语是"伊厄派昂",也就是第一句歌词,于是众宾客接着唱颂神歌。此后才正式饮酒,饮的是淡酒(通常的习惯酒里掺一倍半水),有歌舞助兴。伊菲革涅亚在她父亲念完"伊厄派昂"的时候,接着唱颂神歌。这是荷马时代的风俗,那时代的妇女可以参加公共生活。在作者自己的时代(公元前5世纪)里,妇女便不能参加这种生活了。这最后五行(自"她曾经"起)说明伊菲革涅亚怎么会认识卡尔卡斯和那些将领。

② 指伊菲革涅亚被杀献、船队起航等。

③ 阿皮亚,阿尔戈斯和伯罗奔尼撒的别名,由阿尔戈斯国王阿皮斯而得名。

克吕泰墨斯特拉　当然有——怎么会没有呢？——只要不是神欺骗了我。

歌队长　你是不是把梦里引诱人的形象看得太重了？

克吕泰墨斯特拉　我才不注意那昏睡的心灵里的幻象呢。

歌队长　难道是不可靠的谣言把你弄糊涂了？

克吕泰墨斯特拉　你太瞧不起我的智力，把我当成小女孩了。

歌队长　那都城是哪一天毁灭的？

克吕泰墨斯特拉　告诉你，就在生育了这朝阳的夜晚。

歌队长　哪一个报信人跑得了这么快？

克吕泰墨斯特拉　赫菲斯托斯，他从伊达山①发出灿烂的火光。火的快差②把信号火光一段段的传来：伊达首先把它送到勒姆诺斯岛③上的赫尔墨斯悬崖上，然后阿托斯半岛上的宙斯峰④从那里把巨大的火炬接到手；那奔跑的火炬使劲跳跃，跳过海，欢乐地前进……⑤那松脂火炬像太阳一样把金色的光芒送到马基斯托斯山上的望楼⑥前。那山峰没有昏睡，没有拖延时间，没有疏忽信差的职务；那信号火光经过欧里波斯海峡上空，远远把消息递给墨萨皮昂山⑦上的守望人。他们也依次点起了火焰——烧的是一堆枯草——把消息往前传递。那火炬依然旺盛，一点也没有暗淡，像明月一样跳过了阿索波斯平原⑧，直达基泰戎悬崖⑨，在那里催促这信号火光的另一个接力者。那里的守望人不但没有拒绝远处传来的火光，反而点燃了一朵比命令所规定的更大的火焰；那火光在戈尔戈眼似的湖水上面一闪而过，到达山羊游玩的山⑩上，劝那里的守望人不可漠视生火

---

① 伊达山，在特洛亚郊外。
② 指接力送信的快差。
③ 勒姆诺斯岛，在爱琴海北部，距特洛亚约九十公里。
④ 阿托斯半岛，在马其顿南部，东南距勒姆诺斯岛约七十公里。宙斯峰在半岛南端，高约一千九百米。
⑤ 此处残缺。原诗缺动词，"前进"是补订的。
⑥ 马基斯托斯山，今坎狄利山，在欧波亚岛北部，北距阿托斯约一百八十公里，南距奥利斯约四十公里。"望楼"指山峰。
⑦ 墨萨皮昂山，在安特冬城附近，北距马基斯托斯山约二十公里，东南距奥利斯约十公里。
⑧ 阿索波斯平原，在阿提克西北的波奥提亚东南阿索波斯河南北两岸，距墨萨皮昂约三十公里。
⑨ 基泰戎悬崖，波奥提亚和阿提卡边界山脉，距墨萨皮昂山约三十公里。
⑩ 大概指革拉涅亚山，在墨伽拉西部，北距基泰戎山约二十公里。湖大概指革拉涅亚山和基泰戎山之间的湖。

的命令。① 他们大卖力气,点燃了火,送出一丛大火须,那火须飘过那俯瞰萨罗尼科斯海峡的海角②,依然在燃烧,跟着就下降,到达了阿拉克奈昂山③峰——靠近我们的都城的守望站,然后从那里落到阿特柔斯的儿子们的屋顶上,这光亮是伊达山上的火焰的儿孙。这就是我安排的火炬竞赛——一个个依次跑完,那最先跑和最后跑的人是胜利者④。这就是我告诉你的证据和信号——我丈夫从特洛亚传递给我的。

316

歌队长　啊,夫人,我跟着就向神谢恩,但是我愿意听完你的话,你一边讲,我一边赞叹。

克吕泰墨斯特拉　特洛亚今日是在阿开奥斯人手里了。我猜想那城里的各种呼声决不会混淆。试把醋和油倒在一只瓶里,你会说它们合不来,不够朋友,所以你会分别听见被征服者和征服者的声音;因为他们的命运各自不同:有的人倒在丈夫或弟兄的尸体上,儿孙倒在老年人的尸体上,⑤用失去了自由的喉咙悲叹他们最亲爱的人的死亡;有的人由于战后通宵掳掠而劳累,很是饥饿,停下来吃城里供应的早餐,不是按次序发票分配的,而是各自碰运气摇得了签,就住在特洛亚被攻占的家里,不再忍受露天的霜和露,也不必放哨,就可以像那些有福的人那样睡一夜。

336

　　只要他们尊重那被征服的土地上保护城邦的神和神殿,他们就不会在俘虏别人之后反而成为俘虏。愿我们的军队不要怀抱某种欲望,为了贪财去劫掠那些不应当抢夺的东西;因为他们还须争取回家的安全,沿着那双程跑道⑥的回头路归来。如果军队没有冒犯神明

---

① "那里的守望人"是补充的。"漠视"据弗伦克尔本译出,抄本作"欢迎",甚费解。
② 萨罗尼科斯海峡,指阿提卡半岛和阿尔戈斯半岛间的萨罗尼科斯海湾西端的小海湾,距革拉涅亚山约十二公里,为长方形,南北宽约七公里,形似海峡。"海角"大概指北岸中部的海角。
③ 阿拉克奈昂山,西距阿尔戈斯约二十公里,北距革拉涅亚山约四十公里。
④ 这最后一句话引起许多争论,恐怕是以火炬接力赛跑作比喻,所以都是胜利者。
⑤ 据弗伦克尔本译出。丹尼斯顿本作:"老年人倒在儿孙的身体上"。"有的人"应指妇女和儿童,因为成年男子都被杀光。
⑥ 古希腊的双程跑道像两只平行的手指,起点(也就是终点)对面的末端立着一根石柱,赛跑的人到了那里转弯,再往回跑。

而得以归来,那些受害者①的悲愤就会和缓下来②,只要没有意外的祸事发生。 347

　　这就是我,一个女人,讲给你听的。但愿好事成功,这个我们一定看得见;我宁可要这快乐,不要那莫大的幸福。 350

歌队长　夫人,你像个又聪明又谨慎的男人,话说得有理。我从你这里听见了这可靠的证据,准备向神谢恩;因为我们的辛苦已经得到了适当的报酬。 354

　　克吕泰墨斯特拉进宫。

四　第一合唱歌

歌队　(序曲)啊,宙斯王！啊,友好的夜,灿烂的装饰的享受者③,你曾把罩网撒在特洛亚城上,使老老少少跳不出这奴役的大拖网,这一网打尽的劫数。我尊敬伟大的宙斯,宾主之神,这件事是他促成的,他早就向着阿勒克珊德罗斯开弓;他的箭不会射不到鹄的,也不会射到星辰高处,白白落地。 366

　　(第一曲首节)人们会说这打击来自宙斯,这是可以看得出来的。他已经按照他的意思把这件事促成了。曾有人说,神不屑于注意那些践踏了神圣的美好的东西④的人;说这话就是对神不敬。当人们因为家里有过多的、超过了最好限度的财富而过分骄傲的时候,很明显,那不可容忍的罪恶所得到的报偿就是死亡⑤。一个聪明人只愿有一份无害的财富就够了。 380

　　因为一个人若是太富裕,把正义之神的大台座踢得不见了,就没有保障啊！⑥ 384

　　(第一曲次节)是"引诱"那坏东西,那预先定计的阿特⑦的难以

---

① "受害者"指战死的将士的家属。
② "和缓下来"据黑德勒姆本译出,抄本作"激动起来"。
③ "装饰"指星辰。此句或解作"最大的荣誉的赐予者"。
④ 指帕里斯于做客时拐走了海伦而践踏了宾主情谊。
⑤ 抄本有误,无法校订。此句据黑德勒姆本的改订译出,弗伦克尔以为这改订不妥。
⑥ 或解作"金钱保障不了人,在他傲慢地把正义之神的大祭坛踢毁了的时候"。
⑦ 阿特,迷惑之神,争吵之神的女儿,她引诱人为恶,把他们毁灭,因此又是毁灭之神。

44

抵抗的女儿,在催促他,因此一切挽救都没有效力。他所受的伤害无法掩饰,像可怕的火光那样亮了出来;他受到惩罚,有如劣铜①受到磨损和撞击而变黑了;他又像儿童追逐飞鸟,给他的城邦带来了难以忍受的苦难。神不但不听他祈祷,反而把做这些事的不义的人毁灭。 398

帕里斯就是这样的人,他曾到阿特柔斯的儿子们家里拐走一个有夫之妇,玷污了宴客的筵席。 402

(第二曲首节)她留给同国人的是盾兵的乱纷纷的戈矛,水手的装具,她带到特洛亚当嫁妆的是毁灭,她轻捷地穿过了大门,敢于做没人敢做的事。当时宫中的众先知不住地叹道:"哎呀,这宫廷和宫中的王啊!哎呀,这床榻和那爱丈夫的新娘的脚步啊!"②我们可以看见那些被抛弃的人③哑口无言,他们虽已感觉耻辱,却还没有出口骂人,甚至还不肯相信。由于对海外人的怀念,他们会想象有一个幻影在操持家务。 415

但是那些形象很美的雕像④在丈夫看来没什么可爱,雕像没有眼珠⑤,也就不能传情了。 419

(第二曲次节)"那梦中出现的使人信以为真的形象⑥会引起一场空欢喜,当一个人以为他看见了亲爱的人——⑦那也是徒劳;因为那幻影已从他怀中溜掉,再也不跟着睡眠的随身翅膀归来⑧。"这就是那宫中炉边⑨的伤心事,此外还有更伤心的事呢;一般地说,在每一个家里都可以看出为那些一起从希腊动身的兵士而感觉的难以忍受的悲哀⑩,是呀,多少事刺得人心痛啊!

---

① "劣铜"指含铅的铜。
② 此句形容妻子上床。"新娘的"是补充的。
③ 原文是复数,实指墨涅拉奥斯一人。
④ 指海伦的雕像,一说是一般的装饰品。
⑤ 古希腊的雕像,特别是铜像,多半没有眼珠。
⑥ "使人信以为真的形象"根据黑德勒姆本译出,意即使丈夫相信那是他真正的妻子的形象。抄本作"忧愁的形象",可解作"忧愁的人在梦中看见的形象"。
⑦ 此处省略了下文。观众以为歌队会唱出"想把她拥抱"一类的诗句。
⑧ 睡眠之神背上有翅膀。此时做梦的人已醒,所以那幻影不能再跟着睡眠的翅膀归来。此处抄本有误,原诗费解。或解作"再也不沿着睡眠的道路飞回"。
⑨ 荷马时代的正厅里有炉火,为家庭的象征。
⑩ 据黑德勒姆本译出。弗伦克尔本作"忍耐的心里的不流露的悲哀"。

送出去的是亲爱的人,回到每一个家里的是一罐骨灰①,不是活人。 436

(第三曲首节)战神在戈矛激战的地方提起一架天平,用黄金来兑换尸首,他从伊利昂把火化了的东西送给它们的亲人,那是使人流泪的沉重的砂金,代替人身的骨灰,装在那轻便的瓦罐里的。②他们哀悼死者,赞美这人善于打仗,那人在血战中光荣倒下,为了别人的妻子的缘故;有人这样低声抱怨,对案件的主犯阿特柔斯的儿子们发出的悲愤正在暗地里蔓延。 451

有的兵士在那城墙下,占据了伊利昂土地上的坟墓,他们的形象依然美丽;他们虽是征服者,却埋在敌国的泥土里。 455

(第三曲次节)市民的愤怒的话是危险的,公众的诅咒现在发生了效力。我怕听黑暗中隐藏着的消息;因为神并不是不注意那些杀人如麻的人;一个人多行不义,虽然侥幸成功,但是那些穿黑袍的报仇女神最终会使他命运逆转,受尽折磨,以至湮没无闻;他一旦被毁灭了便无法挽救。一个人的声名太响了,也是危险;因为电光会从宙斯眼③里发射出来。 470

我宁可选择那不至于引起嫉妒的幸福④;我不愿毁灭别人的城邦,也不愿被人俘虏,看到那种生活⑤。 474

(第三曲末节)那传递喜讯的火光带来的消息,很快就散布到城里。谁知道是真的还是神在欺骗我们?谁这样幼稚或者这样糊涂,让他的心因火光带来的意外消息所激动,然后又垂头丧气,当音信走了样的时候?这很合乎女人的性情,在消息还没有证实之前就谢恩。女人制定的法则太容易使人听从,传布得快,可是女人嘴里说出的消息也消失得快啊! 488

---

① 这是作者那个时代的丧葬习惯。荷马时代,战死的英雄就地埋葬。
② 这一段有好几个双关字:"天平"指衡量金银的天平和决定胜负的命运(由神用天平来衡量),"火化"指火烧金子和火化尸体,"沉重"指金子的沉重和悲哀的沉重,"瓦罐"指一般的陶器和骨灰罐。
③ "眼"字可能是抄错了的。此句或解作"从宙斯那里来的霹雳会打击他的眼睛"。
④ 古希腊人相信天神嫉妒过分幸福的人,要把他们毁灭。
⑤ 指奴隶生活。

五　第二场

歌队长　我们立刻就可以知道那发亮的火炬传来的火光和信号是真是假,这乘兴而来的火光是不是像梦一样欺骗了我们的心;因为我看见一个传令官从海边来到那橄榄树①荫下,那干燥的尘埃②,泥土的孪生姐妹,向我保证,这个报信人不是哑巴,他不是烧起山上的木柴,靠烟火来传递信号,而是要更清楚地报告那可喜的消息,或者——我可不喜欢说相反的话。但愿喜上加喜啊!如果有人为这城邦做不同的祈祷,愿他能收获他心中的罪恶的果实。 502

　　　　传令官自观众右方上。③
传令官　啊,我的祖国,阿尔戈斯的土地!一别十年,今天好容易回到你这里!多少希望都断了缆,只有一个系得稳。真没想到我还能死在阿尔戈斯,分得一份最亲切的墓地。土地啊,我现在向你欢呼!太阳光啊,我向你欢呼!这地方最高的神宙斯啊,皮托的王④啊,请不要再开弓向我们射箭!我们在斯卡曼德罗斯河边已经被你恨够了,⑤现在,阿波罗王啊,请作我们的救主和医神!我要向那些聚在一起的神们⑥致敬,特别向我的保护神赫尔墨斯,亲爱的传令神致敬,他是我们传令的人所崇奉的神;还有那些派遣我们出征的众英雄⑦,我请求他们好心好意迎接戈矛下残余的军队。 517

　　　　王家的宫殿啊,亲爱的家宅啊,庄严的宝座⑧啊,面向朝阳的神⑨

---

① "橄榄"原文作"埃莱亚",是一种类似橄榄的果实,其实并不是橄榄。此句或解作"他头上有橄榄枝遮阳"。
② 指传令官扬起的尘埃。
③ 特洛亚距阿尔戈斯四百余公里,传令官和阿伽门农不可能于特洛亚陷落的次晨就回到家。一种解释是,古希腊剧作家和观众不十分理会实际所需时间。注家维拉尔认为那火光信号是埃癸斯托斯在海边发现阿伽门农的船只回来时给克吕泰墨斯特拉发出的警报。
④ 皮托的王,指阿波罗。
⑤ 阿波罗曾在特洛亚郊外斯卡曼德罗斯河边射过希腊人,使希腊军中发生瘟疫。
⑥ 指时常聚会的十二位大神:宙斯,赫拉,海神波塞冬,地母得墨特尔,阿波罗,阿尔特弥斯,火神赫菲斯托斯,雅典娜,战神阿瑞斯,爱神阿佛罗狄忒,众神使者赫尔墨斯和炉火神赫斯提亚。
⑦ 指希腊各城邦已经死去的国王。
⑧ 指内院中的宝座,荷马时代的国王于审判或开大会时的座位。
⑨ 指宫前面向东方的神像。王宫正面是东方。本剧的时间自夜里开始,这时候太阳已经出来了。

47

啊,请你们像从前一样,用你们的发亮的眼睛正式迎接这久别的君王!因为他给你们,也给这里全体的人,在夜里带来了光亮——他是阿伽门农王。好好欢迎他吧,这是应当的;因为他已经借报复神宙斯的鹤嘴锄把特洛亚挖倒了,它的土地破坏了,它的神祇的祭坛和庙宇不见了①,它地里的种子全都毁了。这就是我们的国王,阿特柔斯的长子,驾在特洛亚颈上的轭;他现在回来了,一个幸运的人,这个时代的人们中最值得尊敬的人。从今后帕里斯和同他合伙的城邦再也不能夸口说,他们所受的惩罚和他们的罪行比起来算不了什么;他犯了盗窃罪,不但吐出了赃物,而且使他祖先的家宅被夷平了,连土地一起被毁了;普里阿摩斯的儿子们因为犯罪,受到了加倍的惩罚。 537

歌队长　从阿开奥斯军中回来的传令官,愿你快乐!
传令官　我快乐,即使神叫我死,我也不拒绝。
歌队长　你是不是因为思念祖国而苦恼?
传令官　我思念,②眼里充满了快乐的泪。
歌队长　那么你害的是一种很舒服的病。
传令官　什么?请你解释解释,我才懂得你的话。
歌队长　你思念那些思念你的人。
传令官　你是不是说家乡也思念那怀乡的军队? 545
歌队长　是呀,我这忧郁的心时常在呻吟。
传令官　你心里为什么这样忧郁?
歌队长　缄默一直是我的避祸良方。
传令官　怎么?国王出征在外的时候,你害怕谁呀?
歌队长　而且怕得厉害,现在呀,用你的话来说,死了好得多。 550
传令官　不过我是说事业已成功。在这漫长的时间内所生的事,有一些可以说很顺利,有一些却不顺利。但是,除了天神,谁能一生没灾难?说起我们的辛苦和居住条件的恶劣,船上狭窄的过道、糟糕的铺位——哪一件事不曾使我们悲叹,哪一样痛苦不是我们每天所应有的?③陆地上的生活更是可恨:我们的床榻就在敌人城墙下,天空降

---

① 弗伦克尔认为此行系伪作。
② 此句是补充的。
③ 抄本有误。此句或解作"每天的口粮又得不到"。

48

下的露水和草地上的露珠把我们打湿了,它经常为害,使衣服上的绒毛里长满了小东西①。说起那冻死鸟儿的冬天,伊达一下雪就冻得受不了,或是说起那炎热的夏天,连海水也在午眠时候沉沉入睡,风平浪静——但何必为这些事而悲叹?苦难已经过去了,对那些死去的人说来是过去了,他们再也不想起来;②但是对我们,阿尔戈斯军队的残存者说来,利益压倒了一切,苦难的分量就不能保持均势。因此我们可以在这光明的日子里③,这样夸口说——让这声音飘过大海和陆地——"阿尔戈斯远征军攻下了特洛亚,这些是献给全希腊的神的战利品,是军队钉在他们庙上的,光荣的礼物万古常存。"人们听见了这话,一定会赞美这城邦和它的将领;胜利是宙斯促成的,这恩惠很值得珍惜。我的话完了。 582

歌队长 你的话说服了我,我没有什么难过;因为一个人再老也应当向别人请教。

克吕泰墨斯特拉自宫中上。

但是这消息与这个家和克吕泰墨斯特拉最有关系,我自己也可以饱享耳福。 586

克吕泰墨斯特拉 刚才,当第一个火光信号在夜里到达,报告伊利昂的陷落和毁灭的时候,我曾发出欢乐的呼声。当时有人责备我说:"你竟自这样相信火光的信号,认为特洛亚已经毁灭了吗?你真是个女人,心里这样容易激动!"这样的话骂得我糊里糊涂。但是我还是举行了祭祀,而他们也拿女人作榜样,在城内各处欢呼胜利,在众神的庙里,把吞食香料的、芳香的火焰弄熄灭。 597

(向传令官)此刻何必要你向我详细报告?我自会从国王本人那里从头听到尾。但是我得赶快准备以最好的仪式迎接我的可尊敬的丈夫归来。在妻子眼中还有什么阳光比今天的更可爱呢,当天神使她丈夫从战争里平安回来,她为他启开大门的时候?把这话带给我丈夫。请他,城邦爱戴的君王,快快回来!愿他回来,在家里发现他

---

① 指霉。
② 此处删去第 570 至 572 行,这三行大概是从别的剧本移来的,大意是"何必计数那些战死的人,活着的人何必为厄运而悲叹?我要和那些不幸的事告一声永别"。
③ 或解作"可以向着太阳光"。

的妻子很忠实,和分别时候的人儿一样,他家看门的狗,对他怀好意,
对那些仇视他的人却怀敌意;在其他各方面,也是一样,在这长久的
时间内,她连封印①都没有破坏一个。说起从别的男子那里来的快
乐,或者流言蜚语,我根本不知道,就像我不知道金属②的淬火一样。
这就是我的夸口的话,纯粹是真情,一个高贵的妇人这样大声说说,
没有什么可耻。 614

    克吕泰墨斯特拉进官。

歌队长 她说完了,你是这样理解她的意思,但是在明眼的解释者看来,
   她的话很漂亮。但请告诉我,传令官——我要打听墨涅拉奥斯——
   他,这地方爱戴的君王,是不是和你们一道平安回来了?

传令官 我不能把假话说得好听,使朋友长久喜欢。

歌队长 那么愿你说真话,好消息,这两样一分离,就不好自圆其说。 623

传令官 他本人和他的船只已不在希腊军队的眼前了③。我说的不是
   假话。

歌队长 是他当着你们的面从伊利昂扬帆而去的,还是风暴,那共同的灾
   难,把他从军中吹走的?

传令官 你像个了不起的弓箭手射中了鹄的,一句话道出了一长串灾难。

歌队长 据别的航海人所说,他是活着,还是死了?

传令官 除了那养育地上万物的赫利奥斯④而外,谁也不知道,谁也说不
   清楚。

歌队长 你说那风暴是怎样由于众神的愤怒而袭击我们的水师的,是怎
   样平息的? 635

传令官 好日子不应当被坏消息沾污,那和对神的崇拜是不相宜的。当
   一个报信人哭丧着脸向城邦报告军队的覆没,那可恨的灾难,说城邦
   受了损失,大家受损失,有许多人被阿瑞斯喜爱的双头刺棍⑤,那双

---

① 阿伽门农离家时曾把他的贵重物品封起来,用他的戒指在火漆上打上印。
② "金属"指铁。此句以妇女不知铁匠技艺为喻。
③ 特洛亚陷落后,墨涅拉奥斯同阿伽门农发生了争吵,他因此独自率领他的船队先行离开特洛亚,
  带着海伦在地中海漂泊了八年之久。
④ 赫利奥斯,许佩里昂和特亚的儿子,太阳神。
⑤ 古希腊人赶马的刺棍上有两颗钉子。

矛①的害人的东西，那血淋淋的一对尖头，赶出家门，作了牺牲品——当他担负着这样沉重的灾难，他只适合唱报仇神们的凯歌；但是当他带着报说平安的好消息回到幸福的城邦里——我怎能把噩耗和喜讯混在一起，说起那由于众神的愤怒而降到阿开奥斯人身上的风暴呢？

电火和海水本来有大仇，居然结成了联盟②，为了表示它们的信义，毁灭了阿尔戈斯人的不幸的军队。昨夜里灾难自暴风雨的海上袭来，从特拉克③刮来的大风吹得船只互相碰撞，它们在狂风暴雨的猛烈的袭击下，在凶恶的牧羊人④的鞭打下，沉没不见了。等太阳的亮光一出现，我们就看见爱琴海上开放了花朵，到处是阿尔戈斯人的尸首和船只的残骸。但是我们和我们的完整的船却被哪一位救了，或是由他代为求情而得免于灾难，他一定是神，不是人，是他在给我们掌舵。救主命运女神也很慈祥地坐在我们船上，所以我们进港后没有遇着波浪的颠簸，也没有在石滩上搁浅。此后，虽然免于死在海上，虽然在白天，我们还是不相信我们的幸运，心里琢磨这意外的灾祸：我们的军队遭了难，受到严重的打击。这时候，如果他们里头还有人活着，他们一定会说我们死了；而我们则以为他们遭受了这样的命运。但愿一切都很好！你应当特别盼望墨涅拉奥斯归来。

只要太阳的光芒发现他依然活着，看得见阳光，我们可以希望他在宙斯的保佑下回家来——宙斯无意毁灭这家族。你已经听见这许多消息，要相信，全都是真的。

传令官自观众右方下。

六　第二合唱歌

歌队　（第一曲首节）是谁起名字这样名副其实——是不是我们看不见的

---

① 荷马时代的战士手里有两支矛，一支用作投枪，另一支用来刺杀。
② 指雅典娜和海神波塞冬结成了联盟。特洛亚战争中，雅典娜一直帮助希腊人。特洛亚陷落时，希腊英雄小埃阿斯曾在雅典娜庙里侮辱了在她保护下的特洛亚公主卡珊德拉，她就和波塞冬结盟，还借了她父亲宙斯的雷电来惩罚希腊人，使他们在归途中受到打击。
③ 特拉克，爱琴海北边。此处所说的大风是东北风。
④ "牧羊人"指风暴，它像牧羊人那样鞭打船只。

神预知那注定的命运,把它正确的一语道破?——给那引起战争的,双方争夺的新娘起名叫"海伦"?因为她恰好成了一个"害"船只的、"害"人的、"害"城邦的女人,①在她从她的精致的门帘后出来,在强烈的西风②下扬帆而去的时候,跟着就有许多人,持盾的兵士,猎人循着桨后面正在消失的痕迹,循着那些在西摩埃斯河③木叶茂盛的河岸登陆的人④留下的痕迹追踪,这是由于那残忍的争吵女神⑤在作弄啊! 698

(第一曲次节)那要实现她的意图的愤怒之神为特洛亚促成了一个苦姻缘——这个词儿很正确——日后好为了那不尊重筵席⑥,不尊重保护炉火的宙斯的罪过而惩罚那些唱歌向新娘祝贺的人——那婚歌是亲戚唱的。但是普里阿摩斯的古老的都城现在却学会了唱一支十分凄惨的歌,它正在大声悲叹,说帕里斯的婚姻害死人,……⑦它遭受了悲惨的杀戮。 716

(第二曲首节)就像有人在家里养了一头小狮子,它突然断了奶,还在想念乳头;在生命初期,它很驯服,是儿童的朋友,老人的爱兽;它时常偎在他们怀中,像一个婴儿,目光炯炯地望着他们的手,迫于肚子饥饿而摇尾乞食。 726

(第二曲次节)但是一经成长,它就露出它父母赋予它的本性,不待邀请就大杀羊群,准备饱餐一顿,这样报答他们的养育;这个家沾染了血污,家里的人不胜悲痛,祸事闹大了,多少头羊被杀害了;天意如此,这家里才养了一位侍奉毁灭之神阿特的祭司。 736

(第三曲首节)我要说当初去到伊利昂城的是一颗温柔的心,富贵人家喜爱的明珠,眼里射出的柔和的箭,一朵迷魂的、爱情的花。但是愤怒之神后来使这婚姻产生痛苦的后果,她在宾主之神宙斯的护送下,扑向普里阿摩斯的儿子们,她是个为害的客人,为害的伴侣,

---

① 三个"害"字谐"海伦"的"海"字。希腊文"海伦"一名的字音和"毁灭"一词的字音很近似。
② 西风,泽费罗斯,阿斯泰奥斯和晨光女神埃奥斯的儿子。此处是说朝着东方的特洛亚顺风驶去。
③ 西摩埃斯河,在特洛亚境内。
④ 指帕里斯和海伦。
⑤ 争吵女神,埃里斯。参见"剧情梗概"中"金苹果的故事"。
⑥ 指墨涅拉奥斯款待帕里斯的筵席。
⑦ 抄本有误,无法校订。大意是:"它的生命充满毁灭与悲哀,为了它的市民的缘故。"

惹得新娘①哭泣的恶魔! 749

（第三曲次节）自古流传在人间有一句谚语：一个人的幸福一旦壮大起来，它就会生育子女，不致绝嗣而死；但是这幸运会为他的儿孙生出无穷尽的灾难。我却有独特的见解，和别人不同：我认为只有不义的行为才会产生更多的不义，有其父必有其子；但是正直的家庭的幸运永远是好儿孙。② 762

（第四曲首节）那年老的傲慢，不论迟早，一俟注定的时机到了，也会生个女儿，它在人们的祸害中是年轻一辈的傲慢，新生的怨恨，③恶魔，不可抵抗、不可战胜、不畏神明的莽撞，家庭里凶恶的毁灭者，像她的父母一样。 772

（第四曲次节）正义之神在烟雾弥漫的茅舍里显露她的笑容，她所重视的是正直的人；对于那些金光耀眼的宅第，如果那里面的手不洁净，她却掉头不顾，去到清白的人家，她瞧不起财富的被人夸大的力量；一切事都由她引向正当的结局。 782

七　第三场

阿伽门农和卡珊德拉乘车自观众右方上。

歌队长　啊，国王，特洛亚城的毁灭者，阿特柔斯的后裔，我应当怎样欢迎你，怎样向你表示敬意，才能恰如其分地执行君臣之礼？许多人讲究外表，不露真面目，在他们违反正义的时候；人人都准备和受难者同声哭泣，但是悲哀的毒螫却没有刺进他们的心；他们又装出一副与人共欢乐的样子，勉强他们的不笑的脸……。④但是一个善于鉴别羊的牧人⑤不至于被人们的眼睛所欺骗，在它们貌似忠良，拿掺了水的友谊来献媚的时候。 798

你曾为了海伦的缘故率领军队出征，那时候，不瞒你说，在我的

---

① "新娘"指海伦。
② 意即永远是从前的幸运的好儿孙。
③ "新生的怨恨"抄本有误。
④ 抄本残缺。此句大意是："勉强他们的不笑的脸笑一笑"。
⑤ 指国王。荷马诗中常把国王比作牧人。

53

心目中,你的肖像颜色配得十分不妙,你没有把你心里的舵掌好,你曾经举行祭献,使许多饿得快死的人恢复勇气。① 但如今从我心灵深处,我善意地……②,"辛苦对于成功的人……。"③你总可以打听出哪一个公民在家里为人很正直,哪一个不正派。

809

阿伽门农　我应当先向阿尔戈斯和这地方的神致敬,他们曾经保佑我回家,帮助我惩罚普里阿摩斯的城邦。当初众神审判那不必用言语控诉的案件的时候,他们毫不踌躇地把死刑、毁灭伊利昂的判决票投到那判死罪的壶④里;那对面的壶希望他们投票,却没有装进判决票。此刻那被攻陷的都城还可以凭烟火辨别出来。⑤那摧灭万物的狂风依然在吹,但是余烬正随着那都城一起消灭,发出强烈的财宝气味。为此我们应当向神谢恩,永志不忘;因为我们已经同那放肆的抢劫者报了仇,为了一个女人的缘故,那都城被阿尔戈斯的猛兽踏平了,那是马驹⑥——一队持盾的兵士,它在鸠星下沉的时候⑦跳进城,像一匹凶猛的狮子跳过城墙,把王子们的血舔了个饱。

828

　　我向众神讲了一大段开场话。至于你的意见我已经听见了,记住了,我同意你的话,我也要那样说。是呀,生来就知道尊敬走运的朋友而不怀嫉妒的人真是稀少;因为恶意的毒深入人心,使病人加倍痛苦:他既为自己的不幸而苦恼,又因为看见了别人的幸运而自悲自叹。我很有经验——因为我对那面镜子,人与人的交际很熟悉——可以说那些对我貌似忠实的人不过是影子的映像罢了。只有奥德修斯⑧,那个当初不愿航海出征的人,一经戴上轭,就心甘情愿成为我

---

① 抄本有误,意义不明。据丹尼斯顿本的改订译出。"祭献"指杀伊菲革涅亚祭神。
② 抄本残缺,此句大意是:"我善意地称赞这谚语。"
③ 抄本残缺,此句大意是:"辛苦对于成功的人是甜蜜的。"
④ 公元前五世纪的雅典法庭上有两只箱,其中一只接收判罪票,另一只接收免罪票。
⑤ 希腊人于离开特洛亚时,放火烧城。
⑥ "马驹"指木马。希腊人攻打特洛亚十年不下,最后采用奥德修斯的主意,造了一匹木马,遗弃在战场上。特洛亚人把木马作为战利品拖进城。到了夜里,马身内暗藏的兵士跳出来,打开城门,放希腊大军进城,特洛亚因此陷落。
⑦ "鸠星"原文作"普勒阿得斯"。普勒阿得斯是阿特拉斯和普勒伊奥涅的七个女儿,她们被猎人奥里昂追赶,众神听了她们的祈求,把她们化成斑鸠,放进一个星座。那星座便叫斑鸠星座(即金牛星座),在希腊于五月初至十一月初出现。"鸠星下沉的时候"一般用来表示深夜的时间。
⑧ 奥德修斯,拉埃尔特斯之子,伊塔克国王。他起初不肯参战,在家装疯,犁地种盐。后成为希腊军中足智多谋的英雄。

的骓马①,不论他现在是生是死,我都这样说。

其余的有关城邦和神的事,我们要开大会②,大家讨论。健全的制度,决定永远保留;需要医治的毒疮,就细心用火烧或用刀割,把疾病的危害除掉。 850

此刻我要进屋,我的有炉火的厅堂,我先向众神举手致敬,是他们把我送出去,又把我带回家来。胜利既然跟随着我,愿她永远和我同在! 854

克吕泰墨斯特拉自宫中上,众侍女抱着紫色花毡随上。

克吕泰墨斯特拉 市民们,阿尔戈斯的长老们,我当着你们表白我对丈夫的爱情,并不感觉羞耻;因为人们的羞怯随着时间而消失。我所要说的不是从别人那里听来的,而是我自己所受的苦痛生活,当他在伊利昂城下的时候。首先,一个女人和丈夫分离,孤孤单单坐在家里,已经苦不堪言,③何况还有人带来坏消息,跟着又有人带来,一个比一个坏,他们大声讲给家里的人听。说起创伤,如果我丈夫所遭受的像那些继续流进我家的消息所说的那样多,那么他身上的伤口可以说比网眼更多。如果他像消息里所说的死了那么多次,那么他可以夸口说,他是第二个三身怪物革律昂④,在每一种形状下死一次,这样穿上了三件泥衣服⑤。为了这些不幸的消息,我时常上吊,别人却硬把悬空的索子从我颈上解开。因此⑥,我们的儿子,你我的盟誓的保证人,应当在这里却又不在这里,那个奥瑞斯特斯。你不必诧异;他是寄居在我们的亲密的战友,福基斯人斯特罗菲奥斯⑦家里的,那人曾警告我有两重祸患——你在伊利昂城下冒危险,人民又会哗然骚动,推翻议会;因为人的天性喜欢多踩两脚那已经倒地的人。这个辩解里没有欺诈。 886

---

① 古希腊赛车驾四匹马,驾轭的两匹"服马"左右两匹马叫"骓马"或"骖马"。
② 在荷马时代,国家大事须交大会商讨。
③ 此处删去第863行,此行系伪作,大意是:"听见许多不幸的消息。"
④ 革律昂,有三个身体的怪物。当赫拉克勒斯把他的两个身体砍下时,他还剩下一个身体,继续作战。此处删去第871行,此行系伪作,大意是:"他身上的泥土很多,他身下的泥土就不必说了。"
⑤ 即被埋三次之意。
⑥ 意即"因为我可能上吊而死"。
⑦ 斯特罗菲奥斯,福基斯的王,奥瑞斯特斯的姑父。

　　　　说起我自己,我的眼泪的喷泉已经干枯了,里面一滴泪也没有了。我的不能早睡的眼睛,因为哭着盼望那报告你归来的火光而发痛,那火却长久不见点燃。① 即使在梦里,我也会被蚊子的细小的声音惊醒,听它营营地叫;因为我在梦里看见你所受的苦难比我睡眠的时间内所能发生的还要多呢。

894

　　　　现在,忍过了这一切,心里无忧无虑,我要称呼我丈夫作家里看门的狗,船上保证安全的前桅支索,稳立在地基上支撑大厦的石柱,父亲的独生子,水手们意外望见的陆地,② 口渴的旅客的泉水。③ 这些向他表示敬意的话,他可以受之无愧。让嫉妒躲得远远的吧!④ 我们过去所受的苦难已经够多了!⑤

　　　　现在,亲爱的,快下车来!但是,主上啊,你这只曾经踏平伊利昂的脚不可踩在地上。婢女们,你们奉命来把花毡铺在路上,为什么拖延时间呢?快拿紫色毡子铺一条路,让正义之神引他进入他意想不到的家。⑥ 至于其余的事,我的没有昏睡的心,在神的帮助下,会把它们正当地安排⑦好,正像命运所注定的那样。⑧

　　　　众侍女铺花毡。

913

阿伽门农　勒达的后裔,我家的保护人,你的话和我们别离的时间正相当;因为你把它拖得太长了。但是适当的称赞——那颂辞应当由别人嘴里念出来。此外,不要把我当一个女人来娇养,不要把我当一个外国的君王,趴在地下张着嘴向我欢呼,⑨不要在路上铺上绒毡,引起嫉妒心。只有对天神我们才应当用这样的仪式表示敬意;一个凡人在美丽的花毡上行走,在我看来,未免可怕。⑩ 鞋擦和花毡,两个名称音不同。⑪ 谦虚是神赐的最大的礼物;要等到一个人在可爱的

---

① 或解作"因为对着那为你点着的灯火哭泣而发痛,那灯火你一直不理会"。
② 此处删去第 900 行,此行系伪作,大意是:"暴风雨后看起来最美丽的白天。"
③ 此处删去第 902 行,此行系伪作,大意是:"逃避了这一切困苦是一件快乐的事。"
④ 受恭维人太多的人会招惹天神嫉妒。克吕泰墨斯特拉口里这样说,心里却有意引起天神的嫉妒。
⑤ 指由于天神的嫉妒而受的苦难。
⑥ 双关语,明指进入王宫,暗指进入冥府。
⑦ "安排"是双关语,明指安排迎接阿伽门农,暗指安排谋杀。
⑧ 这一句原诗不可靠。
⑨ "外国"指特洛亚和波斯等国。这种跪拜礼和欢呼为古希腊人所厌恶。
⑩ 此处删去第 925 行,此行系伪作,大意是:"我叫你把我当一个人,而不是当一位神来尊敬。"
⑪ 鞋擦是放在门口用来擦去鞋泥的草席。此指花毡不可乱用。

幸运中结束了他的生命之后,我们才可以说他是有福的。我已经说
　　　过,我要怎样行动才不至于有所畏惧。　　　　　　　　　　　930

克吕泰墨斯特拉　现在我问你一句话,把你的意见老老实实告诉我。

阿伽门农　我的意见,你可以相信,不会有假。

克吕泰墨斯特拉　你在可怕的紧急关头,会不会向神许愿,要做这
　　　件事?①

阿伽门农　只要有祭司规定这仪式。②

克吕泰墨斯特拉　普里阿摩斯如果这样打赢了,你猜他会怎么办?

阿伽门农　我猜他一定在花毡上行走。

克吕泰墨斯特拉　那么你就不必害怕人们的谴责。

阿伽门农　可是人民的声音是强有力的。　　　　　　　　　　938

克吕泰墨斯特拉　但是不被人嫉妒,就没人羡慕。

阿伽门农　一个女人别想争斗!

克吕泰墨斯特拉　但是一个幸运的胜利者也应当让一手。

阿伽门农　什么?你是这样重视这场争吵的胜利吗?

克吕泰墨斯特拉　让步吧!你自愿放弃,也就算你胜利。　　　　943

阿伽门农　也罢,如果你一定要这样,就叫人把我的靴子,在脚下伺候我
　　　的高底鞋,快快脱了;当我在神的紫色料子上面行走的时候,愿嫉妒
　　　的眼光不至于从高处射到我身上!我的强烈的敬畏之心阻止我踩坏
　　　我的家珍,糟蹋我的财产——银子换来的织品。　　　　　　　949

　　　　　侍女把阿伽门农的靴子脱了。阿伽门农下车。

　　　这件事说得很够了。至于这个客人,请你好心好意引她进屋;对
　　　一个厚道的主人,神总是自天上仁慈地关照。没有人情愿戴上奴隶
　　　的轭;她是从许多战利品中选出来的花朵、军队的犒赏,跟着我前来
　　　的。现在,既然非听你的话不可,我就踏着紫颜色进宫。　　　　957

　　　　　阿伽门农自花毡上走向王宫。

克吕泰墨斯特拉　海水就在那里,谁能把它汲干?那里面产生许多紫色

---

①　指在花毡上行走。
②　意即只要祭司让他这样做,他就做。这四行据弗伦克尔的解释译出。后两行的一般解释是:克吕
　　泰墨斯特拉问阿伽门农是否曾向神许愿,以后做人要谦虚,他回答说这是他最后的决心。

57

颜料,价钱不过和银子相当,①而且永远有新鲜的②,可以用来染绒毡。我们家里,啊,国王,谢天谢地,贮藏着许多织品,这王宫从来不知道什么叫缺乏。我愿意许愿,拿很多块绒毡来踩,如果神示吩咐我家这样做,当我想法救回这条性命的时候。因为根儿存在,叶儿就会长到家里,蔓延成荫,把狗星遮住③,你就是这样回到家里的炉火旁边,象征冬季里有了温暖;当宙斯把酸葡萄酿成酒的时候④,屋里就凉快了,只要一家之长进入家门。 972

阿伽门农进宫。

啊,宙斯,全能的宙斯,使我的祈祷实现吧,愿你多多注意你所要实现的事。 974

克吕泰墨斯特拉进宫,众侍女随入。

八 第三合唱歌

歌队 (第一曲首节)这恐惧为什么在我这预知祸福的心上不住地飘来飘去?我没有被邀请,不要报酬,为什么要歌唱未来的事?为什么不把它赶走,像赶走一个难以解释的梦一样,让那可信赖的勇气坐在我心里的宝座上?时间已经过去很久了,自从水师开往伊利昂的时候,沙子随着船尾缆索的收回而飞扬以来。⑤

(第一曲次节)我如今亲眼看见他们凯旋,我自己是个见证;但是我的心自己学会了唱报仇神的不需弦琴伴奏的哀歌,一点也感觉不到来自希望的可贵的勇气。我的内心不是在乱说——这颗心啊,它正在那旋到底的⑥漩涡里面绕着那预知有报应的思想转来转去。但愿这个猜想不正确,不会成为事实! 1000

---

① 指王家的钱多如海水,买得起这种用海里的骨螺制成的颜料。
② 意即永远供应。或解作"永远鲜艳"。
③ 狗星跟太阳同时出没的时候(自8月24日至9月24日),天气最热;遮住狗星即遮住太阳之意。
④ 意即当夏天的阳光把葡萄催熟的时候。
⑤ 古代的希腊船用船尾靠岸,开船时把缆索自岸上拖回。十年前希腊远征军自奥利斯出发,那时先知卡尔卡斯曾作不祥的预言,但时间过了这么久,那预言当早已应验,今后该不会再有不祥的事发生。
⑥ "旋到底的"含有"旋到罪过受到惩罚时为止"之意。

58

（第二曲首节）太重视健康……；①因为疾病，那和健康隔一道墙的邻居，会压过来。一个人的好运一直向前航行……②会碰上暗礁。那时候，为了挽救货物，战战兢兢，稳重地把一部分扔下海，整个家就不至于因为装得太多而坍塌，③船只也不至于沉没。宙斯的赠品，既丰富而且年年来自犁沟里，解除了饥馑。④

（第二曲次节）但是一个人的生命所必需的紫色的血，一旦提前流到地上，谁能念咒把它收回？否则，宙斯就不会把那个真正懂得起死回生术的人⑤杀死，以免为害⑥。如果我的注定的命运不但不限制我的能力，而且让我从神那里更有所得，那么我的心便会抢在我的舌头前面把我的话讲了出来；现在，情形既然如此，它只好在暗中嘟哝，非常痛苦，而且无望及时解释清楚，当我的情感正在激动的时候。

九　第四场

克吕泰墨斯特拉自宫中上。

克吕泰墨斯特拉　你也进去——我是说你，卡珊德拉——既然宙斯大发慈悲，使你能在我家里同许多奴隶一起站在家神⑦的祭坛旁边，分得一份净水⑧。快下车来，别太骄傲了！据说连阿尔克墨涅的儿子⑨也曾卖身为奴，吃过⑩奴隶吃的大麦粑。一个人如果被这种命运逼迫，那么落在一个继承祖业的主人手里，是一件很值得感谢的事。有些人一本突然收万利，可是他们对奴隶在各方面都很残忍，而且很严

---

① 抄本有误，意义不明，直译是"太重视健康，不知足的限制"。原意可能是："太重视健康，反而有莫大的害处。"
② 此处残缺。
③ 以船喻家。"装得太多"指装了太多的幸运。
④ 收获可以解除饥馑，人死后却无法挽救。
⑤ 指阿斯克勒皮奥斯，阿波罗的儿子，从马人克戎那里学得医术，曾把一个死人救活；宙斯怕他扰乱自然界的秩序，用电火把他烧死了。
⑥ "以免为害"，指破坏自然界的秩序，侵害冥王的权利。
⑦ 指宙斯。
⑧ 主祭人在祭坛上用火把浸到水里再洒到众人身上的水称"净水"。这是奴隶也能享受的待遇。
⑨ 指赫拉克勒斯，他是宙斯同阿尔克墨涅（密克奈国王埃勒克律昂之女）所生，曾犯杀人罪，净罪后仍患病，按神吩咐到吕底亚王后昂法勒宫中为奴三年，把报酬交给死者之父后始病愈。
⑩ "吃过"按改订本译出，抄本有误。

厉……①你已经从我这里知道了我们怎样待奴隶。 1046

歌队长　（向卡珊德拉）她是在跟你说话，说得这样明白。你已经陷进命
　　　　运的罗网，还是服从吧，只要你愿意；也许你不愿意。

克吕泰墨斯特拉　如果她不是像燕子一样只会说难懂的外国话，那么我
　　　　可以叫她心里明白我的意思，②用我的话劝劝她。 1052

歌队长　你跟她去吧！在这样的情形下，她的话是最好不过的。快离开
　　　　座位下车来，对她表示服从！

克吕泰墨斯特拉　我没有工夫在大门外逗留；因为羊牲③正站在那中央
　　　　的神坛前，等候着燔祭。④你如果愿意照我的话去做，就不要耽误时
　　　　间；但是，如果你不懂希腊话，不明白我的意思，你就用外方人的手势
　　　　代替语言答复我。 1062

歌队长　这客人好像需要一个能转述得清清楚楚的通事。她像一只刚捉
　　　　到的野兽。

克吕泰墨斯特拉　她准是疯了，胡思乱想；她从那刚陷落的都城来到这
　　　　里，还不懂得怎样忍受这嚼铁的羁束，在她还没有流血，使她的火气
　　　　随着泡沫一起吐出之前。我不愿意多说话，免得有伤我的尊严。 1068

　　　　　　克吕泰墨斯特拉进宫。

歌队长　可是我，因为可怜她，决不生气。（向卡珊德拉）不幸的人啊，快
　　　　下车来，自愿试试，戴上这强迫的轭！ 1071

卡珊德拉　（抒情歌第一曲首节）哎呀，哎呀！阿波罗呀阿波罗！

歌队　你为什么当着洛克西阿斯⑤这样悲叹？他不喜欢遇见一个哭哭啼
　　　　啼的人。

卡珊德拉　（第一曲次节）哎呀，哎呀！阿波罗呀阿波罗！

歌队　她又发出这不祥的声音，向神呼吁，这位神却无心援助一个哭哭啼
　　　　啼的人。 1079

　　　　　　卡珊德拉下车，走向宫门。

---

① 此处残缺。
② 此句（自"我可以"起）抄本有误。
③ "羊牲"是双关语，明指牺牲，暗指阿伽门农。"中央"指庭院的中央。
④ 此处删去第1058行，此行系伪作，大意是："想不到会有这种快乐。"
⑤ 洛克西阿斯，阿波罗的别名。阿波罗是快乐的神，他不喜欢听人哭泣。

卡珊德拉　（第二曲首节）阿波罗呀阿波罗，阿癸阿特斯①，我的毁灭者②啊！你如今又把我毁灭了！

歌队　她好像要预言自己的灾难；她虽然做了奴隶，心里却还保存着那神赐的灵感③。

卡珊德拉　（第二曲次节）阿波罗呀阿波罗，阿癸阿特斯，我的毁灭者啊！你把我带到什么地方了？带到什么人家里了？

歌队　带到阿特柔斯的儿子们的家里了。你要是不知道，我就告诉你，可不要说这话有假。

卡珊德拉　（第三曲首节）这是个不敬神的家——它能证实里面有许多亲属间的杀戮和砍头的凶事——一个杀人的场所，地上洒满了血。

歌队　这客人像猎狗一样，嗅觉很灵敏，在寻找那将要被她发现的血迹。

卡珊德拉　（第三曲次节）是呀，这是我相信的证据：这里有婴儿们在哀悼他们被杀戮，他们的肉被烤来给他们父亲吃了。

歌队　你是个先知，你的声名我们早已听闻；但是我们不寻找神的代言人。

卡珊德拉　（第四曲首节）啊，这是什么阴谋④？什么新的祸患？这家里有人在计划一件莫大的祸事，那是亲友们所不能容忍而又无法挽救的；援助的人⑤却远在天涯。

歌队　这些预言我不能领悟；前面那些我倒明白，因为全城都在传说。

卡珊德拉　（第四曲次节）啊，狠心的女人，你要做这件事吗？要把和你同床的丈夫，在你为他沐浴干净之后——那结局我怎么讲得出来呢？但是事情很快就要发生，这时候她的左右手正在轮流伸出来。

歌队　我还是不明白；因为这时候这谜语，由于预言的意义晦涩难解，把我弄糊涂了。

卡珊德拉　（第五曲首节）哎呀呀，这是什么？是哈得斯⑥的罗网吗？不，

---

① 阿癸阿特斯，阿波罗的别名，意即街道的保护者。卡珊德拉走向王宫，看见宫门外代表阿癸阿特斯的圆锥形石柱，因此这样呼唤。
② 在希腊文里"毁灭者"一词的发音和阿波罗的名字的发音很近似。
③ 古希腊人相信，一个人受了神的灵感，便会在疯狂的状态中预言未来的事。
④ 预言克吕泰墨斯特拉将阴谋杀害阿伽门农。
⑤ 指墨涅拉奥斯。
⑥ 哈得斯，冥王，宙斯之兄。

　　　　这是和他同床的罩网①,这谋杀的帮凶。让那不知足的争吵之神向
　　　　着这家族,为这个会引起石击刑的杀戮②而欢呼吧!

歌队　　你召请报仇神③来向着这个家欢呼,你是什么意思?你的话使我
　　　　害怕!一滴滴浅黄色的血④回到我心里,那样的血,在一个人倒在矛
　　　　尖下的时候,也会随着那沉落的生命的余晖一起出现;死得快啊! 　1124

卡珊德拉　(第五曲次节)看呀,看呀!别让公牛接近母牛!⑤那带角的畜
　　　　生凭了她的恶毒的诡计⑥,把他罩在长袍里,然后打击⑦;他跟着就倒
　　　　在水盆里。这计策是那参与谋杀的浴盆想出来的,我告诉你。 　1129

歌队　　我不能自夸最善于解释预言,但是我猜想有灾难发生。预言何曾
　　　　给人们带来过好消息?先知作法的时候念念有词,总是发出不祥的
　　　　预言,使我们知道⑧害怕。 　1135

卡珊德拉　(第六曲首节)我这不幸的人的厄运呀!我为我的灾难而悲
　　　　叹,这灾难也倒在那只杯里了⑨。你⑩为什么把我这不幸的人带到这
　　　　里来?是为了和他死在一起,不是为了别的;难道不是吗?

歌队　　是一位神把你迷住了,使你发疯,为自己唱这支不成调的歌曲,像
　　　　那黄褐色的夜莺不住地悲鸣,啊,它心里忧郁,一声声"咿特唪斯,咿
　　　　特唪斯",悲叹它儿子的十分不幸的死亡。⑪ 　1145

----

① 指阿伽门农脱下当被子的长袍,克吕泰墨斯特拉用它罩住阿伽门农后杀之,故而说"长袍"是"谋杀的帮凶"。
② 预言杀阿伽门农的凶手日后会被公众以石击刑即用乱石击毙。
③ 歌队把争吵之神当作一位报仇神。
④ 一个人在恐惧或将死时脸色会变黄,古代人以为这种人的血是黄色的。
⑤ 这本是牧牛人的口头语,指别让公牛伤害母牛。这里成了卡珊德拉的警告:别让阿伽门农接近他的妻子。
⑥ 原文作"她凭了那黑角的诡计"。
⑦ "打击"原文既指用武器刺杀,又指用角冲击。
⑧ "知道"一词抄本似有误。
⑨ "这灾难"指阿伽门农的灾难。
⑩ "你"指阿波罗。
⑪ 道利亚国王特柔斯娶雅典国王潘狄昂之女普罗克涅为妻,生伊提斯(又译作鸟声"咿特唪斯"、"特唪")。特柔斯后来把普罗克涅藏在乡下,伪称她已死,要求潘狄昂把她的姐妹菲洛墨勒送去。菲洛墨勒到后,被他奸污,还被他割去舌头。菲洛墨勒把她的故事织了出来,送给普罗克涅看。普罗克涅知道后杀其子伊提斯煮给特柔斯吃。特柔斯发现后,追捕这两姐妹,快要追上时,天神把普罗克涅化成了一只夜莺,把菲洛墨勒化成了一只燕子,把特柔斯化成了一只鹰,一说化成了一只戴胜鸟。译文根据丹尼斯顿本的改订译出,弗伦克尔本作"悲叹它的十分不幸的一生"。

卡珊德拉 （第六曲次节）那歌声嘹亮的夜莺一生多么好呀！① 神把她藏进一个有翼的肉身,使她一生快乐,没有痛苦。但是等待我的却是那双刃兵器的砍杀②。

歌队 这使你入迷的、剧烈而无意义的痛苦是怎样发生的？你为什么用这难懂的声音,这高亢的调子,唱这支可怕的歌？这不祥的预言的路标是谁给你指定的？　　　　　　　　　　　　　　　　1155

卡珊德拉 （第七曲首节）帕里斯的殃及亲人的婚姻啊,婚姻啊！斯卡曼德罗斯,我祖国的河流啊！从前啊,我在你河边受到抚养,长大成人；但如今我好像在科库托斯和阿克戎③岸上赶快唱我的预言歌。

歌队 这清清楚楚的是什么话呀！甚至一个婴儿听了也能领悟。你这痛苦的命运像毒刺一样伤了我,当你发出悲声的时候,我听了心都要碎了。　　　　　　　　　　　　　　　　　　　　　　1166

卡珊德拉 （第七曲次节）我的城邦整个儿毁灭了,这灾难啊,这灾难啊！我父亲杀了多少他养着的牛羊在城墙下献祭！那也无济于事,未能使城邦免于浩劫；而我呢,很快就要把我的热血洒在地上。④

歌队 你这话和刚才的一致,一定是哪一位恶意的神使劲向你扑来,迷住你,使你唱这支充满了死亡的悲惨的灾难之歌。但我还看不出结果。

（抒情歌完）　　　　　　　　　　　　　　　　　　　　　　1177

卡珊德拉 此刻我的预言不再像一个刚结婚的新娘那样从面纱后面偷看,而是像一股强烈的风吹向那东升的太阳,因此会有比这个大得多的痛苦,像波浪一样冲向阳光。我不再说谜语了。　　1183

请你们给我作证,证明我闻着气味,紧紧地追查那古时候造下的罪恶的踪迹。有一个歌队从来没有离开这个家,这歌队声音和谐,但是不好听,因为它唱的是不祥的歌。这个狂欢队是由一些和这个家有血缘的报仇神组成的,队员们喝的是人血,喝了更有胆量,住在家里送不走。她们绕着屋子唱歌,唱的是那开端的罪恶,一个个对那个

---

① 译文据丹尼斯顿本的改订,弗伦克尔本作"那歌声嘹亮的夜莺死得好呀！"
② 指斧头。在本剧中阿伽门农和卡珊德拉是被剑刺死的。
③ 科库托斯和阿克戎是下界的河流。
④ 或解作"我的灵魂在燃烧,我很快就要倒在地上"。

哥哥①的床榻表示憎恶，对那个玷污了床榻的人怀着敌意。② 是我说得不对，还是我像一个弓箭手那样射中了鹄的？难道我是个假先知，沿门乞食，胡言乱语？请你发誓，证明你没有听见过，不知道这家宅的罪过的远古历史。　　　　　　　　　　　　　　　　　　　　　1197

歌队长　一个誓言的保证，尽管有力量，又救得了什么呢？可是我觉得奇怪，你生长在海外，讲这外邦的事这样准确，③好像你到过这里一样。　1201

卡珊德拉　是预言神阿波罗把我安放在这个职位④上的。

歌队长　难道他，一位神，竟爱上了你？

卡珊德拉　我从前不好意思提起这件事。

歌队长　一个人走运的时候，太爱挑三拣四。　　　　　　　　　1205

卡珊德拉　他扭住我，拼命向我表示恩爱。

歌队长　你们俩是不是按照习惯，做了那会生孩子的事？

卡珊德拉　我答应了洛克西阿斯，却又使他失望。

歌队长　是不是在你学会了预言术之后？

卡珊德拉　我曾把一切灾难预先告诉我的同国人。

歌队长　你是怎样逃避洛克西阿斯的愤怒的？

卡珊德拉　自从我犯了过错，再也没有人相信我。

歌队长　可是，我们看来，你的预言好像很能使人相信。　　　　1213

卡珊德拉　哎哟，多么痛苦啊！要说真实的预言真是苦啊！这可怕的苦恼又使我晕眩，一开始就使我心神迷乱……⑤

　　你们看见那些坐在屋前的，像梦中的形象一样的小东西没有？那些孩子好像是被他们的亲人杀死的，他们手里全是肉，用他们自身的肉做的荤菜；现在看清楚了，他们捧着他们的心肺，还有肠子——惨不忍睹的一大堆，都被他们父亲⑥吃了。　　　　　　　　　1222

　　为了这件事，我告诉你们，有一头胆小的狮子⑦呆在家里，在床

---

① 指阿特柔斯。以下讲阿特柔斯家血亲仇杀之事，参见"剧情梗概"。
② 或解作"那床榻对那个践踏了它的人怀着敌意"。这个"人"指提埃斯特斯。
③ 抄本有误。或解作"讲的虽是外国话，这件事却讲得这样准确"。
④ 指先知职位。
⑤ 此处残缺。
⑥ 指提埃斯特斯。参见"剧情梗概"。
⑦ 指埃癸斯托斯。据说佩洛普斯的后人都被称为狮子。但有人认为"狮子"一词可疑。

64

上翻来覆去——计划报仇，啊，谋害这归来的主人。① 但是这水师的统帅，特洛亚的毁灭者，却不知道那淫荡的狗，在她像那阴险的迷惑之神，满怀高兴地说了那一大套漂亮话之后，会在恶魔的帮助下作出什么事来。她有这么大的胆量，女人杀男人！她是——我叫她作什么可恨的妖怪呢？一条两头蛇②？或是一个住在石洞里的斯库拉③，水手们的害虫？一个狂暴的，恶魔似的母亲，一个向着亲人们喷出残忍的杀气的母亲？这个多么大胆的东西刚才是怎样欢呼④，像在战争里击溃了敌人一样，同时又假装为了他平安归来而庆幸！　　1238

　　　　这些事不管你们信不信，反正是这样；怎么不是呢？要发生的事一定会发生。一会儿你就会亲眼看见，就会怜悯我，说我是个太可靠的预言者。　　1241

歌队长　我听懂了，是提埃斯特斯吃他的孩子们的肉；我战栗，我畏惧，当我听见你不用比喻，把这件事明白讲出来的时候。但是其余的话，我听了却迷失了路线而乱追乱跑。　　1245

卡珊德拉　我说，你将看见阿伽门农死去。

歌队长　别说不祥的话，啊，不幸的人，闭住你的嘴吧！

卡珊德拉　但是站在旁边听我讲话的并不是拯救之神派安。

歌队长　当然不是，如果这件事一定会发生；⑤但愿不会发生。

卡珊德拉　你在祈祷，他们却想杀人。

歌队长　那准备做这件坏事的汉子是谁？

卡珊德拉　你真是没有听懂我的预言。

歌队长　没有听懂；因为我不知道这诡计的执行者是谁。

卡珊德拉　我是很精通希腊语的。

歌队长　皮托的祭司也精通希腊语，可是神示依然不好懂。　　1255

---

① 此处删去第1226行，此行系伪作，大意是"我的；因为我得戴上奴隶的轭"。
② 一种想象的蛇。原意是"两端行进的妖怪"，它能向前爬行，又能向后爬行。
③ 斯库拉，意大利与西西里海峡旁石穴里的妖怪，它有十二只脚、六个颈、六个头，能一下子抓住六个水手把他们吃掉。
④ 指克吕泰墨斯特拉在第973、974两行所说的话。
⑤ 拯救之神派安，即阿波罗，他不爱听不祥的话，他又是医神，不爱听人谈起死亡，又是清洁之神，不愿见到尸体。倘若阿伽门农被杀，他就不会在这里出现。

卡珊德拉　啊,这火焰多么凶猛的向我袭来!① 吕克奥斯·阿波罗②啊,哎呀! 这头两只脚的母狮子——当高贵的雄狮不在家的时候,她竟和狼睡在一起——她将要,哎呀,杀害我。她像配药一样,要把她给我的报复也倒在那只杯里;当她磨剑来杀那人的时候,她夸口说,因为我被带来了,她要杀人报仇。

1263

那么我为什么还穿着袍子,拿着法杖,颈上还挂着预言者的带子③,给自己添笑柄呢?

卡珊德拉把袍子脱下,连同法杖、带子一起扔在地上,用脚践踏。

我要在临死之前,先毁掉你。你们去送死吧! 现在你们倒在那里,我的仇就是这样报了。你们拿这个灾难去给别的女子添一朵花,不要给我添。哎呀,是阿波罗亲自剥夺了我这件衣服,预言者穿的袍子;他曾看见我穿着这身衣服,被那些仇视我的亲人狠狠嘲笑——他们无疑笑错了! 我像一个游方的化缘人那样被称为乞丐④、可怜虫、饿死鬼,这些我都容忍了。预言神现在把我这预言者索回,使我陷在这死亡的命运里。等待我的不是我父亲的祭坛,而是一张案板,当我死于葬前的杀献的时候,我的热血会把它染红⑤。但是神不至于让我们白白死去;因为有人会来为我们报仇,他会成为杀母的儿子,为父报仇的人⑥。这个远离祖国的流亡者会回来为他的亲人们结束这灾难,他父亲的仰卧着的尸首会使他回来。那么我何必这样痛哭悲伤? 我既看见伊利昂城遭了浩劫,而这个攻陷了那都城的人又由于神的判决落得这样一个下场,因此我一定进去,⑦面向死亡。⑧

卡珊德拉走向宫门。

我称呼这宫门为死之门。愿我受到致命伤,我的血无痛地流出,我一点不抽搐就闭上眼睛!

1294

---

① "火焰"指阿波罗给她的灵感,她又要发疯了。
② 吕克奥斯·阿波罗,即杀狼神(或光神)阿波罗。卡珊德拉呼唤这名字,是把埃癸斯托斯比作狼。
③ 指束在祭司头上的羊毛带子。
④ 古希腊祭司常外出化缘,后因舞弊,被称为乞丐。
⑤ 预言她将在阿伽门农下葬前被杀来祭后者的鬼魂。
⑥ 指阿伽门农的儿子奥瑞斯特斯。据荷马《伊利亚特》,他八年后长大成人,回家报仇。
⑦ 此处抄本尚有"将作"一词,抄错了,无法订正。
⑧ 此处删去第1290行,系伪作,大意是"众神发了一个很大的誓"。

歌队长　啊,极可怜而又极聪明的女人,你说了这许多话。如果真正知道自己的厄运,为什么又像一头被神带领着的牛那样无畏地走向祭坛?

卡珊德拉　逃不掉呀,客人们,再拖延时间也逃不掉呀!①

歌队长　但是最后的时间是最宝贵的呀!

卡珊德拉　日子到了,逃也枉然。

歌队长　你有的是大无畏的精神,能够忍耐。

卡珊德拉　那些幸福的人绝不会听见你这样恭维他们。

歌队长　但是一个人临死的时候受人称赞,是一种安慰。

卡珊德拉　啊,父亲,可怜你和你那些高贵的男儿!②　　　　　　1303

　　　卡珊德拉走到门口又退回。

歌队长　什么事?什么恐惧使你退回?

卡珊德拉　呸,呸!

歌队长　呸什么?除非你心里有所憎恶。

卡珊德拉　这家里有一股杀气,血在滴答。

歌队长　不是杀气,是神坛上的牺牲的气味。

卡珊德拉　像是坟墓里透出来的臭气。

歌队长　不是指使这个家有光彩的叙利亚香烟③吧。　　　　　　1312

卡珊德拉　我要进去,在宫里悲叹我自己和阿伽门农的命运。这一生已经够受。

　　　卡珊德拉第二次走到门口又退回。

　　啊,客人们,我不是像那不敢飞进丛林的鸟儿,④由于恐惧而哀号,而是要你们在我死后,在一个女人为了我这女人而偿命,一个男人为了这结了孽姻缘的男人而被杀的时候,给我作证,证明我受过迫害。我要死了,向你们讨这份人情。　　　　　　　　　　　　　　　　1320

歌队长　啊,不幸的人,我为你这预知的死亡而怜悯你。

卡珊德拉　我还想说一句话,或者唱一支哀悼自己的歌。我向着这最后的阳光,对赫利奥斯祈祷:愿我的仇人同时为我这奴隶,这容易被杀

---

① 下半句抄本有误。
② 指她的父亲和弟兄们死得很悲惨,没有得到什么安慰。
③ "香烟"指叙利亚出产的甘松香焚烧时所发出的香烟。
④ "不敢飞进"是补充的。原诗大概是一句谚语,没有动词。

67

的人的死,向我的报仇者偿还血债。① 1326

　　凡人的命运啊！在顺利的时候,一点阴影就会引起变化;一旦时运不佳,只需用润湿的海绵一抹,就可以把图画抹掉。比起来还是后者更可怜。 1330

　　卡珊德拉进宫。

一〇　抒情歌②

歌队　对于幸运人人都不知足;没有人向它说"别再进去！"挡住它进入大家都羡慕的家宅。众神让我们的国王攻陷了普里阿摩斯的都城,他并且蒙上天照看,回到家来;但是,如果他现在应当偿还他对那些先前被杀的人③所欠的血债,把自己的生命给与那些死者,作为……死的代价,④那么听了这个故事,哪一个凡人能够夸口说,他生来是和厄运绝缘的呢？
　　　　　　　　　　　　　　　　　　　　　　　　　　　　1342

一一　第五场

阿伽门农　（自内）哎哟,我挨了一剑,深深地受了致命伤！
歌队长　嘘！谁在嚷挨了一剑,受了致命伤？
阿伽门农　哎哟,又是一剑,我挨了两剑了！
歌队长　听了国王叫痛的声音,我猜想已经杀了人啦！我们商量一下,看有没有什么妥当办法。
队员子　我把我的建议告诉你们:快传令召集市民到王宫来救命。
队员丑　我认为最好赶快冲进去,趁那把剑才抽出来,证实他们的罪行。 1351
队员寅　这个意见正合我的意思,我赞成采取行动;时机不可耽误。

---

① 此处（自"愿我的仇人"起）抄本有误,无法校订。
② 因为情节很紧张,故此处用一支很短的抒情歌代替正式的合唱歌。
③ "被杀的人"指提埃斯特斯的两个儿子,兼指伊菲革涅亚和特洛亚战争中死去的人。
④ 这两行（自"把自己的生命"起）抄本有误。原文作"作为别人的死的代价",所谓"别人"不知指谁。

队员卯　很明显,他们这样开始行动,表示他们要在城邦里建立专制制度①。

队员辰　是呀;因为我们在耽误时机,他们却在践踏谨慎之神的光荣的名字,不让他们自己的手闲下来。

队员巳　我不知道有什么办法可以提出,主意要由行动者决定。

队员午　我也是这样想;因为说几句话,不能起死回生。

队员未　难道我们可以苟延残喘,屈服于那些玷污了这个家的人的统治下？

队员申　这可受不了,还不如死了,那样的命运比受暴君的统治温和得多。

队员酉　什么？难道有了叫痛的声音为证,就可以断定国王已经死了吗？

队员戌　在我们讨论之前,得先把事实弄清楚,因为猜想和确知是两回事。

歌队长　经过多方面考虑,我赞成这个意见:先弄清楚阿特柔斯的儿子到底怎样了。

1363

1371

　　　　后景壁转开,壁后有一个活动台,阿伽门农的尸体躺在台上的澡盆里,上面盖着一件袍子;卡珊德拉的尸体躺在那旁边,克吕泰墨斯特拉站在台上。

克吕泰墨斯特拉　刚才我说了许多话来适应场合,现在说相反的话也不会使我感觉羞耻;否则一个向伪装朋友的仇敌报复的人,怎能把死亡的罗网挂得高高的,不让他们越网而逃？这场决战经过我长期考虑,终于进行了,这是旧日的争吵的结果。②我还是站在我杀人的地点上,我的目的已经达到了。我是这样做的——我不否认——使他无法逃避他的命运:我拿一张没有漏洞的撒网,像网鱼一样把他罩住,这原是一件致命的宝贵的长袍。我刺了他两剑;他哼了两声,手脚就软了。我趁他倒下的时候,又找补第三剑,作为献给地下的宙斯③,

---

① "专制制度"暗指僭主制度。公元前六世纪,雅典出现僭主制度,第一个僭主是庇士特拉妥,他借平民的力量夺得政权。他死后,他两个儿子,希帕卡斯和希庇亚斯当权,他们十分残暴,用高压手段对付平民。

② 抄本有误,最后一句意义不明。

③ "地下的宙斯"指冥王哈得斯。

死者的保护神的还愿礼物。这么着,他就躺在那里,断了气;他喷出一股汹涌的血,①一阵血雨的黑点便落到我身上,我的畅快不亚于麦苗承受天降的甘雨,正当出穗的时节。 1392

情形既然如此,阿尔戈斯的长老们,你们欢乐吧,只要你们愿意;我却是得意洋洋。如果我可以给死者致奠,我这样地奠酒是很正当的,十分正当呢;因为这家伙曾在家里把许多可诅咒的灾难倒在调缸②里,他现在回来了,自己喝干了事。 1398

歌队长　你的舌头使我们吃惊,你说起话来真有胆量,竟当着你丈夫的尸首这样夸口!

克吕泰墨斯特拉　你们把我当一个愚蠢的女人,向我挑战,可是我鼓起勇气告诉你们,虽然你们已经知道了——不管你们愿意称赞我还是责备我,反正是一样——这就是阿伽门农,我的丈夫,我这只右手,这公正的技师,使他成了一具尸首。事实就是如此。 1406

歌队　(哀歌序曲首节)啊,女人,你尝了地上长的什么毒草,或是喝了那流动的海水上面浮出的什么毒物,以致发疯,③惹起公共的诅咒?你把他抛弃了,砍掉了,你自己也将被放逐,为市民所痛恨。(本节完) 1411

克吕泰墨斯特拉　你现在判处我被放逐出国,叫我遭受市民的憎恨和公共的诅咒;可是当初你全然不反对这家伙,那时候他满不在乎,像杀死一大群多毛的羊中一头牲畜一样,把他自己的孩子,我在阵痛中生的最可爱的女儿,杀来祭献,使特拉克吹来的暴风平静下来。难道你不应当把他放逐出境,惩罚他这罪恶?你现在审判我的行为,倒是个严厉的陪审员!可是我告诉你,你这样恐吓我的时候,要知道我也是同样准备好了的,只有用武力制服我的人才能管辖我;但是,如果神促成相反的结果,那么你将受到一个教训,虽然晚了一点,也该小心谨慎。 1425

歌队　(次节)你野心勃勃,言语傲慢,你的心由于杀人流血而疯狂了,看你的眼睛清清楚楚充满了血。④你一定被朋友们所抛弃,打了人要挨

---

① "一股"据弗伦克尔的改订译出,抄本作"创伤",甚费解。
② 调缸,调和酒和水的器皿。
③ 抄本有误。或解作"使你杀人祭献"。
④ 一般解作"你脸上清清楚楚有血点"。

打,受到报复。(序曲完)

克吕泰墨斯特拉 这个,我的誓言的神圣的力量,你也听听,我凭那位曾为我的孩子主持正义的神,凭阿特和报仇神——我曾把这家伙杀来祭她们——起誓,我的向往不至于误入恐惧之门,只要我灶上的火是由埃癸斯托斯点燃的①——他对我一向忠实;有了他,就有了使我们壮胆的大盾牌。 1437

　　这里躺着的是个侮辱妻子的人,特洛亚城下那个克律塞伊斯②的情人;这里躺着的是她,一个女俘虏,女先知,那家伙的能说预言的小老婆,忠实的同床人,船凳上的同坐者。他们俩已经得到应得的报酬:他是那样死的,而她呢,这家伙的情妇,像一只天鹅,已经唱完了她最后的临死的哀歌③,躺在这里,给我的……好菜添上作料。④ 1447

歌队 (哀歌第一曲首节)啊,愿命运不叫我们忍受极大的痛苦,不叫我们躺在病榻上,快快给我们带来永久的睡眠,既然我们最仁慈的保护人已经被杀了,他为了一个女人⑤的缘故吃了许多苦头,又在一个女人手里丧了性命。(本节完) 1454

　　(叠唱曲)啊,疯狂的海伦,你一个人在特洛亚城下害死了许多条,许多条人命,你如今戴上最后一朵我们永远不能忘记的花,这洗不掉的血。真的,这家里曾住过一位强悍的埃里斯,害人的东西⑥。 1461

克吕泰墨斯特拉 你不必为这事而烦恼,请求早死;也不必对海伦生气,说她是凶手,说她一个人害死了许多达那奥斯人,引起了莫大的悲痛。 1467

歌队 (第一曲次节)啊,恶魔,你降到这家里,降到坦塔洛斯两个儿孙⑦身上,你利用两个女人来发挥你的强大的威力,⑧真叫我伤心!他像

---

① 古希腊的家长主持祭祀,点燃灶火。克吕泰墨斯特拉把埃癸斯托斯当作合法的家长。
② 克律塞伊斯,意即"克律塞斯的女儿"。克律塞斯是克律塞城的阿波罗庙上的祭司,他的女儿曾被希腊人俘获,成为阿伽门农的侍妾。此指卡珊德拉。
③ 据说天鹅自知将死,其鸣也哀。
④ "我的"后面有"床榻"一词,是抄错了的,因为克吕泰墨斯特拉决不会提起她和埃癸斯托斯的不正当的关系。此处所说的是报仇之乐,阿伽门农的死是一盘"好菜",卡珊德拉的死则只是"作料"。
⑤ 指海伦。
⑥ 埃里斯本是争吵女神,此处借用来指海伦。"人"指海伦的丈夫墨涅拉奥斯,兼指阿伽门农。
⑦ "儿孙"指阿伽门农和墨涅拉奥斯,坦塔洛斯是他们的曾祖父。
⑧ "强大的"原文作"同样精神的",甚费解。原意可能是如心一样勇敢,一样有力量。

　　　　　一只可恨的乌鸦站在那尸首上自鸣得意，唱一支不成调的歌曲
　　　　……。①（本节完）

　　　　　（叠唱曲）啊，疯狂的海伦，你一个人在特洛亚城下害死了许多
　　　　条，许多条人命，你如今戴上最后一朵我们永远不能忘记的花，这洗
　　　　不掉的血。真的，这家里曾住过一位强悍的埃里斯，害人的东西。②

克吕泰墨斯特拉　　你现在修正了你嘴里说出的意见，请来了这家族的曾
　　　　大嚼三餐的恶魔，由于他在作怪，人们肚子里便产生了舔血的欲望；
　　　　在旧的创伤还没有封口之前，新的血又流出来了。

歌队　（第二曲首节）你所赞美的是毁灭家庭的大恶魔，他非常愤怒，对于
　　　　厄运总是不知足——唉，唉，这恶意的赞美！哎呀，这都是宙斯，万事
　　　　的推动者，万事的促成者的旨意；因为如果没有宙斯，这人间哪一件
　　　　事能够发生？哪一件事不是神促成的？（本节完）

　　　　　（叠唱曲）国王啊国王，我应当怎样哭你？应当从我友好的心里
　　　　向你说什么？你躺在这蜘蛛网里，这样遭凶杀而死，哎呀，这样耻辱
　　　　地躺在这里，被人阴谋杀害，死于那手中的双刃兵器下。③

克吕泰墨斯特拉　　你真相信这件事是我做的吗？不，不要以为我是阿伽
　　　　门农的妻子。是那个古老的凶恶的报冤鬼④，为了向阿特柔斯，那残
　　　　忍的宴客者报仇，假装这死人的妻子，把他这个大人杀来祭献，叫他
　　　　赔偿孩子们的性命。

歌队　（第二曲次节）你对这杀人的事可告无罪——但是谁给你作证呢？
　　　　这怎么，怎么可能呢？也许是他父亲⑤的罪恶引出来的报冤鬼帮了
　　　　你一手。那凶恶的阿瑞斯在亲属的血的激流中横冲直撞，他冲到哪
　　　　里，哪里就凝结成吞没儿孙的血块。（本节完）

　　　　　（叠唱曲）国王啊国王，我应当怎样哭你？应当从我友好的心里
　　　　向你说什么？你躺在这蜘蛛网里，这样遭凶杀而死，哎呀，这样耻辱
　　　　地躺在这里，被人阴谋杀害，死于那手中的双刃兵器下。

---

①　"他"指恶魔。乌鸦是吃死尸的鸟。行尾残缺两个缀音。
②　依照杰勃古典丛书版本在此处加添这叠唱词。
③　弗伦克尔依照恩格尔的校订补充"妻子的"一词，作为"手"字的形容词。
④　"报冤鬼"指提埃斯特斯。
⑤　指阿伽门农的父亲阿特柔斯。

克吕泰墨斯特拉　我既不认为他是含辱而死,……①因为他不是偷偷地毁了他的家,而是公开地杀死了②我怀孕给他生的孩子,我所哀悼的伊菲革涅亚。他自作自受,罪有应得,所以他不得在冥府里夸口;因为他死于剑下,偿还了他所欠的血债。　　　　　　　　　　　　　　　1529

歌队　（第三曲首节）我已经失去了那巧妙的思考方法,不知往哪方面想,当这房屋坍塌的时候。我怕听那血的雨水哗啦地响,那会把这个家冲毁;现在小雨初停③。命运之神为了另一件杀人的事,正在另一块砥石上把正义磨快。（本节完）　　　　　　　　　　1536

（叠唱曲）大地啊大地,愿你及早把我收容,趁我还没有看见他躺在这银壁的浴盆里！谁来埋葬他？谁来唱哀歌？你敢做这件事吗？——你敢哀悼你亲手杀死的丈夫,为了报答他立下的大功,敢向他的阴魂假仁假义地献上这不值得感谢的恩惠吗？谁来到这英雄的坟前,流着泪唱颂歌,诚心诚意好生唱？　　　　　　　　　　　　1550

克吕泰墨斯特拉　这件事不必你操心;我亲手把他打倒,把他杀死,也将亲手把他埋葬——不必家里的人来哀悼,只需由他女儿伊菲革涅亚,那是她的本分,在哀河的激流旁边高高兴兴欢迎她父亲,双手抱住他,和他接吻。　　　　　　　　　　　　　　　　　　　1559

歌队　（第三曲次节）谴责遭遇谴责;这件事不容易判断。抢人者被抢,杀人者偿命。只要宙斯依然坐在他的宝座上,作恶的人必有恶报,这是不变的法则。谁能把诅咒的种子从这家里抛掉？这家族已和毁灭紧紧地粘在一起。（本节完）　　　　　　　　　　　　　　1566

（叠唱曲）大地啊大地,愿你及早把我收容,趁我还没有看见他躺在这银壁的浴盆里！谁来埋葬他？谁来唱哀歌？你敢做这件事吗？——你敢哀悼你亲手杀死的丈夫,为了报答他立下的大功,敢向他的阴魂假仁假义地献上这不值得感谢的恩惠吗？谁来到这英雄的坟前,流着泪唱颂歌,诚心诚意好生唱？④　　　　　　　　　　　　1570

---

① 此处残缺,"既不"之后,应有"也不"。
② 此句缺动词,"公开地杀死了"是弗伦克尔补订的。
③ 暴风雨的第一阵是小雨,小雨停后,倾盆大雨随即下降。此指伊菲革涅亚和阿伽门农的死只不过是"小雨"而已,今后不知还要流多少血。
④ 据洛布古典丛书版本在此处加进这叠唱词。

克吕泰墨斯特拉　你这个预言接近了真理；但是我愿意同普勒斯特涅斯的儿子们①家里的恶魔缔结盟约：这一切我都自认晦气，虽是难以忍受；今后他得离开这屋子，用亲属间的杀戮去折磨别的家族。我剩下一小部分钱财也就很够了，只要能使这个家摆脱这互相杀戮的疯病。② 1576

一二　退场③

埃癸斯托斯自观众右方上。

埃癸斯托斯　报仇之日的和蔼阳光啊！现在我要说，那些为凡人报仇的神在天上监视着地上的罪恶；我看见这家伙躺在报仇神们织的袍子里，真叫我痛快，他已赔偿了他父亲制造的阴谋罪恶。 1582

　　从前，阿特柔斯，这家伙的父亲，做这地方的国王，提埃斯特斯，我的父亲——说清楚一点——也就是他的亲弟兄，质问他有没有为王的权利，他就把他赶出家门，赶出国境。那不幸的提埃斯特斯后来回家，在炉灶前做一个恳求者，获得了安全的命运，不至于被处死，用自己的血玷污先人的土地；但是阿特柔斯，这家伙的不敬神的父亲，热心有余而友爱不足，假意高高兴兴庆祝节日，用我父亲的孩子们的肉设宴表示欢迎。他把脚掌和手掌砍下来切烂，放在上面……；④提埃斯特斯独坐一桌，⑤他不知不觉，立即拿起那难以辨别的肉来吃了⑥——这盘菜，像你所看见的，对这家族的害处多么大。他跟着就发现他做了一件伤天害理的事，大叫一声，仰面倒下，把肉呕了出来，同时踢翻了餐桌来给他的诅咒助威，他咒道："普勒斯特涅斯的整个家族就这样毁灭！" 1602

　　因此你看见这家伙倒在这里，而我正是这杀戮的计划者——我

---

① 指阿伽门农和墨涅拉奥斯。本剧此前一直称他俩为"阿特柔斯的儿子们"，到这里却又据另一种传说，称他俩是阿特柔斯的儿子普勒斯特涅斯的儿子们。
② 指她想收买报仇人。
③ 第五场与退场之间没有合唱歌。
④ 此处残缺。"放在"是补充的。
⑤ 此句主语残缺。"提埃斯特斯"是补订的。
⑥ 古希腊人进餐用手抓。

74

有理呢,因为他把我和我的不幸的父亲一同放逐,我是第十三个孩子①,那时候还是襁褓中的婴儿;但是等我长大成人,正义之神又把我送回。这家伙是我捉住的——虽然我不在场——因为这整个致命的计划是由我安排的。情形就是如此,我现在死了也甘心,既然看见了这家伙躺在正义的罗网里。　　　　　　　　　　　　　　　　1611

歌队长　埃癸斯托斯,我不尊敬幸灾乐祸的人。你不是承认你有意把这人杀掉,这悲惨的死又是你一手策划的吗?那么,我告诉你,到了依法处分的时候,你要相信,你这脑袋躲不过人民扔出的石头,发出的诅咒。　　　　　　　　　　　　　　　　　　　　　　　1616

埃癸斯托斯　你是坐在下面的桨手,我是凳上的驾驶员②,你可以这样胡说吗?尽管你上了年纪,你也得知道,老来受教训多么难堪,当我教你小心谨慎的时候。监禁加饥饿的痛苦,甚至是教训老头子,医治思想病最好的先知兼医生。难道你有眼睛看不出来吗?你别踢刺棍,免得碰在那上面,蹄子受伤。　　　　　　　　　　　　　　　1624

歌队长　你这女人③,你竟自这样对付这些刚从战争里回来的人,你呆在家里,既玷污了这人的床榻,又计划把他,军队的统帅,杀死了!　　1627

埃癸斯托斯　你这些话是痛哭流涕的先声。④你的喉咙和奥尔甫斯⑤的大不相同:他用歌声引导万物,使它们快乐,你却用愚蠢的吠声惹得人生气,反而被人押走。一旦受到管束,你就会驯服。　　1632

歌队长　你好像要统治阿尔戈斯人!你计划杀他,却又不敢行事,亲手动刀。

埃癸斯托斯　只因为引诱他上圈套,分明是妇人的事;我是他旧日的仇人,会使他生疑。总之,我打算用这家伙的资财来统治人民;谁不服从,我就给他驾上很重的轭——他不可能是一匹吃大麦的骓马,不,那与黑暗同住的可恨的饥饿⑥将使他驯服。　　　　　　　1642

歌队长　你为什么不鼓起你怯懦的勇气把这人杀了,而让这妇人来杀,以

---

① 此处删去第1600行,系伪作,大意是:"他诅咒佩洛普斯的儿孙遭遇难以忍受的命运。"
② "凳"指舵手凳,在甲板上,甲板在船尾,比桨手的座位高一至三层。
③ 指埃癸斯托斯。
④ 意即将受惩罚而痛哭流涕。
⑤ 奥尔甫斯,奥阿格罗斯和卡利奥佩的儿子,著名歌手。野兽和木石听了他的歌声都跟着他走。
⑥ 指监牢里的黑暗与饥饿。

致玷污了这土地和这地方的神？啊,奥瑞斯特斯是不是还看得见阳光,能趁顺利的机会回来杀死这一对人,获得胜利？①

埃癸斯托斯 你②想这样干,这样说,我马上叫你知道厉害！

喂,朋友们,这里有事干呀！ 1650

众卫兵自观众左右两方急上。

歌队长 喂,大家按剑准备！

埃癸斯托斯 我也按剑,不惜一死。

歌队长 你说你死,我们接受这预兆,欢迎这件一定会发生的事。③

克吕泰墨斯特拉 不,最亲爱的人,我们不可再惹祸事;这些已经够多,够收获了——这不幸的收成！我们的灾难已经够受,不要再流血了！可尊敬的长老们,你们……家去吧,④在你们还没有由于你们的行动而受到痛苦之前！我们的遭遇如此,只好自认晦气。如果这是最后的苦难,我们倒愿意接受,尽管我们已被恶魔的强有力的蹄子踢得够惨了。这是女人的劝告,但愿有人肯听。 1661

埃癸斯托斯 但是这些家伙却向我信口开河,吐出这样的话,拿性命来冒险！（向歌队长）你神志不清醒,竟骂起主子来了！⑤

歌队长 向恶棍摇尾乞怜,不合阿尔戈斯人的天性。

埃癸斯托斯 但是总有一天我要惩治你。

歌队长 只要神把奥瑞斯特斯引来,你就惩治不成。

埃癸斯托斯 我知道流亡者靠希望过日子。

歌队长 你有本事,尽管干下去,尽管放肆,把正义污辱。

埃癸斯托斯 你要相信,为了这愚蠢的话,到时候你得付一笔代价。

歌队长 你尽管夸口,趾高气扬,像母鸡身旁的公鸡一样！

克吕泰墨斯特拉 （向埃癸斯托斯）别理会这些没意义的吠声;我和你是

---

① 此句(自"啊"字起)是对神说的,很像一句祈祷。
② 自此处至剧尾改用长短节奏,每行长至十四缀音,表示紧张急促的情调。
③ 丹尼斯顿本注云,希腊悲剧中的老人不佩剑,所以第 1650 行应作为歌队长的话;第 1651 行应作为埃癸斯托斯的话,是对他亲自带来的卫兵们说的;第 1652 行应作为歌队长的话,句中的"按剑"是"按杖"之意;第 1653 行应作为埃癸斯托斯的话。
④ 原文作："你们回你们命中注定的家去吧。""命中注定的"一词无疑是抄错了的,甚费解。
⑤ 此行(自"你神志"起)抄本有误,行尾又残缺不全,"竟骂起"是弗伦克尔补订的。

76

一家之主,一切我们好好安排。①   1673

  活动台转回去,后景壁还原;
  克吕泰墨斯特拉、埃癸斯托斯进宫,众卫兵随入;
  歌队自观众右方退场。

---

① 此行残缺不全,"一切"是补订的。

安 提 戈 涅

索福克勒斯

此剧本根据沙克布勒(E. S. Shuckburgh)编订的《索福克勒斯的安提戈涅》简注本,(The Antigone of Sophocles, with a Commentary, Abridged from the Larger Edition of Sir Richard C. Jebb, Cambridge, 1935)古希腊文译出,并参考了贝菲尔德(M. A. Bayfield)编订的《索福克勒斯的安提戈涅》(The Antigone of Sophocles, MacMillan, 1902)的注解。

场　次

一　开场（原诗第 1 至 99 行）……………………………… 83
二　进场歌（原诗第 100 至 161 行）……………………… 85
三　第一场（原诗第 162 至 331 行）……………………… 86
四　第一合唱歌（原诗第 332 至 383 行）………………… 90
五　第二场（原诗第 384 至 581 行）……………………… 91
六　第二合唱歌（原诗第 582 至 630 行）………………… 96
七　第三场（原诗第 631 至 780 行）……………………… 97
八　第三合唱歌（原诗第 781 至 805 行）………………… 100
九　第四场（原诗第 806 至 943 行）……………………… 101
一〇　第四合唱歌（原诗第 944 至 987 行）……………… 103
一一　第五场（原诗第 988 至 1114 行）…………………… 105
一二　第五合唱歌（原诗第 1115 至 1154 行）…………… 108
一三　退场（原诗第 1155 至 1353 行）…………………… 109

人　物

（以上场先后为序）

安提戈涅——奥狄浦斯的长女。

伊斯墨涅——奥狄浦斯的次女。

歌队——由特拜城长老十五人组成。

克瑞昂——特拜城的王，安提戈涅和伊斯墨涅的舅父。

守兵

仆人数人——克瑞昂的仆人。

海蒙——克瑞昂的儿子，安提戈涅的未婚夫。

特瑞西阿斯——特拜城的先知。

童子——特瑞西阿斯的领路人。

报信人

欧律狄克——克瑞昂的妻子。

侍女数人——欧律狄克的侍女。

布　景

特拜城王宫前院。

时　代

英雄时代。

一　开场

安提戈涅和伊斯墨涅自宫中上。

安提戈涅　啊，伊斯墨涅，我的亲妹妹，你看奥狄浦斯传下来的诅咒中所包含的灾难①，还有哪一件宙斯没有在我们活着的时候使它实现呢？在我们俩的苦难之中，没有一种痛苦，灾祸，羞耻和侮辱我没有亲眼见过。

　　现在据说我们的将军②刚才向全城的人颁布了一道命令。是什么命令？你听见没有？也许你还不知道敌人应受的灾难正落到我们的朋友们身上？

伊斯墨涅　安提戈涅，自从两个哥哥同一天死在彼此手中，我们姐妹俩失去了他们以后，我还没有听见什么关于我们的朋友们的消息，不论是好是坏；自从昨夜阿尔戈斯军队退走以后，我还不知道自己的命运是好转还是恶化哩。

安提戈涅　我很清楚，所以才把你叫到院门外面，讲给你一个人听。

伊斯墨涅　什么？看来正有什么坏消息在烦忧着你。

安提戈涅　克瑞昂不是认为我们的一个哥哥应当享受葬礼，另一个不应当享受吗？据说他已按照公道和习惯把埃特奥克勒斯埋葬了，使他受到下界鬼魂的尊敬。我还听说克瑞昂已向全体市民宣布：不许人埋葬或哀悼那不幸的死者波吕涅克斯，使他得不到眼泪和坟墓；他的尸体被猛禽望见的时候，会是块多么美妙的贮藏品，吃起来多么痛快啊！

　　听说这就是高贵的克瑞昂针对着你和我——特别是针对着我——宣布的命令；他就要到这里来，向那些还不知道的人明白宣布；事情非同小可，谁要是违反禁令，谁就会在大街上被群众用石头砸死。你现在知道了这消息，立刻就得表示你不愧为一个出身高贵的人；要不然，就表示你是个贱人吧。

---

① 指奥狄浦斯家族的灾难，参见"剧情梗概"。
② 指克瑞昂。

伊斯墨涅　不幸的姐姐,那么有什么结要我帮着系上,还是解开呢?①
安提戈涅　你愿不愿意同我合作,帮我做这件事?你考虑考虑吧。
伊斯墨涅　冒什么危险吗?你是什么意思?
安提戈涅　你愿不愿意帮助我用这只手把尸首抬起来?
伊斯墨涅　全城的人都不许埋他,你倒要埋他吗?
安提戈涅　我要对哥哥尽我的义务,也是替你尽你的义务,如果你不愿意尽的话;我不愿意人们看见我背弃他。
伊斯墨涅　你这样大胆吗,在克瑞昂颁布禁令以后?
安提戈涅　他没有权力阻止我同我的亲人接近。 48
伊斯墨涅　哎呀!姐姐啊,你想想我们的父亲死得多么不光荣,多么可怕,他发现自己的罪过,亲手刺瞎了眼睛;他的母亲和妻子——两个名称是一个人——也上吊了;最后我们两个哥哥在同一天自相残杀,不幸的人呀,彼此动手,造成了共同的命运。现在只剩下我们俩了,你想想,如果我们触犯法律,反抗国王的命令或权力,就会死得更惨。首先,我们得记住我们生来是女人,斗不过男子;其次,我们处在强者的控制下,只好服从这道命令,甚至更严厉的命令。因此我祈求下界鬼神原谅我,既然受压迫,我只好服从当权的人;不量力是不聪明的。 68
安提戈涅　我再也不求你了;即使你以后愿意帮忙,我也不欢迎。你打算做什么人就做什么人吧;我要埋葬哥哥。即使为此而死,也是件光荣的事;我遵守神圣的天条而犯罪,倒可以同他躺在一起,亲爱的人陪伴着亲爱的人;我将永久得到地下鬼魂的欢心,胜似讨凡人欢喜;因为我将永久躺在那里。至于你,只要你愿意,你就藐视天神所重视的天条吧。 77
伊斯墨涅　我并不藐视天条,只是没有力量和城邦对抗。
安提戈涅　你可以这样推托;我现在要去为我最亲爱的哥哥起个坟墓。
伊斯墨涅　哎呀,不幸的人啊,我真为你担忧!
安提戈涅　不必为我担心;好好安排你自己的命运吧。
伊斯墨涅　无论如何,你得严守秘密,别把这件事告诉任何人,我自己也会保守秘密。

---

① 此处借用一句谚语,意为:"有什么事要我参与的?"

安提戈涅　呸！尽管告发吧！你要是保持缄默，不向大众宣布，那么我就更加恨你。

伊斯墨涅　你是热心去做一件寒心的事。

安提戈涅　可是我知道我可以讨好我最应当讨好的人。

伊斯墨涅　只要你办得到；但你是心有余而力不足。

安提戈涅　我要到力量用尽了才住手。

伊斯墨涅　不可能的事不应当去尝试。

安提戈涅　你这样说，我会恨你，死者也会恨你，这是活该。让我和我的愚蠢担当这可怕的风险吧，充其量是光荣地死。

伊斯墨涅　你要去就去吧；你可以相信，你这一去虽是愚蠢，你的亲人却认为你是可爱的。

　　　　　安提戈涅自观众左方下，伊斯墨涅进宫。

二　进场歌

　　　　　歌队自观众右方进场。

歌队　（第一曲首节）阳光啊，照耀着这有七座城门的特拜的最灿烂的阳光啊，你终于发亮了，金光闪烁的白昼的眼睛啊，你照耀着狄尔克①的流泉，给那从阿尔戈斯来的全身披挂的白盾战士②带上锐利的嚼铁③，催他快快逃跑。（本节完）

歌队长　他们为了波吕涅克斯的争吵，冲到我们土地上，像尖叫的老鹰在我们上空飞翔，身上披着雪白羽毛④，手下带着许多武士，个个头上戴着马鬃盔缨。⑤

歌队　（第一曲次节）他在我们房屋上空把翅膀收敛，举起渴得要吸血的长矛，绕着我们的七座城门把嘴张开；可是在他的嘴还没有吸饮我们的血，赫菲斯托斯的枞脂火炬还没有烧毁我们望楼的楼顶之前，他就

---

① 狄尔克，特拜王吕科斯抛弃前妻后所娶，她被他的前妻之子用牛拉个半死后抛入水泉。这水泉因她而得名，在特拜城西。
② 阿尔戈斯战士用白色盾牌，可能由于"阿尔戈斯"一词改变尖音位置后意为"光辉"。
③ 比喻，意为"强迫"。
④ 喻白色盾牌。
⑤ 这七行短短长格的诗，任首节或次节之后，叫"绪斯特玛"，由歌队长朗诵。

　　　　退走了。战斗的声音在他背后多么响亮,龙化成的敌手①是难以抵
　　　　挡的啊。(本节完)

歌队长　　宙斯十分憎恨夸口的话②,他看见他们一层层潮涌而来,黄金的
　　　　武器铿铿响,多么猖狂,他就把霹雳火拿在手里一甩,朝着爬到我们
　　　　城垛上高呼胜利的敌人投去。

歌队　　(第二曲首节)那人手里拿着火炬,一翻身就落到有反弹力的地上,
　　　　他先前在疯狂中猛烈地喷出仇恨的风暴。但是这些恐吓落空了;伟
　　　　大的阿瑞斯,我们的右边的马③,痛击其余的敌人,给他们各种不同
　　　　的死伤。(本节完)

歌队长　　七个城门口七员敌将,七对七,都用铜甲来缴税,献给宙斯,胜负
　　　　的分配者;那两个不幸的人,同父同母所生,却是例外,他们举着得胜
　　　　的长矛对刺,双方同归于尽④。

歌队　　(第二曲次节)既然大名鼎鼎的尼克⑤已来到我们这里,向着有战
　　　　车环绕的特拜城微笑,我们且忘掉刚才的战争,到各个神殿歌舞通
　　　　宵,让那位舞起来使特拜土地震动的巴克科斯⑥来领队吧!(本节完)

歌队长　　且住;因为这地方的国王克瑞昂,墨诺叩斯的儿子来了,他是这
　　　　神赐的新机会造成的新王⑦,他已发出普遍通知,建议召开临时长老
　　　　会议,他是在打什么主意呢?

三　第一场

　　　　克瑞昂自宫中上。

克瑞昂　　长老们,我们城邦这只船经过多少波浪颠簸,又由众神使它平安
　　　　地稳定下来;因此我派使者把你们召来,你们是我从市民中选出来

---
① 指被称为龙的子孙的特拜人。
② 指攻打特拜的七雄之一卡帕纽斯夸口说连神都阻挡不住他。下文指卡帕纽斯爬上特拜城墙却被雷电劈死。
③ 借喻,意为"得力助手"。
④ 指埃特奥克勒斯和波吕涅克斯兄弟俩。
⑤ 尼克,提坦神帕拉斯和斯提克斯之女,胜利女神。
⑥ 巴克科斯,酒神狄奥尼索斯的别名。酒神有六十个名字。
⑦ 此处缺两或三个缀音。"王"是补订的。

的,我知道得很清楚,你们永远尊重拉伊奥斯的王权;此外,在奥狄浦斯执政时期和他死后,你们始终怀着坚贞的心效忠他们的后人。既然两个王子同一天死于相互造成的命运——彼此残杀,沾染着弟兄的血——我现在就接受了这王位,掌握着所有的权力;因为我是死者的至亲。

　　一个人若是没有执过政,立过法,没有受过这种考验,我们就无法知道他的品德、魄力和智慧。任何一个掌握着全邦大权的人,倘若不坚持最好的政策,由于有所畏惧,把自己的嘴闭起来,我就认为他是最卑鄙不过的人。如果有人把他的朋友放在祖国之上,这种人我瞧不起。至于我自己,请无所不见的宙斯作证,要是我看见任何祸害——不是安乐——逼近了人民,我一定发出警告;我决不把城邦的敌人当作自己的朋友;我知道唯有城邦才能保证我们的安全;要等我们在这只船上平稳航行的时候,才有可能结交朋友。

　　我要遵守这样的原则,使城邦繁荣幸福。我已向人民宣布了一道合乎这原则的命令,这命令和奥狄浦斯两个儿子有关系:埃特奥克勒斯作战十分英勇,为城邦牺牲性命,我们要把他埋进坟墓,在上面供奉每一种随着最英勇的死者到下界的祭品①;至于他弟弟,我是说波吕涅克斯,他是个流亡者,回国来,想要放火把他祖先的都城和本族的神殿烧个精光,想要喝他族人的血,使剩下的人成为奴隶,这家伙,我已向全体市民宣布,不许人埋葬,也不许人哀悼,让他的尸体暴露,给鸟和狗吞食,让大家看见他被作践得血肉模糊!

　　这就是我的魄力;在我的政令之下,坏人不会比正直的人受人尊敬;但是任何一个对城邦怀好意的人,不论生前死后,都同样受到我的尊敬。

歌队长　啊,克瑞昂,墨诺叩斯的儿子,这样对待城邦的敌人和朋友是很合乎你的意思的;你有权力用任何法令来约束死者和我们这些活着的人。

克瑞昂　那么你们就监督这道命令的执行。

歌队长　请把责任交给比我们年轻的人。

---

① 尤指酒、蜜和水掺合而成的奠品,据说这种奠品能渗入泥土,为下界鬼魂所吮吸。

克瑞昂　看守尸首的人已经派好了。

歌队长　你还有什么别的吩咐？

克瑞昂　你们不得袒护抗命的人。

歌队长　谁也没有这样愚蠢，自寻死路。

克瑞昂　那就是惩罚；但是，常有人为了贪图利益，弄得性命难保。

　　　　守兵自观众左方上。

守兵　啊，主上，我不能说我是用轻捷的脚步，跑得连气都喘不过来；因为我的忧虑曾经多少次叫我停下来，转身往回走。我心里发出声音，同我谈了许多话，它说："你真是个可怜的傻瓜，为什么到那里去受罪？你真是胆大，又停下来了么？倘若克瑞昂从别人那里知道了这件事，你怎能不受惩罚？"我反复思量，这样懒懒地、慢慢地走，一段短路就变长了。最后，我决定到你这里来；尽管我的消息没有什么内容，我还是要讲出来；因为我抱着这样一个希望跑来，那就是除了命中注定的遭遇而外，我不至于受到别的惩罚。

克瑞昂　什么事使你这样丧气？

守兵　首先，我要向你谈谈我自己：事情不是我做的，我也没有看见做这件事的人，这样受到惩罚，未免太冤枉。

克瑞昂　你既瞄得很准，对于攻击又会四面提防。显然，你有奇怪的消息要报告。

守兵　是的；一个人带着可怕的消息，心里就害怕。

克瑞昂　还不快把你的话说出来，然后马上给我滚开！

守兵　那我就告诉你：那尸首刚才有人埋了，他把干沙撒在尸体上，举行了应有的仪式就跑了。

克瑞昂　你说什么？哪一个汉子敢做这件事？

守兵　我不知道；那地点没有被鹤嘴锄挖掘，泥土也没有被双齿铲翻起来，土地又干又硬，没有破绽，没有被车轮滚过，做这件事的人没有留下一点痕迹。当第一个值日班的看守人指给我们看的时候，大家又称奇，又叫苦。尸体已经盖上了，不是埋下了，而是像被一个避污染的人撒上了一层很细的沙子。也没有野兽或狗咬过他，看不出什么痕迹来。

　　　我们随即互相埋怨，守兵质问守兵；我们几乎打起来，也没有人

88

来阻拦。每个人都像是罪犯，可是谁也没有被判明有罪；大家都说不知道这件事。我们准备手举红铁，身穿火焰，凭天神起誓，我们没有做过这件事，也没有参与过这计划和行动。 267

　　这样追问下去也是枉然，最后，有人提出一个建议，我们大家才战战兢兢地点头同意；因为我们不知道怎么反驳他，也不知道照他的话去做是否走运。

　　他说这件事非告诉你不可，隐瞒不得。大家同意之后，命运罚我这不幸的人中了这个好签。所以我来了，既不愿意，也不受欢迎，这个我很明白；因为谁也不喜欢报告坏消息的人。 277

歌队长　啊，主上，我考虑了很久，这件事莫非是天神做的？

克瑞昂　趁你的话还没有叫我十分冒火，赶快住嘴吧，免得我发现你又老又糊涂。你这话叫我难以容忍，说什么天神照应这尸首；是不是天神把他当作恩人，特别看重他，把他掩盖起来？他本是回来烧毁他们的有石柱环绕的神殿、祭器和他们的土地的，他本是回来破坏法律的。你几时看见过天神重视坏人？没有那回事。这城里早就有人对我口出怨言，不能忍受这禁令，偷偷摇头，不肯老老实实引颈受轭，服从我的权力。 292

　　我看得很清楚，这些人是被他们出钱收买来干这勾当的。人间再没有像金钱这样坏的东西到处流通，这东西可以使城邦毁灭，使人们被赶出家乡，把善良的人教坏，使他们走上邪路，做些可耻的事，甚至叫人为非作歹，干出种种罪行。 301

　　那些被人收买来干这勾当的人迟早要受惩罚。（向守兵）既然我依然崇奉宙斯，你就要好好注意——我凭宙斯发誓告诉你——如果你们找不着那亲手埋葬的人，不把他送到我面前，你们死还不够，我还要先把你们活活吊起来，要你们招供你们的罪行，叫你们知道什么利益是应当得的，日后好去争取；叫你们懂得事事唯利是图是不行的。你会发现不义之财使多数人受害，少数人享福。 314

守兵　你让我再说两句，还是让我就这样走开？

克瑞昂　难道你还不知道你现在说的话都在刺痛我吗？

守兵　刺痛了你的耳朵，还是你的心？

克瑞昂　为什么要弄清楚我的痛苦在什么地方？

守兵　伤了你心的是罪犯，伤了你耳朵的是我。

克瑞昂　呸！显然，你天生是个多嘴的人。

守兵　也许是；但是我决不是做这件事的人。

克瑞昂　你不但是，而且为了金钱出卖自己灵魂。

守兵　唉！一个人怀疑而又怀疑错了，太可怕了。

克瑞昂　你尽管巧妙地谈论"怀疑"；你若是不把那些罪犯给我找出来，你就得承认肮脏的钱会惹祸。

　　　　克瑞昂进宫。

守兵　最好是找得到啊！不管捉得到捉不到——都要命运来决定——反正你以后不会看见我再到这里来。这次出乎我的希望和意料之外，居然平安无事，我得深深感谢神明。

　　　　守兵自观众左方下。

四　第一合唱歌

歌队　（第一曲首节）奇异的事物虽然多，却没有一件比人更奇异；他要在狂暴的南风下渡过灰色的海，在汹涌的波浪间冒险航行；那不朽不倦的大地，最高的女神，他要去搅扰，用马的女儿①耕地，犁头年年来回地犁土。

　　　（第一曲次节）他用多网眼的网兜儿捕那快乐的飞鸟、凶猛的走兽和海里游鱼——人真是聪明无比；他用技巧制服了居住在旷野的猛兽，驯服了鬃毛蓬松的马，使它们引颈受轭，他还把不知疲倦的山牛也养驯了。

　　　（第二曲首节）他学会了怎样运用语言和像风一般快的思想，怎样养成社会生活的习性，怎样在不利于露宿的时候躲避霜箭和雨箭；什么事他都有办法，对未来的事也样样有办法，甚至难以医治的疾病他都能设法避免，只是无法免于死亡。

　　　（第二曲次节）在技巧方面他有发明才能，想不到那样高明，这才能有时候使他遭厄运，有时候使他遇好运；只要他尊重地方的法令和他凭天神发誓要主持的正义，他的城邦便能耸立起来；如果他胆大妄

---

①　指骡子。

为,犯了罪行,他就没有城邦了。我不愿这个为非作歹的人在我家做客,不愿我的思想和他的相同。 375

    安提戈涅由守兵自观众左方押上场。

歌队长 (尾声)这奇异的现象使我吃惊!我认识她——这不是那女孩子安提戈涅吗?

    啊,不幸的人,不幸的父亲奥狄浦斯的女儿,这是怎么回事?莫不是在你做什么蠢事的时候,他们捉住你,把你这违背国王命令的人押来了? 383

五 第二场

守兵 她就是做这件事的人,我们趁她埋葬尸首的时候,把她捉住了。可是克瑞昂在哪里?

    克瑞昂自宫中上。

歌队长 他又从家里出来了,来得凑巧。

克瑞昂 怎么?出了什么事,说我来得凑巧?

守兵 啊,主上,谁也不可发誓不做某件事;因为再想一下,往往会发现原先的想法不对。在你的威胁恐吓之下,我原想发誓不急于回到这里来。但是出乎意外的快乐比别的快乐大得多,因此我虽然发誓不来,却还是带着这女子来了,她是在举行葬礼的时候被我们捉住的。这次没有摇签,这运气就归了我,没有归别人。现在,啊,主上,只要你高兴,就把她接过去审问,给她定罪吧;我自己没事了,有权利摆脱这场祸事。 400

克瑞昂 你说,你带来的女子——是怎样捉住的,在哪里捉住的?

守兵 她正在埋葬尸首;事情你都知道了。

克瑞昂 你知道你这句话是什么意思?你正确地表达了你的思想吗?

守兵 我亲眼看见她埋葬那不许埋葬的尸首。我说得够清楚了吗?

克瑞昂 是怎样发现的?怎样当场捉住的? 406

守兵 事情是这样的:我们在你的可怕的恐吓之下回到那里,把盖在尸体上的沙子完全拂去,使那黏糊糊的尸首露了出来;我们随即背风坐在山坡上躲着,免得臭味儿从尸首那里飘过来;每个人都忙着用一些责

91

备的话督促他的同伴,怕有人疏忽了他的责任。

　　这样过了很久,一直守到太阳的灿烂光轮升到了中天,热得像火一样的时候;突然间一阵旋风从地上卷起了沙子,天空阴暗了,这风沙弥漫原野,吹得平地丛林枝断叶落,太空中尽是树叶;我们闭着眼睛忍受着这天灾。

　　这样过了许久,等风暴停止,我们就发现了这女子,她大声哭喊,像鸟儿看见窝儿空了、雏儿丢了,在悲痛中发出尖锐声音。她也是这样:她看见尸体露了出来就放声大哭,对那些拂去沙子的人发出凶恶的诅咒。她立即捧了些干沙,高高举起一只精制的铜壶奠了三次酒水敬死者。

　　我们一看见就冲下去,立即把她捉住,她一点也不惊惶。我们谴责她先前和当时的行为,她并不否认,使我同时感觉愉快,又感觉痛苦;因为我自己摆脱了灾难是件极大的乐事,可是把朋友领到灾难中却是件十分痛苦的事。好在朋友的一切事都没有我自身的安全重要。

克瑞昂　　你低头望着地,承认不承认这件事是你做的?

安提戈涅　　我承认是我做的,并不否认。

克瑞昂　　(向守兵)你现在免了重罪,你愿意到哪里就到哪里去吧。

　　　　守兵自观众右方下。

　　(向安提戈涅)告诉我——话要简单不要长——你知道不知道有禁葬的命令?

安提戈涅　　当然知道;怎么会不知道呢?这是公布了的。

克瑞昂　　你真敢违背法令吗?

安提戈涅　　我敢;因为向我宣布这法令的不是宙斯,那和下界神祇同住的正义之神也没有为凡人制定这样的法令;我不认为一个凡人下一道命令就能废除天神制定的永恒不变的不成文律条,它的存在不限于今日和昨日,而是永久的,也没有人知道它是什么时候出现的。

　　我不会因为害怕别人皱眉头而违背天条,以致在神面前受到惩罚。我知道我是会死的——怎么会不知道呢?——即使你没有颁布那道命令;如果我在应活的岁月之前死去,我认为是件好事;因为像我这样在无穷尽的灾难中过日子的人死了,岂不是得到好处了吗?

　　所以我遭遇这命运并没有什么痛苦;但是,如果我让我哥哥死后

不得埋葬,我会痛苦到极点;可是像这样,我倒安心了。如果在你看来我做的是傻事,也许我可以说那说我傻的人倒是傻子。 470

歌队长　这个女儿天性倔强,是倔强的父亲所生;她不知道向灾难低头。

克瑞昂　(向安提戈涅)可是你要知道,太顽强的意志最容易受挫折;你可以时常看见最顽固的铁经过淬火炼硬之后,被人击成碎块和破片。我并且知道,只消一小块嚼铁就可以使烈马驯服。一个人做了别人的奴隶,就不能自高自大了。 478

　　(向歌队长)这女孩子刚才违背那制定的法令的时候,已经很高傲;事后还是这样傲慢不逊,为这事而欢乐,为这行为而喜笑。 483

　　要是她获得了胜利,不受惩罚,那么我成了女人,她反而是男子汉了。不管她是我姐姐的女儿,或者比任何一个崇拜我的家神宙斯的人①和我血统更近,她本人和她妹妹都逃不过最悲惨的命运;因为我指控那女子是埋葬尸体的同谋。 490

　　把她叫来;我刚才看见她在家;她发了疯,精神失常。那暗中图谋不轨的人的心机往往会预先招供自己有罪。我同时也恨那个做了坏事被人捉住反而想夸耀罪行的人。 496

安提戈涅　除了把我捉住杀掉之外,你还想进一步做什么呢?

克瑞昂　我不想做什么了;杀掉你就够了。

安提戈涅　那么你为什么拖延时间?你的话没有半句使我喜欢——但愿不会使我喜欢啊!我的话你自然也听不进去。

　　我除了因为埋葬自己哥哥而得到荣誉之外,还能从哪里得到更大的荣誉呢?这些人全都会说他们赞成我的行为,若不是恐惧堵住了他们的嘴。但是不行;因为君王除了享受许多特权之外,还能为所欲为,言所欲言。

克瑞昂　在这些卡德墨亚②当中,只是你才有这种看法。

安提戈涅　他们也有这种看法,只不过因为怕你,他们闭口不说。

克瑞昂　但是,如果你的行动和他们不同,你不觉得可耻吗?

安提戈涅　尊敬一个同母弟兄,并没有什么可耻。

---

① 意即"自家人"。
② 即特拜人。卡德墨亚是特拜的卫城。

克瑞昂　那对方不也是你的弟兄吗？

安提戈涅　他是我的同母同父弟兄。 513

克瑞昂　那么你尊敬他的仇人，不就是不尊敬他吗？

安提戈涅　那个死者是不会承认你这句话的。

克瑞昂　他会承认；如果你对他和对那坏人同样地尊敬。

安提戈涅　他不会承认；因为死去的不是他的奴隶，而是他的弟兄。

克瑞昂　他是攻打城邦，而他是保卫城邦。

安提戈涅　可是哈得斯依然要求举行葬礼。

克瑞昂　可是好人不愿意和坏人平等，享受同样的葬礼。

安提戈涅　谁知道下界鬼魂会不会认为这件事是可告无罪的？

克瑞昂　仇人决不会成为朋友，甚至死后也不会。

安提戈涅　可是我的天性不喜欢跟着人恨，而喜欢跟着人爱。

克瑞昂　那么你就到冥土去吧，你要爱就去爱他们。只要我还活着，没有一个女人管得了我。 525

　　　　　伊斯墨涅由二仆人自宫中押上场。

歌队长　看呀，伊斯墨涅出来了，那表示姐妹之爱的眼泪往下滴，那眉宇间的愁云遮住了发红的面容，随即化为雨水，打湿了美丽的双颊。

克瑞昂　你像一条蝮蛇潜伏在我家，偷偷吸取我的血，我竟不知道我养了两个叛徒来推翻我的宝座。喂，告诉我，你是招供参加过这葬礼呢，还是发誓不知情？ 535

伊斯墨涅　事情是我做的，只要她不否认；我愿意分担这罪过。

安提戈涅　可是正义不让你分担；因为你既不愿意，我也没有让你参加。

伊斯墨涅　如今你处在祸患中，我同你共渡灾难之海，不觉得羞耻。

安提戈涅　事情是谁做的，哈得斯和下界的死者都是见证；口头上的朋友我不喜欢。

伊斯墨涅　不，姐姐呀，不要拒绝我，让我和你一同死，使死者成为清洁的鬼魂吧。①

安提戈涅　不要和我同死，不要把你没有亲手参加的工作作为你自己的；

---

① 死者要经过埋葬才能成为清洁的鬼魂。伊斯墨涅的意思是说，她分担了埋葬之罪而死，就等于她对死者尽了埋葬之礼。

94

	我一个人死就够了。	547
伊斯墨涅	失掉了你,我的生命还有什么可爱呢?	
安提戈涅	你问克瑞昂吧,既然你孝顺他。	
伊斯墨涅	对你又没有好处,你为什么这样来伤我的心?	
安提戈涅	假如我嘲笑了你,我心里也是苦的。	
伊斯墨涅	现在我还能给你什么帮助呢?	
安提戈涅	救救你自己吧!即使你逃得过这一关,我也不羡慕你。	
伊斯墨涅	哎呀呀,我不能分担你的厄运吗?	
安提戈涅	你愿意生,我愿意死。	
伊斯墨涅	并不是我没有劝告过你。	
安提戈涅	在有些人眼里你很聪明,可是在另一些人眼里,聪明的却是我。	
伊斯墨涅	可是我们俩同样有罪。	
安提戈涅	请放心;你活得成,我却是早已为死者服务而死了。	560
克瑞昂	我认为这两个女孩子有一个刚才变愚蠢了,另一个生来就是愚蠢的。	
伊斯墨涅	啊,主上,人倒了霉,甚至天生的理智也难保持,会错乱的。	
克瑞昂	你的神志是错乱了,当你宁愿同坏人做坏事的时候。	
伊斯墨涅	没有她和我在一起,我一个人怎样活下去?	
克瑞昂	别说她还和你在一起,她已经不存在了。	
伊斯墨涅	你要杀你儿子的未婚妻吗?	
克瑞昂	还有别的土地可以由他耕种。	
伊斯墨涅	不会再有这样情投意合的婚姻了。	570
克瑞昂	我不喜欢给我儿子娶个坏女人。	
伊斯墨涅	啊,最亲爱的海蒙,你父亲多么藐视你啊!①	
克瑞昂	你这人和你所提起的婚姻够使我烦恼了!	
歌队长	你真要使你儿子失去他的未婚妻吗?	
克瑞昂	死亡会为我破坏这婚姻。	575
歌队长	好像她的死刑已经判定了。	

---

① 沙克布勒本认为这句话是安提戈涅说的。

克瑞昂 （向歌队长）是你和我判定的。

仆人们，别再拖延时间，快把她们押进去！今后她们应当乖乖地做女人，不准随便走动；甚至那些胆大的人，看见死亡逼近的时候，也会逃跑。

安提戈涅和伊斯墨涅由二仆人押进宫。

六　第二合唱歌

歌队 （第一曲首节）没有尝过患难的人是有福的。一个人的家若是被上天推倒，什么灾难都会落到他头上，还会冲向他的世代儿孙，像波浪，在从特拉克吹来的狂暴海风下，向着海水的深暗处冲去，把黑色泥沙从海底卷起来，那海角被风吹浪打，发出悲惨的声音。

（第一曲次节）从拉布达科斯的儿孙①家中的死者那里来的灾难是很古老的，我看见它们一个落到一个上面，没有一代人救得起一代人，是一位神在打击他们，这个家简直无法挽救。如今啊，奥狄浦斯家中剩下的根苗上发出的希望之光，又被下界神祇的砍刀——言语上的愚蠢，心里的疯狂——斩断了。②

（第二曲首节）啊，宙斯，哪一个凡人能侵犯你，能阻挠你的权力？这权力即使是追捕众生的睡眠或众神所安排的不倦的岁月也不能压制；你这位时光催不老的主宰住在奥林波斯山上灿烂的光里。在最近和遥远的将来，正像在过去一样，这规律一定生效：人们的过度行为会引起灾祸。

（第二曲次节）那飘飘然的希望对许多人虽然有益，但是对许多别的人却是骗局，他们是被轻浮的欲望欺骗了，等烈火烧着脚的时候，他们才知道是受了骗。③ 是谁很聪明地说了句有名的话：一个人的心一旦被天神引上迷途，他迟早会把坏事当作好事；只不过暂时还没有灾难罢了。（本节完）

歌队长 （尾声）看呀，你最小的儿子海蒙来了。他是不是为他未婚妻安

---

① 拉布达科斯是拉伊奥斯的父亲，奥狄浦斯的祖父。
② 指下界神祇使安提戈涅心中发狂，说出愚蠢的话。
③ 以在炭灰上行走的人比喻被欲望所骗者。

96

提戈涅的命运而悲痛，是不是因为对他的婚姻感觉失望而伤心到了极点？

七　第三场

海蒙自观众右方上。

克瑞昂　（向歌队长）我们很快就会知道，比先知知道得还清楚。

啊，孩儿，莫非你是听见了对你未婚妻的最后判决，来同父亲赌气的吗？还是不论我怎么办，你都支持我？

海蒙　啊，父亲，我是你的孩子；你有好见解，凡是你给我划出的规矩，我都遵循。我不会把我的婚姻看得比你的善良教导更重。

克瑞昂　啊，孩儿，你应当记住这句话：凡事听从父亲劝告。做父亲的总希望家里养出孝顺儿子，向父亲的仇人报仇，向父亲的朋友致敬，像父亲那样尊敬他的朋友。那些养了无用的儿子的人，你会说他们生了什么呢？只不过给自己添了苦恼，给仇人添了笑料罢了。啊，孩儿，不要贪图快乐，为一个女人而抛弃了你的理智；要知道一个和你同居的坏女人会在你怀抱中成为冷冰冰的东西。还有什么烂疮比不忠实的朋友更有害呢？你应当憎恨这女子，把她当作仇人，让她到冥土嫁给别人。既然我把她当场捉住——全城只有她一个人公开反抗——我不能欺骗人民，一定得把她处死。

让她向氏族之神宙斯呼吁吧。若是我把生来是我亲戚的人养成叛徒，那么我更会把外族的人也养成叛徒。只有善于治家的人才能成为城邦的正直领袖。若是有人犯罪，违反法令，或者想对当权的人发号施令，他就得不到我的称赞。凡是城邦所任命的人，人们必须对他事事顺从，不管事情大小，公正不公正；我相信这种人不仅是好百姓，而且可以成为好领袖，会在战争的风暴中守着自己的岗位，成为一个既忠诚又勇敢的战友。

背叛是最大的祸害，它使城邦遭受毁灭，使家庭遭受破坏，使并肩作战的兵士败下阵来。只有服从才能挽救多数正直的人的性命。所以我们必须维持秩序，决不可对一个女人让步。如果我们一定会被人赶走，最好是被男人赶走，免得别人说我们连女人都不如。

歌队长　在我们看来,你的话好像说得很对,除非我们老糊涂了。

海蒙　啊,父亲,天神把理智赋予凡人,这是一切财宝中最有价值的财宝。我不能说,也不愿意说,你的话说得不对;可是别人也可能有好的意见。因此我为你观察市民所作所为,所说所非难,这是我应尽的本分。人家害怕你皱眉头,不敢说你不乐意听的话;我倒能背地里听见那些话,听见市民为这女子而悲叹,他们说:"她做了最光荣的事,在所有的女人中,只有她最不应当这样最悲惨地死去! 当她哥哥躺在血泊里没有埋葬的时候,她不让他被吃生肉的狗或猛禽吞食;她这人还不该享受黄金似的光荣吗?"这就是那些悄悄传播的秘密话。

啊,父亲,没有一种财宝在我看来比你的幸福更可贵。真的,对于儿女,幸福的父亲的名誉不是最大的光荣吗? 对于父亲,儿女的名誉不也是一样吗? 你不要老抱着这唯一的想法,认为只有你的话对,别人的话不对。因为尽管有人认为只有自己聪明,只有自己说得对,想得对,别人都不行,可是把他们揭开来一看,里面全是空的。

一个人即使很聪明,再懂得许多别的道理,放弃自己的成见,也不算可耻啊。试看那洪水边的树木怎样低头,保全了枝儿;至于那些抗拒的树木却连根带枝都毁了。把船上的帆脚索拉紧不肯放松的人,把船也弄翻了,到后来,桨手们的凳子翻过来底朝天,船就那样航行。

请你息怒,放温和一点吧! 如果我,一个很年轻的人,也能贡献什么意见的话,我就说一个人最好天然赋有绝顶的聪明;要不然——因为往往不是那么回事——就听聪明的劝告也是好的啊。

歌队长　啊,主上,如果他说得很中肯,你就应当听他的话;(向海蒙)你也应当听你父亲的话;因为双方都说得有理。

克瑞昂　我们这么大年纪,还由他这年轻人来教我们变聪明一点吗?

海蒙　不是教你做不正当的事;尽管我年轻,你也应当注意我的行为,不应当只注意我的年龄。

克瑞昂　你尊重犯法的人,那也算好的行为吗?

海蒙　我并不劝人尊重坏人。

克瑞昂　这女子不是害了坏人的传染病吗?

海蒙　特拜全城的人都否认。

98

克瑞昂　难道市民要干涉我的行政吗？

海蒙　你看你说这话，不就像个很年轻的人吗？ 735

克瑞昂　难道我应当按照别人的意思，而不按照自己的意思治理这国土吗？

海蒙　只属于一个人的城邦不算城邦。

克瑞昂　难道城邦不归统治者所有吗？

海蒙　你可以独自在沙漠中做个好国王。

克瑞昂　这孩子好像成为那女人的盟友了。

海蒙　不，除非你就是那女人；实际上，我所关心的是你。

克瑞昂　坏透了的东西，你竟和父亲争吵起来了！

海蒙　只因为我看见你犯了过错，做事不公正。

克瑞昂　我尊重我的王权也算犯了过错吗？

海蒙　你践踏了众神的权利，就算不尊重你的王权。 745

克瑞昂　啊，下贱东西，你是那女人的追随者。

海蒙　可是你绝不会发现我是可耻的人。

克瑞昂　你这些话都是为了她的利益而说的。

海蒙　是为了你我和下界神祇的利益而说的。

克瑞昂　你决不能趁她还活着的时候，同她结婚。

海蒙　那么她是死定了；可是她这一死，会害死另一个人。

克瑞昂　你胆敢恐吓我吗？

海蒙　我反对你这不聪明的决定，算得什么恐吓呢？

克瑞昂　你自己不聪明，反来教训我，你要后悔的。

海蒙　你是我父亲，我不能说你不聪明。

克瑞昂　你是伺候女子的人，不必奉承我。

海蒙　你只是想说，不想听啊。 757

克瑞昂　真的吗？我凭奥林波斯起誓，你不能尽骂我而不受惩罚。

（向二仆人）快把那可恨的东西押出来，让她立刻当着她未婚夫，死在他的面前，他的身旁。

海蒙　不，别以为她会死在我的身旁；你再也不能亲眼看见我的脸面了，只好向那些愿意忍受的朋友发你的脾气！ 765

　　　海蒙自观众右方下。

99

歌队长　啊，主上，这人气冲冲地走了，他这样年轻的人受了刺激，是很凶恶的。

克瑞昂　随便他怎么样，随便他想做什么凡人所没有做过的事；总之，他绝不能使这两个女孩子免于死亡。

歌队长　你要把她们姐妹都处死吗？

克瑞昂　这句话问得好；那没有参加这罪行的人不被处死。

歌队长　你想把那另一个怎样处死呢？

克瑞昂　我要把她带到没有人迹的地方，把她活活关在石窟①里，给她一点点吃食，只够我们赎罪之用，使整个城邦避免污染。② 她在那里可以祈求哈得斯，她所崇奉的唯一的神明，不至于死去；但也许到那时候，虽然为时已晚，她会知道，向死者致敬是白费功夫。　　　780

克瑞昂进宫。

八　第三合唱歌

歌队　（首节）埃罗斯③啊，你从没有吃过败仗，埃罗斯啊，你浪费了多少钱财，你在少女温柔的脸上守夜，你飘过大海，飘到荒野人家；没有一位天神，也没有一个朝生暮死的凡人躲得过你；谁碰上你，谁就会疯狂。　　　790

（次节）你把正直的人的心引到不正直的路上，使他们遭受毁灭：这亲属间的争吵是你挑起来的；那美丽的新娘眼中发出的鲜明热情获得了胜利；埃罗斯啊，连那些伟大的神律都被你压倒了，④那不可抵抗的女神阿佛罗狄忒也在嘲笑神律。（本节完）　　　800

歌队长　（尾声）我现在看见这现象，自己也越出了法律的范围；我看见安提戈涅去到那使众生安息的新房⑤，再也禁不住我的眼泪往下流。　　　805

---

① 指特拜城北平原边上为王室或贵族预选掘就的坟墓。
② 指让安提戈涅慢慢死去，像是自然死亡，这样，克瑞昂就不会负杀亲属的罪名，惹怒众神，降祸于他及城邦。
③ 埃罗斯，小爱神，司爱与美的女神阿佛罗狄忒的儿子。
④ 此句抄本大意是："这热情当权，坐在伟大的神律旁边。"译文据贝菲尔德的改订。句中"神律"指爱国与孝敬父母。
⑤ 指墓穴。

九　第四场

    安提戈涅由二仆人自宫中押上场。

安提戈涅　（哀歌第一曲首节）啊，祖国的市民们，请看我踏上这最后的路程，这是我最后一次看看太阳光，从今以后再也看不见了。那使众生安息的哈得斯把我活生生带到阿克戎河岸上，我还没有享受过迎亲歌，也没有人为我唱过洞房歌，就这样嫁给冥河之神。（本节完）

歌队长　不，你这样去到死者的地下是很光荣，很受人称赞的；那使人消瘦的疾病没有伤害你，刀剑的杀戮也没有轮到你身上；这人间就只有你一个人由你自己作主，活着到冥间。

安提戈涅　（第一曲次节）可是我曾听说坦塔洛斯的女儿，那弗里基亚客人，在西皮洛斯岭上也死得很凄惨，①那石头像缠绕的常春藤似的把她包围；雨和雪，像人们所说的，不断地落到她消瘦的身上，泪珠从她泪汪汪的眼里滴下来，打湿了她的胸脯；天神这次催我入睡，这情形和她的相似。（本节完）

歌队长　但是她是神，是神所生；②我们却是人，是人所生。好在你死后，人们会说你生前和死时都与天神同命，那也是莫大的光荣！

安提戈涅　（第二曲首节）哎呀，你是在讥笑我！凭我祖先的神明，请你告诉我，你为什么不等我不在了再说，却要趁我还活着的时候挖苦我？城邦呀，城邦里富贵的人呀，狄尔克水泉呀，有美好战车的特拜的圣林呀，请你们证明我没有朋友哀悼，证明我受了什么法律处分，去到那石牢，我的奇怪的坟墓里；哎呀，我既不是住在人世，也不是住在冥间，既不是同活人在一起，也不是同死者在一起。（本节完）

歌队长　孩儿呀，你到了鲁莽的极端，猛撞着法律的最高宝座，倒在地上，这样赎你祖先传下来的罪孽。

安提戈涅　（第二曲次节）你使我多么愁苦，你唤醒了我为我父亲，为我们

816

822

833

838

856

---

① 坦塔洛斯是小亚细亚弗里基亚的西皮洛斯山中的国王。他的女儿尼奥柏嫁给特拜王安菲昂，生了十四个儿女。她嘲笑只有一子一女的勒托，勒托让其子女阿波罗和阿尔特弥斯射死尼奥柏的子女，她悲伤过度化为石头。

② 尼奥柏的父亲坦塔洛斯是宙斯之子，母亲塔宇革特是提坦神伊阿佩托斯的孙女。

101

这些闻名的拉布达科斯的儿孙的厄运而时常发出的悲叹。我母亲的婚姻所引起的灾难呀！我那不幸的母亲和她亲生儿子的结合呀！我的父亲呀！我这不幸的人是什么样的父母生的呀！我如今被人诅咒，还没有结婚就到他们那里居住。哥哥①呀，你的婚姻也很不幸，你这一死害死了你这还活着的妹妹。（本节完） 871

歌队长　虔敬的行为虽然算是虔敬，但是权力，在当权的人看来，是不容冒犯的。这是你倔强的性格害了你。

安提戈涅　（第二曲末节）没有哀乐，没有朋友，没有婚歌，我将不幸地走上眼前的道路。我再也看不见太阳的神圣光辉，我的命运没有人哀悼，也没有朋友怜惜。 882

　　　　克瑞昂偕众仆人自宫中上。

克瑞昂　（向众仆人）如果哭哭唱唱有什么好处，一个人临死前决不会停止他的悲叹和歌声——难道你们连这个都不知道？还不快快把她带走？你们按照我的吩咐把她关在那拱形坟墓里之后，就扔下她孤孤单单，随便她想死，或者在那样的家里过坟墓生活。不管怎么样，我们在这女子的事情上是没有罪的；总之，她在世上居住的权利是被剥夺了。 890

安提戈涅　坟墓呀，新房呀，那将永久关住我的石窟呀！我就要到那里去找我的亲人，他们许多人早已死了，被佩尔塞福涅②接到死人那里去了，我是最后一个，命运也最悲惨，在我的寿命未尽之前就要下去。很希望我这次前去，受我父亲欢迎，母亲呀，受你欢迎，哥哥呀，也受你欢迎；你们死后，我曾亲手给你们净洗装扮，曾在你们坟前奠下酒水；波吕涅克斯呀，只因为埋葬你的尸首，我现在受到这样的惩罚。 903

〔可是，在聪明人看来，我这样尊敬你是很对的。如果是我自己的孩子死了，或者我丈夫死了，尸首腐烂了，我也不至于和城邦对抗③，做这件事。我根据什么原则这样说呢？丈夫死了，我可以再找一个；孩子丢了，我可以靠别的男人再生一个；但如今，我的父母已埋

---

① 指波吕涅克斯。他娶阿尔戈斯王阿德拉斯托斯之女阿尔革亚为妻。
② 佩尔塞福涅，宙斯和得墨特尔之女，冥王哈得斯之妻。
③ 有的校订者认为，安提戈涅认为自己在反抗克瑞昂而不是城邦，因此怀疑第904至920行一段系伪作。少数校订者则持异议，因为亚里士多德在《修辞学》中引用过第911和912行。

葬在地下,再也不能有一个弟弟生出来。 912

〔我就是根据这个原则向你致敬礼;可是,哥哥呀,克瑞昂却认为我犯了罪,胆敢做出可怕的事。他现在捉住我,要把我带走,我还没有听过婚歌,没有上过新床,没有享受过婚姻的幸福或养育儿女的快乐;我这样孤孤单单,无亲无友,多么不幸呀,人还活着就到死者的石窟中去。〕 920

我究竟犯了哪一条神律呢……①我这不幸的人为什么要仰仗神明?为什么要求神保佑,既然我这虔敬的行为得到了不虔敬之名?即使在众神看来,这死罪是应得的,我也要死后才认罪;②如果他们是有罪的,愿他们所吃的苦头相当于他们加在我身上的不公正的惩罚。 928

歌队长　那同一个风暴依然在她心里呼啸。

克瑞昂　那些押送她的人办事太缓慢,他们要后悔的。

安提戈涅　哎呀,这句话表示死期到了。

克瑞昂　我不能鼓励你,使你相信这判决不是这样批准的。③

安提戈涅　特拜境内我先人的都城呀,众神明,我的祖先④呀,他们要把我带走,再也不拖延了!特拜长老们呀,请看你们王室剩下的唯一后裔⑤,请看我因为重视虔敬的行为,在什么人手中受到什么样的迫害啊! 943

　　　　安提戈涅由二仆人自观众左方押下场。

一〇　第四合唱歌

歌队　(第一曲首节)那美丽的达娜埃⑥也是在铜屋里看不见天光,她在

---

① 有的校订者认为,抄本上由于加了上面这一段,此处被删去若干行。
② 意即"我在世时决不认罪",或解作"等我死后我才会知错"。
③ 此话的意思是:"他催促着押走安提戈涅,等于他批准了她的死刑。"
④ 指特拜城建立者卡德摩斯之妻哈尔摩尼亚的父母战神阿瑞斯和阿佛罗狄忒,卡德摩斯之女塞墨勒和宙斯所生的儿子酒神狄奥尼索斯。
⑤ 安提戈涅认为她妹妹伊斯墨涅已经放弃了作为王室成员的权利。
⑥ 达娜埃,阿尔戈斯王阿克里西奥斯之女。神示其父将死在其子手中,故其父囚于铜屋内。宙斯化作金雨同她结合,生子佩尔修斯。佩尔修斯长大后,掷铁饼误伤其外祖父致死。

103

那坟墓似的屋子里被人囚禁;可是,孩儿呀孩儿,她的出身是高贵的,①她给宙斯生了个儿子,是金雨化生的。命运的威力真可怕,不是金钱所能收买,武力所能克服,城墙所能阻挡,破浪的黑船所能躲避的。 954

(第一曲次节)德律阿斯的暴躁的儿子,埃多涅斯人的国王②,也因为生气辱骂狄奥尼索斯,被他下令囚在石牢里,他是这样被压服的。等他那可怕的猛烈的疯狂气焰逐渐平息之后,他才知道他在疯狂中辱骂的是一位神。他曾企图阻止那些受了神的灵感的妇女和她们高呼"欧嚆"③时挥舞的火炬,并且激怒了那些爱好箫管的文艺女神④。 965

(第二曲首节)那双海⑤的蓝色水边的牛津岸旁是特拉克的萨尔密得索斯城⑥……;阿瑞斯,那都城的邻居⑦,曾在那里看见菲纽斯⑧两个儿子所受的发出诅咒的创伤,他们被他那凶狠的次妻弄瞎了眼睛:她用血污的手,用梭尖刺破了要求报复的眼珠;那创伤使它们看不见阳光。 976

(第二曲次节)这两个可怜的孩子被关瘦了,他们悲叹他们所受的可怜的痛苦;他们是出嫁后不幸的母亲所生,这母亲的世系可以追溯到埃瑞克透斯的古老家族,⑨她是在那遥远的洞穴里养大的,同她父亲的风暴在一起,波瑞阿斯这孩子,神的女儿,她同姐妹们飞上那峻峭的山岭;可是,孩儿呀,她也受到那三位古老的命运女神的打击。 987

---

① 达娜埃的远祖是海神波塞冬。
② 指吕库尔戈斯,他得罪酒神狄奥尼索斯,遭报复,使他于疯狂中用斧头杀其子。天降瘟疫于城邦,神示处死国王方可消灾。埃多涅斯人只得把他囚禁在潘盖奥斯山中的石洞里。
③ "欧嚆",女信徒对酒神的欢呼语。
④ 指天文女神、历史女神和手执箫管的抒情诗女神。她们是宙斯和记忆女神之女。
⑤ "双海"指黑海和普罗蓬提斯海。
⑥ 萨尔米得索斯城,距牛津约八十公里。"城"字后缺三个缀音。
⑦ 战神阿瑞斯住在特拉克。
⑧ 菲纽斯,萨尔米得索斯城的王。他先娶雅典王埃瑞克透斯的外孙女克勒奥帕特拉,生二子。他囚禁妻子,另娶特拜王卡德摩斯的姐妹埃多特亚。她弄瞎克勒奥帕特拉所生两个孩子的眼睛,他们眼中的创伤向埃多特亚发出诅咒。
⑨ 克勒奥帕特拉的外祖父是埃瑞克透斯,她的父母是北风神博瑞阿斯和奥瑞提伊亚,她和她的姐妹被称为"风暴",都有翅膀。

一一　第五场

　　特瑞西阿斯由童子带领,自观众右方上。

特瑞西阿斯　啊,特拜长老们,我们一路走来,两个人靠一双眼睛看路;因为要有人带领,瞎子才能行走。

克瑞昂　啊,年高的特瑞西阿斯,有什么消息见告?

特瑞西阿斯　我就告诉你;你必须听先知的话。

克瑞昂　我先前并没有违背过你的意思。

特瑞西阿斯　因此那时候你平稳地驾驭着这城邦。

克瑞昂　我能够证实我曾经得过你的帮助。

特瑞西阿斯　要当心,你现在又处在厄运的刀口上了。

克瑞昂　你是什么意思?我听了你的话吓得发抖! 　　　　　　997

特瑞西阿斯　你听了我的法术所发现的预兆,就会明白。我一坐上那古老的占卜座位——那是各种飞鸟聚集的地方——就听见鸟儿的难以理解的叫声,听见它们发出不祥的愤怒声,奇怪的叫噪;我知道它们是在凶恶地用脚爪互抓;听它们鼓翼的声音就明白了。 　　1004

　　我因此害怕起来,立即在火焰高烧的祭坛上试试燔祭①;可是祭肉并没有燃烧,从脾肉里流出的液汁滴在火炭上,冒冒烟就爆炸了,胆汁溅入空中,那滴油的大腿骨露了出来,那罩在上面的网油已经融化。 　　　　　　　　　　　　　　　　　　　　　　　　　　　1011

　　这祭礼没有显示出什么预兆,我靠它来占卜,就是这样失败了。告诉我这件事的是这个孩子,他指示我,就像我指示别人一样。因为你的意见不对,城邦才有了污染。我们的祭坛和炉灶②全都被猛禽和狗子用它们从奥狄浦斯儿子可怜的尸体上撕下来的肉弄脏了;因此众神不肯从我们这里接受献祭的祈祷和大腿骨上发出的火焰;连鸟儿也不肯发出表示吉兆的叫声;因为它们吞食了被杀者的血肉。 　1022

　　孩子,你想想看,过错人人都有,一个人即使犯了过错,只要能痛

---

① 燔祭,即焚肉献祭。常用带一点肉的牛羊大腿骨,裹上网油,堆上内脏和胆囊。网油着火,肉就燃烧。由火的形状和颜色预卜凶吉。火焰清明是吉兆;只冒烟或火焰不旺,未把肉烧化,是凶兆。

② 祭坛作公共献祭之用,炉灶作家庭献祭之用。

105

改前非,不再固执,这种人就不失为聪明而有福的人。 1027

　　顽固的性情会招惹愚蠢的恶名。你对死者让步吧,不要刺杀那已经被杀死的人。再杀那个死者算得什么英勇呢?我对你怀着好意,为你好而劝告你;假使忠言有益,听信忠言是件极大的乐事。 1032

克瑞昂　老头儿,你们全体①向着我射来,像弓箭手射靶子一样;我并不是没有被你们的预言术陷害过,而是早就被一族预言者贩卖,装上货船。②你们尽管赚钱吧,只要你们愿意,你们就去贩卖萨尔得斯白金③、印度黄金;但是你们不能把那人埋进坟墓;不,即使宙斯的鹰把那人的肉抓着带到他的宝座上,不,即使那样,我也决不因为害怕污染,就允许你们埋葬;因为我知道,没有一个凡人能使天神受到污染。啊,老头儿特瑞西阿斯,即使是最聪明的人,只要他们为了贪图利益,说出一些漂亮而又可耻的话来,也会很可耻地摔倒。 1047

特瑞西阿斯　唉!有谁知道,有谁考虑过——

克瑞昂　什么?你要发表什么老生常谈?

特瑞西阿斯　谨慎比财富贵重多少?

克瑞昂　我认为像愚蠢一样,是最有害的东西。

特瑞西阿斯　你正是害了愚蠢的传染病。

克瑞昂　我不愿意回骂先知。

特瑞西阿斯　可是你已经骂了,说我的预言是骗人的。

克瑞昂　你们那一族预言者都爱钱财。 1055

特瑞西阿斯　暴君所生的一族人却爱卑鄙的利益。

克瑞昂　你知道不知道你是在对国王说话?

特瑞西阿斯　我知道;因为你是靠了我才挽救了这城邦,做了国王。

克瑞昂　你是个聪明的先知,只是爱做不正派的事。

特瑞西阿斯　你会使我说出我藏在心里的秘密。

克瑞昂　尽管说出来吧,只要不是为利益而说话。

特瑞西阿斯　我也不为你的利益而说话。

克瑞昂　我告诉你,你不能拿我的决心去卖钱。 1063

---

① 包括歌队在内。
② 特拜人曾收买先知来吓唬他,把他像货物一样运到船上的买主手里。
③ 萨尔得斯,小亚细亚的吕底亚王国的都城。"白金"指一种一成银四成金的合金。

特瑞西阿斯　我告诉你,你看不见多少天太阳的迅速奔驰了,在这些日子之内,你将拿你的亲生儿子作为赔偿,拿尸首赔偿尸首;因为你曾把一个世上的人扔到下界,用卑鄙办法,使一个活着的人住在坟墓里,还因为你曾把一个属于下界神祇的尸体,一个没有埋葬,没有祭奠,完全不洁净的尸体扣留在人间;这件事你不能干涉,上界的神明也不能过问;你这样做,反而冒犯他们。① 为此,冥王和众神手下的报仇神们,那三位迟迟而来的毁灭之神,正在暗中等你,要把你陷在同样的灾难中。

　　你想想,我是不是因为受了贿赂而这样说。等不了多久,你家里就会发出男男女女的哭声;所有的邻邦都会由于恨你而激动起来;因为它们战士的破碎尸体被狗子、野兽或飞鸟埋进肚子了,那些鸟儿还把不洁净的臭气带到他们城邦里的炉灶上。

　　既然你刺激我,我就像一个弓箭手愤怒地向你的心射出这样的箭,你一定逃不了箭伤啊!

　　孩子,带我回家吧;让他向比我年轻的人发泄他的怒气,让他懂得怎样使他的舌头变温和一点,怎样使他胸中有一颗比他现在所有的更好的心。

特瑞西阿斯由童子带领,自观众右方下。

歌队长　啊,主上,这人说了些可怕的预言就走了。自从我的头发由黑变白以来,我一直知道他从来没有对城邦说过一句假话。

克瑞昂　这一点我也清楚,所以心里乱得很。要我让步自然是为难,可是再同命运对抗,使我的精神因为闯祸而受到打击,也是件可怕的事啊!

歌队长　啊,墨诺叩斯的儿子,你应当采纳我的忠告。

克瑞昂　我应当怎样办呢?你说呀,我一定听从。

歌队长　快去把那女孩子从石窟里放出来,还给那暴露的尸体起个坟墓。

克瑞昂　你是这样劝我吗?你认为我应当让步吗?

歌队长　啊,主上,尽量快些;因为众神的迅速的报应会追上坏人。

克瑞昂　哎呀,多么为难啊!可是我仍然得回心转意——我答应让步。

---

① 上界的神明喜欢洁净,暴露的死尸会引起他们的憎恶。

我们不能和命运对抗。

歌队长　你亲自去做这些事吧，不要委托别人。

克瑞昂　我这就去。喂，喂，全体仆人啊，快拿着斧头赶到那遥遥在望的地方！既然我回心转意，我亲自把她捆起来，就得亲自把她释放。我现在相信，一个人最好是一生遵守众神制定的律条。　　　1114

克瑞昂偕众仆人自观众左方急下。

一二　第五合唱歌

歌队　（第一曲首节）啊，你这位多名的神①卡德墨亚新娘的掌上明珠，鸣雷掣电的宙斯的儿子，你保护着闻名的意大利②，保护着埃琉西斯女神得奥③的欢迎客人的盆地；啊，巴克科斯，你住在特拜城——你的女信徒的祖国，住在伊斯墨诺斯流水旁边，曾经种过毒龙的牙齿的土地上。　　　1125

（第一曲次节）那双峰上闪耀的火光时常照着你，科尔基斯的神女们，你的女信徒，在那里游行；卡斯塔利亚水泉也时常看见你的形影。④你来自长满常春藤的倪萨⑤山岭，来自遍地葡萄的绿色海边，神圣的歌声"欧嚼"把你送到特拜城。　　　1136

（第二曲首节）在一切城邦中，你最喜爱特拜，你的遭了霹雳的母亲也是这样；如今啊，既然全城的人都处在大难之中，请你举起脚步越过帕尔那索斯山⑥，或波涛怒吼的海峡⑦前来清除污染啊！　　　1145

（第二曲次节）喷火的星宿⑧的领队啊，彻夜歌声的指挥者啊，宙

---

① 指酒神狄奥尼索斯。他有六十个名字。这里称呼他"巴克科斯"。
② 指意大利南部，那里盛产葡萄，是酒神的圣地。
③ 得奥，即地母得墨忒尔。埃琉西斯在阿提卡西部，得墨忒尔的圣地。这一句讲，酒神和崇拜他的妇女曾到亚细亚流浪，后又返回特拜。
④ 这一段讲酒神崇拜传到阿波罗的圣地得尔斐。得尔斐有朝南的一片悬崖，岩壁上半部分成两个山峰，两峰之间有卡斯塔利亚水泉。两峰附近有高原，科律基斯山洞在高原上，距得尔斐十公里。
⑤ 倪萨，大概指欧波亚海中欧波亚岛上的倪萨，该岛在阿提卡东北。
⑥ 帕尔那索斯山，在得尔斐。
⑦ 指欧波亚海峡。
⑧ 可能指火炬，或解作天上的星宿。

108

斯的儿子,我的主啊,快带着提伊亚①,你的伴侣,出现呀!她们总是在你面前,在你伊阿科斯②,快乐的赐予者面前,通宵发狂,载歌载舞。

1154

一三 退场

报信人自观众左方上。

报信人　卡德摩斯和安菲昂③宫旁的邻居啊,人的生活不管哪一种,我都不能赞美它或咒骂它是固定不变的;因为运气时常抬举,又时常压制那些幸福的和不幸的人;没有人能向人们预言生活的现状能维持多久。克瑞昂,在我看来,曾经享受一时的幸福,他击退了敌人,拯救了卡德摩斯的国土,取得了这地方最高的权力,归他掌握,他并且有福气生出一些高贵的儿子;但如今全都失去了。一个人若是由于自己的过失而断送了他的快乐,我就认为他不再是个活着的人,而是个还有气息的尸首。只要你高兴,尽管在家里累积财富,摆着国王的排场生活下去;但是,如果其中没有快乐可以享受,我就不愿意用烟子下面的阴凉④向你交换那种富贵生活,那和快乐生活比起来太没有价值了。

1171

欧律狄克自内稍启宫门。

歌队长　你来报告什么?我们的王室又有了什么灾难?

报信人　他们都死了!那活着的人对死者应当负责任。

歌队长　谁是凶手?谁是被杀者?快说呀!

报信人　海蒙死了;他不是被外人杀死的。

歌队长　到底是他父亲的手,还是他自己的手杀死的?

报信人　他为那杀人的事生他父亲的气,因此自杀了。

歌队长　先知呀,你的话多么灵验啊!

---

① 提伊亚,卡斯塔利奥斯之女,首先崇拜酒神。后来从雅典前往帕尔那索斯山崇拜酒神的雅典妇女也被叫做"提伊亚"。
② 伊阿科斯,酒神的别名。
③ 安菲昂,宙斯和安提奥佩之子。特拜外城建造者。传说他弹奏赫尔墨斯送他的弦琴,石头受感动,自动滚来,垒成城垣。
④ 喻无价值之物。

报信人　既然如此,你应当想想其余的事!

歌队长　我看见不幸的欧律狄克,克瑞昂的妻子,来了;她是偶然从家里出来的;要不然,就是因为她听见了她儿子的消息。　　　　1182

欧律狄克由众侍女扶着自宫中上。

欧律狄克　啊,全体市民们,我正要到雅典娜女神庙①上去祈祷,刚走到大门口,就听见你们的谈话。当我取下门杠开门的时候,家庭灾难的消息就传到我的耳中,我心里一害怕,就向后跌倒在女仆们怀中,昏过去了。不管是什么消息,请你再说一遍;我并不是个没有经历过苦难的人,我要听听。　　　　1191

报信人　亲爱的主母,我既然到过那里,一定向你报告,不漏掉一句真实话。我为什么要安慰你,使我后来被发现是说假话呢?真实的话永远是最好的。　　　　1195

　　我给你丈夫指路,跟着他走到平原边上,波吕涅克斯的尸体依然躺在那里,被狗子撕破,没有人怜悯。我们祈求道路之神②和冥王息怒,大发慈悲;我们随即用清洁的水把他的尸体洗洗,用一些新采集的树枝把残尸火化,还用他的家乡泥土起了一个高坟。然后我们走向那嫁给死神的女子的新房,用石头垫底的洞穴。有人远远听见那还没有举行丧礼的洞房里发出很大的哭声,特别跑来告诉我们的主人克瑞昂。　　　　1208

　　国王走近一点,那听不清楚的凄惨呼声就飘到他的耳边;他叫喊一声,说出这悲惨的话:"哎呀,难道我的预料成了真事吗?③难道我走上最不幸的道路了吗?是我儿子的声音传到了我的耳中,要我认识!仆人们,赶快上前!你们到了坟前,从坟墓石壁被人弄破的地方钻进去,走到墓室门口,朝里望望,告诉我是我认出了海蒙的声音,还是我被众神欺骗了。"　　　　1218

　　我们奉了这懊丧的主人的命令,前去察看,看见那女子吊在墓室尽里边,脖子套在细纱绾成的活套里;那年轻人抱住她的腰,悲叹他未婚妻的死亡,他父亲的罪行和他的不幸的婚姻。　　　　1225

---

①　特拜有两所雅典娜神庙,一所在卫城上,一所在城外。
②　道路之神,名赫卡特。古希腊人每月底放一些食物在十字路口敬这位女神,祭品成了穷人的吃食。
③　指安提戈涅会自杀。

　　　　他父亲一望见他，就发出凄惨的声音；他跟着进去，大声痛哭，呼唤他的儿子："不幸的儿呀，你做的是什么事？你打算怎么样？什么事使你发疯？儿呀，快出来，我求你，我求你！"那孩子却用凶恶的眼睛瞪着他，脸上显出憎恨的神情；①他一句话都没回答，随手把那把十字柄短剑拔了出来。他父亲回头就跑，没有被他刺中；那不幸的人对自己生起气来，立即向剑上一扑，右手把剑的半截刺在胁里。当他还有知觉的时候，他把那女子抱在他那无力的手臂中；他一喘气，一股急涌的血流到她那惨白的脸上。

　　　　他躺在那里，尸体抱住尸体；这不幸的人终于在死神屋里完成了他的婚礼。他这样向世人证明，人们最大的灾祸来自愚蠢的行为。

　　　　欧律狄克进宫，众侍女随入。

歌队长　你猜这是什么意思？我们的主母没有说一句好话，也没有说一句坏话就走了。

报信人　我也大吃一惊；我只希望她认为听见了孩子的灾难，不好在大众面前痛哭悲伤；但是，在家里，她可以领着侍女们哀悼家庭的不幸。她为人很谨慎，不会做错什么事。

歌队长　也许是的；可是，在我看来，这种勉强的沉默和哭哭啼啼都是不祥之兆。

报信人　我进宫去打听她愤怒的心里是不是隐藏着什么不肯泄露的决心。你说得对：勉强的沉默是不祥之兆。

　　　　报信人进宫。

歌队长　看呀，国王回来了，他手边还有一件表示他的行为的纪念品——如果我们可以这样说的话——这件祸事不是别人惹出来的，只怪他自己做错了事。

　　　　众仆人抬着海蒙的尸首自观众左方上，克瑞昂随上。

克瑞昂　（哀歌第一曲首节）哎呀，这邪恶心灵的罪过啊，这顽固性情的罪过啊，害死人啊！唉，你们看见这杀人者和被杀者是一家人！唉，我的决心惹出来的祸事啊！儿啊，你年纪轻轻就夭折了，哎呀呀，你死了，去了，只怪我太不谨慎，怪不着你啊！（本节完）

---

① 沙克布勒本解作："向他脸上啐了一口。"

111

歌队长　唉,你好像看清了是非,只可惜太晚了。

克瑞昂　(第一曲次节)唉,我这不幸的人已经懂得了;仿佛有一位神在我头上重重打了一下,①把我赶到残忍行为的道路上,哎呀,推翻了,践踏了我的幸福!唉!唉!人们的辛苦多么苦啊!(本节完)

　　　　报信人自宫中上。

报信人　啊,主人,你来了,你手里已经有了东西,此外你还有别的呢;这一个你用手抬着,那一个在家里,你立刻就可以看见。

克瑞昂　除了这些而外,还会有什么更大的灾难呢?

报信人　你的妻子,死者的真正母亲,已经死了,哎呀,那致命的创伤还是新的呢!

克瑞昂　(第二曲首节)哎呀,死神的填不满的收容所啊,你为什么,为什么害我?你这个向我报告灾难的坏消息的人啊,你还有什么话要说呢?哎呀,你把我这已死的人又杀了一次!年轻人,你说什么?你带来的是什么消息?哎呀呀,是不是关于我妻子的死亡,尸首上堆尸首的消息?(本节完)

　　　　活动台自景后推出来,上面停放着欧律狄克的尸首。

歌队长　你看见了;不再是停在里面的了。

克瑞昂　(第二曲次节)哎呀,我看见了另一件祸事!还有什么,什么命运在等待我呢?刚才我把儿子抱在手里,哎呀,现在又看见这眼前的尸首!唉,不幸的母亲呀!唉,我的儿呀!(本节完)

报信人　她先哀悼那先前死去的墨伽柔斯②的光荣命运,又哀悼这个孩子的命运,最后念咒,请厄运落到你这个杀子的人头上;她随即站在祭坛前面,用锋利的祭刀自杀,闭上了昏暗的眼睛。

克瑞昂　(第三曲首节)哎呀呀,吓得我发抖啊!怎么没有人用双刃剑当胸刺我一下?唉,唉,我多么不幸,深深陷入了不幸的苦难中!(本节完)

报信人　是呀;你妻子临死时指控你对这个孩子和那个孩子的死亡要负责任。

---

① 克瑞昂把自己比作一匹马,马的头部受打击容易发疯。
② 墨伽柔斯,克瑞昂之子。阿尔戈斯人攻特拜时,先知特瑞西阿斯说,因卡德摩斯曾杀死战神阿瑞斯的龙,战神要求杀一人赔偿,应将墨伽柔斯杀献。墨伽柔斯跳楼自杀。

克瑞昂　她是怎样自杀的？

报信人　她听见我们大声哀悼她儿子的死亡，就亲手刺穿了自己的心。　　1315

克瑞昂　（第三曲次节）哎呀呀，这罪过不能从我肩上转嫁给别人！是我，哎呀，是我杀了你，我说的是事实。啊，仆人们，赶快把我这等于死人的人带走吧！带走吧！（本节完）　　1325

歌队长　如果灾难中还有什么好事，你吩咐的倒也是件好事；大难临头，时间越短越好。

克瑞昂　（第四曲首节）快来呀，快来呀，最美最好的命运，快出现呀，给我把末日带来！来呀！来呀，别让我看见明朝的太阳！（本节完）　　1333

歌队长　那是未来的事；眼前这些事得赶快办；其余的自有那些应当照管的神来照管。

克瑞昂　我希望的一切都包含在这句话里，我同你一起祈祷。

歌队长　不必祈祷了；是凡人都逃不了注定的灾难。　　1338

克瑞昂　（第四曲次节）把我这不谨慎的人带走吧！儿呀，我不知不觉就把你杀死了，(向欧律狄克的尸首)还把你也杀死了，哎呀呀！我不知看他们哪一个好，不知此后倚靠谁；我手中的一切都弄糟了，还有一种难以忍受的命运落到了我头上。（本节完）　　1347

　　　　众仆人把海蒙的尸首抬进宫，克瑞昂和报信人随入；活动台退到景后。

歌队长　谨慎的人最有福；千万不要犯不敬神的罪；傲慢的人的狂言妄语会招惹严重惩罚，这个教训使人老来时小心谨慎。　　1353

　　　　歌队自观众右方退场。

奥狄浦斯王

索福克勒斯

此剧本根据杰勃(Sir Richard C. Jebb)编订的《索福克勒斯全集及残诗》(Sophocles, The Plays and Fragments, Cambridge, 1914)第一卷《奥狄浦斯王》(The Oedipus Tyrannus)古希腊文译出。

场　次

一　开场(原诗第 1 至 150 行) …………………………… *119*

二　进场歌(原诗第 151 至 215 行) ……………………… *122*

三　第一场(原诗第 216 至 462 行) ……………………… *123*

四　第一合唱歌(原诗第 463 至 512 行) ………………… *129*

五　第二场(原诗第 513 至 862 行) ……………………… *130*

六　第二合唱歌(原诗第 863 至 910 行) ………………… *138*

七　第三场(原诗第 911 至 1085 行) ……………………… *139*

八　第三合唱歌(原诗第 1086 至 1109 行) ……………… *144*

九　第四场(原诗第 1110 至 1185 行) …………………… *145*

一〇　第四合唱歌(原诗第 1186 至 1222 行) …………… *147*

一一　退场(原诗第 1223 至 1530 行) …………………… *148*

人　物

（以上场先后为序）

祭司——宙斯的祭司。
一群乞援人——特拜人。
奥狄浦斯——拉伊奥斯的儿子,伊奥卡斯特的儿子与丈夫,
　　特拜城的王,科任托斯城国王波吕博斯的养子。
侍从数人——奥狄浦斯的侍从。
克瑞昂——伊奥卡斯特的兄弟。
歌队——由特拜长老十五人组成。
特瑞西阿斯——特拜城的先知。
童子——特瑞西阿斯的领路人。
伊奥卡斯特——奥狄浦斯的母亲与妻子。
侍女——伊奥卡斯特的侍女。
报信人——波吕博斯的牧人。
牧人——拉伊奥斯的牧人。
仆人数人——奥狄浦斯的仆人。
传报人——特拜人。

布　景

特拜王宫前院。

时　代

英雄时代。

一　开场

　　祭司偕一群乞援人自观众右方上。
　　奥狄浦斯偕众侍从自宫中上。

奥狄浦斯　孩儿们,老卡德摩斯的现代儿孙,城里正弥漫着香烟,到处是求生的歌声和苦痛的呻吟,你们为什么坐在我面前,捧着这些缠羊毛的树枝①?孩儿们,我不该听旁人传报,我,人人知道的奥狄浦斯,亲自出来了。

　　(向祭司)老人家,你说吧,你年高德劭,正应当替他们说话。你们有什么心事,为什么坐在这里?你们有什么忧虑,有什么心愿?我愿意尽力帮助你们,我要是不怜悯你们这样的乞援人,未免太狠心了。

祭司　啊,奥狄浦斯,我邦的君王,请看这些坐在你祭坛前的人都是怎样的年纪:有的还不会高飞;有的是祭司,像身为宙斯祭司的我,已经老态龙钟;还有的是青壮年。其余的人也捧着缠羊毛的树枝坐在市场②里、帕拉斯的双庙③前、伊斯墨诺斯庙④上的神托所的火灰旁边。因为这城邦,像你亲眼看见的,正在血红的波浪里颠簸着,抬不起头来:田间的麦穗枯萎了,牧场上的牛瘟死了,妇人流产了;最可恨的带火的瘟神降临到这城邦,使卡德摩斯的家园变为一片荒凉,幽暗的冥土里倒充满了悲叹和哭声。

　　我和这些孩子并不是把你看作天神,才坐在这祭坛前求你,我们是把你当作天灾和人生祸患的救星;你曾经来到卡德摩斯的城邦,豁免了我们献给那残忍的歌女的捐税⑤;这件事你事先并没有听我们解释过,也没有向人请教过;人人都说,并且相信,你靠天神的帮助救了我们。

---

① 指缠羊毛的橄榄枝。乞援人请求不成功,就把它留在祭坛上,请求成功就带走。
② "市场"的原文是复数,指忒拜的两个市场,一是斯特罗菲亚河西岸卫城北边的卡德墨亚市场,一是河西外城内的市场。
③ 帕拉斯,雅典娜的别名,双庙之一是奥格卡庙,在西门奥格卡附近,另一是卡德墨亚庙,又叫伊斯墨诺斯庙。
④ 伊斯墨诺斯庙,指伊斯墨诺斯河边的阿波罗庙。
⑤ 指奥狄浦斯除掉吃人的人面狮身怪兽。埃及的人面狮身怪兽是男身,无翅膀;希腊的是女身,有翅膀,故称"歌女"。

119

现在，奥狄浦斯，全能的主上，我们全体乞援人求你，或是靠天神的指点，或是靠凡人的力量，为我们找出一条生路。在我看来，凡是富有经验的人，他们的主见一定是很有用处的。 45

啊，最高贵的人，快拯救我们的城邦！保住你的名声！为了你先前的一片好心，这地方称你为救星；将来我们想起你的统治，别让我们留下这样的记忆：你先前把我们救了，后来又让我们跌倒。快拯救这城邦，使它稳定下来！ 51

你曾经凭你的好运为我们造福，如今也照样做吧。假如你还想像现在这样治理这国土，那么治理人民总比治理荒郊好；一个城堡或是一条船，要是空着没有人和你同住，就毫无用处。 57

奥狄浦斯　可怜的孩儿们，我不是不知道你们的来意；我了解你们大家的疾苦：可是你们虽然痛苦，我的痛苦却远远超过你们大家。你们每人只为自己悲哀，不为旁人；我的悲痛却同时是为城邦，为自己，也为你们。 64

我睡不着，并不是被你们吵醒的，须知我是流过多少眼泪，想了又想。我细细思量，终于想到了一个唯一的挽救办法，这办法我已经实行。我已经派克瑞昂，墨诺叩斯的儿子，我的内兄，到皮托福波斯①的庙上去求问：要用怎样的言行才能拯救这城邦。我计算日程，很是焦心，因为他耽搁得太久，早超过了适当的日期，也不知他在做什么。等他回来，我若是不完全按照天神的启示行事，我就算失德。 77

祭司　你说得真巧，他们的手势告诉我，克瑞昂回来了。

奥狄浦斯　阿波罗王啊，但愿他的神采表示有了得救的好消息。

祭司　我猜想他一定有了好消息；要不然，他不会戴着一顶上面满是果实的桂冠。

奥狄浦斯　我们立刻可以知道；他听得见我们说话了。

克瑞昂自观众左方上。

亲王，墨诺叩斯的儿子，我的亲戚，你从神那里给我们带回了什么消息？

克瑞昂　好消息！告诉你吧：一切难堪的事，只要向着正确方向进行，都会成为好事。

---

① 福波斯，阿波罗的别名。

奥狄浦斯　神示怎么样？你的话既没有叫我放心，也没有使我惊慌。

克瑞昂　你愿意趁他们在旁边的时候听，我现在就说；不然就到宫里去。

奥狄浦斯　说给大家听吧！我是为大家担忧，不单为我自己。

克瑞昂　那么我就把我听到的神示讲出来：福波斯王分明是叫我们把藏在这里的污染清除出去，别让它留下来，害得我们无从得救。

奥狄浦斯　怎样清除？那是什么污染？

克瑞昂　你得下驱逐令，或者杀一个人抵偿先前的流血；就是那次的流血，使城邦遭了这番风险。

奥狄浦斯　阿波罗指的是谁的事？

克瑞昂　主上啊，在你治理这城邦以前，拉伊奥斯原是这里的王。

奥狄浦斯　我全知道，听人说起过；我没有亲眼见过他。

克瑞昂　他被人杀害了，神分明是叫我们严惩那伙凶手，不论他们是谁。

奥狄浦斯　可是他们在哪里？这旧罪的难寻的线索哪里去寻找？

克瑞昂　神说就在这地方；去寻找就擒得住，不留心就会跑掉。

奥狄浦斯　拉伊奥斯是死在宫中、乡下，还是外邦？

克瑞昂　他说出国去求神示，去了就没有回家。

奥狄浦斯　有没有报信人？有没有同伴见过这件事？如果有，我们可以问问他，利用他的话。

克瑞昂　都死了，只有一个吓坏的人逃回来，也只能肯定亲眼看见的一件事。

奥狄浦斯　什么事呢？只要有一线希望，我们总可以从一件事里找出许多线索来。

克瑞昂　他说他们是碰上强盗被杀害的，那是一伙强盗，不是一个人。

奥狄浦斯　要不是有人从这里出钱收买，强盗哪有这样大胆？

克瑞昂　我也这样猜想过；但自从拉伊奥斯遇害之后，还没有人在灾难中起来报仇。

奥狄浦斯　国王遇害之后，什么灾难阻止你们追究呢？

克瑞昂　那说谜语的妖怪使我们放下了那个没头的案子，先考虑眼前的事。

奥狄浦斯　我要重新把这案子弄明白。福波斯和你都尽了本分，关心过死者；你会看见，我也要正当地和你们一起来为城邦，为天神报这冤仇。这不仅是为一个并不疏远的朋友,也是为我自己清除污染;因为,不论杀他的凶手是谁,也会用同样的毒手来对付我的。所以我帮助朋友,对自己也有利。

　　孩儿们,快从台阶上起来,把这些求援的树枝拿走;叫人把卡德摩斯的人民召集到这里来,我要彻底追究;凭了天神帮助,我们一定成功——但也许会失败。

　　　　奥狄浦斯偕众侍从进宫,克瑞昂自观众右方下。

祭司　孩儿们,起来吧!我们是为这件事来的,国王已经答应了我们的请求。福波斯发出神示,愿他来做我们的救星,为我们消除这场瘟疫。 150

　　　　众乞援人举起树枝随着祭司自观众右方下。

二　进场歌

　　　　歌队自观众右方进场。

歌队　(第一曲首节)宙斯的和祥的示神①啊,你从那黄金的皮托②,带着什么消息来到这光荣的特拜城?我担忧,我心惊胆战,啊,得洛斯的医神③啊,我敬畏你,你要我怎样赎罪?用新的方法,还是依照随着时光的流转而采用的古老仪式?请指示我,你神圣的声音,金色希望的女儿!

　　(第一曲次节)我首先召唤你,宙斯的女儿,神圣的雅典娜,再召唤你的姐妹阿尔特弥斯,她是这地方的守护神,坐在那圆形市场里光荣的宝座上,我还要召唤你,远射的福波斯:你们三位救命的神,请快显现;你们先前曾解除了这城邦所面临的灾难,把瘟疫的火吹出境外,如今也请快来呀! 166

　　(第二曲首节)唉呀,我忍受的痛苦数不清;全邦的人都病了,找不出一件武器来保护我们。这闻名的土地不结果实,妇人不受生产

---

① 阿波罗代宙斯颁发神示,所以这样说。
② 皮托庙(即得尔斐庙)内储存着许多金银。
③ 得洛斯的医神,指阿波罗。得洛斯是爱琴海上的小岛,阿波罗的生长地。

122

的疼痛①；只见一条条生命，像飞鸟，像烈火，奔向西主之神②的岸边。

（第二曲次节）这无数的死亡毁了我们城邦，青年男子倒在地上散布瘟疫，没有人哀悼，没有人怜悯；死者的老母和妻子在各处祭坛的台阶上呻吟，祈求天神消除这悲惨的灾难。求生的哀歌是这般响亮，还夹杂着悲惨的哭声；为了解除这灾难，宙斯的金色女儿啊，请给我们美好的帮助。

（第三曲首节）凶恶的阿瑞斯没有携带黄铜的盾牌，就怒吼着向我放火烧来；但愿他退出国外，让和风把他吹到安菲特里特③的海上，或是吹到不欢迎客人的特拉克④港口去；黑夜破坏不足，白天便来继续完成。⑤我们的父亲宙斯啊，雷电的掌管者啊，请用霹雳把他打死。

奥狄浦斯偕众侍从自宫中上。

（第三曲次节）吕克奥斯王⑥啊，愿你那无敌的箭从金弦上射出去杀敌，帮助我们！愿阿尔特弥斯点燃她的火炬，火光照耀在吕基亚山上。我还要召唤那头束金带的神，和这城邦同名的神，他叫酒色的欧伊奥斯·巴克科斯⑦，是狂女⑧的伴侣，愿他也点着光亮的枞脂火炬来做我们的盟友⑨，抵抗天神所藐视的战神。

三　第一场

奥狄浦斯　你是这样祈祷；只要你肯听我的话，对症下药，就能得救，脱离灾难。我对这个消息和这场灾祸是不明白的，我只能这样说：如果没有一点线索，我一个人就追不了很远。我成为特拜公民是在这件案

---

① 指孕妇未生产就已死亡。
② 指冥王哈得斯。
③ 安菲特里特，海神波塞冬之妻。她的海指大西洋。
④ 特拉克，在黑海西岸。"不欢迎客人的"这一定语指黑海西岸居住着一支野蛮民族，杀外来人献祭。战神阿瑞斯曾住在他们那里。
⑤ 意即死神破坏不足，战神又出来帮助破坏。
⑥ 阿波罗的别号之一。
⑦ 即酒神狄奥尼索斯。
⑧ 狂女，酒神的女信徒。
⑨ 此处原文缺三个缀音，"盟友"一词是后人填补的。

子发生以后。让我向全体公民这样宣布:你们里头如果有谁知道拉布达科斯的儿子拉伊奥斯是被谁杀死的,我要他详细报上来;即使他怕告发了凶手反被凶手告发,也应当报上来;他不但不会受到严重的惩罚,而且可以安然离开祖国。① 如果有人知道凶手是外邦人,也不用隐瞒,我会重赏他,感激他。 232

但是,你们如果隐瞒——如果有人为了朋友或为了自己有所畏惧而违背我的命令,且听我要怎样处置:在我做国王掌握大权的领土以内,我不许任何人接待那罪人——不论他是谁——不许同他交谈,也不许同他一起祈祷、祭神,或是为他举行净罪礼②;人人都得把他赶出门外,认清他是我们的污染,正像皮托的神示最近告诉我们的。我要这样来当天神和死者的助手。 245

我诅咒那没有被发现的凶手,不论他是单独行动,还是另有同谋,他这坏人定将过着悲惨不幸的生活。我发誓,假如他是我家里的人,我愿忍受我刚才加在别人身上的诅咒。 251

我为自己,为天神,为这块天神所厌弃的荒芜土地,把这些命令交给你们去执行。

即使天神没有催促你们办这件事,你们的国王,最高贵的人被杀害了,你们也不该把这污染就此放下,不去清除;你们应当追究。我如今掌握着他先前的王权;娶了他的妻子,占有了他的床榻共同播种,如果他求嗣的心③没有遭受挫折,那么同母的子女就能把我们联结成为一家人;但是厄运落到了他头上;我为他作战,就像为自己的父亲作战一样,为了替阿革诺尔的玄孙,老卡德摩斯的曾孙,波吕多罗斯的孙子,拉布达科斯的儿子报仇,④我要竭力捉拿那杀害他的凶手。 268

对那些不服从的人,我求天神不叫他们的土地结果实,不叫他们的女人生孩子;让他们在现在的厄运中毁灭,或者遭受更可恨的

---

① 奥狄浦斯的意思是说,即使告发者被发现是凶手的帮凶,但因告发有功,将只被流放,不受严重的惩罚。
② 希腊古人把祭坛上的柴火浸到水里,再用那水来净洗杀人罪。
③ 奥狄浦斯还不知道拉伊奥斯生过儿子。
④ 原文是:"为了替古阿革诺尔的儿子老卡德摩斯的儿子波吕多罗斯的儿子拉布达科斯的儿子报仇。"

124

命运。

　　　　　　至于你们这些特拜人——你们拥护我的命令——愿我们的盟友正义之神和一切别的神对你们永远慈祥,和你们同在。

歌队长　主上啊,你既然这样诅咒,我就说了吧:我没有杀害国王,也指不出谁是凶手。这问题是福波斯提出的,他应当告诉我们,事情到底是谁做的。

奥狄浦斯　你说得对;可是天神不愿做的事,没有人能强迫他们。

歌队长　我愿提出第二个好办法。

奥狄浦斯　假如还有第三个办法,也请讲出来。

歌队长　我知道,特瑞西阿斯和福波斯王一样,有先见之明,主上啊,问事的人可以从他那里把事情打听明白。

奥狄浦斯　这件事我并不是没有想到。克瑞昂提议以后,我已两次派人去请他;我一直在纳闷,怎么还没看见他来。

歌队长　我们听见的已经是旧话,失去了意义。

奥狄浦斯　那是什么话？我要打听每一个消息。

歌队长　听说国王是被几个旅客杀死的。

奥狄浦斯　我也听说;可是没人见到过证人。

歌队长　那凶手如果胆小害怕,听见你这样诅咒,就不敢在这里停留了。

奥狄浦斯　他既然敢作敢为,也就不怕言语恐吓。

歌队长　可是有一个人终会把他指出来。他们已经把神圣的先知请来了,人们当中只有他才知道真情。

　　　　　童子带领特瑞西阿斯自观众右方上。

奥狄浦斯　啊,特瑞西阿斯,天地间一切可以言说和不可言说的秘密,你都明察。你虽然看不见,也能觉察出我们的城邦遭了瘟疫;主上啊,我们发现你是我们唯一的救星和保护人。你不会没有听见报信人说过,福波斯已经回答了我们的询问,说这场瘟疫唯一的挽救办法,全看我们能不能找出杀害拉伊奥斯的凶手,把他们处死,或者放逐出境。如今就请利用鸟声①或你所掌握的别的预言术,拯救自己,拯救城邦,拯救我,清除死者留下的一切污染吧！我们全靠你了。一个人

---

① 先知能借鸟声卜吉凶。

最大的事业就是尽他所能、尽他所有帮助别人。 315

特瑞西阿斯　哎呀,聪明没有用处的时候,做一个聪明人真是可怕呀!这道理我明白,可是我却忘记了;要不然,我就不会来。

奥狄浦斯　怎么?你一来就这么懊丧。

特瑞西阿斯　让我回家吧;你答应我,你容易对付过去,我也容易对付过去。

奥狄浦斯　你有话不说;你的语气不对头,对养育你的城邦不友好。

特瑞西阿斯　因为我看你的话说得不合时宜;所以我才不说,免得分担你的祸事。

奥狄浦斯　你要是知道这秘密,看在天神面上,不要走,我们全都跪下来求你。

特瑞西阿斯　你们都不知道。我不暴露我的痛苦——也是免得暴露你的。

奥狄浦斯　你说什么?你明明知道这秘密,却不告诉我们,岂不是有意出卖我们,破坏城邦吗?

特瑞西阿斯　我不愿使自己苦恼,也不愿使你苦恼。为什么还要白费唇舌追问呢?你不会从我嘴里知道那秘密的。 333

奥狄浦斯　坏透了的东西,你的脾气跟石头一样!你不告诉我们吗?你是这样心硬,这样顽强吗?

特瑞西阿斯　你怪我脾气坏,却不明白你"自己的"同你住在一起,只知道挑我的毛病。

奥狄浦斯　谁听了你这些不尊重城邦的话,能不生气?

特瑞西阿斯　我虽然保守秘密,事情也总会水落石出。

奥狄浦斯　既然总会水落石出,你就该告诉我。

特瑞西阿斯　我决不往下说了;你想大发脾气就发吧。

奥狄浦斯　是呀,我是很生气,我要把我的意见都讲出来:我认为你是这罪行的策划者,人是你杀的,虽然不是你亲手杀的。如果你的眼睛没有瞎,我敢说准是你一个人干的。 349

特瑞西阿斯　真的吗?我叫你遵守自己宣布的命令,从此不许再跟这些长老说话,也不许跟我说话,因为你就是这地方不洁的罪人。

奥狄浦斯　你厚颜无耻,出口伤人。你逃得了惩罚吗?

特瑞西阿斯　我逃得了;知道真情就有力量。

奥狄浦斯　谁教给你的?不会是靠法术知道的吧。

特瑞西阿斯　是你;你逼我说出了我不愿意说的话。

奥狄浦斯　什么话?你再说一遍,我就更明白了。

特瑞西阿斯　是你没听明白,还是故意逼我往下说? 360

奥狄浦斯　我不能说已经听明白了;你再说一遍吧。

特瑞西阿斯　我说你就是你要寻找的杀人凶手。

奥狄浦斯　你两次诽谤人,是要受惩罚的。

特瑞西阿斯　还要我说下去,使你生气吗?

奥狄浦斯　你要说就说;反正都是白费唇舌。

特瑞西阿斯　我说你是在不知不觉之中和你最亲近的人可耻地住在一起,却看不见自己的灾难。

奥狄浦斯　你以为你能这样说下去,不受惩罚吗?

特瑞西阿斯　是的,只要知道真情就有力量。 369

奥狄浦斯　别人有力量,你却没有;你又瞎又聋又懵懂。

特瑞西阿斯　你这会骂人的可怜虫,回头大家就会这样回敬你。

奥狄浦斯　漫长的黑夜笼罩着你一生,你伤害不了我,伤害不了任何看得见阳光的人。

特瑞西阿斯　命中注定,你不会在我手中身败名裂;阿波罗有力量,他会完成这件事。

奥狄浦斯　这是克瑞昂的诡计,还是你的?

特瑞西阿斯　克瑞昂没有害你,是你自己害自己。 379

奥狄浦斯　(自语)啊,财富、王权、人事的竞争中超越一切技能的技能①,你们多么受人嫉妒;为了羡慕这城邦自己送给我的权力,我信赖的老朋友克瑞昂,偷偷爬过来,要把我推倒。他收买了这个诡计多端的术士,为非作歹的化子②,他只认得金钱,在法术上却是个瞎子。 389

　　(向特瑞西阿斯)喂,告诉我,你几时证明过你是个先知?那只诵诗的狗③在这里的时候,你为什么不说话,不拯救人民?它的谜语并

---

① 指统治的技能,兼指奥狄浦斯破谜的技能。
② "化子",本义特指库柏勒的女祭司,她每月向人化缘。
③ 指会背诵古体诗的狮身人面妖兽。

不是任何过路人破得了的,正需要先知的法术,可是你并没有借鸟的
帮助、神的启示显出这种才干来。直到我无知无识的奥狄浦斯来了,
不懂得鸟语,只凭智慧就破了那谜语,征服了它。你想推倒我,站在
克瑞昂的王位旁边。你想和那主谋的人一起清除这污染,我看你是
一定会后悔的。要不是看你上了年纪,早就叫你遭受苦刑,叫你知道
你是多么狂妄无礼! 403

歌队长　看来,奥狄浦斯啊,他和你都是说气话。这样的话没有必要;我
们应该考虑怎样好好地执行阿波罗的指示。 407

特瑞西阿斯　你是国王,可是我们双方的发言权无论如何应该平等;因为
我也享有这样的权利。我是洛克西阿斯①的仆人,不是你的;用不着
在克瑞昂的保护下挂名。②你骂我瞎子,可是我告诉你,你虽然有眼
也看不见你的灾难,看不见你住在哪里,和什么人同居。你知道你是
从什么根里长出来的吗?你不知道,你是你的已死的和活着的亲属
的仇人;你父母的诅咒会左右地鞭打你,可怕地向你追来,把你赶出
这地方;你现在虽然看得见,可是到了那时候,你眼前只是一片黑暗。
等你发觉了你的婚姻——在平安的航行之后,你在家里驶进了险恶
的港口——那时候,哪一个收容所没有你的哭声?基泰戎山上哪一
处没有你的回音?你猜想不到那无穷无尽的灾难,它会使你和你自
己的身份平等,使你和自己的儿女成为平辈③。

　　尽管骂克瑞昂,骂我瞎说吧,反正世间再没有比你受苦的人了。 428

奥狄浦斯　听了他的话,谁能忍受?(向特瑞西阿斯)该死的东西,还不快
退下去,离开我的家?

特瑞西阿斯　要不是你召我来,我根本不会来。

奥狄浦斯　我不知道你会说这些蠢话;要不然,我决不会请你到我家
里来。

特瑞西阿斯　在你看来,我很愚蠢;可是在你父母看来,我却很聪明。

---

① 洛克西阿斯,阿波罗的别名。
② 居住在雅典的外国人需请一位雅典公民作保护人,若遇讼事,本人不能自行答辩,需由保护人代替。奥狄浦斯告发特瑞西阿斯是克瑞昂的党羽,他既不是外国人,自然有自行答辩的权利。诗人在此处把他自己的时代的法律习惯运用到英雄时代。
③ 指奥狄浦斯娶母为妻的灾难。

奥狄浦斯　什么父母？等一等！谁是我父亲？

特瑞西阿斯　今天就会暴露你的身份，也叫你身败名裂。

奥狄浦斯　你老是说些谜语，意思含含糊糊。

特瑞西阿斯　你不是最善于破谜吗？

奥狄浦斯　尽管拿这件事骂我吧，你总会从这里头发现我的伟大。

特瑞西阿斯　正是那运气害了你。

奥狄浦斯　只要能拯救城邦，那也没什么关系。

特瑞西阿斯　我该走了；孩子，领我走吧。

奥狄浦斯　好，让他领你走；你在这里又碍事又讨厌！你走了也免得叫我烦恼。

特瑞西阿斯　可是我要说完我的话才走，我不怕你皱眉头；①你不能伤害我。告诉你吧：你刚才大声威胁，通令要捉拿的，杀害拉伊奥斯的凶手就在这里；表面看来，他是个侨民，一转眼就会发现他是个土生的特拜人，再也不能享受他的好运了。他将从明眼人变成瞎子，从富翁变成乞丐，到外邦去，用手杖探着路前进。他将成为和他同住的儿女的父兄，他生母的儿子和丈夫，他父亲的凶手和共同播种的人。

　　我这话你进去想一想；要是发现我说假话，再说我没有预言的本领也不迟。

童子带领先知自观众右方下，奥狄浦斯偕众侍从进宫。

四　第一合唱歌

歌队　（第一曲首节）那颁发神示的得尔斐石穴②所说的，用血腥的手作出那最凶恶的事的人是谁呀？现在已是他迈着比风也似的骏马还要快的脚步逃跑的时候了；因为宙斯的儿子已带着电火向他扑去，追得上一切人的可怕的报仇神也在追赶着他。

　　（第一曲次节）那神示刚从帕尔那索斯雪山③上响亮地发出来，

---

① 这瞎眼先知仿佛能看见奥狄浦斯的容貌。
② 石穴，指得尔斐阿波罗庙内的石穴，或解作"石坡"，神示由此发出。
③ 帕尔那索斯，得尔斐北面的高山，从特拜望得见。本剧编订者杰勃在他的《现代希腊》第75页说，他从基泰戎山顶望见帕尔那索斯屹立在西北，虽是在五月中，那山顶上还有雪光。

129

叫我们四处寻找那没有被发现的罪人。他像公牛一样凶猛,在荒林中、石穴里流浪,凄凄惨惨地独自前进,想避开大地中央①发出的神示,那神示永远灵验,永远在他头上盘旋。 482

(第二曲首节)那聪明的先知非常非常地使我烦恼,我不能同意,也不能承认;不知说什么好!我心里忧虑,对现在和未来的事都看不清。直到如今,我从没有听说拉布达科斯家族和波吕博斯的儿子之间有过什么争吵,可以用来作证据攻击奥狄浦斯的好名声,并且利用这没头的案子为拉布达科斯家族报复冤仇。 497

(第二曲次节)宙斯和阿波罗才是聪明,能够知道世间万事;凡人的才智虽然各有高下,可是要说人间的先知比我精明,却没有确凿的证据。在我没有证实他的话是真的以前,我决不能同意谴责奥狄浦斯。从前那著名的、有翅膀的女妖逼近他的时候,我们看见过他的聪明,他经得起考验,他是城邦的朋友;我相信,他决不会有罪。 512

五　第二场

克瑞昂自观众右方上。

克瑞昂　公民们,听说奥狄浦斯王说了许多可怕的话,指控我,我忍无可忍,才到这里来了。如果他认为目前的事是我用什么言行伤害了他,我背上这臭名,真不想再活下去了。如果大家都说我是城邦里的坏人,连你和我的朋友们也这样说,那就不单是在一方面中伤我,而是在许多方面。②

歌队长　他的指责也许是一时的气话,不是有意说的。 524

克瑞昂　他是不是说过我劝先知捏造是非?

歌队长　他说过,但不知是什么用意。

克瑞昂　他控告我的时候,头脑、眼睛清醒吗?

歌队长　我不知道;我不明白我们的国王在做什么。他从宫里出来了。 531

---

① 相传宙斯曾遣二鹰自大地边缘东西相向飞行,二鹰在得尔斐上空相遇,故此处称那地方为"大地中央"。

② 意即不止伤及他和亲戚的关系,而且伤及他和城邦的关系,因为他若害了姐夫奥狄浦斯,也就是害了国王。

　　　　奥狄浦斯偕众侍从自宫中上。

奥狄浦斯　你这人,你来干什么?你的脸皮这样厚?你分明是想谋害我,夺取我的王位,还有脸到我家来吗?喂,当着众神,你说吧:你是不是把我看成了懦夫和傻子,才打算这样干?你狡猾地向我爬过来,你以为我不会发觉你的诡计,发觉了也不能提防吗?你的企图岂不是太愚蠢吗?既没有党羽,又没有朋友,还想夺取王位?那要有党羽和金钱才行呀! 542

克瑞昂　你知道怎么办么?请听我公正地答复你,听明白了再下判断。

奥狄浦斯　你说话很狡猾,我这笨人听不懂;我看你是存心和我为敌。

克瑞昂　现在先听我解释这一点。

奥狄浦斯　别对我说你不是坏人。

克瑞昂　假如你把糊涂顽固当作美德,你就太不聪明了。 550

奥狄浦斯　假如你认为谋害亲人能不受惩罚,你也算不得聪明。

克瑞昂　我承认你说得对。可是请你告诉我,我哪里伤害了你?

奥狄浦斯　你不是劝我去请那道貌岸然的先知吗?

克瑞昂　我现在也还是这样主张。

奥狄浦斯　已经隔了多久了,自从拉伊奥斯——

克瑞昂　自从他怎么样?我不明白你的意思。

奥狄浦斯　——遭人暗杀死去后。

克瑞昂　算起来日子已经很长久了!

奥狄浦斯　那时候先知卖弄过他的法术吗?

克瑞昂　那时候他和现在一样聪明,一样受人尊敬。

奥狄浦斯　那时候他提起过我吗?

克瑞昂　我在他身边没听见他提起过。 565

奥狄浦斯　你们也没有为死者追究过这件案子吗?

克瑞昂　自然追究过,怎么会没有呢?可是没有结果。

奥狄浦斯　那时候这位聪明人为什么不把真情说出来呢?

克瑞昂　不知道;不知道的事我就不开口。

奥狄浦斯　这一点你总是知道的,应该讲出来。

克瑞昂　哪一点?只要我知道,我不会不说。

奥狄浦斯　要不是和你商量过,他不会说拉伊奥斯是我杀死的。 573

131

克瑞昂　要是他真这样说,你自己心里该明白;正像你质问我,现在我也有权质问你了。

奥狄浦斯　你尽管质问,反正不能把我判成凶手。

克瑞昂　你难道没有娶我的姐姐吗?

奥狄浦斯　这个问题自然不容我否认。

克瑞昂　你是不是和她一起治理城邦,享有同样权利?

奥狄浦斯　我完全满足了她的心愿。

克瑞昂　我不是和你们俩相差不远,居第三位吗?

奥狄浦斯　正是因为这缘故,你才成了不忠实的朋友。 582

克瑞昂　假如你也像我这样思考,就会知道事情并不是这样的。首先你想一想:谁会愿意做一个担惊受怕的国王,而不愿又有同样权力又是无忧无虑呢?我天生不想做国王,而只想做国王的事;这也正是每一个聪明人的想法。我现在安安心心地从你手里得到一切;如果做了国王,倒要做许多我不愿意做的事了。 591

　　对我说来,王位会比无忧无虑的权势甜蜜吗?我不至于这样傻,不选择有利有益的荣誉。现在人人祝福我,个个欢迎我。有求于你的人也都来找我,从我手里得到一切。我怎么会放弃这个,追求别的呢?头脑清醒的人是不会当叛徒的。而且我也天生不喜欢这种念头,如果有谁谋反,我决不和他一起行动。

　　为了证明我的话,你可以到皮托去调查,看我告诉你的神示真实不真实。如果你发现我和先知同谋不轨,请用我们两个人的——而不是你一个人的——名义处决我,把我捉来杀死。可是不要根据靠不住的判断、莫须有的证据就给我定下罪名。随随便便把坏人当好人,把好人当坏人都是不对的。我认为,一个人如果抛弃他忠实的朋友,就等于抛弃他最珍惜的生命。这件事,毫无疑问,你终究是会明白的。因为一个正直的人要经过长久的时间才看得出来,一个坏人只要一天就认得出来。 615

歌队长　主上啊,他怕跌跤,他的话说得很好。急于下判断总是不妥当啊!

奥狄浦斯　那阴谋者已经飞快地来到眼前,我得赶快将计就计。假如我不动,等着他,他会成功,我会失败。

克瑞昂　你打算怎么办？是不是把我放逐出境？

奥狄浦斯　不，我不想把你放逐，我要你死，好叫人看看嫉妒人的下场。

克瑞昂　你的口气看来是不肯让步，不肯相信人？

奥狄浦斯　……①

克瑞昂　我看你很糊涂。

奥狄浦斯　我对自己的事并不糊涂。

克瑞昂　那么你对我的事也该这样。

奥狄浦斯　可是你是个坏人。

克瑞昂　要是你很愚蠢呢？

奥狄浦斯　那我也要继续统治。

克瑞昂　统治得不好就不行！

奥狄浦斯　城邦呀城邦！

克瑞昂　这城邦不单单是你的，我也有份。

歌队长　两位主上啊，别说了。我看见伊奥卡斯特从宫里出来了，她来得正是时候，你们这场纠纷由她来调停，一定能很好地解决。

　　　　伊奥卡斯特偕侍女自宫中上。

伊奥卡斯特　不幸的人啊，你们为什么这样愚蠢地争吵起来？这地方正在闹瘟疫，你们还引起私人纠纷，不觉得惭愧吗？（向奥狄浦斯）你还不快进屋去？克瑞昂，你也回家去吧。不要把一点不愉快的小事闹大了！

克瑞昂　姐姐，你丈夫要对我做可怕的事，两件里选一件，或者把我放逐，或者把我捉来杀死。

奥狄浦斯　是呀，夫人，他要害我，对我下毒手。

克瑞昂　我要是做过你告发的事，我该倒霉，我该受诅咒而死。

伊奥卡斯特　奥狄浦斯呀，看在天神面上，首先为了他已经对神发了誓，其次也看在我和站在你面前的这些长老面上，相信他吧！

歌队　（哀歌第一曲首节）主上啊，我恳求你，高兴地、清醒地听从吧！

奥狄浦斯　你要我怎么样？

歌队　请你尊重他，他原先就不渺小，如今起了誓，就更显得伟大了。

---

①　此处残缺一行。

奥狄浦斯　那么你知道要我怎么样吗？

歌队　知道。

奥狄浦斯　你要说什么快说呀。

歌队　请不要只凭不可靠的话就控告他,侮辱这位发过誓的朋友。

奥狄浦斯　你要知道,你这要求,不是把我害死,就是把我放逐。 662

歌队　（第一曲次节）我凭众神之中最显赫的赫利俄斯起誓,我决不是这个意思。我要是存这样的心,我宁愿为人神所共弃,不得好死。我这不幸的人所担心的是土地荒芜,你们所引起的灾难会加重那原有的灾难。（本节完）

奥狄浦斯　那么让他去吧,尽管我命中注定要当场被杀,或被放逐出境。打动了我的心的,不是他的,而是你的可怜话。他,不论在哪里,都会叫人痛恨。

克瑞昂　你盛怒时是那样凶狠,你让步时也是这样阴沉:这样的性情使你最受苦,也正是活该。

奥狄浦斯　你还不快离开我,给我滚？

克瑞昂　我这就走。你不了解我;可是在这些长老看来,我却是个正派的人。 677

　　　　克瑞昂自观众右方下。

歌队　（第二曲首节）夫人,你为什么迟迟不把他带进宫去。

伊奥卡斯特　等我问明白发生了什么事。

歌队　这方面盲目地听信谣言,起了疑心;那方面感到不公平。

伊奥卡斯特　这场争吵是双方引起来的吗？

歌队　是。

伊奥卡斯特　到底是怎么回事？

歌队　够了,够了,在我们的土地受难的时候,这件事应该停止在打断的地方。

奥狄浦斯　你看你的话说到哪里去了？你是个忠心的人,却来扑灭我的火气。 688

歌队　（第二曲次节）主上啊,我说了不止一次了:我要是背弃你,我就是个失去理性的疯人;那是你,在我们可爱的城邦遭难的时候,曾经正确地为它领航,现在也希望你顺利地领航啊。（本节完）

134

伊奥卡斯特　主上啊,看在天神面上,告诉我,你为什么这样生气?

奥狄浦斯　我这就告诉你;因为我尊重你胜过尊重那些人;原因就是克瑞昂在谋害我。

伊奥卡斯特　往下说吧,要是你能说明这场争吵为什么应当由他负责。

奥狄浦斯　他说我是杀害拉伊奥斯的凶手。

伊奥卡斯特　是他自己知道的,还是听旁人说的?

奥狄浦斯　都不是;是他收买了一个无赖的先知作喉舌;他自己的喉舌倒是清白的。 706

伊奥卡斯特　你所说的这件事,你尽可放心;你听我说下去,就会知道,并没有一个凡人能精通预言术。关于这一点,我可以给你个简单的证据。

　　有一次,拉伊奥斯得了个神示——我不能说那是福波斯亲自说的,只能说那是他的祭司说出来的——它说厄运会向他突然袭来,叫他死在他和我所生的儿子手中。 714

　　可是现在我们听说,拉伊奥斯是在三岔路口被一伙外邦强盗杀死的;我们的婴儿,出生不到三天,就被拉伊奥斯钉住左右脚跟,叫人丢在没有人迹的荒山里了。 719

　　既然如此,阿波罗就没有叫那婴儿成为杀父亲的凶手,也没有叫拉伊奥斯死在儿子手中——这正是他害怕的事。先知的话结果不过如此,你用不着听信。凡是天神必须做的事,他自会使它实现,那是全不费力的。 725

奥狄浦斯　夫人,听了你的话,我心神不安,魂飞魄散。

伊奥卡斯特　什么事使你这样吃惊,说出这样的话?

奥狄浦斯　你好像是说,拉伊奥斯被杀是在一个三岔路口。

伊奥卡斯特　故事是这样;至今还在流传。

奥狄浦斯　那不幸的事发生在什么地方?

伊奥卡斯特　那地方叫福基斯①,通往得尔斐和道利亚的两条岔路在那

---

① 福基斯,在希腊中部,得尔斐和道利亚同是这区域里的两座古城。从特拜赴得尔斐要经过这三岔口,现在还叫三岔口。从道利亚沿着帕尔那索斯东麓下行,一小时半可以走到。杰勃在他的《现代希腊》第79页这样说:"从得尔斐和从道利亚前来的道路会合处有一个灰色的小荒丘,还有一条道路向南支去。我们可以从那地方望见奥狄浦斯由得尔斐前来的道路。我们沿着那被他杀死的人所走过的道路走去,前面的道路很荒凉,右边是帕尔那索斯山,左边是赫利孔山北麓。那南方现出一个峡谷,上接赫利孔山,峡谷里的荒石间点缀着稀疏的青翠,那景象真是雄壮与苍凉。"

里会合。

奥狄浦斯　事情发生了多久了？

伊奥卡斯特　这消息是你快要当国王的时候向全城公布的。　　737

奥狄浦斯　宙斯啊，你打算把我怎么样呢？

伊奥卡斯特　奥狄浦斯，这件事怎么使你这样发愁？

奥狄浦斯　你先别问我，倒是先告诉我，拉伊奥斯是什么模样，有多大年纪。

伊奥卡斯特　他个子很高，头上刚有白头发；模样和你差不多。

奥狄浦斯　哎呀，我刚才像是凶狠地诅咒了自己，可是自己还不知道。

伊奥卡斯特　你说什么？主上啊，我看着你就发抖啊。

奥狄浦斯　我真怕那先知的眼睛并没有瞎。你再告诉我一件事，事情就更清楚了。　　748

伊奥卡斯特　我虽然在发抖，你的话我一定会答复的。

奥狄浦斯　他只带了少数侍从，还是像一位国王那样带了许多卫兵？

伊奥卡斯特　一共五个人，其中一个是传令官，还有一辆马车，是给拉伊奥斯坐的。

奥狄浦斯　哎呀，真相已经很清楚了！夫人啊，这消息是谁告诉你的。

伊奥卡斯特　是一个仆人，只有他活着回来了。

奥狄浦斯　那仆人现在还在家里吗？　　757

伊奥卡斯特　不在；他从那地方回来以后，看见你掌握了王权，拉伊奥斯完了，他就拉着我的手，求我把他送到乡下，牧羊的草地上去，远远地离开城市。我把他送去了。他是个好仆人，应当得到更大的奖赏。

奥狄浦斯　我希望他回来，越快越好！

伊奥卡斯特　这倒容易；可是你为什么希望他回来呢？

奥狄浦斯　夫人，我是怕我的话说得太多了，所以想把他召回来。

伊奥卡斯特　他会回来的；可是，主上啊，你也该让我知道，你心里到底有什么不安。　　770

奥狄浦斯　你应该知道我是多么忧虑。碰上这样的命运，我还能把话讲给哪一个比你更应该知道的人听？

我父亲是科任托斯人,名叫波吕博斯,我母亲是多里斯①人,名叫墨洛佩。我在那里一直被尊为公民中的第一个人物,直到后来发生了一件意外的事——那虽是奇怪,倒还值不得放在心上。那是在某一次宴会上,有个人喝醉了,说我是我父亲的冒名儿子。当天我非常烦恼,好容易才忍耐住;第二天我去问我的父母,他们因为这辱骂对那乱说话的人很生气。我虽然满意了,但是事情总是使我很烦恼,因为诽谤的话到处都在流传。我就瞒着父母,去到皮托,福波斯没有答复我去求问的事,就把我打发走了;可是他却说了另外一些预言,十分可怕,十分悲惨,他说我命中注定要玷污我母亲的床榻,生出一些使人不忍看的儿女,而且会成为杀死我的生身父亲的凶手。　　793

　　我听了这些话,就逃到外地去,免得看见那个会实现神示所说的耻辱的地方,从此我就凭了天象走过科任托斯的土地。我在旅途中来到你所说的国王遇害的地方。夫人,我告诉你真实情况吧。我走近三岔路口的时候,碰见一个传令官和一个坐马车的人,正像你所说的。那领路的和那老年人态度粗暴,要把我赶到路边。我在气愤中打了那个推我的人——那个驾车的;那老年人看见了,等我经过的时候,从车上用双尖头的刺棍朝我头上打过来。可是他付出了一个不相称的代价,立刻挨了我手中的棍子,从车上仰面滚下来了;我就把他们全杀死了。

　　如果我这客人和拉伊奥斯有了什么亲属关系,谁还比我更可怜?谁还比我更为天神所憎恨?没有一个公民或外邦人能够在家里接待我,没有人能够和我交谈,人人都得把我赶出门外。这诅咒不是别人加在我身上的,而是我自己。我用这双手玷污了死者的床榻,也就是用这双手把他杀死的。我不是个坏人吗?我不是肮脏不洁吗?我得出外流亡,在流亡中看不见亲人,也回不了祖国;要不然,就得娶我的母亲,杀死那生我养我的父亲波吕博斯。　　827

　　如果有人断定这些事是天神给我造成的,不也说得正对吗?你们这些可敬的神圣的神啊,别让我,别让我看见那一天!在我没有看见这罪恶的污点沾到我身上之前,请让我离开尘世。　　833

---

① 多里斯,在福基斯西北。

137

歌队长　在我们看来,主上啊,这件事是可怕的;但是在你还没有向那证人打听清楚之前,不要失望。

奥狄浦斯　我只有这一点希望了,只好等待那牧人。

伊奥卡斯特　等他来了,你想打听什么?

奥狄浦斯　告诉你吧:他的话如果和你的相符,我就没有灾难了。

伊奥卡斯特　你从我这里听出了什么不对头的话呢?

奥狄浦斯　你曾告诉我,那牧人说过杀死拉伊奥斯的是一伙强盗。如果他说的还是同样的人数,那就不是我杀的了;因为一个总不等于许多。如果他只说是一个单身的旅客,这罪行就落在我身上了。

伊奥卡斯特　你应该相信,他是那样说的;他不能把话收回;因为全城的人都听见了,不单是我一个人。即使他改变了以前的话,主上啊,也不能证明拉伊奥斯的死和神示所说的真正相符;因为洛克西阿斯说的是,他注定要死在我儿子手中,可是那不幸的婴儿没有杀死他的父亲,倒是自己先死了。从那时以后,我就再不因为神示而左顾右盼了。

奥狄浦斯　你的看法对。不过还是派人去把那牧人叫来,不要忘记了。

伊奥卡斯特　我马上派人去。我们进去吧。凡是你所喜欢的事我都照办。

奥狄浦斯偕众侍从进宫,伊奥卡斯特偕侍女随入。

六　第二合唱歌

歌队　(第一曲首节)愿命运依然看见我所有的言行保持神圣的清白,为了规定这些言行,天神制定了许多最高的律条,它们出生在高天上,他们唯一的父亲是奥林波斯①,不是凡人,谁也不能把它们忘记,使它们入睡;天神是靠了这些律条才有力量,得以长生不死。

　　(第一曲次节)傲慢产生暴君;②它若是富有金钱——得来不是时候,没有益处——它若是爬上最高的墙顶,就会落到最不幸的命运

---

① 此处指天,指宙斯。
② 讽刺奥狄浦斯对待克瑞昂的傲慢态度。

138

中,有脚没用处。① 愿天神不要禁止那对城邦有益的竞赛;我永远把天神当作守护神。

（第二曲首节）如果有人不畏正义之神,不敬神像,②言行上十分傲慢,如果他贪图不正当的利益,做出不敬神的事,愚蠢地玷污圣物,愿厄运为了这不吉利的傲慢行为把他捉住。

做了这样的事,谁敢夸说他的性命躲避得了天神的箭？如果这样的行为是可敬的,那么我何必在这里歌舞呢？

（第二曲次节）如果这神示不应验,不给大家看清楚,那么我就不诚心诚意去朝拜大地中央不可侵犯的神殿,不去朝拜奥林匹亚③或阿拜④的庙宇。王啊——如果我们可以这样正当的称呼你——统治一切的宙斯啊,别让这件事躲避你的注意,躲避你的不灭的威力。

关于拉伊奥斯的古老的预言已经寂静了,不被人注意了,阿波罗到处不受人尊敬,对神的崇拜从此衰微。

七　第三场

伊奥卡斯特偕侍女自宫中上。

伊奥卡斯特　我邦的长老们啊,我本想拿着这缠羊毛的树枝和香料到神的庙上；因为奥狄浦斯由于各种忧虑,心里很紧张,他不像一个清醒的人,不会凭旧事推断新事⑤;只要有人说出恐怖的话,他就随他摆布。

我既然劝不了他,只好带着这些象征祈求的礼物来求你,吕克奥斯·阿波罗啊——因为你离我最近——请给我们一个避免污染的方法。我们看见他受惊,像乘客看见船上舵工受惊一样,大家都害怕。

报信人自观众左方上。

报信人　啊,客人们,我可以向你们打听奥狄浦斯王的宫殿在哪里吗？最

---

① 因为这一跌头先落地。
② 此处大概暗射公元前四一五年赫尔墨斯柱像被毁一事。当雅典水师将要开赴西西里的时候,雅典城内的赫尔墨斯像忽然被人毁坏了。这是些方形石柱,顶端雕刻着赫尔墨斯的头像。
③ 奥林匹亚,在希腊西部,开奥林匹克运动会和祭祀宙斯的地方。
④ 阿拜,在福基斯西北的山上。
⑤ 指根据阿波罗关于拉伊奥斯会被儿子所杀的神示没有应验,来推断先知特瑞西阿斯关于奥狄浦斯是杀父凶手的预言也是不可信的。

好告诉我他本人在哪里,要是你们知道的话。

歌队 啊,客人,这就是他的家,他本人在里面;这位夫人是他儿女的母亲。

报信人 愿她在幸福的家里永远幸福,既然她是他的全福的妻子①!

伊奥卡斯特 啊,客人,愿你也幸福;你说了吉祥话,应当受我回敬。请你告诉我,你来求什么,或者有什么消息见告。

报信人 夫人,对你家和你丈夫是好消息。

伊奥卡斯特 什么消息?你是从什么人那里来的?

报信人 从科任托斯来的。你听了我要报告的消息一定高兴,怎么会不高兴呢?但也许还会发愁呢。

伊奥卡斯特 到底是什么消息?怎么会使我高兴又使我发愁?

报信人 人民要立奥狄浦斯为伊斯特摩斯②地方的王,那里是这样说的。

伊奥卡斯特 怎么?老波吕博斯不是还在掌权吗?

报信人 不掌权了;因为死神已把他关进坟墓了。

伊奥卡斯特 你说什么?老人家,波吕博斯死了吗?

报信人 倘若我撒谎,我愿意死。

伊奥卡斯特 侍女呀,还不快去告诉主人?

　　侍女进宫。

　　啊,天神的预言,你成了什么东西了?奥狄浦斯多年来所害怕,所要躲避的正是这人,他害怕把他杀了;现在他已寿尽而死,不是死在奥狄浦斯手中的。

　　奥狄浦斯偕众侍从自宫中上。

奥狄浦斯 啊,伊奥卡斯特,最亲爱的夫人,为什么把我从屋里叫来?

伊奥卡斯特 请听这人说话,你一边听,一边想天神的可怕的预言成了什么东西了。

奥狄浦斯 他是谁?有什么消息见告?

伊奥卡斯特 他是从科任托斯来的,来讣告你父亲波吕博斯不在了,去世了。

---

① "全福"一词赞美这位夫人生得有儿女。或解作"他的妻子,家里的主妇"。
② 伊斯特摩斯,科任托斯附近的地峡。

奥狄浦斯　你说什么,客人?亲自告诉我吧。

报信人　如果我得先把事情讲明白,我就让你知道,他死了,去世了。

奥狄浦斯　他是死于阴谋,还是死于疾病?

报信人　天平稍微倾斜,一个老年人便长眠不醒。①

奥狄浦斯　那不幸的人好像是害病死的。

报信人　并且因为他年高寿尽了。 963

奥狄浦斯　啊!夫人呀,我们为什么要重视皮托的颁布预言的庙宇,或空中啼叫的鸟儿呢?它们曾指出我命中注定要杀我父亲。但是他已经死了,埋进了泥土;我却还在这里,没有动过刀枪。除非说他是因为思念我而死的,那么倒是我害死了他。这似灵不灵的神示已被波吕博斯随身带着,和他一起躺在冥府里,不值半文钱了。 972

伊奥卡斯特　我不是早就这样告诉你了吗?

奥狄浦斯　你倒是这样说过,可是,我因为害怕,迷失了方向。

伊奥卡斯特　现在别再把这件事放在心上了。

奥狄浦斯　难道我不该害怕玷污我母亲的床榻吗?

伊奥卡斯特　偶然控制着我们,未来的事又看不清楚,我们为什么惧怕呢?最好尽可能随随便便地生活。别害怕你会玷污你母亲的婚姻;许多人曾在梦中娶过母亲;②但是那些不以为意的人却安乐地生活。

奥狄浦斯　要不是我母亲还活着,你这话倒也对;可是她既然健在,即使你说得对,我也应当害怕啊! 986

伊奥卡斯特　可是你父亲的死总是个很大的安慰。

奥狄浦斯　我知道是个很大的安慰,可是我害怕那活着的妇人。

报信人　你害怕的妇人是谁呀?

奥狄浦斯　老人家,是波吕博斯的妻子墨洛佩。

报信人　她哪一点使你害怕?

奥狄浦斯　啊,客人,是因为神送来的可怕的预言。

报信人　说得说不得?是不是不可以让人知道?

---

① 指生命的天平,一端的砝码稍微减少一点,另一端便下坠,表示寿命已尽。
② 此处大概暗射希庇亚斯的故事。希庇亚斯是雅典的僭主,后来被放逐。他在公元前四九〇年马拉松之役前夕做了这样一个梦,他把雅典当作母亲,认为这是他借波斯兵力复辟的吉兆(见希罗多德的《史书》第6卷第107段)。

141

奥狄浦斯　当然可以。洛克西阿斯曾说我命中注定要娶自己的母亲，亲手杀死自己的父亲。因此多年来我远离科任托斯。我在此虽然幸福，可是看见父母的容颜是件很大的乐事啊。

报信人　你真的因为害怕这些事，离开了那里？ 1000

奥狄浦斯　啊，老人家，还因为我不想成为杀父的凶手。

报信人　主上啊，我怀着好意前来，怎么不能解除你的恐惧呢？

奥狄浦斯　你依然可以从我手里得到很大的应得的报酬。

报信人　我是特别为此而来的，等你回去的时候，我可以得到一些好处呢。

奥狄浦斯　但是我决不肯回到我父母家里。

报信人　年轻人！显然你不知道你在做什么。

奥狄浦斯　怎么不知道呢，老人家？看在天神面上，告诉我吧。

报信人　如果你是为了这个缘故不敢回家。 1010

奥狄浦斯　我害怕福波斯的预言在我身上应验。

报信人　是不是害怕因为杀父娶母而犯罪？

奥狄浦斯　是的，老人家，这件事一直在吓唬我。

报信人　你知道你没有理由害怕么？

奥狄浦斯　怎么没有呢，如果我是他们的儿子？

报信人　因为你和波吕博斯没有血缘关系。

奥狄浦斯　你说什么？难道波吕博斯不是我的父亲？

报信人　正像我不是你的父亲，他也同样不是。

奥狄浦斯　我的父亲怎能和你这个同我没关系的人同样不是？

报信人　你不是他生的，也不是我生的。

奥狄浦斯　那么他为什么称我作他的儿子呢？

报信人　告诉你吧，是因为他从我手中把你当一件礼物接受了下来。

奥狄浦斯　但是他为什么十分爱别人送的孩子呢？

报信人　他从前没有儿子，所以才这样爱你。

奥狄浦斯　是你把我买来，还是把我捡来送给他的。 1025

报信人　是我从基泰戎峡谷里把你捡来送给他的。

奥狄浦斯　你为什么到那一带去呢？

报信人　我在那里放牧山上的羊。

142

奥狄浦斯　你是个牧人,还是个到处漂泊的佣工。

报信人　年轻人,那时候我是你的救命恩人。

奥狄浦斯　你把我抱在怀里的时候,我有没有什么痛苦?

报信人　你的脚跟可以证实你的痛苦。

奥狄浦斯　哎呀,你为什么提起这个老毛病?

报信人　那时候你的左右脚跟是钉在一起的,我给你解开了。

奥狄浦斯　那是我襁褓时期遭受的莫大的耻辱。

报信人　是呀,你是由这不幸而得到你现在的名字的。

奥狄浦斯　看在天神面上,告诉我,这件事是我父亲还是我母亲干的?你说。

报信人　我不知道;那把你送给我的人比我知道得清楚。

奥狄浦斯　怎么?是你从别人那里把我接过来的,不是自己捡来的吗?

报信人　不是自己捡来的,是另一个牧人把你送给我的。

奥狄浦斯　他是谁?你指得出来吗?

报信人　他被称为拉伊奥斯的仆人。　　　　　　　　　　　　1042

奥狄浦斯　是这地方从前的国王的仆人吗?

报信人　是的,是国王的牧人。

奥狄浦斯　他还活着吗?我可以看见他吗?

报信人　(向歌队)你们这些本地人应当知道得最清楚。

奥狄浦斯　你们这些站在我面前的人里面,有谁在乡下或城里见过他所说的牧人,认识他?赶快说吧!这是水落石出的时机。　　　　1050

歌队长　我认为他所说的不是别人,正是你刚才要找的乡下人;这件事伊奥卡斯特最能够说明。

奥狄浦斯　夫人,你还记得我们刚才想召见的人吗?这人所说的是不是他?

伊奥卡斯特　为什么问他所说的是谁?不必理会这事。不要记住他的话。

奥狄浦斯　我得到了这样的线索,还不能发现我的血缘,这可不行。

伊奥卡斯特　看在天神面上,如果你关心自己的性命,就不要再追问了;我自己的苦闷已经够了。

奥狄浦斯　你放心,即使发现我母亲三世为奴,我有三重奴隶身份,你出

143

　　　　身也不卑贱。

伊奥卡斯特　我求你听我的话，不要这样。

奥狄浦斯　我不听你的话，我要把事情弄清楚。

伊奥卡斯特　我愿你好，好心好意劝你。

奥狄浦斯　你这片好心好意一直在使我苦恼。

伊奥卡斯特　啊，不幸的人，愿你不知道你的身世。

奥狄浦斯　谁去把牧人带来？让这个女人去赏玩她的高贵门第吧！

伊奥卡斯特　哎呀，哎呀，不幸的人呀！我只有这句话对你说，从此再没有别的话可说了！

　　　　伊奥卡斯特冲进宫去。

歌队长　奥狄浦斯，王后为什么在这样忧伤的心情下冲了进去？我害怕她这样闭着嘴，会有祸事发生。

奥狄浦斯　要发生就发生吧！即使我的出身卑贱，我也要弄清楚。那女人——女人总是很高傲的——她也许因为我出身卑贱感觉羞耻。但是我认为我是仁慈的幸运的宠儿，不至于受辱。幸运是我的母亲；十二个月份是我的弟兄，他们能划出我什么时候渺小，什么时候伟大。这就是我的身世，我绝不会被证明是另一个人；因此我一定要追问我的血统。

八　第三合唱歌①

歌队　（首节）啊，基泰戎山，假如我是个先知，心里聪明，我敢当着奥林波斯说，等明晚月圆时，②你一定会感觉奥狄浦斯尊你为他的故乡、母亲和保姆，我们也载歌载舞赞美你；因为你对我们的国王有恩德。福波斯啊，愿这事能讨你喜欢！

　　　（次节）我的儿，哪一位，哪一位和潘③——那个在山上游玩的父亲——接近的神女是你的母亲？是不是洛克西阿斯的妻子？高原上

---

① 这合唱歌节奏活泼，表现快乐的情调，因为歌队的忧虑被奥狄浦斯一番自慰的话打消。由于奥狄浦斯的身世快要被发现了，观众没有耐心听这种快乐的歌，所以这合唱歌是很短的。

② 本剧大概是在三月底四月初举行的"酒神大节"上演的。酒神大节以后便逢四月初的"月圆节"。

③ 潘，阿尔卡狄亚的半人半山羊的牧神，赫尔墨斯之子。

的草地他全都喜爱。① 也许是库勒涅的王②,或者狂女们的神③,那位住在山顶上的神,从赫利孔仙女——他最爱和那些神女嬉戏——手中接受了你这婴儿。

九　第四场

奥狄浦斯　长老们,如果让我猜想,我以为我看见的是我们一直在寻找的牧人,虽然我没有见过他。他的年纪和这客人一般大;我并且认识那些带路的是自己的仆人。(向歌队长)也许你比我认识得清楚,如果你见过这牧人。

歌队长　告诉你吧,我认识他;他是拉伊奥斯家里的人,作为一个牧人,他和其他的人一样可靠。

众仆人带领牧人自观众左方上。

奥狄浦斯　啊,科任托斯客人,我先问你,你指的是不是他?

报信人　我指的正是你看见的人。

奥狄浦斯　喂,老头儿,朝这边看,回答我问你的话。你是拉伊奥斯家里的人吗?

牧人　我是他家养大的奴隶,不是买来的。

奥狄浦斯　你干的什么工作,过的什么生活?

牧人　大半辈子放羊。

奥狄浦斯　你通常在什么地方住羊棚?

牧人　有时候在基泰戎山上,有时候在那附近。

奥狄浦斯　还记得你在那地方见过这人吗?

牧人　见过什么?你指的是哪个?

奥狄浦斯　我指的是眼前的人;你碰见过他没有?

牧人　我一下子想不起来,不敢说碰见过。

报信人　主上啊,一点也不奇怪。我能使他清清楚楚回想起那些已经忘

---

① 阿波罗曾为阿德墨托斯牧过牛羊,他可能在原野上同神女们有来往。
② 库勒涅的王,指赫尔墨斯,他的生长地库勒涅山在阿尔卡狄亚东北部,高约二千四百米,从波奥提亚望得见。
③ "狂女们的神",指酒神。赫利孔山在波奥提亚境内。

记了的事。我相信他记得他带着两群羊,我带着一群羊,我们在基泰戎山上从春天到阿尔克图罗斯①初升的时候做过三个半年朋友。到了冬天,我赶着羊回我的羊圈,他赶着羊回拉伊奥斯的羊圈。(向牧人)我说的是不是真事?

牧人　你说的是真事,虽是老早的事了。

报信人　喂,告诉我,还记得那时候你给了我一个婴儿,叫我当自己的儿子养着吗?

牧人　你是什么意思?干吗问这句话?

报信人　好朋友,这就是他,那时候是个婴儿。

牧人　该死的家伙!还不快住嘴!

奥狄浦斯　啊,老头儿,不要骂他,你说这话倒是更该挨骂!

牧人　好主上啊,我有什么错呢?

奥狄浦斯　因为你不回答他问你的关于那孩子的事。

牧人　他什么都不晓得,却要多嘴,简直是白搭。

奥狄浦斯　你不痛痛快快回答,要挨了打哭着回答!

牧人　看在天神面上,不要拷打一个老头子。

奥狄浦斯　(向侍从)还不快把他的手反绑起来?

牧人　哎呀,为什么呢?你还要打听什么呢?

奥狄浦斯　你是不是把他所问的那孩子给了他?

牧人　我给了他;愿我在那一天就死了!

奥狄浦斯　你会死的,要是你不说真话。

牧人　我说了真话,更该死了。

奥狄浦斯　这家伙好像还想拖延时间。

牧人　我不想拖延时间,我刚才已经说过我给了他。

奥狄浦斯　哪里来的?是你自己的,还是从别人那里得来的?

牧人　这孩子不是我自己的,是别人给我的。

奥狄浦斯　哪个公民,哪家给你的?

---

① 阿尔克图罗斯,北极上空农夫星座最亮的星(即大角星),在秋分前几天出现,叫作晨星;又在春分前几天出现,叫作晚星。波吕博斯的牧人于三月间从科任托斯赶羊上基泰戎山,在那里遇见拉伊奥斯的牧人,后者是从特拜平原来的。他们在山上住了六个月,直到九月中晨星出现时,他们才各自赶着羊回家。

146

牧人　看在天神面上,不要,主人啊,不要再问了!

奥狄浦斯　如果我再追问,你就活不成了。

牧人　他是拉伊奥斯家里的孩子。

奥狄浦斯　是个奴隶,还是个亲属?

牧人　哎呀,我要讲那怕人的事了!

奥狄浦斯　我要听那怕人的事了!也只好听下去。

牧人　人家说是他的儿子,但是里面的娘娘,主上家的,最能告诉你是怎么回事。 1172

奥狄浦斯　是她交给你的吗?

牧人　是,主上。

奥狄浦斯　是什么用意呢?

牧人　叫我把他弄死。

奥狄浦斯　做母亲的这样狠心吗?

牧人　因为她害怕那不吉利的神示。

奥狄浦斯　什么神示?

牧人　人家说他会杀他父亲。

奥狄浦斯　你为什么又把他送给了这老人呢? 1177

牧人　主上啊,我可怜他,我心想他会把他带到别的地方——他的家里去;哪知他救了他,反而闯了大祸。如果你就是他所说的人,我说,你生来是个受苦的人啊!

奥狄浦斯　哎呀!哎呀!一切都应验了!天光呀,我现在向你看最后一眼!我成了不应当生我的父母的儿子,娶了不应当娶的母亲,杀了不应当杀的父亲。 1185

　　　奥狄浦斯冲进宫去,众侍从随入。

　　　报信人、牧人和众仆人自观众左方下。

一〇　第四合唱歌

歌队　(第一曲首节)凡人的子孙啊,我把你们的生命当作一场空!谁的幸福不是表面现象,一会儿就消灭了?不幸的奥狄浦斯,你的命运,你的命运警告我不要说凡人是幸福的。 1190

（第一曲次节）宙斯啊，他比别人射得远，获得了莫大的幸福，他弄死了那个出谜语的、长弯爪的女妖，挺身而出当我邦抵御死亡的堡垒。从那时候起，奥狄浦斯，我们称你为王，你统治着强大的特拜，享受着最高的荣誉。 1203

　　（第二曲首节）但如今，有谁的身世听起来比你的更可怜？有谁在凶恶的灾祸中，在苦难中遭遇着人生的变迁，比你更可怜？

　　哎呀，闻名的奥狄浦斯！那同一个宽阔的港口够你使用了，你进那里做儿子，又扮新郎做父亲。不幸的人呀，你父亲耕种的土地怎能够，怎能够一声不响，容许你耕种了这么久？ 1212

　　（第二曲次节）那无所不见的时光终于出乎你的意料发现了你，它审判了这不清洁的婚姻，这婚姻使儿子成为了丈夫。

　　哎呀，拉伊奥斯的儿子啊，愿我，愿我从没有见过你！我为你痛哭，像一个哭丧的人！说老实话，你先前使我重新呼吸，现在使我闭上眼睛。 1222

—— 退　场

　　传报人①自宫中上。

传报人　我邦最受尊敬的长老们啊，你们将听见多么惨的事情，将看见多么惨的景象，你们将是多么忧愁，如果你们效忠你们的种族，依然关心拉布达科斯的家室。我认为即使是伊斯特尔河和法息斯河②也洗不干净这个家，它既隐藏着一些灾祸，又要把另一些暴露在光天化日之下，这些都不是无心，而是有意做出来的。自己招来的苦难总是最使人痛心啊！

歌队长　我们先前知道的苦难也并不是不可悲啊！此外，你还有什么苦难要说？

传报人　我的话可以一下子说完，一下子听完：高贵的伊奥卡斯特已经死了。

歌队长　不幸的人呀！她是怎么死的？ 1236

---

① 传报人通常是一个从屋里出来的人，他报告景后所发生的事。
② 伊斯特尔河，多瑙河的古名。法息斯河，从小亚细亚流入黑海的河流。

148

传报人　她自杀了。这件事最惨痛的地方你们感觉不到,因为你们没有亲眼看见。我记得多少,告诉你多少。

　　她发了疯,穿过门廊,双手抓着头发,直向她的新床跑去;她进了卧房,砰地关上门,呼唤那早已死了的拉伊奥斯的名字,想念她早年所生的儿子,说拉伊奥斯死在他手中,留下做母亲的给他的儿子生一些不幸的儿女。她为她的床榻而悲叹,她多么不幸,在那上面生了两种人,给丈夫生丈夫,给儿子生儿女。她后来是怎样死的,我就不知道了;因为奥狄浦斯大喊大叫冲进宫去,我们没法看完她的悲剧,而转眼望着他横冲直撞。他跑来跑去,叫我们给他一把剑,还问哪里去找他的妻子,又说不是妻子,是母亲,他和他儿女共有的母亲。他在疯狂中得到了一位天神的指点;因为我们这些靠近他的人都没有给他指路。好像有谁在引导,他大叫一声,朝着那双扇门冲去,把弄弯了的门杠从承孔里一下推开,冲进了卧房。1262

　　我们随即看见王后在里面吊着,脖子缠在那摆动的绳子上。国王看见了,发出可怕的喊声,多么可怜!他随即解开那活套。等那不幸的人躺在地上时,我们就看见那可怕的景象:国王从她袍子上摘下两只她佩带着的金别针[①],举起来朝着自己的眼珠刺去,并且这样嚷道:"你们再也看不见我所受的灾难,我所造的罪恶了!你们看够了你们不应当看的人[②],不认识我想认识的人[③];你们从此黑暗无光!"

　　他这样悲叹的时候,屡次举起金别针朝着眼睛狠狠刺去;每刺一下,那血红的眼珠里流出的血便打湿了他的胡子,那血不是一滴滴地滴,而是许多黑的血点,雹子般一齐下降。这场祸事是两个人惹出来的,不止一人受难,而是夫妻共同受难。他们旧时代的幸福在从前倒是真正的幸福;但如今,悲哀,毁灭,死亡,耻辱和一切有名称的灾难都落到他们身上了。1285

歌队长　现在那不幸的人的痛苦是不是已经缓和一点了?
传报人　他大声叫人把宫门打开,让全体特拜人看看他父亲的凶手,他母亲的——我不便说那不干净的话;他愿出外流亡,不愿留下,免得这个

[①] 双肩上系衣的别针。
[②] 指作为他妻子的伊奥卡斯特和他俩所生的儿女。
[③] 指奥狄浦斯的父母。

家在他的诅咒之下有了灾祸。可是他没有力气,没有人带领;那样的苦恼不是人所能忍受的。他会给你看的;现在宫门打开了,你立刻可以看见那样一个景象,即使是不喜欢看的人也会发生怜悯之情的。

　　　众侍从带领奥狄浦斯自宫中上。

歌队　（哀歌）①这苦难啊,叫人看了害怕!我所看见的最可怕的苦难啊!可怜的人呀,是什么疯狂缠磨着你?是哪一位神跳得比最远的跳跃还要远,落到了你这不幸的生命上?

　　　哎呀,哎呀,不幸的人呀!我想问你许多事,打听许多事,观察许多事,可是我不能望你一眼;你吓得我发抖啊!

奥狄浦斯　哎呀呀,我多么不幸啊!我这不幸的人到哪里去呢?我的声音轻飘飘地飞到哪里去了?命运啊,你跳到哪里去了?

歌队长　跳到可怕的灾难中去了,不可叫人听见,不可叫人看见。

奥狄浦斯　(第一曲首节)黑暗之云啊,你真可怕,你来势凶猛,无法抵抗,是太顺的风把你吹来的。

　　　哎呀,哎呀!

　　　这些刺伤了我,这些灾难的回忆伤了我。

歌队　难怪你在这样大的灾难中悲叹这双重的痛苦,忍受这双重的痛苦②。

奥狄浦斯　(第一曲次节)啊,朋友,你依然是我的忠实伴侣,还有耐心照看一个瞎眼的人。

　　　哎呀,哎呀!

　　　我知道你在这里,我虽然眼睛瞎了,还能清楚地辨别你的声音。

歌队　你这个做了可怕的事的人啊,你怎么忍心弄瞎了自己的眼睛?是哪一位天神怂恿你的?

奥狄浦斯　(第二曲首节)是阿波罗,朋友们,是阿波罗使这些凶恶的,凶恶的灾难实现的;但是刺瞎了这两只眼睛的不是别人的手,而是我自己的,我多么不幸啊!什么东西看来都没有趣味,又何必看呢?

歌队　事情正像你所说的。

奥狄浦斯　朋友们,还有什么可看的,什么可爱的,还有什么问候使我听

---

① 第1297至1312行是短短长节奏的诗,后面才是分节的哀歌。
② 指肉体上与精神上的痛苦。

了高兴呢？朋友们，快把我这完全毁了的、最该诅咒的、最为天神所憎恨的人带出，带出境外吧！

歌队　你的感觉和你的命运同样可怜，但愿我从来不知道你这个人。

奥狄浦斯　（第二曲次节）那在牧场上把我脚上残忍的铁镣解下的人，那把我从凶杀里救活了的人——不论他是谁——真是该死，因为他做的是一件不使人感激的事。假如我那时候死了，也不至于使我和我的朋友们这样痛苦了。

歌队　但愿如此！

奥狄浦斯　那么我不至于成为杀父的凶手，不至于被人称为我母亲的丈夫；但如今，我是天神所弃绝的人，是不清洁的母亲的儿子，并且是，哎呀，我父亲的共同播种的人。如果还有什么更严重的灾难，也应该归奥狄浦斯忍受啊。

歌队　我不能说你的意见对；你最好死去，胜过瞎着眼睛活着。（哀歌完）

奥狄浦斯　别说这件事做得不妙，别劝告我了。假如我到冥土的时候还看得见，不知当用什么样的眼睛去看我父亲和我不幸的母亲，既然我曾对他们做出死有余辜的罪行。我看着这样生出的儿女顺眼吗？不，不顺眼；就连这城堡，这望楼，神们的神圣的偶像，我看着也不顺眼；因为我，特拜城最高贵而又最不幸的人，已经丧失观看的权利了；我曾命令所有的人把那不清洁的人赶出去，即使他是天神所宣布的罪人，拉伊奥斯的儿子。我既然暴露了这样的污点，还能集中眼光看这些人吗？不，不能；如果有方法可以闭塞耳中的听觉，我一定把这可怜的身体封起来，使我不闻不见：当心神不为忧愁所扰乱时是多么舒畅啊！

　　唉，基泰戎，你为什么收容我？为什么不把我捉来杀了，免得我在人们面前暴露我的身世？波吕博斯啊，科任托斯啊，还有你这被称为我祖先的古老的家啊，你们把我抚养成人，皮肤多么好看，下面却有毒疮在溃烂啊！我现在被发现是个卑贱的人，是卑贱的人所生。

　　你们三条道路和幽谷啊，橡树林和三岔路口的窄路啊，你们从我手中吸饮了我父亲的血，也就是我的血，你们还记得我当着你们做了些什么事，来这里以后又做了些什么事吗？

　　婚礼啊，婚礼啊，你生了我，生了之后，又给你的孩子生孩子，你造成了父亲、哥哥、儿子，以及新娘、妻子、母亲的乱伦关系，人间最可耻的事。

不应当做的事情就不应当拿来讲。看在天神面上,快把我藏在远处,或是把我杀死,或是把我丢到海里,你们不会在那里再看见我了。来呀,牵一牵这可怜的人吧;答应我,别害怕,因为我的罪除了自己担当而外,别人是不会沾染的。 1415

歌队长　克瑞昂来得巧,正好满足你的要求,不论你要他给你做什么事,或者给你什么劝告,如今只有他代你做这地方的保护人。

奥狄浦斯　唉,我对他说什么好呢?我怎能合理地要求他相信我呢?我先前太对不住他了。 1421

克瑞昂自观众右方上。

克瑞昂　奥狄浦斯,我不是来讥笑你的,也不是来责备你过去的罪过的。

（向众侍从）尽管你们不再重视凡人的子孙,也得尊重我们的主宰赫利奥斯的养育万物之光,为此,不要把这一种为大地、圣雨和阳光所厌恶的污染赤裸地摆出来。快把他带进宫去!只有亲属才能看,才能听亲属的苦难,这样才合乎宗教上的规矩。

奥狄浦斯　你既然带着最高贵的精神来到我这个最坏的人这里,使我的忧虑冰释了,请看在天神面上,答应我一件事,我是为你好,不是为我好而请求啊。

克瑞昂　你对我有什么请求?

奥狄浦斯　赶快把我扔出境外,扔到那没有人向我问好的地方去。

克瑞昂　告诉你吧,如果我不想先问神怎么办,我早就这样做了。

奥狄浦斯　他的神示早就明白地宣布了,要把那杀父的、那不洁的人毁了[①],我自己就是那人哩。

克瑞昂　神示虽然这样说,但是在目前的情况下,最好还是去问问怎么办。

奥狄浦斯　你愿去为我这样不幸的人问问吗?

克瑞昂　我愿意去;你现在要相信神的话。 1445

奥狄浦斯　是的;我还要吩咐你,恳求你把屋里的人埋了,你愿意怎样埋就怎样埋;你会为你姐姐正当地尽这礼仪的。当我在世的时候,不要

[①] "毁了"可以指"被放逐",也可以指"被处死刑"。克瑞昂带回来的神示并不肯定。

逼迫我住在我的祖城里,还是让我住在山上吧,那里是因我而著名的基泰戎,我父母在世的时候曾指定那座山作为我的坟墓,我正好按照要杀我的人的意思死去。但是我有这么一点把握:疾病或别的什么都害不死我;若不是还有奇灾异难,我不会从死亡里被人救活。①   1457

    我的命运要到哪里,就让它到哪里吧。提起我的儿女,克瑞昂,请不必关心我的儿子们;他们是男人,不论在什么地方,都不会缺少衣食;但是我那两个不幸的、可怜的女儿——她们从来没有看见我把自己的食桌支在一边,②不陪她们吃饭;凡是我吃的东西,她们都有份——请你照应她们;请特别让我抚摸着她们悲叹我的灾难。答应吧,亲王,精神高贵的人!只要我抚摸着她们,我就会认为她们依然是我的,正像我没有瞎眼的时候一样。

    二侍从进宫,随即带领安提戈涅和伊斯墨涅自宫中上。

    啊,这是怎么回事?看在天神面上,告诉我,我听见的是不是我亲爱的女儿们的哭声?是不是克瑞昂怜悯我,把我的宝贝——我的女儿们送来了?我说得对吗?   1475

克瑞昂   你说得对;这是我安排的,我知道你从前喜欢她们,现在也喜欢她们。

奥狄浦斯   愿你有福!为了报答你把她们送来,愿天神保佑你远胜过他保佑我。

    (向二女孩)孩儿们,你们在哪里,快到这里来,到你们的同胞手里来,是这双手使你们父亲先前明亮的眼睛变瞎的。啊,孩儿们,这双手是那没有认清楚人,没有了解情况,就通过生身母亲成为你们父亲的人的。我看不见你们了;想起你们日后辛酸的生活——人们会叫你们过那样的生活——我就为你们痛哭。你们能参加什么社会生活,能参加什么节日典礼呢?③你们看不见热闹,会哭着回家。等你

---

① 在索福克勒斯的悲剧《奥狄浦斯在科洛诺斯》里,奥狄浦斯漂流到雅典西郊科洛诺斯村,得到一个神秘的结局。
② 古希腊人的饭桌在吃饭时才拿进屋来支上。
③ 此处描写的是诗人自己时代的生活。当时的雅典妇女可以参加公共集会,如追悼会。"节日"指酒神节和雅典娜节日等。在酒神节里,妇女们可以看悲剧。这些节日都是富于宗教意味的,不清洁的人不得参加,希腊人在公共场所的感觉是很敏锐的。得马拉托斯在斯巴达看戏时被人侮辱,他立即用长袍盖着头退出了剧场。

们到了结婚年龄,孩儿们,有谁来冒挨骂的危险呢?那种辱骂对我的子女和你们的子女都是有害的。什么耻辱你们少得了呢?"你们的父亲杀了他的父亲,把种子撒在生身母亲那里,从自己出生的地方生了你们。"你们会这样挨骂的;谁还会娶你们呢?啊,孩儿们,没有人会;显然你们命中注定不结婚,不生育,憔悴而死。 1502

墨诺叩斯的儿子啊,你既是他们唯一的父亲——因为我们,她们的父母,两人都完了——就别坐视她们,你的外甥女,在外流浪,没衣没食,没有丈夫,别使她们和我一样受苦受难。看她们这样年轻,孤苦伶仃——在你面前,就不同了——你得可怜他们。

啊,高贵的人,同我握手,表示答应吧!

(向二女孩)我的孩儿,假如你们已经懂事了,我一定给你们出许多主意;但是我现在只教你们这样祷告,说机会让你们住在哪里,你们就愿住在哪里,①希望你们的生活比你们父亲的快乐。 1514

克瑞昂　你已经哭够了;进宫去吧。

奥狄浦斯　我得服从,尽管心里不痛快。

克瑞昂　万事都要合时宜才好。

奥狄浦斯　你知道不知道我要在什么条件下才进去?

克瑞昂　你说吧,我听了就会知道。

奥狄浦斯　就是把我送出境外。

克瑞昂　你向我请求的事要天神才能答应。

奥狄浦斯　众神最恨我。

克瑞昂　那么你很快就可以满足你的心愿。②

奥狄浦斯　你答应了吗?

克瑞昂　不喜欢做的事我不喜欢白说。

奥狄浦斯　现在带我走吧。

克瑞昂　走吧,放了孩子们!

---

① 这话的意思是:"如果可能,就住在特拜;否则就随天神派遣,去到一个不十分使你们感觉痛苦的地方。"

② 《奥狄浦斯在科洛诺斯》剧中(见第433行以下一段)说克瑞昂起初把奥狄浦斯留在特拜,这自然不合奥狄浦斯的意思。过了一些时候,奥狄浦斯心里平静了,愿意留下,但特拜人却要把他放逐,克瑞昂这才把他送出国外。

奥狄浦斯　不要从我怀抱中把她们抢走!

克瑞昂　别想占有一切;你所占有的东西不会一生跟着你。 1523

　　　　众侍从带领奥狄浦斯进宫,克瑞昂、二女孩和传报人随入。

歌队长　特拜本邦的居民啊,请看,这就是奥狄浦斯。他道破了那著名的谜语,成为最伟大的人;哪一位公民不曾带着羡慕的眼光注视他的好运?他现在却落到可怕的灾难的波浪中了!

　　　　因此,当我们等着瞧那最后的日子的时候,不要说一个凡人是幸福的,在他还没有跨过生命的界限,还没有得到痛苦的解脱之前。 1530

　　　　歌队自观众右方退场。

美 狄 亚

欧里庇得斯

此剧本根据厄尔(M. L. Earle)编订的《欧里庇得斯的美狄亚》(The Medea of Euripides, American Book Company, 1932)一书的古希腊文译出,注解除参考该书外,还参考过维拉尔(A. W. Verrall)编订的《欧里庇得斯的美狄亚》(The Medea of Euripides, MacMillan, 1926)、贝菲尔德(M. A. Bayfield)编订的《欧里庇得斯的美狄亚》(The Medea of Euripides, MacMillan, 1929)和黑德勒姆(C. E. S. Headlam)编订的《欧里庇得斯的美狄亚》(The Medea of Euripides, Cambridge, 1919)三书的注解。

场　次

一　开场(原诗第 1 至 130 行) ……………… *161*

二　进场歌(原诗第 131 至 212 行) ……………… *164*

三　第一场(原诗第 213 至 409 行) ……………… *165*

四　第一合唱歌(原诗第 410 至 445 行) ……………… *170*

五　第二场(原诗第 446 至 626 行) ……………… *171*

六　第二合唱歌(原诗第 627 至 662 行) ……………… *175*

七　第三场(原诗第 663 至 823 行) ……………… *175*

八　第三合唱歌(原诗第 824 至 865 行) ……………… *180*

九　第四场(原诗第 866 至 975 行) ……………… *181*

一〇　第四合唱歌(原诗第 976 至 1001 行) ……………… *184*

一一　第五场(原诗第 1002 至 1250 行) ……………… *184*

一二　第五合唱歌(原诗第 1251 至 1292 行) ……………… *190*

一三　退场(原诗第 1293 至 1419 行) ……………… *191*

人　物

（以上场先后为序）

保姆——美狄亚的老仆人①。

保傅——看管小孩的老仆人②。

孩子甲——伊阿宋和美狄亚的长子。

孩子乙——伊阿宋和美狄亚的次子。

歌队——由十五个科任托斯妇女组成。

美狄亚——伊阿宋的妻子。

克瑞昂——科任托斯国王，格劳克的父亲。

侍从数人——克瑞昂的侍从。

伊阿宋——美狄亚的丈夫。

埃勾斯——雅典国王。

侍女数人——美狄亚的侍女。

传报人——科任托斯人。

仆人数人——伊阿宋的仆人。

布　景

科任托斯城内美狄亚的住宅前院。

时　代

英雄时代。

---

① 女奴。美狄亚幼时保姆，随美狄亚从科尔基斯到希腊。
② 一般是有知识、有德行的老奴，身披长衣，手拄拐棍，常见于希腊瓶画。

一　开场

保姆自屋内上。

保姆　但愿阿尔戈船从不曾飞过那深蓝的辛普勒伽得斯①,飘到科尔基斯的海岸旁,但愿佩利昂山②上的杉树不曾被砍来为那些给佩利阿斯取金羊毛的英雄们制造船桨;那么,我的女主人美狄亚便不会狂热地爱上伊阿宋,航行到伊奥尔科斯的城楼下,也不会因诱劝佩利阿斯的女儿杀害她们的父亲而出外逃亡,随着她的丈夫和两个儿子来住在这科任托斯城。可是她终于来到了这里,她倒也很受人爱戴,事事都顺从她的丈夫,——妻子不同丈夫争吵,家庭最是相安;——但如今,一切都变成了仇恨,夫妻的爱情也破裂了,因为伊阿宋竟抛弃了他的儿子和我的主母,去和这里的国王克瑞昂的女儿成亲,睡到那公主的床榻上。

　　美狄亚——那可怜的女人——受了委屈,她念着伊阿宋的誓言,控诉他当初伸着右手发出的盟誓,那最大的保证。她祈求神明作证,证明她从伊阿宋那里得到了一个什么样的报答。她躺在地上,不进饮食,全身都浸在悲哀里;自从她知道了她丈夫委屈了她,她便一直在流泪,憔悴下来,她的眼睛不肯向上望,她的脸也不肯离开地面。她就像石头或海浪一样,不肯听朋友的劝慰。只有当她悲叹她的亲爱的父亲、她的祖国和她的家时,她才转动那雪白的颈项,她原是为跟了那男人出走,才抛弃了她的家的;到如今,她受了人欺骗,在苦痛中——真可怜!——才明白了在家有多么好!

　　她甚至恨起她的儿子来了,一看见他们,就不高兴:我害怕她设下什么新的计策,——我知道她的性子很凶猛,她不会这样驯服地受人虐待!——我害怕她用锋利的剑刺进她两个儿子的心里,或是悄悄走进那铺设着新床的寝室中,杀掉公主和新郎,她自己也就会惹出

18

---

① 辛普勒伽得斯,意即"互相撞击的石头",指黑海口上的两个小岛或伸到海里的石岸。古代的舟子认为那两个石头时常互相撞击,会撞坏船只。据说伊阿宋的船航到那海口上时,先放出一只鸽子,那两边的石头仅仅夹住了那鸟的尾翎;等石头再分开时,那船便急航过去,只伤了一点儿船尾。
② 佩利昂山,在伊奥尔科斯东北。阿尔戈船是用这山上的树木造成的。

更大的祸殃。可是她很厉害,我敢说,她的敌手同她争斗,绝不会轻易就把凯歌高唱。

她的两个孩子赛跑完了,回家来了。他们哪里知道母亲的痛苦!"童心总是不知悲伤"。①

保傅领着两个孩子自观众右方上。

保傅　啊,我主母家的老家人,你为什么独个儿站在这门外,暗自悲伤?美狄亚怎会愿意离开你?

保姆　啊,看管伊阿宋的儿子的老人家,主人遭到什么不幸的时候,在我们这些忠心的仆人看来,总是一件伤心事,刺着我们的心。我现在悲伤到极点,很想跑到这里来把美狄亚的厄运禀告天地。

保傅　那可怜的主母还没有停止她的悲痛吗?

保姆　我真羡慕你!② 她的悲哀刚刚开始,还没有哭到一半呢!

保傅　唉,她真傻!——假使我们可以这样批评我们的主人,——她还不知道那些新的坏消息呢!

保姆　老人家,那是什么?请你老实告诉我!

保傅　没有什么。我后悔我刚才的话。

保姆　我凭你的胡须求你③,不要对你的伙伴守什么秘密!关于这事情,如果有必要,我一定保持缄默。

保傅　我经过佩瑞涅圣泉的时候④,有几个老头子坐在那里下棋,我听见其中一个人说,——我当时假装没有听见,——说这地方的国王克瑞昂要把这两个孩子和他们的母亲一起从科任托斯驱逐出境。可不知这消息是不是真的,我希望不是真的。

保姆　伊阿宋肯让他的儿子这样受虐待吗,虽说他在同他们的母亲闹意气?

保傅　那新的婚姻追过了旧的⑤,那新家庭对这旧家庭并没有好感。

保姆　如果旧的苦难还没有消除,我们又惹上一些新的,那我们就完了。

---

① 这是一句谚语。第 1 至 48 行是开场白,欧里庇得斯常用,由一剧中人出场介绍剧情。
② 意即"羡慕你这样糊涂"。
③ 古希腊人的祈求姿势是:一手摸着人家的胡须,一手抱着人家的膝头。
④ 佩瑞涅圣泉,在科任托斯,泉旁有几个长狭的蓄水池,这泉水早就枯涸了。
⑤ 以赛跑为喻。

保傅　快不要做声,不要说这话,——这事情切不可让我们的主母知道。

保姆　(向两个孩子)孩子们,听我说,你们父亲待你们多么不好! 他是我的主子,我不能咒他死;可是我们已经看出,他对不起他的亲人。

保傅　哪个人不是这样呢? 你现在才知道谁都"爱人不如爱自己"吗?①这个父亲又爱上了一个女人,他对这两个孩子已经不喜欢了。

保姆　(向两个孩子)孩子们,进屋去吧! ——但愿一切都好!

　　(向保傅)叫他们躲得远远的,别让他们接近那烦恼的母亲! 我刚才看见她的眼睛像公牛的那样,好像要对他们有什么举动! 我知道,她若不发雷霆,她的怒气是不会消下去的。只望她这样对付她的冤家,不要这样对付她心爱的人。

美狄亚　(自内)哎呀,我受了这些痛苦,真是不幸啊! 哎呀呀! 怎样才能结束我这生命啊?

保姆　看,正像我所说的,亲爱的孩子们,你们母亲的心已经震动了,已经激怒了! 快进屋去,但不要走到她跟前,不要挨近她! 要当心她那顽强的心里的暴戾的脾气和仇恨的性情! 快进去呀,快呀! 分明天上已经起了愁惨的乌云,立刻就要闪出狂怒的电火来! 那傲慢的性情、压抑不住的灵魂,受了虐待的刺激,不知会做出什么可怕的事情呢!

　　保傅引两个孩子进屋。

美狄亚　(自内)哎呀! 我遭受了痛苦,哎呀,我遭受了痛苦,直要我放声大哭!

　　你们两个该死的东西,一个怀恨的母亲生出来的,快和你们的父亲一同死掉,一家人死得干干净净!

保姆　哎呀呀! 可怜的人啊! 你为什么要你这两个孩子分担他们父亲的罪孽呢? 你为什么恨他们呢? 唉,孩子们,我真是担心你们,怕你们碰着什么灾难!

　　这些贵人的心理多么可怕,——也许因为他们只是管人,很少受人管,——这样的脾气总是很狂暴地变来变去。一个人最好过着平等的生活;我就宁愿不慕荣华,安然度过这余生:这种节制之道说起来好听,行起来也对人最有益。我们的生活缺少了节制便没有益处,

---

① 删去第87行,这一行大概是伪作,大意是:"有的人爱自己爱得合理,有的人却只是自私自利。"

厄运发怒的时候,且会酿成莫大的灾难呢。

二　进场歌

歌队自观众右方进场。

歌队长　我听见了那声音,听见了那可怜的科尔基斯女子正在吵吵闹闹,她还没有变驯良呢。老人家,告诉我,她哭什么?① 我刚才在双重门②里听见她在屋里痛哭。啊,朋友,我很担心这家人,怕他们伤了感情。

保姆　这个家已经完了,家庭生活已经破坏了！我们的主人躺在那公主的床榻上,我们的主母却躲在闺房里折磨她自己的生命,朋友的劝告也安慰不了她的心灵。

美狄亚　(自内)哎呀呀！愿天上雷火飞来,劈开我的头颅！我活在世上还有什么好处呢？唉,唉,我宁愿抛弃这可恨的生命,从死里得到安息！

歌队　(首节)啊,宙斯呀,地母呀,天光呀,你们听见了没有？这苦命的妻子哭得多么伤心！(向屋里的美狄亚)啊,不顾一切的人呀,你为什么要寻死,想望那可怕的泥床？快不要这样祈祷！即使你丈夫爱上了一个新人,——这不过是一件很平常的事,——你也不必去招惹他,宙斯会替你公断的！你不要太伤心,不要悲叹你的床空了,变得十分憔悴！(本节完)

美狄亚　(自内)啊,至大的宙斯和威严的特弥斯呀,你们看,我虽然曾用很庄严的盟誓系住我那可恶的丈夫,但如今却这般受痛苦！让我亲眼看见他,看见他的新娘和他的家一同毁灭吧,他们竟敢首先害了我！啊,我的父亲、我的祖国呀,我现在惭愧我杀害了我的兄弟,离开了你们。

保姆　(向歌队)你们听见她怎样祈祷么？她高声祈求特弥斯和被凡人当作司誓之神的宙斯。我这主母的怒气可不是轻易就能够平息的。

---

① "她哭什么?"是补充的。
② 双重门,指院中通街道的门和通正屋的门。

歌队 （次节）但愿她来到我们面前,听听我们的劝告,也许她会改变她的愠怒的心情,平息她胸中的气愤。(向保姆)我们有心帮助朋友,你进去把她请出屋外来,〔告诉她,我们也是她的朋友。〕①趁她还没有伤害那屋里的人,赶快进去!因为她的悲哀正不断的涌上来。(本节完)

保姆 我虽然担心我劝不动主母,但是这事情我一定去做,而且很愿意为你们做这件难办的事情。每逢我们这些仆人上去同她说话,她就像一只产儿的狮子那样,向我们瞪着眼。

　　你可以说那些古人真蠢,一点也不聪明,保管没有错,因为他们虽然创出了诗歌,增加了节日里、宴会里的享乐,——这原是富贵人家享受的悦耳的声音,——可是还没有人知道用管弦歌唱来减轻那可恨的烦恼,那烦恼曾惹出多少残杀和严重的灾难,破坏多少家庭。如果凡人能用音乐来疏导这种性情,这倒是很大的幸福;至于那些宴会,已经够丰美,倒是不必浪费音乐了!那些赴宴的人肚子胀得饱饱的,已够他们快活了。

203

　　保姆进屋。

歌队 （末节）我听见那悲惨的声音、苦痛的呻吟,听见她大声叫苦,咒骂那忘恩负义的丈夫破坏了婚约。她受了委屈,只好祈求宙斯的妻子,那司誓之神②,当初原是她叫美狄亚漂过那内海③,漂过那海上的长峡④来到这对岸的希腊的。

212

三　第一场

　　美狄亚偕保姆自屋内上。

美狄亚 啊,你们科任托斯妇女,我害怕你们见怪,已从屋里出来了。我知道,有许多人因为态度好像很傲慢,就得到了恶意和冷淡的骂名。他们当中有一些倒也出来跟大家见面,可是一般人的眼光不可靠,他

---

① 括弧里的话也许是伪作。
② 指特弥斯。
③ 内海,普罗蓬提斯海(今马尔马拉海)。
④ 长峡,赫勒斯蓬托斯海峡(今达达尼尔海峡)。

165

们没有看清楚一个人的内心,便对那人的外表发生反感,其实那人对他们并没有什么恶意呢;还有许多则是因为他们安安静静呆在家里。一个外邦人应同本地人亲密来往;我可不赞成那种本地人,他们只求个人的享乐,不懂得社交礼貌,很惹人讨厌。

但是,朋友们,我碰见了一件意外的事,精神上受到了很大的打击。我已经完了,我宁愿死掉,这生命已没有一点乐趣。我那丈夫,我一生的幸福所倚靠的丈夫,已变成这人间最恶的人!

在一切有理智、有灵性的生物当中,我们女人算是最不幸的。首先,我们得用重金争购一个丈夫①,他反会变成我们的主人;但是,如果不去购买丈夫,那又是更可悲的事②。而最重要的后果还要看我们得到的,是一个好丈夫,还是一个坏家伙。因为离婚对于我们女人是不名誉的事③,我们又不能把我们的丈夫轰出去。一个在家里什么都不懂的女子,走进一种新的习惯和风俗里面,得变作一个先知,知道怎样驾驭她的丈夫。如果这事做得很成功,我们的丈夫接受婚姻的羁绊,那么,我们的生活便是可羡的;要不然,我们还是死了好。

一个男人同家里的人住得烦恼了,可以到外面去散散他心里的郁积,〔不是找朋友,就是找玩耍的人;〕④可是我们女人就只能靠着一个人。他们男人反说我们安处在家中,全然没有生命危险;他们却要拿着长矛上阵:这说法真是荒谬。我宁愿提着盾牌打三次仗,也不愿生一次孩子。

可是这同样的话,不能应用在你们身上:这是你们的城邦,你们的家乡,你们有丰富的生活,有朋友来往;我却孤孤单单在此流落,那家伙把我从外地抢来,又这样将我虐待,我没有母亲、弟兄、亲戚,不能逃出这灾难,到别处去停泊。

我只求你们这样帮助我:要是我想出了什么方法和计策去向我的丈夫,向那嫁女的国王和新婚的公主报复,请替我保守秘密。女人

---

① 在英雄时代由新郎向岳家买妻子。这里所说由女家拿出一份嫁资来陪嫁,则是欧里庇得斯时代的风俗。
② 古希腊人很重视婚姻,一个女子到了年龄还不出嫁,是一件大不幸的事。
③ 古雅典的男人离婚很容易。女人却不容易,离过婚的女人名誉更不好了。
④ 括弧里的一行,原诗不合节奏,也许是伪作。

　　　　总是什么都害怕,走上战场,看见刀兵,总是心惊胆战;可是受了丈夫
　　　　欺负的时候,就没有别的心比她更毒辣!

歌队长　美狄亚,我会替你保守秘密,因为你向你丈夫报复很有理由;难
　　　　怪你这样悲叹你的命运!
　　　　　　我看见克瑞昂,这地方的国王,来了,来宣布什么新的命令!
　　　　　　克瑞昂偕众侍从自观众右方上。

克瑞昂　你这面容愁惨,对着丈夫发怒的美狄亚,我命令你带着你两个儿
　　　　子离开这地方,出外流亡! 不许你拖延,因为我要在这里执行我的命
　　　　令,不把你驱逐出境,我决不回家。

美狄亚　哎呀,我这不幸的人完了! 我的仇人把帆索完全放松了①,又没
　　　　有一个容易上陆的海岸好逃避这灾难。但是,尽管他这样残忍地虐
　　　　待我,我总还要问问他。
　　　　　　克瑞昂,你为什么要把我从这地方驱逐出去?

克瑞昂　我不必隐瞒我的理由:我是害怕你陷害我的女儿,害得无法挽
　　　　救。有许多事情引起我这种恐惧心理,因为你天生很聪明,懂得许
　　　　多法术,并且你被丈夫抛弃后,非常气愤;此外,我还听人传报,说你
　　　　想要威胁嫁女的国王、结婚的王子和出嫁的公主,想要做出什么可
　　　　怕的事来,因此我得预先防备。啊,女人,我宁可现在遭到你仇恨,
　　　　免得叫你软化了,到后来,懊悔不及。

美狄亚　哎呀,克瑞昂啊,声名这东西曾经发生过好些坏影响,害得我不
　　　　浅,这已不是第一次害我,而是好多次了。一个有头脑的人切不可把
　　　　他的子女教养成"太聪明的人",因为"太聪明的人"除了得到无用的
　　　　骂名外,还会惹本地人嫉妒;②假如你献出什么新学说③,那些愚蠢的
　　　　人就会觉得你的话太不实用,你这人太不聪明;但是,如果有人说你
　　　　比那些假学究还要高明,他们又会认为你是这城里最可恶的人。
　　　　　　我自己也遭受到这样的命运:有的人嫉妒我聪明,④有的人相

266

270

281

291

301

---

① 一说指那将帆卷到顶上的索子,若将这索子放松,帆便会向下展开;另说指帆底的索子,若将这索子放松,帆上所承受的风力也就特别大。
② 作者暗指当时的诡辩派哲学家阿那克萨戈拉斯,他是外邦人,雅典人说他亵渎神明,将他驱逐。
③ 指当时的诡辩派学说,因为它破除迷信,提倡理性。
④ 删去第304行,这一行和第808行(自"不要"起至"女人"止)很相似,大概是伪作。大意是:"有人认为我软弱无能,有人却认为不是这样的。"

167

反,又说我不够聪明。(向克瑞昂)你也是因为我聪明而惧怕我。① 你该没有受过我什么陷害吧?我并没有那样存心,②克瑞昂,你不必惧怕我。你为什么要这样虐待我呢?你依照自己的心愿,把你的女儿嫁给他,我承认这事情你做得很慎重。我只是怨恨我的丈夫,并不嫉妒你们幸福。快去完成这婚事,欢乐欢乐吧!让我依然住在这地方,我自会默默地忍受这点委屈,服从强者的命令的。　　　　　　　　315

克瑞昂　你的话听来很温和,可是我总害怕,害怕你心里怀着什么诡诈。如今我比先前更难于相信你了,因为一个沉默而狡猾的人,比一个急躁的女人或男人还要难于防备。赶快动身吧,不要尽噜苏,我的意志十分坚定,我明知你在恨我,你也没有办法可以留在这里。

美狄亚　不,我凭你的膝头和你的新婚的女儿恳求你。

克瑞昂　你白费唇舌,绝对劝不动我。

美狄亚　你真要把我驱逐出去,不重视我的请求吗?

克瑞昂　因为我爱你,远不如我爱我家里的人。

美狄亚　(自语)啊,我的祖国呀,我现在十分想念你!

克瑞昂　除了我的儿女外,我最爱我的祖国。③

美狄亚　唉,爱情真是人间莫大的祸害!④　　　　　　　　　　　　330

克瑞昂　我认为那全凭命运安排。

美狄亚　啊,宙斯,切不要忘了那造孽的人!

克瑞昂　快走吧,蠢东西,免得我麻烦。

美狄亚　你麻烦,我不是也麻烦吗?

克瑞昂　我的侍从立刻会动武,把你驱逐出去。

美狄亚　我求你,克瑞昂,不要这样——

克瑞昂　女人,看来你要同我刁难!

美狄亚　我一定走,再也不求你让我住在这里了。

克瑞昂　那么,为什么这样使劲拖住我?还不赶快放松我的手?　　　339

美狄亚　让我多住一天,好决定到哪里去:既然孩子的父亲一点也不管,

---

① "因为我聪明"是补充的。
② 删去第 308 行,大意是"冒犯国王"。
③ 克瑞昂暗中责备美狄亚背叛了她自己的祖国。
④ 美狄亚好像解释说,是爱情作祟,使她背叛了她的祖国。

168

我得替他们找个安身的地方。可怜可怜他们吧,你也是有儿女的父亲。① 我自己被驱逐出境倒没有什么,我不过是心痛他们也遭受着苦难。

克瑞昂　我这心并不残忍,正因为这样,我才做错了多少事情。我现在虽然看出了我的错误,但是,女人,你还是可以得到这许可。可是,我先告诉你:如果来朝重现的太阳光看见你和你的儿子依然在我的国内,那你就活不成了。我这次所说的决不是假话。②

　　　　克瑞昂偕众侍从自观众右方下。

歌队长　③哎呀呀!你受了这些苦难真是可怜!你到哪里去呢?你再到异乡作客呢,还是回到你自己家里,回到你自己国内躲避灾难?④美狄亚,神明把你带到了这难航的苦海上。

美狄亚　事情完全弄糟了,——谁能够否认呢?——可是还没有到那个地步呢,先别这么决定。那新婚夫妇和那联姻的人,得首先尝到莫大的痛苦和烦恼呢。你以为我没有什么诡诈,没有什么便宜,就会这样奉承他吗?我才不会同他说话,不会双手攀着他呢!他现在竟愚蠢到这个地步,居然在他能够把我驱逐出去,破坏我的计划时,让我多住一天。就在这一天里面,我可以叫这三个仇人,那父亲、女儿和我自己的丈夫,变作三具尸首。

朋友们,我有许多方法害死他们,却不知先用哪一种好。到底是烧毁他们的新屋呢,还是偷偷走进那摆着新床的房里,用一把锋利的剑刺进他们的胸膛?可是这方法对我有点不利:万一我抱着这个计划走进他们屋里的时候,被人捉住,那我死了还要遭到仇人的嘲笑呢。最好还是用我最熟悉的简捷的办法,用毒药害死他们。

那么,就算他们死了;可是哪个城邦又肯接待我呢?哪个外邦人肯给我一个安全的地方、一个宁静的家来保护我的身子呢?没有这样的人的。因此我得等一会儿,等到有坚固的城楼出现在我面前,我

---

① 删去第345行,大意是:"你也该有慈爱之心。"
② 删去第355至356行,大意是:"现在你要留在这里,就只留一天吧,你在这一天里可做不出什么我所害怕的事情来。"
③ 删去第357行,意思是"不幸的夫人"。
④ 删去第361行,意思是"你将发现"。

再用这诡计,这暗害的方法,去毒死他们;但是,如果厄运逼着我没法这样做,我就只好亲手动刀,把他们杀死。我一定向着勇敢的道路前进,虽然我自己也活不成。

我凭那住在我闺房内壁龛上的赫卡特①,凭这位我最崇拜的、我所选中的、永远扶助我的女神起誓:他们里头决没有一个人能够白白地伤了我的心而不受到报复!我要把他们的婚姻弄得很悲惨,使他们懊悔这婚事,懊悔不该把我驱逐出这地方。

(自语)美狄亚,进行吧!切不要吝惜你所精通的法术,快想出一些诡诈的方法,溜进去做那可怕的事吧!这正是显露你的勇气的时机!你本出自那高贵的父亲,出自赫利奥斯,你看你受了什么委屈,你竟被西绪福斯②的儿孙在伊阿宋的婚筵上拿来取笑!你知道怎么办;我们生来是女人,好事全不会,但是,做起坏事来却最精明不过。

四 第一合唱歌

歌队 (第一曲首节)如今那神圣的河水向上逆流,一切秩序和宇宙都颠倒了:男子汉的心多么奸诈,那当着天发出的盟誓也靠不住了!从今后诗人会使我们女人的生命有光彩,我们获得这种光荣,就再也不会受人诽谤。

(第一曲次节)诗人们会停止那自古以来有辱我们名节的歌声!如果福波斯,那诗歌之神,把弦琴上的神圣的诗才放进了我们心里,那我们便会唱出一些诗歌,来回答男人的恶声!时间会道出许多严厉的话,其中有一些是对我们女人的,有一些却是对男人的。

(第二曲首节)你曾怀着一颗疯狂的心,离别了家乡,航过那海口上的双石,来到这里作客;但如今,可怜的人呀,你床上却没有了丈夫,你这样耻辱地叫人赶出去漂泊。

(第二曲次节)盟誓的美德已经消失,全希腊再不见信义的踪迹,她已经飞回天上去了。可怜的人呀,你没有娘家作为避难的港湾;另

---

① 传说月神赫卡特,曾传授巫术并照着美狄亚去寻找草药。美狄亚则是她的女祭司。
② 西绪福斯,科任托斯的建造人,据说他是一个强盗。他的儿孙指克瑞昂一家人。

外有一位更强大的公主已经占据了你的家。

五　第二场

伊阿宋自观众右方上。

伊阿宋　这已不是头一次,我时常都注意到坏脾气是一种不可救药的病。在你能够安静地听从统治者的意思住在这地方,住在这屋里的时候,你却说出了许多愚蠢的话,叫人驱逐出境。你尽管骂伊阿宋是个坏透了的东西,我倒不介意;哪知你竟骂起国王来了,你该想想,你仅仅得到这种放逐的惩罚,倒是便宜了你呢。我曾竭力平息那愤怒的国王的怒气,希望你可以留在这里;可是你总是这样愚蠢,总是诽谤国王,活该叫人驱逐出去。即使在这种情形下,我依然不想对不住朋友,特别跑来看看你。夫人,我很关心你,恐怕你带着儿子出去受穷困,或是缺少点什么东西,因为放逐生涯会带来许多痛苦。你就是这样恨我,我对你也没有什么恶意。

美狄亚　坏透了的东西!——我可以这样称呼你,大骂你没有丈夫气,——你还来见我吗?你这可恶的东西还来见我吗?① 你害了朋友,又来看她:这不是胆量,不是勇气,而是人类最大的毛病,叫作无耻。但是你来得正好,我可以当面骂你,解解恨;你听了会烦恼的。

　　且让我从头说起:那阿尔戈船上航海的希腊英雄全都知道,我父亲叫你驾上那喷火的牛,去耕种那危险的田地时,原是我救了你的命;我还刺死了那一圈圈盘绕着的、昼夜不睡地看守着金羊毛的蟒蛇,替你高擎着救命之光②;只因为情感胜过了理智,我才背弃了父亲,背弃了家乡,跟着你去到佩利昂山下,去到伊奥尔科斯。我在那里害了佩利阿斯,叫他悲惨地死在他自己女儿的手里。我就这样替你解除了一切的忧患。

　　可是,坏东西,你得到了这些好处,居然出卖了我们,你已经有了两个儿子,却还要再娶一个新娘;若是你因为没有子嗣,再去求

---

①　删去第468行,这一行与第1324行("众神、全人类和我")几乎完全相同,意思是:"对于众神、全人类和我。"

②　"光",有人解作"晨光",说会巫术能使日月升沉的美狄亚让晨光照射,使看守金羊毛的蟒蛇入睡。

亲,倒还可以原谅。我再也不相信誓言了,你自己也觉得你对我破坏了盟誓!我不知道,你是认为神明再也不掌管这世界了呢,还是认为这人间已立下了新的律条?啊,我这只右手,你曾屡次握住它求我;啊,我这两个膝头,你曾屡次抱住它们祈求我,它们白白地让你这坏人抱过,真是辜负了我的心。

　　我姑且把你当作朋友,同你谈谈,——可是我并不想你给我什么恩惠,只是想同你谈谈而已。我若是问起你这件事,你就会显得更可耻:我现在往哪里去呢?到底是回到我父亲家里,回到故乡呢,——我原是为了你的缘故,才抛弃了我父亲的家,——还是到佩利阿斯的可怜的女儿的家里?我害死了她们的父亲,她们哪会不热烈地接待我住在她们家里?事情是这样的:我家里的亲人全都恨我;至于那些我不应该伤害的人,也为了你的缘故,变成了我的仇人。因此,在许多希腊女人看来,你为了报答我的恩惠,倒给了我幸福呢!我这可怜的女人竟把你当作一个可靠的、值得称赞的丈夫!我现在带着我的孩子出外流亡,孤苦伶仃,一个朋友都没有;——你在新婚的时候,倒可以得到一个漂亮的骂名,只因为你的孩子和你的救命恩人在外行乞流落!

　　啊,宙斯,为什么只给一种可靠的标记,让凡人来识别金子的真伪①,却不在那肉体上打上烙印,来辨别人类的善恶?

歌队长　当亲人和亲人发生了争吵的时候,这种气愤是多么可怕,多么难平啊!

伊阿宋　女人,我好像不应当同你对骂,而应当像一个船上的舵工,只用帆篷的边缘②,小心地避过你的叫嚣!你过分夸张了你给我的什么恩惠,我却认为在一切的天神与凡人当中,只有爱神库普里斯才是我航海的救星③。可是你——你心里明白,只是不愿听我说出,听我说出埃罗斯怎样用那百发百中的箭逼着你救了我的身体。我不愿把这

---

① 指用试金石测验黄金时所得的颜色。
② 舟子遇暴风,便把帆卷起来,只用那顶上的边缘,甚至把桅杆放下来,免得整个帆及桅杆承受风力,使船颠簸。
③ 传说赫拉曾命令爱神库普里斯(即阿佛罗狄忒)派小爱神埃罗斯用爱情之箭使美狄亚爱上了伊阿宋。

事情说得太露骨了；不论你为什么帮助过我，事情总算做得不错！可是你因为救了我，你所得到的利益反比你赐给我的恩惠大得多。我可以这样证明：首先，你从那野蛮地方来到希腊居住，知道怎样在公道与律条之下生活，不再讲求暴力；而且全希腊的人都听说你很聪明，你才有了名声！如果你依然住在大地的遥远的边界上，绝不会有人称赞你。倘若命运不叫我成名，我就连我屋里的黄金也不想要了，我就连比奥尔甫斯所唱的还要甜蜜的歌也不想唱了。这许多话只涉及我所经历过的艰难，这都是你挑起我来反驳的。

546

  至于你骂我同公主结婚，我可以证明我这事情做得聪明，而且有节制，对于你和你的儿子我够得上一个很有力量的朋友，——请你安静一点。自从我从伊奥尔科斯带着这许多无法应付的灾难来到这里，除了娶国王的女儿外，我，一个流亡的人，还能够发现什么比这个更为有益的办法呢？这并不是因为我厌弃了你，——你总是为这事情而烦恼，——不是因为我爱上了这新娘，也不是因为我渴望多生一些儿子：我们的儿子已经够了，我并没有什么怨言。最要紧是我们得生活得像个样子，不至于太穷困，——我知道谁都躲避穷人，不喜欢和他们接近。我还想把我的儿子教养出来，不愧他们生长在我这门第；再把你生的这两个儿子同他们未来的弟弟们合在一块儿，这样联起来，我们就福气了。你也是为孩子着想的，我正好利用那些未来的儿子，来帮助我们这两个已经养活了的孩儿。难道我打算错了吗？若不是你叫嫉妒刺伤了，你决不会责备我的。你们女人只是这样想：如果你们得到了美满的姻缘，便认为万事已足；但是，如果你们的婚姻遭了什么不幸的变故，便把那一切至美至善的事情也看得十分可恨。愿人类有旁的方法生育，那么，女人就可以不存在，我们男人也就不至于受到痛苦。①

575

歌队长　伊阿宋，你的话遮饰得再漂亮不过；可是，在我看来，——你听了虽然不痛快，我还是要说，——你欺骗了你妻子，对不住她。

美狄亚　我的见解和一般人往往不同：我认为凡是一个人做了什么不正当的事，反而说得头头是道，便应该遭到很严厉的惩罚，因为他自负

---

① 伊阿宋的回答和美狄亚的责问一般长短，这是摹仿雅典法庭上的习惯。

173

他的口才能把一切罪过好好地遮饰起来,大胆地为非作歹;这种人算不得真正聪明。你现在不必再向我做得这样漂亮,说得这样好听,因为我一句话便可以把你问倒:如果你真的没有什么坏心,你就该先开导我,然后才结婚,不应该瞒着你的亲人。 587

伊阿宋　你到现在都还压不住你心里狂烈的怒火,那么,我若是当初把这事情告诉了你,我相信,你倒会好好地成全我的婚姻呢!

美狄亚　并不是这个拦住了你,乃是因为你娶了个野蛮女子,到老来会使你羞愧。①

伊阿宋　你现在很可以相信,我并不是为了爱情才娶了这公主,占了她的床榻;乃是想——正像我刚才所说的——救救你,再生出一些和你这两个儿子做弟兄的、高贵的孩子,来保障我们的家庭。 597

美狄亚　我可不要那种痛苦的富贵生活和那种刺伤人的幸福。

伊阿宋　你知道怎样改变你的祈祷,使你变聪明一点吗?你快说,好事情对于你不再是痛苦,你走运的时候,也不再认为你的命运不好。

美狄亚　尽管侮辱吧!你自己有了安身地方,我却要孤苦伶仃地出外流落。

伊阿宋　你这是自取,怪不着旁人。

美狄亚　我做过什么事?我也曾娶了你,然后又欺骗了你吗?

伊阿宋　你说过一些不敬的话咒骂国王。

美狄亚　我并且是你家里的祸根!

伊阿宋　我不再同你争辩了。如果你愿意接受金钱上的帮助,作为你和你的儿子流亡时的接济,尽管告诉我,我一定很慷慨地赠给你,我还要送一些证物给我的朋友②,他们会好好款待你。女人,如果你连这个都不愿意接受,未免就太傻了;你若能息怒,那自然对你更有好处。

美狄亚　我用不着你的朋友,也不接受你什么东西,你不必送给我,因为"一个坏人送的东西全没有用处"③。

---

① 有人解作:娶外国女人的行为是年轻人干的事,一个人到老来还有这样一个妻子,便不受人尊重。
② 据说古希腊的客人受了东道主的款待,愿留一个纪念时,可将一个羊蹄骨(俗名羊拐子)劈成两片,各存一片,以后相遇时,将骨片一合,两人又成宾主。伊阿宋拟把一些骨片交给美狄亚保存,把另一些送交他的朋友们,这样托他们款待美狄亚。
③ 大概是一句谚语。

174

伊阿宋　我祈求神灵作证,我愿意竭力帮助你和你的儿子。可是你自己不接受这番好意,很顽固地拒绝了你的朋友,你要吃更多的苦头呢!

美狄亚　去你的!你正在想念你那新娶的女人,却还远远地离开她的闺房,在这里逗留。尽管同她结婚吧,但也许——只要有天意——你会联上一个连你自己都愿意退掉的婚姻。 626

　　　伊阿宋自观众右方下。

六　第二合唱歌

歌队　(第一曲首节)爱情没有节制,便不能给人以光荣和名誉;但是,如果爱神来时很温文,任凭哪一位女神也没有她这样可爱。啊,女神,请不要用那黄金的弓向着我射出那涂上了情感的毒药、从不虚发的箭! 634

　　　(第一曲次节)我喜欢那蕴藉的爱情,那是神明最美丽的赏赐;但愿可畏的爱神不要把那争吵的愤怒和那无餍的、不平息的嫉妒降到我身上,别使我的精神为了我丈夫另娶妻室而遭受打击;但愿她看重那和好的姻缘,凭了她那敏锐的眼光来分配我们女子的婚嫁。 642

　　　(第二曲首节)我的祖国、我的家啊,我不愿出外流落,去忍受那艰难困苦的一生,那最可悲的愁惨的一生;我宁可死去,早些死去,好结束那样的日子,因为人间再没有什么别的苦难,比失去了自己的家乡还要苦。 651

　　　(第二曲次节)我是亲眼见过这种事,并不是从旁人那里听来的。美狄亚,[①]你忍受着这最可怕的苦难,也没有一个城邦、一个朋友来怜恤你。但愿那从不报答友谊的人,那从不开启那纯洁的心上的锁键的人,不得好死,取不到别人的同情,我自己也决不把他当朋友看待! 662

七　第三场

　　　埃勾斯自观众右方上。

[①] "美狄亚"是补充的。

175

埃勾斯	美狄亚，你好？① 我不知用什么更吉祥的话来招呼你这朋友。	
美狄亚	埃勾斯，聪明的潘狄昂②的儿子，你好？你是从哪里到此地的？	
埃勾斯	我是从阿波罗的颁发神示的古庙③上来的。	
美狄亚	你为什么到那大地中央颁发神示的地方去？	
埃勾斯	我去问要怎样才能得到一个儿子。	
美狄亚	请告诉我，你直到如今还没有子嗣吗？	670
埃勾斯	还没有子嗣呢，也不知是哪一位神灵在见怪！	
美狄亚	你有了妻子没有，或是还没有结过婚？	
埃勾斯	我并不是没有结过婚。	
美狄亚	关于你的子嗣的事，阿波罗怎样说呢？	
埃勾斯	他的话超过了凡人的智力所能了解的。	
美狄亚	我可以听听这天神的话吗？	
埃勾斯	当然可以，正要你这样很高的智慧才能解释④呢。	
美狄亚	神到底说些什么？如果我可以听听，就请告诉我。	
埃勾斯	叫我不要解开那酒囊上伸着的腿⑤——	
美狄亚	等你做了什么事，或是到了什么地方才解开？	680
埃勾斯	等我回到我家里。⑥	
美狄亚	可是你为什么航行到这里来呢？	
埃勾斯	因为特罗曾尼亚⑦有一位国王，名叫庇透斯——	
美狄亚	据说这佩洛普斯的儿子为人很虔敬。	
埃勾斯	我想把这神示告诉他，向他请教。	
美狄亚	因为他很聪明，精通这种事情。	
埃勾斯	他是我所有的战友中最亲密的一个。	
美狄亚	祝你一路平安，满足你的心愿。	

---

① "你好"含有"祝福"、"欢迎"等意思。古希腊人相见时和分别时都这样说。
② 潘狄昂，埃瑞克透斯的儿子，雅典国王。美狄亚大概是在阿尔戈船上认识埃勾斯的。
③ 指得尔斐神庙。
④ "才能解释"是补充的。
⑤ 古希腊人用整个羊皮盛酒，羊皮的颈部和四只腿用绳子系住，放酒时可将任何一只腿解开。这神示的意思是叫埃勾斯到家以前，不要接近女人。
⑥ 据说这神示是这样的："你这人间最有权力的人啊，在你回到雅典的丰饶的土地以前，切不可解开那酒囊上伸着的腿。"
⑦ 特罗曾尼亚，阿尔戈利斯东南部一个区域。

埃勾斯　你脸上为什么有泪容呢？

美狄亚　啊,埃勾斯,我的丈夫是世间最大的恶人。 690

埃勾斯　你说什么？明白告诉我,你为什么这样忧愁？

美狄亚　伊阿宋害了我,虽然我没有什么对不住他。

埃勾斯　他做了什么坏事？请你再说清楚些。

美狄亚　他重娶了一个妻子,来代替我做他家里的主妇。

埃勾斯　他敢于做这可耻的事吗？

美狄亚　你很可以相信,他先前爱过我,现在却侮辱了我。

埃勾斯　到底是他爱上了那女人呢,还是他厌弃了你的床榻？

美狄亚　那强烈的爱情使他对我不忠实。

埃勾斯　去他的吧,①如果他真像你所说的这样坏。②

美狄亚　他想同这里的王室联姻。 700

埃勾斯　谁把公主嫁给他的？请你全都说出来吧。

美狄亚　克瑞昂,科任托斯的国王。

埃勾斯　啊,夫人,难怪你这样悲伤！

美狄亚　我完了,还要被驱逐出境！

埃勾斯　被谁驱逐？你向我说出了这另一件新的罪恶。

美狄亚　被克瑞昂驱逐出科任托斯。

埃勾斯　伊阿宋肯答应吗？这种行为不足称赞。 707

美狄亚　他虽然口头上不肯,心里却愿意。

　　我作为一个乞援人,凭你的胡须,凭你的膝头,恳求你,可怜可怜我这不幸的人,别眼看我这样孤苦伶仃地被驱逐出去；请你接待我,让我去到你的国内,住在你的家里。这样,神明会满足你求嗣的心愿,你还可以安乐善终。你还不知道,你从我这里发现了个多么大的好处,因为我可以结束你这无子的命运,凭我所精通的法术,使你生个儿子。 718

埃勾斯　啊,夫人,有许多理由使我热心给你这恩惠：首先是为了神明的缘故,其次是为了你答应使我获得子嗣,——我为了这求嗣的事,简

---

① 或解作："不要再谈起他了。"
② 以下残缺埃勾斯和美狄亚的两行对话。

直不知如何是好。但是，我的情形是这样的：只要你去到我的国内，我一定竭力保护你，那是我应尽的义务；①可是你得自己离开这地方，因为我不愿意得罪我的东道主人。 730

美狄亚　就这样吧。只要你能够给我一个保证，你便可以完全满足我的心愿——

埃勾斯　你有什么相信不过的地方？有什么事情使你不安？

美狄亚　我自然相信你；可是佩利阿斯一家人和克瑞昂都是我的仇人，倘若你受了盟约的束缚，当他们要把我从你的国内带走的时候，你就不至于把我交出去；但是，如果你只是口头上答应我，没有当着神明起誓，那时候你也许会同他们讲交情，听从他们的使节的要求。我的力量很单薄，他们却有绝大的财富和高贵的家室。 740

埃勾斯　啊，夫人，你事先想得好周到啊！假使你真要我这样做，我也就不拒绝，因为我好向你的仇人借故推诿，这对我最妥当，你的事情也更为可靠。但请告诉我，凭哪几位神起誓？

美狄亚　你得凭地神的平原，凭我的祖父赫利奥斯，凭全体的神明起誓。

埃勾斯　什么事我应该做？什么事不应该？你说吧。

美狄亚　你说，决不把我从你的国内驱逐出境；当你还活着的时候，倘若我的仇人想要把我带走，你决不愿意把我交出去。 751

埃勾斯　我凭地神的平原，凭赫利奥斯的阳光，凭全体的神明起誓，我一定遵守你拟定的诺言。

美狄亚　我很满意了；但是，如果你不遵守这盟誓，你愿受什么惩罚呢？

埃勾斯　我愿受那些不敬神的人所受的惩罚。

美狄亚　祝你一路快乐！现在一切都满意了。等我实现了我的计划，满足了我的心愿，我就赶快逃到你的城里去。 758

　　　　　埃勾斯自观众右方下。

歌队长　但愿迈亚的儿子，那护送行人的王子②把你送回家去，但愿你满足你的心愿，因为我想，埃勾斯，你是个很高贵的人！

美狄亚　宙斯啊，宙斯的女儿正义之神啊，赫利奥斯的阳光啊，我向你们

---

① 删去第725至728行一段，大意是："啊，夫人，我得预先告诉你：我不愿把你从这地方带走；但是，如果你自己去到我家里，你可以平安住在那里，我不至于把你交给任何人。"

② 指赫尔墨斯。

178

祈求!①

（向歌队）朋友们，现在我就前去战胜我的仇人!② 在我的计划遭遇着很大困难的地方，出现了这样一个人作为避难的港湾，等我去到帕拉斯的都城与卫城③的时候，我便把船尾系在那里。④

我现在把我的整个计划告诉你，可不要希望这些话会好听。我要打发我的仆人去请伊阿宋到我面前来。等他来时，我要甜言蜜语地说：一切事情都做得很好，都令人满意。⑤ 我还要求他让我这两个儿子留下来，我并不是把他们抛弃在这仇人的国内，⑥乃是想利用这诡计谋害国王的女儿，因为我要打发他们双手捧着礼物⑦——一件精致的袍子、一顶金冠——前去。如果她接受了，她的身子沾着那衣饰的时候，她本人和一切接触她的人都要悲惨地死掉，因为我要在这些礼物上面抹上毒药。

关于这事情，说到这里为止，可是我又为我决心要做的一件可怕的事而痛哭悲伤，那就是我要杀害我自己的孩儿！谁也不能够拯救他们！等我破坏了伊阿宋的全家，大胆地做下了这件最凶恶的事，我便离开这里，逃避我杀害最心爱的孩儿时所冒的危险。朋友们，仇人的嘲笑⑧自然是难于容忍的，但也管不了这许多，因为我对生活还有什么贪图呢，我既已没有城邦，没有家，没有一个避难的地方？我从前听了一个希腊人的话抛弃了我的家乡，那简直是犯了大错！只要神明帮助我，我要去惩罚那家伙！从今后他再也看不见我替他生的孩子们活在世上，他的新娘也不能替他生个儿子，因为我的毒药一定会使这坏女人悲惨地死掉。

不要有人认为我软弱无能，温良恭顺；我恰好是另外一种女人：我对仇人很强暴，对朋友却很温和，要像我这样地为人才算光荣。

---

① "我向你们祈求"是补充的。
② 删去第767行，大意是："现在有希望去惩罚我的敌人。"
③ 帕拉斯，雅典娜别名，她的都城指雅典。卫城在城中小山上。
④ 希腊人为便于开航，把船尾系在岸上。
⑤ 删去第778至779行，大意是："说公主的婚姻和骗我的行为都做得很好，我自己被逐的灾难也是安排得很好的。"
⑥ 删去第782行，大意是："让我的仇人侮辱我的儿子。"
⑦ 删去第785行，大意是："把礼物献给新娘，求她使我的孩子们不至于被驱逐出境。"
⑧ 指被仇人捉住时所受的嘲笑。

179

歌队长　你既然把这事情告诉了我,我为你好,为尊重人间的律条,劝你不要这样做。

美狄亚　绝没有旁的办法。可是你的话我并不见怪,因为你并没有像我这样受到很大的痛苦。

歌队长　可是,夫人啊,你竟忍心把你的孩儿杀死吗?

美狄亚　因为这样一来,我更能使我丈夫的心痛如刀割。

歌队长　可是你会变成一个最苦的女人啊!

美狄亚　没关系;你现在这些阻拦的话全是多余。

　　　　(向保姆)快去把伊阿宋找来,我的一切信赖都放在你身上。如果你忠心于你的主妇,并且你也是一个女人,就不要把我的意图泄漏出去。 823

　　　　保姆自观众右方下,美狄亚进屋。

八　第三合唱歌

歌队　(第一曲首节)埃瑞克透斯①的儿孙自古就享受幸福,他们是快乐的神明的子孙,生长在那无敌的神圣的②土地上,吸取那最光华的智慧,他们长久在晴明无比的天宇下翩翩地游行;传说那金发的和谐之神③在那里生育了九位贞洁的皮埃里亚④文艺女神。 834

　　　(第一曲次节)传说爱神曾汲取那秀丽的克菲索斯河⑤的水来滋润田园,还送来馥郁的轻风;那和智慧做伴的爱美之神,那辅助一切的优美之神,替她戴上芳香的玫瑰花冠,送她到雅典。⑥ 845

　　　(第二曲首节)那有着神圣的河流的城邦,那好客的土地,怎能够

---

① 埃瑞克透斯,雅典城最早的国王,为地神和赫菲斯托斯的儿子,他的妻子是河神克菲索斯的孙女。
② 自从公元前四八○年波斯国王塞尔克塞斯毁坏了雅典城后,便不能说这城邦是"无敌的",因雅典有神明保护,特别是雅典娜,故称"神圣的"。
③ 和谐之神,哈尔摩尼亚,战神阿瑞斯和爱神阿佛罗狄忒的女儿。
④ 皮埃里亚,波奥提亚境内的流泉。那九位文艺女神是在那泉旁生的。一般的传说却说她们是记忆之神所生。
⑤ 克菲索斯河,阿提卡的主要河流。这河的主神也叫克菲索斯。古代的雅典人曾引这河水灌溉田园和花园区,那区里有一所爱神庙。
⑥ "她"指爱神。这几行诗很费解。或解作:"爱神把芳香的玫瑰花冠戴在她的发间,护送那和智慧做伴的爱美之神。""爱美之神"不是指爱情,乃是指一种爱好真美善的心情。

接待你——清白人中间一个不敬神的人，一个杀害儿子的人？且把杀子的事情再想一想！看你要做一件多么可怕的凶杀的事！我们全体抱住你的膝头，恳求你不要杀害你的孩儿！　　　　　　　855

（第二曲次节）你去做这可怕的胆大的事时，你心里和手里从哪里得来勇气？你亲眼看见你的儿子时，你怎能不为他们的凶死的命运而流泪？等他们跪在你面前求救时，你怎能鼓起那残忍的勇气，让他们的鲜血溅到你的手上？　　　　　　　　　　　865

九　第四场

美狄亚偕众侍女自屋内上。

伊阿宋自观众右方上。

伊阿宋　我听了你的话来到这里，因为，啊，女人，你虽是我的仇敌，我还不至于在这件小事上令你失望。让我听听，你对我有什么新的请求？

美狄亚　伊阿宋，我求你原谅我刚才说的话，既然我们俩过去那样亲爱，你应当容忍我这暴躁的性情。我总是自言自语，这样责备自己："不幸的我呀，我为什么这样疯狂？为什么把那些好心好意忠告我的人当作仇敌看待？为什么仇恨这里的国王，仇恨我的丈夫，他娶这位公主是为我好，是为我的儿子添几个兄弟。神明赐了我莫大的恩惠，我还不平息我的怒气吗？怎么不呢？我不是已经有了两个孩子吗？难道我不知道我们是被驱逐出来的，在这里举目无亲吗？"我一想到这些，就觉得我多么愚蠢，这一场气愤真冤枉！我现在很称赞你，认为你为了我们的缘故而联姻，做得很聪明；我自己未免太傻了，我应当协助你的计划，替你完成，高高兴兴立在床前伺候你的新娘。我们女人真是——我不说我们的坏话；你可不要学我们这样脆弱，不要以傻报傻。请你原谅，我承认我从前很糊涂；但如今我思考得周到了一些。　　　　　　　　　　　　　　　　　　　893

孩子们，孩子们，快出来，快从屋里出来！同我一起，和你们父亲吻一吻，道一声长别。我们一起忘了过去的仇恨，和我们的亲人重修旧好！因为我们已和好，我的怒气也已消退。　　　　　898

保傅引两个孩子自屋内上。

181

（向两个孩子）快握住他的右手！哎呀，我忽然想起了那暗藏的祸患！孩儿呀，就说你们还活得了很长久，你们日后能不能伸出这可爱的手臂来？我这可怜的人真是爱哭，真是忧虑！我毕竟同你们父亲和好了，我的眼泪流满了孩子们细嫩的脸。 905

歌队长　我的眼里也流出了晶莹的眼泪，但愿不会有比现在更大的灾难！
伊阿宋　啊，夫人，我称赞你现在的言行，那些事情一概不追究，因为一个女人为她丈夫另娶妻室而生气，是很自然的。你的心变得很好了，虽然晚了一点，毕竟下了决心，变得十分良善。① 912

　　　　（向两个孩子）孩子们，托神明佑助，你们父亲很关心你们，已经替你们获得了最大的安全②。我相信，你们还会伙同你们未来的兄弟们成为这科任托斯地方最高贵的人物。你们只须赶紧长大，一切事情你们父亲靠了那些慈祥的神明的帮助，会替你们准备好的。愿我亲眼看见你们走进壮年时代，长得十分强健，远胜过我的仇人。

　　　　（向美狄亚）喂，你为什么流出晶莹的眼泪，浸湿了你的瞳孔？为什么把你的苍白的脸转过去？为什么听了我的话，还不高兴？ 924

美狄亚　不为什么，只是我为这两个孩子忧愁。 925
伊阿宋　你为什么为这两个孩子过分悲伤？
美狄亚　因为他们是我生的；你祈求神明使他们活下去的时候，我心里很可怜他们，不知这事情办得到么？
伊阿宋　你现在尽管放心，做父亲的会把他们的事情办得好好的。
美狄亚　我自然放心，不会不相信你的话；可是我们女人总是爱哭。 931
　　　　我请你来商量的事只说了一半，还有一半我现在也向你说说：既然国王要把我驱逐出去，我明知道，我最好不要住在这里，免得妨碍你，妨碍这地方的国王。我想我既是这里的王室的仇人，就得离开这地方，出外流亡。可是，我的孩儿们，你去请求克瑞昂不要把他们驱逐出去，让他们在你手里抚养成人。 940
伊阿宋　不知劝不劝得动国王，可是我一定去试试。
美狄亚　但是，无论如何，叫你的……③去恳求她父亲——

---

① 删去第913行，大意是："这决定，这是一个贤淑的女人所做的。"
② 厄尔本作："做了很多预先的安排。"
③ 删去第943行，大意是："你的夫人，不要把孩子驱逐出境。"

182

伊阿宋　我一定去，我想我总可以劝得动她。

美狄亚　只要她和旁的女人一样。我也帮助你做这件困难的事：我要给她送点礼物去，一件精致的袍子、一顶金冠，①叫孩子们带去，我知道这两件礼物是世上最美丽的东西。我得叫一个侍女赶快把这衣饰取出来。

　　　　一侍女进屋。

　　　　这位公主的福气真是不浅，她既得到了你这好人儿做丈夫，又可以得到这衣饰，这原是我的祖父赫利奥斯传给他的后人的。

　　　　侍女捧着两个匣子自屋内上。

　　　　(向两个孩子)孩子们，快捧着这两件送新人的礼物，带去献给那个公主新娘，献给那个幸福的人儿！她绝不会瞧不起这样的礼物！　　958

　　　　两个孩子各接着一个匣子。

伊阿宋　你这人未免太不聪明，为什么把这些东西从你手里拿出去送人？你认为那王宫里缺少袍子，缺少黄金一类的礼物吗？请你留下吧，不要拿出去送人。我知道得很清楚，只要那女人瞧得起我，她宁可要我，不会要什么财物的。　　963

美狄亚　你不要这样讲，据说礼物连神明也引诱得动②；用黄金来收买人，远胜过千百句言语③。她有的是幸运，天神又在给她增添，她正年轻，又是这里的王后；不说单是用黄金，就是用我的性命，我也要去赎我的儿子，免得他们被放逐。

　　　　孩子们，等你们进入那富贵的宫中，就把这衣饰献给你们父亲的新娘，献给我的主母，请求她不要把你们驱逐出境。这礼物要她亲手接受，这事情十分要紧！你们赶快去，愿你们成功后，再回来向我报告我所盼望的好消息。　　975

　　　　保傅引两个孩子随着伊阿宋自观众右方下。

---

① 此行，即第 949 行，因与第 786 行相同，被厄尔本删去。
② 此句由谚语"礼物能使天神和国王都瞎了眼睛"化出。
③ 这也是一句谚语。

一〇 第四合唱歌

歌队 （第一曲首节）这两个孩子的性命现在一点希望都没有了，一点都没有了：他们已经走近了死亡。那新娘，那可怜的女人，会接受那金冠，那致命的礼物，她会亲手把死神的装饰品戴在她的金黄的鬈发上。 981

（第一曲次节）那有香气的袍子上的魔力和那金冠上的光辉会引诱她穿戴起来，这样一装扮，她就会到下界去做新娘；这可怜的人会坠入陷阱里，坠入死亡的厄运中，……逃不了毁灭！① 988

（第二曲首节）你这不幸的人，你这想同王室联姻的不幸的新郎啊，你不知不觉就把你儿子的性命断送了，并且给你的新娘带来了那可怕的死亡。不幸的人呀，眼看你要从幸福坠入厄运！ 995

（第二曲次节）啊，孩子们的受苦的母亲呀，我也悲叹你所受的痛苦，你竟为了你丈夫另娶妻室，这样无法无天地抛弃你，竟为了那新娘的婚姻，想要杀害你的儿子！ 1001

一一 第五场

保傅引两个孩子自观众右方上。

保傅 我的主母，你的孩儿不至于被放逐了，那位公主新娘已经很高兴地亲手接受了你的礼物，从此你的儿子可以在宫中平安地住下去啦。

啊！当你的运气好转的时候，你怎么这样惊慌？② 为什么听了我的话，还不高兴？③ 1007

美狄亚 哎呀！

保傅 这和我带来的消息太不调协了！

美狄亚 不由我不再叹一声！

---

① 此行残缺了三个缀音。
② 删去第1006行，大意是："为什么把你的脸转过去？"此行与第923行（"为什么把你的苍白的脸转过去"）很相似。
③ 此行（自"为什么"起）与第924行相同，也许是伪作。

184

保傅　是不是我报告了什么不幸的事情,连自己都不知道,反把它弄错了,当作好消息呢?

美狄亚　你报告了这样的消息,我并不怪你。

保傅　可是你为什么这样垂头丧气,还流着眼泪呢?

美狄亚　啊,老人家,我要痛哭,因为神明和我都怀着恶意,定下了这条毒计。

保傅　你放心,你的儿子会把你迎接回来的。

美狄亚　我这不幸的人倒要先把他们带回老家去。

保傅　这人间不只你一人才感到母子的别离,你既是凡人,就得忍耐这痛苦。

美狄亚　我就这样做吧。你进屋去,为孩子们准备日常用的东西。

　　　　保傅进屋。

　　孩子们呀,孩子们!你们在这里有一个城邦,有一个家,你们永远离开这不幸的我,住在这里,你们会这样成为无母的孤儿。在我还没有享受到你们的孝敬之前,在我还没有看见你们享受幸福,还没有为你们预备婚前的沐浴,为你们迎接新娘,布置婚床,为你们高举火炬之前①,我就将被驱逐出去,流落他乡。只因为我的性情太暴烈了,才这样受苦。啊,我的孩儿,我真是白养了你们,白受苦,白费力,白受了生产时的剧痛。我先前——哎呀!——对你们怀着很大的希望,希望你们养老,亲手装殓我的尸首,这都是我们凡人所羡慕的事情;但如今,这种甜蜜的念头完全打消了,因为我失去了你们,就要去过那艰难痛苦的生活;你们也就要去过另一种生活,不能再拿这可爱的眼睛来望着你们的母亲了。唉,唉!我的孩子,你们为什么拿这样的眼睛望着我?为什么向着我最后一笑?哎呀!我怎样办呢?朋友们,我如今看见他们这明亮的眼睛,我的心就软了!我决不能够!我得打消我先前的计划,我得把我的孩儿带出去。为什么要叫他们的父亲受罪,弄得我自己反受到这双倍的痛苦呢?这一定不行,我得打消我的计划。——我到底是怎么了?难道我想饶了我的仇人,反招受他们的嘲笑吗?我得勇敢一些!我竟自这样脆弱,使我心里发生

---

① 古希腊人于夜里前往迎亲,沿途用火炬照明。

185

了这样软弱的思想！

我的孩儿,你们进屋去吧！

两个孩子进屋。

那些认为不应当参加我这献祭的人尽管走开,我决不放松我的手！

(自语)哎呀呀！我的心呀,快不要这样做！可怜的人呀,你放了孩子,饶了他们吧！即使他们不能同你一块儿过活,但是他们毕竟还活在世上,这也好宽慰你啊！——不,凭那些住在下界的报仇神起誓,这一定不行,我不能让我的仇人侮辱我的孩儿①！无论如何,他们非死不可！既然要死,我生了他们,就可以把他们杀死。命运既然这样注定了,便无法逃避。②

我知道得很清楚,那个公主新娘已经戴上那花冠,死在那袍子里了。我自己既然要走上这最不幸的道路,③我就想这样同我的孩子告别:"啊,孩儿呀,快伸出,快伸出你们的右手,让母亲吻一吻！我的孩儿的这样可爱的手、可爱的嘴、④这样高贵的形体、高贵的容貌！愿你们享福,——可是是在那个地方享福,因为你们在这里所有的幸福已被你们父亲剥夺了。我的孩儿的这样甜蜜的吻、这样细嫩的脸、这样芳香的呼吸！分别了,分别了！我不忍再看你们一眼！"——我的痛苦已经制伏了我;我现在才觉得我要做的是一件多么可怕的罪行,我的愤怒已经战胜了我的理智。⑤

歌队长　我也曾多少次探索过那更微妙的思想,研究过那更严肃的争辩,那原不是我们女人所能讨论的。我们也有一位文化女神,她同我们做伴,给我们智慧;可是她并不和我们大家做伴,而是和少数人做伴,也许在一大群女人里头,只有一个同她在一起,但由此可见,我们女人并不是完全没有智慧的。我认为那些全然没有经验的人,那些从没有生过孩子的人,倒比那些做母亲的幸福得多,因为那些没有子女

---

① 指克瑞昂的族人因公主被毒死而杀害这两个孩子。
② 厄尔本把此行(自"命运"起)移到第 1239 行("让他们死在更残忍的手里")后面。
③ 删去第 1068 行,大意是:"我还要送他们上那更不幸的道路。"
④ 厄尔本作"头"。
⑤ 删去第 1080 行,大意是:"这愤怒是人类最大的祸根。"

的人不懂得养育孩子是苦是乐,可以减少许多烦恼;我看见那些家里养着可爱的孩子的人一生忧愁:愁着怎样把孩子养得好好的,怎样给他们留下一些生活费,此后还不知他们辛辛苦苦养出来的孩子是好是坏。这人间还有一个最大的灾难我也要提提:就说他们的生活十分富裕,孩子们的身体也发育完成,他们为人又好;但是,如果命运这样注定,死神把孩子们的身体带到冥府去,那就完了!神明对我们凡人,在一切痛苦之上,又加上这种丧子的痛苦,这莫大的惨痛,这对他们又有什么好处呢? 1115

美狄亚 朋友们,我等候消息已等了许久,我要看那宫中的事情到底是怎样结果的。

看啊,我望见伊阿宋的仆人跑来了,他那喘吁吁的样子,好像他要报告什么很坏的消息。 1120

传报人自观众右方急上。

传报人 ①美狄亚,快逃走呀,快逃走呀!切莫留下一只航海的船,一辆陆行的车子!②

美狄亚 什么事情发生了,要叫我逃走?

传报人 公主死了,她的父亲克瑞昂也叫你的毒药害了!

美狄亚 你报告了这最好的消息,从今后你就是我的恩人、我的朋友。

传报人 你说什么呀?夫人,我看你害了我们的王室,你听了这消息,不但不惊骇,反而这样高兴,你的神志是不是很清?该没有错乱吧?

美狄亚 我自有理由回答你的话。请不要性急,朋友,告诉我,他们是怎样死的。如果他们死得很悲惨,你便能使我加倍的快乐。 1135

传报人 当你那两个儿子随着他们父亲去到公主那里,进入新房的时候,我们这些同情你的痛苦的仆人很是高兴,因为那宫中立刻就传遍了消息,说你和你丈夫已经排解了旧日的争吵。有的人吻他们的手,有的人吻他们的金黄的鬈发;我自己也乐得忘形,竟随着孩子们进入了那闺中。③我们那位现在代替你的地位受人尊敬的主母,在她看见那两个孩子以前,她先向伊阿宋多情地飞了一眼!她随即看见孩子们

---

① 删去第1121行,大意是:"你这无法无天的、做出了这可怕的事情来的人啊!"
② 意即不要扔下不用。
③ 古希腊的妇女们居住的闺房是不许男人进去的。这传报人得解释他怎样会进入了那闺房。

进去,心里十分憎恶,忙盖上了她的眼睛,掉转了她那变白了的脸面。你的丈夫因此说出了下面的话,来平息那女人的怒气:"请不要对你的亲人发生恶感,快止住你的愤怒,掉过头来,承认你丈夫所承认的亲人。请你接受这礼物,转求你父亲,为了我的缘故,不要驱逐孩子们。"她看见了那两件衣饰,便不能自主,完全答应了她丈夫的请求。当你的孩子和他们的父亲离开那宫廷,还没有走得很远的时候,她便把那件彩色的袍子拿起来穿在身上,更把那金冠戴在鬓发上,对着明镜理理她的头发,自己笑她那懒洋洋的形影。她随即从坐椅上站了起来,拿她那雪白的脚很娇娆地在房里踱来踱去,十分满意于这两件礼物,并且频频注视那直伸的脚背。

这时候我看见了那可怕的景象,看见她忽然变了颜色,站立不稳,往后面倒去,她的身体不住地发抖,幸亏是倒在那座位上,没有倒在地下。那里有一个老年女仆,她认为也许是山神潘,或是一位别的神在发怒,就大声呼唤神灵!等到她看见她嘴里吐白沫,眼里的瞳孔向上翻,皮肤上没有了血色,她便大声痛哭起来,不再像刚才那样叫喊。立刻就有人去到她父亲的宫中,还有人去把新娘的噩耗告诉新郎,全宫中都回响着很沉重的、奔跑的声音。约莫一个善走的人绕过那六百尺①的赛跑场,到达终点的工夫,那可怜的女人便由闭目无声的状态中苏醒过来,发出可怕的呻吟,因为那双重的痛苦正向着她进袭:她头上戴着的金冠冒出了惊人的、毁灭的火焰;那精致的袍子,你的孩子献上的礼物,更吞噬了那可怜人的细嫩的肌肤。她被火烧伤,忽然从座位上站起来逃跑,时而这样,时而那样摇动她的头发,想摇落那金冠;可是那金冠越抓越紧,每当她摇动她的头发的时候,那火焰反加倍地旺了起来。她终于给厄运克服了,倒在地下,除了她父亲而外,谁都难于认识她,因为她的眼睛已不像样,她的面容也已不像人,血与火一起从她头上流了下来,她的肌肉正像松脂泪似的,一滴滴地叫毒药的看不见的嘴唇从她的骨骼间吮了去,这真是个可怕的景象!谁都怕去接触她的尸体,因为她所遭受的痛苦便是个很好的警告。

---

① 指希腊尺,六百尺约合一百八十四米。

她的父亲——那可怜的人——还不知道这一场祸事。这时候他忽然跑进房里,跌倒在她的尸体上。他立刻就惊喊起来,双手抱住那尸身,同她接吻,并且这样嚷道:"我的可怜的女儿呀!是哪一位神明这样侮辱着害了你?是哪一位神明使我这行将就木的老年人失去了你这女儿?哎呀,我的孩儿,我同你一块儿死吧!"等他止住了这悲痛的呼声,他便想立起那老迈的身体来,哪知竟会粘在那精致的袍子上,就像常春藤的卷须缠在桂树上一样。这简直是一种可怕的角斗:一个想把膝头立起来,一个却紧紧地胶住不放;他每次使劲往上拖,那老朽的肌肉便从他的骨骼上分裂了下来。最后这不幸的人也死了,断了气,因为他再也不能忍受这痛苦了。女儿同老父的尸首躺在一块儿,——这样的灾难真叫人流泪! 1221

关于你的事,我没有什么可说的,因为你自己知道怎样逃避惩罚。这不是我第一次把人生看作幻影;①这人间没有一个幸福的人;有的人财源滚滚,虽然比旁人走运一些,但也不是真正有福。 1230

传报人自观众右方下。

歌队长　看来神明要在今天叫伊阿宋受到许多苦难,在他是咎由自取。②
美狄亚　朋友们,我已经下了决心,马上就去做这件事情:杀掉我的孩子再逃出这地方。③我决不耽误时机,决不撇下我的孩儿,让他们死在更残忍的手里。④我的心啊,快坚强起来!为什么还要迟疑,不去做这可怕的、必须做的坏事!啊,我这不幸的手呀,快拿起,拿起宝剑,到你的生涯的痛苦的起点上去,⑤不要畏缩,不要想念你的孩子多么可爱,不要想念你怎样生了他们,在这短促的一日之间暂且把他们忘掉,到后来再哀悼他们吧。他们虽是你杀的,你到底也心疼他们!——啊,我真是个苦命的女人! 1250

---

① 删去第1225至1227行一段,大意是:"我敢说,那些仿佛很聪明的人、那些善于说话的人会遭受最大的惩罚。"
② 删去第1233至1235行一段,大意是:"啊,克瑞昂的不幸的女儿呀,我们多么可怜你所受的痛苦,为了同伊阿宋结婚,你走进了冥土的门户。"
③ 这一句(自"杀掉"起)也许是伪作。
④ 删去第1240至1241行,这两行与第1062至1063行("无论如何,他们非死不可!既然要死,我生了他们,就可以把他们杀死。")完全相同。
⑤ "生涯的"厄尔本作"暴力的"。

美狄亚偕众侍女进屋。

一二 第五合唱歌

歌队 （第一曲首节）地神啊,赫利奥斯的灿烂的阳光啊,趁这可诅咒的女人还不曾举起她那凶恶的手,落到她的儿子身上,好好看住她,看住她！——她原是从你①的黄金的种族里生出来的,——只怕神明的血族要给凡人杀害了！你这天生的阳光啊,赶快禁止她,阻挡她,把这个被恶鬼所驱使的、瞎了眼的仇杀者赶出门去！

  （第一曲次节）你这曾经穿过那深蓝的辛普勒伽得斯,穿过那最不好客的海口②的女人啊,你白受了生产的阵痛,白生了这两个可爱的儿子！啊,可怜的人呀,强烈的愤怒为什么这样冲击着你的心,你的慈爱③为什么变成了残杀？这杀害亲子的染污对于我们凡人,是很危险的,我明知上天会永久降祸到你这杀害亲属的人的家里。（本节完）

孩子甲 （自内）哎呀,怎样办？向哪里跑,才能够逃脱母亲的手呢？

孩子乙 （自内）我不知道,啊,最亲爱的哥哥呀,我们两人都完了！

歌队 （第二曲首节）你听见,听见孩子们在呼唤没有？哎呀,不幸的女人啊！我应当进屋里去吗？我应当为孩子们抵御这凶杀的行为吗？

孩子甲乙 （自内）是呀,看在神明面上,快保护我们！我们需要保护,因为我们正处在剑的威胁之下呢！

歌队 啊,可怜的人呀,你好似铁石,竟自伤害你的儿子,伤害你自己所结的果实,亲手给他们造成这样的命运！

  （第二曲次节）我听说古时候有一个女人,也只有她一个女人,才亲手杀害过她心爱的孩儿,〔就是叫神明激得发狂、被宙斯的妻子赶出门外去漂泊的伊诺；〕④那可怜的女人为了那杀子的罪过跑去投

---

① 指赫利奥斯。
② 指黑海海口。据说黑海风浪大,沿岸多野蛮民族,他们杀外来的客人来献祭,故称"最不好客的"。
③ 这四个字是补充的。
④ 括弧里的两行诗不很可靠,因为伊诺并没有杀害过她的孩子们。

水,〔她从那海边的悬崖上跳下去,随着她两个孩子一块儿死掉了。〕①还有什么比这个更可怕呢?啊,痛苦的婚姻呀,你曾给人间造下了多少灾难!

1292

一三 退场

  伊阿宋偕众仆人自观众右方上。

伊阿宋　啊,你们这些站在这屋前的妇女呀,那做出了这可怕的事情的女人——美狄亚——究竟在家里呢,还是逃跑了? 如果她不愿遭受王室的惩罚,她就得把她的身子藏入地下,或是长了翅膀腾上天空。她既然杀害了这地方的主上,还能够相信她可以平安地逃出这屋子吗? 可是我对她的关怀远不及我对我的孩子们。那些被她害了的人自然会给她苦受的;我乃是来救我孩儿的性命的,免得国王的亲族害了他们,为了报复他们母亲的不洁的凶杀。

1305

歌队长　啊,伊阿宋,不幸的人呀,你还不知道你遭受了多么大的灾难;要不然,你就不会说出这话来了。

伊阿宋　那是什么灾难呀? 难道她想要杀我?

歌队长　你的儿子叫他们母亲亲手杀死了!

伊阿宋　哎呀,你说什么? 女人呀,你竟自这样害了我!

歌队长　你很可以相信,你的孩子们已经不在人世了!

伊阿宋　她到底在哪里杀的? 在屋里呢,还是在外面?

歌队长　开开大门,你就可以看见你的孩子们遭了凶杀。

伊阿宋　仆人们,赶快下木闩,取插销,让我看看那双重的、可怕的景象,看见孩子们死了,还看见她——血债用血还!

1316

  美狄亚带着两个孩子的尸首乘着龙车自空中出现。②

美狄亚　你为什么要摇动,要推开那双扇门,③想要寻找这些死者和我这凶手? 快不要这样浪费工夫! 如果你是来找我的,那你就快说你想要什么! 你的手可不能挨近我,因为我的祖父赫利奥斯送了我这辆

---

① 括弧里的两行诗不很可靠。
② 龙车吊在起重机下面,美狄亚站在车上。
③ 厄尔本作:"你为什么说起摇动、推开?"

191

　　　　龙车,好让我逃避敌人的毒手。　　　　　　　　　　　　　1322

伊阿宋　可恶的东西,你真是众神、全人类和我所最仇恨不过的女人,你敢于拿剑杀了你所生的孩子,这样害了我,使我变成了一个无子的人!你做了这件事情,做了这件最凶恶的事情,还好意思和太阳、大地相见?你真该死!当我从你家里,从那野蛮地方,把你带到希腊来居住的时候,我真是糊涂;到如今,我才明白了,你原是你父亲的莫大的祸根,原是那生养你的祖国的叛徒,原是上天降下来折磨我的!自从你在你家里杀死了你的兄弟以后,你就上了那有美丽的船头的阿尔戈,你的罪行就是这样开始的。后来你嫁给我,替我生了两个孩子,却又因为我离开你的床榻,竟自这样杀害了他们!从没有一个希腊女人敢于这样做,我还认为我不娶希腊女儿,娶了你,是一件很美的事情呢!哪知这是一个仇恨的结合,对于我真是一个祸害,我所娶的不是一个女人,乃是一只牝狮,天性比提尔塞尼亚的斯库拉①更残忍!可是这许多辱骂并不能伤害你,因为你生来就是这样无耻!啊,你这作恶的、杀害亲子的人,去你的吧!我要悲痛我自己的不幸,我再不能享受新婚的快乐,也不能叫我所生养的孩子活在世上,对我道一声永诀,我简直完了!　　　　　　　　　　　　　　　　　　1350

美狄亚　假如父亲宙斯还不知道我待你多么好,你做事多么坏,我就要说出许多话来同你辩驳。可是你并不能鄙弃我的床榻,拿我来嘲笑,自己另外过一种愉快的生活。那公主和那把女儿嫁给你的克瑞昂,也不能不受到一点惩罚,就把我驱逐出境。只要你高兴,你可以把我叫作牝狮,或是住在什么提尔塞尼亚地方的斯库拉。可是你的心已被我绞痛了,我做这事本是应该!　　　　　　　　　　　　　　1360

伊阿宋　可是你也伤心,这些哀痛你也有份。

美狄亚　你很可以这样相信;我知道你不能冷笑,就可以减轻我的痛苦。

伊阿宋　啊,孩儿们,你们的母亲多么恶毒呀!

美狄亚　啊,孩儿们,这全是你们父亲的疯病害了你们!

伊阿宋　可是我并没有亲手杀害他们。

---

① 提尔塞尼亚,古意大利北部的埃特鲁里亚。斯库拉是意大利南端墨塞涅(现称"墨西拿")海边石洞里吃人的妖怪。伊阿宋说错了斯库拉的居住地点。

美狄亚　可是你的狂妄和你的新结的婚姻却害了他们。①

伊阿宋　你认为你为了我的婚姻的缘故,就可以杀害他们吗?

美狄亚　你认为这种事情对于做妻子的,是不关痛痒的吗?

伊阿宋　至少对于一个能够自制的妻子是这样的;可是在你的眼里,一切都是坏事。

美狄亚　他们已经不在人世了,这正好使你的心痛如刀割!

伊阿宋　呀,你头上飘着两个报仇人的魂灵!

美狄亚　神明知道是谁首先害人的!

伊阿宋　神明知道你那可恶的心!

美狄亚　随你恨吧!我也十分憎恶你在那里狂吠!

伊阿宋　我对你还不是一样!可是我们要分开是很容易的。

美狄亚　怎么个分法?怎么办?难道我还不愿意?

伊阿宋　让我埋葬死者的尸体,哀悼他们。 1377

美狄亚　这可不行,我要把他们带到那海角②上的赫拉的庙地上,亲手埋葬,免得我的仇人侮辱他们,发掘他们的坟墓。我还要规定日后在西绪福斯的土地上,举行很隆重的祝典与祭礼,好赎我这凶杀的罪过。我自己就要到埃瑞克透斯的土地上,去和埃勾斯,潘狄昂的儿子,一块儿居住。你这坏东西,你已亲眼看见你这新婚的悲惨的结果,你并且不得好死,那阿尔戈船的破片会打破你的头颅,③倒也活该! 1388

伊阿宋　但愿孩子们的报仇神和那报复凶杀的正义之神,把你毁灭!

美狄亚　哪一位神明或是神灵④会听信你,听信你这赌假咒,出卖东道主⑤的家伙?

伊阿宋　呸,你难道不是一个可恶的东西,杀孩子的凶手!

美狄亚　快回家去埋葬你的新娘吧!

伊阿宋　我就去,啊,我的两个孩儿都已丧失了!

美狄亚　这还不是你哭的时候,到你老了再哭吧! 1396

---

① "却害了他们"是补充的。
② "海角"指科任托斯城对面伸入海中的小山,山上有赫拉庙。
③ 美狄亚预言她丈夫不得好死。据说伊阿宋后来没有续娶,并且活了很高的寿命,终于像美狄亚所预言的那样死去。一说他因为遭了家庭的变故,忧郁而死。
④ 指报仇神和正义之神。
⑤ 伊阿宋去到科尔基斯时,美狄亚曾作东道主,款待过他。

伊阿宋　我最亲爱的孩儿啊！
美狄亚　对他们的母亲，他们是亲的，对你，哪能算亲？
伊阿宋　可是你为什么又把他们杀死呢？
美狄亚　这样才能够伤你的心！
伊阿宋　哎呀，我很想吻一下孩子们的可爱的嘴唇！
美狄亚　你现在倒想同他们告别，同他们接吻，可是那时候，你却想把他们驱逐出去呢。
伊阿宋　看在神明面上，让我摸摸孩子们的细嫩的身体！
美狄亚　这不行，你只是白费唇舌！ 1404
伊阿宋　啊，宙斯呀，你听见没有？听见我怎样被人赶走，听见这可恶的、凶杀的牝狮怎样叫我受苦没有？
　　　　（向美狄亚）我哀悼他们，只要我办得到，我一定恳求神灵作证，证明你怎样杀死了我的孩儿，怎样阻拦我去抚摸他们、安葬他们的尸体。但愿我不曾生下他们，也免得看见你把他们杀害了！ 1414
　　　　美狄亚乘着龙车自空中退出。
　　　　伊阿宋偕众仆人自观众右方下。
歌队　（唱）宙斯高坐在奥林波斯分配一切的命运，①神明总是做出许多料想不到的事情。凡是我们所期望的往往不能实现，而我们所期望不到的，神明却有办法。这件事也就是这样结局。② 1419
　　　　歌队自观众右方退场。

---

① 或解作"保存着许多东西"。荷马诗里曾说宙斯的门口有一对大瓶，里面装着人类的命运。
② 这四行（自"神明总是"起）重现于欧里庇得斯的《阿尔克提斯》、《海伦》、《酒神的伴侣》和《安得罗玛克》四剧中，但只合于《阿尔克提斯》一剧的情节。

特洛亚妇女

欧里庇得斯

此剧本根据蒂勒尔(R. Y. Tyrrell)编订的《欧里庇得斯的特洛亚妇女》(The Troades of Euripides, MacMillan, London, 1921)古希腊文译出。

场　次

一　开场(原诗第 1 至 97 行) …………………… *199*
二　进场歌(原诗第 98 至 234 行) …………………… *201*
三　第一场(原诗第 235 至 510 行) …………………… *204*
四　第一合唱歌(原诗第 511 至 567 行) …………………… *212*
五　第二场(原诗第 568 至 793 行) …………………… *213*
六　第二合唱歌(原诗第 794 至 859 行) …………………… *219*
七　第三场(原诗第 860 至 1059 行) …………………… *220*
八　第三合唱歌(原诗第 1060 至 1117 行) …………………… *225*
九　退场(原诗第 1118 至 1332 行) …………………… *227*

人　物

（以进场先后为序）

波塞冬——克罗诺斯与瑞亚的儿子,海神。

雅典娜——宙斯的女儿。

赫卡柏——特洛亚国王普里阿摩斯的妻子,赫克托尔与帕里斯的母亲。

歌队——由十五个特洛亚妇女组成。

塔尔提比奥斯——希腊军中的传令官。

侍从数人——塔尔提比奥斯的侍从。

卡珊德拉——普里阿摩斯与赫卡柏的女儿。

安德罗玛克——赫克托尔的妻子。

阿斯提阿那克斯——赫克托尔与安德罗玛克的儿子。

墨涅拉奥斯——斯巴达国王,阿伽门农的弟弟,海伦的原夫。

兵士数名——墨涅拉奥斯的兵士。

海伦——墨涅拉奥斯的原妻,被帕里斯拐走。

妇女数人——特洛亚俘虏。

队长数名——希腊军官。

布　景

特洛亚郊外的战场,背景前面有几个帐篷。

时　代

英雄时代。

一　开　场

　　赫卡柏睡在场中，波塞冬自景后上。

波塞冬　我波塞冬离开了爱琴海的深处①，——那海里有一群涅瑞伊得斯②飘舞着轻盈的脚步，——来到这里。自从阿波罗和我用笔直的红土线③在特洛亚境内建筑起这巨石的城楼，我对这弗里基亚人④的都城的一片关怀始终没有消退，但如今它竟遭了火灾，毁灭在阿尔戈斯人⑤的矛尖下。那名叫埃佩奥斯的福基斯人，从帕尔那索斯山来的，凭了雅典娜的技巧，制造了一匹里面藏着兵器的马，送进城里，带来了致命的灾难；后世的人会叫它做暗藏戈矛的木马。

　　那圣林只剩下一片荒凉，神殿里还流着鲜血；普里阿摩斯被人杀死了⑥，倒在宫前的宙斯的祭坛下。许多黄金和特洛亚的甲杖被人运入了阿开奥斯人⑦的船舱；这些来攻打这都城的希腊人正待和风从船尾吹来，好在十年战役后，高高兴兴回去看望妻子儿女。

　　我屈服在雅典娜和赫拉，阿尔戈斯的女神的威力下，——她们都是来协助攻打弗里基亚的，——我现在要离开这闻名的伊利昂，离开我的祭坛；因为凄凉占据了这都城，神道也就衰微了，无人崇拜。请听啊，斯卡曼德罗斯两岸回响着成群俘虏的悲声，那些俘虏已分配给她们的主人了：有的分配给阿尔卡狄亚人，有的分配给特萨利亚⑧人，那两位雅典的将领，提修斯的两个儿子⑨，也分到了两个女俘虏⑩。还有一些尚待分配的特洛亚妇女却还住在那营帐里，那是特别为军中的将领选出来的；那拉孔⑪女人海伦，廷达瑞奥斯的女儿，

---

① 海神波塞冬住在爱琴海欧波亚岛旁海底。
② 涅瑞伊得斯，地中海女神，共五十个，是涅柔斯和多里斯的女儿。
③ 红土线，木工用粘红土的线，类似我国木工所用墨线。
④ 弗里基亚人，弗里基亚是小亚细亚一地区，特洛亚在其境内，广义指特洛亚人。
⑤ 阿尔戈斯人，阿尔戈斯是阿伽门农的都城，广义指希腊人。
⑥ 特洛亚国王普里阿摩斯被阿基琉斯之子皮罗斯所杀。
⑦ 阿开奥斯人，北来的一支希腊人，在特洛亚作战的主力，广义指希腊人。
⑧ 特萨利亚，在希腊北部。
⑨ 提修斯，雅典国王，他的两个儿子是阿卡马斯和得摩丰。
⑩ "两个女俘虏"是补充的。
⑪ 拉孔，即拉科尼克，在伯罗奔尼撒平原东南部，斯巴达城在其境内。

199

也在那里面，也该算是一个俘虏。

如果有人想看那不幸的赫卡柏，她就在那里，躺在那城门下，为了许多伤心事泪如泉涌。她的女儿，那苦命的波吕克塞娜，叫人偷偷地杀献在阿基琉斯的坟前①。老普里阿摩斯死了，他的儿子们也都死了，还有那疯狂的闺女卡珊德拉，——连阿波罗都保全了她的童贞，——竟被阿伽门农逼到他床上做了妾，他也未免太不顾神意，太不够虔敬了。

波塞冬正要退出的时候，雅典娜自景后出现。

这煊赫一时的都城啊，这磨光的石头望楼啊，永别了！若不是帕拉斯，宙斯的女儿，把你毁灭了，你如今依然会屹立在城基上。②

雅典娜　我可以释去了过去的仇恨③，同我最亲近的叔父，同这位伟大的神，天上的尊者，谈两句话么？

波塞冬　雅典娜，自然可以，因为血统的关系使我们心里发生很亲密的情感。

雅典娜　我赞美你这和平的心情。啊，海王，我所带来的话和你我都有关系。

波塞冬　你是不是从天上带来了新的消息？是宙斯降下了什么旨意呢，还是旁的神有了什么吩咐？

雅典娜　都不是，乃是为了特洛亚，为了我们这脚底下的都城，我来求你的威力，把它同我自己的联合在一起。

波塞冬　你难道忘却了先前的仇恨，可怜它毁灭在火焰里？

雅典娜　且先谈我的请求：你赞不赞成我的话，愿不愿意帮我做一件我想做的事情？

波塞冬　十分愿意；可是我想知道你的用意，你是来帮助希腊呢，还是来帮助特洛亚？

雅典娜　我要叫特洛亚人，我先前的仇敌，感觉欣慰，给希腊人一个痛苦的归程。

---

① 阿基琉斯生前爱过波吕克塞娜，他托梦要这女子，其子皮罗斯就杀她献祭。
② 第1至47行是"开场白"。
③ 波塞冬曾同雅典娜（别名帕拉斯）争过雅典城。本剧又把波塞冬放在同情特洛亚人这一方（这和荷马史诗所说不同）。

波塞冬　你为什么这样翻来覆去,恨得凶,爱也无常?
雅典娜　你还不知道希腊人侮辱了我,侵犯了我的神殿吗?
波塞冬　我知道埃阿斯①从那里把卡珊德拉强行拖走了。
雅典娜　却没有一个希腊人惩罚他,或责骂他两句。
波塞冬　他们并且凭了你的威力,攻下了伊利昂。
雅典娜　因此我想同你去害他们。
波塞冬　不论你想做什么,我都准备帮忙。你到底想怎么样?
雅典娜　我想给希腊军一个痛苦的归程。
波塞冬　趁他们留在这里的时候呢,还是等他们到了海上再说?
雅典娜　等他们从特洛亚扬帆归去时。那时候宙斯会降下大得骇人的冰雹雨水,从天上吹来昏暗的风暴,他还答应把雷电给我,好用来劈死阿开奥斯人,烧毁他们的船只。

　　请你在爱琴海道上激起怒吼的波涛和回旋的流水,用希腊人的尸首填满欧波亚的海湾②:让希腊人日后知道敬重我的神殿,崇拜其余的众神。

波塞冬　一定办得到:这点小恩惠我可以一句话答应你。我会叫爱琴海上波涛汹涌,把成千成万的尸首抛在密科诺斯③岸上、得罗斯崖旁,抛在斯库罗斯④、勒姆诺斯和卡斐柔斯的海角上。

　　你快到奥林波斯去,从你父亲手里,把霹雳取来等候时机,等候阿尔戈斯军解缆启航。

　　雅典娜自观众右方下。

　　你们这凡间的人真愚蠢,你们毁了别人的都城、神的庙宇和死者安眠的坟墓;你们种下了荒凉,日后收获的也就是毁灭啊!

　　波塞冬自观众右方下。

二　进场歌

赫卡柏渐渐醒来。

---

① 指小埃阿斯,洛克里斯国王奥伊琉斯之子。一说他在雅典娜神殿里奸污了躲在那里的卡珊德拉。
② 指欧波亚岛东南角上卡斐柔斯和革赖斯托斯之间的海湾。
③ 密科诺斯,爱琴海中部小岛,雅典东南。
④ 斯库罗斯,欧波亚岛东边的岛。

赫卡柏　（第一曲首节）啊,可怜的人,快从地下抬起你的头来,抬起你的脖子来！这已经不是特洛亚了,我们已经不是这都城的主宰了。你得忍受这逆转的命运,顺着流水航行,顺着命运航行,哎呀呀,你如今在苦难中飘摇,切不可掉过船头和人生的波涛作对！我这苦命的人怎不该放声痛哭呢？我的祖国崩溃了,我的丈夫和儿女也都死亡了。啊,先世的无上尊荣,你竟缩卷帆篷,不见了踪影！

　　（第一曲次节）什么话说得,什么话说不得？① 啊,我这可怜的人竟躺在这倒霉地方,躺在这坚硬的床上！哎呀,我的头啊,我的太阳穴啊,哎呀呀,我的腰啊！我不停地唱着这悲哀的歌,我真想转动我的后背,转动我的脊骨,像一只海船左右摇摆。唱一曲忧郁的毁灭之歌,对我们这些不幸的人这也就是音乐！

　　赫卡柏站起来,望着希腊船只。

　　（第二曲首节）啊,那海上的船头,你架上飞快的桨,在有笛声相和的可恨的战歌里,在排箫的尖音里,②在紫蓝色的海上,沿着希腊的有良好的港口的海岸,来到了这神圣的伊利昂,把埃及的纸草绳系在特洛亚的海湾里。

　　唉,你前来追回墨涅拉奥斯的逃妻③,那可恨的女人,她为她哥哥卡斯托尔遗下耻辱,为欧罗塔斯河④留下一个大污点。那养了五十个儿女的父亲是她杀害的；她还把我这苦命的人也搁在患难的礁石上。

　　（第二曲次节）我如今坐在阿伽门农的营帐前,坐在这样的位子上！我这么大年纪,还从我自己家里被人带去当奴隶,这样可怜地剪了头发,表示悲哀。

　　赫卡柏忽然激动起来,呼唤营帐里的妇女。

　　呀,舞弄铜矛的特洛亚将士的可怜的妻子们啊,可怜的女儿们啊,苦命的新娘们啊,伊利昂正冒着浓烟,让我们齐声痛哭吧！我就像那鸟中的母亲向雏儿发出悲鸣,这声音再也不像我从前倚着普里

---

① 删去第111行,大意是:"什么事情我应悲伤！"可能是伪作。
② 古希腊船上有人用笛子和排箫为水手奏出扳桨的节拍。
③ 指海伦。
④ 欧罗塔斯河,斯巴达境内主要河流。

阿摩斯的王杖,为了歌颂神明,顿着领队的脚时所发出的弗里基亚的踏步声了①。

　　　　歌队的甲半队自帐内上。

甲半队　（第三曲首节）赫卡柏,你为什么这样呼唤,这样痛哭？你的话是什么意思？我们在营帐里听见你大放悲声,我们特洛亚妇女正是心惊胆战,在里面悲叹我们的奴隶生活。

赫卡柏　啊,我的孩儿,阿尔戈斯人在船上把住桨就要开船了。

甲半队　哎呀,那是什么意思呢？他们就要叫我离开祖国,把我带到海上去么？

赫卡柏　我不知道,我看是祸事到了。

甲半队　唉,我们这些苦命的人就可以听见厄运的召唤了："你们特洛亚妇女啊,快从营帐里出来,阿尔戈斯人准备要航行归去了！"

赫卡柏　哎呀呀,别把那疯狂的卡珊德拉,别把那神灵附体的女子送出来,让她受阿尔戈斯人的侮辱,使我痛上加痛。特洛亚,不幸的特洛亚,你竟自毁灭了！唉,我们这些正要离开你的生者以及那些死者真是不幸啊！

　　　　歌队的乙半队自帐内上。

乙半队　（第三曲次节）哎呀,我惊惶地离开了阿伽门农的营帐,王后啊,来向你打听消息：是不是希腊人要把我这可怜的人杀了,是不是舟子们解了那船尾的缆索,准备要扳桨启航？

赫卡柏　我的孩儿,我早就出来了,有一种恐惧扰乱了我的警醒的灵魂。

乙半队　是不是来了一个希腊的传令官？我这可怜的奴隶到底归了谁？

赫卡柏　你立刻就要被分配了。

乙半队　哎呀,哪一个阿尔戈斯人或佛提亚人②要把我带走,哪一个人会把我带到海岛上去,使我这可怜的人远离特洛亚？

赫卡柏　唉,唉,我这白发的苦命人到哪里去给人当奴隶呢？我就像一只雄蜂③,一具可怜的尸首,一座死人的呆板的石像。我曾在特洛亚享受过王家的荣誉,难道还叫我去把守大门,或看护婴儿么？

---

①　弗里基亚的音乐很著名。此指用脚踏出音乐的节拍给歌队信号。
②　佛提亚在特萨利亚境内,此指阿基琉斯的族人。
③　古希腊人用雄蜂喻好吃懒做的人。

歌队 （第四曲首节）哎呀，你又怎样悲叹你就要遭受的耻辱呢？①

　　我再也不能在伊达山②的织机上掷梭了。让我看一眼孩子们的尸首，这是最后一次了！我就要去受更大的苦难，给希腊人铺床叠被，——那样的夜间和命运真该诅咒啊！——或是到佩瑞涅去汲水，在那圣泉旁做一个奴隶。

　　但愿我去到那闻名的福地，去到提修斯的治下；切不要去到欧罗塔斯的旋流旁，去到海伦的可厌的宫中伺候墨涅拉奥斯，我们的都城原是他毁灭的啊！

　　（第四曲次节）常听说佩涅奥斯河③旁有一片神圣的原野，那是奥林波斯山麓下大好的平台，那地方载着无量的财富，果谷丰收。如果我无缘去到提修斯的福地，求其次就到那神圣的平原。

　　或是到腓尼基城④对岸的西西里岛上，到赫菲斯托斯的埃特纳山⑤下，那是群山之母，常听人传言那里的竞技的荣冠⑥。

　　我还想住在伊奥尼亚海边，住在克拉提斯河⑦灌溉的田园，那河水能把头发染作黄金，那河流用神圣的泉水来滋润那养育英雄的地方，使它有福。（本节完）

歌队长　看啊，一个传令官，一个报告新消息的人，从希腊军中跑来了，他的脚步是那样匆忙！他带来了什么信息？他要宣布什么命令？我们从此成为多里斯人⑧的奴隶了。

三　第一场

　　　　塔尔提比奥斯偕众侍从自观众右方上。

塔尔提比奥斯　赫卡柏，你知道我这传令官时常从希腊军中来到特洛亚

---

① 歌队自问自答。
② 指特洛亚。
③ 佩涅奥斯河，特萨利亚主要河流，由奥萨山和奥林波斯山之间入海。
④ 腓尼基城，即卡尔克冬，即迦太基。
⑤ 传说火神赫菲斯托斯在西西里岛埃特纳火山下炼铁。
⑥ 指运动会上所获花冠。在希埃戎时代，西西里的运动会很著名。
⑦ 克拉提斯河，流经意大利南端图里昂平原，在绪巴里斯城附近入海。
⑧ 多里斯人，借指希腊人。但多里斯人是在特洛亚战争后才从希腊北部南移，系诗人用词上所犯的时代错误。

城里，所以，王后啊，你从前不是不认识我，我就是塔尔提比奥斯，前来传报新消息的。

赫卡柏　啊，亲爱的妇女们，……①这便是我们先前所惧怕的。

塔尔提比奥斯　你们已被分配了，如果这就是你们所惧怕的。

赫卡柏　哎呀，你是说把我们分配到卡德墨亚②去呢，还是分配到特萨利亚或佛提亚的都城去？

塔尔提比奥斯　分配你们各自到各自的主子那里去，不是大家一起到一个地方。

赫卡柏　我们各自到谁那里去？什么幸运在等待着我们每一个特洛亚女人？

塔尔提比奥斯　我都知道，但请你一个一个地问，不要一下子打听全体的下落。

赫卡柏　请你告诉我，我那苦命的女儿卡珊德拉分配给谁了？

塔尔提比奥斯　阿伽门农王选中了她。

赫卡柏　哎呀，去给那拉克得蒙③女人克吕泰墨斯特拉做奴隶。

塔尔提比奥斯　不是的，是阿伽门农偷偷地叫她做床上的新娘。

赫卡柏　怎么？她本是阿波罗的女郎，那金发鬈曲的神送了她一件礼物——一个纯洁的生命④。

塔尔提比奥斯　那疯狂的女子用热情射伤了那天神的心。

赫卡柏　我的儿，快抛却那神圣的钥匙⑤，把那神圣的衣饰和花圈从你身上和头上取下来！

塔尔提比奥斯　她占据了国王的床榻，还不是一件光荣的事吗？

赫卡柏　你刚才从我怀里夺去的那孩儿怎样了？

塔尔提比奥斯　你是说波吕克塞娜呢，还是打听哪一位别的女子？

赫卡柏　你们摇签，把她分配给谁了？

塔尔提比奥斯　派她去侍奉阿基琉斯的坟墓去了。

---

① 此处残缺两个缀音。
② 特拜卫城名，借指波奥提亚。
③ 拉克得蒙，斯巴达别名。
④ 指未破她的童贞。
⑤ 指特洛亚城阿波罗庙的钥匙，卡珊德拉是该庙女祭司。

赫卡柏　哎呀,我竟自生了一个看守坟墓的奴隶。朋友,这是什么希腊习惯,什么礼仪呢?

塔尔提比奥斯　你这女儿可算福气,一切吉祥!

赫卡柏　你这话是什么意思呢?她看不见阳光①了吧?

塔尔提比奥斯　有一种命运临到了她身上,使她解脱了苦痛。　270

赫卡柏　但是那披甲戴盔的赫克托尔的妻子,那可怜的安德罗玛克怎样了,遭遇了什么样的命运?

塔尔提比奥斯　阿基琉斯的儿子②得到了她这特别选出来的俘虏。

赫卡柏　至于我这奴隶,这得用拐杖来当第三只腿,支持这老弱的身体的人,又归了谁?

塔尔提比奥斯　伊塔卡的国王奥德修斯分得了你去做奴隶。　277

赫卡柏　唉,让我拍打这剪了发的头颅,用指甲抓毁这两旁的面颊吧!哎呀呀!我竟被这狡诈的、可恶的人分去做奴隶,这家伙是正义的仇敌、残暴的毒虫,他凭了那分叉的舌头颠倒黑白,③把一切先前的友善变作了冤仇。你们特洛亚妇女啊,快为我痛哭,因为我遭遇了这样的不幸,坠入了这不祥的命运中,我这可怜的人就算完了。

歌队长　啊,王后,你的命运倒是打听出来了,可是哪一个阿开奥斯人或希腊人掌管着我的命运呢?　294

塔尔提比奥斯　(向众侍从)从人们,快去把卡珊德拉带到这里来,我要把她交到统帅④手里,再把其余的分配好了的俘虏引到别的将领那里去。

　　　　营帐里发现火光,塔尔提比奥斯向背景走去。

呀,那里面为什么燃起了火炬的光焰?那些特洛亚女人在做什么?是不是在放火烧营幕?是不是趁我们就要把她们从这地方带到阿尔戈斯去时,她们想要寻死,葬身在火窟里?真的,那酷爱自由的灵魂在这样的境遇中总是耐不了苦痛啊!开门,开门,怕的是便宜了

---

①　"看不见阳光"即死亡。
②　指皮罗斯,这个名字意为"褐发少年"。他又叫涅奥普托勒摩斯,意即"新来的参战者",因他在特洛亚战争最后一年才来参战。
③　原意为:"把那里的搬到这里来,又把这里的搬到那里去。"
④　指阿伽门农。

	她们,对我们阿开奥斯人不利,回头我自己还要受责备呢! 306
赫卡柏	不,那不是放火,乃是我的女儿,那疯狂的卡珊德拉向这里跑来。 308
	卡珊德拉自景后上。
卡珊德拉	（抒情歌首节）把火炬举起来,带过来,把它交给我,好照耀这神殿,崇拜这神明①!看啊,看啊!这圣庙里燃起了火焰!
	那新郎②有福,……③我也有福,我如今要嫁到阿尔戈斯的宫床上,婚姻呀,许门④。
	母亲呀,你这样不住地流泪,这样哀悼那死去的父亲,哀悼这可爱的祖国;我却在我的婚礼中高举着这火光,这鲜明灿烂的火光,许门呀,快放出你的光亮,这是为你高照的!赫卡特呀,快放出你的光辉,好依照礼仪,护送这新娘出嫁! 324
	（次节）轻飘飘地舞着这脚步,引导歌队前进,唷啊,唷哟!⑤ 我的父亲幸福无边!
	这歌舞是神圣的,阿波罗呀,快来领导!我在你神庙前的桂树⑥下虔诚献祭,婚姻呀,许门!
	母亲呀,快来加入这歌舞,喜笑开颜!快跟随我的步法舞蹈,跳跃着你那快乐的脚步,转过来,转过去!来,你们来向许门唱一支幸福的、欢乐的送亲歌!你们这些穿着美丽的衣服的弗里基亚女子啊,快为我的新婚歌唱吧,我命中注定要嫁给这夫婿! 340
歌队长	王后呀,还不快抓住那疯狂的女子?别让她迈着轻盈的脚步,走到了阿尔戈斯人的军中!
赫卡柏	赫菲斯托斯呀,人间有婚嫁,你才该举起火炬;但如今你竟自点燃了这忧郁的火光,这不是我最大的期望!
	（向卡珊德拉）哎呀,我的儿,想不到你会在战争里,在阿尔戈斯人的矛尖下这样出嫁!快把火炬给我,你这样疯狂地举着它奔跑,未免太不雅观了!儿呀,你的厄运还不曾使你明白过来,老是这样疯疯

---

① 指阿波罗。她想象自己在阿波罗庙内同执事人说话。
② 指阿伽门农。
③ 此处残缺一行。
④ 许门,婚姻之神,一美少年,阿波罗之子。
⑤ 这本是酒神狂女的欢呼声。
⑥ 桂树是阿波罗的圣树。传说由他所喜爱的一个女子变成。

207

癫癫的!

(向歌队)你们这些特洛亚妇女啊,快把那松脂火炬拿开,用眼泪来代替她的婚歌! 352

卡珊德拉　母亲呀,快把胜利的荣冠戴在我头上,庆贺我嫁给一个国王,快把我送去;如果你看我不高兴去,你就使劲推!只要洛克西阿斯①在上,那希腊的国王,那闻名的阿伽门农娶了我,便会比娶了海伦还要懊恼!②我要去把他杀了,我要去破坏他的家庭,替我的父兄报仇雪恨。 360

这事情不多谈了,我也不提起那斧头,那砍杀我的和别人的脖子的斧头,不提起我这婚姻所引起的杀母的争斗,也不提起阿特柔斯的家室怎样衰败。

我现在要表明这城邦比阿开奥斯人幸福得多:——虽然有神灵附体,我还能暂时止住这疯狂,——他们为了一个女人,为了库普里斯③,为了追回海伦那女人,牺牲了多少性命!至于那聪明的统帅,也为了那最可恨的事情,失去了那最可爱的东西,他为了那女人的缘故,把家庭间父女的快乐为他的弟弟牺牲了,那女人原是她自己愿意,不是硬被拐走的。④ 373

当大军来到斯卡曼德罗斯河岸时,他们相继死亡,可不是因为人家侵占了他们的边境,或毁坏了他们祖国的城楼。那些叫阿瑞斯拿获的人再也看不见他们的儿女了,也没有妻子们亲手给他们穿上衣裳:就那样躺在外邦的土地上。他们家里也有同样的景象:妇人当了寡妇而死,父亲没有了儿子,白养了他们,没有谁会在他们的坟前把鲜血倾在地上⑤,这便是那远征军所应得的赞美!至于那些污秽的事情⑥,最好不用我来提起,我可不歌唱那种罪恶。 385

---

① 阿波罗别名。此暗指阿波罗会因此而报复。
② 此指阿特柔斯家今后自相残杀的命运:阿伽门农被其妻克吕泰墨斯特拉所杀,其子奥瑞斯特斯又杀母替父报仇。参阅《阿伽门农》。
③ 库普里斯,爱神阿佛洛狄忒的别名,此喻"爱情"。
④ 此指出征特洛亚的希腊船队在奥利斯遇逆风,为向阿尔特弥斯求顺风,阿伽门农杀其女伊菲革涅亚献祭之事。
⑤ 一种祭奠死者的方式。
⑥ 指克吕泰墨斯特拉通奸之事。

　　　　再说起我们特洛亚人。首先,我们是为祖国死难,这真是一件莫
　　大的光荣!如果有人叫阿瑞斯拿获了,那些友伴便会把他们的尸首
　　运回家来,让应尽丧礼的亲人替他们穿上衣裳,把他们埋进祖国的泥
　　土里。至于那些还没有战死的弗里基亚人,却终日同他们的妻子儿
　　女在家团聚,阿开奥斯人可尝不到这样的快乐!

　　　　说起赫克托尔的悲惨的命运,你听听是怎么回事。你想想,他死
　　了,去了,依然是最勇敢的英雄,这都是因为希腊人来攻打,才成全了
　　他这英名;如果敌人住在家里,他的英勇便无从表现。帕里斯甚至娶
　　了宙斯的女儿;要不然,他就会在家里结一段姻缘,有谁称赞? 399

　　　　那些深思远虑的人自然会避免战争;但是,如果战争一旦来临,
　　那尽忠殉国的英雄应戴上荣冠,那贪生怕死的人才该受耻辱。因此
　　呀,母亲,请不要再为这城邦而悲痛,为我的婚姻而悲痛,我自会借这
　　婚事,把你我的仇人害死。 405

歌队长　(向卡珊德拉)你多么痛快地取笑你家里的灾难,你虽然这样歌
　　唱,但是,你也许不能证明你所歌唱的事情全都会实现。

塔尔提比奥斯　(向卡珊德拉)若不是阿波罗使你心神迷乱,你用这诅咒
　　的预言,把我们的将帅们从这地方送走,便不能不遭受惩罚。

　　　　那尊贵的、闻名的聪明人并不比无聊的人好多少!那全希腊最
　　伟大的国王,阿特柔斯宠爱的儿子竟爱上了这疯狂的女人!我虽然
　　这样贫贱,也绝不肯占有她的床榻。 416

　　　　(向卡珊德拉)既然你的理智不健全,你这番咒骂希腊人,称赞特
　　洛亚人的话,我便让天风把它吹散。我们统帅的美丽的新娘,快跟着
　　我上船去!

　　　　(向赫卡柏)至于你,等奥德修斯想把你带走时,也请跟着去;你
　　去服侍一位贞洁的夫人①,那些来到伊利昂的人都是这样称赞她。 423

卡珊德拉　这奴才好不厉害!他这种人为什么叫"传令官"这名儿? 原
　　不过是一般人都憎恶的东西,原不过是国王与城邦豢养的奴才!

　　　　(向塔尔提比奥斯)你是不是说我母亲会去到奥德修斯家里? 那
　　么,阿波罗的神示竟会不灵验吗? 那神示曾向我明白表示,说我母亲

---

① 即奥德修斯之妻佩涅洛佩。

会死在这地方,详细的情形就不必提了①。

那命运多舛的人②却还不知道有什么灾难在等候他,我自己和弗里基亚人现在所受的苦难,到那时在他看来,简直是黄金!这十年战役后,还要过十年,他才能独自漂泊到家乡。……③

他要经过那狭隘的海峡④,那石隙里住着那凶恶的卡律布狄斯海怪⑤;遇见那遍山巡游的、吃生肉的圆目巨人⑥;遇见利吉里亚的能化人为猪的基尔克⑦;在那苦涩的海上打破船只;然后又逢着那爱吃洛托斯果实⑧的人;逢着赫利奥斯的圣牛⑨,那片片的牛肉会发出人声,叫奥德修斯听了多么惊心啊!让我简单地说完,他还要活着到冥府去⑩,等他逃过了那海上的波涛,才能够回到家里,看见满屋的灾难。⑪

可是我何必提起奥德修斯这些苦难呢?

(向塔尔提比奥斯)走吧,快把我带去嫁给那冥府里的新郎!

啊,希腊军中的统帅,你现在梦想你的威名赫赫,你这坏东西,到头来却很悲惨地让人在黑夜里把你掩埋,不是在白天。我自己也会变作一具赤裸的死尸,叫人抛在山沟里,叫冬天的水冲刷着;我这阿波罗的侍女竟躺在我新夫的坟旁,给野兽去分吃!

这表示预言的花圈啊,那最亲近的神给我的礼物啊,永别了!那先前我最喜爱的节日已废弃了。去吧,趁这身体还清白时,我要把它扯下来,交给那轻快的风送还你,哦,预言神!

(向塔尔提比奥斯)你们统帅的船在哪里?我得踱进哪一间舱

---

① 赫卡柏后来在过赫勒斯蓬托斯海峡时化成狗跳海淹死,或说她因诅咒希腊船只,被用石砸死后变成狗,她的埋葬地库诺塞玛意为"犬塚海角"。
② 指奥德修斯。
③ 此处残缺一段。
④ 指意大利南端和西西里之间的海峡。
⑤ 卡律布狄斯海怪,西西里岛上女妖,每日把海水吞吐三次。
⑥ 圆目巨人,西西里岛上放牧的独眼巨人库克洛普斯。
⑦ 基尔克,意大利西北利古里亚海中埃埃亚岛上的巫女。
⑧ 洛托斯果实,人吃后会忘记家乡。
⑨ 指太阳神赫利奥斯在特里那基亚岛(即西西里)养的牛,被奥德修斯的水手杀来吃了,使他们后来在海上遇雷雨。
⑩ 指奥德修斯到冥府拜访先知,打听今后命运。
⑪ 第435至443行预言奥德修斯归国途中在海上十年所遇种种,可能是伪作。

210

里？你们不会再久等，等和风扬起船帆，就把我，把我这三位报仇神之一带出这地方。

永别了，母亲，不必再悲伤！永别了，亲爱的家乡！啊，地下的弟兄们，生我的父亲，你们不久就要迎接我！等我破坏了阿伽门农的家，——原是他害了我们，——我就要胜利地前来，加入你们的鬼魂队里。

塔尔提比奥斯和众侍从引卡珊德拉

自观众右方下，赫卡柏倒在场中。

歌队长 你们这些伺候年老的赫卡柏的人啊，不看你们的主母一声不响倒在地下？还不快扶起她来？啊，你们这些坏东西，竟让她老人家倒在那里么？快把她的肢体扶起来！

有的妇女前去扶持赫卡柏，被她拒绝了。

赫卡柏 孩儿们，我倒在这里，就让我躺下吧，这不受欢迎的殷勤不算殷勤。我的过去、现在和将来都这样苦，我该当这样躺着。

神啊！——我竟求救于那无能为力的神！可是每当我们遭遇到恶劣的命运时，我们向神求救，也有一点道理啊！

我首先要歌唱那过去的幸福，使这眼前的灾难显得分外凄惨：我本是一位公主①，许配了特洛亚的国王。我替他养育了许多英勇的男儿，不是凑数的东西，乃是弗里基亚最高贵的人物。绝不会有一个特洛亚的、希腊的或非希腊的妇女能够骄傲地说，她生过这样的儿子们。②但是我亲眼看见他们一个个倒在希腊人的矛尖下，我曾把这白头发献在死者的坟前。

我也曾悲痛他们的父亲普里阿摩斯，亲眼看见他，——不是听旁人说的，——看见他被杀害在这宫前的祭坛下，看见这都城陷落了。

我还养育了一些女儿，——总想为她们挑选高贵的夫婿，——哪知竟被人从我手里夺去了，我真是替仇人养育了她们。从今后我难望再见她们，她们也别想探望我。

最后，我要提起这灾难的顶峰：我这老妇人也要到希腊去做奴

---

① 赫卡柏是弗里基亚国王底马斯的女儿，一说是特拉克国王基修斯的女儿。
② 这一句（自"绝不会"起）可能是伪作。

211

隶,他们会叫我去做那对年高的人最不相宜的苦差事:叫赫克托尔的母亲带着钥匙去看守大门,或是去做面包、睡地铺,——这枯瘦的背先前睡的乃是宫床啊,——他们更会把破衣衫披在这衰老的身上,那卑贱的服装真不合这富贵的身份!哎呀,我现在和将来所受的灾难都是为了一个女人的私情。

卡珊德拉,我的孩儿,你曾和众神一道参加过酒神的歌舞,竟自在这样的灾难中丧失你的童贞!还有你,苦命的波吕克塞娜,你到哪里去了?虽是我养了这许多儿女,却没有一个来扶助这可怜的母亲。

(向歌队)你们为什么要扶起我来?我还有什么希望呢?快把我带走吧,——我从前在特洛亚步步轻移,如今却变作了一个老奴隶,——快把我带到那草地上,带到那崖顶上,等我哭得衰弱极了的时候,让我滚下去,死在那里吧。当一个有福的人还没有死的时候,切不要说他是幸福的。

四 第一合唱歌

歌队　(首节)缪斯①呀,请为我唱一支新歌,一支丧歌,流着泪来哀悼伊利昂。我也为特洛亚扬起了歌声,请听阿尔戈斯人的四蹄车②怎样陷害了我,使我变作了一个可怜的俘虏。他们曾把那匹马遗弃在城门口,它头上戴着金缰,那胸中暗藏的兵器却响彻云霄!当时就有特洛亚人站在那岩石上大声喊叫:"快来呀,我们的辛苦结束了,快把这神圣的木像带去献给宙斯亲生的女儿,伊利昂的女神!"于是老老少少全都从家里跑了出来,欢乐地歌唱,接受了那诡诈的祸害。

(次节)所有的弗里基亚人都跑到城门口,要把那用山上的松树做成的光滑的马——那本是阿尔戈斯人的埋伏,达尔达尼亚③的灾难——献给那从没有出嫁的女神④。我们用绞织的巨绳系住马身,把它当一只大黑船拖到雅典娜的庙地上,那地面的石块正想要吸饮

---

① 缪斯,女诗神,在后来的传说里她化作九位文艺女神。
② 指木马。木马四蹄下装有轮子。
③ 达尔达尼亚,特洛亚的古称,由国王达尔达诺斯而得名。
④ 指雅典娜。

我们祖国的血呢。于是黑夜前来笼罩着我们的辛苦与快乐:利彼亚的罗托斯笛伴着弗里基亚的歌声,①成群的少女踏着轻飘的脚步,唱着快乐的歌词;到后来,家家门内那熊熊的火炬……只给安眠人一点幽暗的余光。

(末节)那时节,我也曾绕着闺房舞蹈,歌颂宙斯的女儿,那山上的女神②。忽然间,凶杀的呼声充满了城内的屋宇;那可爱的婴儿也用战栗的小手抓住了母亲的袍子。这时候,阿瑞斯已从埋伏里跳出来,那是雅典娜女神的诡计。许多弗里基亚人在祭坛前被杀了,少年人一个个在床上被斩了,那养育英雄的希腊城邦戴上了荣冠,弗里基亚人的祖国戴上的却只是悲哀。

五 第二场

安德罗玛克乘车自观众右方进场,阿斯提阿那克斯坐在她的身旁,车上满堆着希腊人的战利品。

歌队长　赫卡柏,请看安德罗玛克坐在客人的车上来了!她正在捶着胸脯,身旁③还跟着一个可爱的孩儿,那是赫克托尔的儿子阿斯提阿那克斯。

苦命的女人呀,你乘车到哪里去?你身旁还堆着许多东西,那是赫克托尔的铜甲,弗里基亚人的被掠夺的兵器,竟叫阿基琉斯的儿子从特洛亚运回家去装饰佛提亚④的庙堂!

安德罗玛克　(抒情歌第一曲首节)我的希腊主人正要把我带走!

赫卡柏　唉!

安德罗玛克　你为什么也悲叹起来?只有我才该这样悲叹。

赫卡柏　哎呀!

安德罗玛克　是不是为了我的痛苦?

赫卡柏　宙斯呀!

---

① 此行残缺两个缀音。
② 指阿尔特弥斯。
③ 或解作"在她的抖动的乳房前"。
④ 佛提亚,在希腊北部特萨利亚境内,阿基琉斯之国。

213

安德罗玛克　是不是为了我的灾难？

赫卡柏　我的孩儿呀！

安德罗玛克　他先前倒是你的孩儿！

赫卡柏　（第一曲次节）我们的幸福完了，特洛亚也完了！

安德罗玛克　多么不幸啊！

赫卡柏　我的高贵的孩儿们死光了！

安德罗玛克　唉！唉！

赫卡柏　呀！我的——

安德罗玛克　哎呀！

赫卡柏　我的命太苦了！

安德罗玛克　我的都城——

赫卡柏　化作了云烟！

安德罗玛克　（第二曲首节）快来到我这里，我的丈夫！

赫卡柏　不幸的人呀，你在呼唤我的孩儿吗？他到哈得斯那里去了。

安德罗玛克　快来保护你的妻子！

赫卡柏　（第二曲次节）我的儿，普里阿摩斯的长子，——你原是阿开奥斯人的祸害，——快把我带到冥府里去！

安德罗玛克　（第三曲首节）这追念的心情这样强烈，我们所受的痛苦这样沉重！我们的都城毁灭了，苦上加苦，这都是因为神明在发怒！你那儿子①逃避了死亡，他那可恨的婚姻害得这都城陷落了！那许多血染的尸首躺在雅典娜的庙地上让兀鹰啄食，特洛亚从此带上了奴隶的衡轭！

赫卡柏　（第三曲次节）不幸的祖国呀，我痛哭你变成一片荒凉！你如今亲眼看见这愁惨的末日，看见我生儿育女的家化作了灰尘！②我的孩儿，你们的母亲失去了城邦，又失去了你们！……③我的悲哀这样深，我的灾难这样重，为这邦家我泪流不尽；那些死去的人倒忘却了

---

① "儿子"指帕里斯。赫卡柏怀着这孩子时，曾梦见她生下了一个火炬，那火炬竟烧毁了特洛亚，所以这孩子一生下来，就被他的父母抛弃在荒山上，要把他害死，幸被一个牧人救了。他成人后，又被他父亲收回。

② "化作了灰尘"是补充的。

③ 此处残缺六个缀音。

214

苦痛，没有眼泪了。①（抒情歌完）

歌队长　那些受苦的人的眼泪是甜蜜的，那悲哀的歌声、那忧郁的音乐也是甜蜜的。

安德罗玛克　我的丈夫赫克托尔的母亲啊，——你那儿子曾用戈矛刺杀过多少阿尔戈斯人，——你看见这景象没有？

赫卡柏　我看见众神的捉弄，他们把那些无聊的人捧上天去，又把那些高傲的人推到地下。

安德罗玛克　我和这孩子变成了战利品，叫人运走，我们由高贵的身份降到奴隶的地位，这变迁真不小啊！

赫卡柏　命运太严厉了！卡珊德拉刚从我的身边被人强行拖走了。

安德罗玛克　哎呀，好像你的女儿又遇见了一个埃阿斯。你还有别的灾难呢！

赫卡柏　我的灾难没有定量，也没有确数，一个个争先恐后地到来。

安德罗玛克　你的女儿波吕克塞娜已经死了，叫人杀献在阿基琉斯的坟前，变成了那死人的祭品。

赫卡柏　我真不幸呀！塔尔提比奥斯刚才向我吞吞吐吐，那谜语如今倒是明白了。

安德罗玛克　我亲眼看见她，我捶着胸脯跳下车，用我的袍子盖上了她的尸首。

赫卡柏　唉！我的孩儿！这是一件多么不敬的杀献！我再叫一声唉！你死得多么悲惨！

安德罗玛克　她的确死得那样悲惨，然而比我这样活着还好得多。

赫卡柏　我的孩儿，生和死不是一回事，活着倒还有希望，死了却万事皆空。

安德罗玛克　母亲呀，波吕克塞娜的母亲呀，请听我的最美丽的言辞，你听了，心里也好宽慰一些。我认为人不诞生同死是一回事，活着受罪倒不如死了好。人一死就解脱了痛苦，感不到悲哀；但是呀，享过福又落难，思念过去的幸福更使我伤心！

　　你的女儿死了，就当她从来不曾看见阳光，她从此再也不能理会

---

① 或作："那些死去的人虽没有眼泪了，却也忘不了那些痛苦。"

215

她所受的苦难了。我自己却沽名钓誉，虽然攀得很高，可是呀，我何曾达到那圆满的幸福？凡是一个妇人所应有的贤淑的德行，我在赫克托尔家里都全然无缺：首先，不管一个女人有没有什么别的缺点，倘若她老在外面走动，那就会损伤她的名誉；因此我抑制着那种欲望，长久呆在家里，不让女人家的花言巧语进我的门。我天生有一颗健全的心来引导我，使我自知满足。我用缄默的口舌和安详的眼光来对待我的丈夫；我知道什么事情他应该受我管束，什么事情我应该顺从他。 651

我这点好名声传到希腊军中竟把我害了：当我被擒时，阿基琉斯的儿子竟因此叫我做妾，我得到那杀害我丈夫的凶手的家里去做奴隶。倘若我撇开了赫克托尔的可爱的形影，敞开了我的心去接待这新的丈夫，那怎么对得住死者呢？但是，如果我憎恶这新人，又要遭受主子的仇恨。俗话虽说一个女人对丈夫的床榻的憎恶一夜间便会全然消散；但是我总瞧不起那抛弃了前夫又在新床上爱上了别的汉子的女人。就是一匹马，倘若失去了同伴，也不肯再拖着轭走，虽然那畜生本来远不如人，既不能言语，又没有智慧可以运用。 667

亲爱的赫克托尔，论门第，论才智，你是我最得意的丈夫，你家资富有，为人又英勇。当你从我父亲家里把我迎接过来，配成亲眷时，我正是一个白璧无瑕的女儿。你如今死了，我也当了俘虏，正要叫人运过海，到希腊去做奴隶。

（向赫卡柏）你刚才悲痛的波吕克塞娜所受的祸害，是不是比我所受的灾难轻得多？我如今连人人都有的希望也没有了，又不能欺骗我自己的心，认为将来总会好，虽然那样想想倒也甜蜜。 678

歌队长　你也遭遇了这同样的灾难，你这样忧伤，使我想起了我自己的悲哀。

赫卡柏　我虽然没有坐过船，倒也曾在图画里见过，听人讲过，因此我知道：每当水手们遇着不太大的风浪，他们为了逃生，大家努力，这人掌舵，那人收帆，还有的去戽船肚里的水。但是，如果那汹涌的海浪来得太猛，把他们淹没了，他们就投降命运，任凭波浪翻腾。我自己也是这样：我忍受了这许多苦难，嘴里却一声不吭，因为众神降下的灾难的波涛已把我克服了。 691

216

（向安德罗玛克）啊，亲爱的女儿，不要再理会赫克托尔的命运，你的眼泪再也救不了他。你姑且奉承这新的主子，用你的丰姿去诱惑他，你若是这样做，你的亲人反而会高兴呢，那么，你也好把我的孙儿抚养成人，他将是特洛亚最大的救星；他还会养育一些孩子，他们日后共图恢复，我们的城邦才好中兴！

但是呀，一个个坏消息跟着前来，我看见那阿开奥斯的奴才又来了，他是谁，来宣布什么新的命令？ 703

塔尔提比奥斯偕众侍从自观众右方上。

塔尔提比奥斯　弗里基亚以前最伟大的英雄赫克托尔的妻子啊，请不要怨恨我，我多么不乐意来宣布达那奥斯人①和佩洛普斯的儿孙的共同的命令。

安德罗玛克　怎么回事？你开口的话就不吉祥。

塔尔提比奥斯　他们决定了，要把你这孩子——我怎么样说呢？

安德罗玛克　他不是和我到同一个主子那里去吗？

塔尔提比奥斯　没有一个阿开奥斯人是他的主子。 710

安德罗玛克　是不是把他留在这地方，当作弗里基亚的遗民？

塔尔提比奥斯　我不知怎样把这苦痛的消息轻易就说出来。

安德罗玛克　如果你没有什么好消息见告，我倒赞美你这样吞吞吐吐。

塔尔提比奥斯　他们要把你的儿子弄死，——既然你要听这很坏的消息。

安德罗玛克　啊，我听见了，这比我出嫁的事还要坏啊！

塔尔提比奥斯　奥德修斯在希腊人的大会上这样提议，竟自就说服了他们。

安德罗玛克　哎呀呀，这痛苦真难忍受！

塔尔提比奥斯　他说，决不可把那样英勇的父亲所生的儿子养育成人！

安德罗玛克　但愿他这提议落到他自己的儿子们身上！ 719

塔尔提比奥斯　他们要把他从特洛亚的城楼上扔下去。这事情就随它去吧，你这样做，倒也聪明得多，切不要拖住他，你得像一个高贵的人那样忍受这灾难。再也不要认为你很顽强，你如今一点力量都没有了，也得不到什么帮助。你得想想：你的都城毁了，你的丈夫死了，你自

---

① 泛指希腊人。

己也失去了自由;我们很有力量对付你一个女人:因此我不愿看见你反抗,别做什么丢丑的事令人憎恶,我也不愿听见你咒骂阿开奥斯人。如果你说些什么话激怒了我们的将士,你这儿子便不得安葬①,取不到半点同情!你最好默默地忍受这命运,不至于使他的尸首不得掩埋,阿开奥斯人对待你也就会宽厚得多。

安德罗玛克 我最心疼的乖乖,最宝贵的孩儿,你得离开这可怜的母亲,死在敌人手里。你父亲的英勇竟害了你,那美德虽然拯救了多少旁人,但临到你头上时却不凑巧。

那不吉的新床,不祥的婚礼啊,你曾把我带到赫克托尔家里,不是要我生一个儿子来让希腊人屠杀,而是要我为这丰饶的亚细亚生一个国王。②儿呀,你在哭吗?你也明白你的灾难吗?为什么用手拖住我,为什么抓住我的袍子,像一个雏儿躲到我的翅膀底下?赫克托尔再也不会从地下起来,举着那闻名的戈矛来保护你。你族里的亲人和特洛亚的力量再也救不了你;你会从那城墙高处倒坠下来,那凄惨的跌落会打断你的呼吸,可没有人怜恤你!

啊,你曾是我怀中的小宝贝,母亲最疼爱的婴儿,你的肌肤曾放出一阵阵的乳香,只可惜我白白地包裹你,白白地哺养你,白受苦,白费力。这时候,快拥抱我,拥抱你的母亲,用你的手搂住我的脖子,同我亲吻,这是最后一次了。

你们希腊人啊,你们曾发现残忍的行为不合希腊精神,为什么又要杀死我这无辜的孩儿呢?廷达瑞奥斯的女儿③呀,你哪里是宙斯所生?你的父亲可多得很,第一个是冤仇,第二个是嫉妒,还有残杀、死亡和大地所生的祸害也都是你的父亲。我敢说,你决不会是宙斯所生,你原是这许多希腊人和非希腊人④的祸害。你真该死,你那太漂亮的眼睛,竟自就这样可恶的毁灭了特洛亚的闻名的郊原!

(向塔尔提比奥斯)快把他领去,把他带走,你们想摔就摔死他!还可以把他的肉弄来吃了!神明这样害了我,我没有力量使这孩子

---

① 古希腊人重视埋葬,因为他们相信,死者若未埋葬,鬼魂便会在冥河边上漂泊,无法进入冥府。
② 这两行(由"不是"起)大概是伪作。此处所说的亚细亚指小亚细亚。
③ 指海伦。
④ 特指特洛亚人。

218

免于死亡。

>安德罗玛克晕过去,又苏醒过来。

>快把我这可怜的身子藏起来,快把我扔进船舱里!我才丧失了我的孩儿,又要去举行那美丽的婚礼。

歌队长　不幸的特洛亚,你为了一个女人,为了一门可恨的婚姻丧失了多少英雄!

>塔尔提比奥斯走到安德罗玛克身旁,把孩子拉起来。

塔尔提比奥斯　起来,孩子,快离开你这愁苦的母亲的亲热的怀抱,登到你的祖国的城楼的高垛上,依照决议,在那上面停止你最后的呼吸。

　　(向众侍从)把他捉住!但愿一个心硬的人,一个比我更无情的人来宣布这样的命令。

赫卡柏　我的孩子呀,我那受苦的儿子的儿子呀,我同你母亲多么冤枉地失去了你!我将来怎么样呢?可怜的孩子呀,我怎么办呢?我只能为你捶捶头、拍拍胸脯!我只能这样做。我为这都城痛哭,又为你伤心!我们还缺少什么痛苦,缺少什么灾难,好使我们加速坠入那毁灭的深渊?

>众侍从引阿斯提阿那克斯自观众右方下,塔尔提比奥斯随下,安德罗玛克乘车自观众右方退场。

六　第二合唱歌

歌队　(第一曲首节)萨拉弥斯的国王特拉蒙①啊,——你住在那绿波环绕的海岛上,那里有蜜蜂终日营营,那岛前还立着一座神圣的山城,雅典娜首先在那里献出那浅绿色的橄榄枝,那是上天赐给那富有橄榄油的雅典城的荣冠②,——你先前同那弓手,同阿尔克墨涅的儿子③前来比武,把我们的都城伊利昂完全毁灭了。……④

---

① 萨拉弥斯是雅典东南一岛,国王特拉蒙曾同赫拉克勒斯一起攻打过特洛亚。
② 雅典娜同波塞冬争做雅典的保护神,雅典娜献出橄榄枝,波塞冬献出战马,雅典人接受橄榄枝,奉雅典娜为保护神。
③ 指赫拉克勒斯,他是宙斯假扮阿尔克墨涅的丈夫安菲特律翁同她共床后所生。
④ 此处残缺五个缀音。

219

（第一曲次节）那英雄因为良马①未曾到手，心里很是懊恼，他首先统率着希腊的青年之花，把渡海的桨停在那清澈的西摩魂斯河②上，把船尾的绳子系在那岸旁。于是他从船里取出那百发百中的箭拿在手里，要拉奥墨冬的命；他更放出那熊熊的火焰，把阿波罗用红土线营造的城墙烧毁了，特洛亚的土地就这样随他破坏；那杀人的戈矛曾两次毁灭过达尔达尼亚的城楼。

819

（第二曲首节）啊，拉奥墨冬的儿子③，你曾举着那金樽步步轻移，把酒斟进宙斯的杯中，那真是一种最光荣的职务，可全是白费了。如今啊，你的祖国正冒着火焰，这海岸前正放着悲声；有一些妇女在这里呼唤她们的丈夫，有一些在呼唤她们的年老的母亲，还有一些在呼唤她们的儿女，像飞鸟在悲唤雏儿。你先前的新鲜水的浴池和运动的竞走场已叫人毁坏了！你如今依然在宙斯的宝座前显露着你的颜面，那样雍容，那样鲜妍；普里阿摩斯的国土却丧失在希腊的矛尖下！

838

（第二曲次节）埃罗斯呀埃罗斯，你曾来到特洛亚的宫中，惹动了天上女神④的心，当你叫这都城与晨光缔结婚姻时，你把它捧得多么高！我倒不抱怨宙斯，可是那白羽的晨光，这人间喜爱的晨光，也眼睁睁看见这城邦失陷了，看见这望楼坍塌了，虽然她曾经从特洛亚取得一位生儿育女的夫婿藏在她的闺房里，她那次把他放进那金色的星车里，驾着四匹马腾入天空，他应是他祖国最大的希望；但如今那女神对特洛亚的恩情已完全消失了！

859

七　第三场

墨涅拉奥斯偕众兵士自观众右方上。

墨涅拉奥斯　今天的太阳的光亮啊，就在今天我要捉住我的妻子海伦，我

---

① 指宙斯送给特洛亚国王拉奥墨冬的两匹马。赫拉克勒斯救了拉奥墨冬的女儿，拉奥墨冬答应把两匹马赠给他后又食言，他就同特拉蒙一起来攻打特洛亚。
② 西摩埃斯河，在特洛亚郊外。
③ 指伽倪墨得斯，宙斯化作鹰，把他带上天，给宙斯斟酒，宙斯因此送拉奥墨冬两匹马作为补偿。但神话中说，伽倪墨得斯是特洛斯的儿子，是拉奥墨冬的叔父。
④ 指晨光女神埃奥斯，她来到拉奥墨冬家，把他的儿子提托诺斯带走做她的丈夫。

220

是墨涅拉奥斯,我曾受过许多苦,还有许多希腊将士也曾和我一同受苦。我倒不像一般人所想象的那样,为了那女人来到特洛亚,我乃是来找那欺骗东道主的客人①的,他竟自从我家里把我的妻子拐走了。好在天报应,他已遭受了惩罚,他和他的祖国已倒在希腊的矛尖下了。我前来领取那斯巴达女人,她先前本是我的妻子,我如今却不愿意那样称呼她了;她现在也算是一个俘虏,同那些特洛亚妇女住在那营帐里。因为那些好不容易用武力将她夺了回来的人们把她交给我了,叫我把她杀死,如果我不想杀,就把她带回阿尔戈斯去。我倒想使她不死在特洛亚,用渡海的桨摇着她回到希腊,到了那里再把她杀了,替那些在特洛亚阵亡的将士的家属报复冤仇。

　　侍从们,快进帐去,抓着她那血污的头发,把她拖出来。等顺风吹来时,我们就把她运回希腊。 883

　　兵士进帐。

赫卡柏　宙斯呀,你支撑着大地,你的宝座又是在地面上,你到底是什么,我很难猜测;但是,不论你是自然界的神律或人间的理智,我都崇拜你,因为你循着那无声的轨道,把世间万事引到正义上面去。②

墨涅拉奥斯　怎么呀?你求神求得太奇怪了!

赫卡柏　我赞美你,墨涅拉奥斯,只要你杀了你的妻子。切不可接见她,免得她用情爱勾引你。她迷③过多少男人的眼睛,倾过多少城邦多少家:这便是她的魅力!我和你很知道她,那些受过害的人也都知道她。 894

　　兵士自帐内引海伦上。

海伦　墨涅拉奥斯,一开头倒吓了我一跳:你的仆人竟敢动手用武,把我从帐里拖了出来!我明知道你憎恨我,却还想向你打听:关于我的性命,你和希腊人是怎样决定的?

墨涅拉奥斯　你这事情还没有确定,全军的将士把你交给我这受过你的害的人来杀掉。

海伦　你可以让我对这事有所辩白么?我果真就这样死了,未免不公平。

---

① 指帕里斯,他曾赴斯巴达墨涅拉奥斯宫中做客并拐走海伦。
② 这是作者借赫卡柏之口鼓吹当时的怀疑派哲学。
③ 希腊文"迷"字同"海伦"字音相似。

221

墨涅拉奥斯　我不是来辩论的,是来杀你的。

赫卡柏　墨涅拉奥斯,听她说,别让她无言就死了。还请你让我反驳她,因为你还不知道她在特洛亚造下的罪恶。等我把那些话总结起来,她更是死有余辜,绝没有逃生的希望。

墨涅拉奥斯　这恩惠可耽误时间;但是,如果她真想说什么,就让她说吧。她可得知道,我是听了你这番话才给她这机会的,我对她本人却没有什么客气。

海伦　(向墨涅拉奥斯)你既然把我当仇人看待,不论我说的是真是假,也许你全不肯回答。

　　(向赫卡柏)我且把我认为你同我争辩时所要控告我的话说出来,那我好反驳你,把我的控词拿出来对付你的控词。

　　(向墨涅拉奥斯)首先,她生下了帕里斯,生下了这痛苦的泉源,于是特洛亚同我就遭了殃,这都是因为那老头子①不曾把那叫作阿勒克珊德罗斯②的婴儿弄死,那孩子便是那火炬的可恨的化身。请听这故事的其余部分是怎样发展的:他后来当了那三位女神的评判员:雅典娜让他统率特洛亚的人马去征服希腊;赫拉答应帕里斯,给他亚细亚和欧罗巴的统治权,只要他评她中选;阿佛罗狄忒却很称赞我生得美,答应把我送给他,只要她的容貌被认为在那两位女神之上。你再看这故事是怎样接下去的:阿佛罗狄忒居然胜过了那两位女神,因此你们不曾由于抗战而失败,或由于不战而降,受到外国人的统治,所以我那次结婚对希腊反而有利。希腊人倒是好了,我却为了这点美貌叫人出卖了,害得我不浅;我本应该戴上一顶荣冠,却反而受人辱骂!

　　你会说我还没有提起那明显的事实,那就是我为什么从你家里偷偷地逃跑。那家伙带着一个很有力量的女神③去到斯巴达,他就是这老婆婆所生的恶魔,任凭你叫他帕里斯,或阿勒克珊德罗斯。你这坏东西竟把他留在家里,你自己却离开了斯巴达,扬帆到克里特岛

---

① 指普里阿摩斯。
② 帕里斯的别名。
③ 指爱神阿佛罗狄忒。

222

上去①。唉，我倒不问你，只是反过来问我自己：我在想什么心事，竟自就抛弃了我的祖国，我的家庭，跟着那客人离家远行？快惩罚那女神！你要比宙斯强大才行，他在众神里面最强不过，尚且做了她的奴隶②，所以你得原谅我。 950

也许你还有一句很漂亮的话要责备我，那就是当帕里斯被人射死③，去到地下时，并没有神叫我再嫁，那时候我就该离开他的家，逃到阿尔戈斯船上。这办法我并不是没有试过，那城门口的卫队和城墙上的哨兵便是我的证人：他们时常发现我从那城垛上攀着绳子偷偷地爬下来。可是得伊福波斯④，我那新的丈夫，不顾弗里基亚人反对，把我强行抢了去做他的妻子。啊，我的丈夫，那是他逼着我嫁的，我在他家里辛苦地做奴隶，并不是胜利的奖品⑤；你这样把我杀了，怎么公平？

如果你想胜过众神，你这愿望就未免太愚蠢了。 965

歌队长　啊，王后，快为你的儿孙，为你的祖国辩护，快反驳她满口的油腔滑调，她的行为很坏，嘴里倒说得好听：这真是可怕啊！

赫卡柏　首先，我要为女神们效力，要表明她所说的话全然没道理。

（向海伦）我决不相信赫拉和处女神雅典娜会那么愚蠢，跑到伊达山上来开玩笑，赛什么美⑥。赫拉决不会把阿尔戈斯出卖给外国人⑦，雅典娜也决不会让雅典城屈服在弗里基亚人脚下。赫拉怎么会那么想获得那赛美的奖品呢？难道她还想找一个比宙斯更强大的丈夫吗？雅典娜既然逃避婚姻，——她曾祈求她父亲让她永葆童贞，——难道那时候她却想嫁给哪一位神？你可不要乱说女神们太愚蠢，希图遮饰你自己的罪过，你骗不过那些聪明的人！ 982

你还说阿佛罗狄忒跟着我的儿子去到了墨涅拉奥斯家里，那真

---

① 墨涅拉奥斯到克里特岛给他的外祖父送葬，海伦指责他故意在这时离开，好让帕里斯拐走她。
② 指阿佛罗狄忒常让宙斯下凡去引诱妇女。
③ 帕里斯被菲罗克特特斯用箭射伤，因他的前妻奥诺涅拒绝给他医治而死。
④ 得伊福波斯，普里阿摩斯和赫卡柏的儿子。他后来被墨涅拉奥斯杀死。
⑤ 又说普里阿摩斯把海伦当作奖品赠给得伊福波斯。
⑥ 赫拉、雅典娜和阿佛罗狄忒在伊达山争金苹果，请帕里斯当裁判。这里说是三女神"赛美"，与荷马所说不同。
⑦ 阿尔戈斯人最崇拜赫拉。

223

是个大笑话！难道她安安静静住在天上，就不能把你和阿密克莱①一起带到伊利昂来么？

那只是我的儿子生得太漂亮了，你一看见他，心里便产生了一个爱神；人心里的一切妄想都成了"阿佛罗狄忒"，这女神的名字也活该由"愚蠢"这字来开头儿②。 990

你看见他穿上这外国衣服，金光闪耀，你的心就迷乱了！你住在阿尔戈斯，穷苦难堪，很想离开那里，来到这遍地黄金的弗里基亚，任凭你挥霍；墨涅拉奥斯的家可不能供你过度的奢华！ 997

你还说我的儿子把你强行抢来，哪一个斯巴达人见过这事？你喊过救命没有？那时候卡斯托尔正年轻，他的弟兄也还没有升到群星里③。 1001

你来到了特洛亚，阿尔戈斯人就追踪而来，那杀人的戈矛就开始竞争。如果有人告诉你，墨涅拉奥斯占了上风，你就赞美他，好激怒我的儿子，他在恋爱上竟遇着一个这样大的情敌；但是，如果特洛亚人走了运，那家伙就不值半文钱！你的眼睛只看得见幸运，你只想追随她，不想追随美德。 1009

你说你时常攀着绳子偷偷地爬下那城楼，好像你并不想住在这里？可是谁见过你用活套来上吊，或用剑来自杀，像一个忠贞的妇人思念她的先夫时那样？ 1014

我曾忠告你多少次："我的女儿，快去到希腊舟中，我自然会护送你偷跑，那么，我的儿子就可以另娶，希腊人和我们的战争也就可以停止。"这话在你听来多么刺耳啊！你依然在阿勒克珊德罗斯家里显得很骄奢，让外国人拜跪在你脚前，你才心满意足。你如今还这样打扮走出来，和你丈夫一样，望望这蓝天，好可恶的东西！这时候你应该披上破衣烂衫，削了头发；你应该吓得发抖，垂头丧气地走出来；为了你过去的罪过，你应该知道羞怯，别再这样厚颜无耻！ 1028

---

① 阿密克莱，距斯巴达不远，海伦出生地。
② "阿佛罗狄忒"和希腊文"愚蠢"一词的前半音相同。
③ 卡斯托尔是斯巴达国王廷达瑞奥斯和王后勒达所生的儿子，他的妹妹是克吕泰墨斯特拉。他的弟兄叫波吕丢刻斯，是勒达和宙斯所生，同海伦是亲兄妹。传说之一是，宙斯把他们兄弟二人升入群星之中。

墨涅拉奥斯，你知道我怎样结束我的话：快把这女人杀了，杀得好，这样你就给希腊戴上了一顶荣冠；你还得为其余的女人制定这一条法令："凡背弃丈夫者概处死刑。" 1032

歌队长　墨涅拉奥斯，你得惩罚你的妻子，才无愧于你的先人和你的家！快洗刷希腊人对你的责骂，他们说你像个女人！你对你的仇人也应该显得很刚强才对！

墨涅拉奥斯　（向赫卡柏）你这话我完全同意：她原是自动离开我的家，到客人床上去的；她为了夸口，居然提起了阿佛罗狄忒。

　　（向海伦）滚出去，让人用石头砸死，你那样一死，便可以立刻赔偿阿开奥斯人所受的苦难，你也该知道，再不可污辱我了。 1041

　　海伦跪在地下，抱住墨涅拉奥斯的膝头。

海伦　我凭你的膝头求你，不要把众神的过错归到我身上，请你赦免我，不要杀我！

赫卡柏　她害死了你多少战友，你可不要出卖他们！为了那些死者和他们的儿女，我这样向你祈求。

墨涅拉奥斯　别说了，老人家！我决不理会她的恳求。我要命令我的侍从们把她送到那船尾上，运回希腊去。 1048

赫卡柏　可别让她和你同坐一条船。

墨涅拉奥斯　为什么呢？她比先前重了一些吗？

赫卡柏　那不永远爱人的不算爱人！①

墨涅拉奥斯　那要看被爱的人怎么样。但是，我还是顺从你的意思：不让她同坐一条船，你的话也有道理。等她到了希腊，我就叫她惨死，她既然那样坏，也就活该；也好叫所有的女人保持贞操。这自然不是一件容易事，但是，她这一死，倒可以把那些妇人的愚蠢的心思变成恐惧，不论她们多么可恨。 1059

　　墨涅拉奥斯和众兵士押着海伦自观众右方下。

八　第三合唱歌

歌队　（第一曲首节）啊，宙斯，你就这样把伊利昂的神殿和那焚献牺牲的

---

① 暗指墨涅拉奥斯还爱着海伦。

225

祭坛断送给阿开奥斯人了吗?还有那燃烧的蜜糕的火焰,那天空缭绕的没药的青烟;还有那神圣的城墙,那藤萝缠绕的伊达山,——山谷里的融雪成河,山峰上的阳光闪耀,那地角的圣地首先映着灿烂的朝阳:①这一切都被你断送了吗? 1070

(第一曲次节)你的牺牲再也无人奉献,那歌队的欢呼早已消沉,那敬神的通宵夜宴,雕金的神像和我们弗里基亚人举行的十二个神圣的月圆节②,便从此没有了。你这高坐在天上,高坐在空中的主啊,我正在焦心,正在焦心,你到底注意到没有,我们的都城叫人毁灭了,叫那猛烈的火焰烧毁了! 1080

(第二曲首节)亲爱的丈夫,你死后无人埋葬,无人洗涤,让鬼魂在外飘游;那渡海的船只却要扬帆载我到那产名马的阿尔戈斯去,那里有库克洛普斯建造的巨石的城墙③高耸入云。这许多孩子在门前拖着他们母亲们哭唤,他们嚷道:"哎呀,母亲,阿开奥斯人要把我单独载走,不让你看见我,他们要把我带到那黑船上去,摇着渡海的桨,送我到那神圣的萨拉弥斯岛上,或伊斯特摩斯地峡旁的山④上,——那上面可以遥望双海,那是佩洛普斯的家⑤的门户。" 1099

(第二曲次节)但愿,当墨涅拉奥斯的帆船航到海心时,宙斯会把爱琴海上的神圣的电火,双手掷到那舟中,因为我流着泪离开伊利昂,叫人带到希腊去做奴隶,宙斯的女儿海伦会在那里照照那黄金的镜子⑥,——那是闺女们最喜爱的宝贝。就算他捉住了这女人,但愿他回不到斯巴达,回不到他祖先的家,进不了庇塔涅⑦的街道,入不了雅典娜的铜门;他这不幸的婚姻给全希腊遗下了莫大的耻辱,给西摩埃斯河留下了不幸的灾难。 1117

---

① 传说伊达山峰每天首先接受阳光,再把阳光合成一个圆球送到其他地方去,故而此山被认为是圆饼状的大地的边缘。
② 圆月节,崇拜阿波罗的节日。
③ 这座城叫提任斯,在阿尔戈斯城附近。
④ 指科任托斯城中小山。
⑤ 指伯罗奔尼撒半岛。"伯罗奔尼撒"是旧译名,本应译作"佩洛蓬涅索斯",意即"佩洛普斯的岛"。佩洛普斯是该半岛西部地区的国王。
⑥ 指墨涅拉奥斯不会杀海伦。
⑦ 庇塔涅,斯巴达五个城区之一,有雅典娜铜庙。

九　退场

歌队长　哎呀呀,这灾难还是新的,新的灾难又来更替,降临到我们的土地上! 你们不幸的特洛亚妇女啊,请看阿斯提阿那克斯的尸首,——希腊人已把那孩子很残忍地由城墙上扔下来,把他摔死了! 1122

　　　塔尔提比奥斯偕众侍从自观众右方上,阿斯提阿那克斯的尸首由两个侍从抬进场来,那尸首是放在赫克托尔的盾牌里的。

塔尔提比奥斯　赫卡柏,还有一条船上的桨在那里等候着,就要把阿基琉斯的儿子剩下的战利品运到佛提亚的海岸上去;涅奥普托勒摩斯①自己已扬帆归去了,他听见了他祖父佩琉斯受难的消息,说是佩利阿斯②的儿子阿卡斯托斯把他老人家赶出国外了,因此他不想耽误时间,匆匆就带着安德罗玛克走了。那女人竟惹出了我许多眼泪,她离开海岸时,大声哭唤她的祖国,还向赫克托尔的坟墓道一声永别! 她恳求我们把这尸首埋葬了,这孩子,你的赫克托尔的儿子从那城墙上一跌下来,就断了气。她还恳求她的主子,不要把这铜皮的盾牌运到佩琉斯家里去,——当死者的父亲把这盾牌举在胸前时,这正是阿开奥斯人所畏惧的。如今死者的母亲安德罗玛克就要嫁到那家里去,她若在那里看见了这盾牌,必定会伤心! 她说,就把她的儿子放在这里面埋葬,免得去找木棺,或是凿石穴。她叫我把这尸首交到你手里,你好给他穿上衣裳,戴上花冠,你只好尽你所能,尽你所有,因为她已经走了,她的主子去得太匆忙,使她无法埋葬这孩子。 1146

　　等你把这尸首装饰好了,我们就给他垒上坟土,在上面插一根矛③。你得赶快把她托付你的事情办好! 我已减轻了你一件苦差事,当我经过斯卡曼德罗斯河畔时,我已把这尸体洗涤过了,把他的伤口弄干净了。我就去为他掘一个坟坑。让我们一起努力,好节省时间,然后摇着桨航行归去。 1155

---

① 涅奥普托勒摩斯,意为"新来的参战者",即阿基琉斯之子皮罗斯。
② 佩利阿斯,伊奥尔科斯国王。皮罗斯的祖父佩琉斯住在他的国家。
③ 死者的亲友在死者坟上插一根矛,表示日后要替死者报仇。这是古希腊人的习俗。故而这句话似不该由希腊传令官来说。有的解作:"立起樯桅,扬帆远去。"

　　　　　塔尔提比奥斯偕二侍从自观众左方下。

赫卡柏　（向众侍从）请把赫克托尔的大圆盾放在地下，这景象在我看来真是凄惨，一点也不可爱！啊，你们阿开奥斯人，你们的武力远胜过你们的理智，你们为什么怕这孩子，做出了这空前未有的残杀？是不是怕他恢复这毁灭了的特洛亚？那么，你们未免太胆怯了！即便是赫克托尔的戈矛得势时，——那时候还有许多人帮助他，——我们都还一批批死在你们手里；如今我们的都城陷落了，弗里基亚的英雄也死光了，你们倒怕起这孩子来了！我可不称赞这种没有经过推理的恐惧。　　　　　　　　　　　　　　　　　　　　　　　　　1166

　　啊，最亲爱的，你死得多么悲惨！如果你享受过青春，享受过婚姻，享受过那尊贵的王权，再为你的城邦效命疆场，那倒是幸福，如果那些享受也是人间的幸福。但是呀，孩子，你虽然见过这王权，认识这王权，你心里却不明白这是什么东西，这种家庭幸福，你还未曾体验过！　　　　　　　　　　　　　　　　　　　　　　　　　　1172

　　可怜的孩子，你先人的城墙，阿波罗建筑的城墙，竟自就这样凄惨地磨去了你的头发，这美丽的鬈发，你母亲时常摸它，时常吻它！鲜红的血从这破骨间射了出来：这惨象我真不该形容。　　1177

　　这双小手，——这模样使我多么甜蜜地想起你父亲，——现在伸在那里，松松地连在骨节上。这可爱的嘴唇呀，你先前说过多少夸口的话，如今却只是紧闭着；你曾跳到我的床前这样哄过我："啊，祖母，我要为你割一大把头发，引一大群朋友到你的坟前，告一声亲热的永别！"但如今不是你为我送终，而是我这没有了城邦、没有了儿女的老年人来埋葬你这小孩，你这可怜的尸首。　　　　　　1186

　　哎呀，那长期的怀抱，那养育的劬劳，那为你而缺少睡眠的床榻全都是白费了！一个诗人会在你的坟前题两行什么样的诗句？"这孩子因希腊人的恐惧而丧命。"——这碑文真是希腊人的耻辱！　1191

　　啊，你虽然没有继承过你父亲的遗产，却得到了这黄铜的盾牌，就在这里面埋葬。啊，盾牌，你曾保护过赫克托尔的健美的手臂，你如今失去了那英勇的保持人！那把柄上留下的指痕真可爱，那圆边上留下的汗渍也都可爱：每当赫克托尔把你举到他的胡须下面，战得很辛苦时，那汗珠便时刻从他的额上滴了下来。　　　　　　　1199

快呀，快为这可怜的尸首带一些现成的衣饰来！命运不让我们有机会讲究装饰品。（向死者）我有什么，你就接受什么吧。

那自以为幸福永久可靠而狂喜的凡人真是愚蠢啊！那厄运就像一个疯子东跳西跳的，谁也不能永远走运，全然不转变。

众妇女自帐内拿着衣饰和花冠上。

歌队长　她们从弗里基亚人的被掠夺的物品里，取来了这些衣饰，准备交给你穿戴在死者身上。

赫卡柏把衣服裹在孩子身上，把花冠戴在他头上。

赫卡柏　我的孙儿呀，如今不是因为你骑马试箭胜过了同辈，——这风气弗里基亚人多么敬重！可又不曾竞争得太激烈，——你的祖母才给你穿戴上这些装饰品，这先前本是你自己的，如今却叫众神所厌弃的海伦劫走了，她还害死了你的性命，毁灭了你的全家！

歌队长　特洛亚最伟大的王子①呀，你真叫我伤心，叫我伤心！

赫卡柏　我现在把弗里基亚最华丽的衣服裹在你身上，这应该在你结婚时，在你同亚细亚最高贵的公主结婚时，才能够披在你身上。

至于你，赫克托尔的可爱的盾牌，那许多战利品的胜利之母，你也戴上一顶花冠，——你虽然没有死，也得和死者一起到坟墓里去，——因为你比那狡猾的恶汉奥德修斯所获得的盾牌②更值得人敬重！

歌队长　唉，这悲惨的声音！孩子呀，那泥土就要接受你了！母亲，快哭呀！

赫卡柏　哎呀！

歌队长　快痛哭死者！

赫卡柏　哦哟！

歌队长　哦哟，你这难忘的苦痛啊！

赫卡柏跪在死者旁边。

赫卡柏　我用这绷带来疗治你的创伤，我这可怜的人虽有医士之名，却不能医治啊！至于那些其余的事情，你父亲自然会在冥府里替你关

---

① 指赫克托尔。
② 指阿基琉斯的盾牌。

心的！

    赫卡柏伏在地下不动。

歌队长　快拍打你的头,拍打你的头,用手把它拍响！

赫卡柏　哎呀呀,你们这些可爱的女儿啊！

    赫卡柏举起头来。

歌队长　……①你说呀,快放出你的悲声！

赫卡柏　众神并不想做什么别的,只是把灾难降到我身上,降到特洛亚城里,这都城是他们最恨不过的。我们真是白白地给他们杀牛献祭！若不是神……把我们摔在地下,②我们便会湮没无闻,不能在诗歌里享受声名,不能给后代人留下这可歌可泣的诗题。

  快去,快去把尸首埋在那可怜的坟墓里！他已经戴上花冠,这是死者应有的装扮；我认为那些死去的人,即便享受了隆重的葬礼,他们也得不到什么啊！那葬礼不过是生存的人的一种虚荣。

    众妇女和众侍从抬着盾牌自观众左方下。

歌队长　唉,你那可怜的母亲,你这一死,把她一生的希望打得粉碎！你是从那高贵的血统里生出来的,你的幸福多么圆满,哪知你就这样悲惨地死了！

  呀,我看见有人在伊利昂的高城上,手里舞着鲜明的火炬！什么新的灾难又临到了特洛亚城上？

    塔尔提比奥斯偕众队长自观众右方上。

塔尔提比奥斯　队长们,你们是奉了命令来烧毁普里阿摩斯的都城的,我叫你们别把火炬攥在手里,不肯动作。快把火焰抛过去；等我们毁了伊利昂,就高高兴兴从特洛亚动身归去。

  你们特洛亚妇女啊,我这一道命令分两点：等我们军中的将领们发出那响亮的号声时,你们就得去到阿开奥斯人的船上,从这地方扬帆远去；至于你,受苦受难的老婆婆,也得跟着走！这些人是从奥德修斯那里来带你的,命运要把你从这地方送出去,给那国王做奴隶。

赫卡柏　哎呀！这就是我最后的灾难,一切灾难的顶峰！我就要离开我

---

① 此处残缺几个缀音。

② 这句话残缺五个缀音。"不"字是补充的。

的祖国。我的都城着火了！这老迈的脚步啊，你就艰难地上前去，让我同这可怜的都城道一声永别。 1276

特洛亚，你先前在非希腊的城邦里气焰真高，你的好名声立刻就要消失了！他们竟把你烧毁了，还要把我们从这地方带出去做奴隶。众神呀！——我为什么要呼唤众神？我早就向他们祈祷，可是他们哪里肯听？

唉，让我投入那火里，光荣地随着这火化的城邦同归于尽！ 1283

赫卡柏想跳进火里，却被众队长止住了。

塔尔提比奥斯　可怜的人，你竟自在苦难中发疯了！（向众队长）快把她拖走，不要松手！我们得把这奖品送去，交到奥德修斯手里。

赫卡柏　（哀歌①第一曲首节）哎呀呀，……②啊，克罗诺斯的儿子③，弗里基亚的主上，我们的老祖宗，你看我们这样受苦，真辱没了达尔达诺斯④的子孙！ 1292

歌队　他倒是看见了，可是这伟大的都城依然毁灭了，再没有特洛亚了！

赫卡柏　（第一曲次节）哎呀呀，伊利昂着火了，那高城上的屋宇，那城墙顶已化作了灰尘，那火里的宫殿也已坍塌了，倒在火焰里，倒在敌人的矛尖下！

歌队　我们的城邦毁灭了，毁灭在矛尖下，就像那云烟叫风的羽翼散布到天空去了！ 1301

赫卡柏　（第二曲首节）我的土地呀，这养育儿孙的土地呀！

歌队　唉！

赫卡柏　我的孩儿，你们该听见，该识得母亲的声音！

歌队　你在悲唤那些死去了的人！

赫卡柏　我把这老迈的肢体伏在地下，双手拍着这土地⑤。

歌队　我也跟着你跪在地下，呼唤我那不幸的丈夫，呼唤那冥府里的鬼魂。

---

① 哀歌，歌队和演员互唱的歌。
② 此处残缺六个缀音。
③ 指宙斯。
④ 达尔达诺斯，特洛亚国王，传说由宙斯和埃勒克特拉（阿特拉斯的女儿）所生，所以他的子孙也是宙斯的子孙。
⑤ 以此呼唤地下的死者。

赫卡柏　我们被人带走了,被人拖走了！ 1309

歌队　你哭得多么伤心,多么伤心！

赫卡柏　我们就要离开祖国,到别人家里去做奴隶。哎呀,普里阿摩斯,普里阿摩斯,你死后虽没有亲人来埋葬,但也不至于感觉我这些苦难。

歌队　黑暗的死罩上了他的眼睛,那敬神的人竟叫那不敬神的人杀死了！ 1315 火更大了。

赫卡柏　(第二曲次节)众神的庙宇和这可爱的都城啊！

歌队　唉！

赫卡柏　这毁灭的火焰和杀人的矛尖已经把你们压倒了！

歌队　你们就要倒在这可爱的土地上,湮没无闻。

赫卡柏　那尘埃的羽翼似浓烟弥漫天空,使我看不见家乡。 1321

歌队　这土地的名声已丧失了；一切都已飘散了,不幸的特洛亚从此灭亡！

　　　　景后发出巨大的坍塌声,烟尘更大了。

赫卡柏　你们听见没有？你们懂得吗？

歌队　特洛亚城在坍塌！

赫卡柏　这震动,这震动会倾陷全城！哎呀,这战栗的,战栗的腿啊,快支持我步行,引导我去过奴隶生活。

　　　　号声起了。

歌队　(唱)永别了,不幸的都城呀！(向赫卡柏)快迈着你的脚步,去到阿开奥斯人的船上！ 1332

　　　　号声再起,塔尔提比奥斯偕众队长押着赫卡柏和歌队自观众右方下。

232

阿 卡 奈 人

阿里斯托芬

此剧本根据罗杰斯(B. B. Rogers)编订的《阿里斯托芬的喜剧》(The Comedies of Aristophanes, George Bell and Sons, London, 1910)古希腊文译出。

场　次

一　开场（原诗第 1 至 203 行）……………………… 238
二　进场（原诗第 204 至 279 行）…………………… 245
三　第一场（斗争）（原诗第 280 至 357 行）………… 247
四　第二场（对驳的准备）（原诗第 358 至 488 行）… 249
五　第三场（对驳）（原诗第 489 至 625 行）………… 254
六　插曲（原诗第 626 至 718 行）…………………… 258
七　第四场（原诗第 719 至 835 行）………………… 261
八　第一合唱歌（原诗第 836 至 859 行）…………… 265
九　第五场（原诗第 860 至 970 行）………………… 266
一〇　第二合唱歌（原诗第 971 至 999 行）………… 270
一一　第六场（原诗第 1000 至 1142 行）…………… 271
一二　第三合唱歌（原诗第 1143 至 1173 行）……… 277
一三　退场（原诗第 1174 至 1233 行）……………… 277

235

人　物

（以进场先后为序）

狄开奥波利斯①——阿提卡②农人。

传令官

阿菲特奥斯——雅典人。

使节甲——自波斯归来的使节。

使节乙——自波斯归来的使节。

修达塔巴斯——波斯贵族。

太监二人

特奥罗斯——自特拉克③归来的使节。

兵士数人——奥多曼提亚④兵士。

歌队——由二十四个阿卡奈人⑤组成。

妇人——狄开奥波利斯的妻子。

少女——狄开奥波利斯的女儿。

仆人二人——狄开奥波利斯的仆人，其一名叫珊提阿斯。

克菲索丰——欧里庇得斯的仆人。

欧里庇得斯——雅典三大悲剧诗人之一。

拉马科斯⑥——雅典军官。

兵士数人——拉马科斯的部下。

墨伽拉人⑦

---

① 这个名字的意思是"正直的公民"。
② 阿提卡，雅典城邦领土。
③ 特拉克，在黑海西岸，气候寒冷。
④ 奥多曼提亚，特拉克的斯特律蒙河沿岸一独立氏族名。
⑤ 阿卡奈人，雅典北郊约十一公里处帕尔涅斯山下的乡区居民，以烧炭为生。
⑥ 拉马科斯，历史上的真实人物，克塞诺法涅斯之子，该剧上演十一年后战死在西西里。
⑦ 墨伽拉人，雅典西边约三十五公里处的城市居民。

女孩甲——墨伽拉人的女儿。

女孩乙——墨伽拉人的女儿。

告密人

波奥提亚人①

吹笛手数人

仆人数人——波奥提亚人的仆人,其一名叫伊墨尼阿斯。

尼卡科斯——告密人。

仆人——拉马科斯的仆人。

得克特斯——阿提卡农人。

伴郎

伴娘

报信人甲

报信人乙

吹笛女二人

布　景

雅典公民大会会场,背景里有三所屋子,中间一所是狄开奥波利斯的,左边一所是欧里庇得斯的,右边一所是拉马科斯的。这三所屋子并不在同一个地点,它们代表三个不同的背景。

时　间

公元前四二五年。

---

① 波奥提亚人,雅典人的劲敌。该地区在雅典北边约三十四公里处。

一　开场

狄开奥波利斯自中屋上。

狄开奥波利斯　当今多少事伤了我的心！快意事少得很，少得厉害，只有三四件；痛心事可真像海滩上的沙子数不清！让我想想看，有什么令我痛快的，值得我高兴的？嗨，我想起有一样东西我一看见就开心，那就是克勒昂①吐出来的五个塔兰同②！这事情可叫我乐了，为此我真爱那些骑士③——"无愧于希腊"④！

但是，我又遭受到一次"悲剧的"痛苦，那一天我正在张着嘴一心等着看埃斯库罗斯的戏呢，想不到司仪人忽然宣告说："特奥格尼斯⑤，把你的歌队引进来！"你可以想见这一下把我的心都凉了大半截！好在另外一件事倒也叫我开心，那就是摩斯科斯滚下场后，得西特奥斯⑥进来唱他的波奥提亚歌曲⑦。今年可受罪啊，开里斯⑧偏偏扭出来吹他的战歌怪调，害得我直摇头，差点儿扭断了脖子。

这还罢了，自从我破题儿第一遭洗脸以来，从没像今天这样伤了我的——汗毛！说正经话：我们定好了今天开公民朝会⑨，而且早已经到时候了，这个会场却还是空空如也。大家还在市场里谈天，蹓来蹓去，躲避那条涂着赭石粉的赶人索⑩。连那些主席官⑪都还没有

---

① 克勒昂，硝皮厂主，主战派头子，曾接受盟邦贿赂。
② 塔兰同，钱币名，一塔兰同约合六千希腊币。
③ 骑士，由雅典次富的子弟组成，共一千名，形成一政治集团。他们发现克勒昂受贿并逼他吐出贿款。
④ "无愧于希腊"，出自欧里庇得斯的悲剧《特勒福斯》。希腊人特勒福斯是特洛亚国王的女婿，企图阻止出征特洛亚的希腊军队登陆，被阿基琉斯用箭射伤后，又由后者替他治伤，他转而替希腊军队领路；于是阿基琉斯这样评价他。
⑤ 特奥格尼斯，当时的一位拙劣悲剧家，因其作品无感情而得到"冰雪诗人"的绰号。这里指当时举行的一次悲剧比赛，上演的有他和另一位不知名的诗人的作品以及已去世三十多年的埃斯库罗斯的遗作。
⑥ 摩斯科斯和得西特奥斯，剧中人物，剧名已不可考。
⑦ 波奥提亚歌曲，一说是田园歌曲，一说是公元前七世纪乐人特潘德罗斯所作的歌曲。
⑧ 开里斯，特拜的吹笛手。
⑨ 雅典定期于每月十一日、二十日和最后一日开公民大会，一早开始，故称"朝会"。会场叫普倪克斯，在卫城西边。
⑩ 赶人索，是公民大会开始前由两名斯库提亚弓手拉着，把逗留在市场（卫城西边）的人经由留下的唯一通道赶入会场的长绳子。
⑪ 雅典议员共五百人，由十族选出，每族五十人。议会和公民大会主席由各族的五十名议员轮流担任。主席的座位在讲坛旁，面向听众。

238

到呢！等他们姗姗来迟的时候，你可难于想象他们会怎样一拥而下，乱撞在一起，抢坐前排的凳子！至于讲和一事，他们却全然不理会。城邦呀城邦！

我可总是头一个到场，就像这样子坐了这个位子；一个人坐好了以后，只好自个儿叹叹气、放放屁、打打哈欠、伸伸懒腰、转过来、转过去、画画符、拔拔鼻毛、算算数目、想望着田园、想望着和平。我厌恶这种城市，思念我的乡村，那儿从来也不叫："买木炭啊！""买醋啊！""买油啊！"从来不懂得这个"买"字，什么都出产，应有尽有，就没有这种"'妈'呀""'妈'呀"的怪叫。

因此我这次完全准备好，要来吵闹、来打岔、来痛骂那些讲话的人，如果他们只谈别的，不谈和平。

但是我们的主席官，这些原来倒是赶中午的主席官，终于到了！我不是说过吗？你看，大家都一窝蜂挤到前排的座位去。

传令官自观众右方上。

传令官　向前，向前，进到清净界①里来！

阿菲特奥斯自观众右方急上。

阿菲特奥斯　已经有人讲过话没有？

传令官　有谁要讲话？

阿菲特奥斯　我。

传令官　你是谁？

阿菲特奥斯　阿菲特奥斯。

传令官　你不是凡人吧？②

阿菲特奥斯　不是，是一位不死的神：因为我的曾祖父阿菲特奥斯是得墨特尔和里托勒摩斯之子，他生了克勒奥斯；克勒奥斯娶我的祖母淮娜瑞忒，生了吕基诺斯；我是吕基诺斯所生，所以是一位不死的神。③众神托付我独自去同斯巴达人议和。但是，诸位啊，我虽是一位神，

---

① 主席团入座后，献杀一头猪，使会场成为清净地，随后传令官请全体公民入场。
② 阿菲特奥斯这个名字的后半"特奥斯"在希腊文里意为"神"，因此传令官出此戏言。
③ 这一段是无稽之谈。里托勒摩斯并未娶宙斯的姐姐得墨特尔为妻。也本人是埃琉西斯国王克勒奥斯之子，这里却说他是克勒奥斯的祖父。淮娜瑞忒和吕基诺斯都是虚构的。这里讽刺欧里庇得斯在《伊菲革涅亚在陶罗人里》一剧中一开场就让伊菲革涅亚背家谱。

却缺少盘缠,因为这些主席官不肯发给我。

传令官　弓手们!

阿菲特奥斯　里托勒摩斯和克勒奥斯啊,你们竟不来救救我吗?

狄开奥波利斯　你们这些主席啊,你们把这个人拖出去就是污辱了公民大会,他倒无非想为我们议和约,息干戈呀。

　　　　　阿菲特奥斯被迫退出,自观众右方下。

传令官　坐下去,闭住你的嘴!

狄开奥波利斯　凭阿波罗起誓,我才不呢,除非你们提出有关和平的动议。

传令官　从大王那儿回来的两位使节到了!

狄开奥波利斯　什么大王呀?我讨厌死了那些使节和他们的孔雀①以及他们的江湖骗术。

传令官　住嘴!

　　　　　使节甲和使节乙穿着波斯的华丽服装自观众右方上。

狄开奥波利斯　哦唷!埃克巴塔那②!好漂亮的衣服!

使节甲　正当欧提墨涅斯③执政之年,你们遣派我们到大王那儿去,薪俸每天两德拉克马④。

狄开奥波利斯　哎呀,可惜那些钱啊!

使节甲　我们真累啊,睡帐篷,软绵绵地躺在帘篷车⑤里漫游过卡宇特罗斯平原⑥,可闷死人啦!

狄开奥波利斯　我难道很安乐吗,靠着城墙卧草堆!

使节甲　我们受够了款待,非得硬着头皮,拿起金盅儿、水晶杯儿,喝他们香死人、甜死人的醇酒。

狄开奥波利斯　克拉那奥斯⑦的城啊,你注意到这两个使节在开玩笑没有?

---

① 孔雀,指使节从印度带到雅典来的,新月节公开展出。
② 埃克巴塔那,原墨狄亚首都,后为波斯国王避暑地。在雅典,是"富丽奢华"的代用词。
③ 欧提墨涅斯,公元前四三七年雅典执政官。
④ 德拉克马,希腊钱币名。这两名使节在十二年里共领取一万七千多德拉克马。
⑤ 帘篷车,波斯贵族妇女乘坐的有帘子和软垫的马车。
⑥ 卡宇特罗斯平原,在小亚细亚西南部。
⑦ 克拉那奥斯,神话时代雅典国王。此借喻古代雅典的简朴。

使节甲　因为那些蛮子认为只有最能吃、最能喝的才算得上英雄好汉。

狄开奥波利斯　而我们却认为只有嫖客和色鬼才算得上呢。

使节甲　直到第四年我们才到达王宫,可是大王已经带着他的大军出宫去了,他出宫到金山①里八个月之久。

狄开奥波利斯　他"出恭"了什么时候才把裤子系好呢？

使节甲　月圆时节,他回家了。然后他设宴款待,在我们面前摆出一整条一整条的吊炉烤牛。

狄开奥波利斯　有谁看见过吊炉烤牛？你骗人！

使节甲　凭宙斯起誓,他还在我们面前摆出一只鸟儿,有克勒奥倪摩斯②三个大,名字叫作凤——凰。

狄开奥波利斯　不装"疯"就说"谎",白白骗去了我们两块钱！

使节甲　我们现在带来了修达塔巴斯③,他叫作"大王的眼睛"④。

狄开奥波利斯　但愿一只乌鸦啄掉了你这个使节的眼睛！

传令官　"大王的眼睛"来了！

　　　　修达塔巴斯偕二太监自观众右方上。

狄开奥波利斯　赫拉克勒斯,我的主啊！（向修达塔巴斯）你这人真像一只战舰⑤！你在绕过海角寻找船坞吗？你的眼睛底下塞得有皮子吗⑥？

使节甲　来,修达塔巴斯,把大王派你来传达的话告诉这些雅典人。

修达塔巴斯　看、阿达曼、厄克萨耳克、萨那庇忠奈、萨长。⑦

使节甲　你们懂得他说什么吗？

狄开奥波利斯　天晓得,我可不懂。

使节甲　他说大王要送金子给你们呢。（向修达塔巴斯）你把金子的事情说清楚些,大声一点。

---

① 金山,一说在斯库提亚,一说在波斯。
② 克勒奥倪摩斯,告密人,一个胆怯的大胖子。
③ 修达塔巴斯,这个名字由"欺骗"和"阿塔柏"（波斯容量名称）而来。
④ 意即"大王的耳目"。
⑤ 战舰船头如鼻,两侧各绘一只眼睛。这个演员戴的皮面具,嵌有一双大眼睛,像战舰船头。
⑥ 战舰的桨从舰身洞中伸出,桨柄有皮子,可用以堵洞,防水灌入。这里指的就是桨柄上的皮子。
⑦ 这是一句波斯希腊语,意思可能是："请看阿塔巴斯,薛西斯的忠实的省长。"薛西斯是波斯国王。

修达塔巴斯　没勒普西、金、大普洛克特、爱奥尼。①

狄开奥波利斯　哎呀,倒霉,很清楚啦!

使节甲　他到底说什么呢?

狄开奥波利斯　说什么吗?他说爱奥尼亚人如果盼望外国人的金子,就是大傻瓜。

使节甲　不,他是说起一斗斗的金子呢。

狄开奥波利斯　什么一斗斗的?你原是一个大骗子!滚你的!让我单独盘问他。(向修达塔巴斯)来,当着这个(伸出拳头)明白告诉我!要不然,我会把你浸在萨尔得斯的红颜色水里!②大王要送金子给我们吗?

　　　　修达塔巴斯和二太监摇头。

那么,这两个使节在欺骗我们吗?

　　　　修达塔巴斯和二太监点头。

这些家伙摇头点头都是道地希腊式,他们不是本地人才怪!啊,这两个太监有一个我看出是西彼提奥斯之子克勒特涅斯!(向一太监)你这个一向把你这张赤光屁股剃得干干净净的家伙啊,③你竟自带上了胡须,你这个猴子,④伪装太监来骗我们吗?可是那一个又是谁呢?难道不是斯特拉同⑤吗?

传令官　住嘴!坐下来!

　　　　议院邀请"大王的眼睛"到主席厅⑥赴宴!

　　　　修达塔巴斯、二太监和二使节自观众右方下。

狄开奥波利斯　这不是要气得人上吊吗?厅门大开接待这些鬼东西,厅门外我却要应征入伍。好,我定要做一件惊人的大事!阿菲特奥斯在哪里?

　　　　阿菲特奥斯自观众右方上。

---

① 波斯希腊语,大意是:"没有金子,大屁股爱奥尼亚人。"爱奥尼亚人即希腊人。
② 意即"要你出血"。萨尔得斯,吕底亚都城。
③ 指克勒特涅斯不留胡子,而一般希腊青年都留胡子。据说此句戏用欧里庇得斯的悲剧《阿利帕得斯》里的诗句。
④ 据说此句戏用阿基洛科斯的诗句:"你这个猴子,你流着眼泪。"讽刺克勒特涅斯女人气十足。
⑤ 斯特拉同,另一个不蓄胡子的希腊青年。
⑥ 主席厅,在卫城北边。每日在此设宴招待外来使节、有功公民和战死的公民的孩子。

242

阿菲特奥斯　我在这里。

狄开奥波利斯　你拿着这八块钱，为我，为我的老婆，为我的小儿女，去同斯巴达人订下和约。(向主席官和公民群众)至于你们，尽管遣派使节，尽管傻张着你们的嘴吧！ 132

　　　　阿菲特奥斯自观众左方下。

传令官　从西塔尔克斯①王廷上出使回来的特奥罗斯②请进来！

　　　　特奥罗斯自观众右方上。

特奥罗斯　我来了。

狄开奥波利斯　又来一个骗子！

特奥罗斯　我们本来不会在特拉克呆这么久——

狄开奥波利斯　你当然不会，如果你没有支那么多薪俸。 137

特奥罗斯　如果雪没有封住整个的特拉克，冻住河流——那正是特奥格尼斯拿出戏来在这儿参加比赛的时节。③当时我正同西塔尔克斯天天在喝酒联欢。他对你们真是倾倒之至、忠诚之极，他甚至在墙上都写了"我的美丽的雅典人！"④他那个儿子⑤——我们新近才接受他作雅典公民的——想吃阿帕图里亚节⑥的香肠，请求他的父亲帮助他这个祖国。于是国王奠酒为盟，要遣派这样大一支军队前来助战，定叫雅典人不由不纳罕说：来了好大一群遮天蔽日的蝗虫啊！ 150

狄开奥波利斯　除了蝗虫而外，如果我相信了你一个字，天让我不得好死吧！

特奥罗斯　他已经给你们派来了特拉克英勇善战的子弟兵。

狄开奥波利斯　我们就要看明白了。

传令官　你们这些特拉克人，特奥罗斯带来的，请到这儿来！ 155

　　　　兵士数人自观众右方上。

狄开奥波利斯　这是些什么叫我们遭殃的东西？

特奥罗斯　这是一支奥多曼提亚军队。

---

① 西塔尔克斯，特拉克的奥德律赛人的国王，势力强大，公元前四二九年曾为雅典攻打马其顿。
② 这里借用阿里斯托芬的《马蜂》一剧中克勒昂豢养的一个谄媚的寄生虫的名字。
③ 指雅典人被特奥格尼斯冷冰冰的悲剧冻着了。
④ 可能指刻在碑上的奥德律赛人和雅典人的盟约。
⑤ 指萨多科斯，他于公元前四三一年(内战第一年)取得雅典公民权。
⑥ 阿帕图里亚节，雅典四月(公历十月中至十一月中)举行，庆祝年满二十的雅典青年成为公民。

243

狄开奥波利斯　什么奥多曼提亚？告诉我,这是什么意思？哪一些奥多曼提亚人把阳物割了下来啦？①

特奥罗斯　只要一天给他们两块钱报酬,他们这些轻盾兵就会蹂躏整个的波奥提亚。

狄开奥波利斯　给那些纵淫的家伙两块钱！气死你们上层桨手②,我们城邦的保卫人！哎呀,我完了！这些奥多曼提亚人抢了我的大蒜！快把这些大蒜给我放下！

特奥罗斯　你这个倒霉鬼,快不要冒犯这些吃足了大蒜的③！

狄开奥波利斯　你们这些主席官竟让这些外国人在我祖国内这样对待我吗？我反对讨论给特拉克人什么报酬。我告诉你们,有宙斯的预兆④,已经有一颗雨点打在我身上了！

传令官　特拉克人可以退出去,后天再来。主席官宣布散会。

　　　　传令官、特奥罗斯和奥多曼提亚兵士自观众右方下。

狄开奥波利斯　唉,我损失了一样多么好的凉拌菜啊⑤！好在阿菲特奥斯从斯巴达回来了！欢迎呀,阿菲特奥斯！

　　　　阿菲特奥斯自观众左方上。

阿菲特奥斯　别忙,等我跑完再说,因为我得赶快逃,逃避那些阿卡奈人。

狄开奥波利斯　怎么一回事？

阿菲特奥斯　我正带着和约赶到这儿来,偏给一些阿卡奈老顽固闻出了气息——他们是马拉松⑥的老战士、顽强货、硬炭一样的老家伙,橡树那样结实、枫树那样壮！他们全直嚷着:"你这个大坏蛋,人家才割掉了我们的葡萄藤呢,你倒竟自带来了和约？"⑦他们捡起石子来,用衣服兜起了。好在我逃跑了,他们可还在追追嚷嚷呢。

狄开奥波利斯　随他们嚷吧。你可把和约带来了吗？

---

① 据说这些兵士身上挂有阳物模型。
② 希腊战舰桨座分三层,上层桨手划的桨最长最重,每日军饷一块钱。
③ 借斗鸡为喻。吃足大蒜的鸡斗起来狠。
④ 指有暴雨、地震等异象的预兆。
⑤ 指损失了大蒜。凉拌菜是用大蒜、韭菜、干酪、蜂蜜、油、鸡蛋等制成的冷食。
⑥ 指公元前四九〇年的马拉松战役,雅典人粉碎了波斯人的第一次进攻。
⑦ 公元前四三一年斯巴达国王阿基达摩斯率十万人进攻阿提卡,大本营设在阿卡奈,他故意破坏该地区,欲刺激阿卡奈人怂恿雅典人出城决战,这计策被伯里克利斯识破。这里是反用典故。

阿菲特奥斯　带来了,这儿是三皮囊尝味的样品①。这是五年和约,你拿去尝尝吧。

狄开奥波利斯　呸!

阿菲特奥斯　怎么啦?

狄开奥波利斯　我不喜欢这一囊,因为它有松香和海军军备的味儿②。

阿菲特奥斯　那你就把这囊十年和约拿去尝尝吧。

狄开奥波利斯　这一囊有遣派使节前往各城邦的味儿,冲得很,好像怪那些盟邦不抓紧备战呢。

阿菲特奥斯　这一囊是三十年陆海和约。

狄开奥波利斯　啊!酒神有灵!这一囊有神膏和仙酒的味儿,并不命令我们说:"各自准备三天的行军口粮!"好像说:"你想到哪里就到哪里去。"我接受这一囊,我要奠酒,我要干杯,把那些阿卡奈老顽固抛到九霄云外去。我避免了战争和苦难,就要回去庆祝乡村酒神节③了。

　　　狄开奥波利斯进入中屋。

阿菲特奥斯　我可得要逃避那些阿卡奈人。

　　　阿菲特奥斯自观众右方急下。

二　进场

　　　歌队自观众左方进场。

歌队　大家朝这儿来,朝这儿追,向所有的过客打听他!功在城邦,大家出力,快去捉住他。(向观众)请你们告诉我,知道不知道那个携带和约的家伙逃到哪里去了。

　　(首节)他逃掉了、跑掉了!可惜我上了年纪啦!我年轻时候,背着一筐木炭,还紧跟着法宇洛斯④,跟他赛跑呢。要是在当年,我来

---

① 皮囊里装的是酒。希腊文"奠酒"一词含"和议"之意,故而这里用酒代替和约。
② 希腊葡萄酒里溶有松香以利保存。"松香"又可解作"沥青",沥青是船只涂料,故同海军军备有关。
③ 乡村酒神节在十二月举行。
④ 法宇洛斯,奥林匹克运动会上一个优胜者。

追赶这个坏蛋,尽管他赛过飞毛腿,也决不叫他轻易逃掉!(首节完)

　　如今只可惜我的胫骨节已经僵硬了,拉克拉特得斯①老腿已经酸软了,竟让他跑掉了。我们定要去追赶,别让他目中无人,自夸逃得了我们这些阿卡奈老年人!

　　(次节)宙斯啊,天上的众神啊,他是什么东西,胆敢同我们的敌人议和!明知我,为了我的田庄,定要同他们进行大战!我决不罢手,直到我像一根小芦桩,又尖又锋利,直刺进他们的肉里,叫他们不敢再践踏我的葡萄藤。(次节完)

　　我们一定去把这家伙找出来:搜遍巴勒涅②,躲到天涯海角也把你找出来,决不罢了你;我们带了石头来,一定要痛痛快快砸了你!

狄开奥波利斯　(自内)肃静,肃静!③

歌队　大家别作声!朋友们,你们听见肃静令没有?这就是我们要寻找的那个人。大家上这儿来,让开路,因为这家伙好像就要出来献祭呢。

　　　　狄开奥波利斯偕一妇人、一少女和二仆人自中屋上。

狄开奥波利斯　肃静,肃静!让顶篮子的④走前来,让珊提阿斯把法洛斯竿⑤举直。

妇人　女儿,把篮子放下来,我们好开始献祭啦。

少女　母亲,把汤勺递过来,我好把豆羹浇在薄饼上。

狄开奥波利斯　很好。狄奥尼索斯,我的主啊,让我有幸带我一家人前来献祭,行礼如仪,顺利地庆祝这个乡下的酒神节。我已经避免了兵役,但愿我这个三十年和约开花结果。

妇人　喂,好孩子,嬝嬝婷婷地顶着篮子,做出一副端端正正的样子来!谁娶了你,谁就有福,谁就会生出一些小貂鼠,一到天亮时候,她们就会和你一样地放臭屁。向前,在人堆里要特别当心,别叫人家扒走了你的金首饰。

---

① 拉克拉特得斯,可能是阿卡奈人首领,公元前四九〇年任希腊执政官。
② 巴勒涅,与希腊文"砸"字谐音,暗指他们要用石击刑。
③ 宗教典礼开始时的口令。狄开奥波利斯想象自己已回到乡下并庆祝乡村酒神节。
④ 篮子里盛水果。顶篮人的姓名要刻在纪念碑上,故而对于当此任的女孩子是很光荣的。这里由狄开奥波利斯的一个女儿担当。
⑤ 法洛斯竿,象征生殖。

狄开奥波利斯　珊提阿斯，你们俩得把法洛斯竿举直，跟着顶篮女，我会跟在后面，唱一支法洛斯歌；至于你，我的老婆，你可以上屋顶去观看。前进！

　　妇人进入中屋，再由屋顶上出现。

　　（法洛斯歌）法洛斯①啊，你这个酒神的伴侣、夜游的宴乐神、爱慕妇人与少年人的神啊，好容易挨过了六个年头，我才高高兴兴回到家里来，向你致敬，因为我已经为我自己议下了和约，躲避了那些祸患、战争和拉马科斯之流。

　　法洛斯啊法洛斯，比起来，还是这样妙得多：让我埋伏在山里，等候斯律摩多洛斯②的丫头，那个熟透了的特拉克打柴女孩子，捉住她偷树桠，搂住她的腰，把她举起来，按下去，压了她的葡萄！法洛斯啊法洛斯！

　　如果你同我们闹过酒，酒后头晕，你可以大清早上喝一碗和平汤。我要在炉灶的火光熊熊里挂起了盾牌。

　　歌队用石子打击狄开奥波利斯，少女和二仆人逃进中屋，妇人自屋顶上退下。

三　第一场（斗争）

歌队　这就是，这就是他！扔呀，扔呀，扔呀，扔！大家来打这个可恶的东西！你不扔呀你不扔？③

狄开奥波利斯　（首节）赫拉克勒斯呀！这是干什么的？你们会打碎我的土钵④呢！

歌队　我们要砸碎你自己，你这个可恶的东西！

狄开奥波利斯　你们这些阿卡奈长老啊，为什么缘故呢？

歌队　你还要问？你这个祖国的叛徒啊，你原是一个无耻的、可恨的家伙，没有我们，你就议下了和约，你还有脸来见我！

---

① 法洛斯，象征生殖的神。
② 斯律摩多洛斯，狄开奥波利斯的同乡。
③ 歌队里有些人不扔石头。
④ 指盛豆羹的土钵。

247

狄开奥波利斯　可是你们不知道我为什么议下了和约,听我说!

歌队　还听你说?就叫你死!我们就用乱石头收拾了你!

狄开奥波利斯　且慢,你们总该先听我说几句话;好朋友,你们先忍耐忍耐吧!

歌队　忍无可忍了!你也不必向我说半句话,因为我恨你,比我恨克勒昂还要入骨,就说克勒昂吧,我也已经恨不得剥下他的皮来给那些骑士做靴底子呢!(首节完) 301

歌队长　你和斯巴达人议下了和约,还要我听你说一大串话吗!我要惩罚你!

狄开奥波利斯　好朋友,且不谈斯巴达人,先听听我的和约,看到底我议和议得对不对。

歌队长　还说"对"!你竟自同那些不顾祭坛、不顾信义、不顾誓言的人议下了和约!

狄开奥波利斯　就我所知,我们遭殃,不能全怪这些动了我们公愤的斯巴达人。 310

歌队长　不能全怪他们?你这个坏东西!你敢公然当着我们这样说?还以为我会饶了你?

狄开奥波利斯　不能全怪,不能全怪他们;我可以说出充分理由来,证明在许多方面,他们倒是得怪我们呢。

歌队长　真是骇人听闻,你胆敢替我们的敌人辩护!

狄开奥波利斯　我甘愿把我的颈脖子伸在一张案板上对大家说话,保证我的话公平合理,令人相信。

歌队长　乡邻们,告诉我,我们为什么吝惜这些石头,不把这个硬家伙砸成红布片儿①?

狄开奥波利斯　好一炉血红的热炭烧得你心里直冒火花啊!你们这些阿卡奈人啊,你们不听吗,果然不听吗? 322

歌队长　我们就是不听!

狄开奥波利斯　那我可太冤枉了!

歌队长　我听,就该我死!

---

① 指斯巴达人穿的红色军服。

248

狄开奥波利斯　谁也不该啊,阿卡奈人!

歌队长　你该相信你现在就活不成!

狄开奥波利斯　好,我也就叫你们痛快不成:我要反过来杀死你们最亲爱的朋友,既然我得到了你们的人质,我就要把他们拿出来杀掉!

　　　狄开奥波利斯冲进中屋。

歌队长　乡邻们,告诉我,他是拿什么来威胁我们呀?是不是他把我们哪一位在场人的孩子关在那里面了?要不然,他怎敢这么大胆呢?

　　　狄开奥波利斯自中屋内提着一把短剑和一筐木炭上。

狄开奥波利斯　你们想扔就扔吧!我也会找这个出气。我倒要看你们里头可有人舍不得木炭!

歌队长　哎呀,不得了!这筐子真是我们的乡邻!住手,住手,千万住手!

狄开奥波利斯　(次节)我要杀掉他,你们尽管嚷吧,我可什么也不听!

歌队　你真要杀害我的伴侣,杀害木炭客的朋友吗?

狄开奥波利斯　刚才我说话,谁叫你们不肯听呢?

歌队　可是现在,只要你想说,你尽管说你多么喜爱斯巴达人也可以,我决不背弃这个亲爱的小炭筐。

狄开奥波利斯　那么,先把石头丢在地下。

歌队　得,这些石头都在地下了,你也把剑插回去!

狄开奥波利斯　只怕还有石头藏在你们的衣兜里呢。

歌队　都抖在地下了。你没有看见我们抖吗?不要再推托吧,把剑插回去!我们扭过来,扭过去,把衣服全抖开了。(次节完)

狄开奥波利斯　谁叫你们偏要兜起石头,"抖"出这场乱子,差点儿害得这些帕尔涅斯木炭把老命都丢了!可怜这炭筐吓得就像墨鱼一样喷了我一身炭灰。真莫名其妙,心比石头硬,偏要扔石头,偏要乱叫乱嚷,偏不肯听近情近理的公平话,哪怕我甘愿把颈脖子伸在案板上对大家说话;可是,也罢,我还是爱惜我的生命。

四　第二场(对驳的准备)

歌队　(首节)那么,你这个坏东西,为什么还不把案板搬到外面来,发你的高论呢?我倒很想知道你有什么好说。现在就照你自己提议的做

法，快把案板放在这儿，开始讲吧。(首节完)

    狄开奥波利斯进中屋去把案板搬出来。

狄开奥波利斯 大家看，案板在此，别看说话人何等渺小，宙斯在上，我并不用盾牌来掩护，我要为斯巴达人说出我要说的良心话。可是我有理由害怕，我很知道这些乡下人的脾气，他们就喜欢江湖骗子称赞他们和他们的城邦，不管对不对，全不知道自己上了当，叫人家出卖了；我还知道这些年老的陪审员①的心情，他们除了想吃陪审费而外，什么都不顾；我也没有忘记去年我那出喜剧②叫我本人在克勒昂手里吃过什么苦头：他把我拖到议院去，诬告我胡说八道、嘴里乱翻泡，滔滔不绝，骂得我一身脏，几乎害死了我！因此，这回在我讲话以前，先让我好好穿上一套，扮出一副最可怜的样子吧。

歌队 （次节）为什么这样躲躲闪闪，耍乖巧，想花样拖延时间？你就去向希埃罗倪摩斯③借他那顶毛蓬蓬的黑色隐身帽来，就去打开西绪福斯④的锦囊，施展他的奸谋诡计，我也不管，反正这一场审问你可推卸不了。(次节完)

狄开奥波利斯 现在我得显一显胆量了，我去找欧里庇得斯。

    敲左屋的门。

    孩子，孩子！

    克菲索丰自左屋上。

克菲索丰 谁呀？

狄开奥波利斯 欧里庇得斯在家不在家？

克菲索丰 他在家也不在家。

狄开奥波利斯 怎么？他在家也不在家？

克菲索丰 正是呀，你老人家。他的心思不在家，到外面采诗去了；他本人在家，高高地跷起两腿儿写他的悲剧呢。

狄开奥波利斯 三生有幸的欧里庇得斯，连他的仆人都是这样的妙嘴儿！

---

① 雅典的陪审员共六千人，每次陪审由其中的五百人参加，每人津贴三个奥波洛斯（相当于半块希腊币）。
② 指阿里斯托芬的《巴比伦人》，公元前四二六年上演，因剧中抨击雅典对盟邦的高压手段，克勒昂便在议会控告作者侮辱雅典公民和议员。
③ 希埃罗尼摩斯，一位悲剧作家，据说他头发又长又乱，遮住了脸。
④ 西绪福斯，埃奥洛斯或奥托吕科斯之子，为人奸诈，据说他甚至骗得冥王同意把他放回阳间。

快把他叫出来！

克菲索丰　不行,不行。

狄开奥波利斯　不行也得行,我反正不走,我要敲门。欧里庇得斯,亲爱的欧里庇得斯！你不答理别人,也得答理我;是我啊,是科勒代乡①的狄开奥波利斯在叫你。

欧里庇得斯　（自内应）我没有工夫！

狄开奥波利斯　但是你叫内景壁转一转就出来啦！②

欧里庇得斯　不行,不行。

狄开奥波利斯　不行也得行。

欧里庇得斯　那就转我出来吧;可是我没工夫下来。

　　　　景后一部分墙壁转开,欧里庇得斯出现。

狄开奥波利斯　欧里庇得斯！

欧里庇得斯　你叫唤什么呀？

狄开奥波利斯　你写作,大可以脚踏实地,却偏要两脚凌空！难怪你在戏里创造出那么些瘸子！你为什么穿了悲剧里的破衣衫,一副可怜相？难怪你创造出那么些叫化子！欧里庇得斯,我凭你的膝头求你:从你的旧戏里借一套破布烂衫给我,因为我得向歌队讲一大套话呢;万一讲得不好,我就完了。

欧里庇得斯　什么样的破布烂衫？是不是用来扮演可怜老头儿奥纽斯③的那一套？

狄开奥波利斯　不是奥纽斯的,是一个更可怜的角色的。

欧里庇得斯　是不是瞎子福尼克斯④的？

狄开奥波利斯　不,不是福尼克斯的;另外有一个人比福尼克斯还要可怜呢。

欧里庇得斯　这家伙到底要什么样的破布烂衫呢？你是说叫化子菲罗克特特斯⑤的那一套？

---

① 科勒代乡,大概在雅典东南约十九公里,许墨托斯山东南麓。
② 指舞台上转动布景墙把内景活动台推到前面来。
③ 奥纽斯,卡吕冬国王,王位被篡夺后四处漂泊。
④ 福尼克斯,因父的情妇诬告,被其父弄瞎双眼,逃亡在外。
⑤ 菲罗克特特斯,因被毒蛇咬伤,被出征特洛亚的希腊军队遗弃在一荒岛上达十年之久。

狄开奥波利斯　不是,是要一个更是十足叫化子的角色的。

欧里庇得斯　你竟想要瘸子柏勒洛丰特斯①穿过的脏袍子?

狄开奥波利斯　不是柏勒洛丰特斯;我指的那个人又是瘸子,又是叫化子,而且是又会出语惊人,又会口若悬河!

欧里庇得斯　啊,我知道,那是密西亚的特勒福斯。

狄开奥波利斯　对了,是特勒福斯。我求你把他的布片儿给我。

欧里庇得斯　孩子,你把特勒福斯的破衣衫给他,那是放在提埃斯特斯②的破衣服上面的,夹在他的和伊诺③的中间。

克菲索丰　(向狄开奥波利斯)喂,拿去! 434

　　　　狄开奥波利斯把衣服打开,对着阳光看看。

狄开奥波利斯　宙斯啊,你这位到处都看得见、看得穿的神啊,容许我穿成最可怜不过的样子吧!

　　　　套上破衣服。

　　欧里庇得斯,行好事行到底,你给了我这个,就请把配搭的行头也给了我吧:我是说那顶密西亚式的小毡帽。"我今天得扮一个乞丐;又要是我又要不像我";④观众会认识我是谁,但是歌队会莫名其妙,呆在那儿,听凭我用一些巧言妙语捉弄他们。 444

欧里庇得斯　我就给你帽子。这鬼心眼想得个好主意!

狄开奥波利斯　愿你有福;"但愿特勒福斯不倒霉"!⑤妙呀!我已经满嘴的巧言妙语了!然而我还需要一根叫化棒。

欧里庇得斯　快拿着滚吧,滚出我的大石厅⑥!

狄开奥波利斯　(自语)我的灵魂啊,人家一下子就要把我赶出高门大厦去,不管我还需要多少件小行头!我要强求,我要固请,我要硬讨!

　　欧里庇得斯,请给我一个小提篮,叫灯火烧穿了的! 452

欧里庇得斯　你要这样一个提篮做什么用呢?

狄开奥波利斯　没有什么用,可是我要拿到手。

---

① 柏勒洛丰特斯,骑飞马跌伤成了瘸子。
② 提埃斯特斯,诱拐其兄阿特柔斯之妻,被驱逐。
③ 伊诺,参加酒神狂欢,夜间在山里失踪,其夫阿塔马斯另娶,后又把她找回,让她假装女仆。
④ 据说此语引自《特勒福斯》。
⑤ 据说此语引自《特勒福斯》。
⑥ 传说欧里庇得斯住在萨拉弥斯的石洞里。

欧里庇得斯　你只是找麻烦,滚开,滚出去!
狄开奥波利斯　唉! 愿你有福,像你母亲一样地有福!①
欧里庇得斯　给我滚吧!
狄开奥波利斯　只要再给我一件东西:一个小碗,碗边上打缺了的!
欧里庇得斯　端着这个滚你的! 你可知道你真烦死我了!
狄开奥波利斯　(旁白)啊,你可不知道你把悲剧糟蹋死了!②

　　但是,最亲爱的欧里庇得斯,只要再给我一件东西:一个小水瓶,用海绵当塞子的。

欧里庇得斯　你这家伙,这样那样的,你把我一整个悲剧都拿去了! 快提着这个滚吧!
狄开奥波利斯　我就走。哎呀! 我可还要一件东西,得不到手,我就完了。最亲爱的欧里庇得斯,听我说! 我一拿到这东西就离开这儿,决不再回来。请给我一点干薄荷叶装在这个小提篮里!
欧里庇得斯　你逼我上吊吗? 拿去吧。我的剧本整个完蛋了!
狄开奥波利斯　那我就走了,用不着再讨了,我太啰嗦了,"不知道人家厌恶我呢!"③

　　走了几步又退回来。

　　哎呀,倒霉,我完了! 我竟忘记了一件东西,少了它,什么都只算白搭。我最可爱的、最亲密的小欧里庇得斯,除了这一件,如果我还要向你讨什么,我不得好死,就只一件了,就只一件了,请给我几根从你妈妈那儿要来的野萝卜吧!

欧里庇得斯　这家伙好无礼! (向仆人)关门!

　　欧里庇得斯退,墙壁还原。克菲索丰进入左屋。

狄开奥波利斯　(自语)我的灵魂啊,得不到野萝卜也得走啊。可知道你就要参加的舌战是一件多么严重的事情? 你就要替斯巴达人讲话呢。我的灵魂啊,你就上前去吧! 这就是起点! 你站住不动吗? 你整个吞下了欧里庇得斯还壮不起胆? 好呀! 前进吧,我这可怜的心! 快到那儿去,把脑袋献在那上面,说出你要说的话。勇敢些,走呀,前

---

① 欧里庇得斯的母亲是卖野菜的。
② 讽刺欧里庇得斯把这些物件都放进悲剧里,使悲剧失去高贵性。
③ 此句戏拟欧里庇得斯的《奥纽斯》里的戏词。

进呀！我赞美我的心！①

五　第三场（对驳）

歌队　你要干什么呢？你要说什么呢？你胆大包天！你厚颜无耻！你居然要把你的颈脖子献给城邦，和我们大家作对、抬杠！这家伙居然一点也不害怕！来呀，既然你自己情愿，你就开口吧！

狄开奥波利斯　诸位观众，请你们不要见怪，我这样一个叫化子，不揣冒昧，要当着雅典人在喜剧里谈论政事，要知道喜剧也懂得是非黑白啊。我要说的可能会骇人听闻，但却是真情实理。②

　　克勒昂现在再也不能够诬告我当着外邦人诽谤我们的城邦：因为这一次戏剧竞赛是在勒奈亚节里举行的，就只有我们自己在场，外邦人还没有前来，盟邦的贡物和部队还没有到呢。我们是麦子，外邦人是谷子，现在谷子是簸得干干净净的，至于外邦侨民，那又当别论，他们虽不是公民，总得算面粉里带的麸子。

　　我衷心痛恨斯巴达人，但愿海神，泰那农海角上的神明，叫大地震动，震倒他们的房舍，把他们全都压死；③谁叫他们把我的葡萄藤割了呢！可是，在场的既然都是朋友，我们不妨说一句知心话：我们这样受罪，为什么全怪斯巴达人呢？我们有些人，我并不是说城邦，——请你们千万记住，我并不是说城邦，——而是说一些坏小子、假铜钱、没有公权的流氓、冒牌货、半外国人，他们经常告发人私卖了墨伽拉小外套，如果他们在哪里看见有葫芦，或是野兔，或是小猪，或是蒜头，或是大盐，就说这些都是墨伽拉走私货，拿去充公拍卖了。这不过是一些鸡毛蒜皮、地方习气，不算什么。

　　糟糕的是：有一些年轻小伙子玩酒戏喝醉了，跑到墨伽拉去，抢来了那个名叫西迈塔的妓女。想不到这一点鸡毛蒜皮，居然扫了墨

---

① 此段戏拟欧里庇得斯的《美狄亚》里美狄亚杀子前的内心独白。
② 此段一些词句戏拟《特勒福斯》里的戏词。
③ 泰那农在斯巴达南部。传说有奴隶逃进那里海角上的海神庙，被斯巴达人拖出来杀死，海神因此大怒，用三叉击地，发生大地震。

伽拉人的面子,惹动了他们的大蒜劲儿,他们反而抢劫了阿斯帕西亚①两个妓女。好,为了三个娼妇,战火就在全希腊烧起来了。我们的盖世英雄伯里克利斯勃然大怒,大发雷霆,大放闪电,震惊了全希腊;他拟出了一道禁令:——读起来就像一首酒令歌②,——"我们的领土内、我们的市场里、海上、陆上,一个墨伽拉人都不准停留!"

  这一下墨伽拉人渐渐挨饿了,他们便央求斯巴达人转圜设法取消这一道禁令,无非是那些娼妓惹出来的禁令。多少次斯巴达人要求我们,可是我们一次也不理。从此就干戈处处,大动刀兵了。也许有人会说他们不应该。可是他们应该怎样呢?喂,要是斯巴达人坐船来,告发人私卖违禁货,把一条塞里福斯③小狗子拿去充公拍卖了,难道你们会坐在家里不动吗?那才不会呢!不由分说,你们会叫三百只战舰立刻下水,全城轰动,到处只听见兵士的吵闹声、对战船供应人员的呼噪声;军饷在发放,雅典娜的神像在涂金,仓库里在乱哄哄,军粮在过斗;到处是套桨的皮圈、酒囊、瓶子、大蒜、橄榄、一网袋一网袋的葱头;到处是花冠、凤尾鱼、吹笛女和打青了的面孔;造船厂里原木在刨成桨,楔子在拍进缝,桨柄在装上皮圈,只听见水手头目的口令、箫声、笛声、哨子声。你们一定会这样做的,"我们以为特勒福斯不会这样做吗?那我们就太不聪明了"。④

甲半队领队　你这个该死的东西,你这个可恶的东西,真的吗?你是个叫化子,你敢向我们这样说吗?就说我们这儿有告密人,你敢骂我们吗?

乙半队领队　是呀,凭海神起誓,他说的都是真的,他并没有说一句假话。

甲半队领队　就说是真的,这家伙配说吗?他这等无礼,该受惩罚!

   甲半队领队冲向狄开奥波利斯。

乙半队领队　你冲到哪里去?快停下来!你要是打了他,我立刻就把你举起来⑤!

---

① 阿斯帕西亚,雅典妓女,伯里克利斯的情妇,她后来又训练了一些妓女。
② 大概是提摩克瑞昂所作,大意是:"瞎眼的财神呀,但愿你不要在海上、陆上或是我们的半岛上出现。"
③ 塞里福斯,爱琴海上小岛,雅典的殖民地。
④ 此句引自《特勒福斯》。
⑤ 角力时,抱住并举起对方就获胜。这里的意思是要打败对方。

　　　　　　甲乙两半队自己打起来,结果是甲半队打输了。

甲半队领队　眼光里闪电的拉马科斯啊,快来救我呀!盔顶上插大翎毛叫人一见丧胆的拉马科斯啊、我的朋友啊、我的族人啊,快出来救我呀!军官也好,大兵也好,攻城的也好,守城的也好,快来救我呀!我的腰叫人家抱住了呀!

　　　　　　拉马科斯全副武装偕二兵士自右屋上。

拉马科斯　哪里来的杀伐之声?哪里求我去增援?哪里求我去一显神威?哪一个惊动了我这张戈尔戈盾牌①,叫它从匣子里直跳了起来?

狄开奥波利斯　大英雄拉马科斯啊,你这些翎毛和队伍真吓死人!

甲半队领队　拉马科斯,这家伙一直在诽谤我们的整个城邦!

拉马科斯　你是个叫化子,你敢胡闹吗?

狄开奥波利斯　大英雄拉马科斯啊,饶了我这个叫化子胡说八道吧!

拉马科斯　你说了些什么啦?快告诉我!

狄开奥波利斯　我记不得了,一见你的刀呀枪呀,我就昏头昏脑了。求你先挪开那个妖怪头。

拉马科斯　得!

　　　　　　拉马科斯把盾牌提开。

狄开奥波利斯　把它翻过去。

　　　　　　拉马科斯把盾牌翻转。

拉马科斯　伏在那儿了。

狄开奥波利斯　从你的盔顶上折一根翎毛给我。

拉马科斯　拿去吧,这一片小绒毛。

狄开奥波利斯　扶住我的头,我好吐一吐,你的翎毛真叫我作呕。

拉马科斯　你这家伙,干什么呀?你竟用我的小绒毛助呕啦!

狄开奥波利斯　这是小绒毛吗?告诉我,是什么鸟的?是牛皮鸟大王的吗?②

拉马科斯　呸,我非宰了你不可!

　　　　　　两人扭打起来,结果是拉马科斯打输了。

────────

① 指盾牌上绘有人见后会变石头的妖怪戈尔戈像。
② 因拉马科斯把"翎毛"说成"绒毛",故讽刺他吹牛。

狄开奥波利斯　得了,得了,拉马科斯!你只有这点劲儿,怎么干得了!如果你真有力气,为什么不把我阉割了?你不是挺雄赳赳吗?

拉马科斯　你这个叫化子胆敢这样挖苦我这个军官?

狄开奥波利斯　我是个叫化子吗?

拉马科斯　那你是什么东西?

　　　　　狄开奥波利斯把破衣服脱掉。

狄开奥波利斯　我是什么人?是一个好公民,向不钻营官职。开战以来,我就一直是最肯卖命的人;而你呢,开战以来,就一直是只拿官俸的人。 597

拉马科斯　是大家选举了我——

狄开奥波利斯　三只鹈鸪①选举了你!我一恶心便议下了和约,我实在看不惯多少白发老头儿排在队伍里,而你这样的一些年轻小伙子却躲掉了,有的,像提萨墨诺—费尼波斯②和帕努癸帕基得斯③之流,跑到特拉克去了,每天支三块钱官俸;有的跟着卡瑞斯④去了;有的,像革瑞托—特奥多洛斯⑤和狄奥墨阿拉宗⑥之流,上了卡奥尼亚⑦;还有的去了卡马里那、革拉和卡塔—革拉⑧。 606

拉马科斯　是大家推举了他们——

狄开奥波利斯　可是为什么缘故你们老是支官俸,而这些人(指着歌队)却一点也不支?马里拉德斯,你的头已经白了,你当过使节没有?他摇摇头。他却是个稳当、勤勉的好人。德拉库罗斯、欧福里得斯或是普里尼得斯又怎样呢?你们里头可有人看见过波斯都城或是卡奥尼亚没有?他们说没有。可是科绪拉的儿子⑨和拉马科斯却看见过,他们两人从前一向偿不清债务、付不清救济捐⑩,还弄得所有的朋

---

① 鹈鸪喻蠢人,此指拉马科斯的党羽。
② 由两个人名合成。
③ 帕努癸帕基得斯,意即"基帕基得斯坏蛋"。
④ 卡瑞斯,也许指公元前四世纪同名将军的祖父。
⑤ 由两个人名合成。
⑥ 狄奥墨阿拉宗,意即"狄奥墨亚乡的吹牛皮的人"。
⑦ 卡奥尼亚,在希腊西北部。
⑧ 卡马里那和革拉,在西西里南岸。卡塔,应是卡塔那,在西西里东岸。这里故意说成"卡塔—革拉",谐希腊文"愚弄"一词语音。
⑨ 泛指贵族子弟。
⑩ 救济捐,友谊社的捐款,供贫苦社员之用。

257

友,就像夜里向街上倒脏水那样向他们警告过:"走开点!"

拉马科斯　民主政府呀,这是可以忍受的吗?

狄开奥波利斯　拉马科斯支了官俸,就得忍受啊!

拉马科斯　可是我要同所有的伯罗奔尼撒人永久打下去,我要尽最大的力量用海陆军从各方面去困扰他们!

    拉马科斯偕二兵士进入右屋。

狄开奥波利斯　我却要向所有的伯罗奔尼撒人、墨伽拉人和波奥提亚人宣告,让他们同我做买卖,可不让拉马科斯。

    狄开奥波利斯进入中屋。

六　插曲①

甲　短语

歌队长　这个人凭他的辩论获得了胜利,在议和这个问题上说服了人民。现在让我们准备唱插曲吧。

乙　插曲正文

歌队长　自从我们的歌队导演人②演出他的喜剧以来③,他从没有在观众面前说过他自己多么高明。只因为他的仇人们在轻易下判断的雅典人中间诬蔑了他,说他讽刺我们的城邦,污辱我们的公民,他现在想要在善于改悔的雅典人面前有所辩白。他说你们应当多多酬谢他呢,因为多亏他规劝了你们不要上外邦人的当④,不要听阿谀的话,不要当受人摆布的傻瓜。从前,那些外邦的使节想诱骗你们,他们只要首先把你们的城邦称为头戴紫云冠的雅典⑤,这样一说,你们立刻就颠起屁股尖坐得笔挺了,因为你们喜欢戴这顶高帽子。如果有人

---

① 插曲,词义为"上前",指人物退场后,歌队上前直接向观众说话。
② 歌队导演人由剧作家担任。此指阿里斯托芬。
③ 阿里斯托芬的第一部喜剧《宴会》上演于公元前四二七年。
④ 可能指勒昂提昂的使节戈尔吉阿斯于公元前四二七年来说服雅典共同对付叙拉古扎一事。
⑤ 这是诗人品达罗斯赠给雅典的美称。

恭维你们,说起"油亮亮的雅典城"①,他们单凭这"油亮亮"三个字就可以要什么是什么,只因为他们在你们的身上加上了用来赞美鲲鱼的形容词!我们的诗人这样一规劝,便给了你们许多益处,正如同你们多亏他指点出那些盟邦的人民是怎样受我们的"民主"统治的。因此他们从那些城邦给你们带着贡物前来,想看看这位大诗人,胆敢对雅典人说真话的诗人。他这勇敢的声名已经远播到四方。有一天波斯国王接见斯巴达使节的时候,他首先问他们这两个城邦哪一个在海上称雄,其次就问起这个诗人经常讽刺的究竟是哪一个城邦;他说谁听取了他的劝诫,谁就会变得聪明强大,会在战争中必胜无疑。斯巴达人因此提出了和平建议,要求你们割让埃吉那;他们并不是在乎那个海岛,无非要夺去这个诗人②。可是你们决不可把他放弃,因为他会不断在喜剧里发扬真理,支持正义。他说他要给你们许多教训,把你们引上幸福之路:他并不拍马屁、献贿赂、行诈骗、耍无赖,他并不天花乱坠害得你们眼花缭乱,他是用最好的教训来教育你们。 658

丙　快调③

歌队长　不怕克勒昂对我耍诡计,就让他翻出来千百套鬼把戏:我有公理和正义做我的战友;决不会学他样当场出丑——讲政治,原来是懦夫;论风月,明明是色鬼。 664

丁　短歌首节

甲半队　来吧,阿卡奈的诗歌之神,带足了火的威力,又强烈,又凶猛,来到我这儿,要来势像火花怒发,令人想起一盘小鱼儿正要下锅,有的人在调盐加醋,有的人把鱼儿泡泡浸浸,搅出了五光十色,火扇一扇,橡树木炭里哄的一阵跳出了火星。请你就这样爆发出来,教你的乡邻一齐唱出高亢激昂的、粗声野气的歌曲! 675

---

① "油亮亮的"含"光荣的"和"多油的"两义。"多油的",指阿提卡盛产橄榄油。
② 埃吉那,在雅典南方,公元前四五五年被雅典所占,斯巴达曾要求雅典人退出该岛,雅典反倒赶走岛上居民,把土地分配给雅典移民,阿里斯托芬可能也分得一份。另说他同埃吉那人有血统关系。
③ 一口气念完。这六行诗很著名,后经改编,成为希腊和罗马时代流行的歌词。

戊　后言首段

歌队长　我们这些年高的老战士要责备我们的城邦:因为我们在海上拼得了多少次胜利,论理该享受老来时的奉养,可是我们并没有享受到,反而遭受到虐待。你们叫我们这些老英雄吃官司,受那些年轻的政客嘲笑。我们已经不中用了,迟钝衰弱,只有拐棍才是我们的"从不滑倒的海神"①。我们老了,站在石坛②前面,说话不清楚,除了审案的乌烟瘴气而外,什么都看不见。年轻小伙子,不择手段,争做起诉人,一开头就大张挞伐,把一些莫须有的罪名乱扔过来;安置好一些语言的圈套,把提托诺斯③拖过去盘问,撕他,吓他,弄得他糊里糊涂!可怜他人老了,牙齿掉了,说话咕噜咕噜,官司打输了,退下庭来,不由得老泪纵横,对朋友们呜呜咽咽说:"我回去得把棺材钱花来付罚金。"

691

己　短歌次节

乙半队　这不是岂有此理吗,一把滴漏壶④活活地坑了一个白头老战士?他曾经为城邦立过多少苦功劳,流过多少热汗,在马拉松战场上当过英雄。我们在马拉松追赶过敌人,如今这些坏透了的家伙却把我们追逼得走投无路,判我们有罪。事实如此,请问马西阿斯⑤还有什么话好说?

702

庚　后言次段

歌队长　天地间还有公理吗?和我同年岁的图库狄得斯⑥,那个已经驼了背的老头儿,落在油嘴滑舌的起诉人克菲索得摩斯的手里,也就是

---

① 希腊水手出海前的祈祷词。
② 指法庭前的石坛,或指公民大会会场的石级讲台。
③ 提托诺斯,晨光女神所恋之人,并为他求得长生,但他仍旧变老。此指一老迈者。
④ 滴漏壶,法庭上的计时器。
⑤ 马西阿斯,此人可能反对救济穷苦老战士。
⑥ 图库狄得斯,雅典政治家,反对伯里克利斯,受两个年轻人克菲索得摩斯和欧阿特罗斯控告,于公元前四四四年被放逐出境。

260

在斯库提亚蛮荒野地里①,受尽了苦楚。我看见老头儿叫那个弓手给作践得稀里糊涂,我真是伤心,还揩过眼泪呢。凭地母起誓,我敢说他如果还是当年的图库狄得斯,那么,就是对这位女神他也不会轻易容忍啊。他会首先摔倒十个欧阿特罗斯②,然后大吼一声,喝倒三千个克菲索得摩斯,他还会把那个弓手的六亲九眷全都射死。如果你们还不肯让老年人安静,那就规定诉状要分开:凡是对年老人起诉的应该是年老的、掉了牙齿的;凡是对年轻人起诉的应该是浪荡子、饶舌儿和克勒尼阿斯的儿郎③。从今后让老头儿放逐老头儿,或是没收他的财产,如果他已经逃亡在外;让年轻人放逐年轻人,或是没收他的财产。

718

七 第四场

狄开奥波利斯自中屋上。

狄开奥波利斯　这就是我的市场的边界。所有的伯罗奔尼撒人、墨伽拉人和波奥提亚人都可以在这儿同我做买卖,拉马科斯可不行。我任命这三根用拈阄法选出来的勒普罗斯④皮鞭当市场管理员。不让告密人或是从法息斯河岸来的任何一个人⑤挨近一步。我要去把那根刻得有和约的柱子搬出来,把它立在市场里叫大家看得见。

728

狄开奥波利斯进入中屋。

墨伽拉人偕二女孩自观众左方上。

墨伽拉人　雅典的市场,墨伽拉人所喜爱的,我向你欢呼!友谊之神⑥可以作证,我想念你,真像吃奶小孩子想念妈妈。来吧,你们这两个可怜的女娃娃,别再怨倒霉的爸爸,来找找看,吃他个大麦粑粑。你们俩听呀,用肚皮注意呀:你们俩愿意自己给卖掉呢还是饿死?

734

---

① 指克菲索得摩斯有斯库提亚血统,故而下文又称他为"弓手"。
② 欧阿特罗斯,这个人名意为"优秀的比赛者"。
③ 克勒尼阿斯的儿郎,指阿基比阿得斯,一个美貌的浮华青年,后来继克勒昂成为主战派首领。
④ 勒普罗斯,雅典郊外皮革市场。
⑤ 法息斯河,在黑海东岸。河名同希腊文"告密"字音相近。此指告密者。
⑥ 指宙斯。

女孩甲　　卖掉,卖掉!
女孩乙

墨伽拉人　我也是这样想。可是哪一个傻瓜有钱没处花,要买你们这一对活宝贝呢?好在我还有一点墨伽拉人的小聪明。我把你们俩扮成小猪婆来出卖。快套上这些猪蹄子。要装得是家世高贵的老母猪的崽仔。赫尔墨斯在上,卖不掉的话,你们俩回家去可要饿死呢。再戴上这两个小小的猪鼻子;钻进这袋里来。你们要咕咕地叫,喂喂地叫,就像地母祭上的小猪婆那样的叫法①。我去把狄开奥波利斯叫出来,他在哪里呀?狄开奥波利斯,你想买小猪吗?

　　　　　　狄开奥波利斯自中屋上。

狄开奥波利斯　你是谁?是一个墨伽拉人?
墨伽拉人　我们是来赶集的。
狄开奥波利斯　你们日子过得怎么样?
墨伽拉人　没有法子,挨着炉火,只有捧肚皮。
狄开奥波利斯　笑成了这个样子!要是有吹笛手在场,更够你们乐了!你们这些墨伽拉人另外还做些什么事儿?
墨伽拉人　还有什么事儿好做?我打那儿出来的时候,那些议事官②还正在讨论怎样想法子叫我们一下子干脆死掉。
狄开奥波利斯　那你们一下子就可以脱出苦海了。
墨伽拉人　可不是吗!
狄开奥波利斯　墨伽拉另外还有什么新鲜玩意儿?麦子怎么卖?
墨伽拉人　价钱可高啦,比天神还要叫我攀不上。
狄开奥波利斯　你带得有盐吗?
墨伽拉人　你们不是霸占了我们的盐场吗?③
狄开奥波利斯　你没有带大蒜吗?
墨伽拉人　什么大蒜?你们每次打进去,总是像田老鼠一样,拿锹把蒜头全都给刨出来了。④

---

① 地母祭,指埃琉西斯的得墨特尔秘祭。入教者需杀献小乳猪。
② 墨伽拉实行寡头政治,政令由议事官包办。
③ 墨伽拉产盐,晒盐场在尼赛亚,那里的海角一年半前被雅典人占据。
④ 雅典每年两次出动步兵和骑兵攻打墨伽拉,毁掉城外庄稼。

狄开奥波利斯　那你带得有什么呢？

墨伽拉人　地母祭用的小猪婆，"细皮白肉"①。

狄开奥波利斯　你说得妙；拿来看看。

墨伽拉人　它们才长得好呢。你喜欢就摸摸看。多么肥美呀！

狄开奥波利斯　这到底是什么玩意儿？

墨伽拉人　我敢对宙斯赌咒，全是好肉。

狄开奥波利斯　什么？哪里会有这等货！

墨伽拉人　墨伽拉的道地货。难道这不是细皮白肉种吗？

狄开奥波利斯　我看不像，不像那路货。

墨伽拉人　这不是奇怪吗？请看这家伙的疑心劲儿！他说这不算货色。
　　（向狄开奥波利斯）你敢不敢同我赌一点茴香盐，看到底照希腊的说法这一身是不是剥光了好吃的肉。

狄开奥波利斯　可惜是什么"人"的——

墨伽拉人　我当着狄奥克勒斯②赌咒，是我的。你以为是什么人的？你想听听它们叫吗？

狄开奥波利斯　我真想呢。

墨伽拉人　小猪儿，你赶快说话呀！你不想说吗？小婊子，你不作声吗？赫尔墨斯在上，我就把你带回家去！

女孩甲
女孩乙　咕，咕！

墨伽拉人　这是不是小猪婆？

狄开奥波利斯　现在倒有点像。养五年会变作十足的婊子婆。

墨伽拉人　我保证一定会像它的妈妈呢。

狄开奥波利斯　但是不适于作献祭之用。

墨伽拉人　为什么？怎么不适于作献祭之用？

狄开奥波利斯　没有尾巴。

墨伽拉人　因为还小呢。长大了就会有一根又长又大的红尾巴，可叫你喜欢呢！

---

① 希腊文"小猪"，又作"细皮白肉"解，由于这种双关词义，下面一大段话也是饮食男女双关。
② 狄奥克勒斯，一雅典人，他为一墨伽拉少年作战而死。墨伽拉人每年在他坟前举行亲嘴比赛，把奖品赏给最会亲嘴的少年。

263

狄开奥波利斯　这个的腿缝儿和那个的多么相像啊!

墨伽拉人　因为是同爷娘生的。等到长肥大、长足毛以后,就是用来祭爱神的最好的猪婆了。

狄开奥波利斯　可惜猪并不用来祭爱神①。

墨伽拉人　猪不用来祭爱神吗?这是专用来祭她这位女神的呢。它们的肉戳在铁签上最好吃。

狄开奥波利斯　没有妈妈,它们也会吃东西吗?

墨伽拉人　真的,没有爸爸也会吃。

狄开奥波利斯　它们最爱吃什么?

墨伽拉人　你给什么它们就爱吃什么。你自己问问它们。

狄开奥波利斯　小猪婆,小猪婆!

女孩甲　咕,咕!

狄开奥波利斯　你吃"野豌豆"吗?

女孩甲　咕,咕,咕!

狄开奥波利斯　你吃菲巴利斯②的"干无花果"吗?

女孩甲　咕,咕!

狄开奥波利斯　你呢?你也吃吗?

女孩乙　咕,咕,咕!

狄开奥波利斯　一听说"干无花果"你们就这么尖声怪叫!谁替我从屋子里拿些干无花果来给这些小猪婆!

　　　　仆人自中屋拿着干无花果出来抛向观众和二女孩,然后进屋去。

　　　它们吃吗?哎呀,最可敬的赫拉克勒斯啊,它们嚼得好响啊!它们是哪里来的小猪婆?倒像是特拉伽赛③来的呢!

墨伽拉人　可是它们并没有把干无花果全吃掉呀,——我自己捡起了这么一个。

狄开奥波利斯　宙斯在上,这是两只漂亮的畜生啊!你要怎么卖?你说!

墨伽拉人　这一只一把蒜头,那一只,如果你愿意,一筒盐。

狄开奥波利斯　那我就买下来。你在这儿等一等。

---

① 爱神阿佛罗狄忒所爱的美少年阿多尼斯被野猪刺死,故不用猪献祭爱神。
② 菲巴利斯,墨伽拉境内靠阿提卡边境的低洼地。
③ 特拉伽赛,特洛亚境内小城。该地名同希腊文"吃"字字音相似。

墨伽拉人　好吧。

    狄开奥波利斯进入中屋。

    买卖神赫尔墨斯啊,但愿我把我的老婆和我的妈也这样卖掉啊!

    告密人自观众右方上。

告密人　你这家伙,打哪里来的?

墨伽拉人　墨伽拉的猪贩子。

告密人　那我要告发你和这两只小猪——仇人仇货。

墨伽拉人　又来了,我们的灾难就是这样子起的头!

告密人　你用墨伽拉口音说话,定叫你用墨伽拉嗓子痛哭!还不放下这口袋?

墨伽拉人　狄开奥波利斯!狄开奥波利斯!人家要告发我!

    狄开奥波利斯自中屋上。

狄开奥波利斯　谁?谁告发你?你们这些市场管理员,还不把这些告密人赶出去?(向告密人)你要告他,我要罚你!

告密人　我不该告发我们的仇人吗?

狄开奥波利斯　当心,你还不滚开,"告"你的妈去,"发"你的财去!

    告密人自观众右方下。

墨伽拉人　这是雅典城的一害!

狄开奥波利斯　放心吧,墨伽拉人!你把这点大蒜和盐拿去,这是你卖小猪的代价。再见,祝你日子过得好!

墨伽拉人　我们那地方已经不兴说这套。

狄开奥波利斯　那么,就算我多嘴,这祝福就落到我自己头上吧!

墨伽拉人　我的小猪儿啊,没有了爸爸,你们自己去啃啃吧,要是人家给你们加盐的大麦粑粑。

    墨伽拉人自观众左方下。狄开奥波利斯牵着二小"猪"进入中屋。

八　第一合唱歌

歌队　(第一节)①这个人真是好福气。你看他真是一路顺风,出什么主

---

① 这首合唱歌不分曲。这四节的节拍相同。

265

意都马到成功。他如今在市场里坐收他的胜利果实。哪一个倒霉的克特西阿斯①或是别的告密人闯进来,准保他坐下来就是抱头痛哭。 841

（第二节）没有什么人会侵害你,抢买在前头占了你便宜。普瑞庇斯②不至于把他的脏东西揩在你身上,克勒奥尼摩斯也不至于挤开你;你可以保持了衣冠整齐,逍遥自在,走来走去;许佩波洛斯③碰见你,不至于叫你吃官司。 847

（第三节）克拉提诺斯④在市场里行走,不至于不识相,要跟你厮混,因为那家伙把头发剃个光,就像叫人家捉了奸的模样;因为他这个顶坏顶坏的阿尔特蒙⑤,他这个顶快顶快的滥调作曲家,特拉伽赛城⑥出身,胳肢窝最臊臭。 853

（第四节）大坏蛋泡宋⑦不会在市场里讥笑你,吕西拉托斯⑧也就不会了,他这个科拉革斯⑨人的败类专学人家做坏事,要青出于蓝,泡宋一个月挨饿三十天,他就要绝食三十天以上。 859

九　第五场

波奥提亚人带着吹笛手数人和仆人数人自观众左方上。

波奥提亚人　赫拉克勒斯可以作证,我的肩膀痛得厉害呢!伊墨尼阿斯,把薄荷叶轻点儿放下来。你们这许多从特拜城前来的吹笛手,拿你们的"风笛儿"吹你们的"狗屁"（谐"狗皮"）风箱吧。

狄开奥波利斯自中屋上。

狄开奥波利斯　停嘴,滚你的蛋!你们这些嗡嗡响的马蜂,还不快离开我的大门!这些开里斯野"蜂蝶儿"（谐"风笛儿"）大队,该死的东西,是从哪里飞到我门口来的? 866

---

① 克特西阿斯,臭名昭著的告密人。
② 普瑞庇斯,告密人。
③ 许佩波洛斯,政治煽动家,曾任雅典的将军。
④ 克拉提诺斯,告密人,他头发剃光,只留头顶一束。
⑤ 阿尔特蒙,告密人。
⑥ 特拉伽赛城,城名与希腊文"羊"字字音相似。
⑦ 泡宋,告密人,动物和漫画画家,据说他爱在地母祭期间绝食,因为他本来就没有饭吃。
⑧ 吕西拉托斯,告密人。
⑨ 科拉革斯,雅典一乡区。

　　　　吹笛手全体自观众左方下。

波奥提亚人　痛快,痛快!凭伊奥拉奥斯①起誓,客人啊,你真叫我高兴!这些家伙,从特拜城起,就一路顶着我屁股吹,把薄荷花都吹落了一地。可是,你要是高兴呢,就请买一些我带来的鸟儿或是四只——翅膀的②。 871

狄开奥波利斯　欢迎呀,你这个吃花卷的小波奥提亚人!你带了些什么来?

波奥提亚人　波奥提亚的好东西应有尽有:花薄荷、薄荷叶、草席子、灯芯草、野鸭、秧鸡、斑鸠、鹧鸪、水鸟……

狄开奥波利斯　你吹得好大一阵风,把鸟儿全吹到我的市场里来了!

波奥提亚人　我还带得有鹅、野兔、狐狸、土拨鼠、刺猬、猫、獾、黄貂、水獭、科帕伊斯湖③的鳝鱼。

狄开奥波利斯　哦,你带来了这人人喜爱的鱼儿!如果你真带了,就让我同这些鳝鱼打个招呼吧。

波奥提亚人　"你这位五十个科帕伊斯姑娘里头的大姐啊"④,快出来,对客人献献殷勤! 884

狄开奥波利斯　我最亲爱的,真叫我望穿秋水的,你终于来了,你害得喜剧歌队朝思暮想⑤,摩律科斯⑥念念不忘。

　　小厮们,快替我把火盆和扇子拿到这儿来!

　　孩子们,你们看这多么温柔美丽的鳝鱼啊,好容易六年了才来,久别重逢,好不令人喜煞!孩子们,同她打个招呼!我要为这位稀客找木炭来接风。(向波奥提亚人)请她出来!"就是死后,也决不和你分离,只要是配上了甜菜片儿煮了你"⑦! 894

波奥提亚人　可是你给我什么代价呢?

――――――――――
① 伊奥拉奥斯,波奥提亚的特拜人,该城英雄赫拉克勒斯的侄儿和友伴。
② 本想说"脚 的",临时改口说成"翅膀的"。"四只翅膀的",中世纪注释家解作"蝗虫"。
③ 科帕伊斯湖,在波奥提亚境内,所产鳝鱼至今著名。
④ 戏拟埃斯库罗斯的戏词"你这个五十个涅柔斯的女儿之长"。
⑤ 喜剧歌队如果比赛获胜,要受喜剧司理的宴请。
⑥ 摩律科斯,一位美食家。
⑦ 戏拟欧里庇得斯的《阿尔克提斯》的戏词"就是死后,我也不至于和你分离,和我唯一的忠贞的妻子分离"。

267

狄开奥波利斯　这个就作为市场税缴纳给我了;另外呢,有什么东西好卖给我的,说说看。

波奥提亚人　这些都卖呀。

狄开奥波利斯　那么,你说什么价钱?要现钱还是愿意从这儿带回些什么货物?

波奥提亚人　要货物,雅典有,波奥提亚缺少的都要。

狄开奥波利斯　你要陶器还是法勒戎①的鳁鱼?

波奥提亚人　陶器和鳁鱼?这些我们那儿可都有;你们这儿多得很,我们那儿缺得很的我才要。

狄开奥波利斯　啊,有了。把一个告密货当陶器包捆起来运出去吧。

波奥提亚人　双胎神②有灵!我带一个回去一定赚大钱——正好当一只满肚子坏主意的猴儿牵去耍呢!

　　　尼卡科斯自观众右方上。

狄开奥波利斯　可巧啦,尼卡科斯来告密了!

波奥提亚人　他太矮小了!

狄开奥波利斯　可是一身都是坏主意啊!

尼卡科斯　这些货物是谁的?

狄开奥波利斯　宙斯可以作证,都是我的,从特拜城运来的。

尼卡科斯　那我就当众宣告这些都是仇货。

波奥提亚人　伤害了你什么啦,你偏要跟这些鸟儿作对、宣战?

尼卡科斯　我还要告发你!

波奥提亚人　我又伤害了你什么呢?

尼卡科斯　"我要对听众郑重宣布",③你从敌人那儿运进了这些灯芯。

狄开奥波利斯　你竟要告发这一丁点儿的灯芯吗?

尼卡科斯　只要一小根灯芯就可以把船厂都烧了!

狄开奥波利斯　灯芯烧船厂?天晓得,怎么烧呀?

尼卡科斯　只要来一个波奥提亚人,把它粘在一只水蜘蛛身上,等候大北

---

① 法勒戎,雅典的海湾。
② 双胎神,宙斯和安提奥佩生的孪生兄弟安菲昂和仄托斯。
③ 这大概是一句常用的演说词。

风,把它一点着,从水沟①里送到船厂里去,只要那一点火一触到船只,就立刻把什么都烧了。

狄开奥波利斯　你这个不得好死的东西,一只水蜘蛛和一根灯芯就把什么都烧了!

　　　狄开奥波利斯捉住尼卡科斯。

尼卡科斯　(向歌队)我请你们作证!

狄开奥波利斯　堵住他的嘴!给我一点草,我好把他捆起来装包,像陶器一样,运出去不至于在路上打破。 928

　　　狄开奥波利斯正在把尼卡科斯包捆起来。

歌队长　(首节)好朋友,留神把这位客人的货物捆得好好的,让他运起来不至于打破。

狄开奥波利斯　我会当心的。

　　　狄开奥波利斯踢了尼卡科斯一脚,那人在草包里叫起痛来。

　　　可不是,这东西在喳喇喳喇响呢,假声假气的,叫神明听起来也要头痛!

歌队长　拿去做什么用呢?

狄开奥波利斯　这是做什么都用得着的家伙:可以当石臼,用来捣——乱;可以当瓦缸,用来装——诉讼案;可以当灯,用来照——可钻的孔眼;可以当药钟,用来配制——麻烦。 939

歌队长　(次节)可是谁能够放心在家里使用这样的破家伙,这老是出假声假气的靠不住的东西?

狄开奥波利斯　朋友,它倒是很硬的;它不会出毛病,只要好好地吊起来,脚朝天,头朝地!

　　　狄开奥波利斯把尼卡科斯倒提起来。

歌队长　(向波奥提亚人)看,给你包捆好了。

波奥提亚人　我要好好地从他身上捞本呢。

歌队长　好客人,你就去本上加利吧,只要你记好把这个最有出息、无孔不入的宝贝,到哪里就摔到哪里。(次节完) 951

狄开奥波利斯　好容易才把这个不得好死的家伙捆好了!波奥提亚人,

---

① 指从雅典城内通往海边的水沟。或解作"下水道"。

269

把这件空心陶器扛起来带走吧!

波奥提亚人　伊墨尼阿斯,蹲下去,把肩膀放低一点。

　　　　伊墨尼阿斯扛着尼卡科斯。

狄开奥波利斯　小心点把他运回去!别说这是不值一文钱的东西,你带回去保你一本万利,保你发财发福。　　　　　　　　　　958

　　　　波奥提亚人的仆人扛着尼卡科斯自观众左方下,波奥提亚人同下;狄开奥波利斯进入中屋。

　　　　拉马科斯的仆人自右屋上。

仆人　狄开奥波利斯!

狄开奥波利斯　(自内)谁?为什么大声叫我?

仆人　为什么?拉马科斯要过枯斯节①,出你一块钱,要你分他几只画眉鸟,还要你分他三块钱的科帕伊斯鳝鱼。　　　　　　　　　　962

　　　　狄开奥波利斯自中屋上。

狄开奥波利斯　哪一个拉马科斯要鳝鱼?

仆人　就是那个最可怕的、刚强无比的拉马科斯,那个舞着戈尔戈头颅、摇晃着三道掩得脸都阴森森的大翎毛的拉马科斯。

狄开奥波利斯　凭宙斯起誓,就是他把他的盾牌给我,我也不分给他。就让他对着臭咸鱼摆他的三道毛吧!他要是不罢休,偏要来吵闹,我就把市场管理员请出来给他点颜色看。我自己可就要带着这些货物满载而归,拍着画眉翅膀、鼓着八哥翼!　　　　　　　　　　970

　　　　狄开奥波利斯进入中屋,仆人进入右屋。

一〇　第二合唱歌

歌队　(首节)全体公民啊,你们看,这个头脑清楚的绝顶聪明人议下了和约,买得了多少货物:有的可以留在家里常使用,有的可以煮在锅里趁热吃。一切的好东西都不招自来供给了他。

　　　　我决不欢迎"战争"到我家里来!决不让他跟我同躺一张榻、合

---

① 枯斯节,在花月(阳历二三月)举行,雅典人自备饮食赛饮。"枯斯"是容量名称,合四分之三加仑。

唱哈摩狄奥斯歌①!他是个酒鬼恶煞:你喜气盈门,有福可享,他偏来乱闯,造下千灾百难,翻倒这个,摔破那个,扒来捣去;你白费口舌,三番四次邀请他:"坐下来,喝点酒,接过这友爱的杯子②!"他只有变本加厉,放火烧毁了我们的葡萄桩,穷凶极恶,硬是从我们的葡萄园里倒掉了酒浆。

987

狄开奥波利斯把羽毛扔在门外。

(次节)你们看,这个人有多少山珍海味吃,好不开怀,还得意洋洋,把这些羽毛抛在大门外,对大家显显他过的什么样生活。

"和约"啊,你跟美貌的阿佛罗狄忒和那三位可爱的卡里特斯③总是做伴的,我从不知道你有这样美丽的容貌呢!但愿托福埃罗斯,戴着花冠,就像宙克西斯④画里的那样子,把你拉来和我百年好合啊!也许你嫌我老了吧?但是,如果我得到你,我还能够献出三件礼物:首先,我要栽一长行小葡萄藤,然后在旁边栽一些无花果树的嫩秧,再其次,别看我这个老头儿,还要栽一行家葡萄藤,并且要绕着这整块的田地栽一圈橄榄树,好出橄榄油,尽够你和我,每逢新月时分⑤,都可以用来抹身呢。

999

一一 第六场

传令官自观众右方上。

传令官 大家听呀!按照我们祖传的习惯,你们快去听见号声就喝大盅酒!谁先喝干,谁就赢得克特西丰的皮囊⑥!

传令官自观众右方下。

狄开奥波利斯和他的仆人自活动台上出现。

狄开奥波利斯 孩子们、妇女们,你们没有听见吗?你们在做什么啦!你

---

① 赞美刺杀僭主希伯科斯的哈摩狄奥斯的歌。
② 希腊风俗,大家用同一只酒杯饮酒,以保证和睦与友谊。
③ 卡里特斯,代表温柔、秀丽、快乐、光彩等的三位女神。
④ 宙克西斯,画家,生在意大利南部赫拉克勒亚,伯罗奔尼撒战争期间居住在雅典。他的画挂在雅典阿佛罗狄忒神庙里。
⑤ 在古希腊,新月于黄昏出现时,是举行各种宗教仪式的时候。
⑥ 克特西丰是个大胖子。此喻一大皮囊酒。

们没有听见传令官说话？快煮呀，烤呀，翻呀，赶快把兔子肉拖出来，快编扎花冠；把铁签拿来，让我来戳上画眉鸟！

歌队长　我羡慕你主意好，更羡慕你此刻兴高采烈！

狄开奥波利斯　等你看见烤画眉，不知你又该说什么了！

歌队长　真是啊！

狄开奥波利斯　（向仆人）把炭火拨一拨！

歌队长　你们看，他多么在行、多么熟练，十足像个厨师傅，自己会做得一手好菜！

　　　　　得克特斯自观众左方上。

得克特斯　哎呀呀！

狄开奥波利斯　赫拉克勒斯啊，又是什么呀？

得克特斯　是个倒霉人！

狄开奥波利斯　你自己留下"霉"，别"倒"给人家！

得克特斯　好朋友，只有你得到了和约，请把你的"和约"量一点给我，哪怕就量给我五——年①吧。

狄开奥波利斯　你怎么啦？

得克特斯　我完了，丢了两头牛！

狄开奥波利斯　怎么丢的？

得克特斯　那些波奥提亚人从费勒②牵走的。

狄开奥波利斯　你这三生不幸的人啊，你居然还穿上白衣服③！

得克特斯　我本来过日子挺不错，天天捞得着——牛屎。

狄开奥波利斯　你现在要什么呢？

得克特斯　我哭那两头牛，哭瞎了眼睛。如果你关心费勒的得克特斯，请赶快用和约露抹抹我的眼睛。

狄开奥波利斯　可是，你这个可怜人啊，我并不是官医④。

得克特斯　我求求你，也许我还可以找回我的两头牛呢！

---

① 本该说"五滴"。
② 费勒，靠近波奥提亚的关口。
③ 白衣服是节日穿的。
④ 希腊医生的年薪由政府供给，到十九世纪初仍是如此。

狄开奥波利斯　办不到,你哭到庇塔罗斯①家里去吧!

得克特斯　只请你向这个小芦管里滴一滴和约露!

狄开奥波利斯　半滴也不,到别处去掉你的眼泪吧!

得克特斯　哎呀,我的好耕牛倒了我的霉啊! 1036

　　　得克特斯自观众左方下。

歌队长　你们看他在和约里发现了什么最甜蜜不过的东西,不轻易分给别人一点儿。

狄开奥波利斯　(向仆人)你把蜂蜜倒在腊肠上,把墨鱼烤烤!

歌队长　你们听见他气焰万丈地大声嚷吗?

狄开奥波利斯　(向仆人)把鳝鱼烤烤!

歌队长　你已经叫我眼睁睁看得馋死我,叫香气熏死了左邻右舍还不算,定要这样叫唤,吵死我们!

狄开奥波利斯　(向仆人)再把这些烤烤,好好地烤黄! 1047

　　　伴郎自观众右方上。

伴郎　狄开奥波利斯!

狄开奥波利斯　谁?谁?

伴郎　有一位新郎从喜筵上给你送来了这些肉。

狄开奥波利斯　做得漂亮,不管人是怎样。

伴郎　他请求你为了这点菜倒一小杯和约露到这个香水瓶里,免得他出去服兵役,好让他留在家里侍候新娘子。 1053

狄开奥波利斯　把这些肉拿回去,拿回去,不必送给我,就是给我千万块钱,我也不倒给他一滴!

　　　伴娘自观众右方上。

　　　她是谁呀?

伴郎　是伴娘,她要私下里告诉你从新娘那儿带来的什么话呢。

狄开奥波利斯　来,你要说什么啦?

　　　伴娘向狄开奥波利斯耳语。

　　　老天爷,新娘的迫切恳求是多么荒唐可笑啊!她想把新郎那个家伙留下在家里!(向仆人)快把和约露拿到这儿来!我只给她破个

---

① 庇塔罗斯,雅典名医。

273

例，因为她究竟是女人家，总不该叫打仗打垮。

　　　　仆人把和约露递给狄开奥波利斯。

　　　　女客人，把你的瓶子拿到这底下来，这样！（倒和约露）你知道你们怎样使用吗？告诉新娘，就在征兵征到新郎身上的时候，夜里用这个抹在他身上最需要抹的地方。

　　　　伴郎和伴娘自观众右方下。

　　　　把和约露拿走！把酒提子拿来，我好打一些酒把大酒钟都倒个满。

　　　　仆人自活动台上退进去。

歌队长　有人急急忙忙跑到这儿来，皱着眉头，好像要传报什么可怕的消息了！

　　　　传令官自观众右方急上。

传令官　哦，吃苦头啊，打苦仗啊，拉马科斯们出来啊！

　　　　传令官敲右屋的门，拉马科斯上。

拉马科斯　谁在我这座四壁厢铜器亮堂堂的府第周围闹个哄哄响？

传令官　将军们命令你，带你的队伍和你的翎毛，火速出发，冒风雪，去把守关口！方才得报：波奥提亚强盗，要趁枯斯节、大酒钵节①，向我们大举进袭。

　　　　传令官自观众右方下。

拉马科斯　这些将军啊，数目大、胆子小！偏叫我不能够去庆祝节日，可又是太凶了呀！

狄开奥波利斯　英勇善战的拉马科斯誓师出马了！

拉马科斯　你是什么东西，胆敢讽刺我？

狄开奥波利斯　哪里是"蜂"刺你，你倒要和四只翅膀的革律昂②作战吗？

拉马科斯　唉，唉，传令官向我宣布了多么坏的消息啊！

狄开奥波利斯　呵，呵，这个人跑来给我报什么喜信呀？

　　　　报信人甲自观众右方急上。

报信人甲　狄开奥波利斯！

---

① 在枯斯节次日的狂欢节。中世纪注释家认为这两个节日在同一天。
② 革律昂，西方岛国神话时代国王，三头三身，六手六足。四只翅膀是狄开奥波利斯添加的。中世纪注释家认为他手里正拿着一只烤蝗虫要吃。

狄开奥波利斯　怎么啦？

报信人甲　赶快带你的提篮和你的大酒钟去赴宴会，酒神的祭司召请你！请你快一点，你把宴会耽误了这么久。什么都准备好了：躺榻、餐桌、靠垫、毛毯、花冠、油膏、糖果，连妓女都到了，还有麦片糕、奶油饼、芝麻糕、蜂糖饼、美貌的歌女——"哈摩狄奥斯最亲爱的"①。你快去快去！

　　　　报信人甲自观众右方下。

拉马科斯　我倒霉啦！　　　　　　　　　　　　　　　　　　　　　　　1094

狄开奥波利斯　谁叫你选中了断头戈尔戈做你的保护神呢！（向仆人）你把屋子关起来，②叫人把酒菜准备好。

拉马科斯　孩子，孩子，把我的背包拿出来！

狄开奥波利斯　孩子，孩子，把我的菜篮拿出来！

拉马科斯　给我拿一点茴香盐来，别忘记葱头！

狄开奥波利斯　给我拿几块鲜鱼片来，我讨厌葱头！

拉马科斯　给我拿无花果叶子裹一点臭鱼干，路上好充饥。

狄开奥波利斯　给我拿无花果叶子裹一盘肥肉来，带去好现烤。

拉马科斯　把我头盔上的翎毛拿出来！

狄开奥波利斯　把我的斑鸠和画眉鸟搬出来！

拉马科斯　这些鸵鸟毛白得好美啊！　　　　　　　　　　　　　　　　1105

狄开奥波利斯　这只斑鸠肉黄得好美啊！

拉马科斯　你这家伙，不要再挖苦我的盔甲！

狄开奥波利斯　你这家伙，不要老盯着我的画眉鸟！

拉马科斯　把那个装三道翎毛的匣子找出来！

狄开奥波利斯　把那个装兔子肉的盘子递给我！

拉马科斯　蛾子总是咬了我的翎毛！

狄开奥波利斯　我在饭前总是先喝兔肉汤！

拉马科斯　老兄，多谢你别跟我说话吧。

狄开奥波利斯　我只是跟这小厮话不对头。（向仆人）你愿意打赌吗？让

---

① 原歌词是："哈摩狄奥斯，最亲爱的！"这是故意更改。
② 意即把平台推进去，把墙壁转回去，使屋子还原。原来屋子的墙壁有一边是打开的，这道墙壁正相当于现代剧的布幕。

拉马科斯来公断:到底是画眉鸟好吃,还是蝗虫好吃? 1116

拉马科斯　蝗虫好吃!你欺人太甚!

狄开奥波利斯　他说是蝗虫好吃!

拉马科斯　孩子,孩子,把长矛取下来,拿到这儿来!

狄开奥波利斯　孩子,孩子,把腊肠取出来,拿到这儿来!

拉马科斯　我要把枪套子退下来,孩子,你捏住,捏紧点!

狄开奥波利斯　孩子,你把铁签子捏紧点! 1121

拉马科斯　先拿架子来搁我的盾牌!

狄开奥波利斯　先拿烤面包来垫垫我的肚子!

拉马科斯　再把戈尔戈面的圆牌牌提给我!

狄开奥波利斯　再把奶酪面的圆饼饼递给我!

拉马科斯　这不是最不堪入耳的嘲笑吗? 1126

狄开奥波利斯　这不是最好吃可口的奶酪饼吗?

拉马科斯　你把油倒上去!哈,哈,一看我的铜盾牌,我就想得见丧魂失魄的逃将捉去受审呢!

狄开奥波利斯　你把蜂蜜倒上去!哈,哈,一看我的奶酪饼,我就看得见哭笑不得的戈尔戈儿子活活受罪呢!

拉马科斯　把我的护心铠甲拿到这儿来!

狄开奥波利斯　把我的暖心酒拿到这儿来!

拉马科斯　我武装起来好对付死敌。

狄开奥波利斯　我提起精神来好对付酒友。

拉马科斯　孩子,把毯子捆好在盾牌上! 1136

狄开奥波利斯　孩子,把食品放好在篮子里!

拉马科斯　我自己扛背包吧。

狄开奥波利斯　我还要穿长袍哪。

拉马科斯　孩子,你把盾牌拿起来,背着走吧!哎呀,下雪啦!真叫做双"气"临门,吃不尽的风霜之苦!

狄开奥波利斯　你把篮子提起来!就去赶享不尽的宴饮之乐! 1142

　　　拉马科斯和他的仆人自观众左方下,狄开奥波利斯和他的仆人自观众右方下。

一二　第三合唱歌

歌队长　你们俩都一路顺风！可惜各走各的路,方向不同:一个是头戴花冠去饮宴;一个是挨冻去夜守关口,不忍想人家还要同妙龄女郎欢度良宵,真叫痛快!

歌队　（首节）我就痛快说,愿天诛地灭口沫四溅的龟儿子安提马科斯[①],那个乱写文章、瞎做歪诗的家伙!他在勒奈亚节里做歌队司理的时候,简直拿闭门羹请我!但愿我看见他拼命想吃乌贼鱼,好容易眼巴巴看鱼儿烘好,冒着滚油,咝咝响地乘着盐水潮进港到餐桌上抛锚,正要拿起来,冷不防恰好叫一只狗抢了去,逃个无影无踪!

　　（次节）这不过是他的头一件倒霉事。但愿他在夜里还有另外一件!但愿他骑马过后,发了寒热,走回家去,半路上撞上了一个喝醉酒发疯的奥瑞斯特斯[②],叫他一棍打破了脑瓜;但愿他想捡一块石头来还击,却在黑暗里伸手捡起了一大团刚刚屙下来的东西;但愿他捏着它扔过去,却没有扔中要扔的,偏巧扔中了克拉提诺斯的脸!

一三　退场

　　报信人乙自观众左方急上,敲右屋的门。

报信人乙　拉马科斯家里的仆人啊,你们赶快热水,快拿瓦壶来热水!快准备布片、药膏、油亮亮的羊毛、裹脚踝骨的绷带!你们的主人跳壕沟不小心叫木桩刺伤了,一扭动又把脚踝骨扭脱臼了,再跌到石头上,把脑袋碰破了,还把戈尔戈头颅从盾牌上直抛出去了!威风凛凛的鸟大王毛滚滚扫地,伤心惨目,害得他痛哭失声说:"光明的大眼睛[③]啊,我现在最后再看你一眼,我眼看要从此不见天日了:我再也活不成了!"他一说又跌进水沟里,变只落汤鸡爬起来,碰见几个逃

---

① 安提马科斯,他说话口沫四溅。曾是阿里斯托芬第一部喜剧《宴会》的歌队司理,《宴会》获次奖,因该剧借卡利斯特拉托斯名义上演,故他未宴请阿里斯托芬。
② 借喻装疯的拦路贼。
③ 指太阳。

兵,便只顾奋勇拿长矛追赶那些往回逃的匪徒①。现在他追回来了!
快开门!

   报信人乙自观众右方下。

   拉马科斯由二兵士扶着自观众左方上。

拉马科斯 (首节)哎呀,哎呀!多么可怕的痛苦啊,多么可恶的颤抖啊!唉,唉!我完了,叫敌人的长矛刺中了!要是狄开奥波利斯看见我受伤了,嘲笑我的灾难,那才更叫我难受呢!

   狄开奥波利斯由二吹笛女伴着自观众右方上。

狄开奥波利斯 (次节)哎呀,哎呀!多么圆鼓的东西啊,多么结实的香橼啊!我的小宝贝,给我亲个嘴,呕舌头亲个嘴!是我第一个喝干了那一大钟!(次节完)

拉马科斯 我这千灾百难的苦命啊!唉,唉,我这七伤八死的痛苦啊!

狄开奥波利斯 哈,哈,你好,拉马科斯小骑士!

   狄开奥波利斯拥抱拉马科斯。

拉马科斯 唉,不得了!

   拉马科斯咬狄开奥波利斯。

狄开奥波利斯 嗨,了不得!

拉马科斯 你为什么抱我?

狄开奥波利斯 你为什么咬我?

拉马科斯 哎呀,人家不留情,可算了我的账了!

狄开奥波利斯 枯斯节里谁也不算谁的账!

拉马科斯 神医啊,神医啊!

狄开奥波利斯 可是今天并不是神医节呢!

拉马科斯 (向兵士)扶住我的腿,哎呀,别碰痛我!

狄开奥波利斯 (向吹笛女)你们俩都放手,哎呀,别揪住我!

拉马科斯 石头撞得我头昏了。

狄开奥波利斯 人家等我去睡觉了。

拉马科斯 抬我到皮塔洛斯家里去,求求他医治的妙手。

---

① 指拉马科斯手下的兵,他们在溃逃。

狄开奥波利斯　　带我到评判员①那儿去！执政长官②来发奖！你们欠了我这一囊好酒③。

拉马科斯　　矛子刺进了我的骨头，好痛呀，好痛！

　　　　　兵士扶着拉马科斯进入右屋。

狄开奥波利斯　　（向观众照杯）大家看，是喝干了！"哈哈！胜利啦！"④

歌队长　　哈哈！胜利啦！你这样呼，我也就这样应。

狄开奥波利斯　　我倒进去的是纯酒，并且是一口就喝干！

歌队长　　好呀，我们的好汉！带着你的酒囊走吧！

狄开奥波利斯　　你们得跟着我唱"哈哈！胜利啦！"

歌队长　　我们为了你，跟着你和你的酒囊，一齐唱"哈哈！胜利啦！"　　1233

　　　　　狄开奥波利斯和二吹笛女进入中屋。

　　　　　歌队退场。

---

① 指枯斯酒的评判员，实指喜剧比赛的评判员。
② 执政长官，主持枯斯节和喜剧比赛并由他发奖。这时他坐在剧场前排。
③ 这时有人递给他一皮囊酒。
④ 引自阿基洛科斯所作诵赫拉克勒斯之歌。预祝本剧获胜。

骑　　士

阿里斯托芬

这剧本根据罗泽斯（B. B. Rogers）编订的《阿里斯托芬的骑士》（The Knights of Aristophanes, George Bell and Sons, London, 1930 年）译出。

场　次

一　开场(原诗第 1 至 241 行) ……………………… *285*
二　进场(原诗第 242 至 268 行) …………………… *293*
三　第一场(第一次对驳)(原诗第 269 至 497 行) … *294*
四　第一插曲(原诗第 498 至 610 行) ……………… *302*
五　第二场(原诗第 611 至 755 行) ………………… *306*
六　第三场(第二次对驳)(原诗第 756 至 941 行) … *310*
七　第四场(原诗第 942 至 972 行) ………………… *316*
八　第一合唱歌(原诗第 973 至 996 行) …………… *317*
九　第五场(原诗第 997 至 1110 行) ………………… *318*
一〇　第二合唱歌(原诗第 1111 至 1150 行) ……… *322*
一一　第六场(原诗第 1151 至 1263 行) …………… *322*
一二　第二插曲(原诗第 1264 至 1315 行) ………… *327*
一三　退场(原诗第 1316 至 1408 行) ……………… *329*

人　物

（以进场先后为序）

得摩斯忒涅斯——德谟斯（Demos）的仆人。①
尼喀阿斯——德谟斯的仆人。②
腊肠贩——名为阿戈剌克里托斯（Agoracritos）。
帕佛拉工——德谟斯的管家。③
歌队——由二十四个骑士组成。
德谟斯——一个老年人，雅典人民的化身。
男孩
少女三人——和约的象征。

布　景

一块空地，后来变作雅典公民大会会场，背景是德谟斯的屋子。

时　间

公元前424年。

---

① 暗射当日著名的将军得摩斯忒涅斯（Demosthenes）（并不是那位同名的演说家）。
② 暗射当日著名的将军尼喀阿斯（Nicias）。
③ 帕佛拉工（Paphlagon）是诗人给雅典的政治煽动家克勒翁（Cleon）起的绰号，这绰号的意思是"口沫飞溅的人"，因为克勒翁讲演的时候满嘴的口沫。另有一种说法，认为这名字是由小亚细亚的奴隶市场帕佛拉工尼亚（Paphlagonia）变来的。

一　开　场

　　　　景后有鞭打声、尖叫声。

　　　　得摩斯忒涅斯和尼喀阿斯自屋内上。

得摩斯忒涅斯　哎呀,倒霉啦,哎呀!但愿神明把这个新买来的坏蛋帕佛拉工连同他的诡计一起毁灭掉,因为自从他进了家门,就叫我们这些仆人老是挨皮鞭。 5

尼喀阿斯　但愿这个头号的帕佛拉工连同他的诬告一起毁灭掉!

得摩斯忒涅斯　可怜的人,你觉得怎么样了?

尼喀阿斯　痛得很,还不是和你一样。

得摩斯忒涅斯　到这儿来,我们一同来哼一支乌吕漠波斯的曲子吧。① 10

尼喀阿斯
得摩斯忒涅斯　呜呜,呜呜,呜呜,呜呜,呜呜,呜呜!

得摩斯忒涅斯　呜呜有什么用?我们应当想个安全办法,不要再哭了。

尼喀阿斯　有什么安全办法?你说说看!

得摩斯忒涅斯　还是你告诉我吧,免得我同你争吵。

尼喀阿斯　凭阿波罗起誓,②我不。还是你大胆地说出来,我再表示意见。 15

得摩斯忒涅斯　"但愿你把我想说的说出来!"③

尼喀阿斯　我可没这胆量。我要是能够说得像欧里庇得斯那样妙,那多好!

得摩斯忒涅斯　算了,不要给我"野萝卜"吃了!④ 快想办法同我们的主

---

① 乌吕漠波斯(Oulympos)是公元前7世纪的作曲家。
② 阿波罗(Apollo)是宙斯(Zeus)与勒托(Leto)的儿子。
③ 这是从欧里庇得斯(Euripides)的悲剧《希波吕托斯》(Hippolytos)第345行里引来的。希波吕托斯被他的后母爱上了,那女人想把她的秘密告诉一个老女仆,但又不好意思说出来,因此向女仆这样说,以为她会知道她的秘密。
④ 据说欧里庇得斯的母亲是卖野萝卜的,生活很苦。阿里斯托芬总是这样挖苦这位悲剧诗人的母亲。

285

人玩玩"捉迷藏"把戏。

尼喀阿斯　你说"得——奥",慢慢连起来。

得摩斯忒涅斯　我就说"得——奥"

尼喀阿斯　说了"得——奥",再说"不——奥"。

得摩斯忒涅斯　"不——奥"。

尼喀阿斯　很好。现在就像捋东西那样,一松一紧,先松后紧,先说"得——奥,不——奥",再说"得奥,不奥",反复几下,越说越快。

得摩斯忒涅斯　得——奥,不——奥,得奥,不奥,得奥不奥,逃跑!①

尼喀阿斯　对了,痛快吗?

得摩斯忒涅斯　凭宙斯起誓,②倒也痛快,只不过我害怕你这话不吉利,会伤了我的皮。

尼喀阿斯　为什么?

得摩斯忒涅斯　因为那样一来,会把皮弄掉的。③

尼喀阿斯　既然没办法,最好去拜拜什么神——神——神像。

得摩斯忒涅斯　什么"神——神——神像"?你真相信有神吗?

尼喀阿斯　我相信有。

得摩斯忒涅斯　你怎么知道?

尼喀阿斯　因为我就是个天神所厌恶的人。你说对不对?

得摩斯忒涅斯　你真会说。但是我们得另想办法。你赞成把事情告诉观众吗?

尼喀阿斯　也好。我们可以要求他们用脸色向我们表示,他们到底喜欢不喜欢我们的言语和行动。

得摩斯忒涅斯　那我现在就说吧。我们俩有一个粗暴的主人,爱吃豆子,脾气大,他就是"普倪克斯"乡的德谟斯,一个急性子的小老头儿,耳朵有点"聋"。④上月初他买来了一个奴隶,一个硝皮匠,⑤绰号帕佛拉工,最卑鄙,最善于诬告!这个帕佛拉工皮匠摸到了老头子的脾

---

① 从第21行起到此处最好读出声音来。这两个人都想起逃跑一法,但是都不肯明说。第20行的"捉迷藏"三字已经含有逃跑之意。内战期中,有许多奴隶逃到斯巴达那边去。
② 宙斯为众神之长。
③ 明指捋东西会捋破皮,暗指逃跑不成功,皮会被主人剥掉。
④ "豆子"指表决时用来作票的豆子。普倪克斯(Pnyx)本是开公民大会的场所。"聋"指不听劝告。
⑤ 指克勒翁,他是一个硝皮厂主。他的厂里制皮革,做皮靴等货。

286

气,他奉承主人,摆尾巴,恭维他,用"皮屑"来哄骗他,①向他这样说:
"德谟斯啊,你先去判断一桩案件,拿他三个俄玻罗斯,②再去洗澡,
吃东西,狼吞虎咽,大嚼大喝。③你现在要我给你摆晚饭吗?"于是帕
佛拉工就把我们烹调的食物抢了去献给我们的主人。不久以前,我
在皮罗斯"打"了一块斯巴达大麦饼,他却跑来用最卑鄙的手段偷了
去,把我所"打"得的拿去奉献。④他还把我们轰走,不让别人伺候主
人;德谟斯吃饭的时候,他拿着"皮蝇拍"站在那儿,⑤把那些演说家
都吓走了。

　　他还唱出一些神示,⑥使得老头子迷迷糊糊。看见他昏聩了,就
捣鬼,公开地诬告家里的仆人;于是我们就要挨皮鞭。这个帕佛拉工
到仆人里头来要挟、威胁、索贿赂,他这样说:"你们看见许拉斯受我
的影响挨了皮鞭吗?⑦你们不买动我,今天就活不成!"我们只好送
他钱;要不然,我们就会叫老头子踏在脚底下,屙出八倍的屎来!

　　(向尼喀阿斯)好伙计,现在赶快想一想,应该转向哪一条路,祈
求哪一个人?

尼喀阿斯　好伙计,最好还是转向"逃跑"啊!
得摩斯忒涅斯　但是没有一件事情逃避得了帕佛拉工,因为一切都在他
　　的眼睛里:他一只腿站在皮罗斯,另一只站在公民大会,他这样一跨

---

① "皮屑"指花言巧语。
② 雅典的陪审费是两个俄玻罗斯(obolos),克勒翁把它加到三个俄玻罗斯。六个俄玻罗斯合一块希腊币(约合银四钱)。
③ 指赴主席厅的公共宴会。主席厅在卫城北边,厅内每天设宴款待外邦的使节和有功的公民。
④ "打"字为双关语,希腊文"捏饼"和"打仗"二词的字音很相近。皮罗斯(Pylos)在伯罗奔尼撒(Peloponnesos)半岛西南部。本剧是公元前424年演出的。约半年前,得摩斯忒涅斯在皮罗斯海前的岛屿上围住了四百二十个斯巴达人,里面有一些斯巴达的贵族子弟,斯巴达因此遣派使节到雅典来求和。这是很难得的议和机会,但是克勒翁却怂恿雅典人提出一些苛刻的条件,以致无法达成协议。后来等了好久,还不敢进攻,雅典人便有些后悔。由于克勒翁骂那些将军无能,尼喀阿斯便把他的将军职位让给克勒翁。这位野心家答应于二十日内把岛上的斯巴达人个个杀死,或是生擒活捉。他果然把他们擒住,带到雅典来。这胜利本来是得摩斯忒涅斯将军的功劳,但是克勒翁却变成了胜利的英雄,气焰很高。这回看戏,他坐在前排的荣誉座位上。
⑤ "皮蝇拍"的原字和希腊文"桃金娘"一名很相似。古希腊人用桃金娘枝叶来当蝇拍,这个皮匠却用皮子来做蝇拍。
⑥ "神示"(或作"神宣"、"神谕"、"神托"、"神答")是由祭司代天神发出的,这种诗句的意义往往模棱两可,晦涩难解。
⑦ 许拉斯(Hylas)是一个普通的奴隶的名字。

步,屁股正好在"开口"尼亚,手在"爱偷"利亚,心在"刮搂"庇代乡!①

尼喀阿斯　那样,"奴才只有一死罢了"。②可是想一想,怎样才死得最英勇。

得摩斯忒涅斯　怎样,怎样才算最英勇呢?

尼喀阿斯　最好是喝公牛血,忒弥斯托克勒斯的死法是可取的。③

得摩斯忒涅斯　不,还是喝那敬奉幸运神的纯酒吧,④也许我们可以想出个好主意来。

尼喀阿斯　喝"纯酒"!这是你喝酒的时候吗?一个人喝醉了,怎样想得出好主意来?

得摩斯忒涅斯　真的想不出吗,伙计?你不过是个只会喝清水、说废话的人!你敢挖苦酒的神通吗?你能够发现什么东西比酒更有效力?你看见吗?人们喝了酒就会变成富翁,事事顺利,打得赢官司,享得到幸福,帮得上朋友的忙。赶快去给我端一杯酒来,让我润润我的灵机,发发妙论。

尼喀阿斯　哎呀,你喝了酒对我们有什么好处呢?

得摩斯忒涅斯　大有好处。你去端来吧!

　　　　尼喀阿斯进屋去。

我要躺下来。⑤等我喝醉了,我要到处撒一些小计策、小意见、小心思。

　　　　尼喀阿斯拿着一瓶酒和一只酒杯自屋内上。

尼喀阿斯　多么运气,我从屋里把酒偷了来,没有叫他捉住。

---

① "'开口'尼亚"原作"卡俄尼亚(Chaonia)人里",这原字的字音和希腊文"开着口"一词的字音很相似。卡俄尼亚人住在希腊西北部的厄珀洛斯(Epeiros)。"'爱偷'利亚"原作"埃托利亚(Aitholia)人里",这原字的字音和希腊文"讨"字的字音很相似。埃托利亚在科任托斯(Corinthos)海湾西北边。"'刮搂'庇代乡"原作"克罗庇代(Clopidai)人里",这原字的字音和希腊文"搂钱"的字音很相似。那乡区在雅典东南方。
② 戏仿欧里庇得斯的《希波吕托斯》第402行,剧中的王后淮德拉(Phaidra)为爱情所苦,故作此语。
③ 忒弥斯托克勒斯(Themistocles)是雅典杰出的政治家、海军将领,他在萨拉弥斯(Salamis)战役里击溃了波斯人,后来因为侵吞公款,被逐出境。他最后逃到波斯去。他本想背叛祖国,但良心上过不去,传说他喝下公牛的血而自杀。尼喀阿斯这话的可笑处,就在于相信了这个牛血有毒的传言。
④ 古希腊人进餐时喝的是加水的淡酒,餐后酌上纯酒,先向幸运神致奠,然后轮流喝这友谊杯里的纯酒,作为分别时保证友谊的表示。
⑤ 就像在宴会里那样躺下来,准备喝酒。

得摩斯忒涅斯　告诉我,帕佛拉工在干什么?

尼喀阿斯　那恶魔舔光了几块没来的果子糕,喝醉了酒,躺在他那皮堆上打呼噜呢。

得摩斯忒涅斯　来,给我多倒些纯酒来祭奠祭奠!

尼喀阿斯　你接住,向幸运神祭奠!大口大口地喝掉普刺涅山的幸运神的这杯酒吧!①

得摩斯忒涅斯　(喝酒)幸运神啊,这主意是你的,不是我的啊!

尼喀阿斯　请你告诉我,是个什么主意?

得摩斯忒涅斯　趁帕佛拉工在睡觉,快从屋里把他的神示偷出来!

尼喀阿斯　好吧。但是我害怕好运会变成厄运!

　　　　尼喀阿斯进屋去。

得摩斯忒涅斯　我且把这酒杯端到唇边,润润我的灵机,发发妙论。

　　　　尼喀阿斯自屋内拿着一卷纸上。

尼喀阿斯　帕佛拉工大放其屁,大打其呼噜,我把他好好藏着的神示偷了来,没有叫他发觉。

得摩斯忒涅斯　你真是个机灵鬼,快交给我来吟。你给我倒酒喝!让我看这里面究竟写些什么。

　　　　哦,是预言!赶快把酒杯递给我,递给我!

尼喀阿斯　得!神示里说的什么?

得摩斯忒涅斯　再倒一杯!

尼喀阿斯　神示里是说"再倒一杯"吗?

得摩斯忒涅斯　预言家巴喀斯啊!②

尼喀阿斯　什么呀?

得摩斯忒涅斯　赶快把酒杯递给我!

尼喀阿斯　巴喀斯原来也嗜酒如命呀!

得摩斯忒涅斯　可恶的帕佛拉工啊,这就是你害怕的、你藏了这么久的、关于你本人的神示么!

尼喀阿斯　怎么?

---

① 普剌涅(Pramne)山在伊卡洛斯(Icaros)岛上,那山上的酒别有香味。
② 巴喀斯(Bacis)是玻俄提亚(Boiotia)的预言家。

得摩斯忒涅斯　这里面说,他会怎样失败!

尼喀阿斯　怎样失败呢?

得摩斯忒涅斯　怎样吗?神示说得明明白白:最初出现的是个卖碎麻的,他首先掌管城邦的政事。① 130

尼喀阿斯　是个小贩子;以后呢?你说呀!

得摩斯忒涅斯　他后面,是一个卖羊的。②

尼喀阿斯　两个小贩子;这第二个的命运怎么样?

得摩斯忒涅斯　他掌权掌到另一个比他更可恶的家伙起来的一天,就失败了。接下来,是这个卖皮革的帕佛拉工,他是一个强盗、一个吵吵闹闹的人,声音像库克罗玻洛斯山洪一样响亮。③ 137

尼喀阿斯　那个卖羊的准会失败在这个卖皮革的手里?

得摩斯忒涅斯　对。

尼喀阿斯　哎呀!难道还有一个卖什么的?

得摩斯忒涅斯　还有一个呢,他操一种很特别的职业。

尼喀阿斯　请你告诉我,他是干什么的呀?

得摩斯忒涅斯　要我告诉你吗?

尼喀阿斯　是呀!

得摩斯忒涅斯　是一个卖腊肠的,他会把帕佛拉工撵走。

尼喀阿斯　一个卖腊肠的?哎呀,好个职业!喂,我们到哪里去找他呢?

得摩斯忒涅斯　我们去找找看!

尼喀阿斯　看,那儿来了一个,他正要到市场去,就像有天意呢! 149

得摩斯忒涅斯　你这个走运的腊肠贩,这儿来!最亲爱的,快上来,④你正是我们的城邦和我们两人的救星!

　　　　腊肠贩自观众右方上。

腊肠贩　什么事?你们为什么叫我?

得摩斯忒涅斯　这儿来,来听听你的运气多么好,福气多么大!

尼喀阿斯　叫他把摊桌放下来,向他解释解释神示里说些什么。我去提

---

① 据说这人是指欧克剌忒斯(Eucrates),他是一个政治煽动家。碎麻可用来填塞船上的木板缝。
② 据说这人是指吕西克勒斯(Lysicles),他是一个卑鄙的政治煽动家,一个海军将领。
③ 库克罗波洛斯(Cycloboros)河在阿提卡(Attice)境内。
④ 这个卖腊肠的正向着另一方向走向市场。得摩斯忒涅斯叫他转身对着他走来。

290

　　　　　防着帕佛拉工。

　　　　　　　尼喀阿斯进屋去。

得摩斯忒涅斯　喂,你先把这些家伙放在地下,再向大地和神们拜一拜。

腊肠贩　怎么回事儿?

得摩斯忒涅斯　你这个走运的人、发财的人啊,你今天是无名小卒,明天可就显赫无比!你这个幸福的雅典城的统治者啊!

腊肠贩　好朋友,为什么不让我去洗肠子、卖腊肠,偏偏要开玩笑?

得摩斯忒涅斯　傻瓜,洗什么肠子!朝这儿看!(指着观众)你瞧见那一排排的人吗?

腊肠贩　瞧见了。

得摩斯忒涅斯　你会变成全体人民的主宰,市场、海港和公民大会的主持人;你可以把议院踏在脚底下,把那些将军们"剪掉";①你可以把人们捆起来、囚起来;你还可以在主席厅里玩妓女呢!

腊肠贩　我吗?

得摩斯忒涅斯　就是你;你还没有全看见呢。你且站在这摊桌上,望望周围的岛屿!

　　　　　　　腊肠贩站到摊桌上。

腊肠贩　我望见了。

得摩斯忒涅斯　什么?你望见了那些商场和商船吗?

腊肠贩　望见了。

得摩斯忒涅斯　难道你不是一个走运的人?你把右眼斜过去望望卡里亚,把左眼斜过去望望卡耳刻冬。②

腊肠贩　我要把脖子歪了,才走运呢!

得摩斯忒涅斯　不但走运,所有这一切还可以由你出卖呢。照神示说,你会变成一个非常伟大的人物。

腊肠贩　你说吧,像我这样一个卖腊肠的,怎能够变成一个大人物呢?

得摩斯忒涅斯　正因为你是卖腊肠的,你才会变得很伟大:因为你是一个坏蛋、一个冒失鬼、一个从市场里训练出来的。

---

① 以修剪葡萄藤为喻。
② 卡里亚(Caria)是希腊人的殖民地,在小亚细亚西南部,在雅典的东方。卡耳刻冬(Carchedon)即迦太基,在非洲西北部,与卡里亚正东西相对。

腊肠贩　我认为我不配掌管大权。

得摩斯忒涅斯　唉,有什么理由说你不配?我看,你的心眼儿太好了。你是从名门望族出身的吗?

腊肠贩　真的不是,是从下流人家出身的。

得摩斯忒涅斯　你这个命运的宠儿啊,你有一种多么好的政治本钱啊!

腊肠贩　但是,好朋友,除了识字,我并没有受过什么教育,就连识字也糟透了。

得摩斯忒涅斯　识字就碍你的事儿,"糟透了"!因为如今一个有教养的人、一个正人君子不能够成为一个政治家,只有那无知的、卑鄙的人才能够呢。你可不要错过了神们显示给你的机会。

腊肠贩　神示里怎样说的呢?

得摩斯忒涅斯　真的,说得好极了,妙极了!"一旦弯爪子的黑皮鹰衔住了一条蛇、一条吸血的愚蠢的虫,帕佛拉工族的大蒜酸卤就完事了,①于是神们就要把伟大的光荣赐给那些卖腊肠的,假如他们肯放弃他们那一行职业的话。"

腊肠贩　这与我有什么相干呢?你指教指教!

得摩斯忒涅斯　黑皮鹰就是指这个帕佛拉工。

腊肠贩　为什么是"弯爪子的"呢?

得摩斯忒涅斯　这是很明白的,他用弯爪子似的手抓着什么就拿走。

腊肠贩　蛇又是指什么呢?

得摩斯忒涅斯　那更是显而易见了,蛇长,腊肠也长;而且蛇吸血,腊肠也吸血。②神示说蛇会战胜黑皮鹰,只要它不叫他的花言巧语欺骗了。

腊肠贩　这神示倒很令我喜欢,但不知我怎样才能够统治人民。

得摩斯忒涅斯　最容易不过。就照你现在的做法做去:把一切政事都混在一起,切得细细的,时常要用一些小巧的、烹调得很好的甜言蜜语去哄骗人民,争取他们。凡是一个政客所必需的条件你都具备:粗野的声音、下流的出身和市场的训练;凡是一个政治家所必需的你都不缺少。这神示和得尔福的预言都在协助你呢。③快戴上花冠,向愚蠢

---

① "大蒜酸卤"可作制皮革之用。
② 指猪血制的腊肠。
③ "得尔福"(Delphoi,旧译作"得尔斐")是阿波罗的庙地,在科任托斯海湾北边。

292

之神致奠,好对抗那家伙。

腊肠贩　但谁是我的战友呢？因为那些有钱人害怕他,那些穷人更是吓得发抖。

得摩斯忒涅斯　一千名勇敢的骑士,①他们恨他,会帮助你;还有那些善良的、强健的公民,高明的观众,连我在内;还有神们也会援助你呢。你别害怕,他的面具并不像,因为那些做面具的,由于畏惧,没有一个敢把它做得很像。②但是,无论如何,观众会认识他,因为他们的眼光很敏锐呢。

　　　尼喀阿斯自屋内急上。

尼喀阿斯　哎呀,糟糕！帕佛拉工出来了！

　　　帕佛拉工自屋内上。

帕佛拉工　十二位神明在上,③你们俩非受惩罚不可,因为你们一直在阴谋反叛德谟斯！这只卡尔喀狄刻酒杯是干什么的？你们俩一定在煽动卡尔喀狄刻人叛变！④两个大坏蛋,该死,该杀！

　　　腊肠贩向观众右方逃跑。

得摩斯忒涅斯　你这家伙,为什么逃跑？还不停下来？好汉腊肠贩,不要背弃我们！

　　　腊肠贩停下来。

二　进　场

得摩斯忒涅斯　骑士们,快来援助呀！现在正是时候！西蒙啊,帕奈提俄斯啊,⑤向右翼进攻！

---

① 雅典有一千名骑兵,由那些次富的公民组成。他们更组织成为一个政治集团。
② 据说不但这人物的面具没有人敢造,当日的演员也没有一个敢扮演帕佛拉工,诗人只好自己来扮演。
③ 帕佛拉工一鸣惊人,他要当着十二位神发誓,其中有六位是男神,即宙斯、波塞冬(Poseidon)、阿波罗、战神(Ares)、火神(Hephaistos)和赫耳墨斯(Hermes);还有六位是女神,即赫拉(Hera)、雅典娜(Athena)、阿耳忒弥斯(Artemis)、爱神(Aphrodite)、地母(Demeter)和赫斯提亚(Hestia)。
④ 帕佛拉工醒来后又要责骂他们。他看见了那只卡尔喀狄刻(Chalcidice)酒杯,便胡乱用作口实,加了他们一个莫须有的罪名,说他们在煽动叛变。卡尔喀狄刻在马其顿南部的半岛上。卡尔喀狄刻人果然于次年(公元前423年)叛变。
⑤ 据说西蒙(Simon)和帕奈提俄斯(Panaitios)是当日的两个骑兵队长,西蒙曾经著有《骑兵论》。

　　　　　（向腊肠贩）那些人马很近了，快向他抵抗，向他反攻！看那灰尘，他们可就要到了！快抵抗，快追，快把他打败！ 246

　　　　　歌队自观众右方进场。

歌队长　快打，快打那坏蛋，他是骑兵队的捣乱鬼，一个收税人，一个无底洞，一个卡律布狄斯强盗。①一个坏蛋，一个坏蛋！我要骂许多次，因为这家伙一天要变作许多次坏蛋。快打，快追，扰乱他，骂他，我们也骂他呢，快逼近他，大声地吼！要注意，不要让他逃掉了，因为，他知道欧克剌忒斯是怎样一直逃到了他的磨坊里去的。② 254

帕佛拉工　（向观众）陪审老人啊，领三个俄玻罗斯的族人啊，你们是多亏我大声疾呼才好歹养活着的，快来救呀，这些叛徒正在打我呢！ 257

歌队长　打得好，因为公款还没有分配，你就侵吞了！你就像摘取（谐"诈取"）橄榄一样，"捏捏"那些办交代的官吏，③看哪一个是生的、哪一个熟了、哪一个还没有熟。要是你看见他们里头有一个傻张着嘴的本分人，你就把他从刻索涅索斯召回来，抓住他，④用腿钩住他，然后扭过他的臂膀来，把他一口吞下去。你并且在公民里头去寻找哪一个是傻瓜，很有钱、一点不狡猾、遇见麻烦事儿就发抖。 265

帕佛拉工　你们也一起攻击我吗？骑士们，我挨揍是为了你们，是为了我想提议在城里立一根石柱来纪念你们的英雄呢。⑤ 268

三　第一场（第一次对驳）

歌队长　好一个骗子，好一根油滑的皮条！你看他巴结我们，诱骗我们，

---

① 卡律布狄斯（Charybdis）是西西里岸前的一个妖怪，她每天把海水吞吐三次。
② 欧克剌忒斯（Eucrates）就是前面所说的那个卖碎麻的人。他除了卖碎麻而外，还开磨坊，顺便用麸来养猪。他有一次逃进磨坊，躲在麸袋里。
③ 雅典的官吏于卸任时要办交代，把他们的报告，特别是银钱账目，交付审查，他们这时候最容易为那些告密人所敲诈。"捏捏"指捏捏橄榄，看熟了没有。希腊文"摘取"的字音和"敲诈"的字音有些相似。
④ 刻索涅索斯（Chersonesos）在特剌刻（Thrace），有许多雅典富翁住在那儿。"抓住"含有"诬告"之意。
⑤ 克勒翁在皮罗斯取得的胜利刺激了尼喀阿斯去攻打科任托斯，他那次的胜利主要归功于二百名骑兵，所以帕佛拉工这样提议。

就好像我们是老糊涂一样。如果他往那边溜走,我就那样揍他;如果他往这边逃跑,我就这样踢他。 272

帕佛拉工 城邦啊,人民啊,多么凶的野兽撞了我的肚子!

歌队长 你要嚷吗?你总是这样把城邦闹得天翻地覆!

腊肠贩 但是我来一吼就会把他吓跑!

歌队长 真的,如果你吼得过他,我们就高呼胜利;如果你的脸皮比他还厚,这犒劳的饼子便归我们所有。① 277

帕佛拉工 我告发这家伙,我控告他向伯罗奔尼撒人的兵船贩卖——"肉汤"。②

腊肠贩 我一定要告发这个空着肚子跑进主席厅,却填得满满地走出来的家伙。

歌队长 真的,他还"贩运"违禁品:面包、肉、咸鱼块,那是伯里克理斯从没有吃过的。 283

帕佛拉工 你们两个立刻就活不成!

腊肠贩 我吼起来嗓子比你高。

帕佛拉工 我这一喝就会把你喝倒!

腊肠贩 我这一吼就会把你吼倒!

帕佛拉工 你就是一个将军,我也要咒骂你!③

腊肠贩 我要跟打狗似的打你的脊背! 290

帕佛拉工 我要用欺诈来陷害你!

腊肠贩 我要把你的蹄子砍下来!

帕佛拉工 你看看我,不要眨眼。

腊肠贩 我也是市场里长大的。

帕佛拉工 你再咕哝一声,我就把你撕成一条条的!

腊肠贩 你再叽咕一声,我就给你糊上大粪!

帕佛拉工 我敢承认是个小偷,你就不敢。 296

---

① 这是蜂蜜饼,原是用来犒劳最善于值夜班的兵士的。
② 希腊文"肉汤"谐"绳子"。"绳子"特指遇大风浪时用来捆船底的绳子。帕佛拉工本来不认识这个腊肠贩,但是他看见他的样子和他的厨房用具便断定他是卖吃食的,因此骂他以物资资敌。
③ 克勒翁诽谤过尼喀阿斯和得摩斯忒涅斯。

295

腊肠贩　　凭市场里的赫耳墨斯起誓,我也是个小偷,①人家看见我偷,我还赌假咒。

帕佛拉工　　你这是学别人的乖。我要向主席官告发你,你弄到一些神所有的肠子,并没有向神上税。②

歌队　　(第一曲首节)③你这坏蛋、可恶的东西、会吵嚷的家伙,每一个地方、每一次公民大会、税局里、法院里、法庭上都有你这张厚脸皮。你这个搅浑水的,你把我们整个城邦都搅乱了;凭你这吼声,把我们的雅典城都震聋了,你在那石头上守望贡款,就像守望金枪鱼一样。④(本节完)

帕佛拉工　　我知道他们老早就在什么地方"缝制"这阴谋。

腊肠贩　　如果你不懂得"缝"鞋底,我也不懂得灌腊肠了;你把皮革斜起切,看起来又厚又结实;你把病牛的皮革拿去欺诈乡下人,他们买去穿了还不到一天,那鞋子就比脚掌宽了两倍。

尼喀阿斯　　凭宙斯起誓,他对我也干过同样的事情,惹得我的乡邻和朋友们都笑话我,因为还没有回到珀耳伽赛乡,⑤我就像是在鞋子里游泳一样。

歌队　　(第一曲次节)难道你不是一开始就露出了这张厚脸皮吗?这正是演说客的惟一靠山,你首先依靠它来挤那些外邦侨民的钱财,希波达摩斯的儿子见了就在掉眼泪。⑥好在有一个比你更坏的人出现了,我真高兴,因为他立刻就会推倒你。论邪恶,论无耻,论诡诈,他显然比你强得多。(本节完)

歌队长　　(向腊肠贩)你啊,你所受的教育也正是那些大人物所受的,现在快向我们证明,那种高等教育是怎样一钱不值。

腊肠贩　　请听他是什么样的公民!

---

① 赫耳墨斯是神使,是商业神,并且是小偷,他才生下来时就偷过阿波罗的牛。
② 这些主席官有权审判重要案件。他们这时候正坐在剧场里看戏。凡是没收来的货物应向雅典娜上税,即贡献一部分给她。
③ 古希腊的合唱歌分若干曲,每曲的首次两节的节奏和拍子是相同的。
④ 那守望人站在石头高处,一望见金枪鱼成群结队游来,他便大吼一声,令渔舟下网。
⑤ 珀耳伽赛(Pergasai)大概是尼喀阿斯的家乡。
⑥ "希波达摩斯(Hippodamos)的儿子"指阿刻托勒摩斯(Archeptolemos),他曾经企图结束战争,但为克勒翁所阻。斯巴达的乞和团可能是由他护送来雅典的,或是由他引进公民大会的。

帕佛拉工　你不让我先说吗？

腊肠贩　我不让，因为我也是个恶棍。

歌队长　如果他不肯让步，你就再说你的祖先也是恶棍。

帕佛拉工　你不让我先说吗？

腊肠贩　我就不让。

帕佛拉工　你非让不可！

腊肠贩　我决不让。我要力争，看谁先说话。

帕佛拉工　那我就要大发雷霆！

腊肠贩　我还是不让你——①

歌队长　让他，让他发吧！

帕佛拉工　你仗了什么敢同我对吵？

腊肠贩　因为我知道怎样说话，怎样做"酸辣汤"。② 343

帕佛拉工　你倒会说话！你遇见了什么事情，倒是会应付，生吞活剥地干。但是你知道你所处的情形吗？就像大多数的情形一样，你在对付一个外邦侨民的小讼案里，倒是很会辩。你夜里叽里咕噜，在路上自言自语，喝喝水，③摆摆架势，使得你的朋友们烦死了，你还自夸你善于演说呢。真是个大傻瓜！ 350

腊肠贩　你到底喝了什么，竟能够使这城邦哑口无言，只你一个人就把它弄成了哑巴？

帕佛拉工　你拿什么人来比我？我刚一吞下热腾腾的金枪鱼，喝下一大盅纯酒，就要用下流话来责骂那些驻在皮罗斯的将军们。 360

腊肠贩　我吞下牛肚、猪肠，喝下汤汁，还来不及洗手，就要大声压倒那些演说家，把尼喀阿斯也吓坏了。

歌队长　你所说的这一切都令我喜欢，只不过有一件事情我不乐意，那就是你独个儿把汤汁喝光了。 366

---

① 腊肠贩的意思是说他不让帕佛拉工先说话，歌队长却把这话解作"我可不让你大发雷霆"。
② "酸辣汤"的原文的另一意义是"预备演说辞"。
③ 古希腊人认为一个演说家最好是喝酒。

297

帕佛拉工　你就是吞了鲈鱼,也不能叫弥勒托斯人惊慌失措。①

腊肠贩　等我吃了牛排骨,我就要去收买矿山。②

帕佛拉工　我却要跳进议院里去乱搅一阵。

腊肠贩　我要把你的屁眼当肠子来"灌"。

帕佛拉工　我要叫你屁股朝上头朝下,把你推出门外去。

歌队长　海神在上,你要是推了他,你就会来推我。

帕佛拉工　我要把你枷起来。

腊肠贩　我要告你胆子小,逃避兵役。

帕佛拉工　我要把你的皮绷起来。

腊肠贩　我要把你的皮剥下来给小偷做口袋。

帕佛拉工　我要把你钉在地上。

腊肠贩　我要把你切成碎块。

帕佛拉工　我要拔掉你的睫毛。

腊肠贩　我要割掉你的嗉囊。　　　　　　　　　　　　　374

　　　　两人扭打起来,腊肠贩抱住了帕佛拉工的头。

得摩斯忒涅斯　放一根小木柱在他的嘴里,把他的舌头拉出来,趁他张着"屁眼儿",仔细地、勇敢地、像屠户那样检查他长了小脓疱没有。③　　381

歌队　(第二曲首节)有一些东西比火还要热烈,有一些话比这个城邦统治者的无耻的话还要无耻。④(向腊肠贩)你干的这事情并不容易。快攻击他,快转动,不要再做可鄙的动作,⑤你现在已经抱住了他的腰。(本节完)　　　　　　　　　　　　　　　　388

歌队长　如果你这次进攻把他鞣得软软的,你就会发现他是个懦夫:我知道他的性格呢。　　　　　　　　　　　　　　　　　　　　390

---

① 弥勒托斯(Miletos)在小亚细亚,那儿出产的鲈鱼味甚鲜美。克勒翁大概要弥勒托斯人多缴纳贡款(或者反对减轻他们的贡款),因此弥勒托斯人对他行贿。弥勒托斯人的贡款过去由十个塔兰同(talanton)减为五个塔兰同,本剧演出时又改为十个塔兰同。每个塔兰同金币约合银二千四百两。

② 大概是讽刺克勒翁投资开采劳瑞翁(Laureion)的银矿。

③ 猪染包虫病,舌下有小脓疱。

④ "有一些话"指腊肠贩所说的话。"统治者"指克勒翁。

⑤ 摔跤场上是很讲究姿势的。腊肠贩却采用一些可鄙的诡计来对付帕佛拉工。

298

腊肠贩　他一辈子就是这样的东西,只不过他近来收获了别人的庄稼,就好像变成了一个"好汉"。他现在把他从那儿带回来的"麦穗"锁在木栅里,把它们弄得干瘪瘪的,想要留下来出卖。① 396

帕佛拉工　只要议院存在,德谟斯坐在那儿脸上发呆,我就不怕你们。

歌队　(第二曲次节)他无耻极了!他的脸色还是和先前一样,没有改变。(向帕佛拉工)我若是不恨你,就把我变做克刺提诺斯家里的羊皮垫,或者叫人家训练来唱摩耳西摩斯悲剧里面的合唱歌。② 你啊,不管什么时候,遇着什么机会,都要停留在贿赂的金花里,但愿你把那一口,正如你吸取时候一样,很容易就吐出来;③那我就要唱:"为这件好事而干杯,干杯!"④(本节完) 406

歌队长　我想伊乌利俄斯之子,那个向麦饼送秋波的老头儿,也会快乐地高呼胜利、唱酒神歌。⑤ 408

帕佛拉工　凭海神起誓,论厚颜无耻,你胜不过我;要不然,我就不配参加市场之神宙斯的祭筵。⑥

腊肠贩　凭那些自童年时起就打过我的拳骨起誓,凭那些拍过我的屠刀起誓,我想我可以在这方面胜过你;要不然,就算我白吃了那些揩手的面包瓢子长这么大。⑦ 414

帕佛拉工　像狗那样吃面包瓢子!你这个大坏蛋,你吃了狗吃的东西,还敢同一个狗脸猴争斗?

腊肠贩　真的,我小时候很有一些鬼把戏,我时常欺骗厨师们,我这样说:"看啊,伙计们,你们没有看见吗?春天到了,一只燕子在飞!"他们抬头一望,我就偷了这么大一块肉。 420

歌队长　真是块最机灵的"肉"!你预先就打下了这个聪明的主意:你就

---

① 克勒翁曾经骂过那些将军们,他说,如果他们是好汉,他们可以到皮罗斯去把那些斯巴达人俘虏来。"那儿"指皮罗斯。"麦穗"指斯巴达俘虏。克勒翁想等斯巴达人来赎这些俘虏。
② 克刺提诺斯(Cratinos)是阿里斯托芬的劲敌。他喜欢喝酒,他床上的毛皮垫一定有酒味儿。摩耳西摩斯(Morsimos)是埃斯库罗斯(Aischylos)的侄儿,一个拙劣的悲剧家。
③ 克勒翁曾经吐出过五个塔兰同的贿款(参看《阿卡奈人》第六行)。
④ 这是从西蒙尼得斯(Simonides)的胜利歌里引来的。
⑤ "伊乌利俄斯(Ioulios)之子"是主席厅的膳司,他看见这没有礼貌的食客克勒翁倒下了一定很高兴。"向麦饼送秋波"戏仿希腊文"麦子进口检查员"一词。
⑥ 古雅典的市场里立有宙斯的祭坛。这位市场之神不仅保佑商务,而且鼓励辩论与口才。
⑦ 古希腊人用手吃菜。这种面包瓢子是用来揩手的,揩后扔去喂狗。

腊肠贩　　像吃荨麻的人一样，趁燕子还没有来时就偷。①

腊肠贩　　我干这事情，很难叫人发觉；万一有人发觉了，我就把肉藏在两
　　　　腿中间，当着天神发誓来否认，因此有一个政客看见了，他就嚷道：
　　　　"这孩子日后一定会统治人民。" 　　　　　　　　　　　　　　426

歌队长　　他推断得很正确，不过他所根据的事实是摆得清清楚楚的，因为
　　　　你偷了过后赌假咒，你的屁眼里却藏得有肉呢。

帕佛拉工　我要制止你这样傲慢无礼，我要制止你们两个。我要向着你
　　　　冲来，像大风暴吹来，把陆地和海洋搅得一团糟。

腊肠贩　　我却要把这些腊肠皮卷起来，随着和风下的波浪漂浮，气得你大
　　　　哭大叫。 　　　　　　　　　　　　　　　　　　　　　　　　433

得摩斯忒涅斯　万一船漏了，我就看管舱里的水。

帕佛拉工　凭地母起誓，你偷了雅典人许多个金元宝，②不能不受惩罚！

歌队长　　当心呀，快把帆脚索放松点！这东北风，告密风吹来了！③

帕佛拉工　我明知道你还接受了波提代亚人十个金元宝。④

腊肠贩　　那又怎么样？你愿不愿意分一个，不要嚷出来？ 　　　　440

歌队长　　这家伙自然乐意接受。快把帆脚索放松点！

腊肠贩　　风已经小了。

帕佛拉工　〔为了受贿〕你要受四次审判，每次赔一百个金元宝。⑤

腊肠贩　　为了逃避兵役，你要受二十年审判，为了盗窃，你要受一千次以
　　　　上的审判。

帕佛拉工　我宣布你的祖先犯了亵渎女神的罪。⑥ 　　　　　　　　446

---

① 早春时节，燕子还没有来时，荨麻茎叶正嫩，可以煮来吃，味甚美。
② "金元宝"原作"塔兰同"。
③ 船遇大风，应将帆脚索放松，以便减轻帆上所承受的风力。东北风是地中海上的大风。
④ 波提代亚（Potidaia）城在马其顿。波提代亚人的叛变是希腊内战的导火线之一。雅典人花了两年的时间，耗费了二千个塔兰同，才于公元前429年把那城邦攻下来。那些攻城的将军让城内的男人只穿一件衣服，女人只穿两件衣服撤离。雅典人却责备那些将军太宽大了，克勒翁一定也竭力攻击过他们。
⑤ "你要受"前面残缺了五个缀音，本剧编订人罗泽斯补充"为了受贿"一语。罚款数目由原告提出。
⑥ 大约两百年前，库隆（Cylon）想作僭君，曾经占据雅典的卫城，后来饿得没办法，他和他的党羽便逃进雅典娜的庙里。当时的执政官墨伽克勒斯（Megacles）假意答应饶恕他们，这样把他们引诱出来。但是他们出来后，却完全被处死刑。按照古希腊的习惯，凡是逃进了神殿里的人都受到神的保护，谁也不得伤害他们。墨伽克勒斯是贵族出身，他是阿尔克迈俄尼代（Alcmaionidai）族的人。帕佛拉工把腊肠贩当作这一族的人，认为他身上有祖传的渎神罪。

腊肠贩　我宣布你的祖父是一个保镖的。

帕佛拉工　谁的？你说得出来！

腊肠贩　希庇阿斯的妈妈"皮"西涅的。①

帕佛拉工　你是一个不要脸的东西！

腊肠贩　你是一个坏蛋！

歌队长　鼓起勇气揍他！

　　　　全体揍帕佛拉工。

帕佛拉工　哎哟，哎哟！这些叛徒打我啦！　　　　　　　　　　　　　456

歌队长　鼓起最大的勇气揍他，用这些小肠和大肠鞭打他的肚子，这样惩罚他！

　　　你这块最高贵的肉啊，你这颗最勇敢的心啊，你是城邦和我们这些公民的救星！你多么巧妙地在这场辩论里胜过了那家伙！我们对你的称赞怎样也比不上我们的喜悦。　　　　　　　　　　　　　　　460

帕佛拉工　凭地母起誓，我并不是没有注意到这些阴谋的制造，我知道这一切是怎样钉上的，怎样粘上的。

歌队长　（向腊肠贩）哎呀，你能够说出一点造车人的行话吗？

腊肠贩　他在阿耳戈斯干的勾当逃不了我的注意，他原说去争取阿耳戈斯人和我们做朋友，却在那儿私自和斯巴达人开谈判。我知道他这鬼把戏是为了什么，原来是为了那些俘虏而铸造的。②　　　　　　　469

歌队长　妙呀妙，你用"铸造"来回敬他的"粘上"。

腊肠贩　那边来的人也在帮着你锻炼。你就是用金钱来收买我，或者打发朋友来说合，也不能诱劝我不把事情向雅典人宣布。　　　　　474

帕佛拉工　我马上就到议院去告发你们这一伙人的阴谋，说你们在城里开夜会，同墨狄亚人和波斯国王作种种勾结，③在玻俄提亚干"压酪

---

① 希庇阿斯（Hippias）是雅典最后一个暴虐的僭君。他母亲的名字是密西涅（Myrisine），腊肠贩把她这名字改掉了一个字母，就把它变成了"皮条"。雅典人痛恨那些僭君和他们家里的人。

② 阿耳戈斯（Argos）在伯罗奔尼撒东北部。雅典和斯巴达都在争取阿耳戈斯加入自己的一方面。克勒翁却在那儿同斯巴达人讲条件，让他们把他从皮罗斯带回来的俘虏赎回去。

③ 墨狄亚（Media）是波斯王国的一个省份。玻俄提亚在阿提刻北边，盛产干酪。雅典人曾经派人（得摩斯忒涅斯便是其中之一）到玻俄提亚去和那儿的各城邦谈判。"压干酪"的原文的另一意义是"图谋不轨"。

饼"的勾当。①

帕佛拉工　凭赫剌克勒斯起誓,②我要把你绷得平平的!

> 帕佛拉工自观众右方下。

歌队长　喂,你打算怎么办? 你现在可以显一显你的身手,如果你真的把肉藏在两腿中间,就像你刚才所说的一样。你赶快跑到议院去,因为那家伙会冲进去大吼大叫,诬告我们全体的人。

腊肠贩　我这就去,可是我得先把这些腊肠和刀子放在这儿。

得摩斯忒涅斯　且慢,把这个抹在颈脖子上,才好从他的诬告里滑了出来。③

> 歌队长给腊肠贩一个油瓶。

腊肠贩　说得妙,你倒像一个教师爷。

得摩斯忒涅斯　再等一等,把这个拿去吞了。

腊肠贩　为什么?

得摩斯忒涅斯　好朋友,你吞了大蒜,斗起来更有劲。④ 现在快快去!

> 歌队长给腊肠贩一个大蒜。

腊肠贩　我这就走了。

得摩斯忒涅斯　别忘记咬他、诬告他、把他的鸡冠啄来吃了! 等你把他下巴底下吊着的肉啄个精光,你就胜利回来。

> 腊肠贩自观众右方下。
> 得摩斯忒涅斯和尼喀阿斯进屋去。

四　第一插曲

甲　短语

歌队长　一路顺风! 但愿你成功,合我的心愿! 但愿市场之神宙斯保佑你! 等你胜利了,你就戴上花冠,从那儿凯旋,回到我们这里来。你

---

① 意谓克勒翁在那儿收买干酪,赚大钱。
② 赫剌克勒斯(Heracles)是宙斯与阿尔克墨涅(Alcmene)之子,他是希腊人心目中最伟大的英雄。
③ 古希腊的角力士把橄榄油抹在身上,这样才容易从对方的手里滑掉。
④ 以斗鸡为喻,据说鸡吃了大蒜,斗起来更有劲儿。

们这些追求文艺女神的观众啊,用心听我的诗。①

乙　插曲正文

歌队长　如果有一位旧派的喜剧导演强迫我们上前来,向观众背诵他的戏词,那可不容易办得到。但是今天我们这位诗人却有资格这样做,因为我们所痛恨的也就是他所痛恨的,因为他有勇气道破真相,还因为他敢于抵抗大旋风、大风暴。他说你们有许多人觉得奇怪,跑去问他,为什么从来不用自己的名义来演出。②关于这问题,他叫我们向你们这样解释。他说并不是他在盲目地拖延,③而是他认为喜剧导演很不好办。多少诗人向文艺女神献过殷勤,可是她总是翻白眼。此外,还因为他早就明白你们的性情年年在转变,那些长辈诗人一上了年纪就叫你们抛弃了。比方说,首先,他看见马格涅斯头发一变白,人就倒了霉,这位喜剧诗人曾经多少次胜过了对方的歌队,获得了胜利的奖赏,他曾经为你们奏过各样的音乐:弹过竖琴,拍过鸟翅膀,还演过吕狄亚人,扮过没食子蜂,涂上青颜色变一只蛙,这些都是白搭;④到后来,上了年纪,年轻时候的新鲜劲儿没有了,人一老就叫你们轰下场来,只因为他不善于讲笑话了。其次呢,他想起了克剌提诺斯,这位喜剧诗人曾经在不绝的掌声中流过平原,把橡树、阔叶树和他的敌手们连根拔起来,从两岸冲走。我们在宴会里就只唱他的《穿无花果木板鞋的女神》和《写美妙的合唱歌的诗人》,⑤可见他的

---

① 文艺女神共九位,她们司理诗歌、戏剧、音乐等等。观众中有许多诗人和音乐家。
② "演出"原作"请求分配歌队"。那些喜剧诗人把他们所写的剧本交给君主长官请求演出叫作"请求分配歌队"。君主长官选择三部比较好的剧本,然后给那三个中选的诗人每人指定一个歌队司理。这三个歌队司理都是富有的公民,他们负担歌队的一切演出费。
③ 意即等到将来才用他自己的名义演出。阿里斯托芬的第一部喜剧《宴会》、第二部喜剧《巴比伦人》和第三部喜剧《阿卡奈人》都是用卡利斯特剌托斯(Callistratos)的名义演出的。
④ 马格涅斯(Magnes)是一个早期的喜剧家,据说他得过十一次喜剧奖赏。"弹过竖琴"指他演出过《女竖琴手》,"拍过鸟翅膀"指他演出过《鸟》,"演过吕狄亚(Lydia)人"指他演出过《吕狄亚人》,"扮过没食子蜂"指他演出过《没食子蜂》,"涂上青颜色变一只蛙"指他演出过《蛙》。本剧演出时,马格涅斯已经死去了。
⑤ 克剌提诺斯是一位九十高龄的诗人。在这次的喜剧比赛中,阿里斯托芬得了头奖,克剌提诺斯得了次奖;在上一年的比赛中,阿里斯托芬的《阿卡奈人》得了头奖,克剌提诺斯的剧本得了次奖;但在下一年的比赛中,克剌提诺斯的剧本得了头奖,而阿里斯托芬的《云》则仅得了第三奖,算是完全失败了。"《穿无花果木板鞋的女神》"和"《写美妙的合唱歌的诗人》"指克剌提诺斯的两首歌。"穿无花果木板鞋"一语和希腊文"告密"一词的字音很相似。

303

声名多么响亮！但如今你们看见他老糊涂了，他的琴栓掉了、琴弦断了、琴身裂了，你们一点也不可怜他。他老了，就像孔那斯那样漂泊着，他的花冠凋谢了，他就要枯萎而死；①本来，凭了他先前的胜利，他应该在主席厅里喝喝酒，应该抹上香膏，坐在酒神的石像旁边看看戏，②不应该独个儿发呆。我们的诗人还想起了克剌忒斯受过你们多少气，挨过你们多少骂。③ 自然啊，他只能用他那大声的嘴吐出一些漂亮的意见，给你们一点点不值钱的早点，就把你们送走；然而，他能够坚持到底，跌下去又爬起来。为此，我们的诗人心里很害怕，一直在拖延；此外，他常说一个水手应当先划划桨，然后去掌舵，应当先到船头看看风势，然后去驾驶。④ 为了这一切，为了我们的诗人小心翼翼，不敢孟浪冲进来胡说八道，你们就为他放出一阵阵赞美的潮音，高举起十一把桨发出——⑤   546

丙　快调

歌队长　勒奈亚节的欢呼！⑥ 让你们的诗人称心如意庆成功，高高兴兴退出场，满额红光。⑦   550

丁　短歌首节

歌队　骑士之神波塞冬啊，你多么喜欢听马儿嘶鸣，铜蹄儿踢达作响；⑧你多么喜欢看三层桨的快船、青色的船头，船上载着雇佣兵；你多么喜欢看年轻人竞赛，在车上出风头，闯下祸事；克洛诺斯之子，手执金叉的神，海豚的保护者，苏尼翁和革赖斯托斯海角上的神明，请你来领导我们这歌队，你是福耳弥俄所崇敬的，目前啊，你比起别的神们更受雅典

---

① 孔那斯（Conas）是一个音乐家，一说是写歌颂奥林匹克运动会胜利者的颂歌的诗人。
② 剧场中立得有酒神的石像。
③ 克剌忒斯（Crates）是一个早期的喜剧家，本剧演出时他早已死去了。阿里斯托芬有意把克剌提诺斯夹在两个死者之间。
④ 古希腊的船头有一个水手看岩礁，有一个水手看风向。
⑤ "十一把桨"无法解释。中世纪的注释家认为那喝彩声长达桨划十一次之久。
⑥ "勒奈亚（Lenaia）节"是2月底庆祝的酒神节。
⑦ 据说诗人的头很早就秃了，此处可能是暗指他自己是个秃子。
⑧ 波塞冬是海神，他同雅典娜竞争作雅典城的保护神时，曾经创出一匹战马。

304

人崇敬。①

戊　后言首段

歌队长　我们要赞美我们的祖先,他们是英雄,无愧于祖国,无愧于雅典娜的绣花袍,②他们在陆上和海上的战役里处处胜利,为城邦增光。他们看见了敌人,从不估计他们的数目,马上就想进攻;万一有人在战斗中全身倒在地下,他连忙把尘土拍干净,否认他跌倒过,又去摔跤。从前的将军们没有一位央求过克勒埃涅托斯,要吃公餐;③如今啊,这些家伙得不到剧场里的前排座位,吃不到公餐,他们就说不愿意打仗。我们却认为应该英勇地保卫城邦,保卫我们的神。我们并没有什么要求,就只是这么一点:如果和平降临,免去了我们的辛苦,请不要忌妒我们蓄长发,把身体洗刮得干干净净。④

己　短歌次节

歌队　保护神雅典娜,你统治着这最神圣、最强大、最富有战士和诗人的城邦,请你带着胜利女神降临,她是我们出征和作战时的助手,是歌队的伴侣,帮忙过我们对付我们的敌手。

　　现在啊,请你来临,今日里一定要把胜利赐给我们这些骑士们!

庚　后言次段

歌队长　我们还要赞美我们的战马立下的功劳,那是我们亲眼见过的,最值得称赞!它们曾经协助我们做过多少事情:一同进袭,一同作战。在陆地上我们对它们倒不十分称赞,可是等到它们有的买了酒杯,有的买了大蒜和葱头,勇敢地跳进了军输船里,那时才值得称赞呢!⑤

---

① 克洛诺斯(Cronos)是天与地之子。海神的武器是一把三叉。苏尼翁(Sounion)海角在阿提刻南端,革赖斯托斯(Geraistos)在欧玻亚(Euboia)岛西南端。福耳弥俄(Phormio)是雅典的海军将领,曾立大功,本剧演出时才战死不久。
② 雅典人于敬奉这女神的节日里把这件绣花袍挂在船桅上,推着船在街上游行,袍上绣得有英雄的名字。
③ 克勒埃涅托斯(Cleainetos)是克勒翁的父亲。据说他控制吃公餐的人数,因此有人想吃公餐须向他说好话。
④ 古希腊少年爱洗澡,但因为缺水,只好先用刮皮具把汗垢刮掉。
⑤ 歌队长有意把马和骑士混成一体。

它们就像我们这些人一样,捏着桨柄拼命划,口里直嚷:"得儿!① 划
呀! 嘿唷! 你们在干什么? 你这匹印有介字形花纹的家伙,②你不
划呀?"到后来,它们跳上了科任托斯海岸。那些马齿最少的用蹄子
挖好了床位,再去取被窝。它们吃的并不是波斯苜蓿,③而是螃蟹,
只要那东西爬了出来;它们甚至到海里去寻找,惹得一只螃蟹哼着
说:——忒俄洛斯告诉我们的——④"海神呀,命运太残忍了,水陆深
处都不能使我逃避这些骑士!"　　　　　　　　　　　　　　　　610

五　第二场

　　　　腊肠贩自观众右方上。

歌队长　最亲爱的朋友,最勇敢的人,自从你走后,我们真替你担忧! 好
　　　　在你现在平安回来了,你且把这一场争斗的经过告诉我们。　　615

腊肠贩　当然啊,我把议院打败了!

歌队　(首节)现在我们大家欢呼吧! 你的话漂亮,你的行为更漂亮! 你
　　　　且把详细情形明白讲来。就是要走很远的路,我也要赶来听听。好
　　　　朋友,你就鼓起勇气讲吧,我们大家都喜欢你呢。(首节完)　　623

腊肠贩　这件事值得一听。我从这儿一直追去,他正在议院里大发怪论,
　　　　吐出一些轰隆轰隆的话来攻击骑士们,他更把诽谤的悬崖劈了下来,
　　　　称呼你们作叛徒,而且很令人相信。整个议院听了,叫他用谎话的野
　　　　草塞得满满的,那些议员都把脸沉了下来,直皱眉头。我看见他们听
　　　　信他的话,上了他的欺骗的当,我就祈祷:"浪荡神、欺诈神、愚蠢神、
　　　　鬼把戏神、厚脸皮神,还有你,儿时教养我的市场,请你们前来,把鲁
　　　　莽态度、油滑口舌、不害臊的声音统统赐给我!"我正在纳闷,一个好
　　　　色鬼在我右手边放了个屁。⑤我伏在地下行了礼,然后屁股一撞就破
　　　　了栏杆,张大了嘴巴嚷道:"诸位议事官,我带来了好消息,向你们首

---

① 赶马的声音。原诗戏仿水手喊的"嘿唷"。
② 原作"印得有 A 字母的马。"A 是希腊字母 S 的古体。此处指 Sparta(斯巴达)或 Sicyon(西库翁)的
　　第一个字母。那两个地方都盛产名马,马身上印得有这个古体字母。
③ 据说这种草是波斯战争期中由波斯人移植到希腊的。
④ "螃蟹"是科任托斯人的绰号。忒俄洛斯(Theoros)大概是一个骑士的名字。
⑤ 古希腊人认为从右方来的预兆是吉祥的。

先报喜:自从战争爆发以来,①我从没有见过鳁鱼这样贱!"他们的脸色立刻就和悦了,为了这好消息,给我戴上花冠。我还告诉他们保守秘密,赶快去把陶匠的盘子收买来,一个俄玻罗斯就可以买一大堆鳁鱼。因此他们热烈地鼓掌,张着嘴巴望着我。但是帕佛拉工猜中了,他知道他们最喜欢听什么话,他就建议说:"议员们,我提议为了刚才报告的好消息,向雅典娜女神献一百头牛。"②这样一来,议院又偏向他那一方去了。我看见他用牛屎把我打败了,我就用两百头牛来压倒他。我还提议向女猎神许愿,明天就杀一千只母羊,如果一个俄玻罗斯买得到一百条鲲鱼的话。③ 议员们这才向我转过头来。那家伙听了大吃一惊,嘴里还在叽里咕噜,就叫主席官和弓手们拖走了。④ 议员们都站起来谈论鳁鱼的事,他还在要求他们等一下,听听斯巴达使者的传报。据他说那人是来议和的。大家异口同声地嚷道:"这时候谈什么和平?朋友,是不是他们听说雅典的鳁鱼这样贱?我们并不需要议和,还是打下去吧!"⑤他们吵吵嚷嚷,叫主席官宣布散会。于是他们四方八面跳过了栏杆。我趁早溜了出来,把市场里所有的韭菜和香荽菜收买下来,他们正需要时,我就把这些菜白送给他们作烹调鳁鱼的香料,这样讨他们的喜欢。大家过分地称赞我,热烈地向我欢呼。我用一个俄玻罗斯的香荽叶把议院拉拢过来后就回来啦。

682

歌队 (次节)你就像命运的宠儿,处处顺利。我们的流氓碰上了对手,这对手有的是更大的流氓劲儿、更多的诡计、更狡猾的言语。可是你还得当心,下一次斗起来要尽最大的力量。你知道我们早就是你的忠实的战友。(次节完)

690

---

① 内战是公元前431年爆发的。
② 帕佛拉工这建议很能讨那些比较贫苦的雅典人的喜欢,因为买牛的钱由富人出,神们只享受腿肉和油脂,至于肉则由大家分食,政府还可以得到一百张牛皮。
③ 女猎神指阿耳忒弥斯。雅典人在马拉松战役中曾经向阿耳忒弥斯许过愿,如果他们得胜了,他们杀死多少个波斯人,他们就向这位女神献多少只母羊。后来一数,他们竟杀死了六千四百个波斯人,因为没有那么多只羊来献祭,他们只好决定每年献五百只。
④ 雅典有五百个议员,由每族的五十个议员轮流作议会和公民大会的主席。"弓手"是雅典的警察,他们是招募来的斯库提亚(Scythia)人。
⑤ 大概戏拟克勒翁回答斯巴达人乞和的话。"鳁鱼"暗射克勒翁从皮罗斯俘虏来的斯巴达人,他们像鳁鱼一样游到雅典来。

腊肠贩　看啦,帕佛拉工来了,他推着一层大浪,乱翻乱搅,就像要把我吞下去。哼,他这一点胆量算什么!

　　　　帕佛拉工自观众右方急上。

帕佛拉工　如果我还有一点欺诈的本领,毁不了你,我这条老命也就不要了。 695

腊肠贩　我喜欢你这样威胁,听你打空雷真可笑!我要跳水手舞,学鹁鸪叫。①

帕佛拉工　凭地母起誓,不把你当场吃了,就该我死。 701

腊肠贩　万一你吃不了呢?不喝了你的血,不胀破肚皮吞了你,就该我死。

帕佛拉工　凭我在皮罗斯立奖勤罚懒挣得来的前排座位起誓,我要毁了你。

腊肠贩　什么前排座位!我倒要看你坐了前排座位,再坐在那最后排的座位上。

帕佛拉工　当着天起誓,我要把你枷起来。 705

腊肠贩　好大的火气!喂,我给你点什么吃?你最爱吃什么?钱袋吗?

帕佛拉工　我要用指甲把你的肠子抠出来。

腊肠贩　我要把你在主席厅里吃的东西扒掉。 710

帕佛拉工　我要把你拖去见德谟斯,他会惩治你。

腊肠贩　我也要把你拖去,我诬告起来比你厉害。

帕佛拉工　可是,傻瓜,他一点也不会相信你的,我倒可以随便捉弄他。

腊肠贩　你把德谟斯完全当作你一个人的。

帕佛拉工　因为我知道他喜欢吃什么东西。 715

腊肠贩　你就像奶妈一样不好好地喂他。你嚼一嚼,只吐一口到他的嘴里,你自己却吞下了三大口。

帕佛拉工　真的,凭了这巧妙的手腕,我可以使德谟斯变大变小。 720

腊肠贩　我的屁眼也有这样灵巧。

帕佛拉工　老兄,你别想还像在议院里那样侮辱我。我们到德谟斯跟前去吧!

---

① "水手舞"指一种粗野的跳舞。"学鹁鸪叫"意即发出轻蔑的声音。

腊肠贩　没有什么为难。喂,走吧,没有什么不方便。

　　　　　　二人敲德谟斯的门。

帕佛拉工　德谟斯,请出来!

腊肠贩　看宙斯面上,我的爸爸,请出来!

帕佛拉工　最亲爱的小德谟斯,快出来看看我受了什么样的侮辱啊! 727

　　　　　　德谟斯自屋内上,得摩斯忒涅斯随上。

德谟斯　谁在叫唤?还不快离开我的大门?你们把我庆祝丰收的花圈都扯烂了!① 呵,帕佛拉工,谁伤害了你?

帕佛拉工　我为了你的缘故,叫这家伙和那些小伙子揍了一顿。

德谟斯　为什么?

帕佛拉工　德谟斯啊,只因为我喜欢你,爱你。 732

德谟斯　(向腊肠贩)你到底是什么东西?

腊肠贩　我是跟他争恩宠的。我老早就爱你,想服侍你,还有许多善良的人也是这样,可是这家伙偏不让我们。你就像讲爱情的年轻人一样,不肯结交良朋好友,偏偏喜欢灯盏商②、补鞋匠、靴匠和皮贩子。 740

帕佛拉工　因为我对德谟斯很忠实。

腊肠贩　你说说,你干了些什么?

帕佛拉工　干了些什么?我代替那个将军,航行到皮罗斯去,从那儿把斯巴达人俘虏了来。

腊肠贩　我只是蹓来蹓去,从一家作坊里把人家炖着东西的沙锅偷了来。 745

帕佛拉工　德谟斯,快召集公民大会,看谁敢爱你,就决定同谁要好。

腊肠贩　是呀,是呀,你就决定吧,只是不要到普倪克斯去。

德谟斯　我不能坐在别的地方。前进,到普倪克斯去! 749

　　　　　　德谟斯坐在石凳上。③

腊肠贩　哎呀,我完了!老头儿在家里最精明不过,可是等他坐在这石头上,他就傻张着嘴,像接干无花果的孩子一样。④ 755

---

① 指十月尾庆祝收获节的花圈。这花圈是用橄榄枝做的,上面缠得有羊毛、无花果、糕点,还挂得有一些小瓶子,瓶里装的是蜂蜜、橄榄油和葡萄酒。这花圈于庆祝后挂在大门上。
② "灯盏商"指许珀玻罗斯(Hyperbolos),那人是一个政治煽动家。
③ 这石凳代表公民大会会场中的座位。
④ 把无花果用线系着,凌空悬挂,让孩子们张着嘴去接。这是古雅典儿童喜欢玩的一种游戏。

六　第三场（第二次对驳）

歌队　（首节）（向腊肠贩）现在把每一根帆脚索拉紧，抖起勇猛的精神，说出一些不容置辩的话来击败他。那家伙很狡猾，迫到山穷水尽都有办法。你得要向着他猛冲。（首节完）

歌队长　要当心，趁他还没有进攻，你就把铅海豚挂在帆桁上，①把船身横撞过去。

帕佛拉工　我祈求雅典娜女神，城邦的保护神，如果除了吕西克勒斯、铿娜和萨拉巴克科而外，②要数我是雅典人民最忠实的朋友，就该让我现在在主席厅里白吃白喝。（向德谟斯）但是如果我恨你，不挺身出来捍卫你，你可以把我杀掉，锯成两段，切成皮条来作轭下的套子。

腊肠贩　德谟斯啊，如果我不爱你，不敬重你，你可以把我切成碎肉煮来吃；若是你还不相信我的话，你可以在这个摊桌上把我的肉刮下来，掺一点干酪制成杂烩，再用铁钩钩住这肾囊，把我的尸骨拖到坟场上去。③

帕佛拉工　德谟斯啊，哪里有一个公民比我更爱你？首先一层，我替你管家时候，曾经收集了多少钱财放进你的宝库里。有一些人我逼着要，有一些人我掐着脖子敲，还有一些我就问他们讨，只要能够讨你喜欢，我可不顾别人的私议。

腊肠贩　德谟斯，这没有什么了不起，我也可以替你办到：只要把别人的面包抢来献给你就是了。且让我首先提醒你：这家伙并不爱你，他对你不怀好意，只不过想烤你的炭火罢了。你曾经为希腊在马拉松同波斯人拼过命，④你的胜利我们大为称赞，可是你这样硬硬地坐在这石头上，他一点不管，也不像我这样缝一块垫子带给你。请起来，然

---

① 这是形如海豚的铅铊，可以从帆桁上坠下去，打破敌人的船。
② 吕西克勒斯即前面所说的卖羊人。铿娜（Cynna）和萨拉巴克科（Salabaccho）是两个妓女。据说铿娜是克勒翁的情妇。
③ "坟场"原作"陶匠区"。此处指雅典埋葬英雄的坟场，这坟场在城外的陶匠区。
④ 马拉松（Marathon）战争发生于公元前490年。雅典人那次大败波斯人。马拉松在阿提卡东部的海岸上，距雅典城约33公里。

310

后软软地坐在这上面，免得擦伤了你这两块在萨拉弥斯打过仗的屁股。①   785

  腊肠贩给德谟斯铺上一块垫子。

德谟斯　你是谁呀？是不是哈摩狄俄斯儿孙的孙儿？②你的行为很高贵，你这人真够朋友！

帕佛拉工　你想利用一点小小的殷勤来讨好他！

腊肠贩　你也曾经利用一点更小的饵物来钓住他。   789

帕佛拉工　我愿意拿脑袋来打赌，普天下没有人比我更卖力气保卫你，比我更爱德谟斯。

腊肠贩　你多么爱他啊！眼看他八年来住在酒瓮中、墙缝里、角楼上，③你不但不可怜他，反而把他关起来，取他的蜜。正当阿刻托勒摩斯把和议带来的时候，你却把它撕毁了，你还踢过那些前来乞和的使节的屁股，把他们赶出城外去。

帕佛拉工　那样一来，德谟斯才好统治全希腊。照神示所说，只要他坚持下去，他就可以在阿耳卡狄亚作陪审员，④每一庭五个俄玻罗斯。无论如何我都要养活他、照料他，我好歹弄一些钱来，使他每天得到三个俄玻罗斯。   800

腊肠贩　真的，你哪里想叫德谟斯统治阿耳卡狄亚，只不过想大抓一把，接受盟邦的贿赂；在战争和乌烟瘴气之中，德谟斯看不清你的鬼把戏，⑤穷困、急需和津贴使得他傻张着嘴望着你。一旦他回到乡下去过和平生活，喝着麦皮粥恢复了力气，同他的橄榄渣饼子谈起心来，⑥他就会明白你这样一津贴他，反而剥夺了他的幸福，他就会凶

---

① 意即德谟斯曾经在萨拉弥斯战役里当过水手，坐在凳子上划船。
② 哈摩狄俄斯（Harmodios）是刺杀僭君希帕耳科斯（Hipparchos）的英雄。
③ 到本剧演出时内战只打了七年，但腊肠贩从公元前432年算起，因为雅典人在那一年里围攻过波提代亚。波提代亚是科任托斯的殖民地，这城邦后来加入了以雅典城为首的得罗斯（Delos，旧译作"提洛"）同盟。雅典城要求这盟邦把科任托斯的官员驱逐出境，并且拆毁城墙，交出人质。这无礼的要求迫使波提代亚脱离了同盟。虽然有科任托斯相助，波提代亚人仍然抵不住雅典人的进攻，只好匿居城内，坚守了两年之久。自从战争爆发以来，因为斯巴达人来攻，雅典陆军守不住，雅典农民只好匿居城内。
④ 阿耳卡狄亚（Arcadia）在伯罗奔尼撒中部。
⑤ 据图库狄得斯（Thoucydides，旧译作"修昔底得斯"）在他的史书里所说，克勒翁之所以煽动战争，反对和平，是因为在战时他的恶行不容易叫人发觉，他的诽谤却更容易令人相信。
⑥ 指被榨去油的橄榄渣。

　　　　　猛地、气愤地冲到你面前,弄一张票来反对你。你心里明白,只好欺
　　　　　骗他,用一些有关你自己的梦话来迷惑他。①

帕佛拉工　你当着雅典人和德谟斯这样说我、诬告我,你不觉得羞耻吗?
　　　　　凭地母起誓,我对这城邦比忒弥斯托克勒斯还有贡献呢。

腊肠贩　"阿耳戈斯城啊,请听他说的话"!② 你敢和忒弥斯托克勒斯相
　　　　比吗?他发现我们的城邦有一点儿不够满,便把她装得满满的,他还
　　　　捏制了一块"珀赖欧斯"给她作早点,③那原来的菜肴他不但不减少,
　　　　反而给她添上了一盘新鲜的鱼儿。你却要把雅典城变得很窄小,筑
　　　　垣墙把我们隔离起来,④说出一些神示来欺骗我们,你还好意思和忒
　　　　弥斯托克勒斯相比呢! 他被驱逐出境,你却在用最好的面包瓢子来
　　　　揩手!⑤

帕佛拉工　德谟斯啊,只因为我爱你,就得听这家伙骂我,这不是可怕吗?

德谟斯　住嘴,住嘴,你这家伙! 快不要吵吵嚷嚷! 你欺骗了我好久了,
　　　　我一直都不知道。

腊肠贩　亲爱的德谟斯,他最卑鄙不过,干过许多坏事情,每当你傻张着
　　　　嘴的时候,他就把查账的"油水"挤出来喝掉了,他还双手舀过公款
　　　　呢。

帕佛拉工　你别高兴,我要判你侵吞了三万块钱。

腊肠贩　你为什么大惊小怪,唾沫飞溅?雅典人恨死你了! 凭地母起誓,
　　　　如果我不证明你接受过密提勒涅人四千多块钱,就该我死。⑥

歌队　(次节)(向腊肠贩)"全人类最大的救星啊",⑦我羡慕你善于说话。
　　　　这样攻击他,你就会变作全希腊最伟大的人物,就会独揽城邦的大

---

① "梦话"指神示。
② "阿耳戈斯城啊"一语引自欧里庇得斯的《忒勒福斯》(*Telephos*)一剧。"请听他说的话"一语引自欧里庇得斯的《墨得亚》(*Medeia*,旧译作"《美狄亚》")一剧。
③ "珀赖欧斯"(Peiraieus)是雅典的海港。这海港、海港的城墙和由海港直达雅典城的走廊墙都是由忒弥斯托克勒斯出主意修建的。
④ 也许是指在城内添筑城墙,加强防御力量。
⑤ 忒弥斯托克勒斯于公元前471年被逐出境。"最好的面包瓢子"原作"阿喀琉斯(Achilleus)面包",指主席厅的公共宴会上的特等面包。
⑥ 密提勒涅(Mytilene)城于公元前428年叛变。叛变平定后,克勒翁主张杀尽密提勒涅人。雅典公民大会后来重作决定,只处死一千人。密提勒涅人可能收买过克勒翁,以便保存他们的一部分土地。
⑦ 戏仿埃斯库罗斯的悲剧《普罗米修斯》(*Prometheus*)第613行。

权，统治我们的盟邦，你手里拿着三叉乱舞乱搅，可以取得千万两黄金。（次节完）

歌队长　你已经抓住了这家伙，可不要让他滑掉了，你的胸膛劲儿大，很容易就可以结果了他。①

帕佛拉工　凭海神起誓，好朋友，事情还没有到这个地步！我曾经做过一件光荣的事业，只要我从皮罗斯夺获的盾牌还剩下一块，②就可以使得我所有的仇人哑口无言。

腊肠贩　打住，就说到这些盾牌为止，因为我已经抓住了你。如果你真爱德谟斯，你就不该故意连上面的把手一起悬挂起来。③德谟斯啊，这是一种诡计，使得你要想惩罚他也无法下手。你看他有一队年轻的皮贩子，还有卖蜂蜜的、卖干酪的也住在他们的周围，这些人结成了联盟。如果你发脾气，望一望"贝壳"，④他们就会半夜里把盾牌取下来，跑去占据我们的大麦进口要道。⑤

德谟斯　哎呀！那些把手果真在上面吗？坏蛋，你欺瞒了我这么久，这样骗德谟斯的头（谐"斗"）！⑥

帕佛拉工　老爷子，不要上说话人的当，不要梦想你可以找到一个比我更忠实的朋友！我曾经独自一个人把那些叛徒镇压下来，这城里的阴谋逃不过我，我立刻就要大声地把它宣布出来。

腊肠贩　你就像捉鳝鱼的人，湖水澄清，一条捉不到；但是如果把泥沙乱搅一阵，就捉得到很多：你把城邦搅乱了，也正好给你摸"鱼"。你且回答我：你出卖过这么多皮货，既然说你爱德谟斯，你送过一双牛皮底子给他做鞋子没有？

---

① 意即把他抱在怀里，用胸部压死他。
② 这些盾牌保存得很久，直到第二世纪都还看得见。可参看泡萨尼阿斯（Pausanias）的《希腊游记》第一卷第十五节。
③ 斯巴达人为了防止奴隶起义，总是把盾牌的把手卸下来，使盾牌成为无用之物，以免被奴隶所利用。
④ 指一种"贝壳游戏"，并且暗射"贝壳放逐法"。玩这游戏的儿童分为两队，其中一队代表白天，一队代表黑夜。场中划出一条线，两队人各距线若干尺，东西两端各有一个"家"。贝壳一面涂白，一面涂墨。发动人将贝壳抛向空中，贝壳落地如为白色，则白队追，黑队逃，中途被捉住的人变成马，由胜利者骑到黑队"家"里。根据"贝壳放逐法"，雅典人可以把那些罪有应得而权势太大的公民的名字写在贝壳上，作为投票，来决定把他们放逐出境。
⑤ 雅典所需的粮食主要是从黑海沿岸运来的。
⑥ "骗德谟斯的斗"意即量给德谟斯的粮食分量不够。

德谟斯　凭阿波罗起誓，他从来没有送过。

腊肠贩　你看出了他是什么样的人吗？我却买了这一双鞋来送给你穿。

> 德谟斯穿上鞋子。

德谟斯　我断定你是我所认识的对德谟斯最忠实的朋友，你对城邦和我的脚指头都是一片好心肠。

帕佛拉工　一双鞋子就有这么大的力量，使得你不念及我给你的好处，这不是可耻吗？我曾经把格律托斯的名字从公民册上勾销，①消灭了搞男色的罪行。

腊肠贩　你自己爱好那事物而消灭了搞男色的人，这不是可耻吗？一定是由于忌妒的心理你才消灭他们，害怕他们因此变作了演说家。②你看见德谟斯这样大的年纪没有袍子穿，从来没有在冬天给他一件双袖长袍。（向德谟斯）我给你这一件。

> 腊肠贩给德谟斯一件长袍。

德谟斯　就是忒弥斯托克勒斯也没有想到这一点！他的珀赖欧斯计划倒也高明，但是我认为并不比这件长袍好多少。

帕佛拉工　（向腊肠贩）唉，你这猴儿耍把戏，烦死人！

腊肠贩　我不过是借用你的鬼办法，就像一个喝醉了的客人想要解手儿，穿了别人的鞋子。③

帕佛拉工　拍马屁，你拍不过我。我要把这件衣服披在他身上。坏蛋，你上吊去吧！

> 帕佛拉工给德谟斯披上皮衣。

德谟斯　呸！还不滚去喂乌鸦？这皮味儿臭得厉害！

> 德谟斯把皮衣服扔在地下。

腊肠贩　他故意给你披上，闷死你。他先前就谋害过你。你还记得大茴香那样贱吗？

德谟斯　当然记得。

---

① 格律托斯（Gryttos）是一个淫荡的人。
② 意即少年人由于同性爱的鼓励而变作演说家。
③ 古希腊人进餐厅前要脱去鞋子。

314

腊肠贩　他故意使它那样贱,①让你们买来吃,叫陪审员在法院里放起屁
　　　　来把大家闷死。

德谟斯　真是的,一个"粪城"的人也这样告诉过我。②

腊肠贩　那时候你们放起屁来不是脸都红了吗?

德谟斯　凭宙斯起誓,是那个红毛奴隶的诡计!

帕佛拉工　(向腊肠贩)坏蛋,你讲了一些下流的笑话来气我!

腊肠贩　因为女神叫我用欺诈的手段来战胜你。

帕佛拉开　你战胜不了我。德谟斯,我答应白给你一碗"津贴"喝,什么
　　　　事情也不叫你做③。

腊肠贩　我给你一瓶药膏,抹在你的腿疮上。

　　　　腊肠贩送一瓶药膏给德谟斯。

帕佛拉工　我要把你的白头发拔掉,使你返老还童。

腊肠贩　这儿,请接受这一条兔子尾巴,揩揩你的眼屎。

　　　　腊肠贩给德谟斯一条兔子尾巴。

帕佛拉工　德谟斯,你擤把鼻涕,就在我头上揩揩手指头。

腊肠贩　在我头上,在我头上!

　　　　德谟斯把鼻涕揩在腊肠贩头上。

帕佛拉工　(向腊肠贩)我要叫你供应一只三层桨战船,破费你的钱财。
　　　　我给你一只旧船,你得时常破费,时常修理;我还要千方百计给你一
　　　　张腐烂了的帆篷。④

歌队长　这家伙嘴里乱翻泡,快不要,快不要沸腾!⑤我们得要釜底抽薪,
　　　　用这把勺子把里面的"威吓"舀掉一些。

帕佛拉工　我要重重地惩罚你,把你压在税金底下! 我要想法子把你的
　　　　名字登记在富人册上。

腊肠贩　我一点也不威吓你,只希望你倒霉得这般模样:一平锅乌贼鱼正

---

① 大茴香产自非洲的希腊殖民地库瑞涅(Cyrene)。腊肠贩这话可能是暗指克勒翁竭力主张加强雅典与库瑞涅的商务关系。
② "粪城"原作"科普瑞俄斯"(Copreios),意即"多粪的",谐阿提刻的乡区科普瑞俄伊(Coreioi)。
③ 意即德谟斯可以在节日里不审案件,白拿津贴。
④ 雅典的三层桨战船是由富人供应的,有的出钱建造新船,有的出钱修理旧船。
⑤ 歌队长把帕佛拉工的嘴比作一口沸腾的锅。

315

搁在灶上咝咝响,你却要去替弥勒托斯人辩护,①——事情成功可以获得一个金元宝的财富,——你赴公民大会以前,匆匆忙忙把乌贼鱼塞进嘴里,还没有吞下去,就会有人来召唤你,你急于要得到那个金元宝,就把鱼吞下去,闭气而死。

歌队长　宙斯啊,阿波罗啊,地母啊,那才妙呢! 941

七　第四场

德谟斯　从各方面看来,他分明是个好公民,许久以来都没有一个对群众——一个俄玻罗斯一大群的群众②——这样好的人。至于你,帕佛拉工,你嘴里说爱我,却尽喂我大蒜吃。③现在,把戒指退给我,你再也不是我的管家了。 950

帕佛拉工　拿去吧,可是你要知道,你开除了我,一定会碰上一个比我更坏的管家。

德谟斯　这戒指不可能是我的,这花纹好像不对,难道是我没有看清楚?

腊肠贩　让我看看。你的是什么花纹?

德谟斯　一片无花果树叶,裹着牛"油",④烤得好好的。

腊肠贩　这里面的不对。

德谟斯　不是无花果树叶,又是什么?

腊肠贩　一只水老鸹张着嘴在石头上演说。⑤ 956

德谟斯　呸!

腊肠贩　怎么回事儿?

德谟斯　扔掉它!他戴的是克勒俄倪摩斯的戒指,⑥不是我的。你从我手里接受这个戒指,给我当管家。

　　　　德谟斯把戒指交给腊肠贩。

帕佛拉工　老爷子,我求你不忙决定,听听我的神示再说。 961

---

① 克勒翁大概被弥勒托斯人收买了,反而替他们说话。
② 此处的"一个俄玻罗斯一大群"是以市场廉价广告为喻。
③ 意即刺激他发脾气,或解作刺激他像公鸡一样去打架。
④ 原文"油"字谐"人民"。
⑤ "石头"指公民大会会场上的演讲台。
⑥ 克勒俄倪摩斯(Cleonymos)是一个贪吃的人。

316

腊肠贩　也听听我的。

帕佛拉工　你要是听信他的,就会变作一个酒囊!①

腊肠贩　你要是听信他的,你的包皮就会叫他完全割掉!

帕佛拉工　我的神示说你会戴上玫瑰花冠统治全世界。

腊肠贩　我的神示却说你会穿上紫色绣花袍,戴上王冠,坐上金车,去控告斯弥枯忒斯和她的丈夫。②

德谟斯　(向腊肠贩)去把神示拿来,我要听听。

腊肠贩　噢。

德谟斯　(向帕佛拉工)你也去拿来。

帕佛拉工　好吧。

　　　　帕佛拉工进屋去。

腊肠贩　凭宙斯起誓,好吧,没有什么不方便。 972

　　　　腊肠贩自观众右方下。

八　第一合唱歌

歌队　(首节)只要克勒翁哪一天倒下去,哪一天的时光对于全体在场人和那些正要前来的人说来,便是最甜蜜不过。③可是我刚才听见一些非常顽固的老头子在案件样品所里议论,说是克勒翁不掌管城邦的大权,我们就会少掉两件有用的器具:一根杵、一把勺子。④ 984

　　(次节)他对于猪的音乐倒很有修养,不能不令我惊欢,他的同

---

① 古时候有一道神示,说雅典会像酒囊一样在海上漂浮,受苦受难,但不会沉没。帕佛拉工以为腊肠贩一定保存着这一道神示。
② "控告"的原字可解作"追逐"和"控告"。观众以为腊肠贩会说"去追逐国王们"。斯弥枯忒斯(Smicythes)是一个雅典公民,他这名字的受事格的字形像一个阴性字形,所以腊肠贩把他当作一个女人。
③ 大概是因为诗人希望这唱歌成为一首流行的歌子,他才加进克勒翁的名字,借此加强这合唱歌的真实性。"在场人"指全体观众,或解作"全体雅典人"。"正要前来的人"指盟友。本剧是在二月尾的"勒奈亚"酒神节里演出的。再过一两个月便是酒神大节,那些盟友将在那时候前来观剧。或解作"后代儿孙"。
④ "老头子"指那些靠津贴生活的老陪审员,他们拥护克勒翁。"样品所"指珀赖欧斯的交易所,商人把他们的货样带到那儿去给买主看,货物却暂时留在船上。"杵"和"勺子"可作压迫和搅乱的工具。

317

学少年说他弹起琴来只喜欢"多利"调子,[1]再也不想学别的;他的琴师很生气,下令赶他走,说是除了"多利"调而外,这孩子什么音乐也学不会。

九 第五场

    帕佛拉工拿着一大包纸自屋内上。

帕佛拉工 这一包,你看看!我还没有完全拿来呢。

    腊肠贩抱着一大捆纸自观众右方上。

腊肠贩 哎呀,压得我尿都快流出来了!我还没有完全拿来呢。

德谟斯 这是什么?

帕佛拉工 神示。

德谟斯 全都是吗?

帕佛拉工 你觉得奇怪吗?凭宙斯起誓,我还有满满一箱子呢。

腊肠贩 我还有满满一顶楼,满满两套房呢。

德谟斯 让我看看。这些神示到底是谁发出的?

帕佛拉工 我的是巴喀斯发出的。

德谟斯 (向腊肠贩)你的呢?

腊肠贩 我的是巴喀斯的哥哥格拉尼斯发出的。[2]

德谟斯 (向帕佛拉工)你的神示说些什么呢?

帕佛拉工 说起雅典、皮罗斯,说起你和我,说起一切事情。

德谟斯 (向腊肠贩)你的又说些什么呢?

腊肠贩 说起雅典和豆羹,说起斯巴达和鲜鲭鱼,说起市场里克扣分量的过斗人,说起你和我。他气得要咬鸟了!

德谟斯 (向帕佛拉工)那你就念给我听,特别念那道关于我本人的、我最喜欢的,那上面说我会化作一只鹰,在云里飞翔。

帕佛拉工 请用心听!"厄瑞克透斯的儿孙啊,[3]注意这神示的意义,这

---

[1] 多利斯(Doris)是一支希腊民族。希腊文"贿赂"一词的字音和这专名的字音很相似。
[2] 格拉尼斯(Glanis)这名字是诗人虚构的。
[3] 厄瑞克透斯(Erechtheus)是神话时代的雅典国王。

是阿波罗从他庙里通过他的宝座发出来的。① 他吩咐你保护那长着锯齿的圣犬,它会为你汪汪叫,为你狂吠,给你弄到津贴;弄不到,就活不成,因为有许多乌鸦恨它,向着它哇哇叫呢。"　　　　　　　1020

德谟斯　我真不明白这是什么意思。厄瑞克透斯和狗、和乌鸦有什么相干?

帕佛拉工　我就是那条狗,我为你而叫吠。阿波罗叫你保护我,保护这条狗。

腊肠贩　神示并不是这个意思。这条狗咬了神示,就像它咬了你的门板一样。关于这条狗,我却有一道正确的神示。　　　　　　　　　1028

德谟斯　你念吧。但是我得先捡一块石头在手,谨防这神示里的狗咬了我。

腊肠贩　"厄瑞克透斯的儿孙啊,注意这条偷窃的三头狗,②你吃饭时候,它望着你摆尾巴,你张着嘴往旁边一望,它就会把你的肉抢去吃了;它还会在夜里偷偷跑进你的厨房里,贪婪地把你的盘子和'海岛'舔个光溜溜。"③　　　　　　　　　　　　　　　　　1034

德谟斯　真的,格拉尼斯,你说得妙!

帕佛拉工　好朋友,你听听,再下判断。"有一个妇人会在神圣的雅典城里生下一只狮子,它会为人民同许多蚊子格斗,就像保卫它的小狮一样。你要建筑木墙和铁塔来保护它。"④你懂得这是什么意思?

德谟斯　真是的,一点也不懂得。　　　　　　　　　　　　　1041

帕佛拉工　天神明明叫你保护我,因为我就是你的狮子呢。

德谟斯　你怎样又变成了一只狮子?我简直不知道。

腊肠贩　这神示里有一点他故意不给你解释,那就是阿波罗叫你用来保护他的木墙和铁壁,究竟是什么东西?　　　　　　　　　1047

德谟斯　天神究竟是什么意思呢?

腊肠贩　他叫你把他囚在五个眼的木枷里。⑤

------

① 指得尔斐庙里的三脚宝座。一个女祭司坐在那宝座上,她闻着地下石缝里透出来的硫磺气渐渐昏迷,嘴里唱起什么话来,那旁边的男祭司听了,便把她的话编成歌词。
② "三头狗"原作"刻耳柏洛斯"(Cerberos),那是一条看守冥界入口的狗。
③ "海岛"暗指雅典盟邦所献的贡款。雅典的盟邦大半是爱琴海上的岛屿。
④ 曾经有一道神示,说雅典抵抗波斯的进攻要靠"木墙"。"木墙"指兵船。
⑤ 这种刑具可以把手脚和颈脖子枷起来。

319

德谟斯　据我看,这预言就快要实现了。

帕佛拉工　别相信他,那些嫉妒的乌鸦正在哇哇叫呢。你要爱惜你的鹰,要把他记在心里,他曾经为你把那些斯巴达小鱼儿捆住了带回来。

腊肠贩　帕佛拉工是喝醉了酒,才去冒那次危险的。刻克洛普斯的天真的子孙啊,①你为什么把这个当作一件光荣的事业?"女人也挑得起重担,只要有男人把担子放在她肩上。"②他可不能打仗啊,打起仗来就撒尿!

帕佛拉工　请注意啊,神向你说起皮罗斯前面的皮罗斯——"皮罗斯前面有个皮罗斯"。③

德谟斯　"皮罗斯前面的皮罗斯"是什么意思?

腊肠贩　他说他要把你洗澡间里的"皮厄罗斯"抢了去。④

德谟斯　我今天可洗不成澡了,因为这家伙把我的澡盆偷走了。

腊肠贩　这儿有一道关于海军的神示,你得好好注意听。

德谟斯　我就注意听,你念吧! 首先,水手们的军饷怎样才付得清?

腊肠贩　"埃勾斯的儿孙啊,⑤小心狐狗欺骗你,它是个小偷,多奸多诈,悄悄地咬了你一口,逃个无影无踪。"你懂得这是什么意思?

德谟斯　这狐狗是菲罗斯刺托斯。⑥

腊肠贩　不是他,是帕佛拉工,这家伙时常要求给他三层桨快船去催收贡款,阿波罗叫你不要给他。

德谟斯　三层桨战船为什么叫做狐狗?

腊肠贩　为什么吗? 因为船快狗也快。

德谟斯　但是他为什么在"狗"字头上加一个"狐"字呢?

腊肠贩　他把水兵比作狐狸,它们也吃田里的葡萄。

---

① 刻克洛普斯(Cecrops)是厄瑞克透斯的儿子,神话时代的雅典国王。
② 引号里的话戏拟勒斯刻斯(Lesches)的史诗小依里亚特里的诗句。"女人"指克勒翁,"男人"指得摩斯忒涅斯。这句话的意思是说克勒翁的"功劳"是得摩斯忒涅斯放在他肩上的。
③ 伯罗奔尼撒西岸有三个皮罗斯,彼此相距不远。这三个城的人彼此争吵,都说他们自己的城是荷马战争中的老英雄涅斯托耳(Nestor)的生长地,因此产生了这样一句谚语:"皮罗斯前面有个皮罗斯,此外还有个皮罗斯。"诗人在这儿挖苦克勒翁老是提起皮罗斯。
④ "皮厄罗斯"(pyelos)即浴盆。
⑤ 埃勾斯(Aigeus)是厄瑞克透斯的孙儿,神话时代的雅典国王。
⑥ 据说菲罗斯刺托斯(Philostratos)是一个妓院老板,绰号"狐狗"。一说是一个政治家。

德谟斯　对。但是哪里有军饷来发给这些"狐狸"呢？

腊肠贩　三天以内我就弄得到钱。且听这一道神示,阿波罗发出的,他叫你注意库勒涅,谨防上当。①

德谟斯　什么"库勒涅"？

腊肠贩　阿波罗很正确地把帕佛拉工的手掌当作"库勒涅",因为这家伙总是嚷:"放在我的掌上！"

帕佛拉工　他胡说。阿波罗正确地用"库勒涅"这词儿来暗指狄俄珀忒斯的手掌。②我有一道关于你的、崇高的神示,说你会变作一只鹰,统治整个大地。

腊肠贩　我也有一道,说你会统治大地和红海,会在厄克巴塔那做陪审员,③吃果子蛋糕。

帕佛拉工　我做过一个梦,看见雅典娜女神用勺子把健康和财富舀来倒在德谟斯身上。

腊肠贩　真的,我也做过一个梦,看见雅典娜女神从卫城上走下来,头上立着一只猫头鹰,④她大桶大桶地把神膏倒在你头上,把蒜卤倒在帕佛拉工头上。

德谟斯　哈哈！从来没有一个比格拉尼斯更聪明的人。我现在把我自己托付给你,"这老头子由你来重新教导"。⑤

帕佛拉工　别忙,我求你等一等,我要供给你大麦和日常的生活。

德谟斯　我不耐烦听你说什么大麦,你和图法涅斯欺骗过我多少次了。⑥

帕佛拉工　我要供给你大麦粉,已经准备好了。

腊肠贩　我要供给你大麦饼,已经烤好了,还有鱼,也烧好了,你只管吃吧。

德谟斯　你们要供给就赶快供给,你们俩谁待我更好,我就把城邦的大权

---

① 库勒涅(Cyllene)是伯罗奔尼撒西北部的海湾,礁石很多。公元前429年斯巴达海军被击溃后曾经避入那海湾里。那海湾的名字的字音和希腊文"掌窝"一词的字音很相似。

② 狄俄珀忒斯(Diopeithes)是一个预言家,曾被控受贿。

③ "红海"指西南亚一带的海。厄克巴塔那(Ecbatana)是墨狄亚的首都,后来变成了波斯国王的避暑地。

④ 猫头鹰是雅典娜的圣鸟。

⑤ 引号里的话是从索福克勒斯(Sophocles)的悲剧《珀琉斯》(Peleus)里面引来的。

⑥ 图法涅斯(Thouphanes)是克勒翁的党徒。

　　　　　　交给谁。

帕佛拉工　我要抢先跑。

　　　　　　帕佛拉工进屋去。

腊肠贩　你不成，我要抢先跑。

　　　　　　腊肠贩自观众右方下。

一〇　第二合唱歌

歌队　（第一节）①德谟斯，你的权力真正大，你像个君主人人怕，可是呀，也容易叫人家牵着耍。你喜欢戴高帽子，受欺受骗，老是张着嘴望着那些演说家，你并不是没有头脑，只是不知想到哪里去了。

德谟斯　（第二节）你们认为我是个傻瓜，可见你们的头发底下没有头脑。我不过是有意装傻，因为我喜欢天天喝酒，愿意养一个小偷做管家，等他胀饱了，我就抓住他，一拳头打破他的脑瓜。

歌队　（第三节）如果，就像你刚才所说的一样，你真是这样精明，如果你真有意在普倪克斯把他们当公共的牺牲来饲养，倒也做得不错，等到没有肉吃，你就杀一个肥美的来献祭，大吃一顿。

德谟斯　（第四节）你们看，我巧妙地捉弄他们，他们却自以为够聪明，骗得了我。他们偷窃的时候，我总是注意到他们，却假装没有看见；然后用法院里的漏票管通进他们的喉咙里，②逼着他们把他们从我这里偷去的统统吐出来。

一一　第六场

　　　　　　帕佛拉工自屋内提着一个有盖大篮上，腊肠贩自观众右方提着一个有盖小篮上。

帕佛拉工　快滚到阴间去！

腊肠贩　该死的东西，你滚吧！

---

① 这支合唱歌不分"曲"，各节的节奏和拍子是相同的。
② "漏票管"指投票箱上面的漏斗形的管子。

帕佛拉工　德谟斯啊,我坐在这儿准备了三个时辰,准备要好好伺候你。

腊肠贩　我也准备了十个、十二个、一千个时辰,数不清数不尽的时辰。

德谟斯　我也准备了三万个时辰,数不清数不尽的时辰,直等得我厌恶了你们。 1157

腊肠贩　你知道该怎样办?

德谟斯　不知道,你告诉我吧。

腊肠贩　叫我们俩从起点上开步跑,服侍你,要公平。

德谟斯　得,就这样办。站好!

腊肠贩
　　　　噢。
帕佛拉工

德谟斯　一、二、三,跑!

　　　　二人开步跑。

腊肠贩　不许你犯规!

　　　　帕佛拉工进屋去,腊肠贩自观众右方下。

德谟斯　真是的,有了这两个人爱我,我今天还不好好享受享受,就未免太瞧不起人了。 1163

　　　　帕佛拉工自屋内上,腊肠贩自观众右方上。

帕佛拉工　你看,我首先给你带来了一只凳子。

　　　　德谟斯坐在凳子上。

腊肠贩　可是没有桌子,这是我老早就带来了的。

　　　　腊肠贩把摊桌移到德谟斯面前。

帕佛拉工　你看,我给你带来了麦饼,是用皮罗斯的大麦粉做的。

腊肠贩　我给你带来了舀汤的面包皮,是女神用她的象牙手挖空的。①

德谟斯　可畏的女神呀,你的手指头好壮啊! 1170

帕佛拉工　我给你端来了一碗豆羹,颜色好看味道鲜,是这位曾经在皮罗斯助战的雅典娜调制的。②

腊肠贩　德谟斯啊,分明是这女神在保护你,她现在把这盛满了汤的钵

---

① 古希腊人用面包皮当匙子使用。"象牙手"指卫城上雅典娜神殿里的女神像的象牙手,那神像的肌肤部分是用象牙做的,衣饰部分是用金子做的。

② "在皮罗斯助战的"原作"在关口上作战的",希腊文"关口"与"皮罗斯"同音。这原字的字音和"助战神"的字音也很相似。"助战神雅典娜"是卫城上的大铜像的名字。

（谐"膊"）举到你头上。

德谟斯　倘若女神不把她的臂膊显而易见地伸到我们头上,你认为我们还能够住在这城里吗？　　1176

帕佛拉工　这吓唬敌军的女神给你送来了一块咸鱼。①

腊肠贩　伟大的父亲生下的女神给你送来了一碗清炖肉,②还有肠肚杂碎。

德谟斯　她想起了那件绣花袍,做得漂亮。

帕佛拉工　这头戴可怕的羽毛的女神叫你吃了这薄饼,好好地划船。　　1182

腊肠贩　请接受这些肠子。

德谟斯　做什么用呢？

腊肠贩　女神有意送给你做船底的肋材,③显然是她很关心我们的海军。把这杯酒端去喝了吧,两分酒里三分水。④

　　　　德谟斯喝酒。

德谟斯　宙斯啊,好甜呀,三分水恰到好处。　　1188

腊肠贩　是神中三姐给掺的三分水。⑤

帕佛拉工　从我这儿接受这一片干酪饼。

腊肠贩　从我这儿接受这一大块干酪饼。

帕佛拉工　可是你没有兔子肉给他,我倒有呢。

腊肠贩　糟了,哪里去找兔子肉？我的心啊,快打一个卑鄙的主意！　　1194

　　　　帕佛拉工把兔子肉自篮内取出来。

帕佛拉工　倒霉鬼,你看见了这个没有？

腊肠贩　我一点也不稀罕。那儿有人来找我啦！

帕佛拉工　谁呀？

腊肠贩　一些提着钱袋的使节。

帕佛拉工　在哪里,在哪里？

---

① 雅典娜胸前挂着戈耳戈（Gorgo）的头,十分吓人；谁看见那妖怪头,谁就会变作石头。
② 有一次宙斯的妻子墨提斯（Metis）怀了孕,宙斯怕她生下一个比他更强大的神,便把她吞下了。后来有一天宙斯头痛,他叫火神把他的头击破,雅典娜便从他的头里跳了出来。
③ 希腊文"肠子"的字音与"肋材"的字音很相似。
④ 古希腊人喝淡酒,酒里要掺水。掺水的多寡往往按喝酒人的喜好而定,普通的习惯是掺三倍水。
⑤ "神中三姐"原作"特里托（Trito）生的","特里托"意即"第三",此处大概是指雅典娜是宙斯的第三个儿女。关于"特里托"尚有许多种不同的解释。

腊肠贩　　与你什么相干？不要管那些客人的事！

　　　　　　帕佛拉工向进出口探望的时候，腊肠贩偷了他的兔子肉。

　　　　　亲爱的德谟斯，你看，这就是我给你带来的兔子肉。

帕佛拉工　呵，你不要脸，偷了我的东西！

腊肠贩　　真的，你在皮罗斯也偷过人家的东西。

德谟斯　　（笑）请你告诉我，你怎么会想起把它偷了过来？

腊肠贩　　主意是雅典娜打的，东西是我偷的。

得摩斯忒涅斯　危险是我冒的。①

帕佛拉工　肉是我烤的。

德谟斯　　（向帕佛拉工）你滚吧！谁献给我，我就感谢谁。

帕佛拉工　哎呀，他比我更不要脸！

腊肠贩　　德谟斯，为什么还不决定，看我们俩哪一个更对得起你和你的肚子。

德谟斯　　凭什么证据来决定，使观众认为我做得很高明？

腊肠贩　　我告诉你：悄悄地去把我的篮子提起来，检查里面的东西，再检查帕佛拉工的，保你决定起来没有错儿。

德谟斯　　让我看看，这里面有些什么东西？

　　　　　　打开腊肠贩的篮子。

腊肠贩　　你没有看见是空的吗？亲爱的爸爸，我统统献给你了。

德谟斯　　这篮子倒对得起我德谟斯。

腊肠贩　　到这儿来看看帕佛拉工的篮子。（打开帕佛拉工的篮子）你看见这些没有？

德谟斯　　呵，装满了这么多好东西！他藏了多么大一块干酪饼，却只切了这么一丁点儿给我！

腊肠贩　　他向来是这样干，他收下的东西只分给你一小片，绝大部分他自个儿藏了起来。

德谟斯　　坏蛋，我曾经赏赐你，给你戴上金冠，你却这样偷了我，骗了我！

帕佛拉工　我原是为城邦的利益而偷窃啊！

德谟斯　　快把金冠摘下来，我要给他戴上这荣冠。

---

① 意即兔子是他猎获的。这话的内在意思是说皮罗斯一仗是他打的。

腊肠贩　　该挨打,快摘下来!

帕佛拉工　　别忙,因为我还有一道阿波罗的神示,那上面提起一个人,只有他才推得倒我。

腊肠贩　　毫无疑问,那上面提起我的名字。

帕佛拉工　　我要考验你,看你同神示里所说的是不是合得起来。我首先问问你,你少年时候进的哪个书房? 1235

腊肠贩　　我在烧猪毛的坑里受过拳骨教育。①

帕佛拉工　　你说什么啦?(自语)啊,这神示"刺伤了我的心"!②(向腊肠贩)你在健身场上学的是哪一种摔跤姿势?

腊肠贩　　学的是偷了东西赌假咒,眼睛直盯着对方。

帕佛拉工　　(自语)"阿波罗,吕喀亚的神啊,你对我做的什么好事儿?"③(向腊肠贩)你成年后干的哪一行? 1241

腊肠贩　　卖腊肠。

帕佛拉工　　还卖什么?

腊肠贩　　还卖屁股。

帕佛拉工　　哎呀,我完了!好在还有一线希望可以寄托。(向腊肠贩)告诉我这一点:你到底在市场里还是在城门口卖你的腊肠? 1248

腊肠贩　　在城门口的咸鱼市上。

帕佛拉工　　哎呀,神的预言已经实现了!"快把我这不幸的人推进去!"④金冠啊,别了!我多么不愿意和你分离!"什么别的人会得到你,他也许更幸福,可不会是一个更大的小偷。"⑤ 1252

　　　　帕佛拉工倒在场中。

腊肠贩　　宙斯啊,希腊的保护神啊,这胜利的奖品是你赐给我的!

得摩斯忒涅斯　　光荣的胜利者啊,我向你欢呼!可不要忘记是我把你造

---

① 猪皮上的毛是烧掉的,不是刮掉的。
② 引号里的话戏拟欧里庇得斯的墨得亚一剧第55行。
③ 据说引号里的话是从欧里庇得斯的《忒勒福斯》一剧里引来的。吕喀亚(Lycia)在小亚细亚南部,阿波罗在那儿很受人崇敬。
④ 意即把平台推进去。平台是表示内景的活动台,可由景后推出来。据说引号里的话是从欧里庇得斯的《柏勒洛丰》(*Bellerophon*)一剧里引来的。
⑤ 引号里的话戏拟欧里庇得斯的《阿尔刻提斯》第181和182两行,那两行诗的意思是:"什么别的女人会来占据你,她也许更幸福,可不会比我更贞洁。"

326

成了一个英雄。我要求你一件小小的恩惠:叫我做你的法诺斯,控状的附署人。①

德谟斯　告诉我,你叫什么名字?

腊肠贩　叫阿戈剌克里托斯,因为我在市场里靠争吵为生。

德谟斯　我就把我自己托付给阿戈剌克里托斯,这个帕佛拉工也交给他处置。

阿戈剌克里托斯　德谟斯啊,我一定好生服侍你,保你同意说,从没有见过一个人比我对这个傻张着嘴的城邦更是忠实。

德谟斯、得摩斯忒涅斯和阿戈剌克里托斯进入屋内。

一二　第二插曲

甲　短歌首节

歌队　在开始和煞尾的时候,除了歌颂驾快马的车手而外,还有什么更好的歌题?②且不必有意去挖苦吕西剌托斯或是那无家可归的图曼提斯,因为这家伙,敬爱的阿波罗啊,老是挨饿,在得尔福圣地摸着你的箭袋,满脸是泪,希望不至于太穷苦了。③

乙　后言首段

歌队长　但是讽刺坏人不致引起旁人的反感,在那些善良的人看来,——只要他们善于判断,——这事情反而值得称赞。如果我所要责骂的是一个"闻名"的人,我便不肯顺便提起我的朋友的名字。任何一个知道白颜色和激昂曲调的分别的人,都知道阿里格诺托斯。④ 那人

---

① 法诺斯(Phanos)是一个告密人,克勒翁的党徒。
② 这三句戏拟品达洛斯(Pindaros)的诗句。
③ 吕西剌托斯(Lysistratos)是一个劣等诗人,一个告密人,生活很穷苦(参看《阿卡奈人》第855—859行)。图曼提斯(Thoumantis)是一个预言家,生活也很穷苦。
④ 观众以为歌队长会唱出"黑白有别"。歌队长的意思是说任何一个稍有知识的人都知道阿里格诺托斯(Arignotos)。这名字的意义是"闻名的"。这人是奥托墨涅斯(Automenes)的儿子,一个吹笛手(参看《马蜂》第1275—1283行)。

有一个弟弟,叫做阿里佛剌得斯,坏蛋一个,论人品简直不像他的哥哥!① 他不仅是坏,而且成心干坏事,要不然,我也就不会注意到他;他不仅坏到极点,而且别出心裁:学波吕涅托斯,跟俄翁尼科斯鬼混,在堂子里搔痒处,舐污水,弄得满胡子肮脏,一些下流的快乐把他的口舌污秽了。② 谁不痛恨这样的禽兽,谁就不配同我共一只酒杯喝酒。 1289

丙　短歌次节

歌队　我时常在夜里思索,克勒俄倪摩斯吃起东西来为什么没完没了?据说他在阔人家里吃喝,钻进食柜里就不肯出来,惹得大家异口同声地请求他:"大人,凭你的膝头请你走,饶了这张餐桌吧!"③　1299

丁　后言次段

歌队长　谣传我们的三层桨战船聚拢来大家商量,有一只年高的说道:"姊妹们,你们没有听见城里的消息吗?④ 说是有一个坏蛋,一个尖酸刻薄的公民,叫做许珀玻罗斯,要求一百只船去攻打卡耳刻冬。"⑤ 大家认为这是一件可耻的、决难容忍的要求。于是有一个还没有接近过男人的少女说道:"阿波罗保佑啊,他决不能统率我;我宁肯在这儿变个老处女,叫木蠹蛀掉。瑙宋的女儿瑙方忒决不由他统率;⑥ 天神啊,如果我也是松树造成的,一定不由他!万一雅典人通过了他这个建议,我就提议航到忒修斯庙上去,或是到报仇神庙上去,坐在

---

① 阿里佛剌得斯(Ariphrades)是一个淫荡的人。
② 波吕涅托斯(Polymnestos)和俄翁尼科斯(Oionichos)是两个卑鄙的人。这两行诗太粗俗,不合阿里斯托芬的风格。据说这第二插曲是喜剧作家欧波利斯(Eupolis)帮忙写的。这几行诗可能出自欧波利斯的手笔。
③ 意即不要连桌子都啃掉。古希腊人的请求姿势是一手抱住人家的膝头,一手摸住人家的胡子。
④ 据说这一句是从欧里庇得斯《在普索菲斯的阿尔迈翁》(Alcmaion ho dia Psophis)一剧里引来的。
⑤ 欧波利斯专事攻击许珀玻罗斯,这一段"后言"可能是他替阿里斯托芬写的。阿里斯托芬后来在《云》里说:"欧波利斯演出了《急色儿》(Maricas),首先在那里面攻击他(指许珀玻罗斯——译者注),那家伙改编了我的《骑士》,改得很坏。"(第553—554行)欧波利斯便在他的《巴普泰》(Baptai)一剧里这样回答:"那部《骑士》是我帮忙那秃子写的。"关于卡耳刻冬参看本书第291页注释②。
⑥ 瑙方忒(Nauphante)是船名。希腊文"瑙宋"(Nauson)的字音和"船"的字音很相似。

那儿请求保护。① 他决不能做我们的统帅,向雅典城得意忘形。只要他愿意;就让他把他卖灯盏的托盘放下水,自个儿航到乌鸦那儿去。"

1315

一三 退 场

    阿戈剌克里托斯盛装自屋内偕一男孩上。

阿戈剌克里托斯　肃静,把嘴闭起来,不要再传见证,且把雅典城喜爱的法院关起来! 让观众为我带来的好消息而欢呼!

歌队长　神圣的雅典城的光啊,海岛的救星啊,你带了什么好消息前来,要我们焚献牺牲,弄得满市馨香?

1321

阿戈剌克里托斯　我已经把你们的德谟斯煮了一煮,使他由丑老头变成了美少年。②

歌队长　我赞美你这奇异的发明,可是他现在在哪里?

阿戈剌克里托斯　他住在这座头戴紫云冠的古雅典城里。

歌队长　我多么想看看他! 他穿的什么衣服? 变成了什么模样儿?

阿戈剌克里托斯　就像他从前跟阿里斯忒得斯和弥尔提阿得斯同桌吃饭时候的样儿。③ 卫城的大门正在开着响,④你们就可以看见他了。欢呼吧,古雅典出现了,值得赞美,值得歌颂,闻名的德谟斯便住在那里头。

1328

歌队长　光亮亮的雅典城,头带紫云冠,人人羡慕,请你把这地方和全希腊的王显给我们看看。

    德谟斯上。

阿戈剌克里托斯　你们看,他出来了,头戴金蝉,⑤身穿漂亮的古装,还抹

---

① 忒修斯(Theseus)是埃勾斯的儿子,雅典城最伟大的英雄。他的庙地在卫城北边,靠近市场。报仇神(Eumenides)是三位威严可畏的女神,她们惩罚血杀罪。她们的庙地在卫城西北边的战神山下。

② 就像墨得亚把埃宋(Aison)变年轻。但她那次煮的是药物,并不是埃宋。她后来又当众表演,把一条老羊煮了一煮,就把它变成了一条羔羊。

③ 阿里斯忒得斯(Aristeides)和弥尔提阿得斯(Miltiades)是当年大败波斯军的卫国战争中的英雄。"同桌吃饭"指行军时同桌吃饭。

④ 景后的换景柱在转着响,背景换成了卫城。

⑤ 卫国战争时期的希腊人把头发绾成一个髻,上饰金蝉。据说雅典人因先王刻克洛普斯等是"地生的人",与蝉从土中蜕化一样,故用蝉作为装饰。

329

上没药香、和约香,全没有一点小贝壳的臭味儿。①

歌队长　欢迎呀,希腊的王啊!我们向你祝贺!你无愧于城邦,无愧于马拉松的光荣。

德谟斯　最亲爱的阿戈剌克里托斯,这儿来!你这一煮对我真好啊!

阿戈剌克里托斯　真的吗?好朋友,要是你知道了你先前所作所为,你会把我看做神呢。

德谟斯　我先前干过些什么,是什么样的人?告诉我。

阿戈剌克里托斯　首先,只要有人在公民大会里说:"德谟斯啊,我是你的朋友,我爱你、关心你,只有我才替你打算。"只要有人这样一说,你就拍拍翅膀,晃晃犄角。②

德谟斯　我吗?

阿戈剌克里托斯　于是他骗了你,跑掉了。

德谟斯　你说什么?他们这样对付我,我简直不知道!

阿戈剌克里托斯　真的,你的耳朵一开一闭,像把遮阳伞。

德谟斯　我变得这样老朽,这样糊涂吗?

阿戈剌克里托斯　真的,如果有两个发言人提出建议,一个说造军舰,一个说把钱用来作陪审津贴,那提议发津贴的人总是胜过那提议造军舰的人。喂,你为什么垂头丧气?为什么改变了你的姿势?

德谟斯　我为过去的错误感觉羞耻。

阿戈剌克里托斯　这可不怪你,不必在意,只怪他们欺骗了你。现在告诉我,如果有一个卑鄙的法律家这样说:"不判定被告有罪,你们这些陪审员就没有大麦吃!"告诉我,你对这个法律家怎么办?

德谟斯　我就把许珀玻罗斯吊在他颈脖子上,把他举起来扔到罪人坑里去。③

阿戈剌克里托斯　你现在说得对,说得有理。至于那些别的事情呢,让我想想看。告诉我,你怎样执行政事?

---

① 指法院里当陪审票用的小贝壳。
② 如鸡拍翅膀,牛晃犄角。
③ 意即借许珀玻罗斯来增加重量,并且把他一起干掉。罪人坑在卫城后面。

德谟斯　首先,军舰一回来,水兵有多少人,我就把全部欠饷发给多少人。① 1367

阿戈剌克里托斯　多少磨光了的屁股会感激你啊!

德谟斯　其次呢,重甲兵的名字一上了征兵册,就不能讲交情,顾利害,有所更动,必须按照原来的样子登记在上面。

阿戈剌克里托斯　这一下可刺中了克勒俄倪摩斯的盾牌了。②

德谟斯　还有,没有须的人不许在市场里聊天。

阿戈剌克里托斯　那么,克勒忒涅斯和斯特剌同又到哪里去聊天呢?③

德谟斯　我只是说香膏市上的年轻小伙子,他们坐在那儿这样闲谈:"淮阿克斯好机灵,④巧妙地逃避了死刑。他咄咄逼人,不许反驳,满口新词妙论,有条有理有锋芒,最善于压倒那一片吵吵闹闹的声音。" 1380

阿戈剌克里托斯　你不是也喜欢"摸摸"这些叽里呱啦的小人儿吗?

德谟斯　凭宙斯起誓,我要逼着他们全体放弃投票权去打猎。

阿戈剌克里托斯　在这些条件下,请你接受这张折凳和这个没有阉过的孩子,⑤他会跟你提凳子,你想到什么地方去,就把他当折凳来使用吧。

德谟斯　我恢复了旧时代的幸福生活。

阿戈剌克里托斯　等我把三十年和约献给你,你又会这样说的。和约,快出来! 1389

　　　三个少女上。

德谟斯　可敬的宙斯啊,她们生得多么美!天神在上,我可以同她们玩三十年吗?你怎样把她们找出来的?

阿戈剌克里托斯　还不是帕佛拉工把她们藏在里面,不让你得到手?⑥我现在把她们交给你,带着她们到乡下去吧! 1396

---

① 雅典水兵的军饷每天一块希腊币,舰队出发时只发半数,怕的是全部发放了,水兵们会中途逃跑或是浪费金钱。战争期间,国库空虚,他们的军饷往往拖欠得很久。
② 讽刺克勒俄倪摩斯企图逃避兵役。这胆怯的人后来在得利翁(Delion)战役里竟弃盾而逃。得利翁战役发生在公元前424年,即本剧演出这一年。
③ 当日的年轻人都留须,克勒忒涅斯(Cleisthenes)和斯特剌同(Straton)却把须剃得光光的。
④ 淮阿克斯(Phaiax)是阿尔喀比阿得斯(Alcibiades)的政敌。
⑤ 折凳是旧时代的普通家具。
⑥ 意即由于克勒翁阻挡,和平未能及早实现。

德谟斯　帕佛拉工干的好事！告诉我,你怎样惩罚他?

阿戈剌克里托斯　没有什么严重,只不过他得干我那一行,他可以把狗肉掺在驴肉里,独个儿在城门口卖腊肠;喝醉了酒,可以同妓女们拌拌嘴,喝一点澡堂子里的肮脏水。　　　　　　　　　　　　1401

德谟斯　你想出了个好主意,同妓女们和洗澡的客人们吵吵闹闹正合他的身份。为报答这一切,我邀请你到主席厅里去坐在这个流氓先前所占据的位子上。请穿上这件蛙绿色的袍子跟我去吧！谁来把这家伙抬出去,叫他去卖腊肠,让那些受过他虐待的客人看看他。①　　1408

　　　　德谟斯和阿戈剌克里托斯自观众右方下,帕佛拉工被人抬出去,三个少女退进门内。

　　　　歌队退场。

---

① 现存的阿里斯托芬的其他的喜剧都是由歌队唱出几句诗,或是由歌队长念出几句诗作为最后的收尾,惟独本剧由剧中人物收尾。也许是因为帕佛拉工的退场近于出丧,不宜用诗歌来伴送。一说剧尾有残缺。

332

马　蜂

阿里斯托芬

这剧本根据霍尔（F. W. Hall）和吉尔达特（W. M. Geldart）校勘的《阿里斯托芬的喜剧》（*Aristophanes Comediae*，牛津本，1954）希腊原文译出，并且参考了格雷夫斯（C. E. Graves）校勘的《阿里斯托芬的马蜂》（*The Wasps of Aristophanes*，剑桥本，1899）一书的注解。

场　次

一　开场（原诗第 1 至 229 行）……………………… *337*

二　进场（原诗第 230 至 525 行）……………………… *345*

三　第一场（对驳）（原诗第 526 至 749 行）……………… *355*

四　第二场（原诗第 750 至 1008 行）…………………… *362*

五　第一插曲（原诗第 1009 至 1121 行）………………… *370*

六　第三场（原诗第 1122 至 1264 行）…………………… *373*

七　第二插曲（原诗第 1265 至 1291 行）………………… *378*

八　第四场（原诗第 1292 至 1473 行）…………………… *379*

九　退场（原诗第 1474 至 1537 行）……………………… *385*

335

人　物

（以上场先后为序）

索西阿斯（Sosias）——菲罗克勒翁（Philokleon）的仆人。

珊提阿斯（Xanthias）——菲罗克勒翁的仆人。

布得吕克勒翁①——菲罗克勒翁的儿子。

菲罗克勒翁②——陪审员。

歌队——由 24 个陪审员组成，他们化装为马蜂。

童子若干人——其中一人是歌队长的儿子。

狗甲——影射克勒翁。

狗乙——名叫拉柏斯（Labes），影射拉刻斯③。

一群小狗——拉柏斯的儿女。

仆人若干人——布得吕克勒翁的仆人，其中一人名叫克律索斯（Khrysos）。

双管吹手。

一群客人——菲罗克勒翁的酒友。

妇人——卖面包的妇人，名叫密耳提亚（Myrtia）。

开瑞丰——苏格拉底的门徒④。

控诉人。

证人——控诉人的证人。

螃蟹甲——卡耳客诺斯（Karkinos）的二儿子。

螃蟹乙——卡耳客诺斯的大儿子。

螃蟹丙——卡耳客诺斯的小儿子。

---

① 布得吕克勒翁（Bdelykleon）这名字的意思是"憎恨克勒翁的人"。克勒翁（KIeon）是个政治煽动家，他反对同斯巴达人议和。
② 菲罗克勒翁（Philokleon）这名字的意思是"喜爱克勒翁的人"。
③ 拉刻斯（Lakhes）曾任雅典将军职，于公元前 427 年远征西西里。
④ 开瑞丰（Khairephon）是个哲学家，死在苏格拉底（Sokrates）被判死刑（公元前 399 年）之前。

卡耳客诺斯——悲剧诗人①。

布　　景

雅典街道；背景里有一所房屋，是菲罗克勒翁的住宅，用网罩着。

时　　代

公元前422年。

一　开场

　　　　索西阿斯和珊提阿斯坐在大门外，布得吕克勒翁躺在屋顶上。

索西阿斯　喂，苦命的珊提阿斯，你怎么啦？

珊提阿斯　我在想办法摆脱这守夜的责任。

索西阿斯　那么你的皮肉就会吃很大的苦头。你知不知道我们看守的是一个什么样的怪物？　　　　　　　　　　　　　　　　　　　5

珊提阿斯　当然知道；可是我想睡上一会儿，解解闷。

　　　　珊提阿斯入睡。

索西阿斯　那你就冒冒险吧；甜蜜的瞌睡也落到了我的眼皮上。

　　　　索西阿斯入睡，突然一跃而起。

珊提阿欺　你是疯了，还是在跳科律巴斯舞②？

索西阿斯　（拿出一瓶酒来喝）不是；是萨巴梓俄斯送来的瞌睡把我缠住了。③

---

① 卡耳客诺斯是公元前5世纪的人，可能做过雅典将军。
② 科律巴斯（Korybas）是小亚细亚弗利基亚（Phrygia）的女神库柏勒（Kybele）的祭司的名称。这些祭司在祭祀库柏勒的时候疯狂地跳舞。
③ 古代的注释者说，萨巴梓俄斯（Sabazios）是色雷斯（Thrake）人对酒神狄俄尼索斯（Dionysos）的称呼。一说这里提起的萨巴梓俄斯就是弗利基亚的酒神巴克科斯（Bakkhos），为库柏勒的儿子。索西阿斯的意思是说他喝醉了。

珊提阿斯　你和我一样,侍奉同一个酒神。方才有个瞌睡神,像波斯人那样向我的眼皮进攻①;于是我做了个怪梦。

索西阿斯　我也做了个梦,真的,那样的梦我从来没有做过。还是你先讲你的吧。

珊提阿斯　我仿佛看见一只很大的鹰降落在市场上,在那里抓住一根像蛇一样的藤(谐"盾")——是铜打的。——它把这块盾带到天上去;后来我仿佛看见克勒俄倪摩斯把它扔掉了②。

索西阿斯　这么说来,克勒俄倪摩斯这名字就成了一个谜语了。

珊提阿斯　这话怎么讲?

索西阿斯　有人会问他的酒友:"什么动物把它的盾扔下地,扔上天,扔进海?"③

珊提阿斯　哎呀,我人做了这样的梦,会有什么祸事?

索西阿斯　别担心!我以众神的名义保证你无祸无灾。 26

珊提阿斯　可是有人扔掉武器,总是个不祥之兆。还是把你的梦讲给我听吧。

索西阿斯　我的梦有重大意义,和城邦这整条船有关系④。 30

珊提阿斯　快把这件事的龙骨⑤告诉我。

索西阿斯　在头一觉里,我仿佛看见一群羊拿着官棍⑥,披着小斗篷,坐在普倪克斯冈上⑦开大会。后来我仿佛看见一条贪吃的鲸鱼⑧,像一只肥猪那样叫吼,向羊群发表演说。 36

珊提阿斯　呸!

索西阿斯　怎么啦?

---

① 波斯人曾经两次攻打希腊,第一次败于马拉松(Marathon)战役(公元前490年),第二次败于萨拉米(Salamis)战役(公元前480年)。
② 雅典人在得利翁(Delion)战役(公元前424年)被比奥细亚(Boiotia)人打败,克勒俄倪摩斯(Kleonymos)在那次的战役中弃盾而逃。
③ 这里戏拟一个著名的谜语,谜语的意思是:"什么动物住在天上、地上和海里?"答案是蛇、熊、鹰等,因为有蛇星座、陆蛇、水蛇;有熊星座、陆熊、水熊;有鹰星座、陆鹰、海鹰。这里的答案是蛇。
④ 讽刺悲剧中常用"城邦的船"这个比喻,例如索福克勒斯的悲剧《安提戈涅》(Antigone)第189行、欧里庇得斯的悲剧《美狄亚》(Medeia)第522行。
⑤ "龙骨"是船的基础,这里借用来指基础,即要点。
⑥ "官棍"是象征陪审职权的短棍,陪审员在退庭时把官棍和出席券交还,换取当天的陪审津贴。
⑦ 普倪克斯(Pnyx)山冈是开公民大会的地点,在雅典卫城西边。
⑧ 指克勒翁,这里讽刺他贪婪成性,接受贿赂。

338

珊提阿斯　得了,得了,别说了。你的梦有腐朽的皮革气味,臭得很。①
索西阿斯　后来那可恶的鲸鱼用天平来称肥肉②。
珊提阿斯　哎呀!他想把人民分化为两部分③。
索西阿斯　我仿佛是看见那个长着乌鸦头的忒俄洛斯④坐在他身旁的地下。后来亚尔西巴德咬着舌头对我说:"你宽见没有?忒俄洛斯长着阿谀的枯鸦的头。"⑤
珊提阿斯　亚尔西巴德是个咬舌儿,你倒是说对了。
索西阿斯　忒俄洛斯变成了乌鸦,岂不是不祥之兆?
珊提阿斯　一点不是,而是最好的兆头。
索西阿斯　这话怎么讲?
珊提阿斯　怎么讲吗?他本来是人,突然变成了乌鸦,这不是明白地表示,他将离开我们,被吊起来喂乌鸦吃吗?
索西阿斯　这样善于圆梦的人,难道不值得我花两个俄玻罗斯⑥雇下来?
珊提阿斯　让我向观众说明剧情,先讲几句开场白。(向观众)不要盼望我们谈论非常重大的事情,也不要盼望我们盗用梅加腊笑料⑦。我们这里没有奴隶从篮子里掏出果子来扔给观众⑧。没有赫剌克勒斯受骗,得不到吃喝⑨,也没有欧里庇得斯被人讥笑⑩;不管克勒翁怎样走运、显赫一时⑪,我们也不再把他剁成肉末。我们要讲的是一个小

---

① 讽刺克勒翁是硝皮厂厂主。
② "肥肉"(谐人民)原文作 demos(德谟斯),尖音在后为"肥肉",在前为"人民"。
③ 克勒翁在本剧上演前两年(公元前424年),把人民分化为两部分,使他们不能联合起来接受斯巴达的和平建议。
④ 忒俄洛斯(Theoros)是克勒翁的党羽。
⑤ 亚尔西巴德(Alkibiades,公元前450?—前404)是雅典政治家,曾任雅典将军职,后来成为叛徒。他口齿不清,把 r 读成 l,把 oras(俄剌斯,意思是看见)读成 olas(俄拉斯,译文作"宽见",意思是看见),把 korax(科剌克斯,意思是乌鸦)读成 kolax(科拉克斯,意思是阿谀者,译文作"阿谀的枯鸦",意思是阿谀的乌鸦)。
⑥ 六个俄玻罗斯(obolos)合一个德拉克马(drakhme),当时劳动人民一天的收入是四个俄玻罗斯。
⑦ 梅加腊(Megara)在雅典领土阿提卡(Attika)西边。希腊本部和西西里的梅加腊人都自称首创喜剧。
⑧ 一些拙劣的喜剧诗人常叫剧中人物向观众扔果子,这样讨他们喜欢。
⑨ 赫剌克勒斯(Herakles)是宙斯(Zeus)和阿尔克墨涅(Alkmene)的儿子,为希腊最伟大的英雄。他爱吃爱喝,在喜剧中常被人讥笑。
⑩ 欧里庇得斯(Euripides,公元前480?—前406)是古希腊三大悲剧诗人之一。阿里斯托芬经常在他的喜剧中讥笑欧里庇得斯。
⑪ 暗指克勒翁在公元前425年在斯法克忒里亚(Sphakteria)岛生擒二百九十二个斯巴达人。一说暗指克勒翁即将率领军队赴色雷斯袭击斯巴达将军布剌西达斯(Brasidas),收复安菲波利斯(Amphipolis)城。克勒翁后来在公元前422年(在本剧上演之后)战死在安菲波利斯城下。

339

小的故事,可是很有意义,对你们来说,也不算深奥①,然而这出戏和普普通通的喜剧比起来却是高明得多。我们有个主人,他是个大人物,就睡在那屋顶上。他把他父亲关在屋里,叫我们在这里看守着,免得他溜出大门。只因为他父亲害了一种怪病,那样的病你们谁也没有见过,谁也猜不着,除非我告诉你们。你们不信,就猜猜看。(作倾听状)阿密尼阿斯,普洛那珀斯的儿子②说他爱掷骰子。猜错了。 75

索西阿斯　猜错了,因为他是从他自己的毛病上着想。

珊提阿斯　虽然猜得不对,但是这"爱"字却是那种病的字首。(作倾听状)索西阿斯对得耳库罗斯③说,他爱喝酒。

索西阿斯　一点不对;那是老好人的毛病。 80

珊提阿斯　(作倾听状)斯坎玻尼代乡的尼科特剌托斯说,他不是爱献祭,就是爱招待客人。④

索西阿斯　我以狗⑤的名义说,尼科特剌托斯,他并不爱招待客人;所谓菲罗克塞诺斯,是指淫荡的人⑥。

珊提阿斯　你们是白费唇舌;你们猜不着。你们如果想知道,就别说话了。我这就把我们主人的疯病告诉你们。他爱审案子,没有人像他那样爱的了。他就是喜欢干这件事——当陪审员;要是没有坐上前排的凳子,他就唉声叹气。他夜里一点也睡不着。要是打个盹,他的灵魂就在梦里绕着漏壶⑦飞呀飞。他把判决票拿在手里成了习惯,醒来时还是三个指头合在一起,就像月初焚献乳香一样。要是看见

---

① 这句话暗指作者在上一年上演的《云》之所以失败,未能获得戏剧奖赏,是由于那出戏太深奥,观众未能领会其中的意义。

② 阿密尼阿斯(Amynias)暗指雅典执政官阿墨尼阿斯(Ameinias)。雅典法律禁止诗人在喜剧里讽刺执政官,阿里斯托芬因此把阿墨尼阿斯的名字改为"阿密尼阿斯"。阿墨尼阿斯本是普洛那珀斯(Pronapes)的儿子,诗人后来把他作为塞罗斯(Sellos)的儿子。

③ 这里提起的索西阿斯是个观众,不是剧中的仆人索西阿斯。得耳库罗斯(Derkylos)是个客栈老板,一说是个喜剧演员。

④ 斯坎玻尼代(Skanbonidai)是阿提卡的一个乡区。尼科特剌托斯(Nikostratos)是狄伊特里斐斯(Diitriphes)的儿子,曾任雅典将军职,后来在曼提涅亚(Mantineia)之役(公元前418年)战死。"爱献祭"讽刺尼科特剌托斯很迷信,他求神问卜,每次得到不吉利的神示,便向神献祭,祈求消灾弭难。

⑤ 由埃及传来的狗脸神。

⑥ 菲罗克塞诺斯(Philoxenos)是个讲同性恋爱的人,这名字的意思是"爱招待客人"。

⑦ 指法庭上用来限制两造说话的时间的漏壶。

大门上写着"得摩斯,皮里兰珀斯的儿子真俊俏"①,他就去到那里,在旁边写上"刻摩斯②真俊俏"。有一次他的公鸡在黄昏时候打鸣,他就说它接受了那些受审查的官吏的贿赂,把他叫醒得太晚了。③晚饭刚吃完,他就叫嚷:"毡鞋,毡鞋!"他天不亮就赶到法院去,事先打个盹,像一只蛾贝那样粘在柱子上④。他总是怒气冲冲地划一条长线,判处每个罪人以重刑⑤,然后指甲上粘满了蜡,像一只蜜蜂或野蜂回到家里来。他担心票不够用,在家里保存着一海滩的贝壳,以备判决之用。这就是他的疯病;你越规劝他,他越要去审判。⑥所以我们把门杠上,在这里看守着,免得他跑了出来。他的儿子因为他有疯病,心里很发愁。他儿子起初好言好语劝他不要披上斗篷,不要出门;可是劝不动他。他儿子然后给他沐浴,举行祓除礼;可是一点不见效。他儿子后来又为他举行科律巴斯仪式⑦;他却把铜鼓抢走,径直跑到新法院⑧去参加审判。这些仪式都不见效,他儿子就用船把他运到埃吉纳,强迫他夜里睡在医神庙里;⑨可是天还没亮,他已经在栅栏门⑩前露面了。从此我们再也不让他出来。可是他总是穿过水沟和洞孔,想要逃跑;我们又把每个缝隙用破布塞上,堵得死死的。他却在墙上钉一些木钉,像乌鸦那样跳出来。我们这才用网把整个屋子团团围住,在这里看守着。老头儿叫菲罗克勒翁,这名字真奇

---

① 讲同性恋爱的人往往把他们所爱的人的名字题在门上、墙上或树上。皮里兰珀斯(Pyrilampes)的儿子得摩斯(Demos)是个美少年。demos 作"人民"讲,则译作德谟斯。
② 菲罗克勒翁把"得摩斯"改成"刻摩斯"(Kemos)。刻摩斯是法庭上的投票箱上面的漏斗。
③ 古雅典官吏卸任后须受审查;审查员如果发现他们有舞弊的嫌疑,就请法院审判他们。法院在早上开庭,菲罗克勒翁想早点去审判那些官吏,甚至在黄昏时动身,他都嫌晚了。
④ 据说蛾贝的黏力很强,它本身不过半两重,可是要把它从岩石上扯下来,须费三十斤力量。
⑤ 审判完毕,由陪审员投票,黑票多,判定被告有罪;白票多,判定被告无罪;如果票数相等,由庭长投一票。然后按法律惩罚;如果法律上没有明文规定,则由原告提出较重的惩罚,由被告提出较轻的惩罚。陪审员随即举行第二次投票,黑票多,判处被告以较重的惩罚,然后由负责人在蜡板上划一条长线;白票多,则判处被告以较轻的惩罚,然后由负责人在蜡板上划一条短线。
⑥ 这一行半(自"这就是"起)戏拟欧里庇得斯的悲剧《斯忒涅波亚》(Stheneboia,已失传)中的剧词,原剧词的意思是:"这就是爱神的疯病;你越规劝他,他越逼得紧。"
⑦ 科律巴斯仪式同巴克科斯仪式相似,可以治病,以疯治疯,犹如以毒攻毒。
⑧ 新法院是雅典十法院之一,坐落在市场里。
⑨ 医神指阿克勒庇俄斯(Asklepios),是阿波罗(Apollon)的儿子。他的圣地是厄庇道洛斯(Epidauros),在伯罗奔尼撒(Pelopon-nesos)半岛东北角上,那里有他的庙宇,庙上的祭司们用天然疗养法给人治病。埃吉纳(Aigina)是一个岛屿,在阿提卡与厄庇道洛斯之间,据说那里也有一所医神庙。
⑩ "栅栏门"是法院的外门。

怪；他儿子叫布得吕克勒翁，是个喷鼻息的高傲的人。 135

布得吕克勒翁　（自屋顶）珊提阿斯，索西阿斯，你们是睡着了吗？

珊提阿斯　哎呀！

索西阿斯　什么事？

珊提阿斯　布得吕克勒翁醒了。

布得吕克勒翁　还不快来一个人？我父亲进厨房了，像一只老鼠那样钻进去打洞。好好看守着，免得他从澡盆的排水孔里溜了出来。把大门顶住。

索西阿斯　是，主人。

布得吕克勒翁　波塞冬①，我的主啊！烟囱作响，是怎么回事？

　　　　　菲罗克勒翁自烟囱里露出头来。

　　　　　喂，你是谁？

菲罗克勒翁　我是烟子往外冒。

布得吕克勒翁　是烟子吗？让我看看是什么木柴烧出来的。 145

菲罗克勒翁　是无花果树的木柴烧出来的。

布得吕克勒翁　天哪，这种烟子最呛人，还不快退下去？烟囱盖在哪里？下去！

　　　　　菲罗克勒翁退下。

　　　　　我要给你杠上另一道横杠。你在里面另想办法吧。

　　　　　没有人像我这样不幸——我将被称为卡普尼阿斯②的儿子了。 151

索西阿斯　他在推门。

布得吕克勒翁　做个好汉，使劲顶住！我就来帮你的忙。当心锁③，注意门杠，免得他把插销啃烂了。

　　　　　布得吕克勒翁自屋顶下到场中。

菲罗克勒翁　（自内）你们要干什么？最可恶的东西，还不快放我去审判？不然的话，德剌孔提得斯④就会无罪获释。

---

① 波塞冬（Poseidon）是克洛诺斯（Kronos）和瑞亚（Rhea）的儿子，为海神。
② 卡普尼阿斯（Kapnias）这名字的意思是"呛人的烟子"，据说这是喜剧诗人厄克方提得斯（Ekphantides）的诨名，因为他的戏像烟子那样呛人。
③ 古希腊人的锁是一条绳子，拴在门闩的右方（从门外看），再由门上的小孔穿出。从门外将绳子一拉，门闩往左方移动，插入门柱上的环孔，门便锁上了。
④ 这里提起的德剌孔提得斯（Drakontides）是个政治家，后来成为"三十独裁者"之一。

布得吕克勒翁　这件事使你忧心吗？

菲罗克勒翁　（自内）是的；因为有一次我去求神示，得尔斐的神①警告我说，若有人无罪获释，我将干瘪而死。 160

布得吕克勒翁　救主阿波罗啊，这神示多么可怕！

菲罗克勒翁　（自内）我求你让我出门，免得我气破肚皮。

布得吕克勒翁　我凭波塞冬起誓，菲罗克勒翁，我决不让你出来。

菲罗克勒翁　（自内）那我就把网咬破。 164

布得吕克勒翁　可是你没有牙齿。

菲罗克勒翁　（自内）哎呀！我怎样才能杀死你？怎样杀？快给我一把剑或是一块定罪板②。

布得吕克勒翁　这人想犯一种严重的罪行。 168

菲罗克勒翁　（自内）不，我只想把毛驴牵出去，连驮篮一起卖掉，因为今天是初一③。

布得吕克勒翁　我不能去卖吗？

菲罗克勒翁　（自内）你不如我会卖。

布得吕克勒翁　我比你会卖。把毛驴牵出来！ 173

珊提阿斯　他假心假意扯出一个借口，哄骗你把他放出来。

布得吕克勒翁　这个饵子没有钓着鱼；我已经看出他搞的鬼把戏。我要进去把毛驴牵出来，免得老爷子再从里面东张西望。

布得吕克勒翁进屋把毛驴牵出来。

　　驮驴，你哭什么？是不是因为今天要把你卖掉？走快一点！你哼什么？莫非你还带着一个奥狄修斯④？

索西阿斯　真的，是有一个人在它肚子底下爬着。 182

布得吕克勒翁　是谁？让我看看。怎么回事？你这家伙，你是谁？

---

① "神"指阿波罗，阿波罗是宙斯和勒托（Leto）的儿子。得尔斐（Delphoi）在科林斯（Korinthos）海湾北岸佛西斯（Phokis）境内，为阿波罗的圣地。
② "定罪板"指法院里的蜡板，参看第341页注⑤。
③ 古希腊人采用阴历。初一逢大市。
④ 奥狄修斯（Odysseus）是特洛亚（Troia）战争中的希腊英雄。他在凯旋途中被关在圆目巨人的洞里，他爬在一只羊的肚子底下逃了出来，故事见荷马史诗《奥德赛》第九卷。

菲罗克勒翁　我叫乌提斯。①

布得吕克勒翁　你叫乌提斯吗？是哪里人？

菲罗克勒翁　伊塔刻人②，是陶范（谐"逃犯"）的儿子。

布得吕克勒翁　乌提斯，你乐不成了！（向索西阿斯和珊提阿斯）快把他从那底下拖出来！最可恶的东西，他在那底下爬着，活像是嗯啊嗯啊叫的传票证人③的崽子。　　　　　　　　　　　　　　　　　186

　　　　索西阿斯和珊提阿斯把菲罗克勒翁拖出来。

菲罗克勒翁　你们不让我安静，我们就得打一场官司。

布得吕克勒翁　为什么事打官司？

菲罗克勒翁　为驴荫④。　　　　　　　　　　　　　　　192

布得吕克勒翁　你是个有着小小聪明的卑鄙小人，胆大妄为。

菲罗克勒翁　我是个卑鄙小人吗？绝对不是；你还不知道我是个最可口的人；等你咬一口老陪审员的尿脬（谐"腰包"），也许你就会明白了。

布得吕克勒翁　快推着毛驴，推着你自己进屋！

菲罗克勒翁　陪审伙伴们啊，克勒翁啊，快来救我！　　　197

　　　　菲罗克勒翁连同毛驴一起被推进大门。

布得吕克勒翁　大门一关，你就在里面叫嚷吧。（向一仆人）推一些石头顶上大门⑤，把插销插在门杠里，把木棒支上，赶快把大石臼滚过去！⑥

索西阿斯　哎呀，哪儿掉下来的泥块打了我的头？　　　　203

珊提阿斯　也许是老鼠把它从上面弄下来打了你的。

索西阿斯　是老鼠吗？不，是那个家鼠陪审员，他正在从瓦底下爬出来。

---

① 奥狄修斯曾经告诉圆目巨人，他的名字叫"乌提斯"（Outis，意思是"没有人"）。圆目巨人后来被奥狄修斯弄瞎了眼睛，他大声叫痛；他的族人跑来问是谁害了他，他回答说："乌提斯害了我。"他的族人把这句话理解为"没有人害了我"，便各自回家去了。

② 奥狄修斯是伊塔刻（Ithake）人，伊塔刻是一个岛屿，在希腊西海岸外。

③ "嗯啊嗯啊"是毛驴的叫声。"传票证人"原文作"呼唤者"，指大声呼唤的传票证人（证明传票已经送到被告手里的人），兼指嗯啊嗯啊叫的毛驴。

④ 雅典演说家狄摩西尼（Demosthenes）有一次在公民大会上为一个罪人辩护，群众不耐心听，场上秩序混乱。他因此离开本题，讲了一个故事，说他骑驴赴梅加腊，中途休息时，他坐在毛驴身边的阴影里乘凉。赶驴的说，他只出租毛驴，没有出租驴荫，两人为此争吵起来。群众听到这里便安静下来，想知道这场争吵是怎样结束的。狄摩西尼便借这机会责备听众只关心小琐事，而不关心人命。

⑤ 古希腊的大门是朝外打开的，所以可以从外面顶住。

⑥ 用木棒支着大门，用石臼顶着木棒。

344

> 菲罗克勒翁自屋顶出现。

布得吕克勒翁 哎呀,不好了,那人变成了麻雀,就要飞走了。我的网在哪里,在哪里?嘘,嘘,嘘,快回来!

> 菲罗克勒翁自屋顶退下。

我宁可看守斯客翁涅①也不愿看守我的父亲。

索西阿斯 到底把他吓唬回去了;他再也溜不掉,躲不过我们的注意,我们为什么不睡一会儿,不睡一会儿?

布得吕克勒翁 你这坏蛋!一会儿我父亲的陪审伙伴就要来叫他了。

索西阿斯 什么话?现在天色还暗着呢。

布得吕克勒翁 是的;他们一定是起床起晚了。他们总是半夜里就来叫他,打着灯笼,哼着佛律尼科斯的古老而甜蜜的西顿曲②,这样唤他出门。

索西阿斯 如果必要的话,我们就扔石头打他们。

布得吕克勒翁 你这坏蛋,敢扔石头!你惹了这些老头儿,就像惹了一窝马蜂一样。他们个个屁股上都有一根非常尖锐的刺,用来螫人;他们一边嚷,一边跳,他们的刺像火花那样发射。

索西阿斯 别担心!只要我有石头,我就能把这一大窝陪审马蜂打得落花流水。

> 布得吕克勒翁、索西阿斯和珊提阿斯坐在大门外打盹。

二 进 场

> 一队作马蜂打扮的陪审员自观众右方进场,一些童子给他们打灯笼。

歌队长 (唱)前进,奋勇前进!科弥阿斯③,你的脚太拖沓了。你从前不

---

① 斯客翁涅(Skione)在爱琴海北部一个半岛上,本是雅典的盟邦,在公元前423年倒向布剌西达斯。本剧上演时(公元前422年),雅典人正在封锁该城;后来在第二年攻下,他们按照克勒翁留下的建议,把所有的成年男子尽行杀戮,把所有的妇女和儿童卖为奴隶。
② 佛律尼科斯(Phrynikhos)是早期的悲剧诗人,他在公元前477年左右上演悲剧《腓尼基人》,该剧写希腊人在公元前480年抗击波斯人的故事,剧中的歌队是由西顿(Sidon)妇女组成的。西顿是腓尼基最古老的城市。
③ 科弥阿斯(Komias)是虚构的人物。

345

是这样子,而是像狗皮鞭子那样坚韧;如今连卡里那得斯①都比你走得快。孔梯勒乡的斯律摩多洛斯,最好的陪审伙伴啊,欧厄耳癸得斯在哪里,佛吕亚乡的卡柏斯在哪里?②啊,啊,你来了,当年在拜占庭并肩作战的青年中的残存者③,你该记得那时候我和你守夜,有一天晚上,我们蹑来蹑去,悄悄地偷了面包铺老板娘的揉面盆,把它劈来当柴烧,煮野菜④吃。朋友们,我们快步走呀,因为今天要审判拉刻斯⑤;人人都说他有一大堆钱。所以克勒翁,我们的保护人,昨天就吩咐我们及早出庭,随身带足向他发泄三天的强烈的愤怒⑥,好惩罚他的罪行。同年岁的伙伴们,让我们趁天没亮加快步伐。一路上用灯笼到处照照,看有没有石头当道,妨害我们。 247

童子　爸爸,爸爸,当心稀泥!
歌队长　从地下捡一根树枝把灯花拔掉。
童子　不;我可以用这个把灯芯抠出来。
歌队长　傻孩子,在橄榄油⑦奇缺的时候你为什么用手指头把灯芯抠出来? 这么贵的油也得买,你却一点不心痛。

　　　　歌队长给童子一拳。

童子　你们要是再拿拳头教训我们,我们就吹熄灯笼回家去;那样一来,你们没有了亮光,也许会像黑尾鹟那样在黑暗中搅稀泥。 257
歌队长　比你大的人,我都知道怎么惩治他们。我好像踩着了稀泥。顶多四天,神一定下雨;灯芯开了花,它一开花,准下大雨⑧。那些迟迟

---

① 卡里那得斯(Kharinades)是个乡下人。
② 孔梯勒(Kontyle)是阿提卡的一个乡区,为潘狄俄尼斯(Pandionis)氏族的居住地。斯律摩多洛斯(Strymodoros)、欧厄耳癸得斯(Euergides)和卡柏斯(Khabes)都是陪审员。佛吕亚(Phlya)是阿提卡东海岸的一个乡区,为普托勒迈斯(Ptolemais)氏族的民住地。
③ 公元前478年,希腊舰队在斯巴达将军鲍萨尼阿斯(Pausanias)率领下攻下被波斯占领的拜占庭(Byzantion,后来称为君士坦丁堡)。
④ "野菜"原文作"科耳科洛斯"(Korkoros),据说是一种难吃的野菜,有人认为是紫蘩蒌(又名海绿),但是紫蘩蒌不可食。
⑤ 拉刻斯在公元前427年率领二十只战舰远征西西里,没有战功,因此被撤职,舰队改由皮托多洛斯(Pythodoros)率领,这人因为犯有贪污罪,受到处罚。克勒翁大概在这时候以同样罪名威胁拉刻斯。拉刻斯在公元前423年(本剧上演的前一年)和公元前421年致力于同斯巴达媾和。他在公元前418年死于曼提涅亚战役。
⑥ 奉命出征的雅典公民须自备三天的口粮,这里戏拟为"三天的强烈愤怒"。
⑦ "橄榄"原文作"厄来亚"(elaia),是一种似橄榄非橄榄的果实,在我国称为油橄榄。
⑧ 歌队长的意思是说,灯芯由于空气潮湿而开花。

才结果的树木正需要雨水和北风。这屋里的陪审伙伴怎么了,为什么还不出来加入我们的行列!他从来不落后,总是哼着佛律尼科斯的曲子在前面带路;他是个爱唱歌的人。朋友们,我们最好站在这里唱歌,唤他出来。他听见了歌曲,就会感到快乐,爬到门外来的。

歌队 （进场歌第一曲首节）这老年人为什么不出来,也不回答?难道是他把毡鞋丢了,或是在黑暗中绊坏了脚指头,年纪大了,肿到了脚跟?也许是他的腹股沟长了肿瘤。他是我们当中最严厉的人,什么话都打不动他的心;要是有人向他求情,他就会耷拉着头说:"你这是煮石头。"①

（第一曲次节）昨天那个被告欺骗我们,说他热爱雅典,并且是第一个告发萨摩斯阴谋的人②,因此从我们手里滑过去了。我们的朋友也许是为这件事感到痛心,发高烧卧床不起。他就是这样的人。好朋友,快起来,别再烦恼了,别再生气了,因为今天要审判一个富翁,从色雷斯来的叛徒③;快把他装在骨灰坛子里扔掉!（本节完）

孩子,带路,带路!

童子 （第二曲首节）爸爸,要是我向你讨一点东西,你愿意给我吗?

歌队 小宝宝,我一定给你。告诉我,你要我为你买什么好东西?我猜想,孩子,你一定会说羊拐子④。

童子 爸爸,买干无花果;干无花果要甜蜜一些。

歌队 即使你上吊去,我也不买。

童子 那我就不再给你带路了。

歌队 我得用这么一点津贴⑤为一家三口买面包,买柴,买肉;唉,唉,你却向我要无花果!

童子 （第二曲次节）爸爸,要是执政官今天不开庭⑥,我们到哪儿去买午

---

① 这是一句谚语,意思是白费工夫。
② 萨摩斯(Samos)岛在爱琴海东南部。该岛在公元前440年叛变,倒向波斯,随即被雅典占领。据说那个告密的人是卡律斯提翁(Karystion)。
③ 色雷斯在黑海西边。本剧上演时,布剌西达斯正在威胁雅典在色雷斯的殖民地,因此雅典人疑心有谋反的人从色雷斯到雅典来活动。
④ "羊拐子"是羊蹠骨的俗名。羊蹠骨可以当骰子玩。
⑤ 克勒翁在公元前425年把陪审员每天的津贴由两个俄玻罗斯提高到三个俄玻罗斯。
⑥ 古雅典有九个执政官,这些执政官各有专职,但都兼任法庭庭长。古雅典有十个法庭,每天视案件多少而决定开多少法庭,每个法庭有五百个陪审员出庭。

347

饭吃？你能不能为我们找个美好的希望或赫勒的神圣之"道"①？

歌队　哎呀，哎呀，我不知道到哪儿去找饭吃！

童子　"不幸的母亲啊，你为什么生下我？"

歌队　"给了我养育的劬劳。"②

童子　"小口袋啊，我背着的是你这无用的装饰品。"③

歌队
童子　唉，唉，我们该痛哭流涕！（本节完）

菲罗克勒翁　（自内唱）朋友们，你们的歌声从缝隙里传来，我听了感到沮丧。我不能同你们一起唱歌。怎么办呀？他们看守着我，因为我一直想同你们一起到投票箱前面去干一件有损于人的事情。宙斯呀宙斯，一声霹雳把我突然化作一缕青烟，化作普洛塞尼得斯或者塞罗斯的儿子④——那根杂种葡萄藤吧。主啊，请你怜悯我受苦遭难，赐给我这个恩惠；或者发出一道灼热的电光，把我立刻烤熟，然后捡起来把灰吹掉，再把我扔到滚烫的盐酸水里⑤；或者把我化作一块石板，让人们把贝壳⑥放在上面计数。

歌队　（抒情歌第一曲首节）是谁把你关在里面，把大门闭上的？告诉我们！你是在对朋友们说话。

菲罗克勒翁　是我的儿子关的。你们别嚷嚷，他正在屋前打盹呢。你们把声音放低点。

歌队　蠢人啊，他为什么对你这样？他有什么借口？

菲罗克勒翁　朋友们啊，他不让我当陪审员，不让我去干有损于人的事

---

① "赫勒"指赫勒海峡（Hellespontos，一译赫勒斯滂，今称达达尼尔），位于小亚细亚西北角。"赫勒的神圣之'道'"，戏拟抒情诗人品达（Pindaros，公元前522？—前442）的诗句，在品达的原诗里，"道"字指波斯国王薛西斯（Xerxes）在公元前480年为了向希腊进军在赫勒海峡上架起的浮桥，这里借用来指谋生之道。

② 这行和上一行戏拟欧里庇得斯的悲剧《忒修斯》（Theseus）中的剧词，该剧中有一些男孩被送去喂牛头人身的怪物吃。欧里庇得斯的原剧词的意思大概是："不幸的母亲，你为什么生我，叫我吃苦头？"

③ 这行戏拟《忒修斯》中的剧词，欧里庇得斯的原剧词的意思大概是："父亲，他们是家里的孩子们当中不中用的人。"

④ 普洛塞尼得斯（Proxenides）是个浮夸的人。"塞罗斯的儿子"，指埃斯客涅斯（Aiskhines），也是个浮夸的人。

⑤ 这里以烤小鱼为喻。鱼烤好后，把上面的灰吹掉，然后把鱼泡在加醋的盐水里。

⑥ 指法庭上用来当判决票的贝壳。

情。他愿意供我吃喝玩乐；可是我不愿意。

歌队　这可恨的德谟罗戈克勒翁①敢向你说这样的话，不过是因为你揭露了海军的真相②。这家伙若不是个谋反的，断不敢这样乱说。（本节完）

歌队长　你现在想个新鲜计策，瞒着那家伙爬下来。

菲罗克勒翁　什么计策？你们给我想一个吧；什么办法我都想试一试。我真想捏着贝壳，在公告牌③之间穿来穿去。

歌队　有没有缝隙？你能不能从里面把它挖成洞，然后像足智多谋的俄底修斯那样穿着破烂衣衫④溜了出来？

菲罗克勒翁　每个缝隙都堵死了，连蚊子钻的小孔都没有。你们想个别的办法吧；不可能搞出乳冻（谐"窟洞"）来呀！

歌队　你记不记得我们出征攻下纳克索斯的时候⑤，你偷过一些烤肉叉，利用它们从城墙上很快就爬下来了？

菲罗克勒翁　我记得，那又怎么样？那件事和这件事不一样。那时候我年轻，能偷能盗，身强力壮，又没有人看守我；我高兴逃到哪里就逃到哪里。如今每一条通道都派有拿着家伙的重甲兵把守，大门外就站着两个，手里拿着烤肉叉，看守着我，就像看守着一只偷了肉的雪貂一样。

歌队　（第一曲次节）现在赶快想办法；小蜜蜂啊，已经天亮了。

菲罗克勒翁　最好是把网咬破。但愿网之神⑥原谅我咬啊！

歌队　这个像个努力自救的好汉。用嘴咬吧！

菲罗克勒翁　已经咬破了。你们千万别嚷；我们要当心，免得引起布得吕克勒翁的注意。

---

① 德谟罗戈克勒翁（Demologokleon）这名字的意思是"煽动人民的克勒翁"。歌队一生气，这样骂布得吕克勒翁，等于骂了自己的保护人克勒翁。
② "真相"指贪污舞弊。
③ "公告牌"指公布即将审判的案件的案由的牌告。
④ 俄底修斯曾经伪装乞丐混入特洛亚城，他回家的时候也是伪装乞丐。
⑤ 纳克索斯（Naxos）岛在爱琴海南部。纳克索斯人曾经叛离以雅典为首的提洛（Delos）同盟，在公元前473或公元前466年被雅典人围攻。
⑥ "网之神"原文作"狄克廷娜"（Diktynna，意思是"用网捕兽的女神"），为狩猎女神阿耳忒弥斯（Artemis）的别名，这名字的读音和"狄克梯翁"（diktyon，意思是猎网）的读音很相近。一说狄克廷娜本是克里特（Krete）岛上的狩猎仙女，因为逃避该岛的国王弥诺斯（Minos）的追逐，跳海自杀，后来被渔网救起来了，因此名叫狄克廷娜。

349

歌队　朋友,别害怕,别害怕;他嘟囔一声,我就叫他咬自己的心,跑着逃命,叫他知道不可违背地母地女的法令①。(本节完) 378

歌队长　把那根小绳子一头拴在窗上,一头拴在身上,然后借用狄俄珀忒斯的疯狂②,从上面滑下来。

菲罗克勒翁　要是那两个家伙注意到这一着,要把我钓上去,拖进屋,你们怎么办?告诉我! 382

歌队长　我们全都鼓起像橡树那样坚韧的勇气来支援你,使他们不能再把你关起来。我们要这样干。

菲罗克勒翁　我信赖你们,就这样办。万一我出了什么事,请你们来收尸,为我哭丧,把我埋在栏杆③下面。你们懂了么? 386

歌队长　你不会出事;不要怕。亲爱的朋友,向你祖先的神祷告,同时鼓起勇气滑下来。

菲罗克勒翁　我的主吕科斯,住在这旁边的英雄④啊!你和我一样,喜欢听被告叫苦。你有意来到那旁边居住,好听见那种哭声。英雄中惟有你愿意和啼啼哭哭的人在一起。请你怜悯你的邻居,救救我!我决不在你的芦苇篱墙下撒尿放屁。 394

　　　　菲罗克勒翁自窗口往下滑。
　　　　布得吕克勒翁苏醒。

布得吕克勒翁　喂,醒醒!

珊提阿斯　什么事?

布得吕克勒翁　好像有声音在我身边响。

珊提阿斯　是不是老头子又在钻洞想逃跑?

布得吕克勒翁　不是,他把绳子拴在身上往下滑。

珊提阿斯　最可恶的人啊,你在干什么?不许下来!

---

① "地母地女"原文作"两位女神",指得墨忒耳(Demeter)和她的女儿珀耳塞福涅(Persephone)。得墨忒耳是克洛诺斯和瑞亚的女儿,为农神。地母地女的教仪是很秘密的,任何人不许泄露。观众以为这些陪审员会唱出"密仪"一词,哪知他们却唱出"法令"一词。
② 狄俄珀忒斯(Diopeithes)是个预言者,他在平时也是疯疯癫癫的。
③ 指法院外面的栏杆。
④ 吕科斯(Lykos)是雅典国王潘狄翁(Pandion)的儿子,他的庙宇坐落在一所法院旁边。

布得吕克勒翁　快爬到另一个窗口,拿树枝鞭打他;他屁股上挨了橄榄枝①,就会退回去的。

菲罗克勒翁　你们这些要在今年②打官司的人——斯弥库提翁、忒西阿得斯、克瑞蒙和斐瑞得普诺斯③啊,怎么不来援助我?在我被拖进去之前,你们不来支援,要等到什么时候呢? 402

索西阿斯和珊提阿斯抓住菲罗克勒翁。

歌队长　(第二曲首节)有人捅了我们的蜂窝,我们的火气就发作;告诉我,这次为什么迟迟不发作呢?

歌队　现在,现在我们伸出这根用来惩罚人的发怒的尖锐的刺。孩子们,快抛掉你们的斗篷,一边跑,一边喊,告诉克勒翁出了什么事,请他来对付城邦的敌人。这家伙建议不开庭,真是该死! 414

布得吕克勒翁　朋友们,请听事实,不要吵嚷。

歌队长　我们要吵嚷得声震云霄。

布得吕克勒翁　我决不放他走。

歌队　这是件可怕的事情,这是件明显的暴行。城邦啊,众神所憎恨的忒俄洛斯啊!其余的拍马屁的人④,我们的领袖啊!

珊提阿斯　赫剌克勒斯啊!他们有刺!主人,你看见没有?

布得吕克勒翁　他们曾经在审判的时候用这些刺把戈耳癸阿斯的儿子腓力⑤刺死了。

歌队长　我们也要用这些刺把你刺死。(向队员们)朝这边转过来,伸出刺向他冲去!大家靠紧,整顿阵容,怒气冲冲,精神抖擞,叫他从此知道他所激怒的是什么样的马蜂。 425

---

① 指挂在门上的橄榄枝。古雅典人在十月尾庆祝收获节,他们在橄榄枝或桂树枝上缠一些羊毛,绑一些无花果、糕点,挂一些小瓶,瓶里装一点蜂蜜、橄榄油和葡萄酒。游行完毕后,把树枝挂在大门上。
② 陪审员的任期是一年。
③ 斯弥库提翁(Smikythion)是个淫荡的人。忒西阿得斯(Teisiades)这名字的意思是惩罚者。克瑞蒙(Khremon)这名字的意思是悭吝人。斐瑞得普诺斯(Pheredeipnos)这名字的意思大概是"哪里去找饭吃"。
④ 据说克勒翁有一百个食客,他们都是拍克勒翁马屁的人。
⑤ 戈耳癸阿斯(Gorgias,公元前483?—前376?)是西西里人,为著名的智者和修辞学家。他在公元前427年出使雅典发表演说,很有名声。腓力(Philippos)是个演说家,为戈耳癸阿斯的门弟子,这里故意称他为戈耳癸阿斯的儿子。

珊提阿斯　我们这样同敌人作战,真是件可怕的事情!一见他们的屁锋
　　　　（谐"笔①锋"）我就吓得发抖。
歌队　放了他;我告诉你,你要是不放,只好羡慕乌龟有福,长了甲壳。②
　　　（本节完）　　　　　　　　　　　　　　　　　　　　　　　　429
菲罗克勒翁　陪审伙伴们——发怒的马蜂啊,你们一些人怒气冲冲地飞
　　　　到他们的屁股上去,一些人绕着圈儿刺他们的眼睛和手指头。

　　　　　布得吕克勒翁正在把菲罗克勒翁推进大门。

布得吕克勒翁　弥达斯、佛律克斯、马辛提阿斯③,快来!快抓住他,别把
　　　　他交给任何人,否则你们将戴上结实的脚镣,连早饭也吃不成。别害
　　　　怕;我曾经听见过许多无花果树叶在火里爆着响。④　　　　　　436
歌队长　你不放了他,这东西就会给你刺进去。

　　　　　布得吕克勒翁进屋。

菲罗克勒翁　刻克洛普斯——我们的人身龙尾的英雄和国王⑤啊,我曾
　　　　经叫这些蛮子流过十二合一升⑥的眼泪,你却眼看我被他们抓住吗?　440
歌队长　老年人不是多灾多难吗?是的;这两个家伙硬抓住他们的老主
　　　　人不放,一点不念及他从前给他们买过皮外套、无袖衬衫⑦和狗皮
　　　　帽,也不念及他在冬天保护他们的脚,免得他们经常挨冻;他们简直
　　　　不把老——毡鞋⑧放在眼里。　　　　　　　　　　　　　　　　447
菲罗克勒翁　（向一仆人）最可恶的畜生,还不快放了我!记不记得我曾
　　　　经发现你偷葡萄,把你绑在橄榄树上,狠狠地用棒棒戳得你皮破血
　　　　流,惹得别人羡慕?你真是忘恩负义!趁我的儿子还没有出来,快放
　　　　了我。（向另一仆人）你也放了我。　　　　　　　　　　　　　454
歌队长　等不了多久,你们就要为这件事受到严厉的惩罚;那样一来,你

---

① 指法庭上用来划线的笔,参看第341页注⑤。
② 意即将因挨打而羡慕乌龟长了甲壳。
③ 弥达斯（Midas）、佛律克斯（Phryx）和马辛提阿斯（Masyntias）都是奴隶的名字。
④ 指虚张声势。布得吕克勒翁借这句话挖苦歌队。
⑤ 刻克洛普斯（Kekrops）是雅典第一个国王,为雅典城的建立者,他腰部以下是蛇尾。
⑥ "升",原文作"科尼克斯"（Khoinix）,为干量名称,约合0.85公升。"十二合一升"原文作"四科梯
　勒一科尼克斯",据说三科梯勒（kotyle）合一科尼克斯,菲罗克勒翁把科尼克斯的容量增加了三分
　之一。我国旧时干量每升为十合。
⑦ 指没有袖子的衬袍,为奴隶和穷人穿的衣服。
⑧ 观众以为歌队长会说出"主人"一词。

们就摸透了我们这些急躁、正直而又辛辣的人的脾气了。

> 布得吕克勒翁自屋内拿着棍子和冒烟的火把上;他把棍子交给珊提阿斯。

布得吕克勒翁 珊提阿斯,快把这些马蜂从门口轰走,轰走!

珊提阿斯 我轰。

> 布得吕克勒翁把火把交给索西阿斯。

布得吕克勒翁 用大股的烟子熏他们!　　　　　　　　　　　　　457

珊提阿斯
索西阿斯 还不快滚?还不快滚到乌鸦那里去?① 还不快跑?

布得吕克勒翁 (向珊提阿斯)拿棍子轰他们!(向索西阿斯)快用烟子把塞拉耳提俄斯的儿子埃斯客涅斯②熏走。　　　　　　　　　　460

珊提阿斯 我们终于会把你们吓跑的。

布得吕克勒翁 (第二曲次节)要是他们吃过菲罗克勒斯的诗词(谐"四肢"),就不容易把他们撵走。③

歌队 在我们这些穷苦的人看来,事情很明显,暴行已经冷不防落到了我们身上!头发飘蓬的阿密尼阿斯,倒霉的坏蛋,你不让我们遵守城邦制定的法律,你既没有借口,又没有巧妙的理由;你这是专制独裁。　　470

布得吕克勒翁 能不能不打架,不吵闹,双方讲和,言归于好?

歌队 你这个恨民主、爱独裁、里通布剌西达斯、披着镶边的斗篷、蓄着长胡子④的家伙,同你议和?　　　　　　　　　　　　　　　　　476

布得吕克勒翁 我宁可失去我的父亲,也不愿天天在海上同苦难搏斗。

歌队长 你还没有跨上种芹菜和芸香的土地的边缘⑤——我们也能塞进这些斗大的⑥字眼。现在还不是你苦恼的时候,要等到检察员把同

---

① 意思是"还不快滚去喂乌鸦吃?"
② 埃斯客涅斯即第 325 行中提起的"塞罗斯的儿子"。这里却说他是塞拉耳提俄斯(Sellartios)的儿子,"塞拉耳提俄斯"这名字的字根是"塞拉斯(selas)","塞拉斯"的意思是火焰。
③ 菲罗克勒斯(Philokles)是埃斯库罗斯(Aiskhylos,公元前 525—前 456,为古希腊三大悲剧诗人之一)的外甥。菲罗克勒斯的译名叫"胆汁",因为他的诗有火气,能使人壮胆。
④ "镶边的斗篷"是斯巴达人的服装;雅典人的斗篷比较短,不镶边。斯巴达人蓄长胡子,雅典人蓄短胡子。
⑤ 据说古雅典的菜园边上种植芹菜和芸香。这里以菜园比喻"苦难";这句话的意思是:苦难还没有开始。
⑥ "斗"字原文作"三科尼克斯",参看第 352 页注⑥。

353

样的罪名加在你头上、传你的共谋者的时候再说吧。 483

布得吕克勒翁　我以众神的名义问你们,你们离开不离开?你们决心在这里整天打人,整天挨打吗?

歌队　你对我们是这样凶暴,只要我还有一口气,我决不离开。(本节完) 487

布得吕克勒翁　只要有人告发,不管案情大小,你们就认为有共谋者、有独裁君主,这名称已经有五十年没有听说过了①,但如今它比咸鱼还不值钱,在市场里流通。如果有人想买大鲈鱼,不想买小鲈鱼,旁边的鳁鱼贩立刻就会嚷道:"这家伙买鱼,像是个独裁君主!"如果有人要韭葱作为烧白杨鱼的作料,那个卖菜的妇人就会用一只眼睛瞟他一眼,对他说,"告诉我,你要韭葱吗?你是不是想当独裁君主,叫雅典给你进贡作料?" 499

珊提阿斯　昨天中午我去看一个妓女,我叫她采取骑马的姿势,她很生气,问我是不是想恢复希庇亚斯式的独裁制度。② 502

布得吕克勒翁　这句话他们③喜欢听。我只望我父亲放弃这种一清早就去诬告别人、给别人定罪的艰苦生活,而像摩律科斯④那样过着高尚的日子。就为了这个,有人告我谋反,想实行独裁制度。 507

菲罗克勒翁　告得有理。我不愿拿这种生活去换鸟奶,你却阻挡我过这样的日子;我不喜欢吃鳊鱼、鳝鱼,而爱吃平锅焖的小——案件。 511

布得吕克勒翁　因为你已经养成了习惯,喜欢这种事情。只要你心平气和地听我说,我相信准能使你看出你所犯的一切错误。 514

菲罗克勒翁　我当陪审员,是犯了错误吗?

布得吕克勒翁　你不知道你被你所钦佩的人拿来取笑。你始终不明白你是他们的奴隶。

菲罗克勒翁　别说我是奴隶;我乃是万人之主。

布得吕克勒翁　你不是万人之主,你侍候别人,却以为你是主子。父亲,

---

① 庇士特拉妥(Peisistratos)在公元前560年借民众的力量,夺取政权,成为雅典城的独裁君主(一译僭主)。他死后由他的儿子希庇亚斯(Hippias)和希帕卡斯(Hipparkhos)当权,他们很残暴,希帕卡斯在公元前514年被刺死;希庇亚斯在公元前510年被放逐,他在公元前490年借波斯兵力进行复辟,死于马拉松战役。
② "希庇亚斯"这名字的字根为 hippos(马)。
③ 指歌队队员们。
④ 摩律科斯(Morykhos)是个悲剧诗人,他很讲究吃穿。

请你告诉我,你刮剥希腊,自己得到多少报酬? 520

菲罗克勒翁　得到很多;(指着歌队)我愿意请他们来评判。

布得吕克勒翁　我也愿意。(向仆人)放了他。

菲罗克勒翁　给我一把剑。

　　　仆人递一把剑给菲罗克勒翁。

　　我若是辩不过你,就伏剑而死。

布得吕克勒翁　告诉我,——怎么说呢? 我想起了,——如果你不遵守他们的评判呢?

菲罗克勒翁　那我就喝不成奠给幸运之神的纯——津贴了。① 525

三　第一场(对驳)

歌队　(抒情歌第一曲首节)(向菲罗克勒翁)现在该我们的体育学校训练出来的人来一篇妙论。你要显一显——

布得吕克勒翁　(插嘴)快把我的文具盒拿出来。

　　　仆人把文具盒从屋里拿出来,然后进屋。

　　(向歌队长)你要是这样劝告他,你会成为一个什么样的评判员? 530

歌队　(向菲罗克勒翁)你的口才和这年轻人不同,你看,这场比赛是多么严重,关系到每一个人,要是他辩赢了的话;但愿他赢不了。 536

布得吕克勒翁　(插嘴)我把他的话一句句记录下来,好好记住。

菲罗克勒翁　(插嘴)要是他辩赢了,你们有什么话说?

歌队　那样一来,老年人就一点不中用了;我们将在大街上受人讥笑,被称为捧橄榄枝的人,宣誓书的包皮。②(本节完) 545

歌队长　你这位为我们的全部权力而辩护的人啊,快鼓起勇气,试试你的全部口才。 547

菲罗克勒翁　我一开始就能证明我们的权力不在任何王权之下。世上哪

---

① 古希腊人吃完正餐后,斟一大杯纯酒,先向神致奠,然后每人喝一口。此后才举行会饮,喝的是掺水的淡酒。观众以为菲罗克勒翁会说出"纯——酒"一词,哪知他却说出"津贴"一词,"津贴"指陪审员的报酬。"幸运之神"是看管个人幸运的守护神。

② 橄榄树是女神雅典娜(Athena)送给雅典人的礼物。老年人不中用了,只能在雅典娜节的游行队里充当捧橄榄枝的人。"宣誓书"指原告和被告呈交的誓言,前者的誓言保证自己的控词是真实的;后者的誓言否认对方的控词是真实的。

355

里有比陪审员——尽管他已经上了年纪——更幸运、更有福、更安乐、更使人畏惧的人？我刚刚起床，就有四肘尺①的大人物在栏杆外等候我；我一到那里，就有人把盗窃过公款的温柔的手递给我；他们向我鞠躬，怪可怜地恳求我说："老爹，怜悯我吧！我求求你，要是你也曾在担任官职的时候或者在行军中备办伙食的时候，偷偷摸摸。"那个说话的人若不是曾经从我手里无罪获释，就不会知道我还活在世上。

布得吕克勒翁　我把第一点——恳求者告饶——记录下来。

菲罗克勒翁　经他们这样一恳求，我的火气也就消了；我随即进入法庭。进去以后，我却不按照诺言行事。然而我还是倾听他们的每一句请求无罪释放的话。让我想一想，哪一种阿谀的话，我们陪审员没有听见过？有人悲叹他们很穷，在实际的苦难之上添枝加叶，把自己说成同我一样；有人给我们讲神话故事；有人讲伊索的滑稽寓言②；还有人讲笑话，使我们发笑，平息怒气。要是这些手法打不动我们的心，有人立即把他的小孩，男的女的，拖进来；我只好听啊！他们弯着腰，咩咩地叫；他们的父亲浑身发抖，像求神一样求我怜悯他们，对他的罪行免予审查。"你要是喜欢公羊咩咩叫，就应当怜悯我儿子的哭声"；我要是喜欢小猪婆，就应当被他女儿的啼声所感动。我们为了他的缘故，把怒气的弦柱扭松一点。这难道不是大权在握，蔑视富豪么？ 575

布得吕克勒翁　我把第二点——蔑视富豪——记录下来。你自夸统治着希腊，可是，请你告诉我，这对你有什么好处。 577

菲罗克勒翁　孩子们在受检阅的时候③，我们有权利看看他们的那东西。如果俄阿格洛斯被传出庭，成了被告，要等他从《尼俄柏》剧中选一段最漂亮的戏词念给我们听了之后，他才能无罪获释。④ 如果有双管

---

① 由肘至中指尖端的长度为一肘尺。
② 伊索(Aisopos)是公元前6世纪的寓言家。
③ 年满二十的雅典男子在阿帕图里亚(Apatouria)节第三日举行成年礼，接受检阅，获得公民权。
④ 俄阿格洛斯(Oiagros)是个著名的演员。埃斯库罗斯和索福克勒斯(Sophokles, 公元前495—前406, 为古希腊三大悲剧诗人之一)都写过一出《尼俄柏》(Niobe)。尼俄柏是坦塔罗斯(Tantalos)的女儿，嫁给安菲翁(Amphion)，生了七男七女，她因此向只生了一男一女的勒托夸耀她的子女多，勒托的儿子阿波罗和女儿阿耳忒弥斯便在气愤之下把尼俄柏的儿女全都射死了。

356

吹手打赢了官司,他必须向我们这些陪审员谢恩,戴着口套吹一支曲子,送我们离庭。如果有父亲在临终时把他们的独生女儿——他的财产继承人许配给某人,我们就叫他的遗嘱和那只很庄严地罩着印记的罩子去撞头痛哭,而把他的女儿许配给一个能讨我们喜欢的人。① 我们这样干,不至于受审查;别的官吏却没有这种权力。 587

布得吕克勒翁　在你提到的权力之中,只有这一种最庄严,值得祝贺;可是你把那女继承人保存遗嘱的罩子弄破了,就是害了她。 589

菲罗克勒翁　议事会和公民大会对重大案件判决不了,就决定把罪犯交给陪审员;于是欧阿特罗斯和弃盾而逃的大马屁精科拉科倪摩斯② 站起来说,他们要为人民的利益而战斗,决不背弃我们。谁也不能使他的提案在公民大会上通过,除非他建议法院判决了头一件案子就闭庭③。那大吼一声能压倒全场的克勒翁从来不挑我们的错儿,他保护我们,亲手把苍蝇轰走。你从来没有对自己的父亲尽过孝道,而忒俄洛斯——他的名望不在欧斐弥俄斯④之下——却从水壶里取出一块海绵来把我们的毡鞋染黑。你看,对这样一些好处你总是加以阻挠,把它们挡回去;你方才却说,你能证明我过的是奴隶和仆人的生活。 602

布得吕克勒翁　你畅所欲言吧;可是一会儿你就会住嘴,显露出你的无限庄严的权力不过是洗不干净的屁股。 604

菲罗克勒翁　那最使人开心的事,我几乎把它忘记了。当我含着钱回到家里的时候,一家人都看中这银币,欢迎我回来。我女儿给我洗脚擦油,弯着腰亲我的嘴,叫一声爸爸,用舌头钓走了我的三个俄玻罗斯。我的小女人也向我献殷勤,端出又松又软的大麦粑,坐在旁边劝我——"吃这块,吞那块。"这些事真叫我开心;我用不着看你和你管

---

① 按照氏族社会遗留下来的习惯,做父亲的若没有为他的独生女儿指定一个配偶,他死后,本氏族中和死者最亲近的人就有权要求娶这女子为妻。"罩子"是用来保护遗嘱上的印记的。
② 欧阿特罗斯(Euathlos)是个政治煽动家,为克勒翁的党羽。"科拉科倪摩斯"(Kolakonymos)是由"科拉克斯"(参看第339页注⑤)和"克勒俄倪摩斯"(参看第338页注②)组合而成的,意思是"阿谀者倪摩斯"("倪摩斯"是"克勒俄倪摩斯"的缩体字),诗人借此挖苦克勒俄倪摩斯拍克勒翁的马屁。
③ 陪审员只审判一件案子,但是仍然可以获得一天的津贴三个俄玻罗斯。
④ 欧斐弥俄斯(Euphemios),待考。

家的脸色,那家伙每次开饭,总是咒骂不绝,唠叨不完。要是他不赶快
给我捏一块饼的话——①我现在有了保障,不至于挨饥受饿,这就是挡
箭的护身衣。②你不给我斟酒喝,我只好随身带着这个驴头,里面装满
了酒;(从衣服下面取出一只驴头形的酒瓶)我倒出来喝。它现在张着
嘴对着你的酒杯放屁,嗯啊嗯啊地叫,声音洪亮,气势汹汹。 619

　　(唱)难道我不是大权在握,同宙斯比起来也差不离儿吗?我不
是听见人们拿称赞宙斯的话来称赞我吗?当我们鼓噪的时候,每个
过客都说:"宙斯,我的主啊,法院在大发雷霆!"当我打闪的时候,所
有的富翁和贵人都咂咂嘴③,怕得要命。连你也是最怕我的;我以得
墨忒耳的名义说,你的确是怕我;我要是怕你,我就该死。 630

歌队　(第一曲次节)我们从来没有听见过这样清楚、这样高明的议论。

菲罗克勒翁　当然没有;可是这家伙却以为轻易就可以把无人看守的葡
　　萄摘走。其实他知道得很清楚,我在这方面是无敌的。 635

歌队　每一点他都提到了,没有遗漏;我听了以后,觉得我长高了;他的话
　　使我开心,我就像是在常乐岛④上审案一样。 641

菲罗克勒翁　(插嘴)这家伙打哈欠,站立不稳。(向布得吕克勒翁)你得
　　想办法找一条出路。一个年轻人要是同我作对,我的怒气是难以平
　　息的。(本节完) 647

歌队长　如果你还要东拉西扯,就去弄一块刚凿成的好石磨来把我的火
　　气压熄。

布得吕克勒翁　要医治城邦的天生的老毛病,真是困难,这件事需要坚强
　　的意志,不是喜剧诗人所能胜任的。(向菲罗克勒翁)然而,克洛诺
　　斯的儿子⑤,我的爸爸啊——

菲罗克勒翁　得了;别叫"爸爸"了!你要是不赶快证明我是个奴隶,我

---

① 这句话没有说完。菲罗克勒翁大概做了一个手势,表示要鞭打管家。
② 这句意义不明。古代的注释者说,"保障"和"护身衣"暗指值三个俄玻罗斯的钱币。
③ 据说古希腊人和古罗马人认为打闪鸣雷的时候将有奇异的事发生,他们因此咂咂嘴,以为这样可
　以避免灾祸。
④ "常乐岛"是众英雄死后居住的岛屿,岛上无风雪,为一快乐世界。一说在冥上,一说在大地的西
　边。
⑤ 克洛诺斯是乌剌诺斯(Ouranos,即天)和该亚(Gaia,即地,该亚又作革亚 Gea)的儿子。"克洛诺斯
　的儿子"本意是指宙斯,这里借用来称呼菲罗克勒翁。

就要把你弄死,尽管我从此再也吃不成下水杂碎了①。 654

布得吕克勒翁　亲爱的爸爸,请你舒展眉头,听我说。你随随便便计算一下——用指头,不用石子——盟邦缴纳的贡款一共是多少②,此外还有税款、各种百一税、讼费、矿税③、市场税、港口税、租金④、没收品变卖金。总数将近两千塔兰同。从这里面提出陪审员的年俸,人数是六千——我们的城邦从来没有多过此数的陪审员了,——因此你们得到的是一百五十塔兰同⑤。 663

菲罗克勒翁　我们的津贴还不到岁入的十分之一!

布得吕克勒翁　真的不到。

菲罗克勒翁　其余的钱哪里去了? 665

布得吕克勒翁　到那些口口声声说"我决不背弃雅典的群众,我要为人民的利益而斗争"的人的腰包里去了。父亲,你是上了这些花言巧语的当,把他们捧出来统治你。这些家伙向盟友索取五十塔兰同的贿赂,他们威胁他们、恐吓他们说:"快交纳贡款,否则我就要大发雷霆,摧毁你们的城邦。"可是你啃到了一口你自己的权力的碎屑,就已心满意足了。盟友看到雅典群众在投票箱前过着可怜的生活,没有吃的,他们就认为你不过是孔那斯的——判决票⑥罢了。他们把腌鱼、葡萄酒、毯子、干酪、蜂蜜、芝麻糖、枕头、酒盅、小外套、花冠、项圈、酒杯,以及一切足以健身致富的礼物都送给了那些家伙。至于你,尽管你统治着盟友,在陆上作战,在海上划船,劳苦功高,却没有

---

① 古希腊人在祭神的时候,把牺牲的心肝肾肺等留下来吃,但是杀人犯不得参加祭宴。
② 以雅典为首的提洛同盟,原来是为了对付波斯侵略而成立的;盟邦出贡款,由雅典用这笔钱来建立海军。贡款的总数起初是四百六十塔兰同(Talanton,一塔兰同合六千德拉克马),内战初期增加到六百塔兰同。
③ "矿税"指银矿税。阿担卡东南部的劳里翁(Laurion)出产银矿,开采人须缴纳矿税。
④ 指租用公共建筑、土地、草地等的人所缴纳的租金。
⑤ 雅典法庭每年开庭三百天左右(在六十来天的节日里不开庭),陪审津贴每人每天三个俄玻罗斯,六千人每天的陪审津贴共一万八千俄玻罗斯,共合三千德拉克马,即半个塔兰同。
⑥ "孔那斯"(Konnas)原文作"孔努"(Konnou),为"孔那斯"或"孔诺斯"(Konnos)的属格。孔那斯是个双管吹手,曾经在奥林匹亚(Olympia)音乐竞技会上得过多次花冠奖赏,他后来爱喝酒,生活很潦倒,家中只剩下一些奖品了。孔诺斯是墨特洛比俄斯(Metrobios)的儿子,苏格拉底老年时在他们下学习过音乐。这里所指的不知是孔那斯还是孔诺斯。当日称无意义的声音和无价值的东西为孔那斯或孔诺斯的"特里翁"(thrion,本义是无花果树叶);观众以为布得吕克勒翁会说出"特里翁",哪知他却说出"判决票"。

359

人送一头大蒜给你作烹鱼的佐料。

菲罗克勒翁　没有人送给我;我只好派人向欧卡里得斯①买了三头。可是你烦死我了,你还没有证明我遭受奴役。

布得吕克勒翁　所有这些当权者和拍他们马屁的人都拿薪俸,而你呢,只要有人津贴你三个俄玻罗斯,你就心满意足了,这笔钱原是你在海上划船,在陆上攻城作战,辛辛苦苦挣来的,难道这不是最大的奴役吗?何况你还要奉命到法院去,这一点特别使我憋气。那时候有个淫荡的小伙子,开瑞阿斯②的儿子来到你家里,张开腿,屁股扭来扭去,娇气十足,他叫你前去,黎明时参加审判。他说:"你们当中任何人在悬旗③以后到庭,就拿不到三个俄玻罗斯。"而他本人尽管迟到,却仍然照领检察员的薪俸——一个德拉克马。如果有被告送他贿赂,他就和另一个官吏平分,他们两人商定这样办理这件案子,就像锯木头一样,一个拉来一个推。你却张着嘴望着发款员,他们捣的什么鬼,你一点也看不出来。

菲罗克勒翁　他们是那样对付我的吗?啊,你说的是什么?你把我的心都搅乱了;你更引起我的注意。我不知道你在对我干什么。

布得吕克勒翁　你想想看,当你和你的全体伙伴本来可以发财致富的时候,我不知你们怎么会被那些自称为"人民之友"的人愚弄了。尽管你统治着黑海与萨耳多④之间的许多城市,你却没有得到什么好处,只是领取这点津贴,而这点钱还是他们一点一点给你的,像是从羊毛里滴出来的橄榄油⑤,只够活命。他们有意叫你一生穷苦;为什么,我这就告诉你。这样一来,你才会认识到谁是你的豢养者;当他唆使你去追逐他的仇人的时候,你就会向那人猛扑过去。如果他们有意维持人民的幸福生活,没有比这再容易的事了。现在向我们缴纳贡款的盟邦有一千个;只要命令每个盟邦赡养二十个雅典人,两万公民就可以专吃兔肉,戴各色花冠,喝初奶⑥,吃初奶点心,享受城邦的威

---

① 欧卡里得斯(Eukharides)是个蔬菜贩。
② 开瑞阿斯(Khaireas)是个侨民,曾冒充雅典公民。
③ 法院悬旗,表示即将开庭。
④ 萨耳多(Sardo)即撒丁(Sardinia)岛,在意大利西边,西西里岛西北。
⑤ 古希腊人用羊毛蘸一点橄榄油,再把油滴到伤口上或耳朵里治病。
⑥ 指初次挤出的牛奶。

　　　　　名和马拉松的胜利所应得的果实。但如今,你们却像采橄榄的佣工那样跟着发放津贴的人走。

菲罗克勒翁　哎呀,我的手麻木了,再也拿不住剑了;(剑落地)我已经变得软绵绵的了。

布得吕克勒翁　当他们害怕的时候,他们答应把优卑亚的土地分配给你们,答应给你们每人五担小麦,但是从来没有给过,直到最近才给了五斗,就是这点粮食也得来不易,因为你曾经被人控告是外邦人;而且你是一升升地领,领的还是大麦①。

　　　　　(唱)所以我愿意奉养你,我一直把你关在家里,免得你被那些大言不惭的人耻笑。你想吃什么,我愿意给你什么,只是不让你再喝那发款员的奶了。

歌队　"在你还没有听取两造的讼词以前,别忙着下判决。"说这句话的人②真是聪明。(向布得吕克勒翁)我现在认为你打了个大胜仗;我的火气平息了,我的官棍扔掉了。(向菲罗克勒翁)可是,你,我们的同年的伙伴啊。

　　　　　(第二曲首节)你听他的话,听他的话吧;不要太愚蠢、太顽固、冷酷无情。但愿我有个亲戚或者同宗,他能这样规劝我。现在显然是神在显灵,和你同在,行好事,帮助你,你就当场接受这神恩吧。(本节完)

布得吕克勒翁　(唱)我一定奉养他,老年人需要什么,我给他什么:一碗麦片粥,一件软斗篷,一件羊皮大氅,一个妓女给他搓搓腰身;可是他沉默无言,一声不响,这种态度我不喜欢。

歌队　(第二曲次节)他正在回想那曾经使他入迷的生活;方才他已经明白了,没有听你的话是个错误。现在他清醒了,也许会听你的话,从此改变他的生活,对你表示信赖。

---

① 优卑亚(Euboia)是一个很长的岛屿,在阿提卡东北。公元前445年,埃及国王普珊墨提科斯(Psammetikhos)赠送小麦给雅典人,当时有许多人被控冒充公民去领取粮食。据说只有14040人领到粮食,将近一千人因为不合格,没有领到。"五担"原文作"五十墨丁诺斯(medimnos),"一墨丁诺斯合四十八科尼克斯;"升"原文作"科尼克斯",参看第352页注⑥。

② 据说这句话是公元前6世纪的格言诗人福库利得斯(Phokylides)说的。

四 第二场

菲罗克勒翁　哎呀呀!

布得吕克勒翁　你为什么唉声叹气?

菲罗克勒翁　（唱）"这些你一件也不必答应我!"①"我想念那些东西,"② 我要到那里去,那里有传令员宣告:"谁还没有投票?请他起立。"愿我能在判决的时候站在漏斗前面,做最后一个投票者。我的心啊,奋勇前进! 我的心哪里去了? 树阴啊,让我过去!③ 赫剌克勒斯啊,但愿我能坐在陪审员中间判定克勒翁有盗窃罪! 759

布得吕克勒翁　父亲啊,看在众神分上,听我的话吧。

菲罗克勒翁　听你什么话? 你想说什么快说呀,只是有一句话你不必说。

布得吕克勒翁　什么话? 让我知道。

菲罗克勒翁　不要当陪审员。"在我听从之前,冥王会给我下判词。"④ 763

布得吕克勒翁　你喜欢当陪审员,也不必到那里去;就呆在家里审判你的仆人吧。

菲罗克勒翁　审判什么呢? 你为什么这样胡说?

布得吕克勒翁　就按照那里的方式审判;如果有女仆偷偷地开大门,你就投票罚她一个德拉克马。你是经常在那里这样干的。这些案件审判起来非常便当:早上太阳出来,你可以在阳光下问案（谐"温暖"）;下雪天,你可以坐在炉火旁边审判;下雨天,你可以进房（谐"升堂"）;即使你睡到中午才醒来,也不会有忒斯摩忒斯⑤把你关在栅栏门外。 775

菲罗克勒翁　这句话讨我喜欢。

布得吕克勒翁　此外,即使被告的答辩拖得很长,你也不至于因为久等而

---

① 据说这句引自欧里庇得斯的悲剧《受辱的希波吕托斯》(*Hippolytos Kalyptomenos*,已失传)。
② 这句戏拟欧里庇得斯的《阿尔刻提斯》(*Alkestis*)第 866 行,该行的意思是:"我想念他们"（指死者）。
③ 这句（自"树阴啊"起）戏拟欧里庇得斯的悲剧《柏勒洛丰忒斯》(*Bellerophontes*,已失传)里的剧词,原剧词的意思是:"树叶的阴影啊,让我穿过那溪谷!"
④ 这句的意思是:"我已经死了,在冥土受审判。"据说这句戏拟欧里庇得斯的悲剧《克瑞忒女人》(*Kressai*,已失传)中的剧词。
⑤ 古雅典九个执政官当中,有六个叫做"忒斯摩忒斯"(thesmothetes),意思是"立法者"。

362

挨饿,使你自己苦恼,也使答辩者苦恼①。

菲罗克勒翁　我嘴里嚼着东西,怎能像从前那样审好案子?

布得吕克勒翁　你能审得更好;俗话说,证人讲假话,陪审员要细思细嚼,好容易才能把案情摸透。

菲罗克勒翁　你说服了我。可是你还没有告诉我,我的津贴在哪儿领。

布得吕克勒翁　在我这儿领。

菲罗克勒翁　好哇!向我自己领,不同别人合领。记得吕西斯特剌托斯②,那个爱开玩笑的人,曾经对我玩了个最卑鄙的把戏。前几天他和我合领一个德拉克马,他到鱼市上去换成小银币,然后给了我三片鲻鱼鳞,我以为我接受的是俄玻罗斯,便把它们含在嘴里;等我闻着了那腥臭味儿,我一恶心就把它们吐了出来;我随即拖他上法院。

布得吕克勒翁　他说什么?

菲罗克勒翁　他说什么吗?他说我有公鸡的肠胃。"这银币你很快就消化了,"他是这样说的。

布得吕克勒翁　你看,你会有这样大的便利。

菲罗克勒翁　不小的便利。你要做什么,赶快动手。

布得吕克勒翁　你在这里等一等,我去把那些东西拿来。

　　　布得吕克勒翁进屋。

菲罗克勒翁　(向歌队长)你看这情形,神示终于应验了。我曾经听说,有一天雅典人会在家里审案,每个人都会在他的廊子上修建一个小小的法庭,同赫卡忒③的神龛一样,家家门口有一个。

　　　布得吕克勒翁拿着许多东西自屋内上。

布得吕克勒翁　你看看;你还有什么话可说?我答应的那些东西统统带来了,还有更多的呢。你想撒尿,这里有便壶,挂在旁边的钉子上。

菲罗克勒翁　好办法!亏你想得出这个医治尿淋漓症的方子,对我这年纪的人正有用。

布得吕克勒翁　这里有一盆火,旁边还摆着一钵扁豆羹供你喝,以应你的急需。

---

① 陪审员感到苦恼,答辩者就要吃亏。
② 吕西斯特剌托斯(Lysistratos)是个拙劣的诗人。
③ 赫卡忒(Hekate)是珀耳塞斯(Perses)的女儿,为住宅的守护神。

菲罗克勒翁　这个办法倒也妙。即使我发烧害病,也有津贴可领;我将待在这里喝扁豆羹。可是你带给我这只公鸡干什么?

布得吕克勒翁　要是你在被告答辩的时候睡着了,这公鸡会在那上面打鸣,把你叫醒。

菲罗克勒翁　我还想要一样东西;其他一切我都满意。

布得吕克勒翁　要什么?

菲罗克勒翁　请你把吕科斯的偶像取出来。

　　　　　布得吕克勒翁给菲罗克勒翁一个偶像。

布得吕克勒翁　偶像在这里,这就是国王本人。

菲罗克勒翁　主啊,英雄啊,你看起来多么严厉啊!

布得吕克勒翁　很像我们的——克勒俄倪摩斯。

菲罗克勒翁　他身为英雄,却没有盾牌。①

布得吕克勒翁　你赶快坐好,我就赶快传案子。

菲罗克勒翁　我早就坐好了,你传吧。　　　　　　　　　　　825

布得吕克勒翁　(自语)让我想想看:先传哪一件案子?家里哪个奴隶干了坏事?那个色雷斯女人前两天烧坏了一口瓦锅——　　　828

菲罗克勒翁　等一等!你差点把我急死了!还没有安好栏杆你就传案子吗?那是我们的礼仪的首要之物。

布得吕克勒翁　的确没有安好。　　　　　　　　　　　　　　833

菲罗克勒翁　我自己进去,把这件东西快快搬出来。

　　　　　菲罗克勒翁进屋。

布得吕克勒翁　怎么回事?恋巢之情真是奇异啊!

　　　　　索西阿斯自屋内上。

索西阿斯　真该死,养了这样一条狗!

布得吕克勒翁　怎么回事?

索西阿斯　还不是拉柏斯②那狗子方才溜进厨房偷吃了一块新鲜的西西里干酪?　　　　　　　　　　　　　　　　　　　　　　838

布得吕克勒翁　我要把这头一件罪行交给我父亲审判。你出来控告他。

---

① 讽刺克勒俄倪摩斯弃盾而逃。
② "拉柏斯"这名字的意思是"盗窃者",这人物影射拉刻斯,参看第336页注③。

364

索西阿斯　不用我控告他,另外一条狗①说,只要有人递上诉状,他就愿意控告他。

布得吕克勒翁　快去带他们出庭。

索西阿斯　一定照办。

　　　　　索西阿斯进屋。

　　　　　菲罗克勒翁自屋内上。

布得吕克勒翁　这是什么？　　　　　　　　　　　　　　　　　　　　844

菲罗克勒翁　是献给赫斯提亚②的猪栏。

布得吕克勒翁　是不是从神庙里偷来的？

菲罗克勒翁　不是,"从赫斯提亚开始",我才好给人以致命的打击。③ 快传案子;我急着要判刑。

布得吕克勒翁　我去把公告牌和诉状④拿来。

　　　　　布得吕克勒翁进屋。

菲罗克勒翁　哎呀,你真是拖沓,浪费时间,急死我了！我真想在我的小园地上划一道犁痕⑤。　　　　　　　　　　　　　　　　　　　　850

　　　　　布得吕克勒翁拿着公告牌和诉状自屋内上。

布得吕克勒翁　东西在这里。

菲罗克勒翁　传案子吧。

布得吕克勒翁　是,谁来打头一堂官司？

菲罗克勒翁　真该死,多么叫我烦心,我忘记了把投票箱搬出来。

　　　　　菲罗克勒翁向大门跑去。

布得吕克勒翁　喂,往哪里跑？

菲罗克勒翁　去搬投票箱。　　　　　　　　　　　　　　　　　　　　855

布得吕克勒翁　不必了;我这里有个舀罐⑥。

菲罗克勒翁　好极了;需要的东西都齐了,只还少个漏壶。

---

① "另外一条狗"影射克勒翁。
② 赫斯提亚(Hestia)是克洛诺斯和瑞亚的女儿,为灶火之神。
③ 古希腊人在节日里先向赫斯提亚奠酒,故说一切事的开始为"从赫斯提亚开始",含有顺利开始的意思。
④ "诉状"上有书写的证据,这些证据密封在瓶里,在开审时启封。
⑤ "小园地"指蜡板,"犁痕"指长线,参看第341页注⑤。
⑥ "舀罐"指用来舀豆羹的带把手的小罐。

布得吕克勒翁　（指着便壶）这是什么？不就是漏壶？

菲罗克勒翁　你真会想办法，卖弄雅典人的聪明才智。

布得吕克勒翁　谁从屋里拿祭火来，拿桃金娘来，拿乳香来；①我们先向众神祈祷。

歌队　（唱）在你们向众神祭奠和祈祷的时候，我们为你们发出吉祥的声音，述说吵架斗嘴的事已经结束，你们已经达成了君子协定。

歌队长　（敬神歌首节）肃静，肃静！

歌队　福玻斯——皮托的阿波罗，②啊，请把这年轻人在大门前创建的事业化为我们的福利，使我们不再受奔波之苦。伊厄伊俄斯啊！拯救之神啊！③（本节完）

布得吕克勒翁　主啊，主啊，我的邻居阿癸伊欧斯啊，我门廊上的神啊，④请你接受这别开生面的仪式，主啊，这是我为我父亲的缘故而创立的。请你感化他那太严酷、太顽强的性情，滴一点蜂蜜到他的心里，不要滴酸酒。请你改变他的暴躁的脾气，掐掉他的发怒的毒刺，叫他和蔼待人，怜悯被告甚于怜悯起诉人，在他们求情的时候，为他们流泪。

歌队　（次节）我们和你一同祈祷；听了你方才的话，我们恭贺你新任的官职⑤。自从我们看出了你比别的年轻人更爱人民，我们就对你怀有好意。伊厄伊俄斯啊，拯救之神啊！（本节完）

布得吕克勒翁　如果有陪审员待在外面，请他进来；诉讼一开始，我们就不让人进来了。

菲罗克勒翁　那被告是一条什么狗？他会被宣判有罪的。

布得吕克勒翁　请听诉状。（念）"兹有籍属库达忒诺斯乡之狗控告籍属埃克索涅乡之拉柏斯有罪⑥，因其独吞西西里干酪一块。罚其戴无花果树木之颈枷。"

---

①　祭神的人头戴桃金娘花冠。乳香用来焚烧，作祭神之用。

②　福玻斯（Phoibos）是阿波罗的别号。皮托（Pytho）是得尔斐的古文。

③　伊厄伊俄斯（Ieios）是阿波罗的别号，源出信徒们对阿波罗祈求的呼声"伊厄"（ie）。"拯救之神"原文作"派安"（Paian），这名称的意思是"拯救者"，因为阿波罗能消灾弭难。

④　阿癸伊欧斯（Agyieus）是阿波罗的别号，这别号的意思是"街道上的保护者"。古希腊人的大门外立着一根圆锥形古柱，这石柱象征阿波罗。

⑤　布得吕克勒翁现在充当忒斯摩忒忒斯，参看第336页注①。

⑥　库达忒诺斯（Kydathenos）乡在古雅典城内，为潘狄俄尼斯氏族的居住地，克勒翁和阿里斯托芬都籍属此乡。埃克索涅（Aixone）乡是刻克洛庇斯（Kekropis）氏族的居住地，拉刻斯籍属此乡。

菲罗克勒翁　不如罚他像狗那样死去,如果他被宣判有罪的话。 898

　　　　　索西阿斯和珊提阿斯各牵着一条由人装扮的狗①自屋内上。

布得吕克勒翁　被告拉柏斯在这里。

菲罗克勒翁　那可恶的东西!活像个小偷!他露齿而笑,是想欺骗我。原告,籍属库达忒诺斯乡的狗,在哪里?

狗甲　汪汪! 902

布得吕克勒翁　在这里。

菲罗克勒翁　又是一条拉柏斯,他善于吠叫,善于舐瓦钵。

布得吕克勒翁　别说了;请坐下。(向狗甲)你上来控告他。

菲罗克勒翁　你说吧;我趁此把扁豆羹舀来喝。 906

狗甲　诸位陪审员,你们已经听取了我写的诉状。他对我和我的餐友们犯下了骇人听闻的罪行:偷偷地跑到一个角落里,在黑暗中撕去一大块干酪,吃得饱饱的。

菲罗克勒翁　分明是有罪的;这可恶的东西方才冲着我打嗝,喷出一股干酪臭气。

狗甲　我向他要,他一点不给。这家伙既然不肯扔一点东西给我,给你们的狗,他怎能为你们谋福利。

菲罗克勒翁　他一点不给你吗?他对我,对他的伙伴也不给。他的疯病不亚于扁豆羹这样烫人。

布得吕克勒翁　父亲,看在众神分上,在你还没有听取两造的讼词之前,不要预先就定罪。

菲罗克勒翁　可是,我的好人,事情昭然若揭,是自己嚷出来的。 921

狗甲　不要释放他,因为他比别的狗更喜欢独吞独占。他绕着乳钵转,把各城邦的干酪壳②(谐"胶")都吃光了。

菲罗克勒翁　弄得我连粘那破水壶的胶都没有了。

狗甲　快惩罚他;一个丛林不能养两个小偷。③别让我白白地汪汪叫;否则我从此不叫了。 930

菲罗克勒翁　啊,他告发的是一件多么大的罪行!那家伙是个盗窃犯!

---

① 狗甲没有名字,它的面具很像克勒翁。狗乙名叫拉柏斯,它的面具很像拉刻斯。
② "壳"即外皮,语音读"俏"。
③ 这句戏拟一句谚语,原来的谚语是:"一个丛林不能养两只知更鸟"。

367

鸡公啊,你看是不是?他向我眨眼点头。忒斯摩忒忒斯!你在哪里?
　　　把便壶给我!

布得吕克勒翁　你自己去取下来;我要传见证。为拉柏斯案作证的乳钵、
　　　木槌、刮刀、火盆以及别的烧黑了的器皿,赶快出庭!

　　　　　众仆人提着乳钵、木槌、刮刀、火盆、瓦锅等自屋内上。

　　　　　(向菲罗克勒翁)你还在解溲,没有坐下吗?

菲罗克勒翁　我相信我今天会把这个撒了(谐"杀了")。

布得吕克勒翁　你还没有改变你的残暴性情,对被告依然如故,非把他们
　　　咬死不可。(向拉柏斯)上来答辩。你为什么默不作声?快说呀!

菲罗克勒翁　这家伙好像无话可说。

布得克勒翁　在我看来,他不是无话可说,而是遭遇到修昔底德在被控告
　　　时所遭遇的命运,嘴巴突然麻木了①。(向拉柏斯)让开!我来替你
　　　答辩。诸位陪审员,为一条被诽谤的狗辩护,是一件难事,可是我还
　　　是要为他说话。他是一条好狗,能追逐豺狼。

菲罗克勒翁　他是个小偷,是个谋反的。

布得吕克勒翁　不,他是当今最好的狗,能保护一大群羊。

菲罗克勒翁　要是他偷吃了干酪,还谈得上什么用处?

布得吕克勒翁　什么用处吗?他能为你作战,看守门户,从各方面看来他
　　　都是最好的狗。即使他偷吃了东西,你也该赦免他,何况他又没有学
　　　过弹竖琴②。

菲罗克勒翁　但愿他没有学过写字,那样一来,他就不会干坏事,写一篇
　　　答辩词要我们听。

布得吕克勒翁　请听啊,见证,我的好人。刮刀,你上来大声作证。当时
　　　你管伙食;明白回答我,你是否曾经把你所接受的东西刮来分配给兵
　　　士们?他说,他刮来分配给他们了。

菲罗克勒翁　他撒谎。

布得吕克勒翁　我的好人,你怜悯受苦的人吧。这拉柏斯只是吃鱼头鱼

---

① 这里提起的修昔底德(Thoukydides)是一个政治家,不是那个写《伯罗奔尼撒战争史》的历史学家。这人是弥勒西阿斯(Milesias)的儿子,为伯里克利(Perikles)的政敌。他在公元前442年被控有叛国罪,在受审的时候说不出话来,因此被放逐。

② 学弹竖琴,是受良好的教育。

骨,日夜效劳奔走,而另一条却只是看家狗,他呆在那里不动,别的狗叼了东西进来,他总是要求分一份;分不到,他就咬他。

菲罗克勒翁　哎呀,什么病使我的心肠变软了?病魔缠绕着我,使我让他一手。

布得吕克勒翁　我求你,父亲,怜悯他,不要宣判他死刑。他的小儿女在哪里?

　　　　一群由童子装扮的小狗自屋内上。

　　　　你们这些可怜虫,上来嗷嗷叫,哭哭啼啼地求情告饶吧。　　　　973

菲罗克勒翁　下去,下去,下去,下去!

布得吕克勒翁　我这就下去。尽管这一声"下去"欺骗过许多人①,我还是下去。

菲罗克勒翁　(扁豆羹烫了嘴)该死!大吃大喝多么不好!我流泪了;我不会哭,要不是嘴里塞满了扁豆羹。

布得吕克勒翁　他是无罪获释了吗?

菲罗克勒翁　很难说。

布得吕克勒翁　亲爱的父亲,你发点善心吧,快拿着这张票,闭着眼睛冲向后面的票箱。父亲,赦免他吧!

菲罗克勒翁　我不赦免;"我没有学过弹竖琴。"　　　　990

布得吕克勒翁　我带你走捷径。

　　　　布得吕克勒翁引导菲罗克勒翁到后面的票箱前面。

菲罗克勒翁　这是前面的票箱吗?

布得吕克勒翁　是的。

菲罗克勒翁　票投进去了。

布得吕克勒翁　(旁白)他受骗了,不知不觉就把他赦免了。(向菲罗克勒翁)让我把票倒出来。

菲罗克勒翁　胜负如何?

布得吕克勒翁　自见分晓。(数票)拉柏斯,你是无罪获释了。(菲罗克勒翁倒在地下)父亲,父亲,你怎么啦?哎呀!(向仆人)哪里有水?(向菲罗克勒翁)起来!

---

① 陪审员认为被告说够了,便向他说:"行了,下去吧。"被告以为可以得赦,结果往往是被宣判有罪。

菲罗克勒翁　（醒来）告诉我,他真是无罪获释了吗?

布得吕克勒翁　是啊。

菲罗克勒翁　那我就完了。

　　　　　菲罗克勒翁倒在地下。

布得吕克勒翁　好父亲,别着急!站起来!

菲罗克勒翁　我赦免了一个被告,良心上怎么过得去?我怎么得了?最可敬的神啊,请你们原谅我;这件事是我违反我的本性,不知不觉做出来的。

布得吕克勒翁　不要烦恼。父亲,我会好生奉养你,带你到各处赴午宴,开酒会,看竞技,使你欢度晚年;许珀玻罗斯①再也不能欺骗你、讥笑你了。我们进屋吧。

菲罗克勒翁　你想进去,我们就进去。

1008

　　　　　菲罗克勒翁和布得吕克勒翁进屋。
　　　　　众仆人和群狗随入。

五　第一插曲

歌队长　（序曲）（向正在进屋的菲罗克勒翁和布得吕克勒翁）你们想到哪里去,就高高兴兴地去吧。（向观众）千千万万数不清的观众啊,请你们仔细听我好心好意规劝你们的话,别让它落空。只有愚蠢的观众才不仔细听,你们是不会那样的。

歌队长　（插曲正文）同胞们,你们如果喜欢听肺腑之言,就请用心听。我们的诗人现在要向观众作不平鸣。他说,他受了不公平的待遇,尽管他曾经为你们效过多少劳:起初,他暗中,不是公开地,帮助别的诗人们,仿效欧律克勒斯的预言术和思考力,钻到别人肚子里吐出许多滑稽的言词;②后来,他公开地亲自冒演出的危险③,他所带领

---

① 许珀玻罗斯（Hyperbolos）是个政治煽动家。
② 阿里斯托芬的早期喜剧《宴会》（已失传）是借菲罗尼得斯（Philonides）的名义上演的,他的《巴比伦人》（已失传）和《阿卡奈人》是借卡利斯特剌托斯（Kallistratos）的名义上演的,这里担起的"诗人们",就是指这两个出名的人。欧律克勒斯（Eurykles）是个腹语术士,能用肚子讲话。
③ 到了公元前424年,阿里斯托芬才用自己的名义上演他的喜剧,那次上演的是《骑士》,该剧攻击克勒翁,那是一件很危险的事。

370

的是他自己的文艺女神,不是别人的。尽管他已经获得很大的成就①,享受到前人没有享受的荣誉,他还是说他成功不骄,不自鸣得意,也不到角力场上去找年轻人寻欢作乐;如果有情人由于妒火中烧,恳求他讽刺自己所爱的人,他就回答说,他从来没有答应过任何人的请求;因为他心术端正,不愿意使那些对他有益的文艺女神成为拉皮条的妇人。自从他第一次训练歌队的时候②起,他从来没有攻击过人类,而是以赫剌克勒斯的火气向着最凶猛的野兽进攻③,他一开始就勇敢地同那个长着锯齿的怪物④格斗,那家伙眼里射出最可怕的光芒,很像铿娜⑤的目光;他头上有一百个该死的马屁精⑥像蛇那样用舌头舔他;他的声音像冲毁一切的山洪那样大,气味像海豹那样臭,圆球像拉弥亚那样腫⑦,屁股像骆驼那样脏。我们的诗人看见这样的怪物,他并不害怕,也不肯接受他的贿赂;直到如今,他都是为你们的利益而战斗;此外,他还在去年祛除了那使人发抖的寒热病⑧,那些病魔曾经在夜里掐住你们父亲的脖子,扼住你们祖父的喉咙,它们躺在你们的安分守己的亲人们的卧榻上,把誓言、传票和证据粘在一起,使许多人怕得要命,跳起来跑到司令执政官⑨那里去求救。你们发现了这样一个除害的英雄、城邦的祛邪术士,却在去年辜负了他⑩;他那次播下了最新鲜的观念,你们却不能透彻理解,害得它没有发芽生长。可是他还是向狄俄尼索斯⑪奠酒,发誓说,从来没有人听见过比他的喜剧更美

---

① 暗指《骑士》获得头奖。
② 报名参加戏剧比赛的诗人把他们的剧本交给执政官,执政官批准三个诗人参加比赛,给他们每人一个歌队,这歌队由诗人自己训练。阿里斯托芬第一次训练的是《骑士》的歌队。
③ 赫剌克勒斯曾经攻打过许多野兽,如狮子、野猪、九头蛇。
④ 暗指克勒翁。
⑤ 铿娜(Kynna)是个妓女,据说是克勒翁的情妇。
⑥ "马屁精"指克勒翁的帮闲和党羽。这里以头上长着一百条蛇的怪物梯福欧斯(Typhoeus)为喻。
⑦ 拉弥亚(Lamia)是个女妖,她有睾丸。
⑧ 指诡辩派传染的寒热病。这里暗指诗人在去年(公元前423年)上演《云》,讽刺苏格拉底和诡辩派。
⑨ "司令执政官"是雅典第三位执政官的官衔,最早的第三位执政官是作战司令,这位执政官后来担任审判外侨的法庭庭长。
⑩ 暗示评判员们没有让《云》得奖。
⑪ 狄俄尼索斯是宙斯和塞墨勒(Semele)的儿子,为酒神,他保护戏剧演出。

妙的诗词。你们没有当场看懂,真是丢脸。我们的诗人,在聪明人看来并不比别人差,尽管他在追过对手的时候,打破了自己的计划。 1050

歌队长　(快调)从今后,好朋友,你们要更珍惜、更尊重那些努力发现和吐露新思想的诗人,你们要把他们的观念保存起来,连同香橼一起放在衣箱里;这样一来,你们的袍子一年到头都会放出智慧的芳香。 1059

甲半队　(短歌首节)想当年我们勇于跳舞,勇于战斗,①在这方面我们是凶猛无比的;但都成往事,都成往事,如今年老体衰,我们的头发已经白了,赛过天鹅的羽毛。尽管只存余烬,还须煽起青春之火焰;我认为这个老头颅,比许多小伙子的卷发、纨绔和大屁股高贵得多。 1070

歌队长　(后言首段)诸位观众,要是你们当中有人看见我的模样,看见我的腰身很细,就大吃一惊,不懂得这刺的意义,我愿意给他讲解,尽管他是个缺少艺术修养的人。我们这些带尾巴的人,是惟一有权利被称为土生土长的阿提卡人②;我们是英勇的民族,在蛮夷入侵、放烟火熏城③、凭暴力夺取我们的蜡房的时候,我们曾经在战斗中为城邦效过大劳。我们立即拿起长枪,提起盾牌,喝一口愤怒的酸酒,冲出去作战,一个个同敌人对峙,气得咬牙切齿;那时候,飞矢弥漫,不见天日。④开战之前,有一只猫头鹰在我们队伍上空飞过;⑤因此,我们在众神帮助之下,在夕阳西下的时候,把敌人击退了。我们追上去,像刺金枪鱼那样刺他们的大裤裆;他们的嘴唇和眉毛被蜇了,他们逃跑了。直到如今,在蛮夷之邦还是到处传

---

① "跳舞"指跳盾牌舞。诗人把这些老年人当作马拉松战役和萨拉米战役的卫国英雄。参看第338页注①。
② 火神赫淮斯托斯(Hephaistos)想娶雅典娜为妻,雅典娜不愿意。在赫淮斯托斯强迫她的时候,她竭力挣扎,以致赫淮斯托斯的种子落地,化生为一个男孩,这孩子名叫厄瑞克托尼俄斯(Erikhthonios),后来成为雅典第一个国王。雅典人由于他们的先人厄瑞克托尼俄斯是从地里生长的,自命为"土生土长的"人,并以此自豪。
③ 雅典城曾在公元前480年被波斯人烧毁。
④ 公元前480年,波斯陆军到达温泉关。斯巴达人狄恩刻斯(Dienkes)(一说是斯巴达国王勒俄尼达斯 Leonidas)听说波斯的箭射起来可以遮天蔽日,他回答说:"好消息;我们将在阴影下作战。"
⑤ 猫头鹰是雅典的守护神雅典娜的圣鸟。猫头鹰在希腊军队上空飞过,是一个吉兆。

说，再没有什么东西比阿提卡马蜂更勇敢的了。

乙半队 （短歌次节）想当年我曾经使敌人丧胆，自己却毫无畏惧；我乘三层桨的战船直达彼岸，征服了敌人。①那时候我们无心发表美妙的演说，也无心诬告别人，只想看谁是最好的桨手。我们占领了许多波斯城市；所有的贡款都是我们弄来的，如今却被那些小伙子盗窃了。

歌队长 （后言次段）你们从各方面观察，就会发现我们的性情和习惯同马蜂非常相似。第一，没有一种动物在被招惹的时候比我们更暴躁，更怒恼。其次，一切事情我们都效法马蜂。我们成群结队，很像一窝马蜂。我们当中有一些在执政官主审的法庭上当陪审员，有一些在十一位刑事官主审的法庭上当陪审员，有一些在俄得翁当陪审员，②还有一些靠城根挤在一起，弯着腰，头垂到地，像蜂房里的动虫那样不怎么动。我们自有别的谋生之道，每个人我们都刺他一下，靠这个办法生活。可是我们当中也有懒蜂，他们没有刺，坐着不动，专等吃我们弄来的贡款，自己一点不劳动。看见别人不服兵役，不为国家扳桨、拿枪、长水泡，反而侵吞了我们的津贴，叫我们好不痛心。我建议，从今以后不论哪一个公民，没有刺就不得领取三个俄玻罗斯。

六 第三场

菲罗克勒翁自屋内上，布得吕克勒翁偕一仆人随上。

菲罗克勒翁 我活一天，这件衣服就一天不脱；因为在大北风侵袭的时候，它曾经保护我上阵。

布得吕克勒翁 看来你是不想穿好的。

菲罗克勒翁 这不划算。前几天因为吃了炸鱼，我不得不付三个俄玻罗斯给漂洗衣服的人。

---

① "彼岸"指小亚细亚海岸，当时属波斯版图。雅典人曾在公元前466年，在小亚细亚西南部欧律墨冬（Eurymedon）河口登陆，击败波斯陆军。

② 刑事官担任警察职务，兼任刑事法庭庭长。古雅典有十个混合族，每族选派一位刑事官，外加书记一人，凑成十一位刑事官。俄得翁（Odeion）是个音乐场，有时候借用来作法庭。

373

布得吕克勒翁　你试试看,既然你已经把自己交给我好生奉养。

菲罗克勒翁　这家伙要把我勒死,我们还应当生儿育女吗?

布得吕克勒翁　接住这件衣服,把它披在身上;别再噜苏了。

菲罗克勒翁　看在众神分上,告诉我,这是什么坏东西?

布得吕克勒翁　有人管它叫波斯衣服,有人管它叫考那刻斯①。

菲罗克勒翁　我还以为是梯迈提斯②出产的毛大衣呢。　　　　　　1138

布得吕克勒翁　这也难怪;只因为你没有到过萨狄③,否则你就会认识;可是你现在不认识。

菲罗克勒翁　我么?当然不认识;在我看来,它特别像摩律科斯的大氅。　1142

布得吕克勒翁　不像,这料子是在厄克巴塔那④织成的。

菲罗克勒翁　牛肠绒⑤出在厄克巴塔那吗?

布得吕克勒翁　好父亲,你扯到哪里去了?这料子是不惜工本为蛮夷编织的,它随随便便就吞掉了值一个塔兰特的羊毛。　　　　1147

菲罗克勒翁　那么管它叫干暴风(谐"啖毛虫"),不是比叫考那刻斯正确一些吗?　　　　　　　　　　　　　　　　　　　　　1151

布得吕克勒翁　接住吧,好父亲;你披的时候,站住不要动。

菲罗克勒翁　哎呀,真可怕!这脏衣服向我喷出了一股热气!

布得吕克勒翁　你不披吗?

菲罗克勒翁　我不披。好朋友。要是非披不可,你就给我披一身灶火。

布得吕克勒翁　来,我给你披上。(向旧斗篷)去你的!

菲罗克勒翁　拿一根肉钩来。

布得吕克勒翁　拿来干什么?

菲罗克勒翁　在我被烤化之前,把我钩出来。　　　　　　　　　1158

布得吕克勒翁　喂,把这双讨厌的毡鞋脱了,穿上这双拉孔尼刻鞋⑥。

---

① 考那刻斯(kaunakes)是波斯语,意思是"波斯大衣"。
② 梯迈提斯(Tymaitis)源自梯迈塔代(Tymaitadai),梯迈塔代是阿提卡的一个乡区,为希波托翁坦斯(Hippothoontis)氏族的居住地。
③ 萨狄(Sardeis)原是小亚细亚中部吕底亚(Lydia)王国的首都,后来并入波斯版图。
④ 厄克巴塔那(Ekbatana)坐落在俄戎忒斯(Orontes)山麓,是波斯国王避暑的地点。
⑤ 这种粗绒料子很像有皱纹的牛肠,菲罗克勒翁以为是用牛肠做的。
⑥ 拉孔尼刻(Lakonike)是伯罗奔尼撒半岛南部一个区域,其中最大的城市是斯巴达。拉孔尼刻鞋是一种时髦的红色鞋子。

374

菲罗克勒翁　　我能穿敌人制造的、心怀恶意的鞋子吗？

布得吕克勒翁　　好父亲,穿上吧,使劲踏上斯巴达鞋底(谐"界地")!

菲罗克勒翁　　你叫我踏上敌人的界地,是存心害我。

布得吕克勒翁　　那只脚也穿上。

菲罗克勒翁　　这只脚不穿了,因为有一个脚指头非常恨斯巴达。

布得吕克勒翁　　没有别的办法。 1167

菲罗克勒翁　　哎呀,我老来时长不了——冻疮了!

布得吕克勒翁　　快穿好;像一个富翁那样行走,神气十足地摆一摆自家大(谐"斯巴达")架子。

菲罗克勒翁　　好好观察我的姿态,看我走路的样子最像哪一个富翁。

布得吕克勒翁　　像什么东西吗？像敷满了蒜泥的脓疮。

菲罗克勒翁　　我很想扭扭屁股。 1173

布得吕克勒翁　　喂,要是有博学之士在座,你会讲庄严的故事吗？

菲罗克勒翁　　当然会讲。

布得吕克勒翁　　你会讲什么故事？

菲罗克勒翁　　我会讲许多故事。先讲拉弥亚在被抓住的时候怎样放屁,再讲卡耳多庇翁怎样把他母亲①——

布得吕克勒翁　　别讲神话;讲一些人间故事,特别是我们常讲的家常故事。

菲罗克勒翁　　我知道一个家常故事,"有一次一只老鼠和一只雪貂——"

布得吕克勒翁　　"没教养的蠢人啊,"这是忒俄革涅斯②骂掏粪人的话。你能当着高人雅士讲老鼠和雪貂的故事吗？

菲罗克勒翁　　那又该讲什么呢？

布得吕克勒翁　　讲冠冕堂皇的话,讲你跟安德洛克勒斯和克勒斯忒涅斯一块儿去观礼。③ 1187

菲罗克勒翁　　我从来没有去观过礼,只是到过帕洛斯,每天领两个俄玻

---

① 卡耳多庇翁(Kardopion)打过他的母亲。
② 忒俄革涅斯(Theogenes)是个吹牛皮的人。
③ 安德洛克勒斯(Androkles)是个放荡的人。克勒斯忒涅斯(Kleisthenes)是个讲同性恋爱的人。"观礼"指代表城邦赴奥林匹亚等地去参加宗教节庆,观看竞技表演。

罗斯。①

布得吕克勒翁　你可以讲这类的话,比如讲厄孚狄翁怎样连摔带打,同阿斯孔达斯进行了一场漂亮的竞赛,②他已是白发高龄,却还有强健的肋骨、手臂、胁腹和最结实的胸脯(谐"胸甲")。

菲罗克勒翁　得啦,得啦!你胡说!一个运动员怎能穿着胸甲参加摔打竞赛? 1195

布得吕克勒翁　有智之士谈吐如此。你再告诉我,同客人喝酒的时候,你认为你能讲你少年时候最英勇的哪一件行为?

菲罗克勒翁　这一件,这一件是我最英勇的行为:我偷过厄耳伽西翁③的葡萄桩。

布得吕克勒翁　你烦死我了!什么桩桩?还是讲你追赶过野猪或兔子,或者讲你参加过火炬竞赛;快找出一件你年轻时候最勇敢的行为。 1204

菲罗克勒翁　我想起了一件最勇敢的行为:当我还是个大孩子的时候,我轰过(谐"控过")赛跑健将法宇罗斯④,因为他骂过我;我以两——票的多数把他逮住了(谐"逮捕了")。 1207

布得吕克勒翁　别说了;躺在这里,练习会饮礼节和社交仪式。

菲罗克勒翁　怎样躺?告诉我。

布得吕克勒翁　很优雅地躺下。

菲罗克勒翁　是不是叫我这样躺?

布得吕克勒翁　不是这样。 1211

菲罗克勒翁　那又怎样躺呢?

布得吕克勒翁　把膝头伸直,像一个受过体育锻炼的人那样软软绵绵、随随便便地倒在床单上。然后赞美一只铜盘,观看天花板,赏识大厅里的挂毯。打水来洗手!把桌子搬进来!⑤我们进餐,餐后洗手,我

---

① 菲罗克勒翁的意思是说,他不是代表城邦去观礼,而是去给观礼的人作仪仗队兵士,兵士的军饷每天是两个俄玻罗斯。帕洛斯(Paros)岛在爱琴海南部。
② 厄孚狄翁(Ephoudion)是亚加狄亚(Arkadia)人,为著名的拳击家,曾在奥林匹亚竞技会上获得胜利。阿斯孔达斯(Askondas)也是个著名的拳击家。"摔"指摔跤,"打"指拳击,这里所说的是一种混合竞技。
③ 厄耳伽西翁(Ergasion)是个乡下人。
④ 法宇罗斯(Phayllos)是奥林匹亚竞技会上的赛跑健将。
⑤ 小餐桌在进餐前搬进屋,摆在卧榻前面。

们奠酒。 1217

菲罗克勒翁　看在众神分上,告诉我,我们是不是在梦里吃酒席?

布得吕克勒翁　双管吹手奏乐完毕。酒友是忒俄洛斯、埃斯客涅斯、法诺斯、克勒翁,躺在阿刻斯托耳①身边的是另一位客人。同这些客人在一起,你会接酒令②吗? 1222

菲罗克勒翁　我善于接酒令。

布得吕克勒翁　真的吗?

菲罗克勒翁　没有一个山地人③能像我这样接酒令。

布得吕克勒翁　一会儿我就会知道的。我来充当克勒翁,带头唱哈摩狄俄斯颂歌④;你来接令。(唱)"雅典人从来没有一个人——" 1227

菲罗克勒翁　(唱)"像你这样的坏蛋和小偷"。

布得吕克勒翁　你要这样唱吗?人家一吼压倒你,你就完了;他会发誓要毁灭你、杀害你,把你驱逐出境。

菲罗克勒翁　我凭宙斯起誓,他若是威胁我,我就唱另一支歌:(唱)"你这家伙,你想掌握大权,就会使城邦覆灭,它已经是摇摇欲坠了。"⑤ 1235

布得吕克勒翁　如果躺在克勒翁脚下的忒俄洛斯拉着那人的右手唱道:"朋友,你听了阿德墨托斯的故事,要爱慕勇士。"⑥你唱什么歌来接这酒令?

菲罗克勒翁　我用音乐的调子来接令:(唱)"既不能当狐狸,又不能两边讨好。" 1241

布得吕克勒翁　此后该塞罗斯的儿子埃斯客涅斯接酒令了,他是个又聪明又有音乐修养的人,他会这样唱:"金钱和衣食归克勒塔戈拉和我

---

① 法诺斯(Phanos)是克勒翁的党羽。阿刻斯托耳(Akestor)是个外邦人,据说是个悲剧诗人。
② 古希腊人在会饮的时候轮流诵诗。一位客人拿着桃金娘枝或桂树枝诵一两句诗,然后随意把树枝递给另一位客人,叫他联句。
③ 在梭伦(Solon)时代(公元前6世纪初),阿提卡居民划分为山地人、平原人和海滨人。据说山地人比较穷苦、蠢笨。
④ 指赞美哈摩狄俄斯(Harmodios)的颂歌。哈摩狄俄斯是刺杀独裁君主希帕卡斯的英雄,行刺后被希帕卡斯的卫兵杀死了。
⑤ 古代的注释者说,这两行是由阿尔开俄斯(Alkaios)的诗句改编而来的。
⑥ 阿德墨托斯(Admetos)是斐赖(Pherai)城的国王,他命中注定要早死,他的妻子阿尔刻提斯(Alkestis)替他死了。赫剌克勒斯路过斐赖城,把阿尔刻提斯从死神手里救了出来,使她复活。参看欧里庇得斯的《阿尔刻提斯》。据说这行诗引自阿尔开俄斯或女诗人萨福(Sappho)的作品。

377

享受,帖萨利亚人也有份——"①
菲罗克勒翁　（唱）"你②和我曾经大口大口地对吹牛皮。"　　　　　　1248
布得吕克勒翁　这件事你已经学得相当到家了。我们到菲罗克忒蒙家里
　　　聚餐去。③小厮,小厮,克律索斯,把我们的酒食装好;隔了这么久,我
　　　们今天要大醉一场。
菲罗克勒翁　不要大醉。喝酒是坏事;一个人喝醉了,就会破门,打架,扔
　　　石头;酒醒之后,还要缴纳罚金。
布得吕克勒翁　你同高贵的人一块儿喝酒,就不至于如此。他们会替你
　　　向受害者说情;或者由你讲一个漂亮的故事——伊索或绪巴里斯的
　　　滑稽寓言④,你从酒会上听来的。这样一来,事情就会成为笑谈,他
　　　就会饶了你,离席而去。
菲罗克勒翁　这种故事要多听一些,干了坏事可以不缴纳罚金。
布得吕克勒翁　我们走吧;免得有事耽搁。　　　　　　　　　　　　　1264
　　　　　菲罗克勒翁和布得吕克勒翁自观众右方下,仆人随下。

七　第二插曲

甲半队　（短歌首节）我时常自命聪明,一点也不蠢笨;但是塞罗斯的儿子
　　　阿密尼阿斯,高髻族出身⑤,却比我更聪明。他拿苹果和石榴充饥,
　　　我曾经看见他在勒俄戈剌斯家里吃酒席;他像安提丰那样饥肠辘
　　　辘。⑥他曾经出使法耳萨罗斯⑦,在那里形单影只,同贴萨利亚的穷
　　　人来往,他自己家道清贫,不亚于任何人。　　　　　　　　　　　　1274

---

　①　据说这首酒歌是在对帖萨利亚（Thessalia）人表示敬意,因为帖萨利亚人曾帮助雅典人推翻独裁君
　　　主希帕卡斯和希庇亚斯。克勒塔戈拉（Kleitagora）是帖萨利亚的女诗人。帖萨利亚在希腊北部。
　②　指埃斯客涅斯。
　③　菲罗克忒蒙（Philoktemon）是个老饕,他家里经常举行宴会。
　④　伊索寓言讲动物的故事,绪巴里斯（Sybaris）寓言讲人的故事。绪巴里斯在南意大利,为希腊人的
　　　殖民城市。
　⑤　关于阿密尼阿斯,参看第340页注②。诗人在这里把他作为塞罗斯（见第325行）的儿子,使他成
　　　为埃斯客涅斯的弟兄。阿密尼阿斯蓄着长头发,头上挽髻,所以这里说他是"高髻族出身"。
　⑥　这里是说阿密尼阿斯倒霉以后,生活穷苦,但是仍然能到富翁家里吃酒席。勒俄戈剌斯（Leogo-
　　　ras）是个老饕。安提丰（Antiphon）是个穷苦而贪吃的人（不是那位著名的演说家）。
　⑦　法耳萨罗斯（Pharsalos）城在帖萨利亚境内。

歌队长　（后言首节）幸运的奥托墨涅斯啊，我们羡慕你有福，你生育了三个多才多艺的儿子，长子是个竖琴圣手，人人喜爱，绝顶聪明，有美乐女神和他作伴；次子是个演员，说不出的机灵；三子阿里佛刺得斯是个大才子，他父亲发誓说，这孩子无师自通，天天逛窑子，凭自己天资聪明，自然而然地练出了"舌头上的功夫"。①　　　　1283

乙半队　（短歌次节）……②

歌队长　（后言次节）……③有人说，在克勒翁折磨我、迫害我、用恶毒的话刺激我的时候，我同他和解了。后来他又剥我的皮。④那时候局外人看见我叫苦连天，他们大笑；他们对我不但不关心，反而想看我在受压迫的时候讲一句笑话。我注意到这情形，顺便玩了一点猴子把戏；你们现在看，木桩欺骗了葡萄藤。⑤　　　　1291

八　第四场

　　　　珊提阿斯自观众右方上。

珊提阿斯　乌龟啊，你们有福，长了甲壳；你们三重有福，身上盖了屋顶。你们是多么聪明，在背上铺一层瓦，保护你们不挨打。我却被棍子打得一身青紫，快要死了。　　　　1298

歌队长　孩子，怎么回事？一个人虽然上了年纪，可是挨了打，还是可以管他叫孩子。

珊提阿斯　难道那老头子不是最恶毒的害人虫，宾客中的大醉鬼吗？在座的还有希皮罗斯、安提丰、吕孔、吕西斯特剌托斯、忒俄佛剌托斯、⑥佛律尼科斯和他的朋友们；在所有的宾客中，要数这老头子最傲慢了。他吃饱了美味佳肴，就蹦蹦跳跳，一边放屁一边笑，活像一

---

① 奥托墨涅斯（Automenes）的长子名叫阿里格诺托斯（Arignotos），这名字的意思是"闻名的"。他的次子与他自己同名。他的第三子阿里佛刺得斯（Ariphrades），据说是哲人亚拿萨哥拉（Anaxagoras）的门弟子。
② 缺"短歌次节"。
③ 缺第1行。
④ 挖苦克勒翁是硝皮厂厂主。
⑤ 这是一句谚语。歌队长的意思是说，克勒翁以为诗人同他和解了，结果是上了当。
⑥ 希皮罗斯（Hippylos），待考，吕孔（Lykon）是个政治家，后来在公元前399年控告苏格拉底。忒俄佛剌托斯（Theophrastos），待考。

头吃饱了大麦的毛驴。他使劲打我,叫我"小厮,小厮!"吕西斯特剌托斯见了,就把他这样一比:"老头儿,你像刚发酵的葡萄汁的浮渣,又像跑去吃糠的——传票证人。"①老头子听了,反过来把那人这样一比,他大声说:"你像一只把衣服上的毛磨光了的蝗虫,又像那个把破衣服卖光了的斯忒涅罗斯。"②大家听了热烈鼓掌,惟独忒俄佛剌托斯不拍手,他做个怪脸,不愧是个高人雅士。老头子质问他:"告诉我,你曾经在富翁家里做食客,凭什么这样高傲,这样神气?"他这样挨个侮辱客人,开的是庸俗的玩笑,讲的是粗鄙的故事,一点也不合时宜。后来,他喝得酩酊大醉,回家来,沿途逢人便打。啊,他摇摇晃晃地回来了!我得趁早溜走,免得挨打。 1325

    珊提阿斯逃进屋。

    菲罗克勒翁一手打着火把,一手牵着一个双管吹手自观众右方上,
    一群客人跟踪而来。

菲罗克勒翁　(唱)举起来!前进!③你们这些跟踪的人,总有一些要痛哭流涕的!你们这些坏蛋,再不滚,我就拿火把烤你们的肉! 1331

客人甲　你明天得向我们每个人赔罪,尽管你现在精力十分旺盛。我们要一起来传你到庭。 1334

菲罗克勒翁　(唱)嘿嘿!你们要传我到庭!陈词滥调!难道你们不知道我再也没有耐心听"案件"这个词儿?呸!呸!(抚弄双管吹手)我喜欢这个。把漏斗④扔掉!你还不滚吗?

    众客人自观众右方下。

    那个陪审员哪里去了?他滚蛋了。(抒情曲完) 1341

  (向双管吹手)上这里来,我的小金龟子!拿住这根索子。拿住!要当心;这索子有些腐朽,却还经得起摩擦。你看,正当酒友们要玩弄你的时候,我多么巧妙地把你偷了出来。因此你应当向我报恩。可是,我知道,你不但不报答,不接手,反而想欺骗我,讥笑我,你曾经

---

① 引号里的前一句讽刺菲罗克勒翁冲动起来有如葡萄汁发酵,并且讽刺他是废物。引号里的后一句是由谚语"毛驴跑去吃糠"改编而来的,原谚语讽刺匆忙的人。
② 引号里的前一句讽刺吕西斯特剌托斯穿的是掉了毛的露线衣服。斯忒涅罗斯(Sthenelos)是个悲剧诗人,据说他的生活很穷苦。
③ 这是婚礼游行中给打火把的人的口令。
④ 参看第341页注②。

对许多别的老头子这样干过。小猪婆,只要你不变成一个坏女人,等我的儿子一死,我就替你赎身,娶你做小老婆。我现在还不能掌握自己的财产,因为我还年轻,而且被看管得很紧。我的儿子监视着我,他性情毛焦火辣,却又能劈茴香子,剥水芹菜的皮。他害怕我堕落,因为我是他惟一的父亲。他来了,好像是在跟踪咱们俩。站住,快拿住这火把,我要狠狠地挖苦他一顿,正像他在我还没有参加秘礼①以前那样挖苦我。

> 双管吹手拿着火把,站着不动。
> 布得吕克勒翁自观众右方上。

布得吕克勒翁　你,你这蠢人、淫荡的老头儿,竟想同一个妙龄的——老婆子搞恋爱!我以阿波罗的名义说,你这样干,不能不受惩罚!

菲罗克勒翁　你多么爱吃酸菜水泡的——案件!

布得吕克勒翁　你从酒友们那里把双管吹手偷走了,反而这样挖苦我,岂不是怪事?

菲罗克勒翁　什么双管吹手?你为什么像一个从坟墓里爬出来的人那样胡说?

布得吕克勒翁　真的,这个达耳达尼斯②是同你在一起。

菲罗克勒翁　这不是达耳达尼斯,而是市场里点起来祭神的火把。

布得吕克勒翁　是火把吗?

菲罗克勒翁　是火把。你没有看见它有斑纹吗?

布得吕克勒翁　那中间部分黑茸茸的是什么?

菲罗克勒翁　是沥青,燃烧时流出来的。

布得吕克勒翁　那后面不是屁股吗?

菲罗克勒翁　那是松树上长出来的节疤。

布得吕克勒翁　你说什么?什么节疤?(向双管吹手)还不快到这里来!

菲罗克勒翁　啊,你要干什么?

布得吕克勒翁　把她带走。我把你抢了;我认为你已经腐朽了,不中用了。

---

① 指上流社会的礼仪。
② 达耳达尼斯(Dardanis)意思是"特洛亚女人"。

菲罗克勒翁　且听我说。有一次我到奥林匹亚①观礼，看见欧孚狄翁，他虽然上了年纪，还能巧胜阿斯孔达斯，但见老年人拳头一挥，就把那年轻人击倒在地。(把布得吕克勒翁击倒在地)所以你要当心，免得把眼睛打青了。

布得吕克勒翁　真的，你学会了奥林匹亚那一套。 1387

> 布得吕克勒翁把双管吹手带进屋，然后重上。
> 一个卖面包的妇人提着一只空篮子，带着证人开瑞丰自观众右方上。

妇人　(向开瑞丰)我以众神的名义请你来帮助我。那家伙就在那里，是他用火把打我，害死了我，从这里面打掉了值十个俄玻罗斯的面包；此外还糟蹋了四坨。

布得吕克勒翁　(向菲罗克勒翁)你看出了你干的是什么事吗？你喝酒会惹祸事、吃官司的。

菲罗克勒翁　绝对不会；讲几个美妙的故事就可以解决问题；我会同她和解的。

妇人　我凭地母地女起誓，你这样糟蹋了安库利翁和索斯特剌忒②的女儿密耳提亚的货物，不能不受惩罚。 1398

菲罗克勒翁　大娘，请听我说；我想给你讲个好听的故事。

妇人　不必给我讲，先生。

菲罗克勒翁　有天晚上，伊索赴宴回来，一条喝醉了的厚脸皮狗冲着他汪汪叫。伊索对它说："母狗，母狗，你若是拿恶毒的舌头去换麦子，我认为你倒也聪明。" 1405

妇人　你还要挖苦我？我传你——不管你是谁——到市场管理处，叫你赔偿货物损失；这个开瑞丰是传票证人。

菲罗克勒翁　请听我说，看说得对不对。有一次拉索斯同西摩尼得斯③竞赛，拉索斯说："我一点也不把这件事放在心上。" 1411

妇人　你这家伙，你真的不把这件事放在心上吗？

---

① 奥林匹亚在伯罗奔尼撒西部，那里每四年举行一次竞技会。
② 安库利翁(Ankylion)和索斯特剌忒(Sostrate)是虚构的人物。
③ 拉索斯(Lasos)是阿耳戈利斯(Argolis)境内赫耳弥俄涅(Hermione)城的抒情诗人。西摩尼得斯(Simonides，公元前556—前467)是克奥斯(Keos)岛的人，为古希腊著名的抒情诗人。

382

菲罗克勒翁　开瑞丰,你像是跪在欧里庇得斯脚下面色灰黄的伊诺①,你是这妇人的传票证人吗？ 1414

　　　　　妇人和开瑞丰自观众右方下。

布得吕克勒翁　好像又有人来传你了；他也带着一个传票证人。

　　　　　一个控诉人带着一个证人自观众右方上。

控诉人　哎呀,我多么不幸啊！(向菲罗克勒翁)老头儿,我来传你,叫你赔偿伤害人身的损失。

布得吕克勒翁　赔偿伤害人身的损失吗？看在众神分上,请你不要,不要传他。我替他赔偿你指定的损失,并且感激你。 1420

菲罗克勒翁　(向布得吕克勒翁)我愿意同他和解；我承认打过他,向他扔过石头。(向控诉人)到这里来。是你让我提出我应赔偿的钱,从此和你言归于好呢,还是由你告诉我一个数字？ 1425

控诉人　你提出来吧；我不想打官司,也不想找麻烦。

菲罗克勒翁　有一个绪巴里斯人从车上滚下来,碰破了头,伤势严重；他不善于驾车。他的朋友站在旁边对他说:"每个人应当搞自己精通的行业。"②你还是到庇塔罗斯③的手术室去吧。 1432

布得吕克勒翁　(向菲罗克勒翁)这一行为和你的别的行为一模一样。

控诉人　(向证人)记住他回答的话。

　　　　　控诉人和证人动身退场。

菲罗克勒翁　你听听,不要跑。在绪巴里斯,有一个妇人打破了一只瓶子。

控诉人　(向证人)请你作证。 1436

菲罗克勒翁　那瓶子有一个朋友,它请它作证。于是那绪巴里斯妇人说

---

① 伊诺(Ino)是卡德摩斯(Kadmos)的女儿,为阿塔马斯(Athamas)的情妇,她给阿塔马斯生了两个儿子,一个名叫勒阿耳科斯(Learkhos),另一个名叫墨利刻耳忒斯(Melikertes)。阿塔马斯的妻子是仙女涅斐勒(Nephele),她的婚事是由司婚姻的女神赫拉(Hera)撮合的。赫拉和涅斐勒对阿塔马斯同伊诺偷情的事很生气,她们惩罚阿塔马斯,使他在疯狂中杀死了勒阿耳科斯。伊诺痛不欲生,带着墨利刻耳忒斯投海自杀,伊诺化为海上的女神琉科忒亚(Leukothea),墨利刻耳忒斯化为海上的神帕莱蒙(Palaimon)。在欧里庇得斯的悲剧《伊诺》(已失传)中,伊诺可能在恐惧中跪在一位神的脚下求救。

② 意思是不会驾车不要驾车,不会打官司不要打官司。

③ 庇塔罗斯(Pittalos)是著名的外科医生。

383

道:"我以地女的名义告诉你,你若是丢下证据,赶快去买一根带子①,我认为你倒也聪明得多。"

控诉人　你尽管侮辱,直到执政官传案的时候。

　　　　控诉人和证人自观众右方下。

布得吕克勒翁　我以得墨忒耳的名义告诉你,你不能再呆在这里了;我要把你带走,带到——

菲罗克勒翁　你要干什么?

布得吕克勒翁　干什么吗?把你带到里面去;否则传案的控诉人很快就会找不到证人了。② 1445

菲罗克勒翁　有一次得尔斐人控告伊索——

布得吕克勒翁　"我一点也不把这件事放在心上。"

菲罗克勒翁　偷了神的酒杯;③伊索对他们说:"有一次一只屎壳郎——"④

布得吕克勒翁　啊,我要把你连同这些屎壳郎一起干掉。 1449

　　　　布得吕克勒翁把菲罗克勒翁拖进屋。

歌队　(抒情歌首节)我羡慕这老年人的好运,他放弃了枯燥的习惯和生活,养成了另一种作风,追求安乐的日子。也许他还不大情愿,因为一个人一生形成的性格是难以改变的。可是也有许多人有了转变,他们采纳别人的意见,改变了自己的习惯。

　　(次节)菲罗克勒翁的儿子热爱父亲,聪明伶俐,他赢得了我和明智的人的无限称赞。这样和蔼的性情,我从来没有见过;这样温顺的态度,我从来没有喜爱过,从来没有欣赏过。在他想为他父亲安排更高尚的生活的时候,他的辩驳不是无往而不胜吗? 1473

---

① 明指用来捆破瓶的带子,暗指用来包受伤的头的绷带。
② 意思是,如果菲罗克勒翁再在大门外把另一些传票证人骂走了,别人见了便不肯当传票证人了。
③ 伊索曾经奉吕底亚国王克洛索斯(Kroisos)之命,携款赴得尔斐,给每个得尔斐人发放一笔钱。伊索由于同得尔斐人发生争吵而拒绝发放款子,得尔斐人因此诬告他偷了阿波罗庙上的酒杯,把他处死。
④ 伊索讲的寓言是这样的:有一只鹰要吃兔子,屎壳郎为兔子求情,但是鹰当着屎壳郎的面把兔子吃了。屎壳郎记住这个侮辱,便飞到鹰的窝里,把蛋推出来打烂了。鹰飞到宙斯那里去告状,宙斯叫它把窝筑在他的衣兜里。鹰下蛋以后,屎壳郎飞到宙斯跟前,宙斯听见有鼓翼的声音,一吃惊站了起来,他衣兜里的蛋便滚出来打烂了。

384

九　退　场

　　　　　珊提阿斯自屋内上。

珊提阿斯　狄俄尼索斯啊！有一位神把麻烦事儿推到我们家里来了。老头儿隔了许久才喝到葡萄酒,他一听见双管乐就乐不可支,通宵跳舞不停,跳的是忒斯庇斯①用来夺奖的旧舞曲。他说,他要立即同当今的悲剧诗人比赛跳舞,证明他们都是些腐朽的笨蛋。

菲罗克勒翁　（自内）谁坐在院门内？

珊提阿斯　这个祸害出现了。

菲罗克勒翁　（自内）把门杠拉开。

　　　　　菲罗克勒翁自屋内上。

　　　跳舞开始了——

珊提阿斯　不如说疯病开始了。

菲罗克勒翁　我使劲扭,把肋骨都扭弯了。我的鼻孔在吼叫,脊椎骨咕隆咕隆地响。

珊提阿斯　喝点黑藜芦药水②吧。

菲罗克勒翁　佛律尼科斯像公鸡那样蹲下来③——

珊提阿斯　你会踢着人。

菲罗克勒翁　他的腿跃到天那样高。

珊提阿斯　他的屁眼开口了。

菲罗克勒翁　当心你自己的事！我们柔软的胯骨在承窝里旋转自如。跳得不好吗？

　　　　　布得吕克勒翁自屋内上。

布得吕克勒翁　跳得不好；这是疯人舞。

菲罗克勒翁　我现在宣告,请对手出场。如果有悲剧诗人自夸他跳得好看,让他前来同我比赛。有没有人这样自夸？

　　　　　由童子装扮的螃蟹甲自观众右方上。

---

① 忒斯庇斯（Thespis）是古希腊第一个悲剧诗人。
② 据说黑藜芦是古代治疯病的药物。
③ 意思是蹲下来,准备进攻。菲罗克勒翁是在模仿佛律尼科斯向对手进攻的姿态。

班提阿斯　　只有一个人。

菲罗克勒翁　　那个倒霉鬼是谁？

珊提阿斯　　卡耳客诺斯的二儿子。

菲罗克勒翁　　我要吞了他，用拳头舞结果了他。说起节奏，他一窍不通。

　　　　　　由童子装扮的螃蟹乙自观众右方上。

珊提阿斯　　啊，另一个悲剧诗人——卡耳客诺斯的大儿子①，那家伙的哥哥，也来了。

菲罗克勒翁　　我买够了螃蟹。

　　　　　　由童子装扮的螃蟹丙自观众右方上。

珊提阿斯　　宙斯啊，净是螃蟹，没有别的；卡耳客诺斯的另一个儿子也爬出来了。

菲罗克勒翁　　这个爬出来的是什么东西？是虾子还是蜘蛛？

珊提阿斯　　是寄生蟹，蟹族中最小的，他会写悲剧。

菲罗克勒翁　　卡耳客诺斯啊，你多子多福！一群鹪鹩飞下来了。我要下去同他们比赛。

　　　　　　（向布得吕克勒翁）我若是比赢了，你就调盐水来泡他们。

歌队长　　大家让一点路，让他们在安静的环境中，在我们面前像陀螺那样旋转。

　　　　　　布得吕克勒翁、螃蟹甲、螃蟹乙、螃蟹丙一同跳舞。

歌队　　（抒情歌首节）海之王的大名鼎鼎的儿子们啊，在沙滩上跳吧，虾子的弟兄们啊，在荒凉的海岸前跳吧。

　　　　（次节）脚要转得快；跳佛律尼科斯舞，让观众看见你们的腿跃得高，大声喝彩。（本节完）

　　　　转吧，绕着圈儿跳吧，拍拍肚皮，把腿跃到天那样高，像陀螺那样旋转。

　　　　　　卡耳客诺斯装扮成大螃蟹②，自观众右方上场。

　　　　你们的父亲——海之王也爬来了，他喜欢看他的儿子们——三个各有三只球的舞蹈家。

---

① 卡耳客诺斯的大儿子名叫塞诺克勒斯（Xenokles），是个著名的悲剧诗人，他曾经把新奇的舞蹈介绍到悲剧里，并且在公元前415年击败欧里庇得斯。

② 卡耳客诺斯这名字的意思是螃蟹。

你们喜欢跳,就一边跳,一边把我们带走;从来没有一个喜剧演员这样做:一边跳,一边把歌队带走。 1537

卡耳客诺斯和螃蟹甲、螃蟹乙、螃蟹丙一边跳舞,一边带着歌队自观众右方下。

菲罗克勒翁和布得吕克勒翁进屋,珊提阿斯随入。

"中国翻译家译丛"书目

（以作者出生年先后排序）

第 一 辑

书 名	作 者
罗念生译《古希腊戏剧》	[古希腊]埃斯库罗斯 等
朱光潜译《柏拉图文艺对话集》《歌德谈话录》	[古希腊]柏拉图　[德国]爱克曼
纳训译《一千零一夜》	
丰子恺译《源氏物语》	[日本]紫式部
田德望译《神曲》	[意大利]但丁
杨绛译《堂吉诃德》	[西班牙]塞万提斯
朱生豪译《莎士比亚戏剧》	[英国]莎士比亚
罗大冈译《波斯人信札》	[法国]孟德斯鸠
查良铮译《唐璜》	[英国]拜伦
冯至译《德国，一个冬天的童话》	[德国]海涅 等
傅雷译《幻灭》	[法国]巴尔扎克
叶君健译《安徒生童话》	[丹麦]安徒生
杨必译《名利场》	[英国]萨克雷
耿济之译《卡拉马佐夫兄弟》	[俄国]陀思妥耶夫斯基
潘家洵译《易卜生戏剧》	[挪威]易卜生
张友松译《汤姆·索亚历险记》《哈克贝利·费恩历险记》	[美国]马克·吐温
汝龙译《契诃夫短篇小说》	[俄国]契诃夫
冰心译《吉檀迦利》《先知》	[印度]泰戈尔　[黎巴嫩]纪伯伦
王永年译《欧·亨利短篇小说》	[美国]欧·亨利
梅益译《钢铁是怎样炼成的》	[苏联]尼·奥斯特洛夫斯基

第 二 辑

书 名	作 者
钱春绮译《尼贝龙根之歌》	
方重译《坎特伯雷故事》	[英国]乔叟
鲍文蔚译《巨人传》	[法国]拉伯雷
绿原译《浮士德》	[德国]歌德
郑永慧译《九三年》	[法国]雨果
满涛译《狄康卡近乡夜话》	[俄国]果戈理
巴金译《父与子》《处女地》	[俄国]屠格涅夫
李健吾译《包法利夫人》	[法国]福楼拜
张谷若译《德伯家的苔丝》	[英国]哈代
金人译《静静的顿河》	[苏联]肖洛霍夫

第 三 辑

书 名	作 者
季羡林译《五卷书》	
金克木译天竺诗文	[印度]迦梨陀娑 等
魏荒弩译《伊戈尔远征记》《涅克拉索夫诗选》	[俄国]佚名　涅克拉索夫
孙用译《卡勒瓦拉》	
朱维之译《失乐园》	[英国]约翰·弥尔顿
赵少侯译《莫里哀戏剧》《莫泊桑短篇小说》	[法国]莫里哀　莫泊桑
钱稻孙译《曾根崎鸳鸯殉情》《日本致富宝鉴》	[日本]近松门左卫门　井原西鹤
王佐良译《爱情与自由》	[英国]彭斯 等
盛澄华译《一生》《伪币制造者》	[法国]莫泊桑　纪德
曹靖华译《城与年》	[苏联]费定